迷いの谷

A・ブラックウッド他

好古趣味と巧みな恐怖演出で近代怪奇小説の礎を築いたM・R・ジェイムズ。幽霊、魔女、異界など多様な題材に怪異のリアリズムを追求しつつ心理学的解釈を加えたアルジャーノン・ブラックウッド。『幽霊島』に続く平井呈一怪談翻訳集成第二集は、マッケンとあわせて英国怪奇小説の三羽烏と称される恐怖の名匠の傑作を中心に、その訳業の原点ともいうべき昭和初年の翻訳、コッパード「シルヴァ・サアカス」とホフマン「古城物語」、さらに鍾愛の作家ラフカディオ・ハーンの怪奇文学講義を集成。付録として作家解説や翻訳観が窺えるエッセーを収録。

迷いの谷

平井呈一怪談翻訳集成

A・ブラックウッド他
平　井　呈　一　訳

創元推理文庫

THE LOST VALLEY

and Other Horror Stories

Translated by

Teiichi Hirai

目次

迷いの谷

平井呈一怪談翻訳集成

I　M・R・ジェイムズ集

M・R・ジェイムズ　Montague Rhodes James (1862-1936) ――イギリスの作家、古文書学者、聖書学者。ケント州の牧師の子として生まれ、イートン校からケンブリッジ大学へ進み、キングズ・カレッジの特別研究員《フェロー》となる。その後、同カレッジの学長、イートン校学長、ケンブリッジ大学副総長等を歴任した。学究生活の傍ら怪奇短篇を執筆、毎年クリスマスの集まりで同僚や学生に読んで聞かせるのを趣味としていたが、それらをまとめた *Ghost Stories of an Antiquary* (1904) 以下、四冊の作品集は近代ゴースト・ストーリーの古典となり、多くの追随者を生んだ。ここに収録した「消えた心臓」「マグナス伯爵」は、いずれもこの第一怪奇小説集の収録作。平井呈一はアーサー・マッケン、M・R・ジェイムズ、アルジャーノン・ブラックウッドを英国怪奇小説の三大作家として繰り返し称揚し、ジェイムズについては、「教会の古い祈禱本、墓碑銘、古版本や古い版画、そういうものが突如として現代のこの忽忙な陽の下に、曰くのある不思議をまきおこす」（「お化けの三人男」）と述べ、また「かれの作品は、巧みに雰囲気をもりあげていったその頂点に、いつも恐怖の頂点がひそんでいます」（本文庫『怪奇小説傑作集1』解説）とその技巧を分析している。収録の二篇も、作者の好古趣味とクライマックスへ向けて恐怖を醸造する語りの術が存分に発揮された佳篇で、とくに「マグナス伯爵」は平井がジェイムズの最高傑作に推す作品である。

消えた心臓

時は一八一一年九月（これは自分の調べたかぎりでは、まちがいないと思う）、一台の駅逓《えきてい》馬車がリンカンシャの中心地、アスワービーの公会堂の前まできて止まった。車中の客は、小さな男の子がただ一人。馬車が止まるが早いか、中から飛びおりたその少年は、公会堂の玄関の鈴を鳴らすと、入口のホールの扉があくまで、しばらくあたりをもの珍しそうにキョロキョロ眺めまわしていた。少年が見たのは、アン朝時代に建てられた赤煉瓦づくりの、背の高い、ま四角な建物で、石柱に支えられた玄関のポーチは、これはのちになってから建て増しをしたものとおぼしく、そこだけは一七九〇年代の凝った造りになっていたが、主屋《おもや》のほうは、幅のせまい細長い窓のぎょうさんついた、しかもガラス張りの窓枠は白木地の太い桟《さん》でこまかく仕切られているという古風な建物で、正面玄関のま上にある破風《はふ》はまんなかに丸窓があいており、その左右にある翼室は、きれいに塗った柱廊ふうの渡り廊下で、中央の主屋につながっていた。むろん、この翼室には、厩《うまや》、事務所などがあったのだろう。左右ともに、飾りの丸屋根を上に頂き、そのてっぺんに上げてある風見がキラキラ光っていた。

おりから、今まさに沈もうとする夕陽がまともにこの建物を照りつけて、おびただしい窓ガラスがまるで火でもついたように、まっかに燃え輝いていた。公会堂の前は、かなりひろびろとした平庭になっていて、ところどころに槲《かしわ》の老樹、ぐるりの境には樺《かば》の大木が、亭々《ていてい》と空をついてそびえ立っており、その広い庭園のはずれの、こんもり茂った木立のかげにかくれて、わずかに風見の金色の鶏だけが夕日にチラチラのぞいている礼拝堂の大時計が、おりしも六時の時を告げ、静かなその音が、夕風におくられて聞こえてきた。いかにものどかなあたりのけしきながら、さすがに初秋の夕暮らしい一抹のうら悲しい気分は、その時ポーチに立って玄関の扉のあくのを待っていた少年の心にも、そぞろに惻々《そくそく》とかよってくるものがあった。

さきほどの駅逓馬車は、この少年をウォリックシャから運んできたのであった。半年ほど前に、少年はその地で、身よりたよりとてない、ほんの天涯の孤児になったのを、こんど、少年とは親と子ほどにも年齢のへだたった実の従兄にあたる、この公会堂のあるじ、アブニー氏かから寛大な申出があって、そのおかげではるばるこのアスワービーへ来て住むことになり、それでやってきたのであった。この申出は、思いも設けぬものだった。というのが、およそアブニー氏を知るほどの人は、みなこの人のことをこやかましい隠居だぐらいに考えて、日ごろやぼ堅い窮屈ばったあすこの家へ、厄介者の子供なぞが転がりこんできたら、それこそ新規な瘤《こぶ》を一つ、求めて背負いこむようなものだろうと、蔭ではみんなそう思っていたからである。なるほど、アブニー氏の職業や人柄が、いっこう世間に知られていないのは事実だった。この人、ケンブリッジ大学のギリシャ語の先生で、近世における異教徒の信仰に関する知識では、まず右に出る者はないといわれている碩学《せきがく》であった。その書庫には密教秘典、オルフェース教の頌偈《じゅげ》、ミトラ信仰、新プラトン派などに関する浩瀚《こうかん》な稀覯《きこう》本を蔵しており、大理石張りの広間にすえてある、一頭の猛牛をミトラ教徒が血祭にあげている群像は、なんでもレヴァントあたりから莫大な費用をかけて招来したものだとかいう。その顚末は、かつて「縉紳《しんしん》雑誌」に寄稿したことがあるが、また「宝雲」誌上に連載した「東ローマ帝国におけるローマ人の邪教考」という論文なども、学界では、著名な論攷《ろんこう》の一つになっている。要するに、一介の紙魚《しみ》的存在、といえばそれに尽きるが、そういう学究人が孤児になった従弟のスティーヴァン・エリオットの話を聞いて、なにを感じたものか、それの引き取りかたにひと肌ぬいだというのであるから、近隣の人々がこれはこれはと驚いたのも無理からぬ話であった。

そういう連中の下馬評はともあれ、長身瘦軀、平素は謹厳そのもののようなアブニー氏が、その日、年端のいかぬ従弟のスティーヴァンを、心からねんごろに迎えたことは事実であった。玄関の扉があくと、アブニー氏は欣々《きんきん》と揉み手をしながら、いそいそと書斎から出てきて、

「おお、よく来た、よく来た。よう無事に来られたな。お前、年はいくつじゃ？　いや、道中さぞ疲れたことじゃろう。腹はへっておらんかな？」

「ええ、ありがとう。ぼく、大丈夫です」

「ほう、なかなかよい子じゃ。して、幾つになる？」

初対面早々、続けざまに二どまでも年齢をきかれたのに、スティーヴァンは子供ながらにちょっとへんな気がしたが、

「はい、こんどお誕生日がくると、十二になります」とすなおに答えた。

「その誕生日というのは、それはいつのことじゃな？　なに、九月の十一日？　そうか、よし

よし。まだざっと一年あるの。ははは、よしよし。さっそく帳面に控えておくぞ。たしかに十二になるのじゃな、きっとか？」

「はい」

「そうか、よしよし。……パークス、この子をミセス・バンチの部屋へつれて行って、茶なと夕飯なと、なんぞ食べさしてやりなさい」

「かしこまりました」律義者の家令のパークスは、そう答えると、すぐさまスティーヴァン少年を下部屋のほうへ案内して行った。

家政婦のミセス・バンチは、スティーヴァンがアスワービーで会った人のなかでは、いちばん人情味のある、気さくな人であった。彼女はスティーヴァン少年のことをすこしも居候扱いなどせず、二人はものの十五分もたつかたたないうちに、すっかり仲よしになってしまった。この家政婦は、スティーヴァンの来る五十年も前に、この町の近くに生まれた人で、この公会堂へ身を寄せてからでも、もはや二十年以上にもなる人であった。したがって、ここの家のことはもとより、およそこの界隈のことならなんでも知っていたが、さりとてそれを鼻にかけて知ったかぶりをふりまわすような、そんな浅墓な女ではけっしてなかった。

年のいかないスティーヴァンは、なにごとによらず参酌もなしに、なんでもしつこく根掘り葉掘り聞きねだりをする年頃であったが、ここの公会堂や庭園のなかでも、なかには子供に訳を話してきかすのを憚《はばか》るようなことも、いろいろとあるわけで、「ねえ、あすこの月桂樹の並木のはずれにあるお堂は、あれはだれが建てたの？　——それから、ここの階段の上のところに、どこかのお爺さんがテーブルの前で、骸骨をなでている絵があるでしょ、あれは誰なの?」といったような程度のことなら、記憶のいいミセス・バンチの知識の庫《くら》で、どうにか片がついたけれども、物によっては、そうあけすけに説明のできないこともあったのである。

十一月のある晩のことであった。スティーヴァン少年は家政婦の部屋で、暖炉の火があかあかと燃えているそばに坐りながら、藪から棒に妙なことを尋ねた。

「ねえ、アブニーさんて、いい人なの? あの人、天国へ行ける?」

子供というものは、自分でこの人はえらいと思っている者には特別の信頼を持っているから、よくこういう質問をする。自分の尋ねたことがはっきり決着すれば、ほかの判断もそれにつれて決着がつくものと思いこんでいるのである。

「いいお人かって? まあ坊ちゃん、なにをおっしゃるの?」とミセス・バンチは言った。「わたしはね、こちらの旦那さまくらいご親切な方は見たことがありませんよ。あなたにまだお話ししなかったかしらねえ? 旦那さまはね、今から七年まえに、小さな男の子を一人、町から拾っておいでになったんですよ。それからね、わたしがこちらへご厄介になってから二年目には、女の子を一人、どちらからかやっぱり連れておいでになったことがあるの。そのお話、まだあなたにしなかったかしらねえ?」

「ぼく、まだ聞かないよ。ねえ、そのお話、してよ。ねえ、今すぐにさ」

「はい、はい、してあげますよ。——そうねえ、女の子のほうは、わたしもあんまりよく憶えていないけど……」とミセス・バンチは語りだした。「ある日のこと、うちの旦那さまがお散歩のお帰りがけに、一人の女の子をつれておいでになってね。その時分こちらの家政婦をしていた人で、エリスという人があったんですよ。旦那さまはその人に、この子の面倒を見てやるようにといって、おいいつけになったの。そうねえ、あれでかれこれ三週間もこちらにいたかしらねえ。するとその女の子がね、ひょっとするとジプシーの血でも混っていたのか、そこんとこはわたしもよく知らないけど、ある朝、お下《しも》の人達がまだ目をさまさないうちに、そっと床《とこ》を抜けだして、どこかへ行ってしまったのよ。それっきり、かいもく行方知れずでね、旦那さまもたいそうご心配になって、ほうぼうの池を浚《さら》ってみたりなさったんだけど、けっきょく分らずじまいでね。おおかた、ジプシーにでも浚われたんでしょうさ。だって、いなくなったちょうど前の晩、お屋敷のまわりで小一時間も、歌をうたっているジプシーの声が聞こえていたし、パークスさんも、昼間森で呼びこみの声がしていたと言ってましたからね。それが妙な女の子でね、子供のくせにいやにムッツリ黙りこくっている子で、そのくせ、することはいやにませているの。あれにゃわたしも呆れたわね」

「そいで、男の子のほうはどうなったの？」スティーヴァンは尋ねた。

「ああ、あれもね、かわいそうな子でしたよ」ミセス・バンチは深い溜息をついて、「その子は外国人でね、手まわし琴をひいて、冬の寒空を門《かど》づけして歩いていたところを、旦那さまがごらんになって、どこから来た、年はいくつだ、どうやって暮している、身よりはあるかと、いろいろ身元をお尋ねになって、それで連れておいでになったんです。ところがね、やっぱりよその国の子だもんだから、どこか気まぐれなところがあって、一つところに長くおちついていられないのね。これもある朝、やっぱり女の子と同じように、こちらのお家を逃げだして、それっきり音沙汰なし。どうしてまあ逃げてなんぞ行ったのだろう、今頃はなにをしていることやらと、その後一年ばかりは、みんな寄るとさわるとその噂で持ち切りでしたよ。だって、商売道具の手まわし琴を置きっぱなしで行ってしまったんだもの。ほら、あすこの棚の上にのっているでしょ、あれがその手まわし琴ですよ」

その晩スティーヴァンは、それから床へはいるまでの時間を、ミセス・バンチの尋ねる学習問答と、その手まわし琴の調子しらべに費した。

その夜、かれは不思議な夢を見た。自分の寝室のある二階の廊下のはずれに、久しいあとから使用していない浴室があった。入口の扉はふだん錠がかかったままになっていたが、扉の上半分にガラスがはまっていて、以前はそこにカーテンが下げてあったのが、いつからかとれてなくなったままになっているので、そこから中がガラス越しに覗けた。覗いてみると、むかって左の壁ぎわによせて鉛で張った浴槽が、頭のほうを窓に向けてすえてあるのが見える。

わたしが今言ったその晩、スティーヴァン少年は、自分で考えてみるのに、どうもそのガラスのはまった浴室の扉から、中を覗いていたらしいのである。なんでも窓から月がさしこんでいて、その月あかりのさしている浴槽のなかに、だれか横たわっている者があるのを、目を凝《こ》らして見ていたらしい。

かれがその時見たものの話をきくと、わたしは自分がかつてダブリンのセント・ミカーン寺の名高い納骨所で見た光景を思いだす。セント・ミカーン寺の納骨所には、何百年も前の人間の屍骸《むくろ》を崩れぬように保存した、気味のわるい宝物がある。スティーヴァン少年がその晩浴槽の中に見たものも、なにやら屍衣のような衣に包まれて、歪んだ口もとに怪しい微笑をかすかにたたえた、両手を胸の上にしっかり組んでいる、痩せさらぼうた、灰鉛色の、なんともいえない凄惨な姿をしたものであった。

それをかれがじっと見ているうちに、その気味のわるい死骸の口から、遠い蚊の鳴くような呻《うめ》き声がもれたと思うと、いきなり胸の上に組んだ両手がモゾモゾ動きだしてきた。恐ろしいその光景に、思わずハッとうしろに飛びのいた拍子に、スティーヴァンは、自分が月光のさしこんでいる廊下の冷たい板敷に立っていることに気がついたのである。そして今の今、自分が夢のなかで見たものが、ほんとにそこにあるかどうか、それを確かめにもう一ど浴室の扉口まで戻ってみたというのだから、年にしてはよほど気丈な子だったのにちがいない。夢に見たものは、そこになかった。そこで自分の寝床へ引き返して行ったのである。

翌朝、この話を聞いて、ミセス・バンチはおおいに驚き、さっそく浴室の扉ののぞきガラスの上に、新しいカーテンを下げた。それよりも、この話を朝食の時に聞いたアブニー氏が、ひどくその話に興をおこして、これは自分の「ひかえ帳」にその記事をくわしく書きとめた。

とかくするうち、その年も明けて、やがて春分が近づいてきた。アブニー氏はしばしばスティーヴァンに注意して、昔の人はこの春分を若い者のだいじな時季と考えていたのだから、お前もよくよく体に気をつけるようにして、夜分は窓なども忘れずに締めるようにしなさい。昔のローマの監察官は、さすがにこういうことについてはりっぱな意見をもっておった……と、よく言い聞かせていたが、スティーヴァンの心に深い印象をあたえるような出来事が二つ起ったのは、ちょうどその頃のことであった。

その一つは、ある晩のこと、いつにない不安な、寝苦しい一夜をすごしたその後のことであったが、寝苦しいといっても、かくべつ変った夢を見たというような記憶があったわけではなかった。

あくる晩、ミセス・バンチがスティーヴァンの寝間着を繕《つくろ》いながら、とすこしお冠《かんむ》りの調子で、「どうしてまた、こんなにビリビリに寝間着をしてしまったんです？　ごらんなさい、これ！　ちっとは後へまわって綴《と》じて上げる、こっちの身にもなって下さいよ！　厭《いや》あねえ、どうしてこんな世話を焼かせるんです？」

なるほど、寝間着のあちこちに、なにかむりやり乱暴に引き裂いたような跡が、幾ところかについていた。よほど針の達者な者でなければ、綴じ繕いもちょっとおぼつかないほど、なにか手荒くひっかいたというふうに、糸目がほつれている。しかもそれが、左の胸のあたりが一ばんひどく、六インチぐらいの長さに幾すじか並んで、織目の裏まで裂けているのではないが、糸のほつれた痕《きず》がついているのである。どうしてそんな痕がついたのか、本人にもさっぱり原因が分らなかったが、とにかく、ゆうべ寝る時にそれがなかったことだけは確かだった。

「だってね、ミセス・バンチ、それとおんなじ痕が、ぼくのお部屋の扉にもついているよ。ぼく、ぜんぜんそんなことした憶えないもの」

ミセス・バンチは「えっ」といって、スティーヴァンの顔を穴のあくほど見つめたまま、しばらくは明いた口が塞《ふさ》がらなかったが、やがて燭台をひっつかむと、あわてて部屋をとびだして行った。二階へ上がっていく足音がきこえ、しばらくすると降りてきた。

「ほんとだわね、坊ちゃん。だけど、おかしいわねえ、どうしてあんなとこへ、あんなひっかき痕がついたんでしょう? 犬や猫にしては高いとこすぎるし、むろん鼠じゃないしね。むかしね、わたしがまだ娘の時分に、うちの叔父さんでお茶商をやってた人があるんですよ。その叔父さんから、よくチャンチャン人の指の爪の話を聞いたことがあるけど、きっとあれは、そんなものの仕業《しわざ》だわね。とにかく、これはわたしから旦那さまに申し上げておきますからね。坊ちゃんもおやすみの時には、かならず扉の鍵をかけておくようになさいよ」

「ぼく、いつだってお祈りを上げたあと、すぐに鍵をかけるんだよ」

「まあ、いい子さんだこと。お祈りは毎晩かならず上げるんですよ。そうすれば、どこからも災難はきませんからね」

そういって、ミセス・バンチは破れた寝間着の繕いにとりかかりだした。それから床につく時刻まで、彼女はときおり針の手を休めては、なにやらしきりと思案に耽《ふけ》っているようすだった。これが一八一二年三月の金曜日の夜のことであった。

その翌晩、スティーヴァンとミセス・バンチが例のごとく二人で部屋にいると、いつもは大がい食器部屋のほうに引き籠っている家令のパークスが、めずらしくひょっこりやってきて、座に加わった。パークスはスティーヴァンがそこにいるとは気がつかず、妙にソワソワした様子で、口のきき方もふだんの落ち着いた調子とは違っていた。

「旦那さまは、なにかね、お気の向いた時には、ご自分で寝酒をとりにおいでになるのかしらねえ」と切り出した。「もっとも、こっちも昼間出しておいて上げたり、上げなかったりだけども、ありゃしかし、何だろうな。どうも分らないよ。鼠のようでもあるし、風の音のようでもあるし。もっとも、昔と違ってこっちも若かないから、酒倉へ踏みこんで調べもできないがさ」

「そりゃパークスさん、ここの家なんか鼠にとったら、それこそ勿怪《もっけ》の場所ですよ」

「違えねえ。いや、そう言えば、むかし造船所にいる人から、鼠ってものは口をきくもんだって話をなんども聞かされたことがあるが、その時分はそんな馬鹿なことがあってたまるかと思ってたけど、それがさ、今夜はむこうの納戸《なんど》の戸に耳をあてて聞いていたら、おおきに鼠の話し声が聞こえたかもしれないぜ」

「いやだよ、パークスさん。そんな薄っ気味のわるい話はごめんだよ。酒倉で鼠が話をしてるなんて。そりゃ気のせいですよ」

「いや、嘘じゃないてことさ。嘘だと思ったら、ためしに納戸のところへ行って、あすこの戸へ耳をおっつけて聞いてごらんな。あたしの今言ったことは、たちどころに証《あかし》がつくから」

「そんな馬鹿な話が……だいいち、子供衆の前で、そんな話は禁物ですよ。坊ちゃんがそれこそ胆《きも》をつぶして、恐がんなさるわね！」

「ほい、坊ちゃんがおいでなのかい？」パークスはスティーヴァンがそこにいるのにやっと気づいて、「こいつは恐れ入り。なあに、坊ちゃんは、あたしがまたおきまりの冗談ばなしをしているんだと、そこはお前さん、ちゃんとご存知さね」

じじつ、スティーヴァンは、パークスの最初の話口から、またこの人、いつもの冗談ばなしを始めるんだなと思っていたのであった。あんまり気色のいい話ではなかったけれども、話の道具立に気をひかれたのである。で、例によって根掘り葉掘り、しつこく訊いてみたが、それきりあとはどう水を向けても、それ以上家令の口から、酒倉でのくわしい経験談を聞きだすことは不成功におわった。

さて、話はその年——一八一二年の三月二十四日のことになる。この日は、スティーヴァンがかずかずの不思議な経験をした日であった。風のつよい、いやにガタピシと騒々しい日で、家のなかも庭先も、なんとなくおちつかない感じの日だった。公会堂の柵のそばに立って、スティーヴァンが庭園のほうを眺めていると、ふいと幽霊みたいなものが、長い果てしもない行列をつくって、風のまにまに、自分のすぐそばを通っていくような心持がした。なんだかフワリフワリ、当《あて》もなく出てきたといった感じで、そのフワフワ飛んでいるものが何かに取りつけば、またもとの有情の世にふたたび戻れるのに、ひとりではどう踏んばっても止《とど》まることができない——そんな感じで、あとからあとから、フワフワ飛んで行った。昼食のあとで、アブニー氏からこんな話があった。——

「スティーヴァン、お前今夜十一時打ったら、わしの書斎へ来てくれんか？　十一時までは、わしは手がはなされん。お前の将来のことで、ぜひお前に教えておかんならん大事なことがある。それを見せてやる。これはしかし、ミセス・バンチやほかの者にはけっして言うでないぞ。やはりいつもの時刻に寝室へはいって、それから来なさい」

　これを聞いて、少年の心には新しい刺激が湧いた。スティーヴァンはおおいに気を張って、うまく十一時まで起きている機会をつかんだ。宵のうちに二階へ行くついでに、かれは書斎の扉口からそっと中をのぞいてみた。いつも部屋の隅に見かける火鉢が、今夜は暖炉の前に持ちだしてあって、テーブルの上の銀ばりの古い盃には、赤い酒がなみなみ注いであるのが見えた。そのそばに、なにやら字の書いた紙が重ねて置いてある。スティーヴァンがそこを通りかかった時、アブニー氏は、なにやら丸い銀の小箱から薫香みたいなものを火鉢の上にパラパラ燻《く》べていたが、廊下の足音には気がつかないようすであった。

　日が暮れると、風はパッタリ落ちて、静かな晩になった。空には満月がかかっていた。十時ごろ、スティーヴァンは明けはなした寝室の窓ぎわに立って、暗い野づらを見渡していた。静かな晩であったが、月光に濡れた遠い森の夜鳥どもはまだ塒《ねぐら》につかぬとみえて、おりおり、道に迷った旅人があてどもなく声を張り上げるような怪しい鳴き声が、池をわたって聞こえてきた。フクロか水鳥の声なのだろうが、ふしぎとそのどちらにも似ていない妙な声だった。それがだんだんこちらへ近づいてくるではないか。今鳴いたのは、池のついこちら岸だと思っているうちに、もうすぐそばの藪の中をハタハタ舞っているけはいがした。やがて怪しいその声も止んだので、スティーヴァンはそろそろ窓を締めて、読みさしの「ロビンソン・クルーソー」

でも読もうかと思った時、ふとかれは、庭に張りだしている小砂利を敷きつめたテラスに、二人の人影が立っているのに目がとまった。人影は、どうやら男の子と女の子のようであった。それが肩を並べながらテラスに立って、こちらの窓を見上げているのである。女の子の姿には、夢に見た例の浴槽の中のものをとっさに思い出させるものがあった。男の子のほうは、それよりもさらに凄味があった。

胸に両手をあてて、笑みを含みながらじっと立っている女の子の脇で、髪の黒い、瘦せひょろけてボロボロの服を着た男の子は、両手を高く上げて、耐えがたい空腹を訴えるような、なにか歎願するようなかっこうをしている。上げたその手が透きとおって、それへ月の光がこうこうとさしている。指の爪が恐ろしく長く伸びているが、それにも月の光が射しつらぬいている。両手を高くさしあげているので、凄い光景が丸見えであった。男の子の左の胸には、まっ黒な疵《きず》穴がパクリと口をあけていた。その時スティーヴァンの耳に、というよりも頭のなかに、ついさっきまで、木立のなかで聞こえていた、あの飢えたような寂しい叫び声が落ちてきた。と思ったとたんに、男の子と女の子が、乾いた砂利の上をサッと音もたてずに動いたと思ったら、それなり姿が見えなくなってしまった。

スティーヴァンの驚きは言いようもなかったが、しかしもうそちこち約束の時間も迫っていたので、思いきって蠟燭《ろうそく》を手にとると、かれはアブニー氏の書斎へ降りて行くことにした。書斎の入口は、玄関ホールの片側にあるが、恐さと気がせいていたから、階下のそこまで行くのは大して暇もかからなかったかわりに、中へはいるのに少々手間がとれた。いつものとおり、鍵が扉の外側に出してあるから、錠のおりていないことは確かだったが、二、三どノックしたのに、中からはなんの返事もなかった。誰か人がいるとみえて、アブニー氏はなにか話をしていた。あっ！ と声を立てようとしたとたんに、なぜかスティーヴァンは声が咽喉の奥につまってしまった。なぜだったのだろう？ またあの怪しい子供の姿でも見たのだろうか？ 気がつくと、話し声はいつのまにか止んで、部屋のなかはしんとしていた。恐怖のあまり、スティーヴァンが夢中で押した書斎の扉は、押されるままに中へスーッと明いた。

＊

書斎のテーブルの上にのっていた紙片は、のちに年頃になってからスティーヴァンにも内容が分ったが、かれの身柄を説明したものであった。次に掲げるのが、その最も重要な部分である。——

「一般ニ古代人ハ、次ノゴトキ強キ信仰ヲ持テリ。ソハ近代人タル吾人ガ一種ノ蛮行ト目スベキ或ル種ノ施術ヲ施スコトニヨリテ、人間ノ霊ノ力ハ著シク増強セラルルトノ信仰ナリ。タトエバ、数人ノ人間ノ個性ヲ吸飲スルトキ、ソノ者ハ大宇宙ノ四大ノ力ヲ制御スル霊界ノ秩序ヲ完全ニ凌駕シウルモノナリトイウ。カクノゴトキ古代人ノ明知ニツイテハ、余ハカレラノ明言ヲ信ズベキ経験ヲ有スルモノナリ。

伝ニヨルニ、カノ魔術師シモンハ『クレメント・リコニション』ノ著者が大胆ニモ言エルゴトク、オノレガ『殺害』セル男児ノ魂魄《コンパク》ノ力ニヨリテ、アルイハ空中ヲ飛翔シ、アルイハ神出鬼没、オノレガ好ムトコロノ形ニ自由自在ニ変化《ヘンゲ》シタリトイウ。余ハサラニヘルメス・トリスメギスタスガ書キタルモノヲ読ムウチ、二十一歳以下ノ人間三人ノ心臓ヲ吸飲スレバ、ソレト同様ノ効能ヲ見ルベシトシテ、ソノ詳細ヲ記セル記事ヲ発見シタリ。爾来二十有年、余ノ半生ハ、ナントカシテ、社会問題ヲ起サズシテ便宜ニ殺害シウル人物ヲ、ワガ実験ノ主体トシテ選ビ、モッテ這箇《シャコ》ノ真理ヲ試ミンガタメニ献ゲラレタルナリ。ソノ第一回ハ、一七九二年三月二十四日、ジプシー生レノ少女フェーブ・スタンレーナル者ヲ殺害シタリ。第二回ハ一八〇五年三月二十三日、流浪ノイタリア人ノ少年、ジョーヴァニ・パオリナル者ヲ殺害シタリ。而《シコ》ウシテ最後ノ『犠牲者』――余ハコノ語ニ万感無量ナルモノアリ――ハ、余ガ従弟スティーヴァン・エリオットナラザルベカラズ。カレガ運命ノ日ハ、マサニ本日、スナワチ一八一二年三月二十四日ナルベシ。

所要ノ吸飲ヲ最モ効果アラシム方法ハ、スナワチ生身ノ人体ヨリソノ心臓ヲ摘出シ、コレヲ焼イテ灰トナシ、ソノ灰ヲ赤キ酒ニ混ズベシ。赤キ酒ハブドー酒ヲヨシトス。初メノ両名ノ死体ハ巧ミニ隠匿スルコトヲエタリ。コレニハ不用ノ浴室、酒倉ガ最適ナルベシ。犠牲者ノ霊位ヨリ、俗ニ幽霊ト称スルモノノ迷イ出ズルコトアルヤモ知レネド、イヤシクモ哲人ハカカルモノノ執念ニトリツカルルコトハナキモノナリ。モシコレガ成功スレバ、余ハコノ実験ニヨリテ強力独歩ノ存在トナルコトヲ思イ、ヒタスラソレニ満足スルモノナリ。コレニヨリテ、余ハ人間ノ正義ト称スルゴトキモノヨリ蟬脱《センダツ》シ、死ソノモノヲモ滅却セル無上ノ境涯ニ入ルナリ」

アブニー氏は、書斎の椅子の上にのけぞって死んでいた。その顔には、憤怒と驚愕と断末魔の苦悶が刻まれていた。左の脇腹に、引き裂いたようなもの凄い傷口があいていて、心臓が露出していた。そのくせ、当人の手にはどこにも血痕はなく、テーブルの上にのせてあった長いナイフにも、血糊はついていなかった。獰猛な山猫でも食らいついたのであろうか。書斎の窓は明けはなしになっており、検屍官の意見によると、なにか野性の動物に襲われて、死に到ったのだということであったが、スティーヴァン・エリオットはのちに上掲の文書を検討して、それとはぜんぜん違った結論を下している。

マグナス伯爵

ここに物した一篇の因縁ばなしの資料を、作者がどういう方法で手に入れたかといういきさつは、いずれ以下のページから読者にもお分りになることだから、それは措《お》くが、ただ、本文に入るまえに、話の素《もと》ともいうべき家蔵のその資料なるものが、どんな形式のものであるか、それを一応述べておく必要がある。

一八四〇年代から五〇年代、あの時分はよくそういった旅行記が一般に公刊されたものであるが、家蔵の粉本も、ある意味では、当時のそうした紀行本向きに仕立てた一連の文章を集めたものなのである。ホーレス・マリヤットの「ユトランド及びデンマーク諸島滞遊記」という本、あれなどがその手の刊行物の好箇の見本であるが、この種の旅行記は、通例、ヨーロッパ大陸のうちでもあまり人に知られていない地域をあつかったものが多い。たいていは木版か銅版の挿画入りで、いずれも今日見るような編集の行きとどいたガイドブック並みに、旅館の施設、交通の便、そういったことがらが詳しく述べてあることは申すまでもないが、大体においてその土地の有識者、草分けの宿屋の主人、話好きな百姓、といったような連中を相手の採訪談を記したものが多いようである。ひとくちにいえば、鴃舌《げきぜつ》放語の書だ。

家蔵の資料は、そこへいくと、最初からそういった類書のネタを多少でも潤色しようという考えがあったのか、行文の進展するにつれて、いわば筆者個人の体験記といったふうの趣をおびており、その記事が最後の一つ手前の章あたりまで、一貫して続いている。

書いた人は、ラクソールなにがしという人で、その人となりは、書いた物が提供する証拠以外には、なんのよりどころもないが、それによると、大体中年を過ぎた人で、多少の財産も持っており、なによりもよくよく孤独の人だったらしい様子がうかがえる。イギリスには、どうやらいちども定まった家を構えたことがないらしく、あちこちの旅館、下宿のようなところを転々として住み歩いていた人のようである。もちろん、いずれ将来は、この国のどこかに居を卜《ぼく》するつもりで、当人はそれをたのしみにしていたのだろうと思われるが、その機会はついに来なかった。パンテクニコンに家具工場を持っていたようなことを、書いた物のなかで一、二度披露しているところを見ると、おそらく当人の前歴に光明を投げるようなものは、例の一七八〇年初頭にパンテクニコンから出火した大火で、あらかた湮滅《いんめつ》してしまったものに違いないと思われる。

この人、生前に、著書が一冊ある。それが自分の曾遊《そうゆう》の地、ブリタニーの紀行であることだけは分っているのであるが、著作物については、それから先のことは一切明らかでない。わたしも当時の書目をずいぶんこまめに調べてみたのであるが、けっきょくのところ、もしほかにこの人の著作があったとすれば、あるいはそれは無名で出版したか、それとも変名で出したか、そのどちらかに相違ないことだけが、結果として判明したに終ったのである。

当人の人柄について、ここで通りいっぺんの説をなすのは、むずかしいわざではない。いずれ頭脳の明敏な教養人だったに相違なく、オックスフォードでは――年報で調べてみると、カレッジはブレーズノーズで、もうすこしのところで給費生になれる、スレスレの成績だったらしい。ただ、この人の玉に瑕《きず》ともいうべき欠点は、ものごとを穿鑿《せんさく》する癖《へき》が少々度をこえていることで、これは旅行家としても、ある意味ではマイナスだったとみえ、じつはこの持って生れた性格的な欠点のために、とうとう最後には、えらい高い代価を払うようなことになったのであった。

その最後の遠征となった旅に関しては、当人はべつにもう一冊、著述のもくろみを持っていたのであった。当時――というのは、今から約四十年ほど前のことだが、その時分はまだ、スカンディナヴィアなんて国は、一般のイギリス人にはよく知られていなかった時代であった。それをこの人は、すでにその当時から、いち早くスエーデンの国をおもしろい舞台として、これに目をつけ、そんなわけであちらの歴史、懐古録なんぞの古い典籍を、あれこれと猟渉《りょうしょう》するうちに、これはうまくむこうの由緒ある名門旧家の秘録軼事《いつじ》を適当に中にあんばいしながら、あちらの紀行を書いたら、それはそれで文海の一針になるぞと、そこへ着目したものなのに相違ない。そこでかれは、さっそく手をまわして、むこうの国の上流人に宛てた紹介状を何通か手に入れると、一八六三年の夏まだ浅いころ、飄然《ひょうぜん》とかの地にむけて出立したのであった。

この北国行の旅の途次のこと、またストックホルムに幾週か滞在中のことどもは、ここにわざわざ述べる必要もないけれども、ただ一つ、これだけは言い洩らしてならないのは、たまたまその時、かれはストックホルムに在住のさる学者から、ヴェステルゴートランドの古い荘園屋敷の当主が、今もなお、一門の重要な家録を集成したものを蔵しているということを聞いて、その閲覧の許可を得たのである。

問題のその荘園屋敷（スエーデン語で荘園屋敷のことを「ヘルゴールト」という）は、現在では「ローベック館《やかた》」と呼ばれている。が、これは本来の名称ではない。それはまあどうでもいいが、ともあれ、この屋敷は、その種の建物としてはかの国の随一のうちの一つに数えられるもので、グーレンベルグの「古今第譜」（一六四九年刻）のなかには、この館邸の図版がのっているが、さながらそれは、こんにち多くの観光客が目のあたりに見る通りの、髣髴《ほうふつ》たる実景画である。もとこの荘園屋敷は、一六〇〇年のはじめに造営されたもので、ごく大づかみにいうと、その建築様式と資材――正面を石造りにした赤煉瓦の建物――の点では、同じ時代のイギリスの民家にひじょうによく似ているところがある。これを造営した人は、ド・ラ・ガルディ家という名門の裔《すえ》にあたる人で、屋敷は今日なお、その子孫の有になっているのであるが、このド・ラ・ガルディという名前は、いずれあとで述べる必要が生じた時に述べることにする。

ローベック館の人々は、ラクソールを心からなる配慮と礼をつくして迎えてくれた。そして、どうか調べものがすむまで、遠慮なくいつまでも当家に泊っているようにと言ってくれた。しかし、ラクソールとしては、気がねや気づまりは正直のはなし有難迷惑だったし、それに自分のスエーデン語の会話力にもあまり自信が持てなかったところから、かれは村の宿屋にひとりで宿をとることにきめ、おかげでその宿で夏の暑いさかりを存外快適に過すことができたのであった。そのかわり、宿をほかにとったために、毎日荘園屋敷への行き帰りには、ご苦労ながら、かれこれ一マイル近い道をテクテク歩かなければならなかったが。屋形《やかた》は宏大な庭園のなかに立っていて、まわりをうっそうたる老樹に囲まれ――というよりも、屋形もその老樹といっしょに生い育ったとでもいいたげな、鬱然たるおもむきがあった。屋形の近くには広い囲い庭があり、そのさきが小さな湖のへりを縫う、こんもりした森になっている。この地方はいったいが低地で、そういう小さな湖沼がほうぼうにあるのである。その湖畔の森をぬけると、やがて荘園境の土塀があり、そこに切り立った小山がある。浅く土に蔽われた岩山であるが、その岩山の頂上に、暗い喬木に囲まれて一宇の礼拝堂が立っている。この礼拝堂は、イギリス人の目から見たら、なんとも奇妙千万な建物で、本堂と側廊がばかに低く造ってあり、座席と柱廊がいやに広くとってある。西側の柱廊に、はでな色に塗った、銀色のパイプの何本も立った、古風な美しいオルガンがすえてあり、平天井の天井には、いちめんに紅蓮《ぐれん》の業火、崩れ落ちる都、炎上する船舶、阿鼻叫喚する老若男女の群、それを眺めて悪魔どもがしきりと悦に入っているという、十七世紀の絵師の筆になった珍しい「最後の審判」の図が描いてある。梁《はり》からは真鍮のみごとな吊り神灯が下がり、説教壇は人形の家みたいにこじんまりとして、彩色した小さな木像の天使や諸聖が、ところ狭いまでに飾りたててある。説教机のわきには、べつに蝶《ちょう》番《つがい》でカネオリに台がついていて、その上に水時計が三つのっている。――こういった光景は、こんにち、スエーデンの各地の教会寺院のどこでも見られる光景であるが、ただ、この堂がよそのそれと違っている点は、本堂に付属の建物がついていることであった。この荘園屋敷をそもそも最初に建てた人が、自分と一門の代々の霊位をまつるために、礼拝堂の北側の側廊の東の隅に、一宇の霊廟を建てたのである。この霊廟は八面のかなり大きな堂宇で、長円形の明り窓、屋根は丸屋根で、尖塔のさきに南瓜《かぼちゃ》の形をした飾りが上がっているのは、この国の建築家が好んでする意匠である。屋根は銅で葺《ふ》いた上を黒く塗ってあるが、外壁はふつうの教会と同じように、眩《まばゆ》いばかりの白堊である。本堂からは、この霊廟へのぼる入口はどこにもない。霊廟は霊廟で、霊廟専用の正門と石段が北側についているのである。

この礼拝堂の境内のすぐわきを、村へ行くいっぽんの道が通っていて、そこを行くと、村の宿屋の前まで三、四分で行かれる。

ラクソールは、ローベック滞在の第一日に、たまたま礼拝堂の入口の大扉があいていたものだから、今わたしがかいつまんで述べたような堂の内部の模様を、心覚えに書きとめておいたわけだが、霊廟のほうは、中へはいれなかった。霊廟のほうは、鍵穴からそっと中をのぞいて、わずかに大理石の幾体かのみごとな立像、りっぱな銅張りの棺、数ある武具甲冑の類などを、よそながら仄見することができたのみで、そぞろに垂涎《すいぜん》おくあたわず、しばらく低徊その場を去るに忍びなかったのである。

ところで、それを見るのが目的できた荘園屋敷の古文書類は、これは親しく当ってみると、まさにかれの著述の資料としては打ってつけのものであった。一門の消息文、日歴、この地を領した先祖の帳簿類、そういったものが丹念に保存されていて、文字もきれいだし、おもしろい事柄が随所に生彩陸離たる筆で記されていた。そういう古い記事のなかに、初代ド・ラ・ガルディという人がしきりと出てくるが、この人はよほど剛毅濶達な器量人だったとみえる。この荘園屋敷を造営してからまもないころに、この地方が一時すこぶる疲弊困憊《こんぱい》した時期があって、そのために土民が糾合蹶起《きゅうごうけっき》して一揆《いっき》をおこし、二、三の富家高邸を襲って、だいぶ狼藉をはたらいたことがある。そのときローベックの領主は、その紛擾の抑圧に采配をふるって、みずから主謀者の処刑を執行し、臨むにほとんど苛責なき重罰をもってしたという記録がのこっている。

このマグナス・ド・ラ・ガルディなる人の肖像画は、荘園屋敷が蔵している絵のなかでは第一等の作で、ラクソールは一日の仕事をおえたあと、すくなからぬ興味をもって、この絵をこくめいに観賞した。べつにそれについて、詳しいことはどこにも書いていないが、あれこれ総合し推察してみるのに、どうやら顔の美しさとか温容とかいうものよりも、相貌のもつ力強さというか迫力というか、それにかれは深く心を打たれたもののようである。その証拠に、かれはこんなことを書いている。――「マグナス伯爵は、その相貌ほとんど醜怪というに近き人なりしとおぼゆ」

ラクソールは、この日、ローベックの家族の人々と晩食をともにし、夜もやや更けてから宿までブラブラ歩いて帰ったのである。月のいい、静かな晩であった。

かれは、こう書いている。「余はかの堂の堂守の男に、余を霊廟のなかへ入れてもらえるやいなや、忘れず問うてみん。こよい余は堂守が霊廟の入口の石段の上に立てるを見たり。おそらくは鍵をかけていたるか、もしくははずしていたるかなりしならんが、かれが単身かのところに来りしことは明らかなり」

記によると、その翌朝、ラクソールは宿の主人と款語《かんご》している。その時の話の模様を、いやにかれは長々としちくどく書いているので、最初わたしもちょっと不審な気がした。けれども、わたしはすぐに、そうだ、今自分の読んでいるこの文章は、まだ冒頭のこのへんのところは、つまり、筆者が書こうと志していた書物のネタなのであって、そういう何とつかない雑談の混成をまくらにした半探訪記事なのだっけと、自分で気がついたが。

ラクソールに言わせると、その時の話の目的は、じつはマグナス・ド・ラ・ガルディ伯爵に関して、この土地に言い伝えられている口碑のようなもののなかに、この人の行状の模様をつたえたものはないのか。いったい、この人物に対する土地の人達の評価は、人気があったのか、なかったのか、それが探りたかったのだというのである。ところが、いろいろ探ってみたところ、この土地の人達は、伯爵にぜんぜん好意を持っていないことが分った。たとえば、ご領主様の恩顧を蒙《こうむ》っている小作人たちが、毎日の作事にちょっとでも遅れて出てくるようなことがあると、さっそくそういう連中は広庭へひっぱりだされて、木製の馬にまたがされ、ピシリピシリ笞で打たれたり、ひどいのは焼け火箸をあてられたりしたという。また、数ある小作人のなかには、領主の持ち地まで自分の作地を食いこんで拡げている者が何人かあったが、そういう不正な連中の家が、ある年の冬の晩、なにか原因不明の怪火のために、家族ぐるみ焼かれたというような例もあったりした。ラクソールは、話をなんどもそこへ引き戻しては、根掘り葉掘り訊いてみたのであるが、ところが宿のあるじのいちばん気にしている取って置きの話というのは、そんな話ではなくて、伯爵があるとき「悪魔の巡礼」に出たことがあり、その時何物だかよく分らないが、なにか怪しいものを連れて領地へ戻ってきたという話のほうだったらしいのである。

「悪魔の巡礼」とは、一体なんのことだろう？　ラクソールがその時そういって尋ねたように、当然、諸君もこの疑問をおこされるにちがいないと思うが、しかし、この点に関する諸君の好奇心は、これもその時のラクソールと同じように、暫時満たされぬままの状態におかれなければならないことをお断りしておく。宿のあるじは、あきらかにそのことについては、満足な答はもちろんのこと、なんら解答らしいものをも与えることを好まぬようすであった。おりからあるじは家の者に呼ばれて、それをいい間《ま》のふりに部屋からさっさと出て行ったが、しばらくして部屋の扉口から首だけだすと、よんどころない用事ができてこれからスカラまで行ってくるが、どうせ帰りは夜になるだろうから……と言った。

そんなわけで、ラクソールは、結局うやむやのうちに、その日はそのまま、日課の調べものにローベック館へ出かけて行った。ところが、ちょうどその時調べにかかっていた古文書から、かれの考えはまた新しい第二の溝渠《こうきょ》へとはいって行ったのである。文書のうちに、一七〇五年から十年にかけて、ストックホルムのソフィア・アルベルティーナと、その従妹ですでに他家に嫁いだウルリカ・レオノラとの間にかわされた書簡が幾通かあって、ラクソールはそれに目を通した。この書簡は、のちにスエーデン史料編纂所から完全なものが公刊されたから、読まれた方はご存知のはずであるが、十八世紀初頭のかの国の文化のありかたに光を投げているという点で、格外におもしろいものである。

ラクソールはその日の午後、この書簡を読みおわって、納めてあった箱にそれを納めて、もとの棚にもどし、さてあしたの調査は何にしたらよいか、その大綱《たいこう》をきょうのうちにきめておこうと思って、手近にあった綴じこみを何冊かとりおろした。その棚は、ほとんど大部分が初代マグナス伯爵の記入した会計帳簿で占められていたが、なかに一冊、そうでないものがまじっていた。それは十六世紀のだれか別人の手で書かれた錬金術の書物であった。つまり、仙術の書である。ラクソールは仙術文学はいっこうに不案内であったから、せめてそのなかに出てくる典籍の名前と、論部の書きだしの部分だけでも、なにかの参考に控えておこうと思って、だいぶ暇をかけてそれを書写した。――「不死鳥の書」「三十語録」「蝦蟇の書」「ミリアムの書」、そんな書目を幾つか書き記したあとへ、かれはその巻の中頃に近いところに、もとから白紙のままになっているページが一葉あって、そこに伯爵の手蹟で、「魔界遊記」と題した筆録を発見した、その時のうれしさをこまごまと記している。伯爵のその手記は、行数にしたらいくらもないものであったが、とにかくそれは、その朝かれが宿のあるじから聞いた、伯爵在世当時の古い信仰を遺憾なくあらわしたもので、それによると、おそらく伯爵その人も、その信仰を持っていたものにちがいない。以下は、その手記を英訳したものである。

「人もし長寿をえんとねがい、また忠義なる牒者をえて仇敵《かたき》の血を見んとねがえば、まずコラジンの都に入りて……の皇子《みこ》のまえに三拝すべし」――この……のところが、文字が一字消してあったが、完全には塗り消してないので、ラクソールはその文字を aëris （「空の」あるいは「大気の」という意味）と判読して、自分の読みのまちがっていないことを断言している。もっとも、書き写した文句はそれぎりで、その先はない。あとにラテン語が一行添えてあるだけである。

“Quære reliqna hujus materiei inter secretiora”（あとはさらに深き秘事のうちに見よ）

このことが伯爵自身の嗜好と信仰に、なんだか薄気味のわるい、おぞましい光を投げたことは否むことができなかったが、なにしろ自分とは三世紀も隔った昔のことなのだから、ラクソールは、伯爵が錬金術に全力を打ちこんでかかったことを想像し、錬金術にあるいはなにか呪術めいたものまで加えたかもしれないと思って、伯爵のそうした妖異な姿が絵のごとく髣髴と目に浮かんできたのである。そこでかれは、ややしばらく広間にかけてある伯爵の肖像の前で低徊沈思したのち、ようやく宿までの帰途についたのであるが、心のうちはマグナス伯爵を思う念でいっぱいで、あたりの物も目に入らず、薄暮の林間のかおりも、暮れなずむ湖面の微光も、知るや知らずや、やがてふと足をとめてあたりに気づいた時には、いつのまにか礼拝堂の門前に自分が立っていたのに愕然とした。夕食の時刻にはあと数分しかない。目はしぜんと霊廟のうえに落ちた。

「ああ、マグナス伯爵」と思わずかれは言った。「あなたはそこにおられる。わたしはあなたにぜひお目にかかりたい」

記には、こう書いてある。「余は世の多くの孤独なる人に似て、つねに大声に独語する性癖あり。ギリシャ・ラテンの古き文《ふみ》には、かかる例を記したるものもあれど、余のばあいは飽くまで独語にして、答を予期するものにはあらざるなり。この時は、それが却ってしあわせなりしならん、声も、答らしきものも、つゆだになかりき。ただおりから堂内を掃除にきたりし女ありて、なにやら金属の物を床上にとり落したり。戛然《かつぜん》たるその音に余は愕《おどろ》きぬ。おもうにマグナス伯爵は深き熟睡《うまい》に沈みてありしならん」

おなじ日の夜、宿の主人は、ラクソールが土地の教区長か助祭の牧師に会いたいというのを聞いて、宿の応接間で助祭の牧師にかれをひきあわせた。その席で、あしたド・ラ・ガルディ家の墓陵へ行く話がすぐにきまり、そのあとはしばらくよもやま話になった。

ラクソールは、ふとスエーデンの教会の助祭は、堅信礼を志願する者の手引きをする職務を持っていることを思いだして、その話でもして、自分が大学時代に聖書を朗誦した記憶を新たにしようと思って、

「失礼ですが、あなた、コラジンのことでなにかご存知のことがおありでしょうな?」と尋ねてみた。

すると、牧師はちょっとギックリしたようであったが、すぐに、そのコラジンの村は昔告発されたことがあるといって、その事情を話してくれた。

「なるほどね。そうすると、今でも村の跡は残っているんでしょうな?」

「たぶん、そうだろうと思います」と牧師は答えた。「だいぶ前に、長老がたから伺った話ですが、あすこはキリストの敵が生れる土地だそうで、いろいろ話がありましてね……」

「ほう、どんな話ですか?」

「いや、その話をつい胴忘れしてしまったと、今申し上げようと思ったところなのです」と牧

師はなにか奥歯に物のはさまったようなことを言うと、まもなく暇《いとま》を告げて帰って行った。牧師が帰ってしまうと、部屋には宿のあるじひとりになったので、ラクソールはここぞと思って膝をのりだした。この穿鑿家がなにが相手をただでおくわけがない。

「ときにニールゼンさん」とかれはあるじに向かって言った。「例の『悪魔の巡礼』のことで、すこしわたし目鼻のついたことがあるんですがね。どうでしょう、あなたのご存知の話を聞かしてくれませんか？　いったいぜんたい、伯爵はあの時なにを連れて帰ってきたのです？」

スエーデン人は、一般に人にものを答える時に、テキパキしない癖があるのか、それとも、ここの宿のあるじだけが例外なのか、そこのところはわたしもよく分らないけれども、とにかくラクソールの記しているところによると、その時宿のあるじは、ややしばらくなにも言わずに、ラクソールの顔を穴のあくほどじっと見つめていたそうである。それから、やがてのことに自分の席から立って、客のそばまで寄ってきて、はじめてそこで思いきったように言いだしたということである。

「ラクソールさん、お断りしておきますが、これはほんのちょっとした話だけど、ようござんすか、話はこれっきりですぜ。あとはもうありませんよ。話がすんだら、あとはあなた、なんにもお訊きになってはいけませんよ。——あたしのね、祖父《じじい》の時代の話なんです。そう、今から九十二年前のことです。この村に二人の男がいて、そいつがこういうことを言った。——『ご領主様はおっ死《ち》んだぜ。もう気がねをすることはねえや。どうだ、今夜森へ行って、久しぶりに一番、のんこのズイで猟をやらかそうぜ』森というのは、ローベックのうしろに見える、あの山の森でさ。そうするとね、そいつを聞いた一座の連中が、「よせ、よせ。行くでねえぞ。行って見ろやい、ぬしら、歩くべきものでねえもんが歩いてるのに出っこわすぞ。成仏《じょうぶつ》するべえもんが、歩いてるだぞ』というと、二人の男はゲラゲラ笑って相手にしない。なにしろ、あすこの森で猟をしようなんていう料簡《りょうけん》の者は、絶えてないんですから、森には見張り番もいません。小屋はあるが、人は住んでいない。ですから、奴さん達にしてみれば、好き存分なことができたわけなんです。

で、その晩、件《くだん》の二人の男は森へ出かけて行きました。うちの祖父《じい》さまは、ちょうどこの部屋のここんとこに坐っていたといいます。夏の晩のことで、いい月夜だったそうです。窓があいていたから、窓から森がひと目に見えて、なんでも筒抜けに聞こえます。

祖父さまはここんとこに坐って、ほかにも二、三人のひとがいましたが、みんな耳をすまして、気をつけていたんですな。すると、やがてのことに、誰か――といったって、ここからあの森までですから、かなりの距離がありますよ。そこをね、いきなり魂の芯《しん》から絞り上げたような、ギャッという声が聞こえたというんです。部屋のなかにいた連中は、みんなおたがいにしっかり摑《つか》まりあいながら、そのまま三、四十分、じっとそうしていた。と、三百エルばかり隔ったあの森で、またべつの声が聞こえた。こんどのは、大口あいてカンラカンラ笑う声だったそうですが、これが二人の男のどっちの声でもない。いや、二人の男どころか、人間の声ではないんだそうです。その声がしたあとで、どこかの大戸が地響をたてて、バタンと締まる音がきこえたそうです。それから、やがて日がのぼって明るくなってから、一同は寺の坊さんのところへ行って、言ったそうです。
『方丈さま、すぐと法衣《ころも》と袈裟《けさ》つけて、アンデルス・ビョルゼンとハンス・ゾルビョルンの葬《とむら》いにおいでを願いやす』

といえば、もうお分りのことと思いますが、連中はハンスとアンデルスがすでに死んだものときめていたのですな。それで、みんなして森へ行こうということになったのですが、うちの祖父さまはこの時のことを、生涯忘れずにいましたね。祖父さまの話だと、その時はみんな、白分たちが死人になったように、まっさおになっていたそうです。ところが、寺の和尚《おしょう》もやっぱりまっさおになって、震え上がっていたといいます。一同が寺へ行くと、和尚が、
『夜前、わしは魂切るような叫び声を聞いた。そのあとで、笑い声を聞いた。あの声が忘れられなんだら、わしはこよいからよう臥《ふ》せれんわい』といったそうです。

そこで、和尚と同道で一同は森へ行ってみると、森のはずれのところに二人の男が見つかりました。ハンスのほうは、一本の立ち木を背にして、そこへ棒立ちになったまま、なんだかしらないが、両手でしきりとなにか——まるでそこにありもしないものと押しくらでもしているようなかっこうをしています。この男は死んでいなかったのですな。で、みんなして森から連れだして、ニクヨーピングの家まで送ってやりましたが、その年の冬が来ないうちに、この男はとうとうやはり死んだそうです。死ぬまで、あいかわらず両手で押しくらをやっていたといいます。今ひとりのアンデルスも、これもハンスと同じ場所にいましたが、このほうは事切れていました。それがね、どうでしょう、このアンデルスという男は、前にはなかなか男前のい

い男だったんですが、ところが死骸を見るというと、顔がどこへ行ったか、まるっきりないんですな。顔の肉が、骨から、ゾックリしゃくりとられているんですよ。ねえ、どうでしょう、まあ？　うちの祖父さまは、はっきり憶えてましたよ。で、みんなして持って行った担架に死骸をのせて、顔の上に布をかけ、それから和尚が先頭に立って、みんな一心になって死人の回向《えこう》のために讃美歌をとなえながら、山を降りだした。すると、讃美歌の一節目のしまいのかかりを歌っているときに、先棒をかついでいた男が、どこをどうしたか足を蹴つまずいて、もろに転んだからたまらない。先に歩いていた連中が、びっくりしてうしろをふり返ってみると、死骸の顔にかけた布が落ちて、肉のない顔から、アンデルスが両眼をカッと見ひらいて、空《くう》を睨んでいる。布が落ちたから、まるでもうむきだしでさ。たまったもんじゃありませんや。そこで和尚が落ちた布をひろって、顔にかけてやり、それから鋤《すき》をとりにやって、その場所へアンデルスを葬ってやったんだそうです」

ラクソールの記によると、その翌日、ちょうど朝食をおわったあとまもなく、前夜の牧師が訪ねてきてくれて、ローベックの礼拝堂と霊廟へかれを案内してくれたと記してある。

その時かれは、礼拝堂の鍵が祭壇のわきの釘にぶら下げてあるのに目をとめて、ははあ、こんなところに鍵があるところをみると、ふだんここは錠をおろさずにあるのだな。してみると、もし堂内の立像だの石碑だのが、はじめに隙見をして見たものよりもりっぱな作だとすると、これは存外容易に、二度でも三度でも、ひとりでそっと見物に来られるわけだと、ふとそう思った。さて中へはいってみると、建物はなかなかどうしてりっぱなものであった。あまたある像や碑は、おおむね十七、八世紀の大作ばかりで、じつに荘厳華麗なもので、碑文や紋章などもおびただしく豊富にある。円天井の室の中央、やや広やかなところに、精巧な飾り彫りをした銅張りの棺が三つ据えてある。そのうちの二つは、デンマークやスエーデンではそれが定式の、蓋に大きな金物の十字架が打ってあった。いま一つの棺は、これはあきらかにマグナス伯爵の棺とおぼしく、棺の蓋に十字架はないかわりに、蓋の長さに大きな人形《ひとがた》が彫ってあり、まわりの縁にはいろいろの場面をあらわした飾り彫りが、絵巻物のように幾すじかの帯になって巻いている。砲煙を吹いている大砲、城壁をめぐらした町、幾隊もの槍兵隊などをあらわした合戦の図があるかとおもうと、罪人を処刑している刑場の図もある。そうかとおもうと、一人の男が髪をなびかして両手をつきだし、韋駄天《いだてん》のごとく駆けている図がある。駆けているその男のあとからは、なにやら異形《いぎょう》の者が追いかけている。この図柄は、これも彫った細工師に、はじめからその意図があって、しかもよく似せて作ることができなかったのか、それとも、このような見るからに恐ろしげなものを作ろうとしたのか、そこははっきり言えないけれども、ラクソールはほかの絵の図柄や技巧から見て、どうやら細工師に後のほうの考えがあったのではないかと感じた。その異形の者は、背がズングリと低く、その低いズングリした体を、地面まで引きずるほど長い、頭巾のついた衣ですっぽりと包んでいるのである。そして、なにかの物蔭から、手だか腕だかをつきだしているのだが、形からいうと、それは手でも腕でもなかった。ラクソールはその手でも腕でもないものを、イカかタコの足になぞらえて、こんなことを書いている。「余はこれを見て、ひとり言えらく、こは明らかに譬喩《ひゆ》をあらわしたるものならん。たとえば、猟師を追える悪鬼の類か。ともあれ、マグナス伯爵とかの怪しき伴侶の話のもとは、まさにこれなるべし。しからばかの二人の猟師の絵もあることなるべし。悪鬼は角笛なんど吹きいるに違いなし」ところが調べて見てまわったが、そんな恐ろしい魔物の姿はどこにも描いてなかった。ただ小高い山の上に、マントを着た男らしいものが、杖を按《あん》じつつ、狩猟のさまをさも興ありげなさまをして打ち眺めているところが描いてあるだけであった。細工師が力を入れて彫り上げたとみえ、狩を見て興じているその様子が、人物の顔や容子《ようす》に手にとるようにあらわれていた。

かれはさらにまた、棺におろしてあった、細工のいい、大きな鋼鉄の南京錠のことも記している。三つある南京錠のうち、その一つははずして、石畳の床の上においてあった。ラクソールはそれを見てから、あまり案内の牧師を長くひきとめて、勤行の時間をさまたげては悪いと思ったので、その日はそのまま自分だけ荘園屋敷へまわったのである。

「おのがじし思いに耽りつつ、馴れにし道をたどりゆけば、あたりのさまさらに心づかぬこそおかしけれ。こよいはそも二度目なり。碑文写しにひそかに御霊屋《みたまや》をたずねんと思いつつ行くに、いずこを行きしともつゆばかりも心づかず、ふとわれに返りてみれば、いつしか身は寺門を入りつつありぬ。マグナス伯よ、起きたもうや。マグナス伯よ、眠りたもうやと、歌にもならぬよしなしごと口吟《ずさ》みたりとおぼゆれど、それより先は絶えて覚えなし。うつけなることども、しばし振舞いたるとおぼし」と記している。

とにかく、その日は、まえからそこにありそうだと自分で睨んでおいた場所に、かれは霊廟の鍵をさがしあてて、かねがね写したいと思っていた碑文をだいぶ数多く写したのであった。そして、手もとがそろそろ暗くなるまで、霊廟のなかにいたらしい。

こんなことを書いている。「余がさきに伯爵の棺の南京錠が一つはずれていたりと記せしは誤りなりき。こよい見るに、錠は二つはずれていたりければ、二つながら拾いとりて、こころみに閉じんとしたれど叶わざりければ、かたえなる窓台に心してのせおきぬ。残る一つの錠は棺に固くかかりしままなり。バネ錠ならんと思えども、開きようをこころえねば、そのままに打ちおきぬ。もし開きようをこころえたらんには、余は臆するところなく伯の棺の蓋を自在に明けたるにちがいなし。思えば余が伯爵の残忍陋怪《ろうかい》とおぼしき性《さが》にいわれなく心ひかるるこそ怪しけれ」

明けてこの日の次の日が、ひょんなことから、ラクソールのローベック滞在の最後の日となったのであった。なにか投資関係のことで、よんどころなくイギリスへ帰らなければならない手紙が、旅先へ届いたのである。紀行とその材料集めの仕事は、事実上、すでに一段落ついていたも同然だったし、べつに足もとから鳥が立つように、あわてて急ぐ旅でもなかったしするので、かれはゆっくりと別れの挨拶ものべ、また自分の手控えにも最後の修整を加えたうえで、ゆるゆる発つことにした。

ところが、この最後の推敲と別れの挨拶は、思いのほかに時間を食ってしまった。ねんごろな荘園屋敷の人たちは、ぜひ晩餐をいっしょに食べて行ってくれといって、三時に支度をしてくれたが、なにやかにやで、ローベックの表門をかれが出たときには、もう六時半になんなんとする頃であった。やっとのことで、自分ひとりのしみじみした思いにしばらくの間浸《ひた》ろうと思って、かれは湖畔の小道を一歩々々、感慨深げに歩いて行った。あたりのけしき、薄暮の情趣、ここを見るのもいよいよこれが最後かとおもうと、踏む足どりも身にしみた。やがて礼拝堂の丘の上まで行って、水のような青い夕空の下に、黒々と果てしもなくひろがっている遠近《おちこち》の森を一望のうちに眺めながら、だいぶ長いことそこを徘徊していた。さて、そろそろ行こうかと来路のほうへ踵《きびす》をかえした時、ふとかれは、そうだ、ド・ラ・ガルディ家の先祖の諸霊、とくにマグナス伯爵に暇を告げてこなければという考えが浮かんだ。礼拝堂はそこからものの二十ヤードとは離れていない。霊廟の鍵のありかも知っている。例の大きな銅張りの棺のまえにかれが立ったのは、それからいくらもたたなかった。そして、例によって大きな声でひとりごとを言ったのである。「マグナスよ、あなたは昔の乱破《らっぱ》のような方だったのでしょう。乱破でもなんでもよいから、わたしはあなたにお目にかかりたい。いや、それどころか……」

「とこの時――」とかれは書いている。「余の足をなにやら発矢《はっし》と打ちし物あり。急ぎ身をひきてみるに、牀上《しょうじょう》に戛然と響きして落ちたる物あり。つくづく見るに、かの棺を封じたる三つ目の錠前なれば、身をかがめて拾いとらんとせし時、――余は神冥《しんめい》に誓いてここに赤裸々なる真実を記すものなり――蝶番の音きりきりと軋《きし》みて、あわや目のあたり、棺の蓋のおもむろにひらき上がれるをつぶらかに見たり。臆病者のふるまいに似たりとはいえ、余は命にかえても一刻もその場にとどまることあたわず、早々にしてかの恐ろしき建物のそとに立ち出でぬ。そのすばやさはわれながら筆にも言葉にも及ばぬほどなりき。あまりの恐ろしさに、錠前の鍵かくることさえ叶わざりき。今わが室にひとり坐してこの記を草しつつ、おのが身に問うことは、かのおり（まだ二十分とはたたざる前のことなり）の軋み鳴りたる蝶番の音は、あのままになおも鳴りつづきたるや否やということなり。余はいずれとも答うるあたわず。ただ余の知れるは、なにものか言詮《げんせん》のほかに余を仰天せしめたるもののありし一事なり。そもそれが物の音なりしか、あるいは物の姿なりしか、さらにおぼえなし。余の見たるもの、あるいは聞きたるものは、果たして何なるか？」

気の毒なラクソール！　かれはその翌日、計画どおり帰国の途について、無事イギリスに着いたのであるが、ところがそれを境にして、にわかにかれの筆蹟が変っていること、また、つじつまの合わない乱れた文章などから考えるのに、どうやら乱心したのではなかろうか。かれの文稿といっしょに、わたしの手にはいった小さな手帖が数冊あるが、そのなかの一冊は、かれの一身上に起った異変を解く鍵、とまではいかないまでも、一種の暗示ぐらいにはなりそうである。だいたい、この時の帰りの旅は、あらまし運河船によったものらしいが、自分と同じ船に乗っていた相客のことを、しきりと気にして書いている個所が、五、六カ所ある。その記事は次のようなものだ。

24。スコーネの村の牧師。黒の平服に黒のソフト帽着用。
25。ストックホルムからトロルハッタンへ行く商用の人。黒の服に茶の中折帽。

26。黒の長マントに、すこぶる古風なる鍔広《つばびろ》帽をかぶりし男。

この最後の記事には棒が引いてあって、書き入れがしてある。「この男は13と同一人か。顔はまだ見ず」としてある。念のために「13」の項を見ると、「法服を着たるローマの僧侶」と記してある。

数えてみると、二十八人の人間が挙がっているが、そのうち、一人はいつも黒の長マントに鍔広帽子をかぶっており、いま一人は「黒っぽいマントに頭巾をかぶった、背のズングリした男」である。ところが、この二十八人の船客のうち、二十六人は食事の時にかならず姿を見せるが、長マントを着た男とズングリした男は、ぜんぜん姿を見せないのである。

イギリスに着いた時には、ラクソールはハリッチに上陸したらしいが、着くとすぐにかれは、これこれの人だとはっきり自分でも言えないが、とにかく自分の跡を追っかけていると明らかに考えられる人間から、身をもって逃げのびることに肚《はら》をきめた。そこで、鉄道はどうも剣呑《けんのん》だというので、かれは一頭立の馬車を仕立てて、それに乗ってハリッチから野をこえ山をこえ、ベルチャンプ・セント・ポールという村まで行ったのである。月のいい八月の晩で、村の近くまできたのが、かれこれ九時頃であった。ラクソールは馬車の前方の席に腰かけて、窓から外をのぞいていた。畑や藪がうしろへうしろへと飛んで行く。ほかに目に入るものは何もない。すると、突然、とある十字路のところへ馬車がさしかかった。すると、その十字路の角のところに、二人の人影がじっと動かずに立っていた。二人とも黒っぽいマントを着て、背の高いほうは帽子をかぶり、背のズングリしたほうは頭巾をかぶっているのである。ラクソールは二人の男の顔を見るひまもなかったし、相手もこちらにそれと分るほどの身動きもしなかった。それなのに、馬はなにを思ったかきゅうに驚いて、はげしく跳ね上がったと思うと、そのままいっさんに走りだした。ラクソールは、なぜかもう万事休したといったような面持《おももち》で、座席に力なく身を沈めた。十字路に立っていた二人の男は、船で見た男だったのである。

ベルチャンプ・セント・ポールへ着くと、いいあんばいに、ちょっとしたこぎれいな宿が見つかった。ラクソールは、それからあと二十四時間は生きていたのである。わりあい、おちついた気分で談笑していたらしい。最後の補筆はこの宿で書かれたのであるが、いかにもそれは脈絡を欠いた唐突な記事なので、ここには引用しないでおくが、しかし書いてあることがら自体は、明晰なのである。かれは、いつ、それがどうやって来るものやら見当もつかないながら、とにかく自分の跡を追ってくる者が、ここまで訪ねてくるものと思いこんでいたらしく、「あいつは何をしたんだ?」とか「もう全然望みはないかな?」とか、絶えずそんなことばかり口走っていたらしい。医者に診てもらえば狂人と呼ばれるだろうし、警官に訴えれば一笑に付されてしまうことは、自分でも承知していたのである。あいにくとまた、土地の牧師は他行して留守であった。やむなく、自分の部屋に鍵をかけて、神に泣きすがるよりほかに手はなかったのであろう。

昨年あたりまで、ベルチャンプ・セント・ポールの村びとたちは、まだ当時のことを憶えていて、よくそんな話をしていたものである。何年か前の八月のある晩、見も知らない紳士が村へひょっこりやってきたと思ったら、翌朝その紳士は死んでいたという話。それから検死があって、七人の陪審員は死因は気絶死だという意見で、その結果、評決は神の罰だということになったという話。その時紳士が泊った宿屋の人達は、その週のうちに早々にその家を立ち退いて、よその土地へ行ってしまったそうである。おもうに、村の人達は、この怪死事件になんらかの光を投げる手がかりがあるとか、あるはずだとかいうことなどは、つゆ知らないのであろう。じつは昨年、ほんの偶然のことから、ラクソールの泊ったその小さな家が、ある遺産の一部として、わたしの所有物になったのである。その家は、一八六三年以来、ずっと空屋になっていたもので、どうせ人に貸そうたって借りてもなさそうだったから、わたしは思いきって取り壊してしまったが、以上わたしが諸君にいろいろ引いてお目にかけた資料文書は、その時、その空屋のいちばんましな寝室の窓の下にあった、古戸棚から出てきたものなのである。

解説

平井呈一

「よく人から、おまえは怪談ばかり書いているが、ひとつその怪談とか怪奇小説、あるいは超自然な物語についての、おまえの意見というものをはっきり聞かしてくれと言われるが、考えてみるのに、どうもわれながら、べつにこうといってはっきりとお答えするほどの意見を持ち合わしているかどうか、はなはだ覚束《おぼつか》ない気がする。大体、このジャンルのものは、ごく片々たる特殊なものなのだから、とても大上段に開き直って、これこれしかじかのものでござるといって嘯《うそぶ》くほどのものはあるまい。で、かりに問題をすこしひろげて、いわゆる一般の短篇小説の構成、これを支配するものは何かということになれば、これはいろいろ言うことがあるだろうし、従来もいろいろと言われてきた。もちろん、短篇小説でなく、筋に怪奇なものを盛りこんだ長篇小説も、あることはあるけれども、どういうものか、長篇で成功した怪奇小説というのは、いたって少ない。怪談の醍醐《だいご》味はどうも短篇に限るようで、したがって、大体ゴースト・ストーリーといえば、どれも短篇小説のもっている広汎な法則に則《のっと》っているようである。もっとも、かりにも文学の上で、そんな法則などに自分から意識して則っている作家は一人もいやしない。法則なんて言いだしたら、それこそ笑われものだが、言いかえれば、法則とはつまり技能のこと、かならずこれには成功が結びつくと認められている技能のことを言うのである。

……ところで、一篇の怪談を創作するばあい、わたしにとっては重要な要素が二つある。それは雰囲気と、クライマックスへじょうずに持ってくることと、この二つだ。……つぎに世界であるが、たとえば推理小説は、これはどこまでも現代でなければ——いや、その現代もごく尖端を行かなければならない。自動車、電話、飛行機、流行語、すべてそういうものが縦横に駆使されなければいけない。ところが、怪談というやつは、これはどうも、時代の霞《かすみ》がほんの少々、うっすらとかかっているのが望ましい。その証拠には、『今から三十年ほど前』とか、『第一次大戦のちょっと前のことである』とかいうような書き出しは、たいていの怪談につきものになっている。しかし、あんまりまた昔にさかのぼると、読者をそこまで連れて行くのが一仕事だ。うまい記録でも見つけて、それらしく見せかけるという手もあるし、出てくる幽霊の原因をさらにもう一段遠く遡《さかのぼ》って書けばいいようなものだが、これはしかしなかなか成功がむずかしい。わたしの考えでは、世界は読者がその自然さを判読できる現代において、そこにやや古めかしいものを設定するのが、いちばん好もしいように思う。現実性、ないしは実在性、これは申すまでもなく怪談の第一の魅力であるが、それもいやにどぎつく、これでもかこれでもかと、読者にむりじいするような実在性よりも、読者が作中の人物と一体になれる程度の、ピリッとしたところが一カ所あればいい。……」

オックスフォード版「世界古典叢書」のうちの「怪異小説篇」（1924）の序文のなかで、M・R・ジェイムズは以上のような意味のことを述べている。これはその後いろいろの怪奇小説論や、怪奇小説のアンソロジーの序文などのなかに、怪奇小説の金科玉条みたいにしばしば引用されているが、レ・ファニュに私淑して一生道楽に怪奇小説を書いて死んだ、その道の大家の所懐として、さすがに深い経験に裏づけられた、りっぱな一家言であるといっていい。

Montague Rhodes James 博士（1863-1936）は古代研究が本職であった。イギリス、ケント州の学者の家に生れ、のちにイートンの学長になった人であるが、専攻の古代研究の著書のほかに、七十四歳で歿するまでに、本職のかたわら好きで書いた怪奇小説の著は、"Ghost Stories of an Antiquary" (1904), "More Ghost Stories" (1911), "A Thin Ghost and Others" (1919), "A Warning to the Curious" (1925) の四冊、作品の数は三十篇ほどである。生涯の作として、三十篇という数はそう多いというほうではない。むしろ寡作のほうへはいるが、しかしその三十篇がどれ一つとして屑がなく、ほとんどどれもが第一級の作ばかりなのには、ただただ驚嘆されるばかりである。しかもその大半、ことに初期の作品は、ほとんど例外なく、当時自分が学長をしていたキングス・カレッジで、毎年クリスマスの集まりの席上、友人や学生たちに読んで聞かせた物語なのである。この巻に収めた「消えた心臓」も、「マグナス伯爵」も、二篇ともそういう発表経歴をもった物語で、そのあとで乞われれば雑誌に掲載し、そんな話がいくつかたまった時に、推挙する人があって、書店から単行本として上梓されたのであった。そういう点で、このジェイムズという人は、生涯、徹頭徹尾アマチュアとして終始した人であった。ここで念のためにお断りしておくが、ひとくちにアマチュアといっても、近頃のような、月賦で買った写真機をぶら下げてヌードを写しまわって歩いたり、会社の休みに当てずっぽうに出かけて山を荒らして帰ってくるといったような、そういうアマとはアマが違う。専門家やプロにない純粋な陶酔をもって制作をたのしんでいる、ほんとうの意味でのアマチュアを言うのである。三羽烏といわれる同じ時代のマッケンやブラックウッドとは、その点おのずから作風を異にしている。

ジェイムズ文学の特質、これはさきに挙げた「古典叢書」の序文のなかに、だいたい言い尽されているようである。——専門が古代研究であるから、題材は古いものにとったものが多い。古版本の聖書、古い寺院の建物、古版画、古書、古蹟、そんなものが大部分を占めている。そして、それにまつわる怪異を、現代とのつながりの上で巧みに処理しているのである。早くいえば因縁ばなし、といってしまっては身も蓋《ふた》もないけれども、その因縁的怪異を現代とのかかりあいのなかで語る、その結構の巧みさ、洗練された話術のそのうまいことは、まず右に出る者がないくらい堂に入ったもので、無類独歩の感がある。さきに挙げた「序文」のなかで、「一篇の山へじょうずに持って行くこと」を、作品の重要な要素としてあげているとおり、最初はさりげない、ごく日常的な書き出しから始めて、しだいに暗怪な雰囲気をかもしだしながら、静かな、そしてたしかな語りくちで、あの手この手、累々層々《るいるい》と、第一、第二のクライマックスへ盛り上げてゆくその道程の自然なうま味、——全体の構成がほとんど一分の隙もなく、筋のはこび、文章、ともにまったく間然するところのない、ぬきさしならぬ緊密な計算のもとに、しかもそれを目立たせずに、渾然《こんぜん》と布置されているあたり、まず名人芸に近いものがあって、ほとほと感嘆するばかりである。そのうえに、なによりもうれしいのは、とかく切れ味のいい才人が才にまかせてやったような、鬼面人をおどすような才気走った仕事とちがい、この人のは、そこにアマチュアのアマチュアたる、いかにも道を楽しんでいるといった悠々迫らざる風韻がにじんでいるから、なんとなくギラギラしない、靉靆縹緲《あいたいひょうびょう》たるものがある。と、こうまあ手ばなしで褒《ほ》めてばかりいたら切りがないが、さきに挙げた「序文」のなかで、「一カ所ピリッとしたところがあればいい」といっているように、ジェイムズの作品には、そういう恐怖の急所というか、勘ドコというか、ツボというか、かならずそういうところが一カ所ある。あたりまえな話といえばあたりまえの話だが、とにかくこの急所へ来て、読者は例外なく、思わず知らず、ゾッとチリ毛の寒くなる慄然《りつぜん》たる思いをするのである。たとえば、この巻に収めた「消えた心臓」でいうと、スティーヴァン少年が深夜浴室をのぞくところ。それから「マグナス伯爵」でいうと、最後の日に、主人公の足になにかぶつかるくだり。また、前に「大ロマン全集」の「怪奇小説傑作集I」に収めた「ポインター氏の日録」だと、最後に近く、主人公が椅子に身を沈めて本を読みながら、なんの気なく伸ばした手の先に、モジャモジャした髪の毛がさわるところなどがそれである。そして、こういう急所の山――クライマックスが、ほとんど唐突といってもいいくらい、しかもさりげなく、ソロリと出てくる。そして説明はなにもない。そこまでくる道程に手がかけてあるから、それだけで読者は頭から水をぶっかけられたようにゾーッとなるのである。こういう勘ドコを、じつに心憎いほど、ジェイムズはよく心得ている。また、古文書、資料文献の裁きかた、配りかた、――なかには自分ででっちあげたものもあるが――このツボを、これくらい心得て駆使している人はほかにあるまい。生涯の作品はわずか三十篇あまりであるが、こういう技法の点で英米の後進に影響をあたえたジェイムズの功績というものは、じつに量りがたいものがあるのであって、今もって一部の人たちから鬱然たる師表として仰がれているのも、故なしとしないわけだ。マッケンの妖気、ブラックウッドの精密、それとこのジェイムズの巧緻と。――これはやはり、なんといっても近世イギリス恐怖派の三異彩である。もっとも、ジェイムズの作品には、べつに人間の霊や性格の探求や、または深いコスミックな新しい意味があるわけではない。ただ、オーソドックスな怪異談、つまり人を恐がらせる物語としての芸のたしかさ、うまさ、これだけがかれの身上《しんじょう》なのであって、その点では、三人のうち、かれに第一指を屈しなければならない。まあ、この人などが、生れながらのアマチュア怪奇作家といわれる人なのであろう。本来が懐疑主義者であるはずの学究家が、いかなる怨魔《おんま》にみいられたか、職業作家よりもすぐれた恐怖小説を書いて成功したなどとは、一見はなはだ奇異な思いをいだかせることかもしれないが、そのへんの消息はわたしにもよくわからないけれども、おそらく、レ・ファニュにあれほどの熱意ある傾倒を打ちこんだような、生得の怪奇趣味的素質が、古代研究学者としての探求心と推理心とをえて、おのずからそこに玉のような実を結んだのではなかろうか。ともあれ、不出世の恐怖小説家であることは疑いない。――以上、舌足らずの賛辞をのべたけれども、ことは文学芸術の上のことであるから、その人の見方立場によって、この賛辞がそのまま貶辞《へんじ》にひっくりかえることも当然考えられる。ジェイムズなんざ古いやと一言のもとに言われてしまえば、それまでである。日本の読者のなかに、ジェイムズを愛好するような奇特な方がどれだけおられるか、わたしは興味をもって反響を待っていようと思う。

ジェイムズの弟子——事実上の弟子かどうか知らないが、三十年も師事したというから、まんざらの関係ではなかろう——に、ウェルズの牧師で、マルデンという人がある。“Nine Ghosts”という著書があるが、これは遺憾ながら題材・手法ともに師の作風を摸したもので、出藍の作というには至らない。ほかに同じ系統をひく人に、これも牧師の出で、カルデコットという人と、さらに最近では、ジェイムズが学長をしていたキングス・カレッジの図書館の司書でマンビィという人などがあるが、カルデコットの“Not Exactly Ghosts”はアメリカでちょっと評判になったようだけれど、これもあまりにジェイムズの亜流で、オリジナルな魅力に乏しい憾《うら》みがある。おそらくジェイムズ精神は、こういう師の作品をなぞった人たちよりも、たとえばラヴクラフトなどあたりに、かえって高く流れ継がれているように思われる。

さて、ジェイムズからハートレー、ハーヴィーへくると、時代のひらきもあるが、がらりと作風が違ってくる。だいたい、ジェイムズ、ハートレー、ハーヴィーを、こんなふうに一巻に並べるというのは初めからおかしい話なのであって、すこし楽屋話めいたことになるが、最初はハーヴィー、ハートレーに、ほかにもう一枚、ウェイクフィールドかメトカーフ、あるいはフォースタでも加えて、現代三人集を編むつもりでいたところ、そうなると限られた巻数でジェイムズの入れ場がなくなってしまうので、やむをえずこういうことになったのだが、それはともあれ、大学の学長だったジェイムズが、アマチュアとして一生怪談ばかり書いたのに反して、L・P・ハートレー（1895－）〔1972没〕は今を時めく現役作家である。この人には児童心理を扱った三部作がある。これで文学賞をもらっているが、わたしはその三部作の第一部である"Shrimp and the Anemone"と、四、五年前に評判になった、やはり子供を主人公にした"The Go-Between"しか目を通していないので、かれの本領である心理的社会小説については語る資格がないけれども、恐怖小説のほうは、"Night Fears"(1924)，"The Killing Bottle"(1932)，"The Travelling Grave"(1951)，"The White Wand"(1954)の四冊があって、これはそれぞれ、オーソドックスな伝統的な恐怖小説とはちがった、斬新な境地をひらいたものである。「怪奇小説は適当な時代の間隔をおくことが好ましい」とジェイムズは言ったけれども、ハートレーはそれとはまったく逆に、純然たる現代生活の日常的なもののなかから、新しい恐怖をつかみだしている。したがってその恐怖は、従来のゴチック・ロマンスや、オカルティズムや、幽霊伝統などにまったくかかわりのない、現代人のいとなむ現代生活のドラマのなかにひそんでいる、超自然な恐怖である。現代人の知性は、幽霊や怪異についての古い固定観念にはもはや信憑《しんぴょう》をおいていない。むしろ、そういうものを冷笑している。そういう冷笑のうちに、そのくせなにかもやもやした恐怖をとらえている点が、二重に効果的で、新しいのである。"The Travelling Grave"はそれで成功した恐怖小説の一つの新風といえよう。そういうわけだから、ジェイムズの言っているような、恐怖小説の特別の法則だけにもはや安閑ともたれてはいない。そういう旧套ははじめからサラリと脱して、プロット、性格、心理という、近代短篇小説の基本条件を高度にそなえた、ふつうの短篇とすこしも変らないものになっている。古い約束、古い世界に対する郷愁などは、クスリにしたくもないのである。わたしは、いわゆるモダン・ゴースト・ストーリーとか、モダン・ホラー・テイルズとかいわれているものは、どうやらこのハートレーやハーヴィーあたりを一つの限界としているような気がしてならない。つまり、これから一歩でもどちらかへ踏みだすと、なにかべつのジャンルへ行ってしまうという、そのギリギリの限界を踏みこたえているという意味である。現代生活の最も強烈なドラマといえば、それは犯罪であろうから、The Travelling Grave も Killing Bottle も、期せずして二つとも犯罪小説めいたモティーフをもっているけれども、サスペンスの内容はどこまでも超自然の恐怖なのだから、これはやはり恐怖小説である。考えてみるのに、このごろモダン恐怖小説はだんだん犯罪小説めいたものになっていく傾向があるし、コスミック・ホラーを目ざすものはたいていはS・Fのほうへ去って行くようだが、近頃わたしは、案外これはイージーな行き方なのではないかと考えだしている。才気にまかせて、クライムにS・Fに綱渡りをしているような達者な人はたくさんいるけれども、わたしのいうギリギリの限界に踏みとどまっている恐怖作家というものは、案外幾人もいないようである。そういう意味で、わたしは今後のハートレーのこの方面における仕事にすくなからぬ興味と期待をもっている。

W・F・ハーヴィーは五十二歳の生涯（1885-1937）のあいだに、“Midnight House”(1910), “The Beast with Five Fingers”(1928), “Woods and Tenses”(1933) の三冊の恐怖小説の著がある。「五本指の怪獣」は、この人の作品のなかではわりあい長いほうのものだが、この人の本領は七、八ページのごく短いものにあるようである。「炎天」（大ロマン全集「怪奇小説傑作集I」）は、なんといっても傑作で、この人の代表作みたいになって、たいがいのアンソロジーに収められているが、片々たる小篇ながら、古来の大家の作品のなかに伍しても、光を失わない明星のような作品である。中年から肺患にかかって、生涯病弱な人だったらしく、人がらも、この人がこんな不気味なものを書こうなどとは思われないような、温厚な人だったらしい。わたしはこの人の匠気《しょうき》のない、一見なんの奇もない無技巧な、清新で、たしかで、煽情的なところのない、一種底光のしているリアルな文章に、読むたびに心ひかれるのであるが、けっして大作家ではないけれども、地味で小粒ながら、モダン・ゴースト・ストーリーの作家として、五本指のうちに逸することのできない人である。

お詫び。――全集の予告のとおり、ジェイムズは、まだあと三、四篇訳す予定でいたところ、猛暑のために健康を害し、その責を果たせなかったことを、ここに読者に深くお詫びしておく。そのために、大西君にその皺寄せがまわって、ごむりをお願いしたことを、あわせてここに深く謝しておく。

（『世界恐怖小説全集4　消えた心臓』、東京創元社、一九五九年）

Ⅱ　アルジャーノン・ブラックウッド集

アルジャーノン・ブラックウッド　Algernon Blackwood (1869-1951) ――

イギリスの作家。曾祖父は英国海軍副提督、父は政府高官という上流家庭に生まれ、エディンバラ大学で農業を学ぶが、二十歳でカナダへ渡る。酪農会社、ホテル経営、金鉱掘りから新聞記者まで、様々な職に就きながらカナダ、アメリカで十年を過ごしたのち帰国。超自然的恐怖を描いた短篇を書き始め、三十七歳で最初の短篇集 *The Empty House and Other Ghost Stories* (1906) を上梓した。『心霊博士ジョン・サイレンス』(1908) の成功で専業作家となり、「柳」「ウェンディゴ」『人間和声』『ケンタウロス』など数多くの長短篇を執筆、ラジオやテレビにも出演して「ゴースト・マン」の異名を取った。十代の頃から東洋思想や神智学に傾倒し、オカルト結社〈黄金の暁〉団に入団したこともある。「在来の怪談に心理学的解釈をあたえたのがこの人の特徴だが、観念的なところがなく、すべて面のあたり経験したように書いてあるから、読者は恐怖の快感をじゅうぶんに堪能することができる」「題材は幽霊、吸血鬼、人狼、動物、植物、天象、地理、雪女まであるという多様さで、さながら、怪異コンクールの観がある」(「お化けの三人男」)とブラックウッドを評した平井呈一はまた、書き込んでいく作風なので百五十枚から二百枚程度の中篇が読み応えがあるとし、本書収録の「猫町」「迷いの谷」を「柳」などと共に代表作に挙げている。

人形

ひとくちに夜といっても、ただの闇夜もあれば、おなじ闇夜でも、なんとなく不吉な、怪しい事件でも起りそうなけはいのする晩もある。都心から遠く離れた郊外地などだと、こういうことは事実あるらしい。街灯と街灯のあいだを埋めているだだっ広い空地が、真夜ともなれば、沈々として鳴りをしずめ、ふいの突発事などめったにないところだから、夜ふけて玄関の呼鈴でも鳴れば、まずそれは召集ぐらいのもので、「家でも、そのうち町へ出ようね」などと音《ね》をあげるのも、そんな晩のことだ。別荘の庭では、赤枯れの杉の木が夜風にヒューヒュー泣いているのに、棒立ちの生垣はこそりともせず、ひっそりと鳴りをひそめている。

　小雨まじりのしめっぽい夜風が、マスターズ大佐宅、「月桂樹荘《ローレル》」の狭い玄関道の、銀松《シルバー・パイン》をざわつかしている十一月のある晩のこと。屋敷の主人、ヒンバー・マスターズ大佐は、前インド駐在軍の連隊長で、標札の名前の下には、肩書がいくつも書いてある。時間ぎめの女中は、ちょうど出かけて留守。十時すこしまわったころ、とつぜんけたたましく鳴った呼鈴の音に、おっかなびっくり、息をはずませながら飛んで出たのは、台所の料理女《コック》であった。呼鈴がだしぬけにチリリリンと鳴るやつは、あれはあんまり気持のいいものではない。主人の愛嬢、といっても、べつに目の中へ入れられるほど可愛がられているわけでもなかったが、ひとり娘でモニカという、これが二階で寝ていた。料理女が驚いて声を立てなかったのは、モニカの目をさまさせないためで、深夜のけたたましい呼鈴に肝をつぶさなかったというわけではない、雨中の客の車を中へ招じ入れるために、玄関の扉をあけると、入口の石段の上に、まっ黒けな男がニュッとつっ立っているのを見て、彼女はギョッとなった。吹き降りのなかに、背の高い瘦《や》せた黒んぼが、なにか包みをかかえて立っていたのである。

とにかく黒い肌であった。インド人か、アラビア人か、どっちだろうと、あとで考えてみたが、黒んぼという以上、白人ではない。しみだらけな黄いろい雨合羽に、よごれ腐った縁《ふち》の垂れた帽子をかぶって、ホールからさす赤い灯影に目をギラギラ光らしながら、「わっ、助けてくれ！　悪魔みたいな人！」とどなりたいような恰好をして、男は暗がりから小さな紙包みを彼女につきだした。「これマスターズ大佐に」と早口の小声で、「親展だからね、ほかの人、あけないようにね」そういって、聞きなれない外国訛《なま》りの、いやに下司《げす》っぽいしゃがれ声と、ギラギラした目の光とを残して、まっ黒けな男は、そのまま闇のなかへスーッと消えて行った。吹き降りのなかへ、吸いこまれるように消えて行ったのである。

「だけどさ、あたし、その男の目を見たんだよ」と、翌朝、料理女は朋輩《ほうばい》の女中にいった。「こわい目でね、うす汚いなりをして、まっ黒な手で、指が細くて長くてさ、爪が赤く光っていて、それがこっちをじっと見てさ。――ねえお前さん、わかるだろう？　顔といい恰好といい、とんと死神だったよ……」

料理女が体裁をととのえて話したところによると、ご主人にじかに渡してくれという相手の言葉が頭にのこって、彼女は紙包みを手にもったまま、しばらく玄関の扉のそばに立っていたが、考えてみると、マスターズ大佐は今夜は十二時過ぎないとお帰りがないから、すぐにこれはお手渡ししなくてもいいのだと思って、とにかくほっとした。そのときはまだ、おっかなびっくり怯《おび》える手に、紙包みを持ったまんまで立っていたのだが、そう思い直したことによって、いくらかでも、まだ自分におちつきがのこっていたことがわかって安心した。紙包みを持ってきた人間は、見ず知らずのうさんくさい男で、たしかに自分もギョッとしたけれども、紙包みそのものは、べつに怪しい代物《しろもの》でもなんでもなかった。おそらく、とっさの勘か、迷信みたいなものが働いたのだろう。風と雨、ひとりぼっちの留守番、そこへ思いもかけない黒んぼと、アイルランド生れの血が、昔の夢をかきたて、さあそうなると、紙包みの中にはなにか生きている物か、爆弾か、毒蛇か、それとも何か穢《けが》らわしい物でもウニョウニョ動いているような気がしてきて、ガタガタからだが震えだし、思わず持っていた指が緩《ゆる》んだ拍子に、紙包みをとり落した。タイルの床の上にカチャンと妙な音を立てて落ちたまま、紙包みは動こうともしない。よくよくそばへ目を近づけて見たが、いいあんばいに、茶色の紙包みはコソリともしないでいる。これが昼間、使いの小僧でも持ってきたのなら、まず食料品かタバコ、あるいは繕《つくろ》い直しのシャツ、といったところだが、しかし、カチャンといった音が、どうも見当がつかない。彼女はためつすがめつ、上から覗きこんで見ていたが、しばらくして、やっと自分の役目を思いだし、まだ震えのとまらぬ手先で、こわごわそれをつまみ上げた。旦那さまにじかにお渡ししなければならない品である。しかし旦那さまはお留守だから、いいわ、今夜はお机の上に置いておいて、あしたの朝申し上げることにしよう。それはいいが、旦那さまは長年東洋にいらして、何をしていらっした方だか知らないけれど、あのとおりのご気性で、ガミガミ屋さんでいらっしゃるから、なかなかごきげんのいい折に申し上げる時がない。まあ、朝のうちなら、なんとかなるだろう。……

料理女《コック》は、あしたの朝までその紙包みを預かっておくことに――つまり、主人の書斎の机の上に一時置いておいて、あとで届いた時のいきさつを申し上げることにした。要点以外の巨密《こみつ》なことは、ぼやかしておくことにきめた。というのは、料理女のミセス・オレリーは、じつは主人のマスターズ大佐がこわいのである。彼女が主人のことを人情味のある方だと思う時は、主人がひとり娘のモニカを可愛がる時だけだった。もちろん、お給金はいいし、ときにはばかにお愛想のいい時もあるし、それになかなかの美男子で、彼女の好みからいうと、ちと苦味走りすぎていたけれども、それでも、カレー料理がうまくできたといっては、ときどき心づけを下さったりするので、彼女もついその場は、ああいい方だと思ってしまうのであった。いってみればまあおたがいにちょうどいい主従なのであって、彼女もここに住みこんでいれば、ボロも出さずに、けっこう気らくに主人の物をはしけていられるのであった。「どうせ、ろくな物じゃありゃしないよ」と、彼女は翌日女中にいった。「『ご主人の手にじかに渡せ、ほかの者じゃいけない』なんて、黒んぼがあんな目をして言うもんだから、あたし、つい手が滑って床へ落っことしちまったんだよ。そしたら、カチャンと音がしたからね。どうせ、ろくな物じゃありゃしないよ。あんなものごめん蒙《こうむ》りだ。あんなまっ黒けな男が、なにがひと、縁起星なもんかね。あんな悪魔みたいな目をした男の持ってきた紙包みなんか、ねえ——」

「あんた、それでどうしちゃったの、それ？」と、女中がきいた。

料理女《コック》は、相手の頭の先から足の先までジロリと見て、「むろん、燻《く》べちまうわね。見たかったら、ストーブの上にのっかってるよ」

こんどは女中が料理女の頭の先から足先までジロジロ見おろして、

「あたし、てんで思いあたらないわね」といった。

料理女《コック》は考えこんだ。返事が遠まわしだったからだろう。

「へーえ、そうかい」と、料理女《コック》はやがて吐きだすように言った。「じゃあお前さん、あたしの考えていることはご存じないんだね。じゃあ、いってあげよう。あれはね、うちの旦那の恐がってる物なんだよ。うちの旦那はね、なにか恐い物がおあんなさるんだよ。私ゃ、ここの家へきてから、ちゃあんとそれを知ってるよ。あれがそれなんだよ。旦那はね、以前インドで、誰かになにか悪いことをなすったんだよ。だから、あんな痩せひょろけた黒んぼがやってきたのさ。あれを私、ストーブの上へ置いたと今いったろ。つまり、そういうわけだからなんだよ。

——ねえ、ちょいと？」といって声を落し、「あれはね、血仏だよ。そうだよ、あの紙包み。

——なに、来たやつかい？　来たやつは、お前さん、血仏の信者にきまっているさ」そういって、料理女は十字を切って、「だから私ゃ、ストーブの上へ置いといたんだよ。ねえ、ごらんな？」

女中はえっと目を丸くして、息をはずませた。

「まあね、私のいったことを憶えてお置きよ、ジェイン」料理女はそういって、やりかけていた粉捏《こね》りのほうへ向いた。

料理女《コック》は根がアイルランド人で、湿っぽいことよりも、どちらかというと、後生楽《ごしょうらく》に笑って暮らすほうの性《たち》だったから、うっかり者の女中に、紙包みをまだ燃さずに机の上に置きっぱなしにさせたまま、事件はそれなりしばらく中休みの形となり、彼女自身も、そのことはつい用に紛れて、いつとなく忘れてしまった。玄関口の応対は、もともと自分の役ではないし、自分はただ紙包みを受けとっただけであると、そのへんははっきりとわりきって考えている彼女だった。

そんなわけで、事のないのはご多分にもれぬ郊外地の常とて、その後べつに変ったことも起らなかったから、誰ひとり、「私のいったことを憶えて」いるものもなく、あいかわらず、モニカはひとりぼっちで楽しく遊んでいるし、苦虫を噛みつぶしたようなマスターズ大佐のガミガミ振りも、十年一日のごとくで、時雨《しぐれ》まじりの寒い風が庭の檜が枝を吹きぬけ、冷たい雨が弓なりの窓を打つのは変りもないが、訪《おとな》う客はひとりもない。日々是好日で、こんな日が一週間もつづくと、事件《こと》のない郊外生活も、いっそくさくさしてくる。

ある朝、とつぜん、マスターズ大佐の書斎のベルが鳴った。ちょうど女中が二階へ行っていたので、料理女のミセス・オレリーが顔を出すと、主人は、半分開きかけの、紐のぶら下がっ

た茶色の紙包みを手に持っていて、

「机の上にこれがあった。一週間ばかり、わしは部屋へ行かなかったが、誰が持ってきたんだ？　いつ届いたんだ？」そういう主人の顔は、いつものように黄いろくて、今にもかんしゃく玉が破裂しそうにピリピリしていた。

ミセス・オレリーが、届いた日をあいまいに答えると、大佐は、

「誰が持ってきたかと聞いておるんだ！」と脳天からガミガミどなりつけた。「ここらの方ではございませんでした」と、料理女は、恐る恐る答えた。「知らない方でございましたんですね。見たこともない方で、男の方でした」

「どんな顔の男？」この問は弾丸みたいに飛んできた。

ミセス・オレリーは不意打をくらって、「あの、く、黒い……なんですか、まっ黒な顔をした方で……いらしたと思ったら、すぐに行っておしまいになったので、よくお顔がわかりませんでした。それに……」

「なにか言伝《ことづけ》は？」と、大佐は彼女の話をしまいまで聞かずにいった。

彼女はいいしぶった。「はい、あの、べつにご返事はございませんでしたが」と、あの時のことを思い出しながらいいかけると、

「言伝はあったかと聞いておるんだ！」とまたどなりつけられた。

「はい、お言伝は、べつに、何もございませんでした。お名前とお所をうかがおうと思っておりますうちに、さっさとお帰りになってしまって、……黒人の方かしらと思いましたんですけ

ど、でも、夜で暗かったのかもしれませんし、そこがどうもはっきり申し上げられなくて……」いいながら、彼女はもう少しで泣き出すか、それとも気絶をして、ヘタヘタと床へくず折れかねないところだった。こっちが頰かぶりをして嘘をついてる時には、彼女はそのくらい主人が恐かったのである。ところが、大佐が半分開きかけのその紙包みを、黙ってこっちへ突き出してよこしたので、いいあんばいに彼女は、泣きも気絶もしなくてすんだ。大佐は彼女の予想を裏切って、べつにうるさく根問い葉問いもせず、馬鹿呼ばわりもしなかった。まるでかんしゃく玉とは打って変った、こっちの心配気兼《きがね》とは似てもつかない、ぶっきら棒な調子で、さりげなくいった。

「いいから、こいつは捨てるとも、焼くともしてしまえ」軍隊口調でそういって、大佐は彼女のさしだした両手に紙包みを渡しながら、「焼いてしまえよ」と、かさねていった。「それともどっかへ抛《ほう》り捨てちまえ、こんなもの」まるで触るのも厭だというふうに、彼女のほうへ投げんばかりに渡してよこすと、鋼鉄《はがね》のようなキンキンした声で、「こんどその男が来たら、あんな物はぶっ壊したと、そう言ってやれ。——おれの手には、渡さなかったと、そう言ってやれ」とあとの言葉にえらく力を入れて、「いいか、わかったな?」まるで投げつけるような言い方だった。

「はい。かしこまりました」

彼女はそう答えて、急いで部屋を出てきた。例の紙包みを、なにか嚙みつくか刺すかする物でも中にはいっているように、手や指にはじかにさげずに、小腕にこわごわかかえながら。

とにかくこれで、彼女の気がかりは多少軽くなった。ご主人があんなに口汚くおっしゃった物なんだから、なにもこっちが恐がる筋はあるまい。そう思って、台所へ行って家事をしながら、ひとりになった時に、彼女は紙包みをそっとあけてみた。上に包んである厚ぼったい紙をひろげてみて、彼女は「あら！」と思った。なんだというような、すこしあてのはずれたような、意外の目を見はった中身は、そこらの玩具屋で、五十銭かそこらでどこでも売っている、蠟《ろう》細工のかわいい顔をした人形だった。ざらにある、安物の、小さな人形である。顔は青ちょろけたような、色白で、表情がなく、亜麻色の髪が薄汚れて、横っ腹のところにある小さな不恰好な手は、くっついたなりで動かず、結んだ口もとは笑っているようだが、歯は一本も見えない。使い減らしの歯ブラシみたいなおかしな睫毛《まつげ》。ちょいとひっぱるとすぐにピリッと破れそうなスカートをはいているぜんたいのようすは、いかにも薄手な感じで、無邪気だけれども、あまり見っともよくはない。

なんだ、人形か！　彼女はひとりでクスクス苦笑した。とたんに、今までの不安はどこかへ消し飛んでしまった。

「いやだよ、まあ！　旦那は鸚鵡《おうむ》の籠《かご》の床みたいな、狭い料簡を持っておいでなんだよ。それよりまだひどいよ」

旦那は彼女にとってはこわい人なんだから、べつに見くびったわけではけっしてない。むしろ、情からいったら、一種憐憫に近い気持だった。

「とにかく、旦那もちょいとまずい当身《あてみ》を食らいなすったよ。いくらなんだってまさか、二銭五厘の人形とはお思いになりゃしまい！」温情家の彼女は、旦那にたいして、どうやら気の毒みたいな感じを持ったようであった。

そのかわり、旦那がいったように、「抛り捨てるか焼くなりする」かわりに、とにかく可愛らしい人形だったので、彼女はそれをモニカに進呈した。モニカは、新しい玩具はたいして持ってもいなかったので、たちまちその人形が気に入って、ミセス・オレリーが、お父さまにはけっしてお見せになってはいけませんよと、真顔になって一本釘をさしておいた言葉を、そのまま忠実に守っていた。

モニカの父、ヒンバー・マスターズ大佐は、どうやら世間にいう、いわゆる「失意の人」の一人であったらしい。運命の力によっておのれの嫌忌する世界に、やむことをえず定住させられている人であったようである。おそらくかれは、立身栄達の道において失意の人であったと同時に、愛情の上でも、やはり同じく失意の人であったようである。モニカはまさしくかれの愛娘《まなむすめ》であった。この愛嬢とて、父の制約された恩給賜金で、余儀なく、父のもっとも憎んでいる日々のたたずまいに直面させられているのであった。

大佐は寡黙な、どちらかというと、厳格な性格の人であった。いわば、それだけの人であって、近所で誤解されて、鼻つまみにされているような人物ではなかった。世間では、かれのことをダークな、皺《しわ》づらの、むっつりした、陰気くさい男だと思っている。しかも、ここらの郊外地で、「ダーク（暗い）」といえば、これは「不可解《ミステリアス》」を意味し、「寡黙」とくると、その空白な欠所をみたすために、ご婦人連のあらぬ想像を招くことは必定《ひつじょう》である。ふつうここらで寛大な批判と同情を寄せられる男といえば、たいがいそれは、ごくあけすけな、心置きのない、髪の毛のとうもろこし色をした男どもに限られている。大佐はカルタのブリッジをたしなんで、そのほうでは一流のプレイヤーとして認められている。そのために、毎夜のように外出して、十二時前に家へ帰ることはめったにない。手なぐさみの好きな連中のあいだで、引っぱり紙鳶《だこ》にされているかれが、じつは家に、目の中へ入れても痛くない愛娘を持っているという事実は、この「不可解」なる謎的人物の映像に、一抹のほのぼのとしたものを与えていた。モニカは、めったに外へ出ることなどなかったけれども、いつとなく近所の婦人たちの同情を買い、「どこの女の生んだ子かしらないけど、でも、大佐はとてもあの子を可愛がっていてよ」と、そんな蔭口が、あっちでもこっちでも言われていた。

ふだんは遊び相手もなく、玩具もたいして持っていないモニカにとって、新しい宝物になった例の人形は、やがて小さな金塊になった。父には内証の貰い物だということが、さらにその値打を倍加した。もっとも、ほかの貰い物も、今までたいてい、父には内証でもらったのであるが、そのことは考えなかった。人形は父から一度ももらったことがなかったから、いきなり狂喜の種になったのである。この楽しさと喜びは、だんじて人の手には渡すまいと彼女は念じた。いつまでも自分の秘密の喜びにしておこう、父にも内証にしておこうと思った。それだけによけい愛着を感じた。むろん、彼女は父のことも愛していた。父の無口なのを、彼女はなんとなく尊敬し、慕っていた。「まるでおとうさまみたいね」と、新しい人形をもらって、そのお礼をいってはいけないということを直感的に知った時に、彼女はなにかというと、そういいいいした。黙りっくらが親子のあいだのゲームだったわけである。とにかく、この人形はすばらしかった。「これねえ、あたいの熊のお人形《テッディ・ベア》よりも、ずっと本物で、まるで生きてるみたいだわよ」彼女は人形のあちこちを仔細に調べたあとで、料理女《コック》にいった。「ほら、これはお口もきくわ！」そういって、彼女は不恰好なこの人形を両手に抱きしめて、「これ、あたいの赤ちゃんよ」そういって、人形に頬ずりをした。

なるほど、熊の人形は赤んぼにはなれないし、赤んぼも産まないが、人形は赤んぼになれる。料理女《コック》と家庭教師がのちに認めたとおり、人形は陰気くさいここの家へ、なにかしら甘美なものをもたらした。希望とやさしさ、母のにおい。——とにかく、熊の人形の持ってこれないものを、人形は持ってきたのである。はじめてそれを手渡した時、ちょうどその場にいあわせた料理女と家庭教師は、あとになって思いだしたが、小さな紙包みをひらいて、中身が人形とわかった時、モニカがあっと喜びの声をあげた、その声は、まるでどこか痛いところでもあって叫んだような声であった。その時のうれしそうな声は、ちょうど、なにかの反動からきた本能的な恐怖が、きゅうに圧倒的な喜びの渦のなかにホッと安心して搔き消えたとでもいうような、雀躍《こおど》りでもしだしそうな、高調子の声であった。これをずっとあとになって、どうもあれはへんだったと思い出したのは、家庭教師のマダム・ジョズカだった。

「そういわれてみると、私あの時、お嬢ちゃんが人形を見て、キャッと悲鳴を上げたんだと、あじつは思ったんですよ」と、料理女《コック》のミセス・オレリーもそれを認めていった。もっとも、あの時彼女は、「ほら、お嬢ちゃん、いかがです、可愛いいお人形ちゃんでしょ！」とだけいったのだったが。マダム・ジョズカのほうは、たしなめるように、「モニカ、そんなにお人形のお口をつぶすと、お人形、息ができなくなってしまってよ！」といったのであった。

当のモニカはというと、そんな言葉は耳にもくれずに、ただもう夢中になって人形を抱きしめていたのである。

たかが安物の、髪の毛に亜麻をつけた、顔は蠟細工の、小さな人形。

一たいふしぎな話というものは、人の口から伝え聞いたのでは、あまりゾッとしない。ことに料理女《コック》だの女中だの、あるいは言葉のあやしい外国人の話とあっては、まことにおあいにくさまである。かならず伝えられた事実があやふやな境を越えて眉唾《まゆつば》ものになり、はては夢みたいな話だということになると、そいつを今度はまことらしくするために、話がどうしても針小棒大になってくる。ちょうど、いってみると、蜘蛛の糸を望遠鏡でのぞいたようなことになる。望遠鏡でのぞいた目には、ニュージーランド蜘蛛の糸も、縄ぐらいの太さに見えるが、人から人につたわった又聞き話をよく調べてみると、その縄の正物が、じつは手にもつかまえられないような細い蜘蛛の糸である場合が多い。

ポーランド人の家庭教師、マダム・ジョズカが、とつぜんに暇をとった。モニカにも慕われていたし、マスターズ大佐にも気に入られていたのに、例の人形が届いてからいくらもたたぬうちに、彼女は出て行ってしまった。しじゅうにこやかな、生れも育ちもいい家の若い未亡人であったが、いかにもテキパキした、それでいてしとやかな、理解のいきとどいた人だった。

モニカのことをたいへん可愛がって、モニカもこの人といる時は楽しそうだった。雇い主の大佐のことはおっかながっていたけれど、しかし内心は、がんこでむっつりやで、ワンマンの主人のことを、畏敬していたようである。大佐は、なんでも彼女の自由にさせ、彼女もわがまま勝手なことはけっしてしなかったから、万事円滑にいっていたし、給料もよく、彼女としては何不足もなかった。それがとつぜん暇をとったのである。出て行ったのも突然だったが、暇をとった理由もまた妙なもので、これがそもそもこの事件に、曖昧模糊《あいまいもこ》の境を越えて、信じられない奇怪な色をつける先鞭になったのである。暇をとった理由というのは、ここの家にはもうひと晩も恐くていられないというのであった。今から二十四時間たったらお暇をいただくといって、二十四時間たったら、さっさと出て行ってしまった。そりゃまあ、女の人が薄気味の悪い家にいるのは恐いという話はわかるにしても、それを暇をとる理由にするというのは、ずいぶんおかしな話だ。馬鹿みたいな話ではあるが、しかし、そういうことがないとはいいきれない。固定観念というか、憑き物がしたというか、そういうものが、ヒステリー性の女の人によくある、迷信ぶかい心に一たん宿ったとなると、これは理窟や理論で追っぱらえるものではない。馬鹿馬鹿しい話かもしれないが、そういうことは往々にしてある。

しかし、マダム・ジョズカがきゅうに身の毛がよだったという理由の裏にある話は、これはまた問題が別であった。彼女はその話を手短かにいっていたが、それが例の人形にまつわる話であった。あの人形がひとりで歩いているところを、たしかにこの目で見たというのである。人形がギックリ、シャックリ、気味の悪いヨチヨチ歩きで、モニカがすやすや寝ているベッドの上を歩いていたというのだ。

薄暗い寝室ランプの明かりのなかで、マダム・ジョズカはそれを見たのだという。——いつものように、モニカが床《とこ》へはいる前にきちんと物をかたづけたかどうか見るために、彼女は寝間の扉を半分中へあけて、のぞいてみた。ランプの明かりは薄暗くても、物のかげははっきりしていた。と、なにか掛けぶとんの上を、モゾモゾ動いている物があるのに目がとまった。すべすべした絹ぶとんの上を、なんだか小さな物がころがっていくように見えた。コロコロしたものだった。たぶんモニカが寝つく時に出しっぱなしにしておいた物でも、寝返りを打ったか足でもあげた拍子に、コロコロ転がったのだろう。

そう思って、しばらく彼女は目を凝《こ》らして見ているうちに、それがただの「物」ではないことがわかった。形が生きているようで、なにかのぐあいで転がりだしたというよりも、やはり最初に思ったとおり、ひとりで動いているのである。へんな足つきだが、まるで生きているように、小股で悠々と歩いている。ちいぽけな、気味の悪い顔があって、その顔には表情がなくて、目が二つ、小さくキラキラ光っていて、その目がマダム・ジョズカのことをまともににらみつけていた。とたんに、彼女はからだも心も金縛りにあったようになって、嘘だ嘘だ、へんなものでなんでもありゃしないと、信じられないことを心から払いのけるのに大骨を折った。ゾーッとする寒気が、血管を通って背すじを走る、それをがまんしながら、おもわず知らず合掌した。そして夢中でワルソーにいる牧師のことを思い浮かべた。声は立てなかったが、じつは胸のうちで、キャッと悲鳴を上げていたのである。人形は、ガラスの目玉を彼女の目にじっと据えたなり、足並を早めながら、ヨチヨチこっちへやってきた。

マダム・ジョズカは、そのまま気が遠くなってしまった。……

彼女も、人に物を教えるほどのひとかどの婦人であったから、こういう話を話す時には、話に色をつけて話してはいけないということは、こころえていた。そこで主人には、自家《うち》に不幸があってやむなくワルソーへ急遽帰省しなければならなくなったと、つくり話をしておき、一方料理女《コック》のミセス・オレリーだけに、ちょっと耳打ちをするにとどめておいたのである。むろん、話を潤色しようなどという魂胆は、兎《う》の毛《け》ほどもなかった。——彼女は正気に返ると、どうやら胆《たん》もすわってきたので、そこで、思いきったことをしたのであった。強引に調べてみたのである。自分の信仰を守り神にして、思いきって試験をしてみたのだ。彼女は部屋の中へ爪《つま》足《あし》でそっとはいると、モニカがすやすや眠っているのを確かめ、人形が掛けぶとんの裾《すそ》のほうにじっと動かずに転がっているのを確かめた。そして、ややしばらくのあいだ、目を凝らして人形を眺めていた。瞼《まぶた》のない人形の目が、ポカンと空《くう》を見つめている。目縁《まぶち》には、黒い睫毛が気味わるくモジャモジャ生えている。馬鹿か白痴みたいな罪のないその顔つきは、もともと生命のないものを、さも生きているように安っぽく擬《に》せかけた死の仮面であった。醜くはないけれども、いやに薄気味の悪い顔であった。

その薄気味のわるい人形の顔を、マダム・ジョズカは、ためつすがめつ、仔細に見たばかりでなく、思いきって勇気を出して触ってみたのである。彼女は人形をつまみ上げてみた。自分の信念、わけても宗教上の深い信念は、いましがた自分が目に見たようなことを、頭から否定している。人形が動いたなんて、そんなこと、自分は見やしない。そんな馬鹿なことがあるもんじゃない。なにかこっちの見間違いだったのだ。そう思いこんだから、彼女は近よりにくいその小さな玩具に手を触れ、つまみ上げるように手に取り上げて、それをベッドのわきのテーブルの上の、花瓶と電気スタンドのあいだに、あお向きにのせたのである。それから、ガクガクする足で部屋を出ると、そのまま自分の寝室へ上がって行ったのであった。寝つくまで、指の先がまるでかな凍《こお》りになっていたのは、どうせ夜ふけにそんな検査をしていたのだから、指の冷たいぐらいはあたりまえのことだと、いいわけをつければつけられることであった。

想像か、あるいは事実か。いずれにせよ、見た目に薄気味の悪い、そういうものが――わざと生きている物に似せて、歩くような仕掛にした物が、町の玩具工場からでも売り出されていたのにちがいない。とにかく、ちょっと化物じみた感じであった。若い時分から鉄石の信念の中で守り育てられてきたマダム・ジョズカにとっては、まさにショックであった。ショックというやつは、攪乱させる。あの人形の姿は、自分が実在の物として知っていたものを、ことごとく木ッ葉微塵に粉砕してしまった。とたんに全身の血行が止まって凍りついたようになり、氷のような戦慄がゾーッと胸をつきあげてきたと思うと、五体がまるでいうことをきかなくなり、そのまま気が遠くなってしまったのであった。おそらく、あの時の失神は、自然の結果だったのだろう。そのくせ、なに糞ッと自分が奮い立ったのも、同じその信じられない仮装のショックだったのだから、妙である。彼女はモニカを愛していた。それは自分が金をもらっているという義理を離れての愛情だった。両手を組み合わせて、すやすや眠っているモニカの顔から、いくらも離れていない掛けぶとんの上を、そのちいぽけな化物が悠々と歩いていた姿――それを見たので、いきなり手摑《づか》みでそいつをつまみ上げて、届かない離れたところへ除《の》けてやる気になったのであった。

とろとろと眠りにつくまで、彼女は一時間以上も、さんざっぱら、信じられないそのことを、ああこうといろいろに考え、頭からそんなことはないと否定したり、そうかと思うと、いやそういうこともあるかもしれないと思ってみたり、そんなことをとつおいつ、とっくりかえしひっくりかえし考えながら、最後に、とにかく自分は正気でいた、化かされたのではないと、はっきりそのことを胸に畳みこんでいるうちに、いつのまにかうとうと眠りこんでしまった。正直なはなし、かりによしんば出る所へ出たとしても、彼女の信拠、誠実、話の辻棲《つじつま》の細かい点まで通っている点に、だれも反論する者はあるまい。

「しかし、残念なことだね」と、マスターズ大佐は、彼女が身を引くことについて、おだやかな調子でいった。大佐は探るような目つきで彼女の顔を見ながら、「あんたがいなくなると、モニカが寂しがるじゃろう」といって、いつにない笑顔を見せながら、「嬢にはあんたがなくてはならんのだから」といいそえた。やがて彼女が引きとろうとすると、大佐はいきなり手をのばして、「もしまた近いうちに帰ってこられるようだったら、その時はぜひ知らせてもらおう。あんたの躾《しつ》けはたいへん有益で、よろしいから」

彼女は口のうちで、ひと言ふた言、請け合ったようなことをいっておいたが、なんだか、自分のことをなくてならないと思ってばかりいるのは、モニカじゃないというような、へんな印象をうけて出てきた。あんなことを大佐が言ってくれなければよかったのにと思った。おかげで、なんだか、せっかくの義理をふり切って逃げ出していくような、――とまではいかないまでも、せっかく神様がかなえて下さった機会を振り捨てていくような、妙な慚愧《ざんき》の思いが胸の中にわだかまってしまった。――「あなたの躾けは、たいへんよろしい」……

帰りの汽車のなか、船のなかでも、良心が噛み、ひっかき、食いつくように、彼女を攻めたてた。彼女は自分の気が顛倒したばかりに、自分の愛していた子供を、自分がなくてはいられないといっている子供を、捨ててきたのだ。いや、そういったのでは、いいかたに手落ちがある。自分はあの家に悪魔がはいりこんできたから、逃げだしてきたのだ。いや、これもしかし、ぜんぶがぜんぶ、真実というわけではない。子供の時分から、動きのとれない、四角四面な教理が頭に泌《し》みこんでいるヒステリックな性分が、事実を穿鑿《せんさく》し、反動を分析しだすというと、どうも理窟と常識がしぜんとこんがらかってくる。思想と感情が、私ゃこっち、お前はあっちというぐあいに、てんでん勝手になり、公正な結論というものが、いっこう頭に浮かんでこない。……

彼女はワルソーにいる継父のもとに急いだ。継父は退職将校で、その派手な生活は、彼女の割りこむ余地などなく、せっかく戻ってきた自分を、継父はいい顔をして迎えてもくれなかった。むろんこれは、もともと継父の俗悪な、ガサガサした生活から逃げだすために、自分で勝手に職を見つけ、しかも今になって、おめおめ手ぶらで帰ってきた、若い寡婦に対するしっぺ返しとは、自分にもよくわかっていた。わかってはいたが、しかし、彼女にすれば、みすみすまたこれからノコノコ引きかえして、身を引いた本当の理由をマスターズ大佐に打ち明けるよりも、まだしも継父のわがまま勝手な閻魔《えんま》顔を見ていたほうが、よっぽど気がらくであった。ただ、思い出やもの思いがまた前に逆戻りしたり、半分忘れかけた細かいいきさつが胸に浮かんでこられたりすると、やはりそれが良心の悩みの種になるのは、なんともいたしかたのないことだった。

たとえば、あの迷信ぶかいアイルランド人の料理女《コック》がいっていた、あの血の汚点《しみ》。彼女はミセス・オレリーの下らぬおとぎばなしなどには、頭から耳をかさないことにしていたのだが、あの料理女《コック》と女中が、洗濯物のことでおかしなことをいっていたのを、ふっと今になって思い出した。

「だけど、人形にゃ色なんかついていませんよ、ねえ。オガ屑と、蠟と、泥だけだものねえ」と、女中はいっていた。「あれ見ると、赤い色がついているけど、あれ絵の具じゃなくて、血なのね」その後ミセス・オレリーが、「あらっ！　またこれ、赤い血の汚点《しみ》がついてるよ！　お嬢ちゃんがきっと爪を噛むんだよ。——私の役目じゃないから、いいようなもんだけど……」といっていた。

敷布と枕についていた血の汚点《しみ》は、なるほど不思議だったが、しかしマダム・ジョズカは、偶然その話を聞いた時には、べつにこれという注意もはらわずにいた。洗濯物は自分の係りじゃないし、あのおテンテンどもが何を言ってるか……ぐらいに考えていたのが、汽車の中では、そういえばあの赤い汚点《しみ》は、絵の具だったのかしら、それとも血だったのかしらと、妙に気がかりになってきた。

おかしなことに、もう一つ気にかかることがあった。それは、助力を求めている一人の男を、——彼女にその気があれば、助力を与えてやることのできる男の人を、自分が振り捨ててきたという、妙に後味の悪い思いだった。べつにそれは口に出してどうといえるほど、はっきりした気持ではなかった。あるいは躾けが「よろしい」といわれた言葉が根になったものでもあるのだろうか？

彼女にはなんともこれは言えなかった。いわば直感みたいなもので、直感というやつは、これは分析ができない。もっとも、そういえば、はじめて大佐の家へ住みこんだ時から、この人は「過去」に脅かされている人だという感じはしていた。この人は何かやったことがある。それを今になってこの人は後悔し、悪いことをしたと思いながら、報復のくるのを恐れている。恐れているばかりではない、報復はきっとくるものと思いこんでいる。夜なかに賊のように忍びこんできて、のど首を締めるような天罰の来ることを。……

躾けがいいといったのも、あるいはこの恐ろしい報復に対する一種の備えだったのかもしれない。彼女の信仰をもってすれば、どんな場合にだって、自分の人格からにじみでる天使のような清浄な気持が発揮できるはずだから、おそらく護身の力にもなりえたろう。

こんなふうに、彼女の頭ははたらいたようである。そして、あのムッツリやの、得体の知れない人物に対する隠れた尊敬だか、あるいは、自分の心の奥底ではぜったいに容認していない、のである。

庇《かば》ってやるような気持だかが、一枚皮をはいだ下にあって、隠れてはいるが、その気持はかなり切実な、……そういった気持が彼女の心の秘密となって、そのまま尾をひいてのこっていたのである。

二、三週間生家にいるうちに、継父の癇癪持ちと冷酷さにふるふる愛想をつかして、彼女がまた元の古巣へ帰る肚《はら》をきめたのは、人情として無理からぬことであった。生家にいるあいだ、彼女は常住神に祈りつづけた。そして、義務をないがしろにした自分の料簡と自負心の不足が、われながら心苦しかった。そんなわけで、彼女はまたもとの郊外の陰気な邸宅へ舞いもどったのである。むろん、否やはなかったし、さらにまた、マスターズ大佐がホッとして喜んでくれたことも諒解できた。大佐には、前の時にそういっておいたとおり、ほんのちょっとした所用で留守にしたように、うまく口占《くちうら》を合わせておいた。料理女《コック》と女中の歓迎は、例によってお喋りづくめであったが、そのなかに不穏な話があった。あのわけのわからぬ「血痕」の話と同じような、あれよりももっと気味の悪いことが、自分の留守中に起っていたのである。

「まあ、あんたがいなくなったら、お嬢ちゃんがとても寂しがってねえ」と、ミセス・オレリーがいった。「それで気の静まる物をべつに見つけなすったんだけど、でもあれは、もしなんだったら、捨ててしまいなすったほうがいいわねえ」といって、十字を切った。

「へーえ、あの人形?」と、マダム・ジョズカは、水をぶっかけられたように、内心ゾーッと寒くなったが、むりにもその話に自分を向けるように、わざと何気ない調子できくと、「そうなんですよ、奥さん。あの血だらけな人形がね」

家庭教師はこれまでにも妙な形容詞はいろいろ聞かされていたが、それが言葉どおりにとっていいのか、そうでないのか、よくわからなかった。この場合、そうでないほうにとって、

「血だらけですって？」と低い声できいた。

料理女《コック》のからだが、ガタガタ震えだしてきた。

「そうなんですよ。あれを見ていると、ただじゃありませんよ。まあ、言ってみれば、肉も血もある物みたいですよ、あれは。それがねえ、お嬢ちゃんのまた扱い方や遊び方がさ」と声は大きいが、どことなく内証話の恐いもの話みたいな調子で、忍び寄ってくるものを寄せつけないとでもいうように、両手を楯にふりかざしながらいうのである。

「ひっ掻き傷だって、あれなんだかわからないわねえ」と、女中が横合から文句をつけた。「どういうの、それ？」マダム・ジョズカも真顔になって聞いた。「だれかに——傷でもつけたというの？」と、われ知らず弾む息をおさえたが、そうでもなければ、女中の横ヤリなど、顧みなかったはずだった。

ミセス・オレリーも、しばらく弾む息をおさえていたようであった。

「それがね、あのあとをつけてるのは、お嬢ちゃんじゃないんですよ」と息づかいがおさまるがいなや、ミセス・オレリーは挑みかかるような小声でいいだした。「ほかの人なんですよ。ほら、あれですよ。あんなまっ黒けな男ってありゃしませんよ。あんなものが来ると、そこの家には、ろくなことはないんだから。そりゃもう、昔からきまってるんですからね」

「ほかの人——？」マダム・ジョズカは急所のことばをとらえて、ひとりごとのようにいった。「また始まった、黒んぼの話！」女中が横合からいった。「よしなさいよ、その話！　いいわ、私はクリスチャンなんかじゃないから！　だけどね、私もいつかの晩、あのズルズルひきずる足音聞いたわよ。ほんと。人形がふくらんだように、大きく見えたわよ。私、のぞいて見たんだから——」

「およしってばね、そんな話！　お前さんの話ときたら、いつだって見もしない嘘っ話なんだから」

そういってミセス・オレリーは家庭教師のほうを向いて、「いいえね、あの人形のことに限らず、まだいろんな話があるんですよ」と、いいわけらしくいって、「子供の時分、あたしいろんなお伽《とぎ》ばなしを聞きました。もっとも、そんな話、いちいち信じてやしませんけどさ」

そういって、料理女《コック》はお喋りの女中に、ぷいと背を向けると、マダム・ジョズカのそばにぴったり身を寄せて、

「でもね、お嬢ちゃんにはべつにどうということはないんですよ」と小声でいった。「ごらんになれば、それはわかりますけどね。それより、困ることはほかの人ですよ」そういって、またしても十字を切った。

マダム・ジョズカは自分の部屋へひきとってから、祈禱をしながら考えこんでいると、深い、恐ろしいような胸騒ぎをおぼえた。

たかがあんな人形！　何百何十という工場で、子供相手の商品につくられた、たかが安物の、

あんな俗悪な人形が。……

「お嬢ちゃんのその扱い方や遊び方がさ……」

料理女のいったこの言葉が、胸騒ぎのする胸のなかで、しきりと鳴っていた。

人形というものも、あれにつきものの母性的感情の暗示がないと、あんな悲しい、いやな玩具はあるまい。人形と遊びたわむれるのは、未来の母親なんだから、子供がせっせと人形をせっちゅうしているところを見ていると、なんだか考えこまされてしまう。子供は熱愛をもって自分の人形を愛撫し、いたわり、世話をし、そして人形は人形なりのしあわせを求める。ところが、雨だれ、ポッツリコの雨が止んだか陽《ひ》が出たか、窓から急いで空ものぞいて見る、というような時には、その人形を乳母車の中へグイグイ押しこんで、頭や首はねじりほうだい、手足は折れて曲がりっぱなし、息の音《ね》も血もかよわないほど、むごたらしく、逆さにつっこんだなりである。種族の命ずる盲目にして忌むべき、それ以上直接の利益はなにも賦与されていない、無意識の自動性が介入するわけだが、種族本能というやつは、これはあらゆる障害をのりこえて、その無意識の自動性の活力を越えがたいものにする。だから、母性本能はあらゆるものを無視する。死をさえ否定する。したがって、人形が床の上にしゃっちょこ立ちさせられたまま、歯が欠けようが目がつぶれようが、あるいはきちんと片づけられて、夜はその上へ何か乗せられて、ギュウギュウに押しつぶされようが、痛かろうが苦しかろうが、骨が折れようが筋が切れようが、どんな辛いこと、どんな災難にあっても、人形はかならず元どおりに生きかえって、不老不死を宣言する。人形は、殺しても殺しても、殺しきれないものだ。死を超越しているのだ。

人形を持った子供は……と、マダム・ジョズカは考えた。……あれは「自然」の、悔いることなき、やむにやまれぬ情欲の縮図だ。――「自然」の洪大な目的――種族存続の縮図だ。

おそらく、こうした考えは、自分の子供を奪《と》られた彼女の、「自然」に対する苦い潜在的な歎きから生れたものだったのだろう。そのせいか、その考えは長くも水平を保ってはいなかった。じきに、それは、彼女を迷わせ驚かした現実の問題――モニカと亜麻色の髪の毛をした、目の見えない白痴みたいな人形との問題に沈下していった。就寝前の祈禱の中途で、彼女はいつとはなしに眠りこんでしまったが、べつに人形の夢は見なかった。翌朝は元気に目がさめた。そして目がさめると、遅かれ早かれ、大佐に口をきかなければならないという事実が、目の前にぶら下がっていた。

彼女は見るにも聞くにも、細心の注意をはらった。モニカを注視し、人形を注意して見た。けれども、べつに普通の家庭と変ったところはなかった。知性が状況を検討した。知性と迷信が格闘すると、知性がやすやすと勝った。その晩は土地の映画館へ行って、映画を見た。暖房のついた建物を出ながら、なるほど、色のついた幻想は人間の力をいろいろ豊かにする、それを思うと、日常生活なんて、ほんとに砂を嚙むように味も素ッ気もないものだと思った。ところが、家まで半マイルと来ないうちに、早くも心の底にひそんでいる、なんともいえない不安な思いが、抑えようもない力でもどってきた。

ミセス・オレリーが、彼女のかわりに、モニカを寝かしつけていてくれた。玄関をあけて、彼女を中へ入れてくれたミセス・オレリーの顔は、どうしたのか、まるで死人のようだった。

「あのね、あれが話をしましたんですよ」料理女はあとの扉も締めないで、ひそひそ声でいった。病人みたいに血の気のない顔色だった。

「話？　誰が話をしていたんですの？　どういう意味なの、それ？」

ミセス・オレリーは静かに扉をしめた。

「いいえね、二人してね」と、彼女は身ぶりたっぷりでいうと、そこへ腰をおろして、顔をベロンとなでた。なんだか恐ろしさにぼんやりしたような顔つきである。「二人って？」とマダム・ジョズカは、相手のひそひそ声にわざと逆らうように、おちついた大きな声でいった。

「あんた、何を言おうっていうの？」

「ですからさ、二人して話をしてたんですよ。――いっしょになって」と、料理女はいった。

家庭教師は、心臓がキューンとちぢみそうになるのに、一所けんめい抵抗しながら、しばらくのあいだ黙っていたが、やがて、つとめて何気ないふりをしながら、震える声で尋ねた。

「あんた、二人がいっしょに話しているところを、聞いたというの」

ミセス・オレリーは、コクリとうなずきながら、こわごわうしろをふりかえって見た。そのようすは、どう見ても顚倒してる素振りだった。「私ね、あなたはもうここへ帰っていらっしゃらないものと思ってましたよ」と、蚊の鳴くような声でいった。「私、とてもここの家にはいられませんね」

マダム・ジョズカは、相手の怯えている目のなかをじっと覗きこみながら、

「あんた、ほんとにそれ、聞いたの……?」としずかな声で聞いた。

「ええ、あたし、扉のそばで聞いてたんです。声が二つありましたよ。ちがった声が」

マダム・ジョズカは、烈《はげ》しい恐怖はかえって知恵を呼ぶとでもいうように、べつに相手の言うことにたいして意見がましいことも言わず、反問もせずに、ただ平静な調子でいった。

「ミセス・オレリー、つまりね、あんたのいうのは、モニカがいつもするように人形とお話をして、人形のする返事を自分で声を変えていっていたというんでしょ? それを聞いたというんでしょ?」

ところが、ミセス・オレリーはこの時少しも騒がず、返事のかわりにふたたび十字を切ると、首を横にふった。そして低い声でいった。

「マダム、とにかくあなた、ご自分で行って、聞いてごらんなさいまし。その上で、ご自分で判断なさいましよ」

というわけで、夜なかの十二時過ぎ、モニカが寝こんでだいぶんたってから、郊外屋敷の料理女と家庭教師は、二人して子供部屋の寝室のそとの廊下の暗闇に、それぞれ陣どったのである。その晩は、風のない静かな晩であった。二人が恐れていた主人のマスターズ大佐も、もうとうに、広い屋敷のべつの一角にある自分の部屋へはいった後だったにちがいない。子供部屋の中で最初の物音が聞こえるまで、二人はうんざりするほど長い時間を待たされた。そのうちに、低い静かな話し声が中から聞こえてきたのである。声は、なるほど、二つであった。気味の悪い、ひそひそしたその内証声は、どうやら、モニカが人形をそばに抱いてすやすや眠っているあたりに聞こえる。声はたしかに二人だった。

料理女《コック》と家庭教師は、二人とも廊下にしゃんと坐りこんだまま、われ知らず十字を切り、目くばせを交わした。二人とも狐にでもつままれたように、恐さは恐し、ふぬけたようにぼんやり坐りこんでいた。

迷信ぶかいミセス・オレリーの頭の中では、古いアイルランドの神々のご託宣が、なにかいいそうなけはいであったが、ポーランド生れのマダム・ジョズカの頭は明晰だったから、部屋の中で話をしている声は、二人ではなくて、一人の声だと聞きわけた。彼女は扉の割れ目に耳をおっつけて、一所けんめいに聞きすましていたが、耳をすましながら、からだは骨までガタガタ震えていた。自分にも憶えがあるが、寝ぼけて何かいってる時の声は、へんに声変りがするものである。

「モニカが寝ぼけて、ひとりごとをいってるのよ」と、彼女はひそひそ声できめつけた。「そうよ、ミセス・オレリー。ほらね、眠りながら話してるのよ」彼女は、片方の肩をこちらへおっつけるようにして身を支えている相手に、くりかえし、言葉を強めて言った、「ね、ほら、聞こえるでしょ?」と、半分じれったくなって、すこし大きな声で、「声がずーっと同じじゃないの? よく耳をすまして、聞いてごらんなさいよ、私のいうとおりだから」

そういって、自分でも、なおもぴったりと耳をおっつけて聞いた。

「ほら、聞いてごらんなさい!……」――不思議な物音に精神を集中しながら、息を殺したひそひそ声で、くりかえした。「ね、同じ声でしょ? 自分で返事をしてるでしょ?」

と、耳をすましているうちに、こんどはべつの物音に、彼女は集中した心を乱された。こんどの物音は、自分のうしろでした。爪足で急いで歩く足音みたいな、スッ、スッという微かな音である。見ると、自分のそばには誰もいない。まっ暗な廊下に、自分はひとりぼっちでいた。ミセス・オレリーは、いつのまにか逃げて行ってしまったのである。耳をすますと、暗い階段の下の家の底のほうから、「マリア様、ご守護神さま、お上人の皆さま……」と息を殺したような祈り声がボソボソしていた。

てっきりこれは、ひとりで置き去りにされたのだと気がついた時、彼女は愕然となったが、そのとたんに、よく小説本などにあるように、一難去ってまた一難、さらに仰天するような物音に息の根がとまった。――それは階下の玄関の鍵の音であった。してみると、マスターズ大佐はまだお帰りではなかったのだ。お寝《やす》みではなかったのである。今それがお帰りになったのだ。ミセス・オレリーは、うまく出っこわさずに、ホールをこっそり逃げるだけの時間があったかしら？　いや、そんな人のことよりも、めったにそんなことはないことだけど、うっかりすると、大佐は二階へ上がってきて、自分の寝間へ行くついでに、モニカの寝室を覗きはしないだろうか？　マダム・ジョズカは聞き耳を立てながら、胸がドキドキ、ワクワクしてきた。外套をポイとぬぎすてている音が聞こえる。そういう動作は、じつにすばしこい人だ。ステッキか雨傘が音を立てておっぽり出された。と思うと、もう階段に足音がひびいた。大佐はこちらへ上がってくる。あともうすぐ、ここの廊下へやってくる。モニカの部屋の入口に、自分がうずくまっているここの廊下へ。

二段ずつ飛びこえながら、大佐は大股で上がってくるらしい。

彼女も、動作と決断はすばやいほうだった。扉の外にうずくまっているところを見つかっては、いかにもばつが悪い。部屋の中にいるところを見つかるのなら、これはあたりまえのことで、理窟もつく。そこでそくざに行動した。

胸をとどろかせながら、彼女は寝室の扉をそっとあけて、中へひと足はいった。と、一秒違いで、廊下を足音荒く、寝間へと渡っていく大佐の足音が聞こえた。足音はドアの前を素通りして、そのまま先へ行った。それを聞いて、彼女はホッと胸をなでおろした。

さて、部屋の中から、あとの扉をそっと締めて、彼女は室内を見まわした。

モニカはすやすや眠っていた。眠りながら、好きな人形と遊んでいた。どこから見ても、たしかに深いまどろみの中に沈んでいるくせに、その指は、抱いている人形をあちこち逆なでしている。まるでなにか夢でも見て、寝ぼけてでもいるようなようすである。そして、言葉ははっきりしないが、眠りの中でしきりと何かブツブツいっている。声を立てないため息と唸《うな》り声が、ときどき口から洩れて出る。ところが、ふしぎや、モニカの口から洩れるとは思えないべつの物音が、べつにまたもう一つ聞こえるのである。一たいどこから出る音なのだろう？

マダム・ジョズカは胸をドキつかせながら、息をのんで、しばらく立ちすくんでいた。そして耳を立てて、じっと目を見すましていた。どこからか、ブツブツ、ギシギシいう声が聞こえる。彼女はしばらくあたりを見まわしているうちに、音の出どころがようやくわかった。それはモニカの口から出る音ではなくて、モニカが夢を見ながら、握ったり、ねじったりしている、人形から出る音であった。人形の手足や首のつけ根が、モニカがそこをねじるたびに、へんな音を立てるのである。まるで人形の膝や肱《ひじ》の中に詰まっているオガ屑が、そこのところを逆なでされると、ひとりでにキュウキュウ、ギーギー、音を立てるみたいだった。モニカはその音には気がついていないようすだった。人形の首がクルリとまわったりすると人形の首のところに使ってある材料が――蠟とオガ屑と糸とが、軋《きし》むような妙な音を立てて、まるでそれが単語の音節か、言葉みたいに聞こえるのである。

マダム・ジョズカは目を丸くして、耳をすましていた。そのうちに、なんということなく、ゾーッと氷のような寒気がしてきた。それらしい解釈を求めてみたけれども、妥当な解釈は一つも見あたらない。ただ祈りと戦慄が、とまどったように、おたがいにあたふたと追っかけっこをするばかりである。からだじゅうに、冷たい汗がじっとりと吹きでてきた。

すると、その時、今まで安らかな、おちついた顔つきですやすや眠っていたモニカが、とつぜん、眠りの中で寝返りを打った。と、気味の悪い人形は、夢の中で握りしめられていた手を解かれて、ベッドのはしに落ち、そのまま生きたけはいもなく、ぐったりと転がった。その瞬間、マダム・ジョズカの正気な、しかし怯えている耳には、まだ人形がキイキイ何かいい続けているのが聞こえた。ひとりで何かつぶやいているのである。いや、それどころか、次の瞬間に、人形はふいにねじれた足で、ピョコリとつっ立ったのである。動きだしたのである。動きだして、掛けぶとんの上をヒョコリ、ヒョコリ歩きだしたのである。見えもしないガラスの目玉が、まともに彼女のことをにらみつけているようであった。その様子は、なにか人間離れのした、まったく信じられない一幅の妖怪画だった。捻挫した足で、ピョンピョンと跳ねるような、おかしな動き方をしながら、人形は、すべすべした絹の掻巻《かいまき》の凹凹《でこぼこ》した上を、ヒョコリ、ヒョコリと、彼女のほうに向かって渡り歩いてくる。その恰好が、いやにまた糞おちつきにおちつきはらっていて、さもさも、こっちへ挑戦してくるような態度だった。それといっしょに、例の意味のない音節みたいな音が、やっぱりブツブツ鳴っているのである。それがいかにもなにか腹を立てているような調子だった。まるで生きている物のように、ヒョコリ、ヒョコリ、こっちへ向かってくるそのぜんたいのようすは、あきらかに、どこから見ても喧嘩《けんか》腰であった。

さすが気丈なポーランド人の家庭教師も、ここでふたたびまた、この薄気味悪いちいぽけなからだに、悪意と恨みをこめた、まるで生きている化物みたいな子供の玩具の妖しい魔力に、心気朦朧《もうろう》としてしまったのである。血の流れが抑えようもなく、心臓からサッと退《ひ》くといっしょに、クラクラッと何が何だか意識がなくなったとたんに、あたりのものがまっ黒になってしまった。

が、このまっ暗な無意識の瞬間は、とっさのうちに過ぎた。ちょうど興奮した時の忘却みたいに、消えたかと思うと、またあらわれた。そのあとへ、反動がドッとあらしのように押し返してきたところを見ると、気がうわずっていたことはたしかである。ところが、正気にかえると、いきなり腹だたしい思いが彼女の胸にこみあげてきた。おそらくそれは卑屈な怒り、いわば自分の弱さに対する誇張した怒りだったのだろう。

いずれにしても、とにかく怒りが、彼女を救いに飛びだしてきた。彼女はよろめきながら、息をつき、すぐそばにあった戸棚にドシンと音をたててつかまった。――やっとそれで自制をとりもどした。からだじゅうがカッカするほど、むしょうに腹が立った。こんな蠟細工の人形が、まるで物のいえる生き物みたいに、歩いたりギイギイいったりするなんて、そんな馬鹿なことってあるものかという、とうてい信じられないことに対する怒りであった。とにかくしかし、ブツブツいっていたあの音は、なんだかわからないが、なにかの言葉の音節のようであった。

かりにこの化物が、人の心を痺《しび》れさせる力を持っているとしたら、自分で怒る力だって持っているだろう。さも自分の意志と感情があって動いているような、大量生産のこの安玩具の恰好と音が、彼女のこころに、思いきって乱暴な目にあわせてやりたいような謀叛気《むほんぎ》を駆り立てた。どうにももう我慢がならなかった。怺《こら》えきれなくなって、いきなり彼女は前へ飛びだした。そして体当りで人形につっかかって行った。こっちの武器《えもの》といえば、ハイヒールの靴ぐらいのものだから、急いでそれを片っぽ脱いで、そいつを化物に叩きつけて、木ッ葉微塵にしてくれようと覚悟した。むろんその時は、ヒステリックになっていたが、しかしいちおう筋は通っていた。魔物がいたら、そいつは叩きつぶしてしまわなければならない。かんじんなことは、どんなことをしても二度と生きかえらないまでに、殺してしまうことだ。それには木ッ葉みじん、粉ごなに叩きつぶしてしまわなければだめだ。

ジョズカと人形は、近ぢかと顔と顔とを向き合って立った。人形のガラスの目がジョズカの目をじっとにらんでいる。ジョズカの手は、いざ叩きつぶしてくれんずとばかり、高だかと上げられた。――ところが、上げたその手が、どうしても打ち下ろせない。まるで毒蛇にでも嚙まれたような、刺すような痛みが、指から拳、拳から腕にたちまちひろがって、握っていた指が思わずゆるみ、靴が手から落ちて、部屋の向こうへコロコロ転がって行った。とたんに蠟燭の灯が揺れ、部屋ぜんたいがグラグラッと揺れたように見えた。からだじゅうが痺れたようになり、助けてくれる者もなく、ただもう慄然としてそこにいすくんでしまった。助けてくれる神も仏もなかった。こうなれば、自分の意志だけが頼りである。とにかく、ガタガタ震えながら、彼女は気絶の寸前で、一所けんめいに踏みこたえた。

「神さま!」と叫び上げたつもりの自分の声が、じつは蚊の鳴くような声に聞こえた。「こんなこと、嘘です。お前は偽りだ。神さまは認めていらっしゃらないぞ! 神さまをお呼びするぞ……!」

マダム・ジョズカが蚊の鳴くような声で、そう喚《わめ》きちらすと、さらに気味悪いことに、人形はブランブランの片手で払うようなしぐさをしたと思うと、さもさも、これが返答だぞといわんばかりに、くるりとうしろを向き、なんだかわけわからない、まるで別の人の口から出たようなきれぎれな妙な言葉を吐いた。吐いたと同時に、人形は掛けぶとんの上で、とつぜん、ゴム風船を針でつっついたように、スーッと気が抜けて、ひっくりかえってしまった。人形が彼女の見ている前で、骨抜きみたいになってしぼんでしまうと、一方モニカが、これもまた薄気味悪いことに、眠りの中でなにかいなくなったことを無意識に感じるのか、それを追うように両手をのばしながら、不安そうにモゾモゾ寝返りを打った。罪もなくすやすや眠っている子供が、わけもわからず自分をひきつける怪しい剣呑《けんのん》なものを求めて、本能的に手探りしているそのようすを見ると、ポーランド人のジョズカは、またしてもいても立ってもいられなくなってきた。

まっ暗な世界が、ふたたび割りこんできた。

それからあとの記憶は、どうもはっきりしない。常識で割り切るには、あまりに感情と迷信が勝ちすぎていた。ただ自分で憶えているのは、正気にかえって自分の部屋へもどり、ベッドのそばにひざまずいて、夢中で祈禱を上げるまえに、なにかよほど乱暴な、突拍子もない振舞をしたらしいということであった。廊下をわたり、階段を下りたあいだのことは、なにもかにも、まるで空白だった。そのくせ、靴だけは片手にしっかりと握っていた。それから憶えているのは、あの気の抜けた蠟人形を夢中で自分がつかんで、薄気味悪いあのちいぽけな物を、ギューギューに押しつぶすほど握りつぶし、とうとう手足が破けてオガ屑が飛びだし、形《かた》なしにはならなかったまでも、どうしてこんなにしたか、自分でもわからないくらいな片輪にしたうえ、そいつを、すやすや眠っているモニカのベッドから少し離れたところにあるテーブルの上へ、いやというほど叩きつけてきたことであった。それは自分でも憶えていた。あの小さな化物が、だらしなく仰向けにのけぞりかえり、おヒョロビリの服がまくれ上がって、異《い》なところまでさらけ出し、手足も露《あら》わにグンナリと伸びているざまを、彼女はその時はっきり見たのだが、釣り上がった小さな目がギラギラ光り、目玉は動かないなりにまだ生きているどころか、かえって怨むような、不逞な悪相を呈していた。

この気色わるい図は、いくら拝んでも祈っても、どうしても忘れることができなかった。

もうここまでくれば、あっさり、主人に面と向かってぶちまけてしまうのが一番いいと、彼女は思った。彼女の良識と、平静な心と、公正な判断と、義務の観念が、彼女にそれを要求したのである。ものごとに慎重で、その点はしっかり者の、まちがったことのない彼女は、これまでモニカのことで大佐に進言などしたことは一度もなかった。しかし、危機は目前に横たわっていた。モニカの心に、なにか危険が高まってきつつある。モニカがそれに気づかずにいるのは、せめてもの幸いだった。マスターズ大佐はというと、これは彼女の勤務に給料を払い、彼女の実直を信じ、彼女を信頼している人だ。だから、この人には率直にわけを話さなければならない。

しかし面談となると、なかなかこれは、おいそれとできることではなかった。だいいち、大佐はそういう鹿爪らしいことが大嫌いで、なるべくそういう機会を避けている。第二に、家にいてもめったに姿を見せないから、近づきようがない。いつも帰ってくるのは夜遅く、真夜中過ぎだから、だれもそばへは行く者がない。こまごました家事向きのことなどは、いちど慣例がつけば、ひとりでにそれで運ぶものだと思っている。内輪の者で、ズケズケ主人の居間へはいっていくのは、ミセス・オレリーぐらいのもので、これは半年に一度、定期的に主人の書斎へノコノコ出かけて行って、通告をし、月給の足し前をもらうと、またあと半年間は寄りつこうともしない。

マダム・ジョズカは、こういう主人の毎日の習慣をこころえていたから、翌朝、モニカがいつものとおり、中食前に床にはいっているあいだに、玄関のホールで大佐をつかまえた。大佐が外出するところを、彼女は二階の踊場から見張っていたのである。ワルソーから帰ってきて以来、彼女はまだ、大佐とは顔をあわせていなかった。痩せぎすな、しゃんとした姿、色の黒い、感情を外にあらわさない冷やかな顔を、彼女はりっぱだと思った。大佐の挙措動作は、すべて完全な軍隊じこみだった。足をとめて、ジロリとこちらを見られた時、彼女はせっかく前から念入りに用意しておいた挨拶が、とたんに出端《でば》を失って、ついしどろもどろの英語で、お粗末千万な言葉がとびだしてしまった。はじめは向こうもていねいに聞いてくれたが、中途まてくると、せっかちな大佐は、彼女のだらだら話に切りをつけるように、

「あんた、わしのいうたようにまたもどってきてくれて、たいへんよかった。わしも喜んどる。モニカがえらい寂しがりよってな……」

「はあ、でもお嬢さまにはお遊びになるお相手が……」

「それ、それじゃよ」と大佐はかぶせるように言って、「なんかまた玩具をねだっとるんじゃろう。……あんた、なかなか察しがよいな。なにかまた、ほかに考えるところがあったら、遠慮なくいってもらうとして……」と、大佐は半分こちらへ身を向けながら、はや出かけ腰になっている。

「でもあれは困りますです。あれはひどいもので――」

マスターズ大佐は、めったにない笑い声をたてて、「いや、子供の玩具なんてみんなひどい

物さ。もっとも嬢が気に入っておれば……わしは見たことないから、なんともいえんがね。……あんた、なにかましなのを求めてくれるのじゃったら……」と肩をすくめた。

「はあ、あれは求めた物ではございません」と、彼女は絶体絶命になっていった。「頂いた物でございますの。それがひとりで音を出しましてね、言葉みたいな。わたくし、それが動くのを見ましたのです。——ひとりでに動きますところを。人形でございますの」

大佐はすでに玄関口まで出ていたが、きゅうに弾《たま》にはじかれたように、こちらをふりかえった。肌がさっと青くなり、光沢《つや》のいい目のなかに、なにかそれとはうらはらな、たじろぐようなものが動いた。

「人形——」と、大佐はおうむがえしに、いやにおちついた声でいった。「——あんた、人形といったね？」

大佐のその目つきと顔色が、彼女を狼狽させた。そこで、例の紙包みが届いた時のことをかいつまんで話すと、あの時厳重に壊してしまえといいつけておいた、その紙包みのことを聞く大佐の質問が、また彼女をまごつかせた。

「そうか、壊したんじゃなかったのか？」と大佐は、自分のいいつけが通らなかったのが不思議だといわんばかりに、かすれた小声でいった。

「はあ、きっと捨てたんだろうと思いますけど」と、ジョズカは大佐の視線を避けながら、料理女のことも、ともに庇《かば》ってやるつもりで、いいのがれをいった。「たぶん、それをお嬢さまが見つけたんだろうと思います」いってしまって、彼女は自分のいくじなしが情けなくなったが、大佐がなおもかさにかかってくるので、彼女はよけいしどろもどろになった。そのくせ、まるで大佐の――モニカではなく、大佐の安全と幸福が、火がつきそうにでもなっているように、この人に苦痛な思いをさせたくないという、妙な気持が一方にあった。「あれが――動くのといっしょに、なにか申しますんですの」と、とうとう彼女は大佐の顔を見上げながら、高い塔の上から飛び下りた気持でいった。

大佐はハッとからだを固くしたようであった。そして、へんな息ののみ方をして、

「モニカがあれを持っとるのかね？　あれと遊んどるのか？　あんた、あれが動くのを見て、何か音を聞いたんじゃと」と、大佐はひとりごとをいうように、低い声で、「ふーむ、あんた、聞いたのか？――」

そのとおりだと、相手を納得させるような言葉がうまく見つからなかったから、ジョズカは軽くうなずくと、みるみる大佐の恐怖が、一陣の寒風のように、彼女のほうへ吹きつけてくるような気がした。大佐は、内心、震えあがっていたのである。が、馬鹿な！　と一笑し去るかわりに、いやに穏やかな猫なで声でいった。「いや、あんた、それをいうてくれて、よかった。――よくいうてくれた」といって、そのあとへ、みすみす縁起の悪いことをいうとあからさまにわかるような、ゆっくりした調子でいいそえた。「じつは、そんなことがあるかもしれんと思うとったのだ。……遅かれ早かれ……来ることになっとったのだ……」あとの声は、顔を拭いたハンケチの中に消えた。

と、その時、彼女は感情の反動で、いきなり同情の心が降って湧きでもしたように、今まで

の不安な思いを一掃した。そしてひと足踏み寄ると、主人の目を正面からまともに見まもりながら、きゅうにきっぱりした調子でいった。

「お嬢さまをごらんになってくださいまし。ごいっしょにいらして、聞いていただきます。お寝間へまいりましょう」

大佐が躊躇《ちゅうちょ》するのを彼女は見た。ややしばらく、大佐は一語もいわなかった。

やがて、低い、うろたえた声で、大佐は聞いた。

「だれが――だれがあの紙包みを持ってきたのだろうね？」

「たしか、男の方だったと思いますが」

次の問までに、しばらく間《ま》があったようだった。

「白人かね、それとも黒人かね？」

「色の黒い――まっ黒な方でした」

それを聞くと、大佐は木の葉のように震えた。顔の肌がまっ青になり、グンナリとしおれたように扉にもたれかかった。ジョズカが何か引っ立てるようなことをいわなかったら、彼女は意外な人の気絶を見たかもしれなかった。

「今夜、ぜひ私とごいっしょにいらしてくださいまし。ごいっしょに聞きましょう。――あの、ちょっとここで、お待ちくださいましね。ただいま、ブランデーを持ってまいりますから」

しばらくして、彼女は息をはずませながらもどってきた。大佐は彼女の見ている前で、コップに半分ほどのブランデーをグッと飲み干した。さきほどからの話の中で、彼女は自分がまちがったことをいわなかったことがわかった。その証拠に、大佐はすなおにこちらのいうことを承知してくれた。もっとも、臆病が臆病におんぶして勇気が出たというのは、どうもへんな話だったが。

「今夜でございますよ。ブリッジからお帰りになりましたあとで、お嬢さまのお寝間の外の廊下で、お目にかかります。私、あちらにおりますから。お時間は十二時半ということに」

大佐はシャンと身をのばして、彼女の顔を穴のあくほど見つめながら、なかばお辞儀をするような、なかばうなずくような首の動かし方をした。

「十二時半」と口のうちでつぶやくように、「寝室の外の廊下だね」といって、ステッキを厄介そうに扱いながら、大佐はそのまま玄関の扉をあけて、車寄せへ出て行った。そのうしろ姿を見送りながら、彼女は今までの畏怖の念が、いつのまにか憐憫に変っている自分に気づいた。大佐のよろけたような足どりを見ながら、人間も良心を打たれると、ちょっとのあいだ心が乱れ、あんまりびっくりすると、神を思うことも忘れてしまうものだ、ということがよくわかったような気がした。

マダム・ジョズカは約束を守った。彼女はその晩は夜食もとらずに、自分の部屋で祈禱をつづけた。それからまず、モニカを寝床へ入れた。

「あたいのお人形よ」掻巻をかけてもらってから、モニカはねだった。「お人形くれなければ、あたい寝られない」

マダム・ジョズカはこわごわ人形を持ってきて、ベッドのそばの卓の上においてやった。

「モニカ、あなたいい子ちゃんね。お人形はここで寝るのがとても気持がいいんですってよ。なぜ、お床《とこ》の外へ置いといちゃいけないの?」

見ると、人形はいつのまにか破れたところに継ぎをあてたり、糸でかがったりして、丹念につくろってあった。

モニカは人形をひったくるように取って、「これ、お床の中へ入れて、あたいのそばへ寝かしてやるのよ」そういって、さも楽しそうにニコニコしながら、「そいでね、二人でお話をしあうんだわ。お人形が遠くにいると、お人形のいうことがちっとも聞こえないんだもの」といって、モニカはむしゃぶるように人形を抱きしめた。そのようすを見て、ジョズカの心は、思わずゾッと寒気がした。

「ならね、お人形がそこにいるとモニカちゃんが早くお寝んねできるんだったら、お人形をそこへ入れておいてもよくってよ」

モニカは、ジョズカの震えている指先は見なかったし、顔や声にあらわれている恐怖にも気がつかなかった。じっさい彼女は、枕につけた自分の頬のそばに人形をひきよせ、小さな指先で亜麻色の髪の毛やバラ色の蠟細工の頰をなでながら、目をつぶったかと思ううちに、じきに軽い鼾《いびき》を立てて眠りこんでしまった。

マダム・ジョズカは、うしろを見るのもこわごわ、入口までそっと爪足で来て、しずかに部屋のそとへ出た。廊下へ出て、彼女は額の冷たい汗をふきながら、胸の中で祈った。「神さま、どうかあの子をお守りくださいまし。私にもしも罪がございましたら、どうかお許しくださいまし」

マダム・ジョズカは約束を守った。大佐も、この約束は反古《ほご》にしないはずだと、彼女にはわかっていた。八時から真夜中すぎまでは、だいぶん待ちでがあった。一大決意、というほどではないにしても、それを聞けばこっちは無理にも飛び出さなければならない。例の一件の音を聞くのが恐さに、彼女は寝室の入口からは思いきって離れていることにし、自室へ行って、そこで待っていた。が、ご祈禱のたねもしぜんと尽きた。ご祈禱もいいが、続けざまにそれをしていると、気が昂《たかぶ》ってきて、かえってそれが仇《あだ》になる。かりに、もし神助というものがあるならば、願い事は一つ上げればたくさんだ。そう何時間も祈っていては、神さまだって迷惑だろうし、だいいち、こっちのからだがまいってしまう。そこで、いいかげんにお祈りは切り上げて、彼女はポーランドの名僧伝を読みだしたが、これはまたいっこうおもしろくない。そのうちに馬鹿に眠くなってきたので、ついとろとろと眠りこんだ。……

物音にハッと目がさめた。――扉の前をしずかに通りすぎていく足音がする。時計を見ると、十一時。足音は忍び足だが、聞きなれた音だった。ミセス・オレリーが寝に行くのである。そのまま足音は消えてしまった。ジョズカはなぜとも知らず少し恥ずかしくなって、こんどは耳の穴をよくあけているつもりで、また名僧伝を読みだした。すると、またうとうとと眠りこんでしまった。

二度目に目がさめたのは、なんで覚《さ》めたのかよくわからなかった。彼女はハッとして、耳をすました。夜は気味の悪いくらいしーんとして、家の中は墓のように静かだった。おもては車ひとつ通らない。玄関先の暗い植込を動かすそよとの風もない。外の世界は闃《げき》として物の音ひとつしない。時計を見ると、十二時すこし過ぎだった。と、どこかで、なにかガチャリと鳴った音がした。その音が研《と》ぎ澄ました神経にピストルでも打った音のように聞こえたが、じつは玄関の扉を静かに締めた音だった。つづいてホールを突っ切る足音が聞こえ、やがてそれが階段を上がってきた。足音がすこしヨタヨタしている。大佐が帰ってきたのだ。大佐は約束を果たすために、ゆっくりと上がってくる。厭々なんだな、と彼女は感じた。ジョズカは椅子から立ち上がると、ちょっと鏡をのぞき、なにか口早に祈り言を呟《つぶや》くと、扉をあけて暗い廊下へ出て行った。

身も心も緊張していた。「さあ、これで大佐は自分の耳で聞くだろうし、おそらく見るわよ、きっと」と、彼女は思った。「どうか神さまのお助けがありますように!」

廊下をずんずん歩いて行って、やがてモニカの寝室の入口の前まできた。一心に耳を澄ましていると、からだのなかを流れる血の音だけが聞こえるように思われた。約束の場所まできて、そこにじっと立ったまま、彼女は大佐の足音が近づいてくるのを待っていた。まもなく、大きな体軀が廊下をドシンドシン鳴らし、階下のホールからさす灯火に、黒い大きな影が浮かんできた。大きなからだがだんだんに近づいてきて、やがて彼女のすぐ前まできた。「こんばんは」と挨拶すると、「とうとう来たよ。……馬鹿馬鹿しい……」とかなんとかつぶやくような返事があって、二人は廊下の暗がりに並んで立った。女中も料理女も遠いところにいる。そのまま無言で、しばらく待っていた。モニカの寝室の入口の外に、二人は肩を寄せあって立っていた。

ジョズカの心臓が脇腹のあたりをドキドキ打っている。

大佐の息の音が、すぐそばで聞こえた。酒くさいにおい、タバコのにおいがまじっている。壁に影がゆらりと揺れて、大佐が片足を動かした。すると、ふいに妙な感情の波がジョズカを襲った。半分は固く身を守る母性の願い、半分は性的な欲情に近いもので、一瞬、彼女はいきなり大佐を腕に抱きよせて、がむしゃらに接吻を浴びせたいような欲望が、むらむらと起った。そうすることによって、大佐が何も知らずに直面しているある恐ろしい危機から、かれを守ってやりたかったのである。反撃、憐憫、罪と欲情の意識、そうしたもののなかに、彼女はとつぜん自分の身ぬちに降って湧いた、不思議なこの女の弱さを自覚した。が、次の瞬間には、ワルソーの牧師の顔が、よろめく心のおもてを、閃《ひらめ》くように掠《かす》めて通った。なにかただならぬけはいが、あたりを罩《こ》めていた。それが「魔」というものだった。ジョズカはからだじゅうがひとりでにガタガタ震え、足の先が靴の中でガクガクするのを感じ、じっと立っていることができず、いまにも前につんのめりそうであった。もうすこしそのままでいたら、きっと大佐の腕の中へ、ヘタヘタと崩折れてしまっていたにちがいない。……

その時、なにかの音が静寂を破ったので、彼女は辛うじて自分をとりもどした。音は扉のむこう、寝室の中から聞こえてくる。

「シッ！」

ジョズカは大佐の腕に手をかけて、囁いた。

大佐は身動きもせず、物も言わずに首と肩を、締まっている扉の蝶番《ちょうつがい》のところにじっと押しっけている。

扉のむこう側では、しきりとなにか物音がしている。モニカの声のしているのがはっきりとわかる。その声といっしょに、も一つ、それよりも低い、なにやらキイキイした声が聞こえる。ときどきそれが間へはいって、なにか答えている。声は二つである。

「よくお聞きください」と、ジョズカはやっと聞きとれるような低い声で、かさねて囁いた。大佐の暖かい手が彼女の手を、痛いほどギュッと握った。

はじめのうちは、なにを言っているのか、よく言葉が聞きとれなかった。真夜中、しんと寝しずまった家のまっ暗な廊下に聞こえる、この妙な、きれぎれの、別々の二つの声は、一つは子供の声とは思えない、不思議な微かな音であるが、やはりそれは声であった。

「私のよき神様《ク・ル・ボン・ディユ》――」と、彼女はいいだしたが、いいかけた口の息が中途でハッととまった。大佐がいきなりしゃがみこんで、鍵穴を覗きだしたからである。大佐は思いきってそれをやってのけたのであった。鍵穴に片方の目をぴったりつけながら、その手は、まだジョズカの手をしっかり握っていた。からだの平衡を保つために、かれは片膝をついていた。

しばらくのあいだ、物音がパッタリとやんで、部屋の中には物の動くけはいもなかった。おそらく大佐の目には、寝室の電灯の光で、ベッドの上の枕、モニカの頭、腕に抱いている人形が、はっきりと見えたことだろう。いや、大佐はそこに見えるはずの物は、なんでもはっきり見たのにちがいない。しかし、なにが見えたということは、口にも言わず、そぶりにも見せなかった。そうしているうちに、ジョズカは妙な感じがしてきた。なんだかまるであらゆることが想像されて、自分が完全なヒステリカルな馬鹿者になったような気がしてきた。ややしばらく、妙な静けさに気圧《けお》されながら、そんな気味の悪い思いが彼女の上にチラチラ閃いていた。自分はとうとう気違いになったのかしら？　自分の意識は、ことごとくみな、自分を騙《だま》しているのではなかろうか？　声はどうして止んでしまったのだろう？　——部屋の中には、コソリという音も聞こえない。

すると大佐が、いきなり握っていた手を放して、ヌックと立ち上がった。とたんに、彼女はからだが固くなった。大佐が今にも自分に飛びかかって来そうな気がして、飛びかかってきたらどなりつけて、面《つら》の皮をひんむいてやろうと用意した。身づくろいをして、今に来るかと待ちかまえていると、豈図《あにはか》らんや、彼女は大佐がいった言葉に、かえって度胆《どぎも》をぬかれてしまった。

「おい、見たぞ」もつれたような低い声で、「歩いているのを見たぞ！」

彼女は、痺れたように、そこに立ちすくんだ。

「あいつ、わしのことを見ておるぞ」と大佐は、やっと聞きとれるほどの声で、「わしのことを！」

感情の激変で、大佐のその囁き声は彼女に自制をとりもどさせたが、しかしその声の中には、まぎれもない恐怖があった。その恐ろしい言葉は、大佐が自分で見つけたことばのくせに、それを大佐は、彼女にいって聞かせるというよりも、自分にいいきかせているというふうだった。

「わしがふだんから恐れておったのは、これなんだ。いつかは、こういうことが来る、来なければならんということを、わしは知っとった。しかし、こんなものじゃないと思っとった。こんなふうに来るとは思わなんだ」

するとまた部屋の中の声が聞こえだしてきた。それは甘ったるい、静かな声であった。まじめな、あたりまえの、感情のともなった声だった。——なにかせがんでいる、モニカの子供っぽい声であった。

「行っちゃ、厭《いや》。おいてきぼりにしないで。お床の中へもどってきて。——よう」

そのあとへ、まるで返事をするように、なんだかわからない音が続いた。微かな、軋《きし》むような調子のその音のなかに、なにか音節みたいなものがあることは、ジョズカにもわかった。しかし、なんという音節なのだかわからない。なんだかその音が、尖った氷片の先みたいに、からだへ突き刺さってくるようであった。彼女はなんとも知れずゾーッと寒気がした。すると、その彼女と向き合って、微動もせずにつっ立っている、元気のない大佐の大きなからだが、だしぬけに彼女のほうへグッともたれるように傾《かし》いできたと思うと、息が頬に感じられるほど、顔のすぐそばまで唇をくっつけるようにして——

「……ブス・ラガ……ブス・ラガ……」

と、なんべんもその音《おん》を、ひとりごとのようにくりかえして、

「ヒンドスタン語で、……『復讐』ということばだ……!」

そういって、大佐は、長い、苦しそうな溜息をついた。

怪しいその音は、ジョズカの身ぬちにもしみこんで、毒薬のように澱《おど》んだ。まえにもなんど

か聞いて、その時には意味のわからなかった音節であった。それが今、やっとその意味がわかった。――『復讐!』

「中へはいらにゃ! 中へはいらにゃ!」大佐はひとりごとのようにいった。「中へはいって、あいつと対決せにゃならん!」

ジョズカはとっさにピンと来た。――これは、危険なのはモニカじゃなくて、大佐のほうだ!

母性としての護身的本能が、さらにその解釈を発見した。――あのお化け人形の中に凝り固まっている殺人の力は、じつは大佐が目当てだったのだ。その大佐は、彼女を押しのけて、いま危い瀬戸際に臨もうとしている。

「いけません!」ジョズカは叫んだ。「私がまいります。私を入れてください!」彼女はあらんかぎりの力を出して、大佐をわきへ押しやった。が、大佐の手はすでに扉の把手《とって》にかかっていて、あっという間に扉は中にひらかれ、大佐は部屋の中へ飛びこんだ。二人は敷居ぎわに並んで、――彼女のほうがすこし遅れていたが、――大佐を先へやるまい、自分が先に立って守ってやろうと、しばらく立ったまま揉みあった。

ジョズカは大佐の肩ごしに、部屋のなかをツラリと見渡した。なんでもいい、威《おど》かしている物がしぜん力を失っていくその正体を、克明に見顕《あらわ》してやろうと、目を皿のようにして見まわした。しかし、そんなにしてみても、目の働きは正常のとおりだった。そこにあるべき物はみんな見えた。――つまり、何もなかったのである。常と変った物は何もなかったのである。

異常な物、恐ろしい物はなに一つなかった。何もないとなると、妙に拍子抜けのした感じが、彼女の心に起った。なんだ、自分はただ、モニカが無事にすやすや寝ている、静かな部屋のようすを見定めるために、あんな恐怖の絶頂みたいな思いをしたのか？　チラチラする夜間灯の光は、正常なまどろみに沈んでいる子供の寝姿をあらわしているだけで、枕のそばに玩具なんか何一つのってやしない。瓶にさした花のそばには、水を入れたコップが置いてあり、手をのばせばすぐにとどく窓台の上には、絵本が一冊のっている。枕の上には、目をかたくつぶったモニカの穏やかな寝顔があるばかり。モニカの寝息は深くて、正常で、蒲団のシーツがすこし皺になっているほかは、つい今しがたまで何かせがんでいた、あの寝言から思いやられるような、寝乱れたところなどは、どこにもない。掛けぶとんはベッドの裾のほうへはねてある。たぶん掛け物が暖かすぎるので、寝ているうちにしぜん剝《は》いだものと見える。そうとより考えられない。

マスターーズ大佐も、家庭教師も、部屋の中へはいりしなには、絵に描いたようなこの光景を、どこにも非の打ちどころなしと見た。部屋の中は静かで、こうしていてもモニカの寝息がはっきり聞こえる。二人は部屋の中を隈《くま》なく見まわした。べつにどこにも動いている物はない。が、ジョズカはその時、なにか動いている物があると、ふっと感じた。なにかが動いていた。べつにそれが耳や目に感じられるのではない。皮膚に感じられる、とでもいうのであろうか。たしかになにかが動いている。それは否定できなかった。この静かな、物音もしない部屋のなかの、どこかで何かが動いている。しかも、目にも耳にもとどかない動きだけに、危険だった。

はたしてそうなるかならないか、なって見なければ分らないとしても、自分の身は安全だと、ジョズカは確信していた。すやすや眠っているモニカも大丈夫だと信じていた。ただマスターズ大佐だけが危ない。このことも同じく彼女は確信していた。これは骨の髄まで、承知していた。

「あ、あなたはここの扉のところで、待ってらしてください」

大佐がひと足先へ進み出ようとした時、ジョズカはほとんど頭から命令するような調子でいった。

「あなたのことを睨んでいるのを、ごらんになったのでしょ。どこかにおりますよ。気をつけていただきます」

彼女は大佐の腕をつかまえようとしたが、大佐はすでに手の届かない先へ出ていた。

「そんな馬鹿なことが——」ブツクサいいながら、大佐はズカズカ大股に進んで行った。

それを見て彼女は、この人はなんというえらい人だろうと思った。自分が肉体的にも精神的にも危険だと承知していた物に、この人はどんどん向かっていく。彼女が男性を賞嘆したのは、生涯にこの時きりだった。今までにもなかったし、二度とこのさき——いや、こんな薄気味の悪い恐ろしい姿を、女が一生に二度も見るなんてことは、願いさげにしたい。惻隠《そくいん》の情と恐怖の思いが、灼《や》くような、虚《むな》しい思慕の情海に彼女を溺れさせた。自分の宿命と対決しにいく一人の男。これは助ける力もなく、ぜったいに目撃することを許されないものだ。そんな考えが彼女の上に閃いた。星辰《せいしん》の運行は、人間の力ではとどめることができない。

その時、ふいとなにかの拍子に、彼女の目が、剝いだ掛けぶとんの、皺になった高いところと窪んだところにとまった。そこのところは、ベッドの裾の暗い陰になっていて、高低《たかひく》がごっちゃになっている。モニカが身動きをしなければ、そこの凸凹は、朝までそのまんまでいたにちがいないが、あいにく、モニカが動いた。眠りながら、その時寝返りを打ったのである。寝相をかえるのに、まず先に小さな足を踏みのばした。そのために、ベッドの裾の掛けぶとんが、下から押し上げられて、形がゆがんだ。そんなわけで、そこの部分のようすがすこし変り、その近くの部分も形がずれて、なにか小さな形をした物が、そこへヒョッコリと出てきた。今までそれは陰に隠れていた物で、それがまるでバネ仕掛で飛び出たようなぐあいに、ピョコリと飛び出てきたのである。なんだかまっ暗けな巣の中からでも、いきなりヒョイと跳ね出したようで、その出かたがまた薄気味悪いくらい、あっというほどすばしこかったから、彼女はギョッと胆《きも》をつぶした。ごく小さな物だが、その毒々しくおっ立てた頭、手足の動きぐあい、意地悪そうにギラギラ光った目など、いやに人間臭くて、薄気味のわるい代物《しろもの》だった。それさえなければおどけた恰好なのだが、形からしていかにも人間人間していて、なにかつっかかってきそうな、見るからに悪相をした魔物だった。

それが例の人形であった。

それが絹布の、すべすべした掛けぶとんの上を、いやに確かな足どりで、転びもせず、降りたり登ったりしながら、胸に一物ありげな泰然自若たる恰好で、スタスタこっちへやってくるのである。なにか目当てがあることは、ひと目見てわかる。ぴたりと据えたガラスの目玉を、怯え上がっているジョズカのうしろの一点に集中している、その一点とは、彼女と肩を寄せて立っている、主人のマスターズ大佐よりほかにない。

先刻、あれほど自分が執拗に相手を庇ってやろうとした動作などは、もういつのまにやら空中に消し飛んでしまったようであった。……

おもわず、彼女は本能的にふりかえって、大佐の肩に手をかけると、大佐はいきなりそれをふりはらって、叫んだ。

「よーし、血を見るなら見せてやるぞ！ いつでも来い！……」そういって、大佐は手荒くジョズカをわきへ押しゃった。

人形は、大佐を目がけてやってきた。ブランブランの小さな手と足の関節から、細い軋むような音を出しながらやってくる。ジョズカが前に一度聞いたことのある音節である。「ブス・ラガ……ブス・ラガ……」——前にはその意味が分らなかったが、いまは恐ろしいその意味を知っている。——『復讐』

かすれたような、軋むような音だが、まるでそれは、猛獣が神速の早さで飛んでくる確かさのように、はっきりした音だった。大佐が自分の身を守るために、一寸二寸、じりっ、じりっと前後に動くか動かぬうちに、人形は早くもベッドを下りて、ずんずん彼のほうへやってきた。どう動こうにも、身を構えようにも、大佐は自分で自分の方角がつかなかったのである。人形は身をかまえた。あっと思った瞬間、猛然と飛びかかったと思うと、怪物の小さな口は、大佐の咽喉笛に深く食らいついて、放さなかった。

それは一閃《いっせん》のあいだに起り、一閃のあいだに終った。ジョズカの記憶だと、まるでそれは、墨絵に描いた稲妻のひらめきみたいな印象を残しているだけだった。まるで過去というものを持たぬ、現前の出来事だった。来たと思ったら、行ってしまっていた。ピカッと光った稲妻のあとみたいに、一瞬目がくらんで、現在も過去もなく倏忽《しゅっこつ》の間に一過した。げんに彼女は、その恐ろしいことを目のあたりに見たのであるが、その実感がなかった。この実感の欠如、これが彼女をその場に不動立ちにさせ、唖《おし》にさせたのである。

ところが、それに反してマスターズ大佐は、これはなにひとつ変ったこともなかったように、日頃の自分を失わず、泰然自若として、彼女のそばにおちつきはらって立っていた。あの不意打の瞬間にも、大佐は声ひとつ立てず、防禦の身ぶり一つしなかった。明らかに、来るものは拒まなかったのである。だから、そのあと大佐の口から、次のようななにげない言葉がとび出した時には、かえってその平然たるようすがよけい気味悪かった。

「あの掛けぶとんね、あれきみ、ちゃんと掛けておいてやったほうがよかないかな?」

健全な常識は、つねに、ヒステリーの毒気を退散させるものである。マダム・ジョズカはひどく息切れがしていたが、とにかく大佐のいうとおりにした。まるで機械で動いているように、彼女はいいつけられたことに動いていたが、しかし機械的にただ動いていながらも、大佐が蜂か蚊か毒虫でも刺しに来たように、しきりと首のあたりを手ではらっていたことは、気がついて知っていた。彼女が憶えていたのは、それだけであった。というのも、大佐は玉山揺がずといったふうで、ほかにひと言もいわなかったからである。

掛けぶとんの皺をのばして、まっすぐに掛けようとしていると、ふいにモニカが目をさまして、床の上にムクムク起き上がって坐ったので、ジョズカはびっくりした。

「あーら、ドスカ、——ここにいたの！」モニカは寝ぼけ声で、愛称をつかいながら、無邪気にいった。「やあ、お父さまもいるの——まあ、うれしい！」

「お床をね、お床を直してるのよ、お嬢ちゃん」ジョズカは吃《ども》りながらいったが、自分でなにをいっているのかわからなかった。「さあ、もう寝んねしましょうね。先生、ちょっとただ見にきただけよ……」とかなんとか、口から出まかせなことをふた言三言いった。

「お父さまもいっしょに？」と、モニカは眠いながらも、父親のいる意味が解《げ》せないようすで、はしゃいだようにいった。そして「ウー！ ウー！」と両手で伸びをした。

このかんたんな言葉のやりとりは、動作をしながらしたことで、おそらく時間にしたら、十秒ぐらいのものだったろう。そのあいだ、ジョズカは掛けぶとんを直していたし、大佐はしきりと首のあたりを手ではらっていた。聞こえる物音は何もない。ただせっかちな大佐の息づかいと、時どき息を引く音が聞こえるばかりである。しかし、なにかが見えた。——ジョズカは、のちにワルソーの牧師にこのことを明言している。あの時自分が別の物を見たのは、神々のおかげだとはっきりいいきっている。

いったい、目まいがして気が遠くなるような圧迫《ストレス》を感じる時に、働きがのろくなったり、あいまいになったりするのは、感覚ではない。五感の働きは、逆に緊張し、鋭敏になるものである。ただし、平常の時よりも時間が長くかかるということに、記録は一致している。むろん、麻痺した脳髄が遅延の原因であって、そのために確認がのろくなるのである。したがって、マダム・ジョズカも、その時疑いなく目に見たものを、多少ずれた時間の上で確認したのである。――黒んぼみたいなまっ黒な肌をした腕が、モニカのベッドのそばの開いた窓からサッと潜り入ったと思うと、大佐の咽喉笛から落ちたあと床の上にころがっていた小さな物を、いきなりひっ掴《つか》むと見るまに、電光石火のす早さで、戸外の闇の中へサッと消え去ったのである。

もちろん、これを見たものは、彼女以外にはなかった。――ほとんど神出鬼没のす早さであった。

「さあ、モニカ。これから二分内に、また寝んねするんだぞ」とマスターズ大佐は、モニカのベッドにかがみこみながら囁いた。「お父さんは、お前がいい子であるかどうか、ちょっと覗きに来たんだよ……」その声がいやに細くて、気味の悪いほど響きがなかった。

ジョズカは入口のそばで、氷のような戦慄を感じながら、じっと目をすえたなり、それを聞いていた。

「お父さまはいい子？　大丈夫？　あたち、夢見てたんだけど、もう夢、行っちゃったわよ」

「そりゃよかったな。ほんとによかったぞ。だけどモニカがぐっすり寝んねするところを見れば、もっといいね。さあさあ。こんな夜間灯なんか消しちまおうな、これでお前、目がさめたんだ。こんどは大丈夫だぞ」

そういって、子供といっしょに灯火を吹き消した。眠そうな笑い声を立てていた子供は、それでおとなしくなった。大佐は爪足で、入口にいるジョズカのそばへやってきた。「泰山鳴動して、鼠一匹出なかったね」と、さっきと同じ気味の悪い、細声で呟くようにいって、それから扉をしめ、暗い廊下に二人して立った時、大佐はだしぬけに思いもかけないことをした。ジョズカの体に腕をまわし、あっというまに強く抱きしめると、烈しい接吻をして、ついと彼女を突きはなしたのである。

「いや、ありがとう、ありがとう」と低い、プリプリしたような声でいって、「あんたは全力をつくした。大奮闘をした。しかし、わしは当然受けるものを受けたよ。わしはそれを年来待っとったのだ」そういって、大佐は自分の部屋のほうへと大股に階段を下りて行った。階段の中途まで下りると、そこで足をとめ、階上の欄干《らんかん》のそばに立っているジョズカを見上げて、「医者にそういってもらおう」と低い声だったが、乱暴な言い方で、「わしが睡眠薬を服《の》んだと。——しかも、多量に服んだとな」そういって、そのまま行ってしまった。

以上は、翌朝あわただしく電話で呼ばれた医者が駆けつけた時、腫《は》れ上がったまっ黒な舌をして死んでいた大佐のベッドの前で、ジョズカが医者に語った話のあらましである。検屍の際にも、彼女はこれと同じ話を述べたが、強力睡眠剤の空《から》になっていた瓶で、彼女の無罪であることは確証された。

モニカは、なんといってもまだ年がいかなかったから、父のいなくなったことに駄々をこねるぐらいで、心《しん》から愁歎もしなかったが、ふしぎなことに、あれほど、ほかに遊び相手はないくらい、夜昼楽しく遊んでいたあの人形のことは、それぎりプツリとも口に出さなかった。まるでそんなものなどなかったかのように、彼女の記憶から忘れ去られ、抹殺されてしまったようだった。人形の話が出ても、ポカンとした、馬鹿みたいな目つきをしている。それよりも、遊び古した子熊の人形が大のお気に入りだった。その点、記憶の石盤は、きれいに拭き消されてしまったのである。

「子熊ちゃんのほうが、よっぽどしんせつで、おもちろいわよ」と、モニカは子熊人形のことを、そういっていた。「くすぐらずに抱っこしてるから。それにさ」と、彼女はあどけない口のきき方で、「キイキイいったり、逃げようとしたりしないんだもの」

かくて都の郊外では、夜は街灯と街灯のあいだの広い空地に物音なく、しぐれもよいの風吹けば、松のこずえは啾々《しゅうしゅう》と鳴りしずもり、世は事もなく、住みつく人のたまさかに、「自家《うち》でもそのうち町へ出ましょうよ」とかこつ声に、屋敷の壁のうしろの古い梁のあいだで、おりおり時ならぬガサガサという音がして。……

部屋の主

虫の歩みの三時間、山坂のこごしい登り道で、足腰はつっぱる、筋は吊るの難行《なんぎょう》のあげく、ようやくのことでその晩遅く、黄いろい乗合馬車で、かれはその村に着いた。村はすでに眠りふかく、団々たる闇の一色で、ただ小さな旅館の前だけが、ちょっとの間、物音と、灯影と、ざわめきがしたばかり。二頭の馬はグンナリと首をうなだれ、くたびれた足どりで、馬具を地べたにズルズルひきずりながら、道のむこうの客用の厩《うまや》のなかへ姿を消した。ガタクリ馬車のほうは、引かれてきたその場所で、そのままひと晩立ちん棒である。まるで足を痛めた、腹の黄いろい、大きな甲虫がゴロリところがっているみたいである。

綿のようにからだは疲れていたが、それでも中学教師のかれは、ゴールデン休暇の今夜が第一夜だというので、気持は元気に浮き立っていた。高燥なアルプスの谷々は、気の遠くなるほど静かで、幻のような白雲が、黒檀色の岩肌に、夜目にもくっきりと照り映えているダン・デュ・ミディの峭《しょうしょう》々たる峯の上に、星くずが、キラキラ瞬《また》いており、痛いような山の夜気には、松林と、露のしとどな草原と、斧を入れた森のにおいがしみこんでいた。ややしばらく、恍惚として魅せられたような喜びにひたっているあいだに、いっしょに乗ってきた三人の相客は、それぞれ荷物のさしずをして、さっさと部屋へひきあげてしまった。そこでかれも足を返して、玄関に敷いてある粗いマットを踏んで、明かるいホールへはいって行った。入口の壁にかけてある大きな山岳地図の前に、足をとめて見たいのをがまんしながら。

するといきなり面白くもない不意打ちを食らって、かれは理想から現実へもろにつきおとされてしまった。宿屋には――宿屋はここの家一軒しかない――空室が一つもないというのである。ソファでもいいがといって、泣きついてみたけれども、そのソファも満員だという。

……

まえもって手紙を出しておかなかったのが、まぬけといえば、いかにもまぬけだったが、しかし考えてみると、そんな余裕はなかったのである。一週間降りつづいていた雨がやっと上がり、輝くような上天気になったのにそそられて、けさがた、ジュネーヴでとっさにここへ来ることにきめたのだから。

金モールをつけた玄関番《ポーター》と、やかましそうな顔をした婆さんと三人して、身ぶり手ぶりの総動員で談じあったが、いっこう埒《らち》があかない。さきは、こういう村の不便な事情をごぞんじないから、というようなことをくどくどいうのだが、もともと、こっちのフランス語が怪しいところへもってきて、むこうは土地の方言まるだしなんだから、話にならない。

「あすこか、あすこだどもね。でも、今夜は満員だね。超満員で、手がまわらねえさ。あしたになれば、たぶん――××さんのお部屋があけばのう――」そういって、やかましそうな顔の婆さんは、むやみと肩をすくめながら、金モールの玄関番《ポーター》をにらみつけると、玄関番は、これも眠そうな顔をして、客のほうへぼんやり目をむける。

結局しまいに、知恵のない話だが、婆さんのいう指図にしたがって、よくはわからないながら多少の希望を抱いて、かれは宿屋から通りへ出て、教えてくれた家のある方角へ、まっ暗な道を歩いて行った。わかっていることは、なんでもいいから、家があったら表の戸をドンドン叩いて、泊めてもらう部屋の有無を聞いてみること、それだけだった。途中まで玄関番がいっしょについてきてくれたが、もういちどとことんのところを婆さんに談じつけてみるといって、途中からこれはひきかえして行った。あたり一面、まっ暗闇のなかに、家らしいものがぼーっと黒い輪郭を描いている。夜気はしんと肌寒い。滝の落ちるドウドウという音が、谷ぜんたいをこめている。――なあに、もう夜の明けるのもまもないだろう、もしなんだったら、森の中を歩いて夜明かししたっていいんだ。……そんなことを考えるともなく考えながら歩いて行くと、うしろから「オーイ」と呼ぶ声がした。ふりかえってみると、誰かあとから追いかけてくる者がある。さっきの玄関番が駆けてきた。

それから、また宿屋の小さなホールで、三人してなんじゃもんじゃの話になった。こっちはおぼつかない言葉を、ときどき口の中でモガモガやっていると、そばで婆さんとポーターは、しきりと土地言葉でヒソヒソ相談をしていた。すったもんだのあげく、ようやくこういう話に鳧《けり》がついた。――「旦那におさしつかえがなければ、お二階にひと部屋ある。もっとも、この部屋はじつは塞《ふさ》がっているのだが、というのは――」

というのはも、糞もありはしない。かれは、そんな部屋がいきなりとび出してきた不思議を、くわしく尋ねもせずに、二つ返事でその部屋をとりきめた。宿屋稼業の仁義など、こっちの知ったことじゃない。部屋さえ提供してくれれば、その部屋が又貸しの部屋かどうかなんて、そんなことを婆さんとつべこべ論ずる必要は、こっちにはない。

ところが、二階のその部屋まで案内して上がってきたポーターは、いかにもおっかなビックリのようすで、宿の上《かみ》さんがいいのこした話を、フランス語まじりの英語で話してくれた。——その話を聞いて中学教師のミンタンは、これまた同じく、たちまちなんだかゾーッと背筋が寒くなって、こりゃあとんでもないことになったと、妙な気合《きあい》になりだした。

危険な登攀《クライミング》が主要な魅力になっている、このへんの高山の渓谷につきものの特殊な感興のわかる人なら絵で見たって、高所の恐怖というものが一たいどんなものだかぐらいのことは、おぼろげながら理解がつくだろう。人は、雲表をついて聳《そび》えたつ孤高の峯を仰ぎ見ると、ああいう雲の中で、幾日幾夜、危い山頂から山頂を攀《よ》じのぼり、攀じわたり、暗黒の恐怖を永遠に虚空にふりまいているあの氷壁を、寸また寸、ジリジリと征服していくことに無上の喜びを見いだしている登山家たちのことを考える。遭難という不祥事が、いつ降って湧くかわからない、そうした恐怖が裏づけに加味されている冒険から、遭難場面の想像を切り離すことはできない。

——ミンタンが半分怖じけづいているポーターの口から拾い集めた思念は、ことばがわからなくても、それはなんの支障にもならなかった。かれが借りた部屋のほんとうの借り主は、イギリス人の婦人で、この人は案内《ガイド》なしで山へ行くのだといってきかなかった。で、二日前の未明に、ひとりで出立した。ポーターは出立の時見送ったが、それっきり彼女は帰って来ない。むずかしい、危険の多いルートだったが、しかし山に慣れている練達の人なら、ひとりでもできないことはない。そのイギリス人の婦人は、経験多い登山家であった。それに強情な人で、人のいうことには耳もくれず、なにか言えばうるさがるし、なかなかの自信家だった。しかも変人で、人付合《づきあい》はまるっきりなく、どうかすると部屋に鍵をかけて閉じこもったきり、幾日も人と会わずにいたりする。とにかく、よほどの「変り者」だった。……

というようなことを、ミンタンは、いくらもない荷物が部屋へ運びこまれて、部屋の中がキチンとかたづくあいだに、ポーターから聞いたのである。話によると、すでに捜索隊も出かけたことだから、むろん、いつひょっくり帰ってくるかもわからない。いずれにしろ、この部屋は、そういうわけで今はあいているが、借り主はそのイギリス婦人なのだという。「なに、旦那さえおさしつかえなければ、――ひょっとすると今夜のうちに、だしぬけにお部屋をあけなきゃならないかもしれない、というそれさえご承知なら、――」おしゃべりのポーターは、話しているうちに、だんだん契約があやしくなるような話をしだしてきたので、ミンタンはいいかげんにして、もうきみはいいからと、ポーターを追い返し、こっちは追い出されないうちに、ちっとでも寝ておこうと思って、いそいで床《とこ》へはいる支度にとりかかった。

が、どう考えても、まず第一に気色《きしよく》がよくなかった。自分は他人の部屋にいるのだ、この部屋にいる権利を、自分は持っていない。いわば自分は保証のない闖入者《ちんにゆうしや》だった。かれは荷物をほどきながら、だれかが部屋の隅からこっちを見ているような気がして、なんどか肩ごしにうしろをふりかえって見た。そうしているうちにも、今にも廊下に足音が聞こえ、ドアをノックされ、そのドアが明いて、いかついイギリス婦人が腹をたてて、頭のてっぺんから足の爪先まで、自分のことをジロジロ睨《ね》めまわす。そんな気がしてならなかった。そればかりか、あんた、私の部屋で——私の寝室で、何をしているのかと詰《なじ》る、相手の声まで聞こえてくるような気がした。むろん、適当な申し開きはあることはあるけれども、それにしても——

かれはその時、すでに服を半分ぬぎかけている自分のことを考えて、きゅうにおかしくなって、吹きだした。と、笑ったあと、すぐその息の下から、先刻感じた、とんだことになった、という心持が、また頭をもたげてきた。あるいは、自分が今こうしてニヤニヤ笑っているうちにも、この部屋の主のからだは、ズタズタに傷つき、あの山の上で凍えたまま、ギョロリと見ひらいた目で、見えもしない星を凝視しているかもしれない。そう思うと、かれはゾーッと身ぬちが震えてきた。見たこともなければ、名前も知らないその女の人の感じが、ふしぎなくらいありありとしてくる。なんだかその女の人が、自分のいるこの部屋のどこかに隠れていて、こっちのすることを一から十まで見ている、——そんなことさえ想像できるようだった。

ドアをそっとあけて、ぬいだ靴を外へ出し、あけたドアをまた締めて、鍵をかけた。やがて荷ほどきをおわり、いくらもない所持品を、置くべき場所に始末した。所持品といったところで、小さな旅行鞄にズックの携帯袋だけだし、着ていた服はソファの上にひろげておくだけだったから、これはすぐにすんだ。部屋のなかには、ひきだしのついた簞笥《たんす》が一つもなく、バカでかい頑丈な戸棚があって、それには錠がおりている。イギリス婦人の持ち物は、むろん、その中につっこんであるのにちがいない。彼女がここにいたという唯一の印は、洗面所の上のガラスの花瓶に、しおれたアルプス薔薇が一束さしてあるのと、その花のかすかな香りがのこっているのと、それだけであった。証拠といったら、わずかにそれだけなのに、部屋ぜんたいに妙な存在感がしみついているのだ。それがひどくかれには厭な感じだった。部屋の空気からいって、「今しがたここから出て行った」ような感じにもとれたし、ぐあいによってはまだここにいるような感じにもとれて、思わずふりかえって、あわてて自分のうしろを見るといったような、へんな意識があった。

　同時に、部屋ぜんたいが、妙な嫌厭《けんお》をかれにあたえた。そして、その嫌厭の気持は、しおれかえった薔薇の花を窓から投げすて、戸棚の戸のまえに、目かくしみたいに雨合羽をぶら下げたことに、いい口実の種をあたえたようであった。バカでかい、ぶざまなその戸棚のなかには、女の衣類がいっぱい押しこんであるのだ。しかもその女の人は、ひょっとすると、今ごろはもう、そんなものを着る必要なんかないものになっているのかもしれない。かれの想像は、しきりとその光景を目に描いて見せるので、戸棚を見ると、なにかそぐわない、ギクンとする感じを受けた。いや、ただ感じを受けるというだけにとどまらず、その感じがだんだん心の中に食いこんできて、しまいにはなにか怪奇な恐怖感さえともなってきた。とにかく、その戸棚は、見ると気味悪いので、かれはほとんど本能的に、その上に雨合羽の蔽いをかけたのであった。

　それから電灯を消して、ベッドにもぐりこんだ。

　ところが、部屋がまっ暗になったとたんに、きゅうにかれは、とてもこのままではいられないような心持がしてきた。暗さといっしょに、自分でも名状のできないへんな寒さが、にわかに襲ってきたのである。で、ベッドのそばの蠟燭《ろうそく》をともしてみると、おかしなことに、自分の手がブルブル震えているのがわかった。

むろん、これは大袈裟すぎた。想像が勝手に羽根をのばして歩きだしたのだから、これを呼びもどさなければならない。しかし、どうやって正常に呼びもどすかが問題であった。すでに恐怖を容認した心は、いくらおちつこうとしても、なかなかおいそれとおちつけるものではなかった。恐怖というやつは、いちど忍びこんでしまったら、追い出すのがむずかしい。かれは床の中で肱《ひじ》枕をしながら、部屋の中にある物品を、いちいち克明に書き出して行った。いってみれば、物品目録でも作るつもりで、目に見える物はなんでも片っぱしから洩れなく書き上げ、書き終ったところで線を引き、数を計上して、「よし、これでこの部屋にあるものは全部だ。こまかい物まで、いちいち数えたから、もうこれでほかにはない。よし、これで安眠できるぞ!」

ところが、部屋の中の家具を数え上げるという、この馬鹿馬鹿しい仕事をやっているうちに、きゅうに勘定もおちおちしていられないほど、からだの力がガックリ抜けたような、へんな気味あいになってきた。その感じは迅速に、しかもあっというほど猛烈にやってきた。そして、なんともいえない力の抜けた、綿のような感じに、全身をフーワリと包まれてしまった。おかげで、恐怖感は一応これでなくなった。じつは恐いとか、身ぬちがゾクゾクするとか、そういうものを感じる力がなくなってしまったのである。寒気だけがのこり、警戒心はどこかへ消えてしまった。ふだん元気な五体のすみずみに、知らないまに筋肉疲労の毒がまず忍びこみ、それがしばらくすると、こんどは精神的虚脱に移行していくらしかった。急激な痴呆状態——生命、努力、奮闘、そうした生きることを甲斐あらしめる要素が全部不用になった状態が、体内の組織という組織にしみこんで、かれをまったくの無能力者にしてしまった。そして、ただ陰々滅々たる絶望の精神、自分はこうだとはっきり主張する力もない悲観精神が、心房のなかへ人知れず忍びこんできた。……

そうなると、心象にうかぶ映像は、どれもみな一様に、灰色の影をまとってくる。坂道をあがき登る汗だくの馬——あんなにして登ったところで、一たいあれが何になるのだ！ あのやかましい顔をした宿の上さんだって、そうだ。義理だの筋だのと、それを通したい自分の欲のために、よけいな苦労をしている。——それもほんの二、三フランのために！ あの金モールの服を着た、おしゃべりの、うるさいポーターのやつは、手前の心得ていることは、なんでも人に教えたがっている。あいつごときの知ってることが、一たいなんの役に立つんだ？ いや、げんにそういうおれだって、そうだ。おれは予備校の中等部の教師を勤めているが、あんな学校の勤労や下らん仕事が、いったいなんだというんだ？ あんなことをして、なんになるというんだ？ 一簣《き》の労、よく人生の窮極の秘を蔵すというが、最後のゴールなど、誰も知ってやしないじゃないか？ 努力、鍛錬、労苦の、なんという愚かしさ！ 快楽のむなしさ！ 高尚な生活の下らなさ！……

蠟燭がひっくりかえるばかりにガバと跳ね起きたらとたんに気の弱い心持がどこかへふっ飛んだ。女々しい考えなどは、およそふだんのかれの性格とは縁の遠いものだったから、ふいに卑陋《ひろう》な考えが侵入してくると、たちどころに反撥が起ったのである。しかし、それはほんの束の間だった。いっときたつかたたぬうちに、またして、銷沈《しょうちん》した気持が、波のように押し返してきた。自分の仕事など、なんの目的もありゃしない。結局、落ちゆく先は、ケチな校長のだらけた労務だ。あんなものは、アルプスの山へきたおれの休暇みたいに、およそなんの意味もない、馬鹿げたものだ。こんなズックのずだ袋なんか背負いこんで、ここを登ったからとて、どこへ行けるというわけでもありゃしない。なんの足《た》しにもならんこんな退屈きわまる山を、えっちらおっちら、顎出して登ってきたおれという人間は、なんという痴呆《たわけ》だろう？　墓場の退屈さがかれに宿った。人生は恐ろしいまやかしものだ！　宗教は子供だまし！　一切のものが死の罠だ。「自然」はその死の罠の囮《おとり》に使われる、色つきの玩具だ。なんのためということもない。どんな物にも意味はない。ただひとつ、真実なものは「死」だ。それを早く見つけた者がしあわせなのだ。

　それなら、なぜ死の来るのを待っているのか？　愕然として、かれはベッドから飛びだした。ゾッとするほど恐ろしかった。からだが疲労していると、こんな不気味な世界しか、こんな陰惨な考えしか、生命の根っこをいきなり絶望でひっぱたくような、卑屈なことしか考えられないのだろうか？　正常の時なら、かれは朗らかで強壮で、健康な生命の汐が体内に波打っている男なのに、それが今、綿のような疲労のために、自分というものの基盤を全部、虚無と死の願望の中へ掃き捨てられてしまった。まるで第二の性がうまれたようなものだ。物の本で読むと、人間はあるショックを受けると、その後は持って生まれた特性も、記憶も、趣味も、その他なにもかにも、まえとはまるでちがった人間に生まれ変ってしまうそうだ。それを読んで、かれは慄然とした覚えがある。学者はそれを保証していたけれども、そんなことはまずもって信じられないことだった。ところが、げんに今、それと同じことが、ほかならぬ自分の意識内で起っているではないか。自分は今、まるで他人の心的状態を経験しつつある。このことは疑う余地がない。道義とは無関係なことで、これは恐ろしいことだ。と同時に、結局、これはこれで、常にない興味ふかいことではあるが。

この興味を感じだしてきたということは、かれが正常の自分に立ちかえったそもそもの証拠であった。なぜなら、興味をおぼえるというのは、生きているということだし、生を愛しているということだから。

かれは部屋のまんなかへ飛びだして行って、電灯のスイッチをひねった。と、まっさきに目にぶつかったのは、例の大きな戸棚だった。

「やい、貴様！　この戸棚め！」われにもなく、ひとりでにそう大声でどなった。戸棚のなかには、死んだ女の衣類、シャツ、コート、夏ブラウスなどがはいっている。女がもう死んでいるということが、どういうわけだか、かれにはわかっていた。……

その時開いた窓から、ドーッという滝の音がはいってきたのが、雪に蔽われた寂しい山巓の実景をまざまざとかれに思い浮かばせた。かれはそこに彼女を見た。――はっきりと見た。転落したところに長く伸びたまま、頬の上に霜が立ち、髪の毛や目のあたりに細かい雪片が渦を巻き、傷ついた両足を氷壁に突き立てている彼女を。……さっきからの精神的な無気力の感じや、生命の虚脱感は、この破れた努力の画像のまえに、一瞬かき消えた。これは有情の人間の非力が、非情酷薄な自然にむかって勇ましくも挑戦して、しかも空《むな》しかった、それを描いた一幅の絵であった。気がついてみると、いつのまにか、かれは正常の自分に立ちもどっていたが、それはしかしほんの一瞬で、たちまちまた、あの寒さ、虚無、虚白の恐ろしい観念がもどってきた。……

いつそこにいたのかわからないが、気がついてみると、かれは、女の衣類のはいっている大きな戸棚の前に立っていた。と、きゅうにかれは、女の衣類が——女がふだん使っていた物、着ていた物が見たくなった。かれは戸棚のすぐそばに、すれすれに触るくらいのところに立っていた。次の瞬間に、かれは戸棚にさわった。指の関節で戸棚の戸をトントンと叩いたのである。

なぜ戸棚の戸などノックしたのか、自分でもわからなかった。おそらく、本能的な動作だったのだろう。自分の心の底にあった何物かが、それを指図し、命じたのであろう。トントンという鈍いノックの音がしんとした深夜の部屋の中に響いて、なんとなく凄味があった。なぜ凄味があったのか、それはなぜノックをしたのかが言えないと同じように、これも説明のしようはない。ただ、ノックをした時、戸棚の中で、かすかな反響らしい手応えの音が聞こえた。それがまるで自分の前にまざまざと女がいるような感じで、きゅうにかれは恐ろしい予感がして、ガタガタ震えながら、その場に立ちすくんでしまった。今にも、中から答のノックが聞こえてきそうな、——中にかけてあるシャツか何かの揺れる音ならまだしも、錠のかかっている戸棚の戸が、いきなりスーッと自分のほうへあいてきそうな気がした。

正直いうと、じつはその瞬間から、かれはいろんな点でどことなく自制を失ってきたのにちがいない。あるいは判断力を失ってきたといってもよかろう。その証拠には、なんとしても、戸棚の戸をぶち破ってもいいから、中にある衣類が見たいという一念が、むしょうに募ってきたのを見てもわかる。で、部屋じゅうの鍵を使って、戸棚の錠をあけにかかったが、どの鍵も合わない。よし、それでは最後の手段だと、自分のしていることのなんたるかもわきまえぬうちに、いきなりかれは呼鈴を鳴らしてしまった。

夜なかの二時に、たいした用でもないことで呼鈴を鳴らしてから、かれは部屋のまんなかにつっ立って、女中の来るのを待っていた。その時はじめて、なにか正常な自分以外のものが、自分をそうした行動に追いやったという意識が、どこかにうすうすあった。それを命じたものは、あたかも自分の内心の声みたいなもので、だからこそ、こんな時刻に呼ばれたことにあきれかえった女中が、寝ぼけ顔のふくれ面《つら》で廊下をやってきた時にも、かれは自分のいおうとすることに、なんの違和も感じなかった。つまり、戸棚をあけたい、あけたいという一念と同じ力が、どうおさえようもない言葉を、かれに口走らせたわけである。

「ばか、おれはお前なんか呼びやしないぞ！」かれはじれったそうに女中をきめつけた。「男を呼んだんだ。ポーターを起して、すぐにここへ来るように言え——急ぐんだぞ。いいか、大至急だぞ！」

客が躍起になっているのに驚いた女中が、こそこそ行ってしまうと、ミンタンは女中が驚いたほどに、自分のいった言葉に自分で驚いていた。口から言葉が出るまで、自分が何をいっているのか、てんでわからなかったのである。してみると、自分以外のなにかの力が、おれの頭脳と器管を使っているんだなということが、その時はっきりわかった。さっきまで自分を捉えていた、あの無気力な銷沈も、あれもやはり、そいつの仕業《しわざ》だったのだ。とにかく、消えてなくなった女の通力が、今なお彼女のものになっている、この部屋の中の物のたたずまいにのり移って、刻々にかれを虜《とりこ》にしてきているのかもしれない。やがてポーターが上着もひっかけず、カラもつけずに飛んできて、自分のそばに立った時にも、かれは戸棚の戸をすぐにあけるんだから、鍵をさがせと、頭から否《いや》も応《おう》もいわせず、ポーターにいいつけた。なぜあんなきめつけたような物のいい方をしたのか、自分にもわからなかった。

だいぶ奇妙なけしきになってきた。ポーターは廊下のはずれで、女中となにやら困ったような顔つきでヒソヒソ話していたが、やがて、問題の鍵をやっとのことで捜しだして持ってきた。ポーターも、女中も、ひとりでむやみと騒ぎ立てているこのイギリス人が、何をしようとしているのか、また、なんで夜中の二時頃に、戸棚なんぞをむしょうにあける気になぞなったのか、そのへんのことはかいもくわからなかった。二人とも、さて、この次はなにが起るのだろうと、けげんな顔つきで、客のすることを見まもっていた。もっとも、妙に思い入った客のようすと、おろおろしたようすは、多少二人にも通じたものとみえ、錠前の穴の中で鍵がガチャリと音をたてた時には、二人とも思わずギクンと飛び上がった。

三人が息をのんでいると、戸棚の戸がギイッとしずかにあいた。すると、今使った鍵ではないべつの鍵が、戸棚の中板にカチャンと落ちた音を、三人は聞いた。戸棚は中から鍵がかけてあったのである。女中は、立っていた廊下から逃げ腰になっていたが、これが最初に見て、キャッと叫ぶなり、階段の手摺《てすり》へひっくりかえってしまった。

ポーターはこれを助け起す気も出ず、客と二人して、いっぱいに開いた戸棚の口へ、ついと走りよった。とたんに、この二人も見たのである。

戸棚の掛け釘には、服も、シャツも、ブラウスもかかっていず、例のイギリス婦人が首を前に垂れて、ダランとぶらさがっているのを、二人は見た。錠をガチャガチャはずしたあおりで、死体はぶらさがったまま、ブランとまわって、顔がこっちへまともに向いた。……戸の内側に宿屋の便箋がピンで止めてあり、それに鉛筆の走り書きで、次のような文句がしたためてあった。

「疲労。――不幸。――絶望。――私はもうこれ以上、人生に直面することができない。――一切が暗黒だ。私はそれに終止符を打たねばならない。……じつは、それを山の上でやるつもりだったのだが、恐くなった。で、人目につかないように、こっそり部屋へ忍びこんだ。これが一ばんらくな、いい死に方である。……」

猫町

一

よく世間には、およそ奇事・奇談なんてものには縁の遠そうな、見るからにボソッとした、目に立たない平凡な人間が、その無為磊々《らいらい》たる一生のうちにいちどや二どは、世人があっと息をのむような、柄にもない不思議な経験をして、しかも当人はケロリンカンとしている、といったようなことがよくあるものだ。おそらく、心霊学博士のジョン・サイレンスが、手広く張っている網のなかへ引っかかってくるのも、大なり小なり、だいたい、そういったケースが多いようである。それが博士の深いヒューマニティーと、飽くなき根気と、この人ならではの精神的共感に伝通して、ときに複雑怪奇な、人類にとってもっとも興味深遠な問題の解明となるのである。

博士は、このへんで、一見、信憑《しんぴょう》すべからざる奇怪幻妖な事件の、隠れた根源を究《きわ》め尋ねる。事件の核心にある、こんぐらかった縺《もつ》れを解くこと——つまり、目下悩んでいる人間の心霊を救ってやること、これが博士の病なのである。もっとも、どうかすると、博士が解いてやった結び瘤《こぶ》が、世間でふつうにいう、ただの「不思議」に終ってしまうこともよくあるが。

むろん、世間は、そういう不思議に対して、いちおう眉唾でない、曲りなりにも解明になるとおぼしき、もっともらしい根拠を求める。よくいうことだが、人間には冒険ずきなタイプがあるそうである。こういう連中は、つねに、自分たちの血湧き肉躍る波瀾重畳の生涯を、お手のものの美辞麗句で説明するのに事欠かない。だいたい、そういう人たちは、持って生れた性格が、あきらかに冒険をうむような環境に、当人を追いこんでしまうのである。こういう連中に対しては、世間はそれ以外のほかの期待をかけない。「あれは冒険家だよ」ですましている。ところが、ふつうそこらに転がっているなまくら連中とくると、こういう連中は並はずれた経験というものに対して、なんの権利も持っていない。こういうてあいには、世間はべつのことを期待しているのである。であるから、かれらがなにか異常な経験でもしたとなると、むしろあてがはずれたような心持がして、驚きの「お」の字もいわない。それに対して満足を表したようなことでもいおうものなら、すぐにまぜっかえしてくる。

「あの男に、なにがそんなことが起るもんか！　あんな常識屋に！　そりゃどうかしてるよ！　きっとなにかのまちがいだぜ！」

まあしかし、それはそれとしておいて、アーサー・ヴェジンという小男に、かれがサイレンス博士に語ったような不思議な事件が、じっさいにあったということは、これは疑う余地がない。客観的にいっても、あるいは主観的にいっても、たしかにそういうことがあったのである。この話を聞いた博士の二、三の友人は、「まあ、そういうことは、あの頭の悪いアイザードだの、変人のミンスキーならいざ知らず、あのヴェジンみたいな、物差どおりに生きて死んでいくようにできてる人間には、まず起りっこないね」といって、頭から笑いのめしていたが。

しかし、ヴェジンの死にっぷり、といったって、こいつはまだ今のところなんともいえないが、これなくば無事平穏だったはずのかれの生涯に、それこそ降って湧いたように起ったこの逸事に関するかぎり、けっしてヴェジンは、言うところの「物差どおり」の生き方をしていたわけでは、さらさらなかった。この話をしだすと、色の白い、弱々しいかれの面貌が変ってくるのである。話が進むにつれて、声がだんだん低いヒソヒソ声になってくる。たどたどしいその話し口は、ひたすら真実を伝えそこなわないようにとの配慮から、ついついそうなるのだろう。じじつ、この話をするたびに、かれは何回でも、その事件を目のあたりくりかえし経験するのであった。でもなく、自分の全人格が、自分の物語のなかに、音を消してすっぽりと包みこまれてしまうのだ。なにかにギューと首根っこを抑えつけられてでもいるようなかっこうで、だから話す話が、まるでなんだか、自分がその体験から逃げだしてきたことを相手にくどくど言訳でもしているように聞こえてくる。はたで見ていると、そういう面妖な事件に自分がとびこんだことを、相手にも自分にも、まことに相済まないと、恐縮して詫びているようなかっこうだ。というのが、だいたいこのヴェジンという男は、気の弱い、おとなしい、感受性の細かい男で、どんなばあいにも、自分を主張するなどということはめったにない。人間に対しても、動物に対しても、気がやさしく、生れつき、人に「いや」なんてことはどうしてもいえないたちで、当然自分の物とわかりきっていても、それを自分のものだときっぱりいいきることが、どうしてもできないような男であった。であるから、かれの人生設計図を見ても、万事が刺激的なものとは縁の遠いづくめで、まあこの男にとって大事件といえば、汽車に乗り遅れたとか、あるいは乗合バスへ雨傘をおきわすれてきたとかいうぐらいのところが、せいぜい関の山であった。しかも、この珍事件の起った時には、友だちはまさかと思い、自分でもちとテレくさかったけれども、じつは四十の坂をだいぶん越えていたのである。

かれの体験談を、一度ならず、いくたびか聞かされたジョン・サイレンス博士は、そのときどきで話に多少の出入りはあるにしても、明らかにどれをとっても嘘話ではないと、正真正銘の折紙をつけていた。ヴェジンの頭のなかには、ぜんぶの場面が、まるで記録映画にでも撮ったように、なにひとつ忘れずにのこっていたのである。想像や工夫ででっちあげたところは、一カ所もなかった。それは、話をぜんぶし終った時の、かれの顔つきを見れば、一目瞭然であった。茶色の目が訴えるような光をおび、ふだんは気をつけて、なにごともごくうちわにうちわにと押さえている愛すべき人となりが、がぜん前にグッとせりだして、むきだしに顔を出してくる。むろん謙虚な点は、ふだんとすこしも変りはないのだが、話しているうちに、いつのまにか現在を打ち忘れて、ひとりでに、自分がかつて経験した奇談中の人物となって、ふたたびその中によみがえっているといったようすが、まざまざと見てとれるのであった。

その事件が起ったのは、毎年夏になるとこの男はひとりで山歩きをするのだが、ちょうどその帰るさ、北フランスを通った時のことであった。持ちものといっては、網棚に上げた手鞄ひとつ、満員の汽車は息がつまりそうなくらいのギュー詰めで、しかも乗客の大部分は、休暇旅行の、手のつけられないイギリス人ばかりときている、あいにく、かれの大嫌いな連中であった。自分と同じ国の人間だからというわけでもないが、イギリス人というやつは、じつに騒々しくて、いけずうずうしくて、せっかくこっちが、無為忘我の清閑にひたって楽しんでいる静かな旅の気分を、大きな図体とツイードの服でもって、めちゃめちゃにぶち壊してしまう。そういう連中が、かれのまわりで、まるでブラスバンドみたいにジャンガラジャンガラ騒いでいたから、こいつ一番、押しを強くして、どなりつけてやらにゃならん。しかし、そういうことは、自分のしたくないことだから、思いきって強くもいえないし、といって隅っこの座席で、窓をあけたり締めたりするぐらいでは、なんの効目《ききめ》もないしなあ……とかれは、そんなことをモヤモヤ考えていたのである。

　そんなわけで、かれは車中の気分がおもしろくなくなり、いいかげんにこの旅を切り上げて、サービトンにいる、まだ嫁にもいかない妹の宿へ、早く帰りたいものだと念じだした。と、汽車が北フランスのとある小駅で、十分停車をした時である。足をのばしにホームへ下りてみると、驚いた。べつの列車から、また一団体のイギリス人が、ドヤドヤこっちの箱へ乗りこんでくるではないか。とたんにかれは、とてもこれではもう、旅は続けちゃいられないと思った。さすが気の弱いかれも、むしょうに腹が立ち、いっそのこと、今夜はひと晩この小さな町に泊って、あした、遅くても空いた汽車で帰ることにしようかと、ふとそんな考えが頭にひらめいた。車掌はその時、もう大きな声で、「発車ですよ！　早く乗ってください！」とどなっていた。かれの乗っていた車《はこ》の通路は、すでに乗客がいっぱいにつまっている。かれは一生に一度の大決断をふるって、鞄をとりに遮二無二《しゃにむに》中へもぐりこもうとした。

　ところが、通路も踏段も人がいっぱいで、どうしても割りこむことができない。しかたないので、かれは窓をたたいて（ちょうど座席が窓ぎわの隅だったので）、向こう前に坐っていたフランス人に、自分はここで途中下車するからと、へたなフランス語でわけを話し、網棚の鞄をおろしてくれといって頼んだ。そのとき、年配のそのフランス人がなかば戒めるような、半ば咎めるような目つきで、ジロリとこっちをにらんだが、あの目つきは死ぬまで忘れませんね、と当人はいっている。動き出した汽車の窓から、鞄を手渡してもらったのといっしょに、相手の老人がフランス語で、なにやらボソボソと早口でいった、長い文句の言葉を耳にしたけれども、こっちは慌てこんでいるとっさの際で、聞きとれたのは、わずかに終りの数語だけだった。

——“À cause du sommeil et à cause des chats.”

サイレンス博士が、この人独特の心霊的な勘で、言下《ごんか》に、きみ、そのフランス人が君の奇談の急所だぜ、とすっぱぬくと、ヴェジンは、ええ、私もどういうわけかわかりませんが、はじめからその老人には、好感の持てるような印象を受けましたと答えた。この二人は、旅中四時間のあいだ、おたがいに顔を向きあって腰かけていたわけで、べつに話はかわさなかった。——ヴェジンが自分の舌ったるいフランス語に遠慮をしたのであるけれども、老人の目が、すこし無礼とこちらが感じたくらい、しじゅうかれの顔に注がれていて、おたがいにそれとない会釈や心づかいのうちに、双方近づきになりたい気持はじゅうぶんあったのだという。どちらも相手に好感をもち、おたがいの人柄もかちあわず、おそらく何かの拍子にひょっくり知合いになったら、おたがいにうまがあったろうと、ヴェジンはいうが、じっさい、このフランス人は、なにか無言の保護力を、相手の目だたぬ小男のイギリス人の上に加えていたものらしい。ことばやしぐさには出さなくても、相手によく思われ、よろこんでサービスしたい、そんなようすをちらちら見せていたらしいのである。

「それできみは、その人が鞄をとってくれた後でいった言葉が、その時はっきりわからなかったのかね?」と、ジョン・サイレンスは、例によって患者の毛嫌いする気持をなごやかに溶かすような、いかにも心置きない微笑をたたえながら尋ねた。

「はあ、それがとても早口な低い声で、せきこんだ調子だったものですから」と、ヴェジンは持ち前の小声で、「ぜんぶは聞きとれませんでね。おしまいのほうだけは汽車の窓からのりだして、顔をこっちへ近づけて、はっきりいわれたもんですから、わかりましたんですが」

「À cause du sommeil et à cause des chats か」と、博士はなかば自分にいいきかせるように、そのことばをくりかえしていった。

「はあ、そのとおりなので。その意味を、わたくし、『眠りのために、猫のために』と取りましたんですが、いかがなもんでございましょうか?」

「そのとおりだね。わたしもそう訳すね」と、博士は、必要以上に話の邪魔をしたくないらしく、手短かにいった。

「はあ。それで、あとの言葉——つまり最初のほうの言葉は、まるっきりわかりませんでね。とにかく、なにかをしてはいけない——その町へ降りてはいけない、あるいはその町のどこそこへ行ってはいけない、というような、そんな注意でした。どうもそんなふうに聞こえました」

もちろん、その時汽車はすでに発車していて、ヴェジンはホームにただひとり、妙に侘《わび》しい気持で、ポツンととりのこされたのである。

駅の裏手の平地から、だらだら急にせり上がった小高い丘の上に、その小さな町は、懸崖《けんがい》みたいなぐあいにかかっていた。丘のてっぺんに、塔の二つある荒廃した伽藍《がらん》がそびえ立っている。駅から見ると、一見なんの奇もない、近代風な町であったが、じつは中世風な古いほうの町は、その丘の向こうの見えないところに隠れているのであった。ヴェジンは頂上まで登って、そこからさらに古い町のほうへとはいって行ってみたが、そこへはいると、まるで現代の生活から、いきなり過去の世紀の中へと、一足《いっそく》飛びに飛びこんだような心持がした。あの混雑した汽車の騒々しさなどは、なんだか遠い昔の夢みたいな気がした。観光客だの自動車だの、そんなわずらわしいものから遠く離れて、しずかな秋の日ざしをぬっくりと浴びながら、ひたすら閑寂な生活をまどろんでいる、このひっそりとした山町の妖気は、たちまちかれの心に魔力を投げかけた。というよりも、自分でその魔力に気がつくまえから、すでにかれはその力の下で行動していたらしい。家々の破風《はふ》がすぐにも頭にぶつかりそうな、うねうねした狭い通りを、かれはまるで爪足《つまあし》で歩くような、静かな足どりで歩いて行った。やがてかれは、一軒ポツンと建っている、人気《ひとけ》のないはたご屋の軒《のき》をくぐった。その家は、建物自身、いかにもこういう場所へ割りこんで、この町の夢をかきみだしていることをひとりで恐縮がっているような、そんなつつましやかな、穴にでもはいりたいような風体をしている宿屋であった。

もっとも、ヴェジンは、最初はそんなことにはすこしも気がつかなかったと言っている。あとになって分析してみて、はじめていろんなことがわかってきたというのである。ただその時かれの心を打ったのは、あの埃っぽい汽車の騒々しさのあとへ、いきなりこうした静かな平和な感じがきた、その対照がいかにも心嬉しかったという、ただそれだけの感じにすぎなかった。心が医《いや》されたようで、まるで猫が背中をなでられているみたいな感じだったという。

「おいなんだって？　猫みたいだって？」と博士は、話の途中でさっそく言葉じりをつかまえて、聞いた。

「はあ。そもそもの最初からそんな気がいたしました」と、ヴェジンは中訳け顔に笑いながら、「ぬくぬくと暖かいし、あたりは静かですし、いい心持で、ほんとに咽喉をゴロゴロ鳴らしたくなるようでした。町ぜんたいの気分が、なんとなくそんなふうでございましたね」

ただくさした、古めかしいそのはたご屋は、なるほど駅馬車時代のなつかしい雰囲気はのこっていたけれども、べつにしかし、もてなしがいいというわけではなかった。まあ、どうにかがまんしていられる程度だったと、かれはいっていた。もっとも宿賃は安かったし、いごこちも悪くはなく、それに着く早々に命じたおやつのお茶がばかにうまかったので、思いきったあんな放れ業《わざ》をして汽車を下りてきて、ほんとにいいことをしたと思った。かれにして見れば、あれは思いきった放れ業だったのである。なんだか、自分がさつ者みたいな心持がした。通された部屋も、渋い鏡板をまわした、天井に高低のある、いかにもおちついた部屋で、そこへ行く長いダラダラの渡り廊下も、「眠りの部屋」――雑音を遮断した、小さな、うす暗い、浮世離れた佗びずまいへ行く、自然な通路のように思われた。部屋からは中庭が見おろされた。なにもかも、うっとりと惚れこむような部屋で、そこにいると、なんだかしなやかなビロードの服でも着たような心持になる。床には詰め物がしてあるらしく、壁はクッションでも張ってあるようだった。街の物音は、ぜんぜんここへははいってこない。自分をとりまいているものは、完全な休息の雰囲気であった。

部屋代は一日二フラン。その契約でかれが会ったのは、うつらうつら眠気を催しそうなその午後、ちょうどそこに居合せたらしい、長い頬鬚をはやした、いかにも眠そうな顔をした、年よりの給仕人で、これが石畳の庭をのっそり、のっそり歩いてやってきた。その時会ったのはこの男ひとりで、宿のおかみには、晩飯前に町をひとまわり歩いて来ようと思って階下へ下りて行った時に顔をあわせた。おかみは大柄な女で、まるで人ごみの中から泳いで出てくるような手足、恰好をして、かれのほうへやってきた。いわば、手も、足も、顔も、いっしょにピョコリととびだした、そんな恰好だった。黒目がちな、生きのいい、大きな目が、大柄な図体《ずうたい》を目立たなくしているが、じつはその目を見ても、なかなか精悍《せいかん》な女のようであった。はじめ姿を見かけた時、おかみは壁の日かげのところに、低い椅子に腰かけて編物をしていたが、ひょいと見た時、そのようすがなにか大きな虎猫みたいに見えた。虎猫がうとうと眠りながら、じつは芯《しん》は目をさましていて、いつでもパッと飛びかかれる用意ができている。餌をねらっている大虎猫。——そんな感じがふっとした。

おかみは、べつに親切らしいとりなしでもなかったが、いんぎんな、万事をのみこんでいるといったような目つきで、ヴェジンのことをチラリと見た。その時気がついたのだが、おかみの首がからだに似合わず、いやにしなやかで、かれのほうへなんの造作《ぞうさ》もなくクルリと向いた。それにつれて、会釈をした頭の下げ方も、えらくしなやかだった。

「ところが、おかみが私のほうを見た時に、妙な心持が起りました」と、ヴェジンは茶色の目に言訳らしい微笑をうかべながら、それが癖の肩をちょいと引いていった。「つまり、この女は、顔のようすとはまるでちがった行動をとろうとしている。たとえば鼠にとびかかる猫みたいに、そこの石庭をひと飛びですっ飛びこえて、私にとびかかってくるんじゃないか。そんな気がいたしましてね」

そういって、フフフと笑った。博士はそれにはかまわず、なにかせっせとノートに書きこんでいた。ヴェジンは、これだけ話しても、まだ真《ま》に受けてくれないのかな、といったような調子で続けた。

「おかみは、大きな図体のくせに、いやにしとやかで、そのくせばかに活潑なところもありまして、私がそこを通りすぎて、おかみのうしろのほうへ行ったあとでも、私のすることはちゃんと知っているような感じがいたしました。私に話しかける声が、いやにまたなめらかで、流暢で、お荷物はどうなすったとか、お部屋の居心地はどうかとか、そんなことを尋ねてから、それからお夕飯は七時にお出しします。なにしろ、ここの町は皆さんが早寝ですからねといって、暗《あん》に、遅く帰られては迷惑するといった口ぶりでした」

どうもおかみは、声と態度で、この町へ来たら、「されるままになっておいで。なにもかもお前さんのために準備と計画ができているんだから、お前さんはその溝《みぞ》にはまって、なんにもせずに、いわれるままになっていればいいんだよ」と、かれにいってるような印象をうけた。自分でこうときめた行動や、あくせく骨を折ることなんか、お前さんには望んでいないよ、といった口ぶりだった。これは、さっきの雑沓する汽車とはおよそ正反対なことだった。かれは街へ出て、しずかに散歩をした。すると心が医《いや》されるようで、いかにものんびりした心持になった。いかにも自分の気に合った環境の中にいて、しみじみ頭でもなでられているような心持であった。すなおにいわれるとおりにしていると、気持がたいへんにらくだった。思わずまた咽喉をゴロゴロ鳴らすと、町ぜんたいがいっしょになって、ゴロゴロ咽喉を鳴らすような気がした。

小さな町の通りから通りをしずかにそぞろ歩きをしていると、かれはこの町の特色である安らかな感じに、だんだん深く自分が浸りこんでいくような心持がした。べつにどこへ行こうというあてどもなく、かれは足の向くままに、あちこちぶらりぶらり歩いて行った。家々の屋根には、九月の斜陽がしずかにさしていた。うねりくねり曲っていく巷路の両側には、かたぶきかけた破風や、開いた窓がうちつづき、はるか脚下には、桃源の里もかくやと思われるような広い沃野がひろがって、緑の牧場、さては黄いろく色づいた雑木林が、まるで夢の中の地図みたいに、靄《もや》のなかに横たわっている。過去の世の魔力が、いかにもこの町には力強く保たれているという感じであった。

街には、絵にかいたような身なりをした男や女が一ぱいいた。みんな忙しそうに、それぞれ思い思いのほうへ歩いて行く。でも、だれひとりかれのほうを見たり、ひと目でイギリス人とわかるその風体をふりかえって見る者もいない。おかげでかれ自身も、自分の旅姿が、この美しい一幅の絵のなかに、水に油を点じたような汚点になっていることを忘れることができ、自分がいっこうに異人扱いされず、うしろ指もさされず、へんな自意識をしいられないことをうれしく感じながら、だんだんあたりの風景のなかへ溶けこんで行った。まるでそれは、夢であることを自分でもさとらない、柔らかな色のついた夢の一部分に自分がなっていくような心持だった。

小高い丘陵の東側は、かなり急な斜面になっていて、その麓《ふもと》からたちまち展《ひら》ける、暗い海のような平野のあちこちには、小さな森がところどころに島のように浮かび、刈入れをした畑が、深い淵のように黒ずんだ色を見せている。古い砦《とりで》の跡のあるあたりを、かれは逍遙してみた。むかしは物々しかったそのあたりも、いまは崩れた灰色の塀や石垣に、伸びるにまかせた葡萄《ぶどう》や木蔦《きづた》がおどろに打ちからみ、今と昔を見た目におもしろくこきまぜながら、夢のようなけしきを見せているばかり。頭をまるく刈りこんだ篠懸《すずかけ》の並木と同じ高さぐらいの砦の笠石の上に、かれはしばらく腰をおろして、はるか下の木かげにのびている遊歩場を眺めやった。そこにも、黄いろい秋の夕日が、黄いろい落葉の上にしずかにさしている。高みから下を見下ろすと、町の人たちが、涼風のたった夕かげのなかを、あちこち歩いているのが見える。ゆっくりしたその足音や話し声が、木立の茂みのあいだから、かれのいるところまで聞こえてきたりした。遠く目の下のほうで、しずかに行人の動いているさまを見ていると、まるで人の姿が影のように見えた。

しばらくかれは、そこに腰を下ろしたまま、物思いにふけっていた。篠懸の葉にこされて、小さくなってきこえてくる人声や、半ば消えかけたこだまの音を身に浴びながら、そうしていると、なんだかその町ぜんたいが、——ちょうど太古の森林のように、その町がしぜんと生えて大きくなったような丘陵ぜんたいが、広い平野のまんなかに寝そべって、半分うとうとまどろみながら、眠りの歌でも口ずさんでいるように思われた。

そんなふうにして、夢みたいな思いに立ち上がる気もなく、うっとりとなってひたっていると、やがて、なにやら音楽の音が聞こえてきた。ずっと先の、人だかりのしている高台のはずれで、町の楽隊が太鼓の音を伴奏に入れてはじまったのである。ヴェジンは、音楽についてはなかなか勘《かん》がよく、精《くわ》しくもあって、友人に内所で、静かなメロディーの曲を自分で作曲したこともあるくらいで、人のいない時など、よくひとりでペダルを踏んでは、低音のその曲を弾いたりしたものであった。そうして今、樹木のあいだから流れてくる、ここからは見えないけれども、きっと町の人たちが絵のような美しい服装をして演奏しているにちがいない楽隊の曲を聞いて、かれはすっかり魅せられたようになって、恍惚としてしまった。なんの曲を演奏しているのかわからなかったが、まるでそれは指揮者なしで、即興的に演奏しているように聞きなされた。どの楽章にもきまった間《タイム》がなく、まるで風に鳴るイオリアの琴みたいに、終ったかと思うと、いきなりまた妙なぐあいに始まったりした。ちょうど薄れゆく夕日とそよ風が、今のこの場面、この時刻の一部分をなしているのと同じように、この音楽もやはりこの町のこの場面、この時刻の一部分をなしているのであった。そうしてやや古風な、もの悲しいホルンの嫋々《じょうじょう》とした音調が、おりおり高い絃音につらぬかれ、それを鼕々《とうとう》と鳴る深い太鼓の音がなだめていく、その和音が、楽しいというよりも、なにか無我夢中で引きこまれるようなふしぎな魔力をもって、かれの心を揺《ゆさ》ぶってくるのであった。

そのなかには、なにかこう、一種ふしぎな、人の心を迷わせるような妖術めいた感じがあった。へんに技巧を絶した音楽のように、かれにはそれが聞きなされた。それはかれに風にそよぐ樹木のさやめきを思わせ、電線や煙突に鳴る夜風のひびきを思わせ、姿の見えぬ船で鳴る船具の音を思わせた。と、その時、かれの頭にいきなりパッと鮮明な姿になってとびこんできたものがあった。それは世界の果のどこやらの荒野で、月に歌い、月に叫ぶ野の獣たちのコーラスであった。ふとかれは、深夜、人の家の屋根の上で、不気味な間《ま》をおいて高い声になったり低い声になったり、まるでなかば人間が泣き叫ぶような、あの恋猫の悲しい鳴き声を、まのあたりに聞いているような気がした。ちょうど今、木の葉越しに遠くへだてて、かすれかすれに聞いているこの音楽は、どこか遠い空のかなたの屋根の上かなにかで、妖しい猫どもが一団になって、おたがいに一匹ずつがまじめな曲を歌ったり、いっしょになって月に合唱したりしている、そんな光景をかれに想像させるのであった。

どうもへんな想像が起ったもんだなと、自分でもその時そう思ったけれども、しかしこの想像が、なによりも一ばん、その時のかれの感じを絵に描いたようにあらわしていた。妙な間《ま》をもったその奏楽ぶり、漸次高音と漸次弱音の入りまじるぐあいなど、いかにも深夜の屋上の猫どもの世界をほうふつさせていた。きゅうに高い音に上がったかと思うと、なんの前ぶれもなしにきゅうにまた低い音に下がるし、協和音と不協和音がへんてこりんに混ざっているのも、あれとそっくりである。それでいて、ぜんたいになんともいえない甘い哀調が流れていて、半分こわれたようなそれらの楽器の不協和音が、けっして調子っぱずれのヴァイオリンを聞く時みたいに、かれの音楽精神をめいりこませないのだから、不思議であった。

だいぶん長いこと、かれは持ちまえのすなおな気性のままに、すっかり溺れたようになって聞き惚れていたが、やがてそろそろひえびえしてきた夕闇のなかを、宿のほうへぶらぶらもどってきたのである。

「なにか、その時、あっと驚いたようなことはなかったかね?」と、博士は言葉をはさんだ。

「ぜんぜんございませんでした」と、ヴェジンはいった。「もっとも、申すまでもないことですが、そういう夢みたいなことづくめだったものですから、想像に深い感銘を受けたものと思われます」と、ヴェジンはおだやかな説明口調で、つづけた。「つまり、私の想像がそれに刺激されましたために、いろいろほかの印象が生れてまいったのではないかと思います。というのは、すでにもうその帰り道に、この町の魔力がいろんなふうに私にはたらきかけてまいりました。それは自分でもわかっておりましたが、ほかに一つ、どうしても自分でわからないことがございました」

「なにか事件があったのかね?」

「事件、というほどのことではありませんけれども、なにかこう目のさめるような感じが、いっぱい群がるように心に湧いてきまして、どこからそういう感じが湧いてくるのか、自分でどう考えても、その原因がわからないのです。ちょうど夕日が沈んだすぐあとで、よろけかかった古い建物が、夕焼空に魔像のように黒い影を見せておりました。うねうねした街の通りには、早くも夕闇が迫っておりました。丘陵をかこんでいる平野は、靄のかかった海みたいに暮れなずんで、平地が闇といっしょにグーッとせり上がってきたようです。ごぞんじのように、こういう景色の不思議な魔力は、妙に人を感動させるものですが、その晩もやはりそうでございました。しかし私が感じましたものは、どうもこうした風景の怪奇とは直接関係のないもので……」

「と、美に伴う精神の微妙な変化ではないんだね」と博士は、相手のいいしぶっているのを見て口をはさんだ。

「はあ、そのとおりなのです」と、ヴェジンはいって自分の言葉に勇気づき、もう笑われてもかまわんという調子で、「その印象は、じつはべつのところから来たものなのでございます。というのが、その時町の大通りは、勤め帰りの男女が雑沓していまして、みんな思い思いに店屋や屋台の店で買物をしていたり、四、五人ずつかたまって世間話をしたりしておりましたが、見ておりますと、誰ひとりとして、私に関心を持つ者がないのでございますね。見なれない外国人の私を、ふりかえって見る者なんか一人もいないのです。私はまったく無視された人間、私の存在はその町の人たちに、なんの興味も注意もひかないのです。

「とその時、まったく唐突に、私はハッと気がつきました。つまり、この無関心、この不注意、これはみんな嘘だ。みんながただそういうふりをしているだけなのだ。そう私は感づいたのです。じじつ、どの人間も、みんな私のことをジロジロ見ておるのです。私のする動作は、なにもかもみんな知っていて、黙って観察しておるのです。私のことを無視しているなんてのは、まるで嘘の皮――じつは巧妙な見せかけだったのでございますね」

かれはちょっとそこで息を切って、われわれが笑っていやしないかと、こっちを見て、それからまた話を続けた。――

「どうして自分にそれがわかったのか、これはお尋ねになっても無駄で、じつは私にもそれは説明がつきかねます。しかし、とにかくその発見は、私に衝撃《ショック》をあたえました。ところが、宿に帰りますまえに、もう一つ妙な考えが胸の中につよく浮かんで、これもやはり、どうしても事実と思わないわけにまいりませんでした。ところで、その話はこれからお話しいたしますが、これもやはり同じように、自分でそのわけが説明できないのです。ただ事実ありましたとおりに、お話し申し上げようと思います」

ヴェジンはそういって椅子を離れると、暖炉の前の敷物の上に立った。かれは自分の経験した奇談の魔力に我を忘れてくるにつれて、だんだん持ち前の内気なところがとれてきた。話しながら、目がすこしずつ輝いてきた。――

「ところで――」と、おちついた声が、興奮といっしょにすこし高くなって、「最初にそれが起りましたのは、私がある店屋へはいった時でございました。――もっとも、その考えは、かなり前から無意識のうちに働いておって、それが、その時突然形になってあらわれたのだろうと思いますが――なんでも靴下を買いに、その店へはいったのだと思います」といって、かれは軽く笑って、「下手なフランス語でへどもどやりながら、ひょいと私気がついたのですが、その店屋の女は、私が何を買おうが買うまいが、まるで知らん顔をしているのです。品物を売ろうと売るまいと、そんなことはどこ吹く風といった調子です。つまりその女は、ただ売るふりをしているだけなのです。

「これは、ごくささいな、とりとめもない出来事みたいで、あとの話のまくらにならないとお思いかもしれませんが、ところが、じつはこれが、なかなかどうして、ささいなことどころか、こいつが火薬に火をつけた口火で、それからこっちの頭ン中が火の海になったというわけでして。

「というのは、じつはほんのそのとっさの間にわかったのでございますが、どうもこの町は、自分がげんにこうして見ているものとは、だいぶんようすのちがったもののようです。町の人たちのじっさいの活動力と関心事は、どうも見かけとはちがう、べつのところにあるようです。かれらのほんとうの生活は、舞台の裏の、どこか見えないところにあって、——仕事でも商売でも、みんなうわべだけ似せたもので、ほんものにただ面《めん》をかぶせたものに過ぎない。みんなああして、売ったり買ったり、飲んだり食ったり、往来を歩いたりしているけれども、かれらのほんとうの生活の流れは、自分なんかの目のとどかないところ、それこそ地面の下か、どこか秘密の場所にある。ですから、店屋や露店の屋台店で、私が何を買おうが買うまいが、そんなことはいっこうかれらは気にかけない。宿屋にしたって、そうです。私が逗留しようが、行ってしまおうが、そんなことはいっこうに頓着しない。かれらの生活は、私なんかの生活とはおよそかけ離れた、とんでもない遠いところにある、隠れた神秘の根源から生れて、目にも見えなければ、さわってもわからない軌道を走っているのです。私のためにそうしているのか、あるいは、そちら様の都合でそうしているのか、それは知りませんが、とにかく、あらゆるものが大仕掛な、巧妙極まる、見せかけだけの仮りものなのです。そのかわり、ほんとうの力の流れは、どこかよそを流れている。してみると、私というものは、いわば人間のからだの中へまぎれこんだ異物みたいなもので、異物なら、体内の組織がそいつをはじき出すか、でなければ吸収してしまいます。てもなくこの町は、つまり私に向かって、それと同じことをしておったのです。

「宿へ帰る道すがら、こんな奇怪至極な考えが、ひとりでに私の心の中へ割りこんできましたので、では一たいこの町のほんとうの生活というのは、どこにあるのか、隠れた生活のじっさいの関心事と活動力は、一たい何なのか、しきりと首をかしげだしたしだいでした。

「ところで、こうして私の目が、いくらかでも開いてきますと、まえからへんだな、へんだなと思っていた他のことにも、しぜん気がついてまいりました。まず第一に、この町ぜんたいのただごとでない静けさです。たしかにこの町には、防音装置がしてあります。通りには小砂利が敷いてあるので、町の人たちはこの往来を、なんの物音もたてずに、まるで猫のように、ふんわりと歩いております。うるさい音を立てる物は何一つありません。あらゆる物が息を殺し、押さえつけられ、唖のようになっています。声は静かで、みんな呂音《りよおん》で、まるで咽喉を鳴らしているようです。騒々しいものや、激しいもの、調子の高いものは、なんによらず、この小さな山町を寝かしつけているような、しんしんとろりとした夢心地の空気のなかでは、生きていかれないらしいのです。ちょうどそれは、あの宿屋のおかみみたいに、うわべはおっとりしていながら、そのじつ、その奥には烈しい活動力と魂胆がかくされている、──それがこの町でした。

「といって、それでは無気力で不活潑かと申しますと、そういうけはいは塵《ちり》っぱもありません。町の人はみんな元気で、すばしっこそうです。ただどうも、なんとも得体のしれない、薄気味のわるいしなやかさ、それが魔力みたいに、誰の上にもあるのでございます」

ヴェジンはそういって、しばらく目の上に手を当てていた。記憶がいよいよ生彩をおびてきたようすである。話に油がのってくると、声がきゅうにヒソヒソ声になってくるので、最後のところなど、よく聞きとれなかったくらいだった。どう見ても、この男が真実の話をしていることはまちがいなかったが、しかし、どうやら話したくもあり、話したくもなしといったふうに見える節もあった。

「それから宿に帰って、晩の食事をいたしました」と、やがてまたふつうの声になって話を続けた。「私は自分の身のまわりに、新しい不思議な世界のあることを感じてまいりました。自分の古い現実世界はみょうに影が薄くなってしまって、今は好むと好まぬにかかわらず、なにか新しい、理解の及ばぬ世界がひとりでに展開してくるふうでございます。私はその時、さきほどあんなふうに自分の感情に駆られて、汽車を乗りすててきたことを後悔いたしました。あんなことをしたおかげで、なにかとんでもない冒険が私に降りかかってまいったのです。冒険なんてことは、自分の性《しょう》に合わないことで、私は大嫌いでございました。ところが、どうもこの心持は、自分の中に深くひそんでいた冒険心が兆《きざ》してきたみたいで、そうなると、これはどうにも自分で防ぎ止めることも、見当をつけることもできません。まるでビックリとドッキリがいちどに混ざったような心持で——私はこの四十年間、自分の『人柄』として、こんな心持は死んでも味わうまいと思いつづけてまいったのでしたに——

「私は二階の部屋へ上がって、ベッドにはいりましたが、いつになく、なにか憑きものでもしたような考えごとが頭をはなれません。なんとかして気持をそらせようと思って、あの味も素ッ気もない騒々しい汽車のことだの、元気なお調子者の乗客のことだのを考えて、いっそもういちど、あの連中といっしょになりたいとさえ思ったりいたしました。しかし、私の夢は私をまるでべつのところへつれてまいりました。私は猫の夢を見ました。あのしなやかに動く動物、感覚をこえた、音のないもやもやした世界の中で、物をいわずに生きていく——なんですか、そんな夢ばかり見つづけました」

二

ヴェジンはそのまま、ずるずるに一日一日と、これというあてもなしに、予定よりも長く逗留していたのである。われながら、なんとなく茫然とした、夢うつつの心持だった。べつに何をするというでもないが、ただこの町に魅せられたようなかっこうで、いざというと、どうも立ち去る踏んぎりがつかない。踏んぎりがつかないのは毎度のことなのに、どうして自分はあの時汽車を下りてしまったのだろう。それを考えると、ときどき妙な心持になる。どうもあれは、誰かが自分のために仕組んでおいたことにちがいない。そうとより思えないような気がする。すると、自分の向こう前に坐っていた、あの色の黒いフランス人のことが、二度も三度も頭に浮かんでくる。あの妙な文句、おしまいが「眠りのために、猫のために」という妙な言葉で終る、あの長い文句さえあの時自分にわかれば、こんなことにならなくてすんだのに。どうもあの意味がわからない。へんだな、へんだなと、ヴェジンはしきりと小首をかしげてばかりいた。

そのあいだも、あいかわらず、この町のしっとりとした静かな気分は、かれを虜《とりこ》にして離さなかったのである。いったい、この秘密はどこに隠れているのか。秘密があるとすると、一たいなんのためにあるのか。それを究《きわ》めようと思って、ヴェジンは彼流のまだるっこいやり方で、いろいろさぐってみたが、もともと自分のフランス語には限界があるし、それに生れつき、そういうテキパキとやる調査ごとは大嫌いなほうなので、とても人の小股をくぐって物をきくなんてことは、できない。そこでただ遠巻きに観察し、見まわって歩くぐらいの、消極的なことにとどめておいたのである。あいかわらず穏やかな、霞《かすみ》がかかったようなのんびりした空合で、いかにもかれには誂《あつら》え向きな天気だった。かれは街の通り、横町という横町を、どこもかも知りつくすまで、むやみとほっつき歩いた。

町の人たちは、かれのことを自由に行ったり来たりさせて、すこしも邪魔をしない。そのかわりに、かれは日一日と、かれらが自分のことを目を離さずに観察していることがわかってきた。この町は、ちょうど猫が鼠をねらっているように、かれのことを監視しているのであった。

かれは、なんでこの町の人たちはみんなあんなふうに忙しくしているのか、かれらの活動力の主体はどこにあるのか、かいもく探ってもわからなかった。これはまったく隠れた秘事だった。町の人たちは猫のようにしなやかであると同時に、猫のように神秘だったのである。

しかし、自分が絶えず観察されているということは、これは日ましに明白になってきた。たとえば、町はずれをブラブラ歩いて、砦の下のこんもり茂った小さな公園にはいって、その空いている日なたのベンチに腰を下ろすとする。はじめは、自分ひとりきりでいる。だれもベンチに腰かけているものはない。小さな公園はガランとして、どこの小道にも人の影ひとつない。ところが、そこへ来てからものの十分もすると、きっといつのまにか、まず二十人ぐらいの人が、自分のまわりへてんでんに寄ってくる。砂利道をあてもなくブラブラ歩く者がある、花を見る者がある、あるいは自分と同じように、木造のベンチに腰をおろして、日なたぼっこをする者がある。そういう連中は、見たところ、なんの注意もかれにはらっていないようすをしているが、かれにはみんなそれが、自分のことを監視しに、そこへやって来た人たちであることがわかる。かれらは油断なく、こちらを観察しているのである。街にいた時には、そういう連中はいろんな用事でけっこう忙しそうにしていたくせに、それがきゅうにケロリンカンとして、仕事を打ち忘れ、ほかにすることがないように、こんなところでのらりくらりと日なたぼっこをしているのである。かれがそこを立ち去って五分もたつと、公園はふたたびもとのとおり人影がなくなって、ベンチはガラあきになってしまう。雑沓する街の通りでも、やはりこれと同じで、けっしてかれは、自分一人ぼっちになれない。町の連中の念頭には、しじゅうかれのことがあるのである。そういう連中が、当人にはそういうようすをけぶりにも見せずに、巧妙にこちらを監視しているそのやり口が、しだいにかれにもわかってきた。町の連中は、まっすぐにはなにもしない。かれらは斜《はす》かいにふるまうのだ。まっすぐだの斜かいだのと、そんな言葉で自分の考えていることを形容するのが、内心かれにはおかしかったが、しかし、その言葉は、いかにもかれらの行動をぴったりと言いあらわしている言葉だった。というのは、町の連中はかれのことを見る時、ふつうそんな見方をしたら、まずそっぽを見てしまうはずの、妙な角度から見るのであった。それから、動き方も、かれに関するばあいは、すべて斜かいだった。どう見ても、まっすぐな、直接の行動というものは、かれらにはできないらしい。なにごとによらず、することなすことが、曖昧不明瞭であった。たとえば、かれがなにか物を買いに店屋へはいるとする。すると、店屋の女は、すぐにツイと立って、勘定台《カウンター》の奥のほうでなにか忙しそうにやりはじめる。そのくせ、かれが言葉をかければ、そくざに返事をして、いらしたことはぞんじていますよ、でも、あなたにはこういうあしらい方をすることになっているんです、というようなようすをして見せる。まるで猫のするしぐさだ。宿屋の食堂でも、例の頬鬚をはやした、いんぎんな給仕人が虫も殺さぬしなやかなとりなしで、注文を聞きにくるにも、けっしてテーブルへまっすぐにはやって来ない。ジグザグに、遠まわしに、来るのか来ないのかわからないような、不得要領なかっこうをしてやってくる。なんだ、よそのテーブルへ行くのかと思って見ていると、最後の土壇場《どたんば》になって、いきなりクルリとこちらへ向いたそのとたんに、いつのまにかサッと自分のそばへ来て立っているのである。

ヴェジンは、こういうことを自分が気がつきだしたいきさつを語りながら、妙にニヤニヤひとり笑いをしていた。宿屋には、かれのほかに泊り客は一人もなかったが、そういえば、町の人で老人がひとりふたり、食事だけ食べに来ていたが、今思いだすと、これもやはり食堂へはいってくるのに、同じような妙な歩き方ではいってくる。まず、食堂の入口にとまって、中をのぞきこみ、ちょっと中を検《あらた》めてからのちにはいってくるのだが、そのはいり方が、いうならば斜かいに、壁にぴったりくっついてはいってくるので、おやおや、あの人たちどこの席へつくんだろうなと思っていると、これまた最後の土壇場へきて、チョコチョコと小走りに走るようにして、所定の席へチョンとおさまる。この時も、かれは猫のしぐさを思いだした。

まだこのほかにも、なにか上から一枚すっぽりかぶっているような、すべてが間接に生きている、妙にふうわりとしたこの町の空気と同じような印象を受けたことが、いくつもあったが、とりわけそのなかでも、この町の人たちが、まるで電光石火のようにパッとあらわれるかと思うと、パッと消えてしまう、その神出鬼没のす早さには、かれもほとほと舌を巻いてしまった。こんなことはごくもうあたりまえのことなのかもしれないし、自分でもそうと承知はしていたが、それにしても、その現象の種明かしになるような入口も窓も、何一つ手近にないのに、あっというまに、人間をひっこましたり飛び出さしたりする横町の仕掛は、いったいどんなふうになっているのか、とんと見当がつかなかった。いちどなど、じき宿の近くの往来の向こうから、いやにこっちをジロジロ見ている年増女が二人あったので、かれはそのあとを追いかけた。するとつい一、二間《けん》先の横町へ相手が曲がったのを見たから、自分もすぐそのあとから、ほんのひと足ちがいでその横町へ飛びこんで見ると、どうだろう、自分の目の前には、人っ子ひとり、犬の子一匹いない横町が、ガランとして伸びているだけであった。女がどこかへ逃げこんだとすると、五十ヤードほど先きの家の玄関口よりほかにない。いかな韋駄天《いだてん》だって、とてもそんな目ばたくほどの間に、そこまで行けるわけがない。

も一つ、これと同じようなことが、思いもかけない時にあらわれたことがある。あるとき、やはりこれも道を歩いていた時のことだったが、とある低い塀垣の中で、なにか喧嘩でもしているような騒ぎが聞こえたので、なにごとが始まったのかと思って、急いで行ってみた。すると、塀の中には五、六人の女子供がいて、本来なら、この連中が声高になにかいいあらそっているところを見るはずなのに、かれが塀の上からひょいと首を出したとたんに、いきなりその女子供の声が、ひとりでに、ふだんのこの町独特のヒソヒソ声に変ってしまった。しかも、その時だって、かれのほうをまっすぐにふりむいて見た者はひとりもなく、たちまち疾風のような迅《はや》さで、みんな庭の向こうの入口や物置の中へ、コソコソ消えてしまった。どうもその声は、喧嘩をしている動物のうなり声、なかんずく喧嘩猫のうなり声に、奇妙にそっくりなような気がした。

そんなふうに、その町の空気は、なにか外部の世界から遮断された、端倪《たんげい》すべからざる、変幻きわまりないものとして、かれを避けよう、避けようとしていたけれども、じつはそこがつまりこの町の急所であって、しかもその急所はなかなか深く、巧みに隠されていた。自分は今、こうしてこの町の生活の中へはいってきている。それなのに、町ぜんたいは妙に匿《かく》しだてをしている。それがなんとしても、かれには不可解だったし、こじれったい種でもあった。しまいには、なんだか恐ろしくさえなってきた。

ヴェジンの平凡浅膚な思考は、しだいにそのまわりを濃い霧で包まれてきたが、そのなかからかれの頭にふと閃《ひらめ》いた考えは、なにかこの町の人たちは、この自分に待っているものがあるのではなかろうか、ということだった。こうするなり、ああするなり、右か左かどっちかに態度をきめろといって、待っているのではないだろうか。それを自分がどっちかにはっきりきめれば、よし、それなら仲間に入れてやろうとか、あるいは、そういうことではおことわりだとか、向こうからこんどは直接に返事をもらえるのではなかろうか。もっとも、じゃあ一たい、どんな決断が待たれているのかということになると、かんじんのその急所は、かいもくかれにもわからなかったが。

一、二度かれは、一たい先様はどういう意向なのか、できればそれを知りたいと思って、わざと町の人の群のあとを尾《つ》けて行ってみたことがある。ところが、いつもここぞという時になると、見あらわされてしまった。見あらわされると、とたんに、男も女も、めいめい思い思いの方角へ散り散りになって、そのまま人の群れは四散してしまうのである。それがいつも判で捺《お》したように同じだった。どこに本心があるのか、てんでわからない。町のはずれにあるサンマルタンの古い伽藍は、かれが行くといつもからっぽで、人っ子ひとりいない。店屋には客がいるけれども、みんな義理で買物をしているのであって、買物がしたいから買っているのではない。売店はひまだし、露店は客がないし、小さな喫茶店など、人のいたためしがない。そのくせ、表の通りはいつもいっぱいで、町の連中がワサワサひしめいている。

「こりゃひょっとすると――」と、かれは肚《はら》の中で考えた。が、考えるに事欠いて、あんまり奇抜な考えなので、思わず自分で吹き出してしまった。「こりゃひょっとすると、この町の人たちは夜の人間で、夜のうちだけ、ほんとうの生活をしている人たちで、だからつまり、日が暮れるとほんとの正体をあらわすんじゃないかな？　昼間のうちは、ああやって派手にしているが、あれは贋《にせ》の生活で、日が沈むとはじめて本物の生活が始まるんじゃないかな？　今歩いているのは、あれはみんな夜行の物の怪《け》で、この町はぜんぶ猫が支配しているんじゃないかな？」

この思いつきは、電流に触れたように、思わずヴェジンをハッと尻ごみさせ、自分で自分をうろたえさせた。むりに一笑に付そうとしたけれども、自分でも、ただの不安どころではないものを感じかけていることがわかっていた。なんだか、今まで会ったこともないような妙な力が、臍《へそ》のあたりを無数の綱でグイグイ引っぱっているような心持であった。ふだんの自分の生活とはまるっきり縁の遠いもの、――何年にも目をさましたことのないものが、自分の魂のなかでかすかにうごめきだし、そいつが脳と心臓の中へ探りを入れたために、へんな考えができ上がり、つまらない行動にまで浸透してきたようなあんばいである。まるで自分のからだの急所、魂の急所が、中ぶらりんになったような心持だった。

ところで、いつもかれは、日の落ちる時刻に宿へ帰ってくるのであったが、そうするときっと、店屋の入口から日暮れの町へ忍び足で出てくる町の人たちの姿を見かけた。そういう人たちは、町角のあたりを歩哨みたいに、あっちへ行ったりこっちへ行ったりしているが、かれの姿が近づくと、いつもきまって、影のように黙ってスーッと消えてしまうのである。宿では十時打つと、表の大戸を締めてしまうから、この町が深夜になると、どんな様相を呈するのか、ついぞかれは見る機会がなかった。もっとも、そんなものは、自分でもあんまり見たいとは思わなかったが。

「眠りのために、猫のために」——こうなってくると、いよいよこの言葉が、いまだにその意味はさっぱりわからないながらも、かれの耳のなかでリンリン鳴りだした。

深夜の町を自分で見たくなかったばかりではない。じつは毎夜、かれのことを死人のように、昏々《こんこん》と眠らせる何物かがあったのである。

三

ヴェジンが、自分で、あることにはっきり気がついたのは、たしか五日目の日のことだったと思う。だったと思うというのは、かれの話は、ときどき細かい日付の点などに異動があるからであるが、とにかくしかし、この発見によって、かれはいよいよもって、胆《きも》をつぶし、というよりも、むしろ一つの危機に達したのであった。そのまえから、なんだか自分の性格に微妙な変化が起りだして、日ごろの癖というか、習慣というか、そういうものが少しずつ変りだしてきていたことは、自分でもうすうす感づいていたのであるが、そんな馬鹿なことがあるものかと、なるべく頭からそのことは知らんふりをしていたのである。ところが、ここまできては、もう知らん振りなどしているせきはなかった。じつはたまげてしまったのである。

もともとかれは、けっして積極的な人間ではない。どちらかといえば、ふだんは消極的なほうで、なにをいわれてもハイハイの、ご無理ごもっともで引き下がっているほうだったが、そのくせ、いったんこうとなると、あんがい強気な行動にも出られるし、きっぱりした強い決断もとれる性分だった。ところが、こんどということんどは、それこそアッという間に、その決断力が、まるで人間が変ったみたいに、ヘナヘナになってしまったのに気がついたのである。まるで肚《はら》というものがきまらないのである。ちょうどその五日目という日に、もうこの町にもだいぶん長居をしたから、ここらでもうそろそろ引き揚げたほうが利口でもあるし、だいいち無事だろうと、ぼんやりそんなことをひとりぎめに考えたのだが、ところが、いっかな発《た》つ気にならない。腰が上がらないのだ。それがわかったのである。

この気持——つまり、自分がはまったこの無気力な状態は、とても言葉では述べられないので、ヴェジンは身ぶり手ぶり、顔の表情まで入れて、博士につたえた。ヴェジンにいわせると、とにかく町の中の人から、寄ってたかって監視されスパイされているものだから、その監視網が足にからみついて、まるで罠《わな》にでもかかったようなぐあいで、逃げる力なんかなくなってしまったというのである。ちょうど大きな蜘蛛の巣にひっかかった蠅みたいな心持で、ひっ捕まえられて、閉じこめられて、逃げることができない。なんとも情ない心持であった。そして自分の意志がだんだん痺《しび》れたようになってきて、とうとうしまいに、どうにも決断ができないような羽目になってしまった。テキパキした行動――脱走なんてことは、考えるさえ恐くなりだしてきた。あらゆる生命の流れが、きゅうに外部から自分の中のほうへ中のほうへと動きだして、今まで手の届かないような底のほうに沈んでいたものを、一所けんめい表面に浮かばせようとしながら、何年にも、いや何世紀にも、かれが忘れてしまっていたものを、なんとかして自覚させてやろうと意気ごんでいるあんばいだった。まるでそれは、自分のからだの奥のほうに窓が一つあって、それがだんだんに開かれてきて、いまにそこに、まったく新しい世界（しかもその世界はどこか見たことのあるような世界だった）があらわれてきそうな、そんな心持がした。そして、その窓のむこうには、なんだか大きな幕がかかっていて、その幕がいまにスルスルと巻き上がると、その新しい世界のまたその奥が見えてくる、その時はじめて、この町のふしぎな人たちの極秘の生活が解るのだ。――そんなことが想像されるのであった。

「はははあ、それであの連中は、ああやっておれのことを待って、見張りをしてるんだな」と、かれはその時胸をふるわせながら、ひとり言をいったのである。「つまり、このおれが先様の仲間へはいるか、それとも断るか、やつら、それを待ってるんだな？　結局、そいつをきめるのは、先様じゃなくて、おれ様のほうかい？」

このふしぎな冒険の気味のわるい正体が、はじめてそれとわかったのは、じつにこの時であった。こりゃ用心しなけりゃいかんと、かれは警戒する気持になった。弱小ながらも、今までは流通無礙《むげ》であった自分の人格の安定性が、にわかに危うくなったような心持がして、かれは心のなかが、なにか卑屈になったような気がした。

そうでもなければ、なにもきゅうに自分が音を立てないように、コソコソ忍び足になって、たえずうしろをふりかえりふりかえり歩くようになんぞなるわけがないではないか。ほかに客もいない宿屋の廊下を、爪足でコソコソ歩いたり、表へ出れば、物蔭みたいなところばかり拾って歩いたりするわけがないではないか。べつに恐いものがないのなら、なにもきゅうに日が暮れてから外へ出るのを厭がって、家の中に閉じこもっていることはないじゃないか、一たいどうしたというんだろう？

ジョン博士が、その時のかれの心持をいろいろ尋ねると、かれは恐縮したような顔をして、それがどうもよくわからないのだ、と答えた。

「ただ、よくよく目をくばっていないと、なにかこれは起るなと、それが心配でした。なんとなく恐いような気がいたしました。これはしかし、勘《かん》みたいなもので」……とそれ以上の説明は、かれにもできなかった。「とにかく、その町ぜんたいが私のことを追っかけているような――なにか私に求めているような、そんな印象を受けました。捕まったら最後、自分がなくなる――すくなくとも自分の知ってる『自己』というものはなくなってしまう。そんな気がいたしました。もっとも、ごぞんじのとおり、私は心理学者じゃございませんから、それ以上うまく説明はできませんが……」

ヴェジンがそれに気づいたのは、夕食の三十分ばかり前、中庭をブラブラして、それからすぐに二階の廊下のはずれの静かな自分の部屋へはいって、ひとりで考えごとをしていた時であった。庭にはその時だれもいなかった。ただ、いつなんどき、あの気味のわるい大柄のおかみが、そこらの戸口からひょっこり出てきて、編物をするふりをしながら腰を下ろして、こちらを監視するかもしれない。そういうことが今までに何回かあったので、かれはおかみの視線に合うのがいやでたまらなかったのである。いまでもかれは、初めておかみに会った時にふっと自分が考えた、夢みたいな気味の悪い空想を憶えていた。この女は自分がクルリと背中を見せたら、とたんに、いきなりうしろから首筋へガッと飛びつくんじゃないかと、ふっとそんな気がしたのである。むろん、根も葉もないナンセンスな想像だったが、その時以来、それが心にこびりついて、しかも一度こびりついたとなったら、それはもうナンセンスではなくなって、なまなましい現実の衣をまといだしていたのである。

そんなわけで、その時もさっさと二階へ上がったようなわけだったが、夕暮のことで、廊下にはまだ石油ランプがともっていず、でこぼこな床をつまづきつまづき、廊下に並んでいる薄暗い部屋の扉口の前を歩いて行った。ここの扉口があいたのを、かれはいちどもまだ見たことがなかった。どの部屋にも客のはいったことはないようであった。その時もかれは、いつのまにかそれが自分の癖になってしまった爪足で、こっそり足音をたてずに歩いて行ったのである。

自分の部屋へ行く、一ばんしまいの廊下の中途のところに、きゅうにかね折りに曲がるところがある。薄暗い廊下の壁を両手でさぐりさぐり、ちょうどその曲り角まで来た時に、いきなり自分の指先が、なんだか壁とはちがうものに――動いているものにさわった。なんだかフニャフニャした、温かいもので、なんともいえないいい匂いのする、自分の肩ぐらいの背恰好のものである。とっさにかれは、毛皮を着た、いい匂いのする女の子を想像した。が、すぐと次の瞬間、なにかそれが別のものだということがわかった。

もっとも、当人にいわせると、だいぶんその時は神経が疲れていたせいか、よくもたしかめて見なかったのだそうであるが、とにかくギョッとして、いきなり反対側の壁にすっとんで、そこへピッタリ背中をくっつけた。と、なんだか知らないが、なにかサラサラという音といっしょに、かれの前をスーッとすりぬけた物があったと思うと、軽い足音がうしろの廊下にパタパタと聞こえて、それなりどこかへ消えてしまった。すりぬけた拍子に、なんだか温かい、いい匂いのする息が、鼻の穴にフワリとただよった。

ヴェジンはしばらくは息もつけず、棒をのんだように、そこに立ちすくんだまま、じっと壁に身をよせていた。が、やがて、あといくらもない距離を夢中でつっ走ると、自分の部屋へ飛びこむがいなや、いそいで扉に鍵をかけた。もっとも、駆けだしたのは恐いためではなかった。なにか気がワクワクしたのである。うれしくて、気がワクワクしたのであった。なんだかほうぼうがチクチクして、からだじゅうがひとりでにカーッとほてったような感じがした。その時ハッと思いだしたのは、自分がもう二十年も昔、まだ青年だった頃、初めて恋をした時のことであった。今の気持が、ちょうどそれにそっくりだった。熱い生命の流れが全身をながれ、それがやすらかな喜びの渦となって頭へのぼってきた。自分の気分がきゅうに和やかな、溶けるような、ほのぼのとしたものになってきたのである。

部屋のなかは、もう暗くなっていた。かれは窓ぎわのソファの上に身を沈めると、一たいなにが自分に起ったのか、自分にとってそれはどういう意味のことなのか、半信半疑で考えだした。しかし、その時ただひとつ自分にはっきりわかったことは、自分の中にあるなにものかが、まるで魔術にでもかかったように、目にもとまらぬ早さでパッと変ってしまったことであった。その証拠には、もはやこの町を立ち去りたいという気持が、ぜんぜんかれからなくなってしまった。町を立ち去るなどということは、考えるのさえいやになった。今しがた廊下で会ったものが、なにもかにも変えてしまったのだ。あのふしぎな異香は、まだ自分のまわりにふくいくとただよって、身をも心をもうっとりとさせていた。自分のそばをすりぬけて行ったのは、若い娘だということが、かれにはわかっていた。あの暗がりで自分の指がなでたのは、その娘の顔であったのに、妙なことに、まるでそれが、自分がその娘にキスをしたような――唇と唇をぴったりと重ねてキスをしたような心持がするのであった。

窓ぎわのソファの上で、かれはブルブル震えながら、なんとかして考えをまとめようとあせった。たかが狭い廊下の暗がりで、女の子とすれ違ったぐらいのことが、どうして、いまだにその快感に身ぶるいがとまらないほど、電気に打たれたような痺れた感じを自分に与えるのか、まったくわからなかった。わからなかったが、それは事実だった。そして、それを否定することが無駄であるように、それを分析しようとくわだてることも無駄であることがわかった。なにか昔の情火みたいなものが血管のなかへもぐりこんで、さかんにそれが自分の血の中を駆けめぐっていた。自分の齢が今はもう十九や二十歳《はたち》ではなく、四十五歳であるなんてことは、てんで問題にならなかった。こうした内裡《ないり》の動揺と混乱のなかから、たった一つむっくりと頭をもたげていた事実は、あの暗がりの中で目にも見えず、だれだかもわからない少女に、ほんのちょっと触っただけのそのちょっとした感じが、自分の心の芯《しん》みたいなところに、今まで眠っていた火をかきたてて、それが生来の弱々しい鈍感な性情から、たちまち烈しい荒れ狂うような興奮状態にまで、自分の全身を駆り立てたということだった。

けれども、しばらくすると、さすがに年のかげんで興奮がしだいにおさまってきた。かれはようやく冷静になってきた。やがて扉にノックの音がして、晩飯がそろそろ終りますからという給仕人の声が聞こえたので、かれは起き上がって身づくろいを直し、それからしずかに階下の食堂へおりて行ったのである。

食堂へはいっていくと、みんながかれの顔を見た。時間がだいぶん遅くなったからである。かれはいつもの隅の席に腰をおろすと、食事をはじめた。まだ神経の動揺はおさまっていなかったが、それでも、中庭とホールを通った時に、少女のペチコートが見えなかったことは、かれの気持をややおちつかせた。次々に出てくる料理の皿が追いつくひまもないくらい、かれは急いで食事をしたのであるが、その食事のあいだに、かれはふと食堂の中がかすかにざわめきだしたのに、注意をひかれた。

かれの坐っていた席は、ちょうど入口と細長い食堂の大部分がうしろになるような位置にあったのであるが、しかしその時、さっき暗がりの廊下で出会った少女が食堂へはいってきたことは、わざわざそちらへ首をふり向けなくても、かれにはわかっていた。音を聞き、姿を見るまえから、かれにはわかっていたのである。食堂にはその時、かれのほかに、例の食事だけ食べにくる二人の老人、客といえばこの人たちがいただけであったが、その二人の老人がひとりずつ順々に席から立ち上がって、その時テーブルのあいだを縫ってはいってきた誰かに挨拶をした。それにつられて、かれも相手がだれであるかをたしかめようと思って、胸をドキつかせながらそちらをふりかえってみると、一人の痩せぎすなしなやかな少女が、今しも部屋のまんなかを通って、隅っこにいるかれのほうへまっすぐにやってくるところであった。少女の動作は、まるで若い女豹みたいに、しなやかなうちにも品があって、美しい。それが自分のほうへ一歩一歩近づいてくるのを見ると、かれはきゅうに嬉しいような、ドギマギした当惑を感じた。だから、はじめはどんな顔だか、それさえわからず、だいいち、彼女がそこへきたことが、どうして自分に、こんな胴ぶるいの出るような新しい喜びを与えるのかも、自分ではわからなかったのである。

「ああ、お嬢さんのお帰りじゃ！」と、老人の給仕が自分のすぐわきで、小声でそういったので、はじめてかれは、その少女が宿のおかみの娘だということがわかった。娘はずんずんかれのほうへやってきた。そしてなにかいってる声が聞こえた。自分に挨拶をしているのである。笑うと赤い唇のあいだから白い歯がのぞいて、美しい黒髪がこめかみのあたりにほつれて下がっているのが見えたが、あとはなんだか夢でも見ているように、目の前に濃い雲がかかったみたいで、気ばかりあせるが物がはっきり見えず、自分がなにをしたかもさだかでなかった。ただ彼女がかわいらしくちょこんと頭を下げて、挨拶したのだけはわかった。パッチリした美しい目が、なんだかこちらの目を探っているようで、廊下の暗がりで嗅《か》いだあのいい匂いが、またしても鼻をおそってきた。こちらへすこし身をのりだすような恰好をして、片手をテーブルの上についているのが、いやに自分のすぐそばで――この、彼女がすぐ自分の目と鼻の先きにいることは、何よりも先きにかれは承知していたが――母のところへ来てくれたお客様に、宿の居心地のよしあしを尋ねがてら、ご新規さんのかれに今自己紹介をしている最中なのであった。

「こちら様は、いらっしてからもう四、五日におなりでございますよ」と、給仕のいってる声が聞こえると、すぐそのあとへ、まるで歌でも歌うような美しい彼女の声が応じて、

「あら。でも、まだしばらくご逗留でいらっしゃるんでしょ。母はもうあのとおり年をとっておりますから、お客様のお世話もよういたしませんけど、そのかわり、私がおりますから、せいぜいお埋合《うめあわ》せいたしますわ」といって、朗らかに笑って、「せいぜいサービスいたしましてよ」

ヴェジンはすっかりもう上がってしまって、モジモジ、ヘドモドしながら、相手に失礼のないように挨拶を返そうとして、椅子から半分立ち上がり、なにやらどもりどもり返事をしたが、その拍子にテーブルの上についていた彼女の手に、自分の手がひょいと触った。すると、とたんにまるで電気にでも触ったようなショックが、彼女の肌から自分のからだのなかへビリビリと伝わった。魂が波のように揺れ、骨の髄までゾクゾクした。ハッと思って見ると、彼女の目がふしぎな熱っぽさで、自分の目をくい入るようにじっと見詰めているので、言葉も出ず、われ知らずそのまままたペタリと椅子に腰を落すと、娘はいつのまにか、もう部屋の中ほどへ行ってしまっていたので、あわててかれはデザート・スプーンとナイフを持って、サラダを食べ

にかかった。

もいちど顔は見たし、そうかといって、なんだか悪いようで、かれはあとの食事をそこそこに鵜《う》呑みですませると、さっさと二階の部屋へ引きあげて、ひとりで物思いにふけった。こんどは廊下に灯火《あかり》がついていたから、べつにドキドキするような出来事には出会わなかったけれども、それでも曲りくねった渡り廊下はうす暗くて、例の曲り角から先の最後の部分など、いつもよりもばかに長いような気がした。そこの廊下は、ちょうど山の中腹の小道でも下りていくような坂になっていて、爪足でそっと歩いていくと、その先きはなんだか建物のそとへ抜け出て、大きな森のまんなかへでも出そうな感じがした。なんとなく心が浮き浮きしていた。頭のなかには、妖《あや》しい幻想がいっぱい詰まっていた。やがて部屋へはいると、扉にしっかり鍵をかけて、蠟燭の灯はともさずに、明け放った窓ぎわにかれは腰をおろして、あとからあとから雲のように湧いてくる長い長い考えにふけったのである。

四

このへんの話は、かくべつ誘いもかけずに、いいにくそうに、ポツリポツリと博士に語られたのである。どうしてあの娘が、しみじみ顔を見たこともないうちから、あんなに深く自分を引きつけたのか。じっさい、暗がりでほんのちょっと触っただけで、それほどかれは燃え立たされてしまったのであった。かれは女の魅力なんてものはまるで知らない男だった。この年月、異性の誰かれとやさしい交渉を持ったことのない男だった。というのは、うまれつき内気なたちだったから、どうせ異性にもてるわけもない自分の欠点は、自分でよく心得ていたのである。ところが、こんどの娘は、先方から大手をふって持ちかけてきたのだ。態度が積極的で、あらゆるきっかけをつかまえて、ただでは置かないという意気組である。清純で美しいことは疑う余地がないのだが、いやに露骨に誘惑してくる。よしんばあんな暗がりで、幽霊みたいに姿を見せない魔力でかかってこなくたって、あのキラキラした目をひと目見れば、こっちはコロリとまいってしまったにちがいない。

「きみはその娘が、まったく健全で善良だと感じたのかね？　それを見て、なにか反動を――たとえば、びっくりするとか、用心しなけりゃとか、そんな感じはしなかったかね？」

博士がそういって聞くと、ヴェジンは例の恐縮したような笑顔をつくって、博士の顔をチラリと見上げた。そして返事をするまでに、しばらく間があった。ほんのそれしきのことを思い出すにも、かれははにかんだような顔をポーッと赤くして、もういちど目を床に落してから、ようやく答えるというふうであった。

「さあ、それがどうもはっきり申し上げられないのですが、とにかく、あとで部屋へ行って坐っておりますと、たしかにいやな心持はいたしましたな。なんと申しますか、なにかこう、その娘が、魔物みたいな気がいたしましてね。いえ、べつにそれが、肉体的にも、精神的にも、不潔だのなんだのと申すわけではないのですが、なんとなくその、どこか薄気味わるい、ゾッとするような、そんな心持がいたしました。娘がそばへ寄ってきますと、なにかこう、いやあな心持がして……」

　かれは顔を火のようにまっかにして、そこで言いしぶったまま、言葉をにごして、

「まあ、後にも先にも、あんな心持にぶつかったことはございませんな」と、とってつけたような結びをつけて、「どうもやはり、さきほどおっしゃったように、なにかあれは、魔力みたいなものかもしれませんですな。とにかくあの娘に毎日会えて、あの声が聞かれて、美しいしぐさが眺められて、ときどきなにかの拍子にあの手に触《さわ》れるなら、この気味の悪い町に自分は何年いてもいいと、そんな心持がいたしましたからな」

「どうだね、きみが感じたその娘の魔力というのは、一たいどこから出るのか、それ、説明できるかね」と博士は、わざと相手から目をそらしながら尋ねた。

「これは驚きましたな。そういうご質問はちとご無理でしょう」ヴェジンは、かれとしてはこれがせいぜいの、ちょっと開き直った形で答えた。「どなただって、自分の惚れた女の魅力は、これこれしかじかのところにあるなんて、そんなこと他人にいえやいたしますまい。私にもそれはいえませんな。ただ私にいえることは、痩せぎすなその娘《こ》がばかに私の気に入って、ひとつ家にその娘《こ》が寝起きしていると知っただけで、こっちはもう、べらぼうに嬉しくなってしまったということだけです」そういって、かれはさらに目を輝かして、続けた。

「それから、もう一つは、なんだかその娘には、この町とこの町の人たちを支配している、あの不思議な神秘的な力が、そのままそっくり具《そな》わっているような気がしましてね。身の動かし方など、まるで豹みたいにしなやかで、音も立てずに、どっちへでも軽がると動きますし、し

かも、町の連中と同じように、することが間接的で、なにか一枚幕を隔てているようなところも、よく似ていますし、人にいわない自分だけの秘密の目的を持っていて、その対象を私にきめている点なども、そっくり同じなのです。じっさい、その娘は片時も私から目を離しませんでした。それが私には恐ろしくもあったし、うれしくもあったのです。しかもその監視の仕方が、いやに無関心なようでいて、そのじつ、けっして勘所《かんどこ》をはずしていない。まあしかし、そういうことは、私ほどに神経の細かくない者か」――とちょっと首をすくめて、「あるいは前にそれを食って用心している者ででもなければ、まず絶対に気がつかなかったでしょう。いつもじっとして、のんびりとおちつきこんでいるくせに、たちまちどこへでもすぐにあらわれてくるんですから、とてもその目から逃れる隙はありません。しょっちゅう、部屋の隅、廊下の角から、じっとこちらを見て、あの大きな目で笑っているかと思うと、窓だの往来のゴミゴミした人混みの中から、しずかに睨んでいるのです」

この小男に、そもそも心の平衡を失わせたその初対面ののち、どうやら二人の親密の度は急速に深まっていったものらしい。もともとかれは、うまれつき物固い男だった。こういう堅人というものは、たいていはごく狭い世界に住んでいる連中だから、ふだんめったにない激烈なことにぶつかると、一ぺんに手前がスッカラカンになってしまう。だから、堅人の連中は、斬新奇抜なことを嫌う。ところが、堅人のヴェジンは、この娘に出会ってからは、自分の堅人を忘れるようになった。娘は、ふだんはつつましくふるまっている。母親の代理として、しぜん宿の客たちに接しなければならない。こういう二人のあいだに狎昵《こうじつ》の気持が生れるのは、無理もない。おまけに彼女は年が若いし、器量よしだし、そのうえにフランス人だ。しかも、明らかにヴェジンに思召《おぼしめし》があると来ているのだから、言うところはない。

ところが、同時にまたかれは、いつ、どこでと定《きま》ったわけではなかったが、ときどき、なんともいえない気分になることがあった。こんなに監視ばかりされていたら、たまったものじゃありゃしない。そう思って、思わず息がとまるほど、ギクリとすることがよくあった。今考えると、じっさいあの時は、半分はたのしく、半分は恐い、悪夢みたいな明け暮れでしたと、かれは博士に小声で打ち明けたが、じっさいかれは、自分でなにをしているのか、なにをいっているのか、わからないようなことが往々あった。まるで自分のものとは思えないなにかの衝動で、自分がズルズル引っぱられているみたいであった。

そういうわけだから、再三、ええい、こんな町、いっそ引き揚げちまえという考えが心に浮かびながらも、そのたびに思いきった踏んぎりがつかず、一日一日と、ぐずぐずに長逗留をしているうちに、夢のようなこの中世紀風な町の眠たげな生活が、ますます身についてきて、ついつい知りつつも、自分の個性をだんだん失っていくのであった。まあいいさ、そのうちには、自分の心の奥の「幕」がサッと音をたてて巻き上げられるだろうから、その時になれば、「幕」のうしろにかくされている、この町の真言秘密の生活目的が、しぜんにパッとわかるさ。もっとも、その時までに、自分はひょっとすると、今の自分とはまるで違ったものになっているかもしれないな——と、そんな気がしきりにしたのである。

そうこうするうちに、かれは宿屋が自分を引き留めておくために、いろいろ小さな心遣いをしだしたことに気づいた。寝室には花が飾られる、部屋の隅には、今まであったのよりも、もっと坐りごこちのいい安楽椅子がすえられる、食堂のテーブルには特別サービスの料理が幾皿かよけいに出るといったあんばいである。「イルゼ嬢」と語る機会も日にまし多くなり、もっとも話題は、たいてい天気のはなしか町のうわさにかぎられていたけれども、話しだすと彼女はだらだらと切りがないのであった。そして、ときどき話のなかへ妙な文句を入れた。その文句の意味は、かれにはよくわからなかったが、なにか意味ありげな文句に感じられた。

この意味のわからない謎めいた文句こそは、なにか彼女の匿《かく》している目的をその中に秘めていそうで、かれは不安を感じた。どうもその文句は、この町にかれがいつまでもいなければならない理由を述べている言葉のような気がしてならなかった。

「ねえ、あなたまだ決心がおつきにならないの？」とある日夕食のまえに、折入ってお話ししたいことがあるからというので、中庭の日あたりに、二人して並んで腰をおろすと、彼女が耳もとでそっと囁いた。「そんなにむずかしかったら、みんなして手を貸してあげましょうか」

ちょうど、こっちはこっちで、自分の考えごとにかまけていた矢先だったので、イルゼのこの言葉はかれをハッとさせた。彼女はそれをかわいらしい笑顔でいい、いたずらっぽい目つきでかれの顔をのぞきこんだ。いつも彼女の前へ出ると、かれは自分の貧弱なフランス語の知識にほとほと困ってしまうので、あるいはその時も、ひょっとすると相手のいうことを聞きちがえたのかもしれなかったが、とにかく、その言葉とその時の態度、そしてそれに隠れて彼女が肚《はら》の中に含んでいるもの、それがかれをギョッとさせたのであった。――この町は、ある重大なことに関して、かれの決意を待っている。そういう感じをそこから受けたので、唖然としてしまったのである。

と同時に、彼女の声と、黒いしなやかな服を着た彼女が自分のすぐ目と鼻の先にいるということが、いい知れずかれをワクワクさせていたことも事実であった。「それはね、私がここを、去りがたい気持でいるのは、それは事実ですよ」とかれは、彼女の深いまなざしに惚れ惚れと見入りながら、どもりどもりいった。「イルゼさんがあらわれた今は、ことにそうですよ」

かれはこんな文句がうまく口から出たことに、今さらのように驚き、われながら、ちょっとした殺し文句だったと思って嬉しくなった。が同時に、いわなければよかったと、自分の舌を嚙み切ってしまいたいような気もした。

「と、つまり、この町がお気に召したというわけね。でなければ、長逗留なさるはずないわね」

「私はこの町にも惚れたし、あなたにも惚れたんです」と、かれは思わず大きな声でいった。まるで自分の舌が頭で押さえきれなくなって、ひとりでに滑り出したような心持だった。そして、もっと思いきった露骨なことを、もう少しで口に出しかけようとした時に、イルゼはぷいと腰掛から立ち上がると、さっさと向こうへ行きかけながら、

「きょうは玉葱のスープなのよ」と笑顔でふりかえって、「わたし、お味を見てこなくちゃ。でないと、旦那さまが、なんだこんな不味《まず》いものって、逃げ出して行ってしまうから……」

まるで猫族のしとやかさと身軽さで、しかも黒猫の毛皮を思わせる黒一色の服を着て、イルゼは中庭をヒラリと渡っていった。そのうしろ姿をかれがじっと見送っていると、彼女はガラ

ス戸のはまった入口のところから、もういちどこちらをふりかえって笑顔を見せたが、そこでちょっと足をとめて、ホールの中の隅の席で、いつものように編物をしている母親に、なにか話しかけていた。

が、その時、かれの目がふとデブデブした宿のおかみの上に落ちた時に、母娘《おやこ》のようすが、きゅうに今までとは打って変った別のものに見えたのは、一たいどうしたわけだったのだろう？　まるで二人とも、魔術にでもかかってそうなったように、あたりをはらうような威風堂堂たる、それこそ何様かと思われるような姿に、ガラリと打って変ったのは、一たいどこからそうなったのだろう？　あのデブデブな母親が、あっと思うまに、きゅうに王様かなんぞのようになり、杯盤狼藉《はいばんろうぜき》の狂宴の席をハッタとにらみ、笏《しゃく》をふりあげながら玉座にふんぞりかえっているように見えたのは、どうしたことなのだろう？　いや、それよりも繊妍《せんけん》たること楊柳《ようりゅう》のごとく、軽捷たること若豹のごときあのほっそりとした娘のイルゼまでが、これまたにわかに玄々たる妖気を発し、頭上に火焔を吹きながら、足下に闇を踏んまえたかのような姿になったのは、なぜなのだろう？

ヴェジンは息の根がとまったように、その場にいすくんでしまった。すると、あっと思うまに、幻のごとくあらわれた不思議な幻覚は、たちまちにしてまた消えたと思うと、日の光がふたたび二人の上にしずかにさしなずみ、玉葱スープの話を笑いながら母親に話している、イルゼの声が聞こえてきた。こちらをふりかえって、小さな肩ごしにニッコリ笑ったイルゼの姿は、初夏のそよ風に軽やかにたわむ、露もしとどなバラの花をかれに思わせた。

じっさい、その日の玉葱スープは、とくべつおいしかった。そのはずで、その日はテーブルの上に、自分のほかにもう一人分の用意ができていた。「きょうはイルゼさんが午餐《おひる》のお相手をなさいます。特別のお客さまには、しきたりで、ときどきそうなさいますので」と小声で給仕からわけを聞かされたとき、かれの胸はドキンドキン波を打った。

なるほど給仕のいったとおり、イルゼはたのしい食事中、ずっとかれのそばにつききりで、やさしいフランス語でしずかに話しかけながら、よく面倒を見てくれ、サラダのドレシングをまぜてくれたり、手づから料理を皿にとりわけてくれたりした。やがて午後になって、早く用のすみしだい会いたいものだと思いながら、中庭でかれが煙草をふかしていると、彼女がそばへやってきたので、いそいで立ち上がって迎えると、彼女はちょっとはにかんだような困った顔をして、しばらく向かい合って立っていたが、

「あのう、母があなたに、いろいろこの町の美しいところをお目にかけたいんですって。私もそう思いますの。よろしかったら、ご案内いたしますわ。私ども、この町にもう何代も住んでいるんですから、どちらへなりとご案内いたしましてよ」

それは何よりうれしいと、返事をする隙《ひま》もないうちに、彼女は否やもいわせず、さっさとかれを町へひっぱり出した。なんだか、そうするのがまるで当然だといわんばかりのとりなしだったが、でもけっして厚かましいの、はしたないのというようすは、兎《う》の毛ほどもなかった。うれしさに興じてか、彼女は顔を輝かしながら、短かめな服に髪もみだしたまま、十七歳という年相応の、いかにも遊びざかりらしい無邪気さで、自分の生れた町を自慢するそのようすは、

まるで生れぬ先から自分がこの古い町に生きながらえてでもいるといったような顔つきであった。

こうして、二人はいっしょに連れだって、町をあちこちと歩きまわった。彼女は自分がここはと思っているところを、ほうぼう案内して見せてくれた。自分の家の先祖の人たちが住んでいたという、崩れかかったような古い家だの、母の出た家の人たちが何代も住んでいたという、暗いお屋敷ふうの家だの、今から四、五百年もまえに呪術《まじない》つかいの女たちが大ぜい火あぶりの刑にあったという昔の市場の跡だの、そんなものをいろいろ見せてくれた。そういうところをいちいち説明してくれる彼女の話ぶりは、立板に水というほど、いかにも流暢で淀《よど》みがなく、張りがあった。並んで歩いているかれには、彼女の話は半分以上わからなかったが、ああ、せめて自分がもっと若かったらばなあと、四十五歳という自分の年齢がつくづく恨めしいようであった。でも、そうやって彼女と話をしていると、なんだかかれは、自分の生れた国のイギリスも、サービトンの町も、まるで世界史のべつの時代にでもあるように、とんでもなく遠くのほうへへだたってしまったような心持になってくるのであった。彼女の声が、なにか自分のなかに無尽無劫の昔から眠っているものに触れ、それが触れると、自分のなかにある古いものが目をさまし、かわりに、意識の表面の部分がうとうと居眠りをはじめだす。ちょうど、うわべは近代的な活動生活を営んでいるように巧みに見せかけているこの町みたいに、自分のからだのうわべの部分がへんに気懈《けだる》くなり、撫《な》ですかされて黙らされてしまったようになり、そのかわりに、からだの底のほうに眠っていたものが、モゾリモゾリ動きだしてくるのである。例の大きな幕が、すこし前後に揺れだしてきた。おそらく、いまにその幕がサッと上がるのだろう。……

ようやくかれは、すこしずつわかりかけてきた。この町の空気が、ひとりでに自分のなかに醸《かも》し出されてきたようであった。ふだん表面に出ている自分というものが音をひそめてくるにつれて、内面に隠れている自分というものが、はっきりとあらわれてきた。この内面の自分は、表面に出ている自分などよりはるかに本物で、生きのいいものであった。そうして、イルゼというこの娘こそは、まさにその内面の自分を統《す》べ司《つかさ》どる最高の司祭であり、内面の「我」を成就達成させる主要な「手先」なのであった。彼女がかれと並んで、うねうね曲りくねった町を歩いていくと、かれの頭のなかには、そうした新しい考えや新しい解釈が汐のように、あとからあとからあふれ出てきた。そして、夕日にしっとりと色どられた、絵のような古風な破風を並べたこの町が、見たこともないような、なんともいえぬ蠱惑《こわく》的なすばらしいものに見えてくるのであった。

ただ、その時たった一つ、妙なことが起った。べつになんでもない、つまらないことなのに、それがどういうわけか、イルゼの顔をたちまち恐怖でまっ青にし、今まで楽しく笑っていた口から、いきなりキャッと悲鳴を上げさせたのだから、ヴェジンはなにがなんだかわけわからず、ドギマギめんくらってしまったのであった。ちょうど落葉を焚いている家があって、薄青い煙が赤い屋根を背景にモクモク上がっているのが、まるで絵のようだったので、かれはそこの塀ぎわに走りよって、イルゼに、きみ、ちょっとここへ来て、焚火の火をごらんよといって呼んだのである。ところが焚火の火を見るがいなや、イルゼの顔がいきなりアッと驚いたように、凄い形相に変ったと思ったら、たちまちサッと身をひるがえして、なにやら夢中で口走りながら風のように駆けだしたのである。なにをいったのやら、さっぱりわからなかったが、とにかく火を恐がっていることだけはわかった。あなたもそんなとこにいないで、早くこっちへいらっしゃいといって、夢中で彼女がせがむので、そのままかれも、わけわからずそこを離れてきてしまったが。

それからものの五分もたつと、彼女はもうケロリとして、まるでなにごともなかったような明かるい顔になったので、それきり二人とも、今の出来事はきれいに忘れてしまった。

二人はまもなく、古い砦跡の崩れた壁によりかかりながら、はじめてかれがこの町へ着いた日にもやはりここで聞いた、あの幻妙な町の音楽隊の吹奏をきいていた。音楽は、あの日と同じように、かれを深く感動させた。すると、ふしぎなことに、かれの舌がひとりでスラスラ動いて、われながらフランス語がじょうずにしゃべれるのである。イルゼはすぐそばの石垣の上にいた。あたりには人影らしいものもない。気がついてみると、かれはなにか自分の中にある非情な機械にでも無意識に動かされているように、知らぬまに彼女礼讃のことばを、咄々《とつとつ》といいだしているのであった。すると彼女は、かれのいいだしの言葉を聞いたとたんに、石垣の上から身軽に飛び下りると、ニコニコ笑いながら、腰かけているかれの膝と触れあうばかりの正面に、近ぢかと向き合って立った。いつものように帽子をかぶっていないので、日ざしが髪の毛と片頰と咽喉にさしていた。

「まあ、うれしいわ、私」と、彼女は小さな両手でかれの顔を挟みながら、「とてもうれしいわ。だって、私のことが好きだっておっしゃるのは、私のすることがお好きなんだし、母や一族のことも好きでいらっしゃる証拠なんですもの」

ところが、かれのほうは、その時はもう、自分がうっかりそんなことをいってしまったことをいたく後悔していた。いや、後悔したばかりではない。彼女が今いった言葉のなかには、なにかかれに寒気を感じさせるものがあった。なんだか自分の知らない危険な海へ乗りだすような不安を、かれはおぼえたのである。「つまりね、あなたは私たちのほんとうの生活へお仲間入りなさるのよ。やっと私たちのところへもどっておいでになるのよ」彼女は、相手が怖気《おじけ》づいているのを見ぬいたように、なんともいえない媚態を含みながら、やんわりといった。

もうその時には、見かけはいやに子供っぽいこの娘の手の中に、どうやらかれはすっかりもう丸めこまれてしまっていた形であった。娘の力に、だんだん自分が押さえつけられてくるのが、かれにははっきりと感じられた。なにか彼女から発散するものが、知らぬまに自分の意識に働きかけて、あどけないようなつつましさのうちにも、どことなく厳とした、犯しがたい力のある彼女の人柄が、なんとなくわかってくるようであった。するとまたしても、恐ろしい嵐の中のもうもうたる黒煙と猛火の中を、彼女があのしたたか者の母親といっしょにくぐりぬけながら、暴れまわっている姿が見えてくる。それが可憐無垢な彼女の笑顔と姿のなかに、どことなく光って見えるようなのである。

「そうよ、きっとそうなってよ」と、彼女はじっとかれの目を見すえながら、くりかえしていった。

石垣の上にいるのは、かれら二人きりであった。女が自分を圧服しているという感じが、なにかがむしゃらな気持をかれの血のなかに湧き立たせた。投げやりとつつましやかさとが混ったような娘の態度が、たまらなくかれを惹きつけた。自分の中にある「男」がむくむくと起き上がって、薄気味わるい感じを追いはらってしまうと、同時に、忘れていた若い日の歓喜がきゅうに堰《せき》を切ったようにドッと噴き上がってきた。ふだんおとなしい自分が、これだけは自分の権利だと思ってだいじにしまっておいた、ケチくさい人格なんかどこかへぶちやってしまって、思いきって彼女に聞いてみたい、闇雲な欲望がむらむらと湧いてきた。

イルゼはいつのまにかまた平静になって、両肱《ひじ》を石垣の笠石の上にのせ、石像のようにじっと自分のそばの石垣にもたれながら、暮れていく野を眺めている。かれは思いきって、勇気を出していった。

「ねえイルゼ」とかれは、自分はまじめでいおうとするのに、知らず知らず咽喉を鳴らすような彼女の声をまねながら、「一たいこの町はどういうことになっているの？ さっきあんたのいった、ほんとうの生活というのは、あれは一たい何なの？ なぜこの町の人は、朝から晩まで、ぼくのことを監視しているの？ どういうんだか、教えてくれないかな。ねえ――」といって、思い入った声音《こわね》で、口早に、「あんたはほんとは何なの？ ――あなたという人は？」

すると、イルゼはしずかに首をこちらへ向け、目を細くしてかれの顔にじっと見入った。彼女の胸のうちがワクワクしていることは、顔のおもてをほのかな色が影のように走るので、それとわかった。

「ぼくにも、当然それを知る権利があると、ぼく思うんだけどな――」と、かれは相手のじっと見つめる目の下で、どもりながらいった。

するとイルゼは細めていた目をきゅうにパッチリと開いて、

「じゃあ、あなた私のことを愛していらっしゃるのね？」とやさしく聞いた。

「それはぼく誓うよ」と、かれは上げ汐《しお》の力に動かされているように、情熱をこめていった。

「こんな気持は、ぼくはじめてなんだ。――今までぼくは、どんな娘さんを見たって……」

「それなら、あなたは知る権利がおありだわ」と、彼女はしどろもどろな相手の告白をしずかにさえぎって、「恋はいっさいの秘密を分けあうものですものね」

そういって、彼女がプツリと言葉をきってしまうと、ヴェジンの身ぬちを火のような戦慄がサッと走った。彼女の言葉は、かれを地上から浮き上がらせた。かれは輝くような幸福を感じたが、すぐそのあとへ、それと恐ろしい対照をなして、死という観念が浮かんだ。ハッと気がつくと、彼女の目がまた自分の目を見つめながら、小さな声でなにか話していた。

「わたしの本当の生活というのはね、私のなかにある古い、遠い遠い昔の生活なんです。その生活は、あなたもずっと昔にやっていらした生活なのよ。今でもあなたはその生活のなかにいらっしゃるのよ」

囁くような低いその声が、かれのからだのなかへじーんとしみこむと、魂の底のほうで、かすかな記憶の波が騒ぎだした。彼女のいう言葉の意味は、じゅうぶんにはわからないながらも、なにか勘《かん》のようなもので、彼女のいうとおりだということが、かれにはちゃんとわかっていた。聞いているうちに、現在の自分というものが、自分から脱落して、遠い遠い昔の、今よりももっと大きな自分というものに溶けこんでいくような気がした。この現在のおのれというものの喪失、これがかれに死というものを思わせたのであった。

彼女はさらに言葉をつづけた。「……つまりね、それを探しに、あなたはこの町へいらっしたのよ。だから、町の人たちも、あなたがいらっしたことを感じて、あなたの決意を待ってるわけなのよ。——あなたがそれを見つけないでお帰りになってしまうか、それとも——」

いいながら、彼女の目はじっとまだかれの目を見つめたままだったが、顔がだんだん変りだしてきた。年劫をあらわすかのように、だんだん顔が大きくなり、だんだん黒くなってきた。「……町の人たちがあなたのことを監視しているとお感じになるのは、みんなのそういう考えが、しじゅうあなたの魂《かげ》のまわりで遊んでいるからなのよ。べつに目で監視しているわけじゃないの。みんなの内部の生活があなたを呼び、あなたを求めているのよ。昔、ずっと大昔は、あなたもやっぱりあの人たちと同じ生活をしていらしたのね。だから、ああやって、みんながあなたにもどってもらいたがっているのよ」

聞いているうちに、ヴェジンの臆病な心は、恐ろしさにだんだん滅入ってきたが、イルゼの目が歓喜の網を張って、しっかりかれを押さえつけているので、逃げたいにも逃げられなかった。イルゼは、てもなく、かれに術をかけて、ふだんのかれから外へ、かれを連れ出してしまったのである。

「でも、町の人たちの力だけでは、とてもあなたをつかまえて、押さえておくことはできゃしないのよ。原動力はそんなに強いもんじゃないんです。年月がたつうちに、しぜん力が衰えてしまったのね。でも私は――」といいかけて、彼女はキラキラしたその目に絶対の自信を浮かべながら、「私はあなたに勝って、あなたをちゃんと押さえておく魔力を持っているんです。つまり、それが昔の恋の魔力なの。私にはあなたをここへ連れもどして、いっしょに昔の生活をさせる力があるのよ。私とあなたのあいだには、遠い昔の絆《きずな》の力があるんだわ。その力を私が使えば、あなたはどんなことがあっても、それに逆らうことができないのよ。私はその力を使ってよ。私、今でもあなたが欲しいんですもの。ねえ、あなたは私の遠い遠い昔の恋人なのよ」といって、彼女は息が瞼《まぶた》にかかるほど、ぴったりとかれのそばに身を寄せた。そして歌でも歌うような調子でいった。

「私、きっとあなたを自分のものにしてよ。あなただって私を愛しているんですもの。あなたは私の思いのままになる方だわ」

ヴェジンは聞いていたが、じつは聞いてはいなかった。わかっていたが、じつはわかってはいなかった。かれはさっきからもうすっかり上がってしまっていたのである。世界は音楽と花で作られ、それを脚下に見おろしながら、かれは無上の喜びの光のなかを空高く翔《かけ》っていたのである。彼女の言葉のすばらしさに、かれは息が苦しくなり、目がくらんでしまった。恍惚として酔ってしまったのだ。しかも酔いながら、慄然としたことは、彼女の言葉の裏に、依然として恐ろしい死の観念が貼りついていることだった。というのは、彼女の声が、もうもうたる黒煙の中から紅蓮《ぐれん》の焰を吐いて、その焰の舌が自分の魂をジリジリ甜《な》めていたからである。

なんだか自分たちふたりは、すばやい読心術みたいなもので、おたがいに心が通じあっているような心持がした。その証拠には、自分の下手なフランス語は、けっして自分のいったことをぜんぶ彼女に伝えてはいないのに、彼女には完全にわかっているし、逆にまた彼女の言うことは、まるで自分が昔から知っている詩の文句でも暗誦されているように、よくわかるのである。聞いていると、苦しさと楽しさのまじったような彼女の言葉が、かれの小さな魂には、もうとてもそれ以上堪えきれなくなってきた。

「でも、ぼくはこの町へは、まったく偶然に来たんだけどなあ」とひとりごとのようにかれがいうと、

「あら、ちがうわよ」と、彼女はむきになっていった。「私がお呼びしたから、あなたはいらしたのよ。私もう、何年もあなたを呼んでいたのよ。あなたは、ご自分のうしろにある過去の力に押されていらしたわけよ。どうしたっていらっしゃらずにはいられなかったのよ。あなたは私のものなんだし、私が求めている方なんですもの」

そういって、彼女はまた立ち上がると、かれのそばへぴったり寄ってきて、なにか人を見下したような傲慢な顔をして、かれの顔をじっと見つめた。それは権利あるものの傲慢さであった。

日はすでに古い伽藍の塔のうしろに沈み、広い野面からは夕闇が立ちのぼってきて、二人を包んだ。いつのまにか、音楽隊の吹奏もやんでしまっていた。篠懸《すずかけ》の葉がそよりともせずに垂

れている。冷々とした秋の夕の冷気があたりをこめて、ヴェジンは思わず身ぶるいをした。二人の声と、イルゼの衣ずれの音のほかには、ものの音もなく、自分の血の脈打つ音が耳に聞こえるほどの静けさだった。自分がどこにいるのか、何をしているのか、それすらかれにはわからなかった。なにか恐ろしい幻想の魔力があって、それがげんに生きている現身《うつせみ》の自分を引きずりこんで、イルゼのいうことは真実だぞと、妖《あや》かしでない声が自分にいい聞かせているようであった。そして自分のそばで妙な威厳をもって物をいっているこのフランス人の小娘は、見ているうちに、なにかまるで別のものに変っていくようだった。イルゼの目の中をじっと見ていると、自分の心に映っている映像がだんだんあざやかになってきて、それがほんとうに現実の姿だと、どうしても認めざるをえなくなってきた。まえにいちどそれを見たように、イルゼが背の高い、どっしりとした威のある姿をして、頭上に炎々たる火焔がもえ立ち、足の下にはもうもうたる黒煙が渦巻きながら、荒野や山の洞窟のほとりを歩きまわっているさまが、ありありと目に見えるのである。風に吹き流れる乱れた髪には、木の葉をかざしに巻き、身にまとうたボロボロな衣からは、手足が白く露《あら》わに光っている。まわりには大ぜい人がいて、ぐるりからみんなうっとりした目で彼女を眺めているが、かんじんの彼女の目は、たった一人の男――彼女が抱いている男だけに注がれている。――なにかドンチャン騒ぎの酒盛で、彼女はみんなが歌いはやす声につれて、踊りの音頭をとっているのだ。彼女が先頭に立つ踊りの輪は、なにやら玉座に坐った、大きな恐ろしい影をとりまいている。その大きな影はまっかな霧のなかから、その場の光景を眺めている。そのこちらで、大ぜいの荒くれた顔や姿をしたものが、踊っている彼女をとりまいて、ワイワイひしめきあっているのだが、見ると、彼女が抱いて踊っている男というのは、じつはヴェジンで、玉座にいる恐ろしい影は、じつはイルゼの母親であることがわかった。

このまぼろしは、埋れた長い長い歳月を押し上げて、目ざめた記憶が大声に呼びかけながら、ヴェジンの心に忽然としてあらわれてきたものであった。ハッと思っているうちに、その光景が凋《しぼ》むように消えたと思うと、イルゼのすずしい目が、自分の目をじっと見すえているのをヴェジンは見た。いつのまにか、彼女はふたたびもとの宿屋の娘にかえっていた。ヴェジンはやっと口がきけるようになった。

「そうすると、私が会わないまえに、あんたを恋していたというのは、それは一たいどういうんです？　あんたにそんな術が使えるんですか」

するとイルゼは、凛《りん》とした威厳をもって、かれのそばに寄りそっていった。

「それは過去の呼び声です。そうしてね」と彼女は誇らしげにいいそえた。「私はほんとうは王女なのですよ」

「王女？」

「――そうして、私の母は王妃なのです！」

これを聞いて、ヴェジンは頭がポーッとしてしまった。うれしさが胸をかきむしり、ただもう恍惚と我を忘れてしまった。甘い歌声のようなその声を聞き、かわいい唇がそんなことをいうのを見ると、かれはもういても立ってもいられないように、自分の平衡を失ってしまった。

そして、いきなり彼女を腕に抱きしめると、おとなしくされるままになっている彼女の顔じゅうに、接吻の雨を降らせた。

が、それをしながらも、それほどの熱い恋情に燃えながらも、かれはいやにフニャフニャしているイルゼを気味悪いものに感じた。彼女の返してくれる接吻が、なぜかだいじな自分の魂を汚すような心持がしたのである。……やがて彼女が、抱きしめているかれの手をほどいて、宵闇のなかへ消えていった時、かれはしばらく茫然として、石垣によりかかったまま、そこに立ちつくしていたが、なんとしてもフニャフニャしたイルゼのからだの感触から感じた薄気味わるい思いがぬぐいきれず、結局自分の弱気が、こういう大それたことにいたらしめたのだということがうすうすわかってくると、そういう自分の弱気に、むしょうにかれは腹が立ってきた。

とその時、イルゼが姿を消した古い建物のかげから、とつぜん夜の静けさを破って、妙な尾を引くような長い叫び声が起った。はじめかれは、笑い声かと思ったが、あとで気がついてみると、それは、まるで人間の泣き声のような猫の鳴き声だったのである。

五

ヴェジンは、だいぶんしばらく、そこの砦の石垣にひとりでよりかかりながら、われとわが思いにふけっていた。そのうちに、ようやくのことでかれは、それをすれば否が応でも、大昔の過去の力をことごとく呼びだしてしまう、とんでもない行為を犯してしまったことがわかった。なるほど、さきほど夢中で自分がしたあの接吻、あのなかに過去の絆があったのか。それを自分はよみがえらせてしまったのか。そう思って、かれは宿屋の廊下の暗がりで、なんだかフニャフニャしたものに撫でられたことを思いだして、ゾッと身震いが出た。そうだ、あの時すでにイルゼは自分を征服したのだ。あれからおもむろに手引をして、彼女の魂胆にかなうような行為をさせるように、自分に仕向けてきたのだ。自分は幾世紀というあいだ、根気よく待ち伏せされていたのだ。そうして、とうとうつかまって、征服されたのだ。……

おぼろげながらも、ヴェジンはそれに気がつくと、よし、それではここから逃げだそうと、そのくふうを考えようとした。が、とにかくその時は、考えをまとめる力も、どうしようという力も、かれにはなかった。それもそのはずで、いましがた起った出来事の甘い、夢のような思いが、まだ頭に呪文《じゅもん》のようにこびりついていて、なんだか今まで住みなれていた世界よりも、もっと広大な、未開な世界へと自分が移されたような心持に、恍惚と酔っていたのである。

やがて帰りじたくをして立ち上がると、青白い大きな月が、ちょうど今、海のような広びろとした野づらから昇るところであった。斜めにさす夕月の光は、町の家並に新しい眺めをそえた。屋根にはいつのまにか露がおりて、それが月光にキラキラ光っている。家の棟《むね》がふだんよりばかに雲突くように高く見え、家々の破風や、おもしろい形をした古い塔が、紫紺色の空に高々とそびえ立っていた。

大きな寺の伽藍は、銀いろの霧のなかにまぼろしのように見えていた。かれは物蔭をつたいながら、しずかに歩いて行ったが、どこの通りにも、人の影がなく、ひっそりかんとしている。入口の戸は一様にどこもみんな締まって、窓には鎧戸《よろいど》が下りている。夜の静けさがいたるところを領していた。まるで町ぜんたいが、大きな不気味な墓石で埋められた、死の町のようであった。

昼のうちのあの忙しそうな生活は、みんなどこへ姿を消してしまったのだろう。不思議なことだなと思いながら、かれは宿屋の裏口まできて、ここからはいれば誰にも見られないだろうと思って、裏手にある厩《うまや》を抜けて、中へはいって行った。そして無事に中庭まで出て、壁のかげづたいにそこをつっ切った。かれは、いつぞやの老人が食堂へはいってきた時みたいに、爪足でこっそり歩いて行った。ふとそんな歩き方を無意識にしている自分に気がついて、かれはなんということもなく、ゾッとちり毛が寒くなった。すると、妙な衝動が起ってきた。四つ足に腹んばいになって、音を立てずにサッとかけぬけたい。——そういう衝動が、臍《へそ》のあたりでムズムズ起ってきたのである。ひょいと上を見ると、窓がある。いっそ階段なんかまわっていくより、あの窓へひと思いに飛び上がろうか。——そんな考えが浮かんだ。それが一ばんらくな、一ばん自然な上がり方に考えられたのである。なんだかそれが、自分がなにか他の物に変形していく、最初の恐ろしいきっかけみたいな気がして、ヴェジンはもう恐くて恐くて、からだじゅうが石のように固くなってしまった。

月はしだいに高くのぼって、かれが通ってきた町の片側は、もう黒い影になっていた。その影をつたって、かれはガラス戸のはまった玄関口まできた。

ここには灯火がついていて、あいにく、中にはまだ人影が動いていた。かれは人に見られないように、こっそりホールを抜けて階段のところまで行こうと思って、用心ぶかくドアをあけて中へ忍びこんだ。見ると、誰もいないと思ったホールに誰かいる。左手の壁のところに、大きなまっ黒なものがいる。最初見た時、家具かなにかだろうと思った。と、それがムックリと動きだした。とたんに、おや、大きな猫だな、と思った。光線のぐあいで、そう見えたのだろうが、目の前で、ヌーッと立ち上がったのを見ると、それが宿のおかみであった。

おかみはあんな恰好をして、なにをしていたんだろう？　かれが気味の悪い想像をめぐらしていると、いきなり自分の前に立ちふさがったおかみの、恐ろしいような威厳にハッと吐胸《とむね》を突かれた。とっさにかれは、うちの母は王妃です、といったイルゼの言葉を思いだした。小さな豆ランプの下で、ヌーッと立っているおかみの大きなからだは気味悪かった。しかもがらんとしたホールには、おかみと自分と二人しかいない。胸がガタガタ震えてきた。なんだか遠い遠い昔の恐怖の根みたいなものが震えだしてきたような気がした。とにかく、この人には頭を下げて、いうとおりにしなくてはいけないと感じた。その衝動は、まるで長いことそうしつけてでもいるように、どうにもならない、烈しいものだった。ヴェジンはすばやくあたりを見まわした。誰もそこにはいなかった。そこでかれは、おかみに向かって、ていねいに頭をさげて、礼をした。

「そなた、とうとう決心がつきやったの。よかったのう。うれしく思いますぞ」

おかみの言葉は、どこか大きな空間でも通ってくるように、朗々とかれの耳にひびいた。

と、いきなりおかみの大きなからだが、敷石のホールをノシリノシリと歩いてきたと思うと、ブルブル震えているかれの両手を握った。なんだかのしかかるような、とてつもない大きな力が、おかみといっしょに動いてきて、有無を言わせず、かれを捕えてしまった。

「どうじゃ、いっしょにすこし歩いてみようかの。今宵はみなが駆けるほどに、そのまえにちと稽古をしておきましょうぞ。――イルゼ、イルゼ、ちゃっと来や。早う！」

そういっておかみは、なにかのダンスのステップを踏みながら、かれのことをクルリ、クルリとまわした。そのダンスは奇妙なダンスだったが、へんに見覚えのあるダンスだった。おかみとかれとは、ホールの敷石の上で、音もなく踊った。妙に意気の合った二人だった。どっちもフニャフニャしていて、音を立てない。やがてあたりの空気が煙のように濃くなったようであった。すると、その煙のような空気のなかを、一すじの焔のような赤いギラギラした光がサッと光ったと思うと、だれか他の者が来たなとわかったとたんに、母親の放したかれの手が、いつのまにか、こんどは娘にしっかりと握られていた。イルゼは呼ばれて出て来たのである。見ると、黒い髪の毛を馬鞭草《ばべんそう》の葉で編んで、なんだか古い衣裳のなごりみたいな、ボロボロの衣をまとっている。その姿がまるで「夜」さながらに、美しいなかにも恐ろしく、妖しいなかにもおぞましい、へんな色気があった。

「安息日《サバス》へ！　安息日《サバス》へ！　魔女の安息日《ウイッチズ・サバス》へ！」（魔女の安息日とは、一年に一度、悪魔が真夜中、人里離れた寂しいところに魔女や妖精を集めて、飲めや歌えの大酒宴を催す日をいう）

母と娘が大きな声で叫んだ。

狂った。二人はかれを中にはさんで、狭いホールを、あっちへ引っぱり、こっちへ引っぱりして踊りであったが、その踊り方は、今まで考えても見たことのないような荒っぽい、気ちがいじみたものランプの灯が、しかしどこかでぼんやり記憶があるような踊り方だった。やがて壁にかけてあるなった。パチパチとまたたいたと思うと、パッと消え、あとはあやめも分かぬ真の闇にするので、すると、悪魔がかれの胸のなかにむっくりと起き上がって、いろんな悪い知恵をつけるので、かれは思わずブルブル恐くなってきた。

そのうちに、いきなり二人がかれの手をはなしたと思うと、母親が、さあ時間がきたから出かけなければ、といっている声が聞こえた。二人がどっちの方角へ行ったものやら、かれは見ても見なかった。ただその時わかったのは、自分が自由になったということだった。そこでまっ暗闇のなかを、足もと危く、やっと階段のところまで行き、そこを登って、まるで悪魔にあとを追いかけられてでもいるように、自分の部屋へころげこむように飛びこんだ。

自分の部屋へ飛びこむと、かれはソファの上に身を投げるなり、両手に顔を埋めて、唸《うな》った。さっそく逃げ出す方法を大急ぎで考えてみたが、どれもこれもできないづくめで、しかたがないから、こりゃもうしばらくじっとここに坐って待っているより方法はないと、最後の肚《はら》をきめた。なにがおっぱじまるのか、これだけはぜひ見ておかなければならない。とにかく、この寝室にいる分には、まず危険はなかろう。ドアには鍵がかけてある。かれはそっと窓ぎわへ行って、しずかに窓をあけた。ここからは中庭の全景と、ガラス戸越しにホールの一部が見える。窓をあけていると、なにやら向こうの往来のほうから、ガヤガヤいうざわめきの音が聞こえてきた。それは遠くのほうから、かすかに聞こえてくる足音と人声であった。かれはあたりに気を配りながら、窓から身をのりだして、耳をすました。外はこうこうとした月夜であるが、銀いろの月は、まだ家のうしろにかくれているので、ここの窓はちょうど影になっている。ついさっきまで戸を鎖《とざ》した中に姿を見せなかった町の人たちが、なにか秘密の穢《けが》れた用事で、みんないっせいに外へ出てきたのだ、とよりほかに思いようがなかった。かれは一所けんめいに耳をすました。

はじめのうちは、あたりの物はひっそりとしていたが、そのうちに宿屋のなかでも、なにかが動きだしていることがわかってきた。ザワザワいう音やキーキーいう音が、月のさしている静かな庭のほうから聞こえてきた。夜になったら、生きているものが一団になってザワザワ動きだした音だ。いたるところで、なにかが動いていた。どこから匂ってくるのかわからないが、へんに鼻をツンツン刺すような匂いが、あたりをこめている。やがてかれの目が、月かげのほのかにさしている、向こう側の窓に吸いよせられた。そこの窓ガラスには、こちらの頭の上の屋根と、うしろのけしきがはっきり映っていた。と、屋根瓦の上を棟づたいに、なにかまっ黒なものが大ぜいゾロゾロ動いているのが見えた。それがすばやく、音もしないで、スッ、スッと通っていく。形は大きな猫みたいだった。それがゾロゾロ行列をして通るのが、むこうの窓ガラスに映って、一つ一つ下の地面へでもピョンと飛び下りると見えて、一つずつ姿が見えなくなっていく。ピョンと飛び下りるその音まで聞こえる。どうかすると向こうの白壁にも、その黒い影が映る。しばらくそうやって見ているうちに、かれにはそれが人間の影だか猫の影だか、けじめがつかなくなってきた。どうも人間になったり、猫になったり、すばやくパッパッと姿が変るらしい。そのまた変化《へんげ》のしかたが、じつに恐るべきもので、ピョンと飛ぶ時はまさしく人間なんだが、それが空中でサッと姿が変って、下りる時には、もう獣になっているのである。

すると目の下の庭でも、まっ黒な形をしたものが、盛んにゴソゴソ動きだしてきた。それがみんな申し合わせたように、ガラス戸のはまっている玄関口のほうへと、抜き足さし足でコソコソ行くのである。壁ぎわにぴったりと寄っているので、どんな形をしているのかよくわからなかったが、やがてそれがホールに集っている大きな一団の中へはいった時によく見たら、さっき向こうの窓ガラスに飛び下りる姿の映った、あの獣どもであった。こいつが町の四方八方から、屋根をとびこえ、瓦をわたり、約束の集会所をめざして押しかけてきて、屋根から軒、軒からまたその下へと、飛びおり飛びおりして、とどのつまり、ここの中庭に集まってきたものなのである。

とその時、また新規の音が耳についた。なんだろうと思って見ると、自分のまわりにある窓という窓がしずかにあいて、あいたその窓から、一つずつ顔があらわれた。と思ったとたんに、窓から人間の影が、先をきそってピョンピョン庭へ飛び下りだした。それがふしぎなことに、窓から庭へ飛び下りるまでは、まさしく人間なのだが、無事に庭へ飛び下りたその瞬間に、目もとまらぬ早さで、パッと四つ足になったと思うと、みんなこれが猫に――モッソリとした大猫になるのである。そいつがみんなして、むこうのホールにいる連中のなかへとドッととなだれこんで行くのだ。

してみると、この宿屋のほうぼうの部屋は、結局、あき部屋ではなかったのである。人がいないわけではなかったのだ。

いや、不思議なのはそればかりではなかった。というのは、げんに自分の見たものに、かれはすこしも驚きを感じなかった。こんなことはまえにもあったような記憶があった。今はじめて見たのではない。もう何百ぺんとなく、これと同じことがまえにも起って、自分もその仲間入りをしたことがあり、この気ちがいじみた騒ぎの味はよく承知していた。どうもそんな気がしてならない。そのうちに、宿屋の古い建物の形が変ってきた。庭も広くなってきた。煙のようなものが立ちこめている中から見おろしている自分が、とんでもなく高いところにいるようだった。半分うつらうつら思いだしながら見ているうちに、なんだか遠い遠い昔の古痕《きず》が、甘く疼《うず》くようにキリキリ胸をしめつけてくるようであった。そして、踊りに誘う声がまたしても聞こえてきた時には、熱い血が胸のなかで湧き立ち、さっき自分のそばで、クルクル回りながら踊ってくれたイルゼの魔力の味が、しみじみと思いだされてきた。……

とつぜん、かれは、アッとうしろへ身を引いた。大きな猫が一匹、下の物蔭から窓枠のかれの顔のすぐ前のところへ、フワリと飛び上がってきたのである。じっとこちらを見つめるその目が、人間の目であった。その目が、「おいで。みんなといっしょに踊りに行こう！　昔の姿にお変りな。さ、早く姿を変えて、行こうよ！」といっているようだった。この相手の声なき呼び声が、かれにはよくわかるのだった。

と、ヒラリと身をかわすと、その生きものは、ふたたび砂利の上に足音もたてずに、行ってしまった。それからかれの目の前を、何十何百という影が、続いてあとからあとから、こちら側の屋根を飛び下り、下りたとたんに姿を変え、姿を変えたと思うと、集会所へ、風のように消えて行った。それを見ているうちに、またしても、あれと同じことをしたいという、矢も楯もたまらぬ思いがかれに起ってきた。遠い昔の呪文を口にとなえて、さっと飛び下り、両手と膝で腹ばいにしゃんと立って、ひと跳ね大きく空へ飛び跳ねて、そのままピュッと走りたくなった。ああ、この思い！　洪水のように押しよせてくるこの思い！　腹のなかが捩《よ》じくれるようだ。この胸の火を夜空にパッと打ち上げて、ああ早く行きたい、魔女の安息日《サバス》の踊りの場《にわ》へ！　星がクルクルまわりでまわっている。月の魔術が迎えている。風、風、崖や森から吹きあがる風の力よ、谷間の切岸《きりぎし》から切岸を吹き渡る風の力よ、このおれを吹きとばせ！　……踊り子たちのドッという喊声《かんせい》や、狂おしい笑い声が聞こえてきた。かれは荒魂のえみし乙女をかきいだいて、あの丹露の玉座に笏《しゃく》を帯《たい》してひかえている影のまわりを、狂せるごとく踊り狂った。……すると、たちまち、あたりがしーんと静まりかえった。そして、胸のなかにわきたっていたものが少しずつ納まってきた。しずかな月光が、ガランとした寂しい中庭に流れていた。みんなもう出発したのだ。行列は空に消え、自分だけがたったひとり、あとにとりのこされたのだ。

ヴェジンは爪足で、そっと部屋をつっきって、入口のドアの錠をはずした。そんなことをしているうちに、街のざわめきは刻一刻に高くなってきた。かれはあたりに目を配りながら、用心しいしい廊下を歩いて行った。階段のてっぺんで足をとめて、耳をすました。さっきの連中が集まっていた下のホールはまっ暗で、しーんとしていたが、建物のずっとはずれのあけ放してある窓や戸口からは、連中の群がだんだん遠くへ行く音が聞こえていた。

ミシミシいう木造の階段を、だれか道を教えにのこっているものにでも出会うと困ると思いながら、かれはこわごわ降りて行ったが、べつに誰にも会わなかった。つい今しがたまで、生きて動いている物どもがごったがえしていたまっ暗なホールをぬけて、あけっぱなしになっている玄関口から往来へ出た。自分がほんとに忘れられて置き去りにされたとは、——逃げてもいいように、わざと置き去りにされたとは、かれにはどうしても考えられなかった。その点が、どうも自分でもあやふやだった。

気をつけてあたりを透かして見、街の左右を見渡してみたが、べつになにごともない。そこで、かれはゆっくりと舗道を歩いていった。

歩いていくと、町ぜんたいが、まるで大風に生きてる物をぜんぶ浚《さら》って行かれてしまったように、カランとして、人っ子ひとり見えない。夜だというのに、どこの家の入口も窓も、あけっぱなしになっている。コソリともする物がない。その上を、月の光と静寂が領しているのである。夜は外套のようにかれをスッポリと包んでいる。涼しい夜風がそよそよ吹いて、まるで大きな毛むくじゃらな手で撫でるように、頬を撫でていく。ようやくかれは自信がでてきて、スタスタ足早に歩きだした。もっとも、用心をして、なるべく影づたいに歩いて行ったが、しかしどこを見ても、今しがた自分が見た、あの妖しい大騒ぎのあとらしいものは、なにひとつない。雲ひとつなく晴れわたった天心を、月だけがこうこうと渡っている。

行先は自分でもどことわからぬまま、とにかくかれは、あいている市場をつっきって、砦跡へ出た。そこから街道へ出る道があって、そこを行けばうまく逃げられることがわかっていた。街道の北に、べつのまた小さな町があって、そこまで行けば、汽車の便があるのである。

しかしかれは、まず一休みして、脚下のけしきを眺めわたした。広い平野が、まるで夢の国の銀色の地図みたいにひろがっていた。しんとしたその静かなけしきが、しみじみと胸の中にしみこんでくると、なにかこのけしきも、自分を化かしている妖かしのものではないかという気がしてきた。風はそよりともしない。篠懸の木も葉一枚動かさずにじっと立っている。近くにある物は、真昼のようにクッキリと明暗をきわ立たせているが、遠くにある森や野は、キラキラ光る夜霧のなかにボーッと溶けこんでいる。

遠い地平線から、やがて脚下の谷間の底へと目を移した時であった。とっさにかれはハッと息をのみ、まるでその場に釘づけにされたように、棒立ちになってしまった。ここの丘の斜面は、あいにく、昼のように明かるい月の光から蔭になっているのであるが、そのまっ暗な斜面のひとところが、焚火でもしているようにポーッと明かるくなっている。見ると、その明かるくなっている中に、ちょうど木の茂みが、そこだけ穴があいて空地になっているところがあって、そこに勘定もしきれないほど無数に動いているものが、芋を洗うようにひしめきあっているのである。と一方、自分の頭の上にも、風にまい散る木の葉みたいに、いっときさっと空を舞い飛ぶ黒い影があって、それが地上に舞いおりると、焚火をしているあたりの茂みのなかから、ドッと喊声と怪しい歌声がおこるのである。魔法にでもかけられたように、かれはしばらくのあいだ、なんとも自分でも見当のつかないものを茫然と眺めながら、そこに立ちつくしていた。と、やがてのことに、なんだかその奇怪な全貌を見きわめたい烈しい衝動に動かされて、いきなりかれは石垣のてっぺんへスルスルとよじ登ると、足の下の谷を見下ろす位置にまたがった。ところが、かれが石垣にまたがって、下をのぞきこんだその瞬間、谷底の家のかげに、突然なにか動いたもののあるのが目にとまった。ハッと思ってふりかえると、自分のうしろの空間を、一匹の大きな動物の影が風のように飛んできたと見るまに、自分のいるところより少し低い城壁のてっぺんに、ひょいとそれが飛びのった。飛びのったと見るうちに、それがまるで疾風のような早さで、ツ、ツ、ツ、ツとかれの足もとへ走ってきて、あっというまに砦の石垣の上に、かれと並んで立った。月光のなかを一すじの戦慄が走ったようで、しばらくのあいだ、見る物が小刻みに震えたようであった。心臓が今にもどうかなりそうなくらい、烈しく波を打った。かれのそばに立って、顔をのぞきこんでいるのは、誰あろう、イルゼだったのである。

見ると、なにか黒い物が彼女の顔と肌を染めている。両手をかれのほうへさしだすと、それが月の光にキラキラ光った。なんだか穢《きたな》いボロボロの衣裳を着ているが、それが妙に神々《こうごう》しく似合っている。額の両わきに、芸香《うんこう》と馬鞭草の葉をつけていて、目が妖しい魔物の光に輝いている。いきなりかれはこの女を抱いて、目のくらむような石垣の上から下の谷へ飛びこんでしまいたい衝動をおぼえたのを、やっとのことで怺《こら》えた。

「ごらんなさい！」と、彼女はぶらさがったボロを風に靡《なび》かせながら、片手をあげて、夜空に赤く光っている遠い森のほうを指さしていった。「みんなあすこで待っているのよ！　ほら、森が生きているわ！　偉い方たちがもういらっしたから、じきに踊りが始まりますわ！　塗り薬がここにあります！　これを塗って行きましょうよ！」

とその時、いままで雲ひとつなく晴れ渡っていた夜空が、イルゼが話しているあいだに、月の面がにわかに暗くなり、足もとの篠懸の木の梢《うれ》がきゅうに夜風に騒ぎだしてきた。ドッと吹きおこる風のまにまに、荒びた歌の声や、呼びはやす声が、丘の斜面から吹きおくられてくる。そして、さっき宿屋の庭で気のついた、あの鼻を刺すようないやな匂いが、あたりに匂ってきた。

「姿をかえるのよ、姿をかえるのよ！」と、彼女の声はまるで歌をうたうようであった。「飛ぶまえに、よくこの薬を肌に塗るのよ。さあ、行きましょう。いっしょに安息日《サバス》へ行きましょう！　あの狂乱の楽しい踊り。悪魔や邪神のたのしい饗宴《うたげ》。ごらんなさい！　偉い方たちがあすこにおいでになるわ。恐ろしい聖礼の支度ができたの！　そら、玉座にお着きになった！　さあ、薬を塗って、いきましょう！　薬を塗って、いきましょう！」

いっているうちに、イルゼの背がすぐそばの立木よりも高くなった。目は炎のようにらんらんと輝き、乱れた髪を夜風になびかせながら、塀の上へピョンと飛びのった。と、かれもまた、みるみるうちに姿が変りだしてきた。イルゼの両手がかれの顔や首の皮膚にさわって、ドロドロの熱い油薬を縞《しま》に塗ると、遠い昔の魔法がかれの血の中によみがえってきて、善なるものはすべて色あせてしまった。

森の奥から、野獣の吼《ほ》えるような声が聞こえてきた。その声を聞くと、イルゼはたちまち魔界の歓喜に身ぶるいをして、砦の上へおどり上がった。

「あっ、サタンがあすこに!」彼女は金切り声をあげると、いきなりかれのそばへ走りよって、むりやりに石垣のはしまでかれを引っぱって行こうとしながら、「サタンが来たのよ! 聖礼が呼んでいるわ! さあ行きましょうよ。神も仏ももうないのよ。私たち、サタンを拝んで、そして月が沈んでこの世を忘れるまで、踊りぬくのよ!」

イルゼ恋しい思いは、危うくかれの心の手綱をたち切って、身は煩悩のなすがままに、谷底めがけて飛びこもうとしたのを、寸前に思いとどまったヴェジンは、イルゼの手から身をのがれようとして揉《も》み合った。なにをいったのやら自分でもわからずに、たまぎるような絶叫《おらび》の声を放った。一度ならず、二度までかれは絶叫した。それは遠い遠い世の衝動であった。本能的にただ声を出す遠い世の習慣《ならわし》であった。自分では意味もないことを叫んだような気がしたが、じつは口走ったその言葉には、ちゃんと意味があって、通じる言葉だったのだ。遠い遠い世の呼び声。それが下のほうに聞えたから、下からもまたそれに答えてきた。

身のまわりの空気が、谷から群をなして上がってくる、無数の舞い飛ぶ影で暗くなってきた。すると、風が上着の裾でヒューヒュー鳴った。荒びた叫喚の声は耳を聾《ろう》するばかり。それがしだいにこちらへ近寄ってきた。ドッと吹きつのる疾風《はやて》のような夜風は、壊れた石垣の上にいるかれを吹き飛ばそうとして、あちらからもこちらからも苦しめる。イルゼは長い光った両手で、かれにしがみついている。しなやかな、素肌の腕でヴェジンの首っ玉にかじりついているのである。それがイルゼひとりではない。空から舞い下りてきたやつどもが、大ぜいしてかれを取り囲んでいるのである。あぶらを塗ったやつらのからだの匂いで、息がつまりそうである。そのくせその匂いが、遠い遠い昔の安息日《リバス》の狂宴にかれをかりたてるのである。この世の魔物となった妖巫どもや魔法使の乱舞に、かれをかりたてるのである。

「あぶらを塗って行こう！　あぶらを塗って行こう！」大ぜいして、かれのまわりで気ちがいじみた合唱をしながら、どなっている。「いつまでも止まぬ踊りへ！　たのしくて恐い悪魔の夢へ！」

もういっときそのままでいたら、おそらくヴェジンは誘惑に負けて、行ってしまったにちがいない。その証拠には、かれの意志は軟化してきていたし、恋の記憶の濁流が、もうすこしでかれをのみつくそうとしていたから。ところがその時、じつは、——ほんのこの小さな事件が、この怪事件の全貌を変えたのだが——かれの足が、石垣のはしのグラグラになった石の上にかかって、アッというまに石もろとも、ガラガラと下へ落っこちた。さいわい、向こう側の谷間のほうではなく、家のあるほうの側、ゴミ屑と小砂利の空地へ落っこちたのである。

すると、やつらもやはり、落ちたかれの上へ折り重なって落ちてきた。まるで食べ物にたかった蝿のようであった。ところが、やつらが落ちた時に、ほんの一瞬間だったが、かれは化物の魔力から離れた。その離れたほんの一瞬間に、ヴェジンの心にひらめいた直観力が、じつは、かれを救ったのであった。かれが起き上がるまえに、化物どもはぶざまな恰好をして、ガリガり石垣をかき登ろうとしているのを、かれは見た。やつらはちょうど蝙蝠《こうもり》みたいに、高いところから落ちる時には飛べるが、宙にとまっていることはできない。形のはっきりしない、ただまっ黒けなものになって、ちょうど屋根の上の猫みたいにズラリと石垣の上に並んで、目ばかりランプみたいにギラギラ光らしているのを見ながら、ヴェジンはふと、いつぞやイルゼが火を見て震えあがったことを思い出した。

そこで手早くマッチをとりだすと、石垣の下に積もっていた落葉に火をつけた。カラカラに乾いた落葉は、すぐにパッと燃えつき、そこへ風があおって、みるみるうちに焔は石垣にそうて燃えひろがり、火の手はメラメラと上のほうまで甜めだした。すると、石垣の上に並んでいた化物の群は、いっせいにギャッという声を上げて、たちまち向こう側へバタバタ消えたと思うと、みな命からがらで転《こ》けつまろびつ、いっさんに幽霊谷の奥へと走り去って行った。あとにはヴェジンがただひとりのこって、息もつけずに、人っ子一人いない地べたに腰をぬかしたまま、ガタガタ震えていたのである。

「イルゼ！　イルゼ！」

かれは蚊の鳴くような声で呼んだ。じつは、彼女が自分をのこして魔界の踊りへ行ってしまい、もうあの恐いもの見たさの喜びを味わう機会もなくなったかと思うと、胸が痛くなる思いがした。しかし、それと同時に、やれやれ、これでホッとしたという安心もむろん大きかったが、正直いうと、狐にでもつままれたようなボーッとした心持で、ただもう頭の中が目前の事件に惑乱しているばかりであった。自分で何をいっているのかとんとわからずに、ただ感情の嵐にまかせて、喊声をはりあげているだけであった。

石垣の下の火は、まだ燃えつづけていた。しばらく隠れていた月の光が、ふたたびしずこころなく清らかに照りだした。やがて寂しい砦跡に最後の震える視線を投げ、まだ黒い怪しい影が群をなして飛んでいる魔の谷を、いかにも奇怪なところに思いながら、かれは町のほうへ向かって、そろそろ宿をめざして歩きだした。

途々《みちみち》、丘の下の月光に濡れた森のあたりから、かれのあとを追うように、烈しい慟哭《どうこく》と咆哮《ほうこう》の声が聞こえてきたが、かれの姿が家並のあいだにかくれてしまうと、その声もだんだん夜風にまぎれて、しだいにかすかになっていった。……

六

「どうも、たいへんあっけない幕切れで、いかにも曲がないとお思いになるかもしれませんが……」と、アーサー・ヴェジンは顔を赤くし、おずおずした目で、ジョン博士の顔をうかがうように見上げながらいった。「でも、正直申すと、あの時からもうだいぶん記憶が薄れておるようです。あれからどうやって家へ帰ったのか、自分が何をしたか、どうもはっきり思いだせません。

「結局、宿屋へは帰らなかったらしいのです。なんでも月の照った、長い白い道をテクテク歩いて、寂しい静かな村だの森だのを通っていくうちに、夜が明けてきまして、見るというと、大きな町の塔が見えましたので、そこから駅へ行ったという記憶が、ぼんやりのこっております。

「もっとも、その前に、どこでしたか、道に立ちどまって、事件のあった丘の町の方角をふりかえってみたことを憶えておりますが、なんですかその町が、大きな猫が平野のまんなかに寝そべっているように見えましてね。二本の大通りが、大きな前足をニュッと伸ばしたようで、こわれた寺の一対の塔が、空につきでた耳みたいで。……この光景は、今でも、はっきり心にのこっております。

「それからも一つ、逃げてきた時のことで、憶えていることがございます。じつは、宿屋の勘定を払ってこなかったのです。逃げだしてから、あとになって、このことをふっと思いだしましたのですが、私は埃《ほこり》のひどい街道に立って、まあいいや、こっちだって、小さな荷物を置き忘れてきたんだから、あれで帳消しどころか、うっかりするとお釣りがくるだろう――そう考えまして、そいつはまあ、梟《けり》をつけましたが。

「それからあとは、そうそう、やっとたどり着いた町のはずれにあった喫茶店で、コーヒーとパンを食べたことを憶えております。そうです、それから駅へ行く道を聞いて、やっと、遅い汽車にまにあったのでした。そして、その晩のうちにロンドンへ着きました」

「そうすると、みんなでどのくらいになるのかな？」ジョン博士はしずかに尋ねた。「その事件のあった町に、いく日いたと思うかね？」

ヴェジンは恐る恐る博士の顔を見上げて、「私もそれを考えましたんですがね」と、からだをモジモジさせながら、いいわけでもするような調子で、「ロンドンへ帰ってきた時、自分の勘定ですと、一週間留守にしておったことになりますんですが、しかしあの町に一週間以上はおりましたからね。そうしますと、九月の十五日になるはずなんですが、それが九月の十日なんで。どうもそこんところがよくわかりませんのです」

「と、じっさいは、一晩か二晩しか宿屋にいなかったわけになるね？」

ヴェジンは答をしぶっていた。床の敷物にしきりとゴシゴシ靴をこすりながら、

「どこかで暇をつぶしましたんでしょうかなあ。たしかに、一週間は、余分の日がありましたんですから。どうもそのへんがよく説明できません。ただ事実を申し上げるだけで……」

「ところで、これは去年のことなんだろう？　その後、きみはその町へは一度も行かないんだね？」

「はあ、昨年の秋でした。それっきりあの町へはまいりません。もうまいろうとも思いませんです」

「ところで、どうだね、きみ」と、ジョン博士は相手の小男がもう何もいうことがなくなったと見てとったので、最後に尋ねた。「きみはこれまでに、なにか中世の魔術《ウイッチ・クラフト》のことを書いたものを読んだことがあるかね？　あるいは、そういう問題に興味を持ったことがあるかね？」

「いいえ、ございませんな」と、ヴェジンは、とんでもないという調子で答えた。「そういう方面のことは、考えてみたこともございませんな」

「あるいは、再生《リインカーネーション》というような問題は？」

「はあ。それは、あの事件のまえには考えたこともございませんでしたが、あれからこっち、少々考えるようになりました」と、ヴェジンは意味ありげに答えた。

どうやらこの男の心には、なにかまだ洗いざらいさらけだして、それで自分がホッとしたいことがあって、その糸口が自分でつかめないで困っているような節《ふし》があった。そこで博士がうまく相手の心に踏みこんで、言葉たくみにいろいろ糸口をあたえてやると、ヴェジンはしまいに博士の口にうまくのって、どもりどもり、じつは襟《えり》くびのところに痕跡がのこっているから、それをお見せしましょうといいだした。かれのいうところによると、その痕跡は、イルゼが油薬を塗った手で触った個所だというのである。

で、だいぶ長いことモゾクザやったあとで、ヴェジンはカラをはずし、シャツを少しずらして、博士に見せた。なるほど、皮膚の表面に、肩から背すじの下のほうへかけて、薄い赤いすじが一本できている。たしかにそこなら、抱き合った時に相手の腕がちょうどからみつく位置である。も一つ、反対側の首すじの、すこしの上のところにも、同じような跡があったが、このほうはあまりはっきりしていない。

「こちらは、あの晩砦の上で、イルゼがかじりついたところでございます」と小さな声で、囁くようにそういったヴェジンの目の中に、その時異様な光があらわれて、すぐにまた消えた。

×

それから二、三週間たった後のことである。自分は、別のまた異常な事例のことで、ジョン・サイレンス博士に相談に行った時に、たまたまヴェジンの話が出た。博士はあの話を聞いてから、自分で調査をつづけ、弟子の一人の踏査によって、じつはヴェジンの先祖が、あの奇譚の起った町に、数代つづけて住んでいた事実が判明したといった。このヴェジンの先祖というのは、二人とも女性で、裁判にかけられて妖巫《ウイッチ》と宣告され、生きながら火焙《あぶ》りの刑に処せられたということである。さらにまた、ヴェジンの泊った問題の宿屋は、ちょうどその火焙りの刑が行われた場所に、一七〇〇年に建てられた家だということも、証明された。当時あの町は、あの地方の妖怪や魔法使の本拠地だったもので、処刑をうけて焚殺された者の数は、文字どおり数百人にのぼったといわれる。

「ところでヴェジンは、ぜんぜんそういうことを知らないでいたというんだから、妙だよ」と、博士はいった。「まあ、こんなことは、なにも子々孫々が記録に書きのこして、代々その子に相伝えるなんて事件じゃないからね。だから、ヴェジンは今でもぜんぜん、そういうことは知らんだろうよ。そう思うな。

「結局、あの怪事件は、前世の記憶が鮮明によみがえったものらしいね。あの町には今でも強力な生命力がのこっておって、そこへヴェジンが、その生命力にひっぱられてやって来た、そこからつまり、前世の記憶が出てきたというわけさ。と同時にだな、こりゃまあまったく珍しい例だが、大昔、ああいう特定の生活環境の中で、かれと行動をともにしておった者に邂逅《かいこう》したわけだ。つまり、かれに奇妙な印象をあたえたあの宿屋の母娘《おやこ》は、あれはおそらく、かれといっしょに、まだああいう想像の世界が全国にいきわたっていた時代に、あのへんで巫術をほどこしておった頭株だった者にちがいないね。

「あの当時の歴史を読むとわかるが、ああいう妖巫《ウイッチ》というのは、いろんな動物に変身する力があると自分でいっているね。偽装のためもあったろうし、また、かれらが想像している饗宴《うたげ》の席へ速やかに行く手段でもあったんだろうね。狼狂《ライカンスロピー》、つまり狼に変身できる力、これなんかいたるところで信じられていたし、それからまた、サタンからもらった特殊の油とか軟膏をからだに塗ると、猫に化けられるなんてことも、同じように信じられていた。昔の妖巫《ウイッチ》の裁判調書なんか見ると、こういう庶民信仰の例はいくらでもあるよ」

博士は、そういう文献を、たくさんの著者の文章や詩歌から引用して、ヴェジン奇譚はごく細かな点まで、中世の暗黒時代に実際に行われていた、当時の習俗にもとづいていることを証明してくれた。

「しかし、事件ぜんたいは、あの男の意識のなかで、主観的に起ったということ、これは疑いないことだね」と、博士は自分の問に答えていった。「その証拠には、あの町へ調査に行ったぼくの秘書は、宿屋の宿帳に、ヴェジンの署名を発見しているんだよ。それで見ると、ヴェジンは九月八日に来て、そして勘定も払わずに、だしぬけに宿を出てしまっている。八日から二日泊っているね。宿では、かれのよごれた茶色の鞄と旅行服をちゃんとまだ預かっていてくれたから、ぼくは何フランか払って、かれの借金の片をつけて、着物はかれの家へ送らせておいたがね。宿屋の娘さんは留守だったが、かみさんはいた。ヴェジンのいうとおり、これは大柄な女でね、ぼくの秘書に話したところによると、ヴェジンはよほど風変りな、どこかボーッとしたような紳士に見えたそうだよ。滞在中は、よく近くの森なんか散歩していたそうで、だからいきなり姿が見えなくなってからは、そんな森の中で、もしものことでもあったんじゃないかと思って、だいぶあとまでおかみは心配していたということだった。

「じつはぼく、その娘さんに親しく会いたいと思ってるんだがね。話がどこまでヴェジンの主観なのか、また、じっさいにその娘さんに起ったことはどの程度のことなのか、そういうことをたしかめて見たいと思ってさ。その娘さんが火を恐がって、火の燃えてるところを見て逃げだしたというのは、むろんこれは、その娘さんが前生に火焙りの刑にあって死んだ、その苦しみの記憶が再生したのに違いないよ。その娘さんを、なぜかれが煙と火炎の中でばかり、二ども三ども見たかということも、それで説明がつくわけだ」

「そうすると、たとえばあの皮膚の痕跡は、どういうのでしょうな？」と自分はたずねてみた。

「あれはきみ、ヒステリックな幻想で生じたただの瘢痕《はんこん》さ。修道女などの聖斑と同じものだよ。催眠術にかけられた者が、これこれの痣《あざ》ができるぞと暗示を受けると、からだにそういうひっかき痕《あと》ができる、あれも同じだ。こりゃまあ、どれにも共通したもので、かんたんに説明がつくけれども、ただね、ヴェジンの場合のように、こういつまでも長く痕跡が残っているというのは、ちょっと珍しい。ふつうは、じきに消えるものなんだがね」

「きっとなんでしょう、いつまでもあの男はあの事件を思いつづけて、今でもそれが心の中で生きているからなんでしょう」

「うん、たぶんそんなことかもしれんな。またそれだけに、ぼくはかれの悩みのいまだに梟《けり》のつかんのが、心配なんだよ。そのうち、もういちど話を聞くようなことになるよ、きっと。困ったことだよ、じっさい。といって、べつに楽《らく》にしてやる方法はないしねえ」

　博士はまじめな顔をしていった。その声は湿《うる》んでいた。

「それから、汽車の中のフランス人、あれはどうお考えですか？」と、自分はなおもたずねた。

「かれにあの町のことを、『眠りのために、猫のために』といって警告したあの人物？　あれはどうも、じつに不思議ですなあ」

「そうだ、じつに不思議だよ」と、博士はゆっくりした調子で答えた。「あれはぼくは、暗合――こういう暗合はまあないかもしれんが、高度の暗合を土台にすれば、説明できそうな気がするがね――」

「といいますと？」

「つまりね、あの老人がまえにやはりあの町に泊って、同じ経験をした人だというのさ。ぼくはいちどあの老人をさがしだして、聞いてみたいものだと思ってるがね。もっとも、べつに今のところ手がかりは何もないんだから、予言したってはじまらんが、ただあの老人にも、なにか同じような前世の力が働いておって、それでヴェジンにしぜんに引きよせられて、ひょっとするとお前にもこういうことが起るかもしれないぞと、不安の気持を起させておこうというので、それでかれに警告した。――そういうなにかこう、心理的な親和力みたいなものがあった、と言うまあ結論だがね」

「そうだな」と、博士はしばらくおいてから、半分ひとりごとのように言葉をつづけた。「ぼくの推定だと、ヴェジンは前世の強い活動力から起る力の渦に巻きこまれたんだな。そして、何世紀もまえに、自分がしばしば主役を演じた劇のなかへ、ふたたびまた登場したというわけだ。強力な行動というものは力を結集するものだが、その力はなかなかいつまでも弱らないものでね。ある意味では消えないともいえるくらいだが、この場合は、その力がそれほど強くなかったから、幻影が完全にあらわれなかったわけだ。だからして、ヴェジンは、現在と過去がへんにごっちゃに混乱した状態の中に、とりこになったわけさ。しかし、かれはなかなかの分別人だったから、その幻影によく化かされずに、前世の、今よりも低い身分に落ちないように、よく戦ったのは、さすがだったね」

「じっさい、そうだ」博士は暮れかけてきた空を眺めに、部屋の向こうへ行きながら、自分のいることも忘れたように、「こういう前世の記憶が潜在的に動きだすのは、ひじょうに苦しいことだし、時によるとひじょうに危険なことでもある。まあ、ヴェジンのようなおとなしい人間は、こういう気ちがいじみた前世の執念からは、じきにのがれられると思うけれども、しかし、そいつはどうもわからんからな。じっさいわからんよ、そいつは」

いいながら、博士の低い声は、湿《うる》みがちになってきた。そして、窓ぎわから部屋の中へもどってきた時の博士の顔には、なにかを求めてやまないような、切実な色がただよっていた。それは往々にして、自分の力以上に人を救う力を希求《きぐ》する人の切実な面貌であった。

片袖

一

ギルマー兄弟は、べつにひきこみ思案というのではないが、どちらかというと、あまり出しゃばることは嫌いなたちの、しかもどちらも揃いも揃ってうるさ型の、気むずかしい、もういい年の独身ものだった。兄のジョンの八字髭《ひげ》はすでに半白。弟のウィリアムだって、もし頭に毛がのこっていたら、これもやはり同じ色をしたにちがいない。二人とも財産持ちで、兄弟申し合わせたような道楽というのが、ヴァイオリンの蒐集であった。生まれつき勘がいいとでもいうのか、兄も弟も、この道では真の鑑定家の眼識をそなえていた。そのくせ、ジョンもウィリアムも、自分ではペンともツンとも弾かない。もっとも、張った絃を、指で押さえずに、はじくぐらいのことはする。曲を弾いて調子を見るのは、これはなんといっても、楽器を買い入れる前にぜひとも必要なことであるが、この二人のばあいは、代人がかわってそれをした。

兄弟は、大きなビルの一ばんてっぺんに、ゆっくりと部屋をとって、なに不自由なく住んでいた。ところが、たった一つ不服があった。このビルのエレベーターの運転手を兼ねている、モーガンという門番が、夜の六時をすぎると、なにがなんでも、山高帽に制服を着て出てくる。これがそもそも宇宙の美観にたいする一大恨事《こんじ》だった。というのは、ミスター・モーガンは(二人のあいだではこう敬称している)、からだはビヤ樽みたいに、ずんぐりむっくりと丸まっちい。そのとっ先に、これまた分廻しみたいに丸まっちい、ブヨブヨな顔がのっかっているのである。これに山高帽に制服を着て出られては、宇宙の美観をそこなうことおびただしい。もっともミスター・モーガンには、いろいろまだほかに、天性稀なる美質があった。ギルマー老人兄弟によくこれ忠誠をぬきんでていることも、その一つであるが、そんなこんなもあって、この不服は、しかしそれほど、深刻ではなかったが。

ついでながら、モーガンには、も一つ変った、おもしろい点があった。なにか落度があったような時に、けっしてこの男は言訳を言わない。そのかわりに、文句をいった人の言葉を、そのままくりかえして、なぞっていうのである。

「モーガン、けさは浴槽《バス》の湯が熱くなかったぜ！」

「はあ、浴槽《バス》の湯が熱くござんせんでしたかい？」

そうかと思うと、気まぐれなウィリアムから、

「モーガン、きのうは牛乳の瓶の来ようが遅かったぜ！」

「はあ、きのうは牛乳の瓶の来ようが遅うござんしたかね？」

ざっと、こんな調子である。

もっとも、ダメを出したことは、あとでかならず、いったとおりになおっているから、べつにしちくどくいいわけを求める必要もなかった。翌朝になれば、浴槽《バス》の湯はちゃんと熱くなっているし、牛乳の瓶は時間たがえず届いている。ただし、制服と山高帽子だけは、依然として目ざわりで、これだけはなんとしても野暮《やぼ》ったい感じだったが。

ところで、その晩兄のジョン・ギルマーは、どこやらの会員組織の演奏会から帰ってきて、昇降機《リフト》へ足を踏み入れると、例によってモーガンが針金の綱を握って待っていた。「外はひどい霧だよ」と、ミスター・ジョンが機嫌よくいうと、モーガンは例の調子で、「はあ、外はひどい霧で」となぞり返事をいいおわらないうちに、早くも昇降機《リフト》は三階へ。ギルマーはなんの気なしに、弟はひとりでいるかねとたずねると、はい、ハイマンさんがお見えになられて、まだお帰りになりません、という返事。

このハイマンという人物はユダヤ人で、ギルマー兄弟と同じように、やはりヴァイオリンの鑑定家だったが、ただしこの人は、ただ見て楽しむギルマー兄弟とちがって、りっぱな演奏家であった。老人兄弟が、秘蔵の由緒ある楽器を、無韻の名器としておさめてあるガラスのケースからとりだして、金色に塗りの光っているみごとな胴から、天下の妙音を奏《かな》でだすために、手にとって親しくいじらせるのは、この人だけであった。老人兄弟は、ハイマン氏の指が秘蔵の名器に触れるのを見るのは、ひどくいやがったけれども、その名器が室内で歌いだす声を聞くことは、こよなく愛した。むろん兄弟は蒐集家として、音の判定はしっかりしていたし、またそれによって、投じた金の値打も裏づけができるわけであった。ところが、ハイマン氏のほうは、弾く手を持たぬただの蒐集家に対しては、軽蔑と憎悪をいだいている。そして、相手にそういう心持を匿《かく》そうなんて心遣いは、さらになかった。そんなわけだから、ハイマン氏が弾いているのを、ギルマー兄弟が嫌厭《けんお》と賞讃のこもごもまじったへんな顔つきで、じっと傾聴している時の室内の空気は、無言のうちに、この妙な背中合わせの感情が、微妙に脈打っていたわけで、もっとも、そういう場合は、そうちょいちょいあるわけではなく、ハイマン氏は招《よ》ばれれば来るし、兄弟のほうでは、招ぶのはよくせきの時にしていたから、いってみればまあ、儀礼的な会見みたいなもの——ほとんど祭典のようなものであった。

そういうわけだから、モーガンから、ハイマンさまがお見えで、といわれた時には、ジョン・ギルマーは、「へーえ」と意外な気がした。じつは、ハイマンはここのところ、大陸旅行で留守だと承知していたからである。

「まだ上にいるのかい?」と、頭で一ぺん考えてから、念を押してみた。

「はい、まだいらっしゃいますです」

で、意外な思いを押しかくしながら、ギルマーは、その場のお茶濁しに、「そのシャッポと服、いいかげんに廃《よ》さないかね」と、いつもの厭味を持ちだして、「ほんとだぜ、よく憶えておけよ、モーガン」と親切ごかしに、「その帽子は、その服に似合わないよ」

モーガンのブヨブヨ顔は、ニコリともせず、

「はあ、この帽子は、この服に似合いませんで、はあ」と、評判悪き山高帽をちょいと脱ぎの、掛け釘から金すじ帽子をはずして、ちょこんとかぶり、「いやあ、そんなこと、ござんせんでしょう?」と、ガラリと変った姿にニヤリとして、穴へでもはいりたそうな調子だった。

その時、ガタンと昇降機《リフト》がとまった。だれか心なしな者が、灯火を消したと見えて、踊り場がまっ暗になっていた。そのうえまだ悪いことに、モーガンが不精《ぶしよう》をして、昇降機の綱を引っぱりながら掛け釘から山高帽をとった拍子に、袖口がスイッチにひっかかって、パチリといっ

たから、あたりはしんの闇になった。

と、昇降機《リフト》のあかりがつくまえに、ひょいと外へ足を踏みだしたギルマーは、出あいがしらに、ちょうど明いている部屋の入口から踊り場のほうへと、いきなりなにかサッと飛んできた物にぶつかった。最初、てっきり子供だなと思い、その次に、おとなだなと思い、最後に、なにか動物だなと思った。動きがすばしこかったが、音を立てない。ギルマーは、とっさに、前を通れるようにうしろへ身を引いた拍子に、暗闇のなかでモーガンとぶつかった。モーガンはアッと声をたてた。なにがなんだか、まのぬけた騒ぎで、重い昇降機の箱が、中へなにか飛びこんで、そいつがまたサッと飛び出したように、グラグラ揺れたと思うと、足音みたいな音がつっ走った。だれかスリッパか靴下はだしで、大急ぎでかけて行った——というよりすべって行ったような音だった。それきり、あとはしんとなった。モーガンが踊り場へ飛び出して行って、電灯をひねってつけたのと、ギルマーが昇降機の中の電灯のスイッチをつけたのとが、ほとんど同時だった。灯火がサッと流れたが、なんにも見えた物はなかった。

「犬か猫か、なんでもそんなものだったぞ。なあ」

ギルマーは、モーガンのあとからソソクサ踊り場へ出て行くと、狐につままれたように、人気《ひとけ》のないあたりを見まわしながら、大きな声でいったが、なにを馬鹿なことをいうかと、自分でわかっていた。

「犬か猫か、——さよう、なんでもそんなものでござんしたな」おうむがえしに、モーガンはそういって、針めどを見るように、細くした目をまんまるに開きながら、うつけたような顔をしていた。

「灯火《あかり》がついてりゃよかったんだ」ギルマーはプリプリした調子でいった。つまらない出来事に、みょうに自分をとりみだしていた。びっくりしたような、ソワソワしたような、へんにおちつかない心持であった。

いいかげんしばらく、モーガンの返事がないので、ギルマーが見やると、なにか度を失ったようで、顎《あご》のあたりが青ざめていた。物をいう声がオロオロしているうえに、こんどは人のいったことをくりかえさずに、めずらしくいいわけをしだした。

「いいえ、灯火は、さっき私がまいった時には、ちゃんとついておりました！」嘘をいってない証拠に、ことばに弾《はず》みがついている。「ほんの、ついさっきしがたのことで」

どういうわけか、ギルマーもそれ以上、根掘り葉掘り聞く気がしなかった。知らないことにしておくことにした。

やがて昇降機は、潜水器みたいに下へ降りていった。ジョン・ギルマーはしばらく思案の体《てい》でそこにたたずんでいたが、やがて部屋の鍵をしずかにあけて、ホールへ帽子と外套をかけてから、兄弟共同で使っている広い居間へはいって行った。

見ると、居間の中まで、ロンドンをおおっているよごれた古毛布みたいな十二月の霧が流れこんで、そこらにあるものが、見なれた黄いろっぽい靄《もや》の中に、ボーッと包まれていた。

二

つきあたりのガス・ストーブのわきの肱《ひじ》掛椅子に、部屋着のガウンにスリッパというくつろいだ姿で、ふかぶかと身を沈めていたウィリアム・ギルマーが、すぐと言葉をかけてきた。火の消えたパイプをくわえた顔が、濁った空気のなかでテラテラ光っていたが、声の調子に、どことなく、なにか感情を押さえているようなひびきがあった。

「ハイマンが今までここにいたんだよ」と、だしぬけにいいだした。「あんた、そこで会ったはずだな。つい今しがた出て行ったんだから」

ジョンは、なにかあったんだなと、ひと目でわかった。部屋の空気に、なんとなくザワザワしたけはいがのこっていた。しかし、兄のジョンはすぐにはその話に触れなかった。いや、だれにも会わなかったよ——それは正真正銘の事実だった——とだけ答えると、弟のウィリアムは、椅子に腰かけたまま、きゅうに棒をのんだようになって、クルリとこっちを向いた。霧で曇った空気のなかで、顔がふだんよりも青ざめて見えた。

「そりゃへんだな」と、ひどく気にかかるような声だった。

「なにがへんなんだい？」と、ジョンはたずねた。

「いや、会わなかったのがさ。表の玄関のへんで、出会ったはずなんだがな」そういって、部屋の中を、のぞくようにそっと見まわした。どうやらおちつかないようすであった。「たしかに会わなかったの？　あんたが来るまえに、モーガンが降ろしたのかな？　モーガンは見たんだろうな？」と、いっぺんにいろんなことをたずねた。

「モーガンは反対に、ハイマンさんはまだ上にいらっしゃるといってたぜ。きっと昇降機へ乗らずに、歩いて降りたんだろうよ」と、ジョンは答えた。「だから、こっちは二人とも会わなかったんだろう」

ジョンは、弟がいやにそのことにこだわっているのを見て、昇降機のなかの出来事は、何もいわないことにした。

ウィリアムは椅子から立ち上がった。顔の色がさっきの色と変っていた。さっきは青かったのが、いつのまにか、白と灰色のあいだみたいな色になっている。なにか内心の恐怖と戦っているふうであった。ややしばらく、中年のこの兄弟は、たがいの目の中をじっと見合っていたが、やがて兄のジョンが口を切った。

「どうしたんだよ、ビリー？」と、かれは穏やかにたずねた。「なにかお前、おちつかないふうだな。ハイマンが、なんでまた思いがけなくやってきたんだろう？　あいつまだドイツにいるものと、おれは思ってたんだが……」

二人とも、弟は兄思い、兄は弟思いだったから、おたがいの心持はよくわかっていた。ふだんから、兄弟のあいだに、秘密というものは、これんばかりもない。それほどの仲なのに、弟はややしばらく返事をしなかった。どういったらいいのか、どうやら言葉に迷っているというふうだった。

「ハイマンのやつなら、きっとまた楽器を弾いたろう？」

どんな答が出るか、びくびくしながら、ジョンはうながすようにたずねた。ハイマンの才能《タレント》は、なるほど大きにこっちの役に立っているが、しかしハイマン個人に対しては、ジョンはそれほど大きな関心を持っているわけではなかった。

ウィリアムは大きくうなずいた。うなずいたと思ったら、いきなり早口で、まるでそこらに立ち聞きしている者でもあるように、息を殺したヒソヒソ声でしゃべりだした。肩ごしに部屋の中をチラリとふりかえりながら、兄をそばへひっぱり寄せて、

「ハイマンが来たんだよ、思いがけなく。べつに手紙ももらわなかったし、ぼくも呼ばなかったんだがね。あんたも、呼びやしなかったねえ？」

ジョンは首を横にふった。

「さっき食堂から出てきたら、そこの廊下に立っているんだよ。女中が食器をかたづけていたんだが、やっこさん、ドアが半分あいていたんで、そこからはいって来たんだね。ずいぶんずうずうしいじゃないか？」

「あいつはそういうやつだよ」ジョンはそういって肩をすくめた。「それで中へ入れたのかい？」

「むろん、はいってもらったよ。そしたらね、あなたを喜ばせたい、耳よりな話があるというんだ。ジレンスキーの演奏が今日あってね。あいつ、あれからずっと演奏会屋をやってたらしいね。ところが、ジレンスキーの持っている『ストラディヴァリウス』は、どうも調子が悪い

んですよ。あれはほら、高い絃が弱くて、調子にムラがあるでしょう。で、ハイマンのいうには、お宅の『ジョゼフ』――あの小型のガルネリウスね、あれに上越す名器はないというんだ。あれは世界一完璧だと、自分が折紙をつけると、こういやがるんですよ」

「それで、どうしたい？　やっこさん、あれを弾いたのかい？」と、ジョンは興も動いたが、それだけにまたひとしお不安にもなり、部屋の中を見まわすと、入口に近いガラスのケースの中に、件《くだん》の比類なき名器がちゃんと鎮座ましましているので、ほっとした。

「弾いた。――じつにはや、入神の技だね。曲はチゴイネルの子守歌《ララバイ》。あの美しい、情熱的な、天来の名曲。『子守歌』なんて、あれまあ、どこをどうしてつけた名かね。しかもね、やっこさん、ぜんぶあれを諳《そら》でおぼえてるんだからね。驚くねえ。弾きながら、爪足《つまあし》で部屋の中をグルグル歩いてね、なにをいうかと思ったら、灯火《あかり》がうるさいというんだ――」

「灯火がうるさい？」

「あの曲は薄明の曲だというんだよ。効果を出すには、暗いところでなくちゃ駄目だというんで、それからしかたがないから、灯火を一つずつ消して行って、最後にガスのメートル器のあかりだけにした。そうしろと言って、きかないんだよ。言いだしたら、あいつ、テコでもきかないからね。そう、それからもう一つ、こっちが兜《かぶと》をぬいだことがあったな。やっこさん、自分で特別の絃を持ってきていてね、そいつを自分で張って使うといって、どうしてもきかないんだ。ふつうのA線E線より、ちっと太目な絃だったがね」

ギルマー兄弟は、二人とも、自分じゃペンともツンともいかなかったけれども、自分たちの秘蔵の楽器は、それぞれその調律に合った絃の太さと質をえらんで、いつでも弾けるようにして保存してあるのを自慢にしていた。問題の「ガルネリウス」は、これはこころもち細めな絃で、妙音を出す楽器なのであった。

「無礼千万なやつだな」聞き手にまわっていた兄のジョンは、この先どうなることかとハラハラしながら、叫んだ。「だけど、それでその、子守歌《ララバイ》とかを上手に弾きこなしたのかい？」とジョンは、ウィリアムがいいしぶっているのを見て、あとから追っかけて聞いた。話のうちに、いつのまにかジョンはそばへ寄って、皮張りの長椅子の上に、弟と並んで腰をおろしていた。

「それがね、じつにすばらしいんだ。天来の妙技だったね！」随喜の涙をこぼさんばかりの返事であったが、同時に声を低く落して、「スタカトなんか、まるで銀の槌《つち》でたたくようだったね。和音のぐあいときたら、澄んでいて、柔らかで、鈴をふるようでね。G線はバリトン、高い音などは子供の声みたいに、張りがあって、つやがあって、ねっとりととろけるようだったな。あれはねジョン、あのガルネリウスはね、あれはじっさい、当代の掘り出し物ですぜ。そして——」とちょっといいしぶっていたが、「ハイマンは、あれに惚れこんでるね。あれが手に入るなら、やつは、魂も売りかねないよ」

聞けば聞くほど、ジョンは不愉快になってきた。だいたいジョンは、ふだんからこのユダヤ人は虫が好かないのである。心の底では、どうも信用のおけない人間だと思って、毛嫌いしているのである。時によると、なんだか気味わるい感じがすることさえあった。とにかく、人に押しつけるように物をいう、あの強情な性質は、けっして愉快なものじゃない。なんとなく暗い、嶮相《けんそう》なタイプの男で、自分の我欲はどんなことをしても通さずにおかないという、烈しい意志を持っている男だ。

「そうかい、そいつはおれも聞きたかったね」と、ジョンはウィリアムの肚《はら》は知らないから、ひとり思案にいろんなことを聞きだした。「弓はドッドを使ったのかい？　それともトゥールトかい？　あのドッドは、ありゃ先月買ったんだが、あんなバランスの完全な弓ははじめて――」

といいかけて、きゅうに言葉を切ったのは、その時何を思ったのか、ウィリアムがいきなり立ち上がって、そこへ棒立ちにつっ立ったなり、部屋の中をキョロキョロ捜しまわしたからであった。そのようすを坐ったまま眺めているうちに、ジョンはにわかに背すじがゾーッと寒くなってきた。

「どうしたんだ、ビリー？」ジョンは思わず声がうわずった。「何を聞いてるんだ？」

ウィリアムはまだそこらをキョロキョロ見まわしている。

「いや、べつになんでも……」といった弟の声も、へんな調子だった。「ただね、――だれかさっきから立ち聞きしているような気がしたもんだからね」といって、肩ごしにうしろを見て、「あすこの入口に、だれかいるような気しない？　すまないけど、ちょっと見てもらえないかな」

ジョンは、たいして気乗りもしなかったが、とにかくいうままに、ゆっくり部屋をつっきって、入口のドアをあけて、スイッチをひねって電灯をつけた。廊下は浴室から寝室の前までガランとしていた。外套が掛け釘にじっとぶらさがっていた。

「誰もいやしないよ」

ドアを締めて、もとのストーブの前へもどってきながら、ジョンはいった。廊下の灯はつけっぱなしにしておいた。口に出していったのは弟のほうだけだったが、とにかく二人が二人とも、なんだか誰かそこらにいるような気味合を感じたのは、不思議であった。「それで、弓はドッドかトゥールトか、どっちを使ったんだね?」ジョンはできるだけ自然な声で話のさきをつづけた。

ところが、その瞬間に、きゅうに目がシバシバして涙が出てきた。ジョンは、ウィリアムが、本当は打ち明けて話をするすぐそばまで来ていると知りつつ、手も足も出なかったのである。

三

ジョンは、けんめいに自分をおちつかせながら、椅子にじっと腰を沈めていた。やっとのことで煙草に火をつけ、つけたマッチの棒が燃えきるあいだも、弟から目を離さずにいた。弟のウィリアムは暖炉のそばに、部屋着のガウンにスリッパをはいた無造作なふうで、腰をかけ、ガウンの紐の赤いふさをぼんやり指でいじっている。惘然《もうぜん》としたそのようすを見て、ジョンは、弟のやつ、なにか口に出しにくいことをおれにいおうとしているのだなと、察した。で、われ知らず、そばへいざり寄って、弟と同じように部屋の全景が見える位置を自分もとりながら、なるべくきわだたない調子でいった。

「おい、いいからお前、吐き出しちまえよ。お前が見たものを話してみろよ」

ウィリアムはゆっくりとからだをこちらへ向けた。霧でじめじめした湿っぽい部屋の中で、兄弟は、膝を並べたまま顔を向けあった。

「じつはね、こうなんだよ」と、ウィリアムは静かな声で話をはじめだした。「やっぱり今こうして二人が腰かけているこの位置でね、あすこの入口のほうに向きながら、ぼくは腰かけずに立っていたんだよ。ハイマンは、あの向こうの壁のガス計器の薄暗いあかりのなかで、あっちへ歩き、こっちへ歩きしながら、例のその『薄明』の曲を、まるで霊感でものりうつったような調子で、恍惚として弾いているんだ。なにしろ部屋ン中はまっ暗なんだからね。音楽が、やつの顎の下の楽器から出るというよりも、なんだかやつのからだから奏で出ているような気がしてね。とね、きゅうにこう、なんだかへんな感じがしてきたんだ。——どういったらいいかな。とにかく、音楽から来る感じじゃないんだよ」

「なにか、催眠術にでもかけられたのかい？」

ウィリアムは肩をすくめて、

「とにかく、部屋の中が霧でモーッとしていて、薄暗いボーッとしたあかりが、あいつの上からさしているんだ。そりゃあわかっているんだがね。ところが部屋ン中のあかりは、影なんか落すような強い光じゃないのに——」

「ハイマンが、へんなものに見えたのか？」

ウィリアムは、相手の顔を見ずにうなずいた。

「——見ている前で、変ってきたんだよ」と、囁《ささや》くような低い声で、「——けだものに……」

「けだもの？」ジョンは髪の毛がゾーッと逆立つ思いがした。

「それがね、こうなんだよ。顔と手と胴が、ふだんとちがってきたんだよ。だいいち、足音がきこえないんだ。そして、弓を持ってる手と、絃を押さえてる指がね、あかりのさす下のところへ来ると——」といって、身震いするような低い笑い声を立てて、「——毛がモジャモジャ生えて、へんな分れ方をしていてね、指がいっしょくたになってくっついてるんだよ。それで足音を忍ばせて歩いているんだろ。ぼくはもう恐くなってね、今にもやつがヴァイオリンをガチャンとおっぽりだして、いきなり向こうの隅から、ひと飛びにこっちへ飛びかかって来そうな気がした」

「フーン、それで——」

「それでね、その歩き方が、いやにしなやかな大股でね」——ジョンは息をのんで、耳を立てて聞き入った。——

「ちょうど檻《おり》の中の猛獣が、餌をほしがるか、逃げ出したがるかする時みたいな恰好なんだ。——まるで本性をさらけだして、がむしゃらになにか求めている、そういった恰好だったね」

「大きな山猫だね！」ジョンはホーッと息をついた。

「そしてね、いきなりパッと飛んで逃げるつもりみたいに、ジリッ、ジリッと入口のほうへよっていくんだよ」

「ヴァイオリンを持ってか！　むろん、お前止めたんだろう？」

「ええ。しまいには止めたけどね。だけど、正直いうと、その時はしばらくのあいだ、どうしていいんだか、動くこともできなかったね。だいいち、何をいおうとしても、声が出ないんだ。術にかかったというのは、あのことだね」

「たしかにそりゃ、術だったんだな」ジョンはうなずくようにいった。

「だけど、そうやって動きながら、やっこさん、弾いてるんだよ」と、ウィリアムは話をつづけた。「なんだか、だんだんからだが小さくなってきたようでね。ガスの下へ来ると、小さくちぢかまっちゃってね。あれ、こりゃ見えなくなっちまうのかなと思ったから、ぼくはいきなり電灯をパッと点けてやった。そうすると、やつ、ドアのそばにいて――はってるんだ」

「膝でかい？」

「いや、はってるんだよ、床を四つんばいになって。少なくともぼくにはそう思えたね。なにしろ、とっさのことだったたし、こっちは化かされたようにボーッとなっていたから、とても正視はできなかったけど、とにかく、正物《しょうぶつ》の半物ぐらいの大きさになっていたことはたしかだったな。それからぼくは声をかけたんだ。なにかどなりつけてやったように思うが、何をいったんだか忘れちまったけど、こっちが声をかけたとたんに、やつ、しゃんと立って、あすこのあかりのところで、こっちを向いて立ってやがるんだ。目がらんらんと光って、まっ青な顔をして、真夏みたいに汗をダクダク垂らして、だんだんからだがムクムク大きくなってきてね、いつのまにか、ふつうの大きさと姿になっていたけど、あんな薄気味悪いの、見たことなかったな」

「それでその時は、やっぱりけだものでいたのかい？」

「いやあ、もう人間になっていたがね。ただ、だいぶん小さかったね」

「それで、やつ、なんていった？」

ウィリアムは、ちょっと考えていたが、

「よく憶えていないな。とにかく、数秒のあいだの出来事なんだよ。電灯をつけたら、なんだか馬鹿くさくなって、気まりが悪くなったよ。ふつうの姿になったのを見たら、こっちがへんにドギマギしちゃってさ。半信半疑で、狐につままれたようになってるうちに、やっこさん、いつのまにか、ひとりで廊下へ出たと見えて、正面のドアがバタンと締まる音が聞こえた。それとほとんど入れちがいに、あんたがはいってきたんだよ。ぼくは急いでヴァイオリンをとって、ぶじにガラスのケースへしまったことだけは憶えているが、まだそん時は絃が余韻をひいていたよ」

話はそれだけであった。ジョンはそれ以上何も問いただすことをしなかった。問いただささなかったばかりか、昇降機《リフト》のこと、モーガンのこと、踊り場の電灯が消えていたことについても、ひとこともいい出さなかった。二人のあいだを長い沈黙が領した。やがて就寝まえのウイスキー・ソーダをなかよく二人でこしらえている時に、兄のジョンは弟のウィリアムの顔を見ていいだした。

「どうだビリー、お前がもし賛成なら、おれはハイマンに、今後ご尽力の必要はもうないからと、それとなくことわりの手紙を出そうと思うがね」

ウィリアムは黙ってうなずいたが、ただ念のために、二人の頭の中にはないまでも、まだ部屋の中のどこかに半分ひそんでいる、へんな薄気味悪さをそれとなく匂わすように、

「だけど、なるべくやつの気にさわらないように、うまくいってやるんですな」

「もちろんだよ。何も事を荒立てることはないんだから」

そんなわけで、翌日その手紙はしたためられた。するとジョンは、弟に内証で、自分でその手紙をユーストンの近くのハイマンの宿へ届けに行った。すると、宿の人から、驚いたことを聞いた。

「ハイマンさんは、まだ大陸へご旅行ですよ。こちらへ来た手紙は、私どもで旅先へ送っていますがね、はあ。もしなんでしたら、あちらの宛先をお教えしましょうか」

ジョンは持ってきた手紙を、教えてもらった宛先の、ミューニッヒのケーニッグ街へ出したのである。

そこからジョンは保険会社へ寄って、愛蔵のヴァイオリン「ガルネリウス」の火災、事故、盗難保険の額を増額してもらい、そこから帰り道に、ある音楽クラブの事務所へ立ち寄って、提琴家のジレンスキーがちょうどその時ミューニッヒで演奏会を催していた事実をたしかめた。

それから四、五日たったのち、いろいろ手をまわして調査した結果、ちょうどかれがマーク・メイゾン・ホールで、会員組織の演奏会を開いたあの晩に、べつのある演奏会で、ある有名な大家が、自作のチゴイネルの子守歌を演奏したという事実が判明した。

ジョンはしかし、これらの発見については、弟のウィリアムにはひとこともいわなかった。

四

ミューニッヒから返事の手紙がきたのは、それから一週間ほどたってからであった。べつに言葉や文句にはっきりそういっているわけではなかったけれども、なんとなく、人の気を悪くするような含みを持った手紙であった。イシドア・ハイマンは、侮辱されて腹を立てていたのである。文面には、一カ月ほどするとロンドンへ帰るから、帰ったらいちどぜひうかがって、話をつけたいといってきていた。なに、おれが行けばかならず説服して、またもとどおりの関係にもどしてみせるさと、頭からたかをくくっているような節のあるのが、どうやらこの手紙がカチンと来た点だったらしい。ジョンは、しかし、その手紙にかんたんな返事を出しておいた。——自分たちはもう楽器はいっさい買わないことにきめた。楽器の蒐集は、今までで打ち止めにするから、奏楽者としてあなたをおまねきする機会は今後もうないから。——という意味のことをいってやったのである。これが最後であった。それきり返事も来ず、事は一段落ついたかに見えたが、しかしジョン・ギルマーの意識からは、片時もそれが離れたことはなかった。ハイマンはきっと行くといってきていたし、行くといったら、かならず来ずにはおかないやつなので、ジョンはモーガンにひそかに意を含めて、今後あのユダヤ人がやってきたら、おれと弟はいつも留守だといってくれと固くいいつけておいた。

「あいつ、あの晩ここへ来てから、すぐにドイツへ帰って行ったらしいね」と、ウィリアムはいっていたが、ジョンは「フーム」といって、その時も返事らしい返事をしなかった。

年を越えて、一月のなかばに近いある晩のことであった。二人の兄弟は、クイーン・ホールの演奏会から帰ってくると、いつもよりだいぶん遅くまで、居間でウイスキーと煙草をやりながら、その晩の曲目と演奏者の腕前をしきりと論じあっていた。廊下の灯火を消して、寝間へひきとったのは、かれこれ一時すぎでもあったろうか。静かな、霜のきびしい晩で、月がこうこうと屋根の上に照っていた。ロンドンにはめずらしい、空気の乾燥した、しんしんと寒い冬の晩であった。

「なんだか、子供の時分にかえったような晩だね」

ウィリアムは廊下の窓ぎわにちょっと立ちどまって、銀色に光った屋根の海を見渡しながらいった。

「そうだなあ」と、兄のジョンもその尻《しり》に乗って、「原っぱの池がカンカチに氷って、子供部屋の窓ガラスに霜の花が咲いて、遠くのほうから馬の蹄《ひずめ》がカツカツ、カツカツやってくる。のう?」

古い思い出に、兄弟はニッコリ笑い、やがておやすみをいって、別れた。寝室は、廊下のはずれに向かいあっていて、そのあいだに浴室と食堂と居間がつづいている。ほそ長い、鰻《うなぎ》の寝床みたいなすまいだった。三十分もすると、二人の兄弟はもうぐっすり寝こんでいた。家のなかはしんとして、外には大都会の潮騒《しおざい》のような騒音が聞こえるばかり。月はそろそろ家々の煙突の高さまで沈んで行った。

二、三時間もたった頃であろうか。ジョン・ギルマーは、いきなりハッと目がさめて、ドキドキしながら床《とこ》の上にはね起きた。自分と弟の部屋のあいだにある三つの部屋のどれかに、誰か人が歩いている。なんで驚いたのか、わけがわからなかった。夢を見たわけでもなし、うなされた憶えもないのに、ただ恐かった。この恐さは、けっして冗談な恐さでも、理くつにない恐さでもないことが、自分ではっきりわかっていた。原因も理由もある恐さだった。悪いことに、ちゃんとその証拠があった。ハッと目がさめた時には、忘れていたけれど、なにか眠っているうちに、全身の神経がいっせいに警戒したようなことが起ったのだ。たしかにそうだったと思うことが二つあった。一つは、だれか人間がはいってきて、家の中をそっと歩いているということ。も一つは、その人間は、弟のウィリアムではないということ。この二つであった。

ジョンは臆病な男だった。もし覆面《ふくめん》をした強盗の姿にでも廊下でバッタリでっこわしたら、もう逃げるもどうしようもない、万事窮すで、強盗が自分を撃つか、それとも先が逃げ出すか、どっちかするまでは、かいもく方角がつかないという組であった。が、今のばあいは、なにか勘のようなもので、強盗じゃないぞ、この危険信号は、ふつうの心理的恐怖の伝達によるものではないぞと、自分に教えるものがあった。自分が眠っているあいだに、家のなかへ忍び上がってきた曲者《くせもの》は、最初にこの寝室へはいってきて、このベッドのすぐ脇を通って、それから外へ出て行ったものにちがいない。そうすると、弟の部屋へも行ったろう。曲者は、二人の眠っているところをたしかめに来たのだ。この部屋を通りぬけたことが自分の目をさまし、こんなにからだじゅうに冷たい汗をかかせたのだ。とにかく、なにか敵意を持っているものだ。それが五体の節ぶしから感じられた。

いや、ひょっとすると、曲者は今、弟の部屋にいるかもしれないぞ。――そう思うと、われ知らずジョンは冷たい床の上へ下りて、それこそ、ロンドン塔から飛び下りる覚悟で、入口のほうへ身をはこんだ。鼻をつままれてもわからないようなまっ暗な通路へそっと出て、あたりをうかがい、うかがい、爪足で虫のはいずるように歩いて行った。通路の壁の上のところに、昔おやじの物だった古い武器がいくつか掛けてある。そのなかの、なんでもトルコの遠征の時にぶんどってきたという、鞘《さや》のない、偃月刀《えんげつとう》に手がふれると、そいつを両手の指でしっかりおさえて、三本叉《また》の刀かけから、音のしないようにそっとはずした。それを持って、浴室と食堂の入口の前を通り、やがてめざすは、秘蔵のヴァイオリンを何挺もガラスのケースに入れて飾ってある大きな居間であった。寒さがしんしんと身を刺すようである。闇のなかを一所けんめいに見ようとするので、目を皿のようにした。ようやく目ざす戸口の外まで来たが、すぐには中へはいりかねた。

戸のすきまに耳をあてて、聞き澄ますと、中から、誰か歩いているようなかすかな音が聞こえる。と思ったとたんに、ヴァイオリンの絃をプツンとはじく、いい音がした。その音を聞くと、ジョンはまるで絃の震動みたいに全身がビリビリと震えたようになって、いきなり扉をバタンと明け放つより早く、電灯をパッとひねった。絃の音は、まだかすかに余韻《よいん》をひびかせていた。

入口の閾《しきい》ぎわで、とっさに頭へきたのは、ははあ、おれがはからずもやって来たんで、部屋の中で、ゴソゴソやってたやつ、ちょいと仕事の手を休めたなという、誰でも考えそうな考えだった。もう一刻早かったら、中でやっているところが見られたにちがいなかった。部屋のようすに、どことなく、今しがた中の物が正常の不動の位置に急いでもどったというふうな、きゅうにひっそりとした動きの感じが、まだたゆたっていた。どの家具も、どっしりとその場所に腰をすえているけれども、じつはそれは、いそいでそこへかりに陣どったのであって、こちらがクルリと背中を向ければ、とたんにまたガタクサ動き出しかねない、――そんなけはいがした。もっとも、これはむろん想像にすぎなかったが、そのあとへ、追っかけるように、も一つべつの動きがあらわれた。

　ひょっとすると、部屋の中の物で、すこしグズなやつは、まだ安定の姿が充分にとれなかったのかもしれない。そういうやつがまだ動いていた。右手の窓のカーテンの下の、ヴァイオリンを入れたガラスのケースの置いてある棚の近くで、床の上をモゾモゾ動いているものが目にとまった。と、目にとまったとたんに、そいつがじっと動かなくなった。

　おやっ！　と思ったその瞬間に、冷たい汗がまた新しく吹きだしてきたジョンは、とっさに、こいつだな、この動くやつがおれの目をさまさせたり、ゾッとさせたりしやがったんだなとわかった。音は聞かなかったけれども、こいつがここの家へあらわれて、眠っているあいだに寝室を通りぬけて、おれの神経に氷みたいに触ったのだ。騒動の主《ぬし》は、こいつだとわかると、ジョンは偃月刀をしっかり手に握って、じりっ、じりっと壁ぎわへ身をしさって、警戒した。相手の動きが、なにやら人間がはうというよりも、動物の世界に属する動作みたいな、みょうな感じを受けたからである。とっさにかれは、爬虫類《はちゅうるい》の動きと、大きな山猫の抜き足と、大蛇ののたくるさまを思いだした。しかし、しばらくのあいだ、そいつは動かなかった。双方たがいに対峙の体《てい》である。

部屋の反対側は、灯火が暗かった。べつの電灯をジョンがカチリと点けると、その音に、敵はついと前に――こちらへ向かってヒラリと飛ぶように出てきた。そんなばあいに、つまらぬ些細なことに気がつくのはおかしなようだが、ふとジョンは自分が跣足《はだし》でいることを思いだし、ハッとして、いきなりそばにあった椅子の上に飛び上がりざま、偃月刀でピューピューあたりを薙《な》ぎはらった。展望がよくなったのと、灯火が一つふえたおかげで、かれはその時二つのことを見た。

一つは、「ガルネリウス」を入れたガラスの箱の蓋が持ち上がっていること。も一つは、敵がグーッと身を伸ばして立ち上がったことであった。けだものが、後足で立ったような、腰を落したみょうなかっこうで、いきなりそいつが目にも止まらぬ早さで、こちらへ飛びだしてきた。と思うと、ピューッと入口へすっ飛んだ。逃げようというのだろう。

こちらとて、怪物の恐怖に心気惑乱して、目がくらんだようになっていたから、はっきりと見分けはつかなかったけれども、それでも敵に向かって打って出るだけの自制心は、充分持っていたようである。飛び出してきたやつが、打ち下ろせるほどの間近まで来た時、そりかえった偃月刀を縦横無尽にピカピカ、ピューピューふりまわしたが、いちどはたしかに手答えがあったようであった。と、手答えがあったと同時に、思わずジョンは度を失って、よろよろっとした拍子に、のっていた椅子の上から前へつんのめるように、まともにそいつのほうへ飛び下りた。

するとその時、じつに不思議なことが起ったのである。というのは、かれが椅子から落っこちた拍子に、敵もやはりどさりと落っこちて、床に平《へい》つくばったと思うと、きゅうに形が小さくなって、四つ足の動物みたいに、かれのすぐそばをパッとかけぬけたのである。ジョンはキャッと叫んだが、こりゃじっとしちゃいられないと思って、いきなり追っかけようとふりむいたとたんに、椅子にけつまづき、無我夢中に偃月刀であたりを斬りはらいながら、まざまざと姿を見たのは、まっ暗な廊下の先を、脱兎《だっと》のごとく逃げていく、一匹の大きな猫であった！　踊り場へ出るドアが、いくらかあいていたと見え、あっと思うまに、猫はそこから飛びだしたが、この時早くかの時遅く、投げつけた偃月刀が、ドアのかげに消えようとした猫の前足にグサリとあたって、あたった前足が胴体からブラブラになってしまった。

恐ろしかった。走りながら、ジョンは電灯をつけ、外の踊り場まで追いかけて行ったが、追いかけられた当の曲者はよく逃げおおせて、その時はすでに階段の下で、すり足のような、忍び足のような、パタパタという音が聞こえていただけであった。その足音は、何週間かまえに、昇降機の中でかれのそばをよぎり、モーガンが大きな声でキャッと叫んだ、あの時聞いた音とまったく同じであった。

ジョンはややしばらく、そこの踊り場にブルブル震えながら立って、耳をすましながら、思案していたが、やがて部屋の中へはいって、入口のドアを締めた。それから居間へ行って、秘蔵のヴァイオリンのケースの蓋をもとどおりにキチンと締めたが、なんだか馬鹿みたいに茫然として、頭のなかがへんに混乱していた。じつは、かんじんのヴァイオリンが、ビロードのふかふかした座から、五、六インチもずれていたのを見たからである。

その翌朝、ジョンは昨夜の出来事については、ひとこともいわなかった。ウィリアムのほうは、べつだんおびやかされたようすも見えなかった。

五

ただ、ここにひとつ、ぜひとも説明を要したことは、――結局それはわけがわからず、うやむやに終ってしまったが――門番のモーガン君の顔にあらわれた不思議な形相であった。モーガンが、ここのビルの所有主との契約期限が切れて、その月の末に、新しい職場へ去って行ったことは、ギルマー兄弟もむろん知っていたが、当人にそのわけをたずねたジョンだけが知っていたのである。ジョンは、故あって、顔の話は、弟のウィリアムにはその話をしなかった。同時にまた、これも故あって、そのことについて、べつにジョンは、モーガンに根問い葉問いもしなかったし、警察に報告もしなかった。

モーガンのブヨブヨな顔に、えらいみみず腫れの跡があらわれたのである。頰から襟首《えりくび》にかけて、なにか先きのとがった物で――動物の爪みたいなものでバラ搔きにひっ搔かれたような赤いすじが、何本もできたのである。当人のいうところによると、朝の三時頃、ホールでえらい物音がしたので、飛びだして行って、まっ暗闇の中で格闘したが、とうとう逃げられてしまったという。

「そりゃあきっと、猫かなにかだな」と、ジョンが立話の末に、それとなくそういって匂わすと、モーガンはいつもの癖で、「はあ、あれはきっと猫かなにかですな」と答えた。

モーガン自身は、このうえまたぞろ危険に会うことは、べつになんとも思っていなかったのだが、それでもモーガンは、ここよりあやしいことのないほかのビルへ、例の山高帽と制服を着るべく別れて行ったのである。

いっぽうハイマンのほうは、その後いっこう、例の解雇の話をつけに、たずねてもこなかった。なぜかれが来ないかは、その後二、三カ月してから、偶然ギルマー兄弟がバスでピカデリーを通った時、自分たちの向こう前の席に、青眼鏡の黒い顎ヒゲを生やした男が乗っていたのを見て、やっとわかったのである。ウィリアムはその男を見ると、いそいで自分でベルを鳴らして、なんだか気分がへんだとかなんとかいいながら、バスを飛び降りた。ジョンもすぐにそのあとからつづいて降りた。

ぶじに舗道へ下りると、ウィリアムはジョンにいった。

「あんた、あれ、誰だかわかったろう？」

ジョンはうなずいて、

「ハイマンのやつ、眼鏡をかけて、顎ヒゲなんかはやしやがって」

「うん。ほかにまだ気がついたことがあったろう？」

「なにを?」

「あいつ、片っぽの袖がブラブラだったぜ」

「袖がブラブラ?」

「そう」ウィリアムがいった。「あいつ、片っぽの腕がなかったよ」

ジョンが口を切るまでには、だいぶん間《ま》があった。二人の行くクラブの入口まで来た時、ようやく兄がいった。

「あいつもかわいそうに。あれじゃ二度ともう弾けないな——由緒《ゆいしょ》あるヴァイオリンはな」

その晩家に帰ってから、ジョンはウィリアムが床にはいったあと、まえに古本屋で手に入れた珍書を、なんの気なしにひっぱりだして見ると、そのなかにこんなみょうなことが書いてあった。——「性格烈しき人が、一事を執拗《しつよう》に願望する時は、往々にして畜類に変生《へんしょう》するものなり。のみならず、変生せる畜類より受けし傷痕は、いわゆる『反応』なる奇現象によりて、身体酷似せる人にもおのずからあらわるるものなり」云々。

約束

夜の十一時。マリオット青年は、自分の部屋に錠をかけて、にわか勉強の最中である。マリオットはエジンバラ大学の四年生であるが、卒業試験をなんども滑《すべ》っている。あんまりたびたび滑るものだから、両親から、もうこれ以上学資は送ってやれないといって、きっぱり宣告をうけてからでも、もうだいぶんになる。

下宿は安くて、きたない部屋であるが、それよりも、金を食うのは学校の受講料だった。そこでマリオットもとうとう一念発起して、こんどこそは試験にパスするか、しなければ死んでしまおうとまで、断乎《だんこ》決意をかためて、ここ何週間か、死にもの狂いになって勉強しているのである。むだに使った金と時間を、なんとかしておぎなおうとするのだが、かんじんの金と時間の値打がわからない男だから、結局へマばかりやっている。とにかく、ぼんくらな人間——どこから見たってマリオットはぼんくらな人間である——は、人から尻をひっぱたかれるほど、自分の尻をひっぱたかないから、どっちみち、高いものを支払うことになるのである。

マリオットは同じ学生仲間に、たいして友だちも知人も持っていない。その幾人もない友人たちは、マリオットがいよいよ土壇場《どたんば》へきて、ガリガリ勉強しだしたのを知って、当分夜は邪魔しないことにしようと約束した。であるから、その晩下宿の部屋のベルが鳴って、だれか来たやつがあるのを知った時の、かれのハッとした気持は、ただの驚きなんていうようななまやさしいものではなかった。よくベルに布かなんか巻いて、高い音が出ないようにしておいて、いくらベルが鳴ろうが、平気で勉強している人があるけれども、マリオットはそういうたちの人間ではない。あんがい気の弱い男だから、そんなことをすると、だれが来たんだろう、なんの用だったんだろうと、一晩じゅう気に病めてならない。したがって、だれか来ればいちおう中へ入れたうえで、できるだけ早く追いかえす、という手よりない。

下宿のおかみさんは、十時を打つと、判でおしたようにグウグウ寝てしまうから、十時すぎは、呼鈴の音を聞いて聞かないふりをするも糞《くそ》もない。マリオットは、チェッ、悪い時に来やがるぜと、舌打ちをしながら立ち上がると、自分で客を迎えに出る用意をした。

夜もこの時刻になると、エジンバラの町はひっそりと静かになる。ことにマリオットが四階の部屋に住んでいる、閑静なF——町の界隈《かいわい》は、物音ひとつしない静かさである。机から立って、部屋の中をつっきる時に、二度目のベルが、なにもあんなに鳴らさなくてもいいだろうと思うほど、やけにジリジリ鳴った。心なしな客の二重の妨害に、マリナットは肚《はら》のなかで癪《しゃく》にもさわり、めいわくにも思いながら、ドアの錠をはずして、狭いホールへ出て行った。

「おれの試験勉強、みんな知ってるんだろうになあ。だいたい、こんな時刻に、人の家へじゃまに来るなんてやつが、あるもんか」

ここの家の下宿人は、マリオットと同じ医学生、一般学生、「シグネット」に寄稿している三文文士などで、あとは職業のよくわからない人たちばかりだった。石の階段は、各階ごとに、手のとどかない高いところにガス灯がぼんやり点《とも》り、絨緞《じゅうたん》や手《て》欄《すり》らしいものもなく、往来と同じ高さの階下まで、ぐるぐる回りながら降りている。壁のある高さから下だけ掃除がいきとどいているのは、下宿の上《かみ》さんの背が、そこまでしかとどかないためである。

回り階段というやつは、聴覚にとくべつな影響があるのだろうか。あけたドア口《ぐち》に、マリオットは本を片手につっ立って、足音の主の姿が見えるのを、今か今かと待っていた。靴の音がばかに近く大きく聞こえた。なにも靴で上がってくるのに、あんな大きな音を立てることはあるまい。ちくしょう、一たいだれだ。勉強のじゃましやあがって。来たら、ケン呑み食わしてやるぞ。かれはその心構えをして待っていたが、相手はいっこうにあらわれない。足音はすぐ目と鼻の先でしているのに、誰の姿も見えないのである。

とたんに、ハッとみょうな恐い感じが——気の遠くなるようなゾーッとした感じが、背すじを走った。が、それは走ったと思ったとたんに、すぐに消えた。影も形も見せない客に、大きな声でどなってやろうか、それともドアをピシャリと締めて、勉強にもどろうかと思案しているところへ、足音の主が廊下の角から、いきなりヌーッとあらわれてきた。

見たこともない男である。田舎っぺ丸出しの、背の低い若い男である。顔もまっ白なら、光っている目もまっ白で、目の下には黒い隈《くま》がある。頬《ほお》にも顎《あご》にも不精髭《ぶしょうひげ》を生やし、総体にだらしのない恰好をしているが、着ている物はいい物だし、風采も悪くはないから、いちおう紳士にちがいない。ただふしぎなのは、帽子をかぶらず、しかも手ぶらなことである。その晩は宵から大雨が降っているのに、見たところ、外套も着ていなければ、雨傘も持っていないようすである。

マリオットの頭の中に、訊きたいことが束になって、そいつが一ぺんに口に出かかった。中で、まず第一にききたいのは、「きみは一たい誰か?」ということと、「なんの用があって来たのか?」ということだった。ところが、どっちもそれは言葉になっていいだされなくてすんだ。というのは、客がひょいと首を向きかえた拍子に、ホールのガス灯のあかりが、新しい角度から、男の顔の上にさした。とたんに、マリオットはあっと相手がわかった。

「フィールド! なんだ、きみだったのかい?」と言って、思わず息をのんだ。

マリオットは勘の悪い男ではなかったから、ひと目見て、こいつはただごとではないと、すぐにわかった。べつにとやかく考えるまでもなく、まえからちょいちょいその兆《きざし》のあった大詰が、とうとう来て、こいつ、おやじに家を追いだされたんだなと、ピンと来たのである。二人は中学時代の同窓で、卒業後はたしか一度ぐらいしか会っていなかったが、家が近かったし、それに両方の妹たちがばかになかよくしていたので、わりとくわしい消息が、そのときどきに伝えられていた。最近かれは、だいぶんグレだしたとかいうことであった。酒、女、阿片、あとまだなんだかんだ、いろいろ聞いたように憶えているが、くわしいことは忘れてしまった。

「まあ、はいれよ」腹の立ったことなど、いつのまにか消えて、マリオットはいった。「なにかぐあいの悪いことができたんだろう。わかってるよ。とにかく、はいれよ。話を聞こうじゃないか。そのうえで、なんとかぼくの力でできれば――」なんといっていいかわからず、マリオットはモソモソ言葉をにごした。人生の暗黒面、その恐ろしさ、これは自分のような狭い専門の書物と空想の世界からは、遠い世界のものだったが、しかし、そういうものを越えて、かれは男らしい意気は持っていた。

ホールを先きに立って案内し、正面のドアを気をつけて締めたが、そのあいだ、それとなく相手のようすを見ていると、べつに酒を飲んでるようすもないのに、いやに足がフラフラしている。よほど疲れているようすである。マリオットは、試験のパスのほうはあまり自信がなかったが、それでも飢餓の兆候ぐらいのことは、医学生だから知っている。こいつ、食うや食わずでいるなと、相手の顔を見た時に、すぐにそれがわかった。

「こっちへ来たまえよ」と声に同情をふくめながら、かれは元気にいった。「よく来てくれたね。おれ今、なんか食べる物持って来るからね。ちょうどいい時に来たぜ、いっしょに食《や》ろうや」

相手はなんにも返事をしないで、へんに足をひょろひょろさせているので、マリオットは腕をとってささえてやった。腕をとって、はじめてかれは、相手がばかにダブダブな服を着ていることに気づいた。ずんぐり太って見えた体格は、じつは見かけだおしだったのである。相手はまるで骸骨《がいこつ》みたいに痩《や》せこけていた。と、相手にさわった時に、またしても、さっき覚えた気の遠くなるような、ゾーッとした感じがした。その感じはいっとき続いて、すぐに消えてしまった。べつにかれは、それをなんとも思わなかった。友だちがこんなみじめったらしいざまをして来たんだもの、気が遠くなるのもゾッとするのもあたりまえのことだと、マリオットはひとりでそのせいにした。

「手を引いてやろうな。なにしろまっ暗なんだよ、ここのホール。ぼくはいつも文句いってるんだがね」と、マリオットは腕にかかってくる重みで、これは手を引いてやらなければと思いながら、気軽にいった。「ところがさ、老いぼれ猫のやつ、約束以外のことは、なんにもしやらないんだ」そういって、かれは相手をソファのところまで連れていきながら、一たいこいつどこから来たのか、よくおれの居どころがわかったなと、ふしぎな気がした。私立学校でいつもいっしょになかよくしていた時分から、七年はたっているはずだった。

「いいかい、ちょっとぼく失敬して、夜食の支度をしてくるからな。いいさ、まあつべこべ言わんと、ここにしばらくくにしていろよ。見たとこ、ばかに疲れてるらしいもの。まあ、あとでゆっくり話を聞かしてもらって、そのうえで相談するとしようよ、なあ」

相手はソファのはじに腰をおろして、黙ってじっと目を据えていた。そのあいだにマリオットは、戸棚から黒パンと麦粉の煎餅《せんべい》とマーマレードのはいった大きな瓶をとりだした。エジンバラの学生が、誰でも戸棚にしまっておく品である。相手はまるで阿片でも見たように目を光らせて、戸棚の戸のかげから、そっとマリオットのことを竊《ぬす》むように見ていた。どうもこの男は、正面から物を見ることがきらいらしい。いやな癖がついたもので、まるで試験のとき、試験官に答案をにらまれて待ってでもいられるような、オドオドしたそぶりである。それに、疲れがひどいのか、物をいうのがいやらしい。そこでマリオットは気をきかして——も一つほかに、自分でもえたいのわからない理由があったが——なるべく相手をそっと休ませておくことにして、わざと自分はせっせと夜食の支度にかかっていた。ココアを淹《い》れようと思って、アルコール・ランプに火をつけ、湯がグラグラ沸いてきたところで、かれはフィールドに、椅子までわざわざ立ってこさせる手数をはぶいてやろうと思って、ごちそうをのせたまま、テーブルをソファの前までズルズルひっぱってきてやった。

「さあ、どうだい、食《や》らないか。話はあとで煙草をのみながら、ゆっくり聞こう。じつはね、今おれ、試験勉強なんだ。それで毎晩今ごろになると、なにかしら食うんだよ。今夜はご相伴《しょうばん》があるから、楽しいや」

そういって、ひょいとマリオットは目を上げると、客の目が自分の目をまともにじっと見すえているのにぶつかった。とたんに頭の先から足の先まで、水をぶっかけられたような寒さがゾッと走った。目の前にある客の顔は、まるで死人のようにまっ白で、なんともいえない苦しい心の悩みがあるような、すごい顔つきをしている。

「あっ、そうだ」と、マリオットは椅子から跳ねるように立って、「すっかり忘れてた。そうだ、どこかにウイスキーがあったんだ。馬鹿だね、おれは！　勉強中、自分でアルコールは抜きにしてるもんだからね」

マリオットは戸棚のところへ行って、ウイスキーを一杯注いでくると、フィールドは一息にそれをグーッとあおって、あと水も飲まないで、ケロリとしている。マリオットはその飲みっぷりを黙って見ながら、ほかのことにもおこたりなく目をはたらかしていた。――へんなことに、フィールドの上着が埃《ほこり》だらけで、あまつさえ、片っぽの肩のところには、蜘蛛《くも》の巣がひっついている。どこにも濡れたところがない。このどしゃ降りの雨の晩に、帽子もかぶらず、雨傘も持たず、外套も着ずにやってきた男が、濡れたところがどこにもなくて、しかも埃だらけとは、こりゃ一たいどういうのだろう？　昼間からここの家に、隠れてでもいたのだろうか？……

なんとも不思議千万であった。でも、マリオットは、そのことを何も口には出さなかった。口に出さないどころか、とにかく食って寝かしてしまうまでは、何も聞くまいと肚《はら》をきめたのである。かわいそうに、フィールドがなによりも、今第一に必要なのは、食物と睡眠である。──かれはさっきの自分の診断がうまくあたったので、得意であった──とにかく、腹がくちくなって、寝が足りるまでは、無理なことをさせないほうがいいと、マリオットはそう考えたのである。

そんなわけで、夜食のあいだは、主人であるマリオットだけがしゃべりづめで、むろん話題は自分のことばかり、試験のことだの、下宿の上さんの「古猫婆」のことだの、──だから、客はひとことも物をいう必要がなかった。もっとも、いえといえば、いったかもしれないが、こちらにそんな気はさらになかったのである。こっちは自分でこしらえた夜食さえ、なぜか手を出す気にもならないでいるというのに、相手はガツガツ、モリモリ食った。腹のすききった人間が、焼きざましの粉せんべいに堅い麦粉の菓子、それに黒パンにマーマレードを塗って、そいつをガツガツ食う光景は、日に三度の食事もろくすっぽ知らない無経験な学生にとっては、まさに瞠目《どうもく》にあたいする見ものであった。あんなにほおばって咽喉につかえやしないかなと、かれはハラハラしながら、我を忘れたように相手の食いっぷりを見ていた。

しかしフィールドは、空腹であると同時に、眠くもあったようである。口の中へ入れた物を嚙むのを止めては、なんどもコックリ、コックリやっている。そのたびにからだを揺《ゆす》って、食事を続けさしてやったくらいである。人間の感情は、どうせ強いのが弱いのに勝つにきまっているけれども、それにしても、この空腹と、まるで睡魔にかかったようなこの眠気との争闘は、医学生のマリオットにとって、一種の奇観であった。かれはあきれかえったのとびっくりしたのとが、まじり合ったような気持で、つくづく相手を眺めていた。腹のへった人間に物を食わして、その食うのを見ているのは楽しいものだとは話に聞いていたが、その現場を見たことがないから、こういうものとはつゆ知らなかった。まるでなにか動物みたいな食い方である。ガフガフ、クチャクチャ、ゴロゴロ、口じゅう音をさせて食っている。マリオットは試験勉強のことなどいつか忘れて、なんだかモヤモヤしたものが胸にいっぱいになってきた。

「どうもろくなごちそうもなくって、気の毒したな」とマリオットは、最後にのこった焼きせんべいが姿を消して、このせわしない客おひとりさんだけの食事が終った時に、やっとそれだけいったが、フィールドは、ソファにいねむりをしながら、ひとことも返事をしない。ただ礼のつもりか、疲れたような薄目をあけて、ちょっと見上げただけであった。

「いいから、すこし寝たほうがいいぜ。それでなきゃ、からだがたまらないや。ぼくは徹夜で勉強するからいいよ。きみはぼくのベッドでゆっくり寝たまえ。明日の朝はゆっくり寝てろよ。朝飯を食ってから、ゆっくり相談しようよ。ぼくは計画を立てるのは、これでも名人なんだぜ」といって、マリオットは気軽にすすめてやった。

フィールドは、身も世もない眠気のなかからも、黙ってかれの策に同意するようなようすを見せた。やがてマリオットは、自分の寝室へ案内しながら、相手はすきっ腹とはいえ、准男爵のおん曹子《ぞうし》なんだから――その邸宅はまるで御殿のようだった――ねずみの巣みたいなちいぽけな寝室をしきりと恐縮がった。が、疲れている客は、礼をいおうともしなければ、まるでそっけないふうだった。友人の腕に平気の平左でよりかかりながら、よろけるように寝室へはいると、いきなり着のみ着のままで、フラフラのからだをベッドへ投げだした。そして一分とたたないうちに、もうグーグーいびきをかいて眠りこんでしまった。

ややしばらく、マリオットはあけっぱなしの戸口に立って、フィールドの寝相《ねぞう》を眺めていた。そして、こんな者がころがりこんできて、うっかり困った立場にならねばいいがと思いながら、さしあたり、明日の朝になったら、この招かれざる客をどうしたもんだろうと思い迷った。しかし、マリオットはいつまでものんべんとそんなところで思案もしていられなかった。とにかく、勉強のほうがだいじであった。どういうことになるかわからないが、今夜の試験は、まあこれでパスしたと見なければならない。

ホールのドアにふたたび錠をかけてから、マリオットは机の前に腰をおろして、さっきベルが鳴った時に読んでいた続きの、「薬物学」のノートを読みだしたが、しばらくのあいだは、なかなか勉強に身がはいらなかった。頭はいつか知らず、あの白ちゃけた顔の、へんな目つきをした、空腹でうす汚い、服も靴もぬがずにベッドにころがりこんでいる、友だちの上をさまよっている。おたがいに離れ離れになるまえの、楽しかった学校時代のことが思い出されてきた。いつまでも離れまいねと、二人して永遠の友情を誓ったことや、いろんなことが思いだされてきた。その竹馬の友がどうだろう。こんな窮境におちいるようなことになろうとは。人間は放蕩をすると、みんなこういうところへ落ちこんでしまうものなのだろうか？ 二人で堅く誓った誓約は、どうやらマリオットのほうでも、とうにもう、あとかたもなく忘れてしまっていたようであった。いや、忘れないまでも、とにかく今では、こうして当時を思いだす記憶の蔭の、遠いところにへだたってしまったようである。

半分開いた寝室の戸口から——寝室は居間からはいるようになっているので、ほかに入口も出口もない——ゴーゴーと、深く長いいびきの声が聞こえてくる。疲れきった人間の、規則正しい、たしかな寝息の音である。聞いていると、こっちまで眠くなるような、それほど疲れきったいびき声だった。「やつ、よっぽど眠かったんだな」と、マリオットは相手の身になって考えた。「ちょうどいい時に来たんだな」

おそらく、そうだったろう。外には北風が遠慮会釈《えしやく》もなくピューピュー吹いて、窓ガラスにザアザア流れる冷たい雨が、人っ子ひとりいない真夜の往来を、寒ざむと降りこめている。やがてマリオットは、ふたたびまた勉強に油がのりだしてきたが、勉強にはいるまえから、隣室に寝ている人間の深いいびきの声が、いわば書物の行間から聞こえてくるように、はっきりと耳についていた。

かれこれ二時間ばかりたってから、かれは大きなあくびを一つして、こんどはべつの書物に変えたが、いびきの声がいぜんとして聞こえるので、そっとようすを見に戸口のところまで行ってみた。

最初は、寝室が暗いために目まどいしたか、でなければ、スタンドの明かるい光で目がクラクラしていたのにちがいない。しばらくのあいだは、家具のうす黒い輪郭と、壁ぎわの簞笥《たんす》と、部屋のまんなかにある浴槽《バス》の白い影が、ぼんやり見えただけで、あとの物はまるきり見分けがつかなかった。

そのうちに、ベッドがボーッと見えてくると、ベッドの上に、眠っている人間のかたちも、闇のなかに、ボーッと見えてきた。やがて白い掛けぶとんに、細長い黒い形が、浮彫りになって見えてきた。

マリオットは、思わず微笑を禁じえなかった。フィールドは寝た時から一インチも動いていなかったからである。で、しばらくかれは、その寝相を眺めてから、やがてまたもとの机の前にもどった。夜がふけるにつれて、風雨の声はだんだんはげしくなってきた。外には車の通る音もしない。小砂利をとばす馬車の音も聞こえない。牛乳屋の車がくるにはまだ間《ま》があった。かれは着実に勉強をつづけていった。頭もはっきりしていた。ときおり書物を変えるのと、目ざましの覚醒剤を嗅ぐのに手を休めるだけで、そういう時には、いつもフィールドのいびきの声が、手にとるようにはっきり聞こえていた。外では風雨が吼《ほ》えつづけていたが、家の中はどこもしんとしていた。スタンドの笠が、取り散らした机の上だけをあかあかと照らして、部屋の隅のほうは比較的暗い翳《かげ》になっていた。寝室のドアはちょうどかれの腰かけている真正面にあった。ときおり、風が窓にドッと吹きつけてくる。勉強のじゃまになるのは、その風の音と、それから片っぽの腕が、ときどき軽く疼《うず》くように痛むことだけであった。この腕の痛みは、自分でもどうしたのかわけがわからなかったが、一、二度ひどくキューッと痛くなったので、気になったのである。いつ、どこで、どうしてそんな打身をしたのかと、いろいろ思いだしてみたが、どうも思いあたるものがなかった。

そのうちに、目の前の書物のページが、黄色からしだいに仄白《ほのじろ》くなってきた。そして、下の往来に車の音が聞こえてきた。いつのまにか、もう朝の四時であった。マリオットはうしろへ一つウーンとのけぞると、大きなあくびをした。それから窓のカーテンをあけた。夜来の風雨はおさまって、キャッスル・ロックが朝霧の中に包まれていた。かれはもう一つあくびをすると、窓ぎわから離れて、これから朝飯までの四時間を、ソファの上で眠ることにして、その寝支度をはじめた。フィールドは隣の部屋で、あいかわらず大きないびきをかいて寝ている。マリオットはもういちどようすを見に、爪足でそっと戸口まで歩いて行った。

半開きの戸口から、そっと中をのぞきこんだ目が、まずベッドの上に落ちた。夜前とちがって、ベッドは朝の灰色の光線の中ではっきりと見えた。かれはじっと目をすえてみた。それから目をこすった。しばらくして、また目をこすって、こんどはドアの端から中へ首をつっこんだ。そして、じっと目をすえて、なおもよくにらんでみた。

が、いくらにらんでみても変りはなかった。かれは、人のいない、からっぽの部屋をにらんでいたのである。

とたんに、フィールドがゆうべはじめて自分の前にあらわれた時に感じた、あのゾーッとする恐い感じが、とつぜんまたもどってきた。いや、ゆうべのそれよりもずっと大きな力でもどってきた。と同時に、左の腕の疼痛がきゅうに烈しくなって、思わず顔をしかめるほど痛くなったのを感じた。かれは「おやっ!」とへんな気がしながら、じっと目をすえたまま、なんとか自分の考えをまとめようとした。そしていつのまにか、頭の先から足の先まで、ガタガタ震えだしていた。

やっとの思いで、ドアにつかまっていた手を放して、思いきって寝室の中へ足を踏み入れた。見ると、ベッドの上には、フィールドが昨夜寝たところに、ちゃんとからだの跡がついている。枕にも頭をのせた跡があるし、ベッドの裾のほうには、掛けぶとんの上にのせた靴の跡が、すこし凹《へこ》んでついている。が、寝ていた跡があるだけで、フィールドはいない。そのくせ、いびきの声は、自分がベッドのすぐそばにいるせいか、まえよりもはっきりと聞こえているのである。

マリオットは気をたしかに持とうとした。そして大骨を折って、やっとのことで声を出して、友の名をどなった。

「フィールド! おーい! どこにいるんだ?」

なんの返事もない。そのくせ、いびきの声は、なにものにもじゃまされずに、ベッドからじかに起っている。自分のどなった声が、まるで人の声みたいにへんな声だったので、マリオットはそれきり大きな声でどならなかったかわりに、そこへ膝をつくなり、いそいでベッドの上と下を調べてみた。そして、しまいには敷ぶとんを引きずり出して、掛ぶとんと一枚一枚べつにしてみた。そうしてみても、いびきの声はいぜんとして聞こえている。それなのに、フィールドの姿はどこにもないのである。部屋の中には、身をかくす隙間などはどこにもない。とうとうしまいに、かれは寝台を引きずりだして見た。が、いびきの声は、いぜんとして寝台のあったもとのところでしている。いびきは寝台といっしょには動かないのである。

マリオットは徹夜をして疲れていたせいか、いやに気ばかりせいて、おちついて考えるひまもなく、さっそく部屋の中を家捜しにかかった。戸棚をあけて調べ、簞笥をあけて調べ、服をかけてある押入を調べ、どこもかしこも、しらみつぶしに調べてみたが、むろんどこにも人の影らしいものはない。天井に近い小窓は締っているし、よしんばあいていたところで、そこは猫一匹抜けられない。居間のドアは、中から錠がおろしてあるから、そこから出るはずはなし。ただただ不思議な思いが頭を悩ますばかりで、だんだん薄気味わるい心持になってきた。なんだかむしょうに気がうわずってきて、もういちど、枕合戦でもするみたいに、ベッドをあらためてみた。それから居間と寝室の両方を、無駄とは知りつつ、もういちどよく調べてみた。それでも気がすまなくて、さらにもういちど調べた。冷たい汗が全身にふきだしてきた。そのあいだ、いびきの声はあいかわらず、フィールドがグーグー寝ていた隅から、鳴りやまないのである。

やがて、考え直して、こんどは別のことをやってみた。ベッドをもとの位置にきちんと押しもどして、フィールドが寝ていた位置に、自分で寝てみたのである。ところが、横になったとたんに、かれはすっ飛んで跳ね起きてしまった。いびきは、横になった自分のすぐわき、つまり壁と自分とのあいだ、ほとんど自分の頬ぺたのあたりから起っているのである。赤んぼだってもぐりこめない、そんな狭い隙間で、グーグーいっているのである。

　マリオットは居間へもどって、窓をあけはなち、朝の光と空気を入れたなかで、じっくりと事を考えて見た。よく夜なかに、本を夢中になって読んで、寝不足をしたりすると、おうおうにして幻覚に悩まされることがあるものだ。それは、自分でも承知していた。かれは昨夜の出来事を、一つ一つおちついて反省してみた。あの正気な感じ、鮮やかな事実、自分の心に起った感情、あの恐怖感。――幻覚なんてものは、あんな複雑なものではないし、だいいち、あんなに長い時間にわたって起るものではない。しかし、ときどき気の遠くなったことや、二度も三度も襲ってきたあの恐い感じ、それから腕の疼痛などを考えあわせると、どうも腑《ふ》におちなかった。どこからそれが来たものやら、さっぱり見当がつかない。

　それからさらにくわしく分析し、克明に調べていってみると、も一つ不思議なことに気づいた。それは、フィールドがはじめからしまいまで、ひとことも物をいわなかったことである。ところが、そんなことを反省しているかれのことを、まるであざけるかのように、奥の部屋からは今もなお、長い、深い、規則正しいいびきの声が聞こえているのである。なんとも奇怪なことだった。理くつにもなにも合ったことじゃない。

　脳膜炎にでもなりかねない、不吉な思いに憑《つ》かれて、とにかくマリオットは帽子と雨外套を着て、家を出た。アーサーズ・シートのすがすがしい朝の空気、ヒースのかおり、ことに海の眺めは、かれの頭のなかの蜘蛛の巣を一掃してくれた。かれはホーリルッドの上の濡れた斜面を、かれこれ二時間ばかりほっつき歩いた。そして、朝の運動が、骨の髄《ずい》まで怯《おび》えあがった心をふるい落し、それと引きかえに、貪《むさぼ》るような食欲が起ってくるまで、かれは宿に帰らなかった。

帰って部屋へはいると、居間の窓ぎわに、べつの男がひとり、表へ背を向けてつっ立っていた。見ると、おなじ医学生仲間のグリーンであった。この男もやはり、マリオットと同じく、追試験の勉強をしている男だった。

「ゆうべはおれ、徹夜しちゃったよ」と、グリーンはいった。「けさはノートを比べがてら、朝飯でもいっしょに食おうと思ってやってきたんだが、きみはまたばかに早く出かけたんだな？」

マリオットは、すこし頭が重かったから散歩に出かけたんだが、散歩したらなおったと答えた。グリーンは「フーン」といって、うなずいたが、そこへ女中が湯気の出たポリジを持ってきて、テーブルの上にそれを置いて出て行った。女中が出ていくと、グリーンはすこし高飛車な調子で、

「おいマリオット、きみには酒飲みの友だちがあったかな？」

嘘にもないことを聞くので、マリオットは白ばくれて、そんなやつァ知らんよ、と答えた。

「だって、あすこでグーグー誰か寝ている声がしてるじゃないか？」といって、グリーンは顎で寝室のほうをさしながら、頓狂《とんきょう》な目つきをしてマリオットの顔を見つめた。二人はややしばらくにらめっこをしていたが、やがて、マリオットがせきこんでいった。

「じゃ、おい、きみもあれが聞こえるのか?」

「むろん聞こえるさ。ドアが開いてるもの。聞こえて悪かったかな?」

「いや、そういう意味じゃないよ」マリオットは声を低くして、「それを聞いて、じつはぼくはホッとしたんだ。まあ聞いてくれ。きみにもあれが聞こえるとすれば、それで安心なんだ。いやね、じつはあれのおかげでぼくは恐くなってね、脳膜炎かなにかになりかけたんじゃないかと思ったよ。それも、こんどの試験のおかげだよ。つねに音響ないしは幻影、あるいは不快なる幻覚をともない……」

「ばか!」相手はじりじりしながら、「一たいなんのことといっているんだよ?」

「だからさ、まあ聞けよ、グリーン」マリオットは、いびきの声がまだはっきりと聞こえているので、できるだけ静かな声で、「これから話をするが、まぜっかえしちゃだめだぜ」そう前置きをしておいて、それからかれは、昨夜の事件を逐一《ちくいち》もらさず語りだした。腕の疼痛のことまで話した。そして話し終ると、テーブルから立ち上がって、部屋をつっきって、

「どうだい、ほら、はっきりいびきが聞こえるだろう?」といった。グリーンは聞こえるといった。

「いいから、ここへこいよ。いっしょに部屋をさがそうよ」

マリオットがいったが、相手は椅子から腰を持ち上げようとしなかった。

「さっき、おれはそこへはいったんだよ」グリーンはきまり悪そうにいった。「その音を聞いたから、てっきりきみだと思ったんだ。ドアが半分あいていたからね、それで中へはいってみ

たんだよ」

マリオットはべつにそれには何もいわないかわりに、寝室のドアを、自由に出はいりできるだけにいっぱいにあけた。あけると、いびきの声はいっそうはっきり聞こえてきた。

「だれかいるにちがいないな」と、グリーンが息をころしていった。

「だれかいるんだ。だけど、どこにいるんだか？」マリオットはもう一どグリーンに、いっしょにはいってみようとうながした。しかしグリーンは、あっさりことわった。——ぼくはさっきいちどはいって、中を捜したんだけど、誰もいなかったぜ。——そういって、どうしてもかさねて中へはいるのをいやがった。

そこで二人は、寝室のドアを締めて、居間へひき揚げ、パイプをふかしながら、いろいろ話し合った。グリーンは根掘り葉掘り質問したが、いくら質問したって事実に変りがない以上、これという結果も出てこない。

「とにかくね、ほかのことはどうでもいいけど、これだけは正しい論理的な解釈をつけてもらいたいのは、この腕の痛みだよ」と、マリオットは左の腕をニヤニヤさすりながらいった。

「ここがね、なにかえぐられるようにキリキリ痛むんだ。どこで打ったという記憶もないんだがね」

「どら、ちょっと見せてみたまえ」と、グリーンはいった。「おれはこれでも骨折のほうは、そうとうの腕前なんだぜ。試験官はまるで逆なことをいってるけどね」

マリオットは馬鹿も気休めの一つと思って、上着を脱いで袖をまくった。

「おい、こりゃあ、血が出ているぞ!」と、かれは叫んだ。「見ろよ、ここ。どうしたんだろうな、一たい?」

二の腕の手首に近いところに、うすい赤いすじがついていて、そこから血がにじみ出ていた。グリーンはそばへ寄ってややしばらく、痕跡《きずあと》をためつすがめつ見ていたが、やがて椅子にもどると、妙な顔をしてマリオットの顔を見つめた。

「知らずに、どっかで擦《す》りむいたんだろう」と、しばらくしてからいった。

「痣《あざ》の跡はないものな。腕の痛むのは、なにかべつの原因にちがいないよ」

マリオットは、まるで怪談の謎の答は、自分の肌に書かれてあるとでもいったように、黙って自分の腕をにらんでいた。

「どういうんだろうな? べつにその痕、変ったところも見えないがね」と、グリーンはあまりあてにならないような声でいった。「カフスのぼたんでひっかいたんだよ、たぶん。昨夜興奮した時に……」

ところが、マリオットは、みるみる唇が土気色になって、すぐには物をいうこともできないようすだった。額に大粒の汗が吹いていた。やがて、いきなり腰をかがめて、グリーンの顔に自分の顔を寄せると、すこし震えを帯びた小声でいった。

「おい、この赤い跡見たか? きみがひっかき痕だといった下にある、これ、この赤い跡だぜ?」

グリーンは、そういえば何かあったといった。マリオットはハンケチで、そこのところをきれいに拭いて、おい、もういちどよく見てくれよ、といった。

「なるほど、あるね」と、グリーンはややしばらく丹念に診たのち、首を上げていった。

「こりゃしかし、古痕《きず》みたいだな」

「そうなんだ。古痕なんだよ」マリオットは唇をワナワナさせながら、囁《ささや》くような声でいった。

「その古痕が、今になってまた出てきたんだよ」

「えっ、なんだって?」グリーンは椅子の上でソワソワしだした。笑おうとしたが、うまく笑えなかった。マリオットが気絶しそうに見えたのである。

「しっ! 静かにしろよ。――いいかね、この痕はね、フィールドがこしらえた痕なんだよ」

一瞬、二人は物もいわずに、たがいの顔をまじまじと見合った。

「フィールドがこしらえた痕なんだよ」と、すこし大きな声で、マリオットはその言葉をくりかえした。

「フィールドが? ゆうべかい?」

「いや、ゆうべじゃないよ。むかしさ――小学校の時分さ。やつのナイフでね。ぼくも自分のナイフで、あいつの腕に痕をこしらえたんだ」マリオットはきゅうに早口になって、「ぼくらおたがいに痕のつけっこして、つけたその痕口《きずぐち》に血の交換をしたんだ。あいつがぼくの腕に、ぼくがあいつの腕に――」

「なんだってまたそんな――」

「つまりね、子供のげんまんなんだよ。ぼくら神聖な誓約をしたのさ、神聖な約束をね。そうだ、今でもはっきり憶えているな。なんでもそのまえに、へんな恐い本を読んだんだ。それでね、おたがいにあらわれっこをしようって約束したんだよ。つまり、先きへ死んだやつは、相手のところへ出てこようって約束したんだ。その約束をおたがいの血でもって封じたわけさ。そう、はっきり憶えてるな。暑い夏の日でね、学校の運動場でさ。——もう七年まえになるな。そん時先生につかまってさ、ナイフは取り上げられちゃったっけ。——そうだ、ぼくは今日まで、いちどもそのこと、考えたことなかった——」

「そうすると、きみのいうのは——」といいかけて、グリーンは言葉がつかえてしまった。

マリオットはそれには答えなかった。かれは立ち上がると、部屋の向こう側へ行って、ぐったりと、ソファに腰を下ろすと、両手で顔をおおった。

グリーンはちょっととりつく島がなかった。しばらくかれは、マリオットをそっとしておいて、自分でもういちど考えてみた。すると、ふとある考えがひらめいた。そこで、ソファの上に身じろぎもせずに身を投げているマリオットのそばへ立って行って、起してみた。とにかく、謎がとけようと、とけまいと、事件に直面したほうがいい。いいかげんにほったらかしておくのは、馬鹿な引っこみ思案だ。

「ねえ、マリオット」とグリーンは、相手が青ざめた顔をあげると、いいだした。「こんなことで動顚《どうてん》するのは、馬鹿の骨頂《こっちょう》だぜ。かりにそれが幻覚なら幻覚で、処置のしかたはあるだろうぜ。幻覚でなければ——また考え方があるわけじゃないか」

「それは、ぼくもそう思うよ。けど、どういうわけか、ぼくは恐いんだ」といって、マリオットは声をひそめて、「つまり、あいつがね――」

「だけどさ、結局、万一それが事実とすればだよ、きみの友人が約束を守ったということじゃないか。そうだろう、それだけの話じゃないか」

マリオットは、そうだとうなずいた。

「ただね、ぼくの考えるのは」と、グリーンはつづけた。「その男が物を食ったということね、きみはたしかに食ったというが、はたして本当に食ったのかね？　そこがぼくはあやしいと思うんだがなあ」グリーンは、そういって自分の考えをぶちまけた。

マリオットはしばらく相手の顔を見つめていたが、それはぜったいにまちがいないといった。ばかにおちついた物のいいかただった。一ぺん大きく衝撃《ショック》を受けてしまったので、あとはもう、どんなびっくりするようなことをいわれても、ビクともしなかったのである。

「だって、食事がすんだあと、ぼくがあとをかたづけたんだぜ。そこの戸棚の三段目の棚に、ちゃんとはいっているよ。あれから誰も手をつけた者はないもの」

といって、腰かけたまま戸棚を指さした。グリーンはその言葉に、自分で立って見に行った。

「ほら、見ろ！」と、かれは喊声《かんせい》を上げた。「おれの思ったとおりだ。やっぱり幻覚だったんだよ。誰もこれに手をつけやしなかったんだ。ちょっと来てみろよ」

二人はいっしょに戸棚を調べてみた。なるほど、黒パンと焼きせんべいの皿、麦粉の菓子が、みんな手をつけずに、そのままになっていた。マリオットの注いだウイスキーのコップも、中にウイスキーがはいったまま、そこにあった。

「きみは食べものを出したが、フィールドは飲み食いをしなかったんだよ。いや、だいいち、フィールドなんか来やしなかったんだよ」

「だけど、あのいびきの声は?」と、マリオットはめんくらったような顔をして、相手の顔を見つめながら、低い声でたずねた。

こんどはグリーンが返事をしなかった。そして寝室のほうへツカツカと歩いて行った。マリオットはじっとそれを目で追った。グリーンは寝室のドアをあけて、耳をすました。深い、規則正しいいびきの声は、いわなくても、奥のほうから聞こえていた。とにかく、これは幻覚ではない。居間の隅のほうに立っているマリオットにも、その音ははっきりと聞こえた。グリーンはドアを締めて、こちらへもどってくると、

「おい、こうなれば、あとはもう、たった一つしきゃすることはないぞ」と、きっぱりした調子でいった。「フィールドの家へ手紙を出して、フィールドのことを問いあわして見るんだね。そのあいだ、きみはおれの部屋へきて勉強しろよ。おれのとこには、よぶんのベッドがあるから」

「よし、そうしよう」と、マリオットはいった。「試験にゃ幻覚がないからな。なにがなんでもパスしなきゃ」

というようなわけで、それから一週間ほどすると、マリオットの妹から返事がきた。その手紙を、マリオットはグリーンに読んできかせた。

「フィールドのことお問合せのお手紙のおもむき、なんとも不思議に思います。なんだか恐い

みたいなことですが、フィールドのお父さんのサー・ジョンは、さきごろ、とうとう堪忍袋《かんにんぶくろ》の緒《お》を切って、フィールドを一文なしで勘当したことはごぞんじのことと思います。それがどうでしょう。フィールドは自殺をしたのです。すくなくとも、はために自殺のように見うけられます。家を出るかわりに、フィールドは自分の家の地下室へ忍びこんで、そこであっさり餓死したのです。……もちろん、家族の人たちは、そのことを内証にしていますが、私はうちの女中から聞きました。女中はあちらの家の馬丁から聞いたのです。十四日に死体が見つかり、医師のいうところによると、死後十二時間たっているとのことでした。たいそうやせ細って……」

「おい、そうすると、十三日に死んだんだな」と、グリーンはいった。

マリオットはうなずいた。

「十三日といえば、ちょうど、やつがきみに会いにきた晩じゃないか」

マリオットはもういちどうなずいた。

迷いの谷

一

マークとスティーヴァンは双生児だった。ひと口に双生児といっても、これはまた珍しいほうで、まるで一つの魂《たましい》をまんなかから二つにたち割って、そいつを同じ鋳型で打ちぬいたような二人だった。性格はほとんど同じである。趣味、希望、心配、欲望、すべてみな同じ。食べものも同じ物が好き。帽子、ネクタイ、衣服、これも同じ種類のものを身につけている。とりわけ強力な連繋は、嫌いなものまでまったく同じなのである。三十五歳で、二人ともまだ妻がない。ということは、つまり、同じ女性を二人して、いっしょに好きになるからなのである。たとえば、あるタイプの若い娘が、二人の水平線上にあらわれるとする。二人はその娘についで、おたがいに腹蔵のないところを談じあう。そして、自分たち兄弟は目下のところ、どんなことがあっても、別れ別れにはなれないという意見に一致する。よしというので、そのまま舞台は暗転、二人の平和を乱されないうちに、両人、さっさとその女に背を向けてしまう、とまあいったわけである。

おたがい同士の愛情、慈《いつく》しみ、これはぜったいに他からの拘束を受けない。「自然」の力のごとく、ぜったいに拘束なし。しかも言語を絶したやさしいものであった。こういう二人が、おたがいにいちばん恐れていることは、いつかは自分たちも別れ別れになるだろうということだった。

よく見ると、いくら双生児でも、あんまりよく似ているので、へんな心持がするくらいである。目までが同じだ。薄みどり色の瞳が、時によると、水色にかわり、夜になると影を帯びてくる。鷲のような鼻、キリリと締まった口もと、形のいいガッシリした顎《か》——どちらも同じようなたくましい顔だちである。空想力も豊かである。天空を翔けめぐる、ほんとうの空想力である。同時にまた、みごとな自制心も持っている。これがないと、せっかくの天稟《てんぴん》も、とかく意志薄弱の本家みたいになりがちだが。……感情は切実で、生き生きしている。心のうわっつらをコソコソくすぐるような、そんなケチくさい感情じゃない。ガンと鍬《くわ》を打ちこんで、底から掘っくり返すような、深い感情だ。

二人とも、自分の財産があって、それぞれ医学に興味があったから、なかよく医学を修《おさ》めた。マークの専門は眼科に耳鼻科である。スティーヴァンの専門は精神病科と神経科だ。そしてウィムポール街の一つ家で、いっしょに開業して、どちらもなかなか評判がいい。真鍮の標札には、二人の名前がなかよくそろって並んでいる。

ドクター・マーク・ウィンターズ
ドクター・スティーヴァン・ウィンターズ

一九〇〇年の夏のこと、二人は七、八のふた月を、いつものように大陸の旅に暮した。山岳地帯を毎年連続的に踏査して、一人はその土地の民話伝説を蒐集し、一人はその地方の自然科学を研究して、それを一冊の本にまとめる。挿画には、スティーヴァンのうつした写真を手ぎわよく挿入する。これが毎年のならわしになっていた。で、その年は、ジュウ湖のボームスとフルリエのあいだのジュラの山の中を選んだ。むろん、短い夏の休暇ぐらいでは踏査しつくせるものではない。いくつかの区域に分けて、そいつを年を追って踏査していくのである。そして、毎年、本拠地はかならず、華美な人たちに会うあぶなげのない、静かな、都塵を遠く離れた、草ぶかいところを選ぶ。はでがましい都人士などに、自分たちの深い兄弟愛——世間の人間からはちょっと臆測もできない、自分たち双生児の、神秘的、献身的な愛情の幸福をみだされたくなかったからである。マークはいうのであった。

「どうも外国を旅すると、人間ってやつは妙に迎合的になる。あれが困りもんだな。ふだんは冷淡な英国人の無口が、まるで影をひそめてしまうからね。ちょっと人と知合いになると、相手の人物をよくも計ってみないうちに、すぐに親密になってしまうからなあ」

「まったくだよ」とスティーヴァンは、その尻にのっていうのである。「つまりね、本国にいる時は、因習というやつが、自分を鎧《よろ》っているだろう。そいつが外国へいくと、稀薄になるからなんだね。それで、みんないやに愛想がよくなって、すきだらけになっちまうんだよ。——だから、どうかすると、思いもよらないところで、ピシリとやられる」

そういって、二人は千里眼みたいに、たがいの心の中を読みあいながら、顔を見あわせて笑いあう。二人のいう意味は、結局、一人の女に片っぽが虜《とりこ》になると、片っぽは置いてけぼりを食う、その恐ろしさをいっているのであった。

「もっとも、われわれの齢じゃ、だいたいもう、免疫になってるがね」

マークがそういうと、スティーヴァンは、ニヤニヤ笑いながら、これは哲学的に――

「しかあるべきだな」

「いや、べきではなくて、であるだよ」と、マークは断乎としていった。二人のあいだでは、マークがいつも兄の役にまわる。マークのほうが実際家で、万事に批判的であった。スティーヴァンのほうは、どちらかというと、あまりものごとを分析せずに、時によると、反省もせずに、なんでもそのまま受けとってしまう傾向があった。そのかわり、マークよりも夢が豊富だった。空想のための空想を愛する心から、しぜんと生れる豊かな夢であった。

二

農家の牧舎をかりて、二人は快適に暮した。居間が一つ、それに寝室が二つついている、ちいさな小屋だった。小屋は、サン・クロワから奥へはいったレ・バセス側の、シャゼロンの斜面にそうた、疎林のはずれに立っていた。そこの百姓家のかみさんのマリ・ペタヴェルというのが、二人の好物の山家の手料理をこしらえてくれた。二人は、毎日、散歩や山登りや踏査に日を暮した。マークは土地の民話や伝説をあつめ、スティーヴァンは自分で描いた小さな地図と測量図とを持って、自然科学の研究にいそしんだ。仕事はこうして手分けをしてするけれども、もともと、おたがいに相手の仕事には同じ興味をもっていたから、調査が早めにきりあがって帰ってくるような日には、夜になると、その日の成果を持ち寄って、根太のゆるんだグラグラのバルコニーで、煙草をふかしながら、ノートを見せあったり、文章の整理をしあったりして、まるで小さな子供が二人寄ったように、なかよく嬉々としている。おたがいが、自分の仕事となると、青年のような情熱をかたむけるから、いちんち別れ別れに暮していても、いっしょにすごしている時と同じように楽しいのである。べつべつに踏査に出かけた日には、かならず相手の興味を目ざませるような、――あっと目を見はらせるような物を、二人とも持って帰ってくる。

そんなふうだったから、ホテルにいる外人たちの生活――昼は殺風景で、夜になると騒々しい、はでな身なりをしたホテル人の生活など、二人はどこ吹く風であった。大きな旅館の前など通って、賑《にぎ》やかな夜の騒ぎを横目にチラリとのぞいたりすると、二人は森のはずれの自分たちの静かな隠れ家が、あらためてつくづく得がたい、天外の理想境のように思われた。イブニングはおろか、喫煙服《スモーキング》さえ持ってきていない二人であった。

「ああいう大きなホテルの雰囲気は、じつに山を毒するものだね。どうだい、あの俗臭芬芬《ふんぷん》たる感じは」

スティーヴァンがいうと、マークも目に角を立てて、

「ああいう連中は、それこそ、ツルーヴィルかディエップあたりへ行って、博打《ばくち》をやったり、じゃらじゃらしたりしてりゃいいんだ」

他人を寄せつけない完全な独占的生活、そういう法外な専念には、とかくうわべに嫉視《しっし》羨望《せんぼう》がつきまとうものだが、それを断ち切っている二人は、身のまわりにある世間の華美な世界など、はじめから縁なきものとこころえていた。したがって、そういうホテルの連中のなかには、こちらの生活に危険な種を持ちこんでくるような人間は――すくなくとも、自分たちの好みにあうような女性は、まず、いないはずであった。

この考えは、べつに誇張ではなく、むしろ力説すべき考えだった。というのは、まえにいくつかそういう女の事件があり、二人とも意志の力で、なんなくそれは脱《のが》れたけれども、じつはあやうく本物になりかけたことがある。(それがまた、相手はいつもイギリスの女ではなかった。いちどはブダペストで起ったし、ロンドンの時のも、相手の女はギリシャ人の娘で、最初マークの患者だったのが、のちにスティーヴァンのほうへまわってきた女であった)そんなわけで、おたがいにはっきり口に出してはいわなかったけれど、いつも新しい土地へくると、例の夢――一人の女性に片方が持って行かれると、片方は寂しく置いてけぼりを食うという、あの夢が、大なり小なり、おたがいの心に頭をもたげてくることは事実であった。ちょうどそれは、羊が狼を恐れるのと同じで、おそらく、本能的な恐れだったのだろう。しかも奇妙なことに、――もっとも、それがあたりまえかもしれないが、おたがいに自分のことは棚に上げて、相手のことばかり懸念していた。よく人から、きみももうそろそろ結婚するんだね、などといわれると、マークはきまって肩をすくめて、ニヤニヤしながら、「いやあ、ぼくはまだいいけど、スティーヴァンのほうがどうだかさ」といって答えるのである。そして、その逆の場合も、やはりそのとおりであった。

三

そのスティーヴァンの上に、やがて、青天の霹靂《へきれき》ともいうべきものが落ちてきたのである。知らないまに、かれはいつのまにか捕えられて、みごとキリキリ舞いをさせられていたのである。それというのが、スティーヴァンは、兄にくらべると、べつに、たいして意味もないことに、ひとりでかってに美しい天国をつくりあげ、そこへ自分でドッカリと腰をおちつけてしまうという、詩人や子供に共通な、けっこうといえばけっこうだが、一歩過《あやま》るとまことに困ったことになる、玉に瑕《きず》の天質を持っていたのである。

それがちょうど、旅の最初の月が終ろうという頃のことで、そのひと月は、ほんとに雲ひとつない、楽しいひと月であった。二年まえ、アブラッチで踏査して以来、こんなに楽しい思いをしたことは、ついぞなかったくらいで、二人きりの籠《こも》り居を、だれひとりみだしに来る者もなかった。二人はいまいる本拠地を、ヴァル・ド・トラヴェルズとクルー・デュ・ヴァンのほうへ移すについて、いろいろの案を討議した。いよいよ出発ときまった日の午後、スティーヴァンはひとりで写真の撮影に出かけて行った。その帰り道、ゆくりなくも出会った顔に、たちまちかれは、化かされでもしたようにコロリとまいってしまったのである。まるで心臓をどやしつけられでもしたように、文字どおり、打ちのめされてしまったのである。

意志も強固なら、分別心も人一倍、神経も精神も健全な人間に、どうしてそのような、明朗な心を一瞬にして灼《や》くがごとき、狂熱な所有欲に変えてしまうようなことが起ったのであろうか？　哲学も科学も、ともに解き明かすことのできない謎であった。とつぜん起った歓喜の嵐、——身も心もとろけるような甘い魂の熱病に、かれは目がくらんでしまったのであった。むろん、こんなことはめったにないことだが、しかし、けっしてないとはいいがたい。

夕方、かれはすこし疲れて帰ってきた。陽はすでに自分の背後の、フランスの地平線に沈んだあとであった。ローン峡谷の連峯が遠くあいたいと連なるあたりまで、豁然《かつぜん》と打ちひらけた一望の田野に、夕月が妖しい光の翼をひろげてのぼり、自分をとりまいているジュラ山脈の森や谷間に、さやかな影をおとしていた。涼しい夜風がそよそよ吹いて、木立の切れ目には、月光がキラキラさしこみ、あたりの空気は、まるで花園のような芳しいにおいがした。

山道をたどって行けば、借りている小屋へまっすぐに出られるはずを、どうしたのか、あたりに道らしい道もなく、こりゃ道をまちがえたかなと、あちこち迷い歩いているうちに、とつぜん、電灯の光がまばゆくさしているところへ、ひょっこりと出た。見ると、森のはずれにある小さな木造建のホテルの灯であった。そこにホテルのあることは、とうから承知していて、二人はわざとその前を避けていたのだから、ひと目ですぐにあのホテルだなとわかった。構えのりっぱなホテルのように、べつにきらびやかでもなかったし、客が立て混んでいるわけでもなかったけれども、それでも二人の大嫌いな客がいっぱいいた。スティーヴァンは、ざっと半マイルほど、道からそれてしまったわけであった。

頭がボーッとして、からだが疲れているような時には、神経の組織が、元気な時にはとうていありえないような鋭敏さで、見るもの、聞くものを感じるものである。その小さなホテルのベランダのガラス戸越しに、いきなりパッと輝きでたその少女の顔も、じつはちょうどそういう心の虚脱状態になっていた瞬間を、神業《かみわざ》のように、うまく捕えたのであった。考えるも行動するもない、受けるもはねつけるもないうちに、早くもそれはかれの肉体のまんまんなかに、ちゃんと自分で鎮座していたのである。まるで稲妻に、いきなりピカッと見舞われた時みたいに、思わずかれはハッと足を止め、息をのみ、そして目を据えて見たのであった。

こうこうとした電灯の光のなかに、ひとかたまり、はでな都会風の身なりをした連中がいたが、そこからすこし離れたところに、愁《うれ》いを含んだような色の浅黒いその顔が、ほのぼのと美しく、ついかれの目と鼻の先へあらわれたのである。まるで森や星かげや月しろの夜の美しさが、一人の人間の顔なかに凝り集まったような、ほのぼのとした顔だった。自分の立っているところから、ものの二十フィートと離れていない大きなガラス窓から、闇のなかを斜《はす》かいに、透かすようにのぞいている女のおもかげが、かつておぼえたことのない喜びのショックを、かれに与えた。なんだかまるで別の世界から、このホテルの連中のなかへ降ってきた人間を見たような気がした。いや、ある意味では、たしかに彼女は別の世界の人間だった。なぜというのに、自分の知っているヨーロッパの国の、だれにもない顔だちをしている。彼女は東洋の人だった。ふいにかれの心に、異郷の太陽の魔術がまぼろしをくりひろげた。異郷の空のページェントが、赫灼《かくやく》とあらわれたと思うと消えた。そうして、いままでまっ暗だったかれの肉体の奥のほうで、松明《たいまつ》があかあかと燃えだしたのである。

　いかにも不釣合《ふつりあい》なあたりの情景が、かえって対照的に、彼女を際立《きわ》せたことは事実だったが、しかし最初のひと目で、それほど異様に心を惹きつけられたというのは、なんといっても、彼女が電灯の光のとどかないところに立っていたという、偶然のチャンスのためだったのだろう。肩から下は蔭になっていた。窓べに背をもたれながら、顔と項《うなじ》をこころもちこちらへ向けた、東洋風な美しい目鼻だちの上に、ほのかな夕月のかげがさしていた。その美しさはスティーヴァンの目に、かつて見たこともない、あえかに美しいものに映った。雑草のなかに虐《しいた》げられた一茎の花のように、あたりの賤俗からひとり水際立ったその顔が、月光の流れにのって、自分のほうへさわさわと泳ぎでてきたように見えた。文字どおり彼女は月かげといっしょに浮かびでたのである。意識の堰《せき》がきゅうにほとびて、思わず夢中でかれは女のそばに走り寄った。彼女の身近に自分がいるという思いだけで、ただもう嬉しくて、気が遠くなるほど息が切《せつ》なかった。いつのまにか、自分の腕のなかに彼女がいた。そしていつのまにか、芳ばしい彼女の髪の毛のなかに、自分の唇が埋れていた。エクスタシーのような、苦痛と喜びに気のいくような感じだった。おそらく、真の恍惚境とは、このようなものなのだろう。まるで自分の外に自分が立っているようであった。

　森のはずれの月光のなかに、しばらくかれは釘づけになったように立っていた。なにごとが起ったのか、自分にそれがわかるまでに、たぶん一分か二分かかったろう。とその時、第二のショックが来た。第二のショックは、第一のショックよりもさらに圧倒的なものだった。——

る。かれの顔をじっと見ていた女が、いきなりこちらを認めたようなそぶりをして、スーッと立ち上がったのである。女はさもかれのことを知っているように、小さな首をしずかにしとやかに前にこごめて、会釈をした。そして、なつかしそうな目が、たしかににっこりと笑ったのである。

嵐のような恋情が、かれの血のなかへドッと躍りだした。その激しい思慕のおもいが、いまのこの心のうちの苦しさ、うれしさも、根を洗えばじつは同じ一つの力なのだということを、かれに教えた。自制の心などは、いつのまにかどこかへ吹っ飛んでしまった。なにか女の目から、こちらの決意を溶かしてしまうようなものが光ってきた。かれは、思わずうしろへヨロヨロとよろめき、手近な立木につかまって身を支えたが、そのひょうしに、自分の姿が明かるい月かげのなかから離れて、うしろの闇の中へ隠れてはいった。

ひところ、ロマンスに飢えていた年若い頃にも、人が書いたり語ったりするこういう場合の話は、頭から真《ま》に受けなかったくらい、こんこちな気性だったかれが、いまそうしてそこの杉の木によりかかりながら、生れてはじめて、ひと目惚れの、甘い、気の遠くなるような気分を知ったのであった。

「ああ、この恋のためには、自分の一生なんか、どうなったっていい。この女を、ひとときでもしあわせにしてやれるなら、おれは百年苦しみさいなまれてもいい——!」

自分でなにをいっているのか、なにをしているのかもわきまえないでいるうちに、こんな言葉が、ぎごちない、激情のかたまりみたいになって、口からほとばしった。が、ほとばしったとたんに、ああ、まずいことをいったな、おれの心にいま荒れ狂っているものは、そんな言葉でいいあらわせやしないと、自分で気づいた。まるで言葉がどこかへ行ってしまって、ただせわしない息づかいだけが、言葉のないのを蔽《おお》い匿《かく》すようにゼイゼイ喘《あえ》ぐばかりであった。

こちらが木蔭に身をひくといっしょに、女はふたたび腰をおろして、まだかれが立っていたあたりをまじまじと見ている。スティーヴァンはもう動く気力もなくなって、闇の中につっ立ったまま、女のようすをじっと見守っていた。そうやってじっと見守っているうちに、女の姿が、自分の心の一ばん奥の、いままであることさえ知らなかった映像板の上に、熱い鏝《こて》でジューッと焼きつけられたのである。と、そういうかれの思慕が先方にもとどいたのか、女はホテルの客の群のなかから、またもやこちらのほうへ引き寄せられて、かれのすぐ目と鼻の先に、あたたかく、香《かぐ》わしく、慕うように立った。美しい、目鼻だちのくっきりした顔、もうこの世のなによりもいとおしいものになった彼女の美しい顔が、かれの唇の下で、火のように燃えた。うれしさと驚異と不思議な思いとで、かれは目がくらんだ。自分のからだのけじめが、トロトロに溶けて、溶けたそのけじめが、彼女を自分の中へとり入れてしまおうとして伸びるようであった。

恋をするものは、愛する人の容色をいいたてる時、縷々《るる》千万言をも惜しまないものだ。が、結局それからは、相手のほんの輪郭ぐらいしかわからない。色のぼやけた言葉が、かえって美をかくしてしまうのである。だからスティーヴァンも、最初月光のなかで斜《はす》から見た女の、杏《あんず》の形をした目をうつ伏せた、浅黒い瓜《うり》ざね顔の若々しい顔や、やわらかな波を打った髪の毛や、人間の心にしみこんで離れない恋の神秘に包まれたその姿の、言葉ではいいつくせない秘密を、あえて分析してみようとはしなかった。完全に手放しのかたちで、ありのままにかれは受け取ったのである。こまかい点では、ただ、小さな鼻がこころもち弓なりに、線のくっきりと刻まれた美しい、顎のほうへと流れているのが、ユダヤ人とはちがうことと、口もとが自分たちとはちがう異人種――東洋人によくある形で、いかにも女らしい魅力を持っている点、それから、顔にどことなく人慣れのしない、へんに野育ちめいたところがあるのが、パッチリした夢見るような茶色の目で和《なご》やかになっていること――そんなことがぼんやりとわかっただけであった。愛情の大きな変革が、五体のすみずみまで、ほのぼのとした波をひろげていった。

しかも、すべてこれらのことは、人間が数えたら、ほんの二、三分の間のことであった。その時はたして自分が、どれだけ軽はずみな、衝動的な行動をおさえていられたか。正直のところ、スティーヴァンにもそれはよくわかっていなかった。とにかく、一つの争闘がそこにあった。短い争闘だったが、苦しい、混乱した争闘であった。そのくせ、それが終った時には、高らかに勝ち誇ったような歓喜がきた。それは、やがて来る幸福に酔い痴《し》れたような歓喜であった。……

あとになって思いだしてみると、なんでもそれから、月光のなかをもういちど通って、それから家路をさして歩きだした、という記憶がのこっている。ベランダの女は、かれの姿が見えなくなるのを、ふりかえって見送っていた。森の角を曲るまで、首をさしのべて見ていた。そして、小さな浅黒い手までふっていた。

「だいぶ遅くなったぞ」スティーヴァンの頭にまずひらめいたのは、このことだった。ヒヤリとして、心苦しくなった。「マークがどうしたかと思って、へんに思ってるだろう――」と、その反動ででもあるのか、たちまちいっさいの意味が――つまり、いま見た顔がこれから先どういうことになるのか、それが胸いっぱいにひろがって、かれの心を氷のような水のなかに浸けた。自分たちの兄弟愛を考えてみても、こんな思いをしたことは、いままでについぞなかった。ほかのものがなにもかにも、いっさい取るに足らぬものに見えるような、こんな強力なものは、見たことも考えたこともなかった。

マークがもし自分のそばにいたら、あの男はなにごとも批判屋だから、なんとか分析して見せたかもしれないが、しかしマークはその場にいなかったのだ。見たのは、この自分なのだ。人間の心臓に張ってある、生命という大きな楽器の絃が力強く震動したのだ。その新しい震動がかれを呑みつくし、かれの体内を打ちつらぬいたのだ。そのために、たちまちかれの体内で、ガラガラと崩壊したものがあって、そのあとへなにかほかのものができたのだ。――女の顔が、いつのまにか、かれの心の奥の極秘の場所をわがもの顔に占領して、そこから新しい運動が自動的に、必然的にはじまりだしていた。

四

その時、スティーヴァンの心のなかに、幽霊のような、寒ざむとした兄の姿が浮かんだ。双生児の深い兄弟愛が、森の小道を行くかれの行く手に立ちふさがった。

自制の心を求めながら、それが得られず、かれは木の根や石ころのあいだに転《こ》けつまろびつした。心の窓がみんな開いて、そこから洪大《こうだい》な、五彩の色に光り輝く新しい世界がのぞけた。しかし、自分のうしろは深い闇で、その闇のなかに、たった一つの考えが――きょうが日まで、かれの生活を支配してきた考えが、むっくりと頭をもたげていた。ほかでもない、それはマークに対する愛情であった。それがいつのまにか、曖昧模糊《あいまいもこ》としたものになっているのが、自分にもわかった。

二つの熱愛、それはどちらも真摯《しんし》な、どちらも切烈なものだった。一つは三十年という長い年月のあいだ、百千の協力と犠牲によってかためられた献身のうちに打ちたてられたもの、もう一つのほうは、これはとつぜんあっというまに、天から降ってきたもので、この二つのものが両立しないことは、はじめからわかっていた。一方を生かせば、一方は死ななくてはならない。

……

入口の踏段の上で、嗅ぎなれない煙草のにおいがし、小屋のなかへはいると、中にいるのは、珍しくマーク一人ではなかったので、かれは「おや」と思うと同時に、ホッと胸をなでおろした。明けはなった窓ぎわに、小柄な、色の浅黒い人が、兄となにか熱心に立話をしていた。マークはきっと自分の帰りを案じながら、そこの窓から外を眺めていたのだろう。客に弟を紹介するまえに、マークはなによりもまず安堵した旨《むね》をいいだした。

「おい、なにかあったんじゃないかと思って、こっちは心配しだしていたところだぜ」マークはおだやかな、しかしすぐに相手に通じるような調子でそういって、ちょっと言葉を切り、探るような目つきでスティーヴァンの顔をうかがいながら、「飯は先に食べたよ。お前の分は、ペタヴェルの婆さんが冷めないように、台所に支度しておいてあるぜ」

「いや――そのね――道に迷っちゃってね」と、スティーヴァンは早口にいって、誰かしらんと、マークから客のほうへ目を移しながら、「暗くなったんで、なんですか、まごついてしまいましてね……」

マークはひと安心したので、思いだしたように、あわてて弟を客に引き合わせた。客はロシアの大学教授だった。かねがね民話と伝説に興味をもっていて、兄弟の著書はアブラッチで読んだとかで、目下レリラレスの小さなホテルに滞在中のところ、偶然ここの森の近いことがわかったので、わざわざ訪ねて来られたのだそうな。スティーヴァンは、自分の心中の葛藤を匿《かく》すことにばかり気をとられていたので、よくも気がつかなかったが、客とマークとはだいぶん肝胆《かんたん》相照らしているふうであった。心の動揺を外に出さないようにと、それればかり気にしていたから、人の気持など探っている余裕はなかったのである。

「サマリアンツ教授は、ティフリスのお生れでね」マークは説明した。「コーカサスの伝説や民話のおもしろいお話を、いまうかがったとこなんだよ。スティーヴァン、そのうちにわれわれも一度、あっちへ行ってみようね。行くんなら、あちらで援助して下さる人のところへ、教授が手紙を出してくださるそうだよ。いまもお話をうかがったんだが、あのへんには『迷いの谷』という、おもしろい伝説があるんだとさ。『迷いの谷』というのは、自殺した人間の亡霊とか、あるいは惨死した人間の亡魂とかが、永代の平和を見いだすところなんだそうだがね。そういう亡霊は、あらゆる国の宗教が魂の安らぎを拒んでいるからね。それはつまり……」

マークがしきりと話しているあいだに、スティーヴァンはズックのリュックを下ろして、客と二言三言ことばをかわした。客は英語を上手に話した。スティーヴァンはなにをいったか、自分でもよくわからなかったが、胸のなかには恐ろしい葛藤が渦を巻いているのに、なるべく静かに、ボロを出さないように話そうとつとめた。相手の肚《はら》のなかに、どんな秘密が隠れているのか、それは探ることができなかったが、それでもかれは、教授の風貌が、なかなか風格に富んだ、美しい魅力のある顔だちであることに気づいた。まもなく、腹がすいているので失礼しますといって、かれは夕飯を食べに台所へ下がり、やっと考えをまとめる折ができたと、大きにホッとした。二十分ほどしてから居間へもどってみると、いつのまにか教授はもう帰ったあとで、マークがひとりでいた。部屋のなかには、まだいい匂いのするたばこの煙がたなびいていた。

マークは、弟の語るその日の報告をざっと聞いてしまうと、自分の新しい興味を長々とひろげだした。かれの頭は、コーカサスの民話と、教授がよく来てくれたということで、いっぱいになっていたのである。「迷いの谷」の伝説は、このジュラ地方にもあるということで、それがとくにかれの興味をひき、いままで、そんな話は聞いたこともなかったといって驚いていた。

「ねえ、どうだい」と三十分も立てつづけに、話の蒸し返しをやったのち、マークはいった。「あんな森のはずれの小さなホテルから――ぼくら、いつも前を通るのを避けていた、あんな騒々しいホテルから、ああいう人が来るんだからねえ。運というものは、どこに隠れているかわからないもんだなあ」といって笑った。

「じっさい、わからんもんだねえ」と、スティーヴァンはおとなしく答えた。かれはようやく自分を取りもどしていた。すくなくとも、目と声だけは平静をとりもどしていた。

マークは、きょう行くつもりでいた峡谷へ引っ越しもしないで、またこの小屋へ泊ることになってしまって、すまなかったといって謝った。しかし、それはスティーヴァンの心ひそかに喜ぶところであった。だいいち、「迷いの谷」なんて、おもしろい伝説があるのに、そいつを調査もしないで、ここを立ち退くなんて、どう考えたって愚の骨頂であった。

「まあ、ここもこれでなかなか楽しいからな。もうしばらく滞在したって、悪かないやなあ?」

「そうさ、悪かないとも」スティーヴァンは〆《し》めたと思ったが、うっかりまたそれで高まりかけた胸中の嵐を、顔に出さないように用心した。

「なんだ、いやにまた今日は熱がないんだな」マークは穏やかにあてこするようにいった。

「いや、熱はあるさ。大いに——」

「よし。では滞在することにしよう」

この言葉は、ちょっと間をおいてから出た。スティーヴァンは、部屋の奥のランプのそばに腰をおろして、しきりと標本の分類をしていたが、マークのその言葉にチラリと目を上げた。窓ぎわのうす暗いところに坐っているマークの顔は、こちらからはよく見えなかったが、その声には、なにかスティーヴァンの心に、ピカリと警告を与えるような響きがあった。

ヒヤリとした感じが、スティーヴァンの上を掠《かす》めて消えた。——ひょっとすると、こりゃもう、ボロを出したのかな……この兄弟のあいだには、とうから、読心術に近いような微妙な共感があったが、いつのまにかそれが、ほんのひとことの言葉かしぐさ、いや、うっかりすると沈黙すらがおたがいの感情を伝える媒介になる、そういったところまで発達したのだろうか？……また、こうも考えられた。——ひょっとすると、マークの内部にも、自分と同じように、なにか変ったことが起ったのではないかな？　……いや、それとも、こんなふうに判断に迷ったり、想像をたくましくしたりするのは、自分じゃせいぜいおさえているつもりだけど、やっぱり胸の中にさかまいている感情のしわざなんだろうか？……

部屋のなかに、いやにまっ黒けなものが、二人のあいだに立っているようだが、一たい何なのだろう？

……二つの愛情のうち、一つを生かせば、も一つは死ななくてはならない。そのも一つというのは、さしずめマークだろう。そのことが残酷なくらい、はっきりと実感になって自分の腑《ふ》に落ちたとき、きゅうに不安な苦痛が、心の奥で、スティーヴァンをせせら笑った。そのことの完全な意味が、いまようやく肚に来たのである。と、それといっしょに、三十年の深い愛情が、たちまち生命の門からドッと溢れて、それを押しのけようと、いきり立つ一切の妨害物を覆《くつがえ》し、一挙になにもかも呑みこんでしまおうという勢いで汐《うしお》のようにグングン高まって来た。出ない涙が目の裏で煮えたぎった。からだじゅうがミリミリ痛んだ。

それを歯を食いしばってしばらく怺《こら》えてから、かれは身を返して部屋の奥から出てきたが、マークが腰かけてたばこをふかしている窓ぎわの中程までくると、いきなり火のついたような言葉が口から飛び出した。告白の言葉だったか、自責の言葉だったか、あるいは新しい献身を誓った言葉だったか、とにかく洗いざらいぶちまけてしまったので、なにをいったのやら忘れてしまったが、それをぶちまけてしまうと、そのあとはふつうのきまりきった文句が出てきた。自分でいっていながら、自分のいっていることがほとんど聞こえなかった。

「どう、もう寝ないかね？　ご同様に、こっちもえらく疲れちゃった」

声の震えが自分でもわかった。見上げた目の先へ、相手の顔がヌーッと出てきたような気がした。

「そうだね」とマークはそういって、灯火《あかり》のほうへふりかえると、スティーヴァンの顔をキッと見つめながら、「それに、夜風がすこし冷々《ひやひや》してきた。だいぶ風にあたりすぎたようだ」

生れて初めて、この時兄弟の目が、おたがいに相手を読みとることができなかった。視線が相手のまんなかにピタリと据わらなかった。なにか間に薄い布でも下がっているようで、よくよく念を入れて焦点を合わさなければならなかった。二人ともふだんと同じように、まともに相手を見たことは見たけれども、それがとっさにできないで、つとめてそうしたのであった。と同時に、部屋のなかも、マークがいったように冷々してきて、ランプもそろそろ油が尽きて、石油のにおいがしだしてきていた。照明も温度も両方とも心細くなってきた。たしかにもう床《とこ》へはいる時間だった。

やがて兄弟は、腕を組んで居間を出た。月が高くのぼって、窓からさしこんだ松の木の長い影が、床いっぱいに揺れていた。夜風が黒い枝に颯々《さつさつ》と寂しい音をたてて、狭い廊下のむこうの寝室へ行く途中の軒や壁に、ザワザワ騒いでいた。

五

それから四時間ののち、月が天心に高くのぼって、部屋のなかが大きな影だけになった時、しずかに居間のドアがあいて、中へはいってきたのは、スティーヴァンであった。かれは寝間着をぬいで、身なりをキチンとととのえていた。抜き足で部屋を横切ると、窓をあけて、そこからバルコニーへ出た。一分ののち、かれは小屋の裏手の狭い開墾畑のなかへ姿を消した。

午前二時であった。あれから一睡もしないのである。胸がかっかと燃えて痛み、それが身ぬちをせめぐので、どこか広いところへ出て、夜気と山の気にあたりたくなったのである。こんな争闘はかつて覚えたことがなかった。もう何年かまえになるが、ある時兄のマークが半分はまじめ、半分は冗談めかして、「おい、おれたちのどっちかが、もし恋愛にでも落ちこんだら、その時は片っぽはおさらばをするんだな」と笑いながらいったことがあるのを憶えているが、あの時二人は、「おさらば」というその言葉に、究極の意味を悟ったのであった。

木の香の芳しい、真夜中の森の下道をぬけて、やがてかれは、例の顔がはじめて不思議な光をもって自分の魂を力づけてくれた、あの、夜前の場所までやってきた。そして、何時間かまえによりかかった大木の根方に腰をおろして、自分の意志の力と持って生れた性格との争闘について、ゆっくり考えはじめた。ウィムポール街でむずかしい患者を診断する時のような、細心、正確、沈着の心をもって、かれはしずかに事態に立ち向かい、事態と四つに取り組んだ。眠られぬベッドの上で、四時間ものたうっていた感情は、すでにもう疲れはてたという形で、その意味からいえば、どうやらかれは自分を取りもどして、平静になっていたといえる。いろいろの事実が赤裸々に見えてきた。むきだしになった事実から、さてどのような大きな結果が出てくるか、それは自分たちの手のうちにあることだった。ともあれ、事実がむきだしに見えてくると、自分が女に惹かれて、だいぶん甘い小道を遠く歩いてきてしまったことがわかった。つまり、それだけ兄から離れてしまったわけであった。

女の素姓は、むろんなにもわかっていない。未婚の女かどうかもわかっていない。わかっていることは、自分が恋しているということと、その恋のためには、自分の全生命を犠牲にしてもいいとまで願っているということだけだった。それが赤裸々な事実であった。問題がかれを鞭打った。いまだにグングン上がってくるこの愛の洪水を、自分ははたして押し返すことができるだろうか？　猛烈なその流れを止めることができるだろうか？　この恋の奔流を転じて、女と、そしていっさいを、もう一つの愛――自分たち兄弟の、双生児であるがためのおたがいの献身――これまで自分の魂のいっさいの流れを支配し、指図してきた、世にも不思議な親和の愛の祭壇に、はたして供えることが自分にできるだろうか？

すでにしてしまったことは、止めることができない。たとえあの顔をもう二どと見なくとも、かわいいあの唇から出るやさしい声をもう二どと聞かなくても、あるいはまた、からだを触れあったあの魔力、ぴったり寄りそったあの香気、燃える思いを打ちあけて、甘い彼女の囁《ささや》きを聞くあのしあわせな思い、そういうものを知らないとしても、愛の事実は二人のあいだに、すでに固く成立していたのだ。それは根の深いものだった。想像ではなく、ちゃんとこの目で見たのである。感光板は永久に消えない映像を焼きつけたのだ。

これは、世間に多い誤った結婚の因《もと》である、ただの近づきから起った愚かな恋ごころではない。心理的な意味で、すでに完全に成立した、深い神秘的な結合であった。ちょうど風と火の関係のように、切っても切れない結びつきであった。ひと目見たあの瞬間に、自分のなかに革命が起ったのだ、と考えたら、どこか心の奥のほうで笑う声が聞こえたようであった。自分を襲ったあの嵐のような力、突風と雷鳴のあの崇高な恐怖で、自分の一ばん奥深いところを掃き浄《きよ》めてしまったあの嵐の力、あれは科学で――自分の専門の医学で、なんと説明のつくものだろうか？　あれほど自分を震盪《しんとう》した旋風、あんなに痛快に自分をズタズタに傷つけたつむじ風、兄を犠牲にすることを自分に楽しく思わせたあのつむじ風、あれになんとか物いいをつけ、あれをなんとか処理し、あれをなんとか勘考するものが、はたしてあったであろうか？

なにもない。なにもありはしない。……ただ自分はその腕に抱かれて、この世のなにものよりも深い安らぎに、束《つか》の間《ま》でも憩うことができたというだけにすぎない。自分のからだに永久にその腕が巻きついているということが、自分にいつわかるか、また、この結合はこの世の最も大きな力によって達成されたのだということが、自分にいつわかるか、それは神のみが知りたもうことだ。

そうわかっていながら、かれは獅子のごとく奮闘した。自分の意志がムックリと立ち上がって、襲ってくるものに体当りでぶつかっていった。そんなことをしているうちに、やがて鋼鉄のようなかれの意志は、人生の困難にたいして心ある人間が自分の意力を鍛えるように、しだいに鍛えられてきて、なにがしかの明確な結果をじっさいに産んだ。その結果は、じつに危い離れ業であったが、とにかく妥当なものに見えた。かれはその力をかりて、自分で直観的に感じたある立場に、強引に自分を押しこめた。とてもできそうにもないことだったが、深考熟慮の結果、並々ならぬ意志の力をもって、ついにかれは踏みとどまることに決意したのである。自分に憑《つ》いた妖《あや》かしを克服して、いままでどおり、兄のマークに忠実になろうという肚《はら》をきめたのである。……

……からだじゅうが冷えわたり、疲れてもきたので、木の根からやおら身を起して、小屋のほうへもどりだした時には、遠く打ちかすむジュラの青い山脈の尾根が、そろそろ東雲《しののめ》色に白みかけてきだした。

歩いているうちに、自分が臍《ほぞ》をきめた決意の意味が、だんだんはっきりしてきた。そして、それがはっきりしてくると、いままで心のうちに蟠《わだか》まっていたものが、きゅうに死の硬直みたいに、冷たくつっぱらかってしまった。大決意と戦った胸のなかは、じっさい七転八倒の苦しみだったが、この苦しみこそ、大いなる犠牲のしるしだと、かれは思った。むろん決断は、よくよく考えたうえ自分でしたのであるが、この決意はどちらかというと、人生を指導し、人生の岐路を右か左か、恒久的に決定する生活力によるよりも、むしろ一つの道徳律に示唆されたものだったといえる。スティーヴァンは、内に英雄の器《うつわ》を持っていたのだ。英雄の器だなんて、だれもがいい古した言葉だが。

明けがたの冷々したなかを、小屋へ帰る途中、朝霧の立ちのぼる、露のしとどに濡れた広い草地を横ぎりながら、ふっとスティーヴァンは、愛する彼女が死んで横たわっているところを想像した。自分がいまいうような決心をしたので、彼女は自分のために死んでしまったと考えたのである。とたんに、まるで号令でもかけたように、あたりの景色から光が消えた。この世から光明が消えたのである。すると、自分の心の内景がたちまち冬の姿に変り、生の愉しさ美しさが、にわかに味も素っ気もない、索漠たるものになった。恋をしたのは、じつは自分の前《ぜん》生《しょう》の魂なのであって、それを否定することは、とりもなおさず、今生《こんじょう》の自分の生命を否定することになる。……えい糞、いっそこんなからだは、餓死でもしちまったほうがいいや。一寸試し五分試しに、ジリジリさいなまれながら、死んじまやがれ！　と、一時はやけくそに、自分で自分に死の宣告をしたかれだったが、いまこうして森の小道を歩きながら、小なりとはいえ自分の意志力で、自分の志操を堅持することができたということが、しみじみ自分に信じられてきた。

朝露に濡れた草のなかの道を行くかれの胸には、大きな犠牲によってえた昂然たる気持が、全身の血のなかに高らかに歌をうたっていた。朝焼けの山の色と、すがすがしい暁の山気が、かれの胸のなかにもあった。知らぬまに、いつか小屋のそばまで来ていたが、見ると、バルコニーの上に、迎えに出ている人の姿があった。迎えの主は、肌寒い朝の山風に、ガウンの襟《えり》を耳までスッポリ立てたマークであった。

スティーヴァンは、兄の姿を見ると、いままでなんとか保ってきた揚げ底の気持が、きゅうにガタンと落ちた。ハッと足をとめて見上げたが、まるでそれは死刑執行人を見上げるような心持だった。胸のなかにバラバラにして突っこんでおいた絵が、ふたたび痛いほど現実になってあらわれてきた。

「お前もご同様に、やっぱり寝られなかったのかい？」

マークは階下に寝ている農家の人たちの目をさまさせないように、静かに声をかけた。

「なんだ、兄さんも横になりながら、目がつかずにいたのかい？」と、弟は応酬した。

「一晩じゅう、目がつかなかった」マークはそういって、スティーヴァンが木造の踏段のところまでくると、さらにつけ加えていった。「お前の目のさめていたのは、ぼくは知ってた。感じでわかった。外へ出かけて行ったのも、知ってたよ」

沈黙が二人のあいだを過ぎた。二人とも、穏やかに、しぜんに、意外な思いはけぶりにも見せずに話したのである。

「そうだよ」スティーヴァンはゆっくりいった。「ぼくら、いつだっておたがいの――おたがいの気分を反映するから……」といいかけて、そのままプツンと言葉を切った。

二人の目が昔のように合った。スティーヴァンは一瞬、氷のような戦慄のうちに、兄貴のやつ、知ってるな、と感じた。マークはそういう弟の腕をとると、爪足《つまあし》で先に立って家のほうへ歩きながら、

「ねえおい、スティーヴィ」といつにないやさしい調子でいった。「こういうことはいっていいことじゃないが、お前なにかおもしろくないことがあるんだな。おれにはよくわかっている。お前がそうだと、こっちもおもしろくないものな」そういって、あとの言葉を探すように、マークはひと息ついた。こういう時、ふだんならば兄貴の考えていることが、そのまま弟にもピタリとわかるのに、胸の中におさえている感情のモヤモヤがあるので、弟にはそれを見分ける力が曇っていた。と、いきなり兄にギュッと腕をつかまれた。二人はさらにそば近く寄り合った。どちらも口をきかない。やがてマークが、ほとんど口の中でいっているような低い声で、早口にいった。「ほんとはおれがいけないんだ。なにもかも、おれがいけないんだよ」

スティーヴァンはハッとなって、思わず目がすわった。兄貴はどういうつもりなのだろう？ なにをいおうとしているのだろう？ いう言葉が見つからないでいるうちに、こんどはハキハキした調子で、マークが先を続けた。声に強い感情がこもっている。

「それでね、これからどうするかだ」マークはきゅうにキッパリした調子になって、「どこかへ行こうぜ。ここは引き揚げようや。ちっと長逗留しすぎたよ、ここは。ねえ、どうだい、そっちの意見は？」

スティーヴァンは、兄がしきりと自分の顔色をうかがっているのに気がつかなかった。別れる。——それを考えると、かれの大決意は、まるでカードで作った家みたいに、ひとたまりもなくガラガラと崩れてしまった。たちまち自分の生命が溶けて、それが激しい思慕の流れになって、あの「顔」のほうへドッと流れていくようだった。

でも、かれはなんとか意志を踏んばって、命がねじ切られるような苦痛をこらえながら、自分のいおうとすることを粉飾しながら、しずかに答えた。この緊張がもう四、五分も続いたら、とてもかれは耐えられなかったろう。声がへんに遠くで響いた。

「賛成だな。今週の末がいいな」いっているうちに、いまにも気が遠くなりそうに、からだじゅうが総毛立ってきた。「だって、プランを立てるのに、どうしたって、二、三日はかかるものね」

マークはうなずいた。なんだか二人とも、顔が老人の顔みたいに皺《しわ》がふえて、たるんで見えた。二人の目と唇がにわかにキッとしたが、それに気がついた人間は、だれもそこにはいなかった。

やがて、二人は腕を組んで小屋のなかにはいり、無言のまま寝室へ上がって行った。朝日がもう木々の梢《うれ》までのぼって、いままで二人が立話をしていたあたりには、最初の日かげがちらちら落ちていた。

六

翌朝、二人は居間着のまま、遅い朝飯に下りてきた。二人ともおちついた、まじめくさった顔をしていたが、なんとなく心ここにあらずといったようすであった。明け方顔を合わせたことについては、どちらからも一言も触れなかった。ただ、一夜のうちに、おたがいの顔に新しい暗い皺がより、キリリと締まった口のあたりにも、同じような陰気な皺が深く刻まれたようであった。

二人の目は、新しいものを見た。いままでなかった新しいへだたりを、新しい恐怖を見たのである。つい昨日までは、そういうこともありうるという、可能性として恐れていたものが、すぐ目と鼻に差し迫って、はじめて現実の力として二人の肱《ひじ》のすぐわきに立っていた。ひと晩眠っているうちに、昼のうちははっきりしていた心に、なにか変化が起って、おたがいの個人差の中に、今までなかったものを造り上げたようなぐあいであった。おたがいに対してといって悪ければ、なにものかに対して、二人は変ってしまったのであった。

ところが、スティーヴァンは、そういう事態を、自分の立場からのみ見たのである。いままではなにか自分に直観的な共感のようなものがあって、すぐと兄の立場に立って、物事を見ることができた。その直観的共感が、いまのようにまるでなくなってしまったのは、かつて覚えのないことであった。変ったのは兄ではなく、じつはこの自分であった。かれははっきりとそれを感じた。

「兄貴は、おれのなかにひどく変ったもののあることを知っているのだ。兄貴はそれを感じているのだ。しかし、それが何であるかは、まだ兄貴にはわかっていない」スティーヴァンの考えは独走した。「どうか兄貴に、それがわからずにすむように。――おれが完全に打ち勝ってしまうまでは！」

じつはスティーヴァンは、ゆうべあれほど勇猛心を奮い起して、今後自分の採るべき道を思い定めたあの強固な意志を、いまでも持ちつづけていたのである。じじつあの時、最後に平静な心にもどってふりかえってみた時には、自分の想像力だけであんな争闘にまで持ちこんでしまった自己欺瞞の程度が、自分でよく納得いかないふうであったが、とにかく、打ち勝つことを望み、欲し、意図し、きっと打ち勝つぞと、自分で信じさえしたのであった。

一方、マークはまたマークで、かれとしては珍しく、へんに反動的に、自分の心の動揺をさらけだすようなことばかりした。ほかの時だったら、おそらく弟にへんな目で見られたに相違ない。たとえば、いつもはそんなことはしもしないのに、けさはスティーヴァンのコーヒーの中へ、自分で砂糖を入れてやった。そのくせ、戸棚の巻煙草を自分で取りにいきながら、弟の分をいっしょに持ってきてやるのを忘れた。そのほか、些細《ささい》なことだが、ふだんの習慣に反するようなことを、いろいろいったり、したりしたのである。

ところがスティーヴァンのほうでは、それをまた、自分が心変りしたための兄貴の反動だと取った。その証拠には、兄貴に変った節は、なにも起っていない。双生児に特有な神秘的愛情で、かれは自分の堕落を心苦しく思うあまり、相手の堕落なんて想像もできなかったのである。罪の深いのは自分であった。だから身を悶《もだ》えるほど苦しんだのである。そこへもってきて、兄貴に対する自分の理想的愛情が変節したという意識があるから、――しかも、おそらくもう生きてはいない者に対して、そういう大きな犠牲をはらってしまったという意識があるから、苦しみはいっそう大きくなった。もっとも、かれ自身も、もはやそれができてしまった事実とは思っていなかった。よしんば事実であったとしても、なあに、催眠術の暗示の式で、そいつを匿すようなふるまいをしてやろうと、肚《はら》はきめていたのだが、しかしそう肚をきめると、よけい心の混乱と動揺は大きくなった。

いずれにせよ、その日はいちんち、兄弟にとっては事実上の休日であった。午前中は、女のするような、これという目星もない、さして必要もないようなことで暮してしまった。今週の末にここを発つことにきめたことについては、どちらも一言も触れなかったが、そのくせ、そのことは忘れていないということをおたがいに知らせ合うかのように、思い思いに、こまごました片付け物をした。あれこれと、いずれは荷造りの中へ入れるつもりで、思わせぶりに、細かい物をまとめるまねごとをしたのである。でも、たまには、「行く時には」とか「発つ時には」とか、「こりゃ出しておいたほうがいいな。それでないと忘れるぜ」ぐらいのことは口に出したけれども、はっきり行くとか発つとか、決定的なことは一言もいわなかった。

ときどき、長い沈黙をおいては、かわりばんこに何かいったが、瞞《だま》かされているのは、いったその当人であった。小学生の知ったかぶりみたいに、輪に輪をかけて苦心すればするほど、ますますしどろもどろになって、ヘマをやらかす。ふだんなら、まずスティーヴァンがプッと吹きだすところだが、そのかれが妙なことに、ただもう自分の偽装だけに気を回していた。兄貴のやつ、たいして気乗りもしないのに、本気にやっているわい、と思った。「兄貴は、おれがここを去りたがっているもんだから、それでお付合に賛成したんだ」と思った。この弟思いの兄の気持は、スティーヴァンにすれば、嬉しいと同時に、いかにも苦しかった。つまり、そういう兄の思いやりが、自分の新しい恋の邪魔になる古い兄弟愛を蒸しかえしそうだからであった。

　でも、荷物の中へ入れる物を腑分《ふわ》けしたり、捜したりする仕事は、わりあいスラスラ運んだ。それが一応すんでから、スティーヴァンは手紙を二、三通書き、それから日なたで写真の焼付をしたり、踏査のための地図を調べたりした。ときどき大きな声で、マークに道すじや旅程のことをはかる。マークも大きな声でそれに応《こた》える。そのうちに、荷造りのことなんかすっかり忘れてしまった。マークは物もいわずに、コツコツやっていたが。

　午後は、二人とも横になって昼寝をし、五時のお茶にまた顔を合わした。お茶の時間に、二人がそろっているなんて、めったにないことだった。きょうはマークの特別のお手前で、アルコールランプで茶を淹《い》れてくれた。女みたいにいやにやさしく、弟の面倒を見てくれる。軽い飲食がすみかけたところへ、制服を着たホテルのボーイが一通の手紙を届けてきた。サマリアンツ教授からの招ぎの手紙であった。

「先生、自分の書いた論文がいろいろ見つかったんだな」手紙を下に置きながら、マークはうっかりそういって、「夕飯に来い。そのあとで、ゆっくり見せてやる、といって来ている」

「行って来なさいよ。いずれコーカサスへ行く時の役に立つことなんだから」と、スティーヴァンはいった。

　台所にボーイを待たせたまま、マークはややしばらく迷っていたが、「いいや、夕飯をすましてから行こう」ということに決めた。スティーヴァンは気がつかなかったが、マークはいまからでも行きたそうなけしきだった。

「兄さん、あんたそのノートを持って行って、あの爺さんを思うさま絞ってやるといいぜ」スティーヴァンは軽く笑いながら、「ぼくは今夜は早寝ときめた」

ポケットに手紙を押しこみながら、マークが笑ってうなずいたので、スティーヴァンはホッと胸をなでおろした。

その晩、マークが帰ってきたのは、だいぶん遅かった。スティーヴァンは寝しなに一杯飲んで寝たので、マークの帰ってきたのを知らなかった。翌朝マークは、ゆうべは教授からおもしろい話をいっぱい聞いてきた、あとまだぜひ引き続いて聞きたいと弟に語った。そんなわけで、今週の末にここを発つことは、しぜんお流れになってしまった。二人とも、それっきり荷造りのまねごとはよしてしまった。そして、もうしばらくここにいる料簡《りようけん》になった。

「きょうも、午後からまた教授に会いに行くことになっているんだが……」と、昼まえにマークはいっていた。「もしきみのほうにさしつかえがなければ、夕飯に教授をこっちへ連れて来てもいいと思ってるんだ。とにかく、あの人はえがたい人だよ。まるで知恵の庫《くら》みたいな人だな」

スティーヴァンは、いいよ、べつにぼくのほうはさしつかえないぜと、そういって、カメラと胴籃《どうらん》と採集用のトンカチを携帯して、午後はひとりになるので、リュックに一人分のパンとチョコレートを入れて、出かけて行った。

七

出立ちはまことに勇気凜々、颯爽として出かけたが、じつは出立ちばかりでなく、それから何時間、スティーヴァンは文字どおり、おのが血に価する感情を克服するのに精根をかたむけたのであった。が、どうやってみても、恋しい思いは絶えず、手をかえ品をかえてかれを攻めてきた。なんとかして、記憶を押しつぶそうとすると、押しつぶされた記憶はへんにゆがんだ形のまま、しつこく頭をもたげてくる。鵞毛《がもう》のように軽い雪も、積れば肩に重くなるように、彼女の思いが心のうちに厚く積って、うっかりするとそれに押しつぶされそうになる。夕方、家へ帰る途中、スティーヴァンは、とても抵抗するなど馬鹿くさく思われるほどの強い誘惑に、汐のごとく襲われた。

例の森のはずれの小さなホテルのほうへと、むりやり肩をつかまえて、遮二無二《しゃにむに》自分を押し出そうとする力があった。そういう無理無体な強制を、人間の意志なんかで、はたして押し戻せるものかどうか。なんでもそんなことを、狂ったような喜びのなかで考えていたことを憶えている。

むろん、はじめからどう辻褄《つじつま》の合わせようもないことで、それをむりに理窟をつけたり、弁解したりするようなまねはしなかった。だいいち、自分でなにを見ようと思っているのか、なにをしようと考えているのか、わからなかったのである。すくなくとも、自分でこうと決めた考えは念頭になかった。ただ、なにか自分の奥のほうに、息が詰まって困っているものがあって、それが生命《いのち》の綱の水をほしがって、しきりとわめいていた。とにかく見るだけ見たいと思った。遠くからでも、ひと目なりと見さえすれば！　もう一ぺんだけ見たい。そうすれば、おそらくいままでの思い出を西の海へサラリと捨てて、新しい勇気をもって今後に立ち向かえるだろう。ああ、そのおそらくが……！　わたしは宇宙を支配している、どうしようもない力に身を任せています。あなたはご自分の意志しだいで、どうとも行動がおできになるのよと、それを男に納得させる百万の恋の手管で、彼女は自分を操っていたのである。

もっとも、きょうはべつに急ぐことはなかった。夕飯にマークが自分の帰りを待つ時間までには、まだたっぷり時間があった。森の木蔭に腰をおろして、ゆっくり待っていることもできた。

ポケットに望遠鏡がはいっていた。それが偶然そこにはいっていたのではないと考えて、かれはちょっと顔が赤くなった。彼女にふたたび会えると思うと、自分でもおかしいくらい楽しくなり、例の場所へ行き着く何町も手前から、まるで小学校の子供みたいにからだがゾクゾク震え、木の根を飛び渡る足幅をうっかりまちがえて、なんども蹴つまづいて転んだりした。なんだか、クルクル回る夢の中にでもいるようで、頭にうかぶ楽しいでたらめな歌が、ひとりでに大きな声になったりした。この目で、もういちど彼女の顔や姿が見られる——これがかれに凱歌と興奮を……べつの言葉でいうならば、陶酔《とうすい》をもたらしたのである。

ホテルがらくに見える、例の木立のなかの空地に近づくと、かれは歩調をゆるめ、爪足でそっと歩いた。自分の恋のために、あらたかになった場所へ近づくという心持から、忍び足で道を拾っていくと、いつぞやの木が見つかったから、それへよりかかって、ガラス戸をたてたベランダのうちに彼女の影はないかと、目で捜した。こういう時には、チラリとさすなんでもない影でも、おや、あれじゃないかな、という気がするものだが、かれはひと目見て、中に動いている影はあるが、目ざす人の姿は、その中にないことがわかった。彼女はその中にいなかった。

まあ、いいや、しばらくここで見張っていてやろう。そう思ってその支度をしかけた時に、ふと右手の木立のなかで、なにか音がして動いたものがあるのに、注意をひかれた。木立の揺れた音と、枝が折れた音であった。

スティーヴァンはキッとなって、そちらをふりかえった。と、五、六ヤード離れた大きな樅《もみ》の木の下で、なにかが動いたと思ったら、それが立ち上がった。ほの暗いので、はじめは動物かなにかと思ったが、よく見ると、人影であった。それも、寄り添って立っている二人の人影であった。やがて一人が相手から離れると、木の間《こま》の空に、男の姿がくっきりと描き出された。なにかいっている声がする。やさしくいっている声だが、迫った声であった。

「いや、なんでもないさ。二分とかかりゃしないもの。あんたにいっときでも厭な思いをさせないためには、ぼくは地球のまわりを駆け回ったっていいよ。いいね、ここに待っているんだよ——!」

ほんのそれだけのことだったが、その声と姿は、スティーヴァンの心臓を、いきなり氷の水のなかへドブリと浸《つ》けたように、止めさせた。ほかでもない、それは兄のマークの声と姿だったのである。

あっと思うまに、マークの姿は、ホテルのほうへ坂道を駆け出して行ったと思うと、消えてしまった。

立木に身をよせたいまひとりの影は、若い女だった。ひと目見て、スティーヴァンは、なにかに化かされたような面妖《めんよう》な思いのうちに、このまえサマリアンツ教授の顔が妙に自分をひきつけたわけが、はじめてわかった。いうまでもなく、それは教授の娘であった。とたんに、いっさいのことが、むざんにもかれの心の映像の上に、閃《ひらめ》くようにはっきりした。ははあ、さては兄貴も、やっぱり自分と同じように足がらをすくわれて、おれと同じ苦闘をなめ、おれと同じ恐ろしい苦闘をしていたのか。……

べつに、意識的にそれを認知したという行為もなかったようであった。ただ一閃の火が自分をつらぬき、その火が凍りついた心臓をふたたび早鐘のごとく鼓動させた。脳のはたらきも、意志の力も、まるでなくなったまま、茫然としてしまった。彼女はついそこに立っている。自分が地べたにあぐらをかいているところから、五、六ヤードと離れていないところに、彼女は立っている。美しさ、謎、驚異、それを清楚な姿に包んで、ひと飛びすれば、自分の腕の中に抱きしめられるほどの距離のところに、彼女は立っている。ほの暗い影に包まれながら――マークのもどってくるのを待ちながら、ついそこに。……

気の顛倒した時には、なにが起ったか、漠然としかわからないものである。もやもやしたその数秒間は、頭の中が火の海になったような、集中した感情のうちにすぎて、はっきりした記憶もなかった。とにかく、かれは木の根もとからフラフラ立ち上がって、枝につかまった。このところは、つまらない細かなことだけ憶えている。両足が針でも膝に刺されたように痺《しび》れていたことと、ピッケ帽が頭からスポリと落ちたのを、こいつをかぶっていないと顔が匿せないなと思って、あわててかぶったことと。……

そのうちにかれは、なにか宇宙の引力にうしろから突き出されるように、半分こちらへ背を向けて女が立っている立木のほうへと、心もとない小刻みな足どりで、ソロリソロリと進んで行った。

女の名前も知らないし、声もまだ聞いたことがない。相手の息を感じるほど、そばへもまだ寄ったことがないのに、いつのまにか深い思慕と想像力は、かれの心のうちに親しい小径をつけていた。だから、前へ進み出ながら、自分はとうからよく知っている人のほうへいま歩いているのだという気がしていた。先方は、完全に自分のものになったそもそもの時から、自分を慕っている。そんな気がしていた。遠い遠い前生《ぜんしよう》から、おたがいにいっしょにいたのでなければ、これほど得心のいく、割符《わっぷ》を合わせたような心持は出ないはずである。

旋風のように乱れた心から、二つの小さな行為が出た。なにかわけわからない絶叫が口をついて出たのと、彼女を抱こうとして両手をひろげたのが、それだった。声をきいて、ハッと、彼女はこちらを向いたとたんに、男がすぐそばに来ているのに気がついた。

「あら！　ずいぶん、お早かったですことね！」

ためらうように彼女はいうと、ニッコリ笑いながら、スティーヴァンの目をじっと見入って、

「まあ、びっくりしましたわ、わたくし」

その声は、きっとこういう声だろうと、かれが思っていたとおりの声だった。妙にゆっくりした、ブロークンな英語を舌足らずにひっぱったような声で、なんだか言葉が外へ出るのをいやがって、のどの奥でかわいがられながら、口もとでウロウロしている――そんなような、いかにもやんわりした、あたたかい響きがあった。やにわに、かれは自分の腕の中へ彼女を抱きしめると、うなじのあたりの香わしい髪のなかにグイグイ顔を埋めてしまっていた。なにもかも忘れはてた、信じられないような忘却の一瞬だった。接触、匂い、異性、それからくる圧倒的な力に、かれの魂は真底《しんそこ》から、苦痛をしずめ動揺を静める、安らかな思いに祝福された。「時」が、いっとき苛責なき歩みを止め、生の歩みが一時足をとめて凝視したような瞬間だった。その時、アッという魂ぎるような悲鳴の声がして、女がかれを押しのけた。そしてそこに立ちすくんだまま、やさしい目がうろたえたように、かれを凝視した。せわしい息づかいに、女の胸が大きく波打っていた。

スティーヴァンは、すでにそのまえから感づいていたのでなければ、その時いっさいを諒解したのであった。二日まえに、ホテルのベランダで、こちらを認めたあの素振りと、今のこの、まるで一世紀も前に起ったような悟解《ごかい》とは、じつは出所《でどこ》は一つだったのである。二つながら、別のものを求めていたのだ。女は、二どとも、スティーヴァンを兄のマークとまちがえたのだ。

女がとつぜん悲鳴をあげたのは、そのことが、天から降ったようにわかったからだったので

ある。と、そこへ、まちがえられた当の主《ぬし》がヌーッと姿をあらわした。知らないまに、マークは二人のいるうしろの坂道を登って、そこへ来ていたのである。マークは片手に、取りに行った赤い外套を持っていた。

いきなり顔に、一陣の寒風がドッと吹きあたったみたいだった。兄が戻ってきたのを見て、不意を食らったスティーヴァンは、感情という感情が、まるで死の汐のように退いてしまった無言の状態に追いやられた。一瞬、かれは現《うつつ》の力を失ってしまった。自分が誰だか、そこで何をしていたのか、忘れてしまった。自分はマークに完全に出し抜かれた、という事実に、かれはふぬけになってしまったのである。命が根もとから揺らぎよろめいた。

兄の顔と姿が、目の前で、一本の木の枝のように揺らめいた。激しい目まいがした。頭が眩《くら》んだようになって、思わず腰にさした採集用のトンカチを握りしめた。むろん、それは偶然だったのだろう。それが証拠には、握った手をすぐに離したから。……すると、ちょっとの間に、溜まった感情の汐が、たちまち、すさまじい水勢で逆戻りしてきて、なにか兇暴な衝動に自分が駆りたてられそうな、気ちがいじみた殺人でも犯しそうな気がしてきたのが、とっさの筋立で、ひどく皮肉な幕が一ト幕できあがったようなことになって、難なく納まりがついたが、おかげでこの女を助けてやりたい一心に、兄弟二人がわれを忘れることになったのである。

女はまるで怯《おび》えあがった子供か小さな動物みたいに、かわいらしい戸まどい顔で、兄弟二人をかわるがわるに見比べた。あたりのほの暗いなかに、目だけがキラキラ光っていた。一つ顔が二つある、そのわけを聞かしてと迫るそのようすは、すがるような不思議な愛らしさがあった。彼女はまずマークのほうへ動きかけたが、足を踏みだした中途でクルリとふりかえると、スティーヴァンのほうへ走りよった。そして恐ろしさにキャッと悲鳴をあげると、二人のあいだの地べたのまんなかへヘタヘタと崩折れてしまった。

わずか半秒の間の彼女の戸惑いが、スティーヴァンには五分も六分も続いたように思われた。もしその時、彼女が兄の腕に身を投げたら、自分は殺人者の手をもって、兄に飛びかかることを忍びえなかったにちがいない。いいあんばいに、彼女の東洋風な小さな顔の美しさが、まっ青に震えあがった彼女のおののきといっしょに、ほかの感情をみんな縛り上げてしまったから、よかった。彼女がフラフラとそこへ倒れたのを見ながら、スティーヴァンは、身震いが出るほど美しいと思った。大空から天女が降ってきたら、さだめしこんなだったろう。……

ところが、そういうなかで、平素の果断を持っていたのはマークだった。マークは弟の心に、焦点を絞る力をとりもどさせた。しかもマークはそれを、こうした動顚《どうてん》の際には、まったく思いもよらないような、もし芝居か小説の中だったら吹き出してしまうような、まるでその場に不似合なしぐさと文句でしたのである。愛人が気絶をして倒れたすぐあと、えらいことになった当の彼女から、チラリとそらした兄弟の目が合うと、マークはきゅうにおちつきはらった顔をして、伸びた彼女のそばにしゃがみこみ、スティーヴァンをキッと見上げると、静かな声だが、いかにも医者らしい態度で、

「おい、スティーヴァン、これはぼくの患者だよ。まあ、おれたちのうち、一人はおさらばをしたほうがいいな」

そういい捨てて、マークはそこにかがみこむと、手早く女の襟元をゆるめてやり、冷たいその手を揉みはじめた。スティーヴァンは、なにがなんだか、自分で自分がしたこともわからず、ただ子供のように打ち震えながら、小屋へ行く道の茂みのなかへとコソコソ姿を消してしまった。ただこの恐ろしい瞬間に、一つのことだけがはっきりとかれにわかった。それでかれは姿を消したのである。一つのこととは、――相手を殺すか、それとも見ずにいるか、ということだった。これほどのドタン場にも、よくぞ破れなかったスティーヴァンの意志は、後者を選ぶだけの良識を持っていたのである。

「行け！」その良識が命令した。

「行け」――この短い言葉は、最後の鐘の音のように、かれの魂の底にひびきわたった。

八

「これはぼくの患者だよ！」――このいやな喜劇じみた文句、医者らしい陰気な嘲笑《あざわら》ったような態度、その同じ言葉を、ほかの人間が言ったのと、マークがいったのとのちがい――スティーヴァンに判断を取りもどさせる力となったのは、これであった。ああいう場合の切迫した感情を緩和させるのに、ああいう的確に計算されたことのいえる人間は、まず兄貴よりほかになかろうと、スティーヴァンは思った。じっさいそれは、天来の名句だった。嘘と誠がないまぜになった気味の悪い文句だが。

「しかし、とにかくなにもかも、夢みたいだ」

いちども後をふりかえっても見ずに、山道を小屋のほうへ帰る道々、心のなかの声がブツブツ呟《つぶや》くのが聞こえた。

「まるで、奇妙な眠りの家の部屋で、人がいったりしたりすることだ。たしかに三人とも夢の中にいたんだ。夢なら、まもなく醒めるだろう――」

声はまだ続いていたが、かれはよく聞きもしなかった。蜘蛛の巣みたいなものが、自分の思考のまわりに十重《とえ》二十重《はたえ》に張りめぐらされたようで、へんに現実から遠く隔たってしまったような感じが忍びこんできた。たしかにあれは、遠い遠い昔、時の計量も物の価値もいまとは違っていた、幾千万劫の遠い昔、自分の魂がそういう人たちとそういう世界の中にいた時分によく見て、忘れなかった夢の一つだったにちがいない。

「夢がさめてみたら、おれはウィムポール街のおれの寝台の上にいるんじゃないのか」

夢ならば早くさめて、自分のいる本当の位置が知りたい。――かれは悪徳のように自分にこびりついている苦痛から、早くなんとかして逃れたかった。

だが、夢の糸はどこにも通っていた。どこを見ても、夢の中の事件につきものの、あのうわべだけの均衡があらわれている。ちっぽけな原因、それが寄り集まってできたどえらい結果。自分の魂に灼きついたあの顔の恐ろしい力。マークに対する自分の愛情を半分骨抜きにしてしまったあの奇怪な力。二人が森の中にいるところへひょっくり行ったあの偶然。そして、二人がまえから相識の仲だったことを知った、あの夢魔のような発見。それだけですめばいいものを、このハッと目がさめて、夢なら終ったはずのその時に、ふいにああいう見当もつかない急転がきて、マークがあんな言葉を吐いたのだ。そうだ、あれは夢魔の世界の、架空の恐ろしい言葉なのだ。……

「これはぼくの患者だよ……」

それをいった時の、マークのあの氷のような冷やかな顔。そのくせ、あの言葉の裏には、知恵があった。おだやかな決断があった。あの法外な苦しい事態を救おうという願望があった。それからまだほかにもう一つ、親切な、いや肚《はら》が大きいとさえいえる、そのかわり人生の苛酷をむきだしにした言葉があった。「おれたちのうち、一人はおさらばをしたほうがいいな」

だからこそ、自分はおさらばをしてきたのだ。――運よく、自分は去ってきたのだ。……ところが、それから一時間ばかりたって、スティーヴァンが小屋のベッドにひっくりかえりながら、今後自分の採るべき道、――自分の意志が従い、自分の思考が許容しうる今後の行動の道を、ひたすら全力をかたむけて求めていた時、寝室の鍵穴からしずかに呼びかけた、夢ならぬ現実の兄の声があった。――

「おい、スティーヴィ、……彼女はよくなったよ。……もう大丈夫だ。……彼女はね、あしたの朝、お父さんと発つんだよ。……それがね、朝とても早いんだ……」

あとをみんないわせるために、スティーヴァンが黙っていると、声は続いた。

「……まあ、一ばんいいことは……おたがいに会わないことにしようや。……しばらくのあいだ、……お前とおれはね、……思い思いの道を行くことにしよう。――あすの晩までな。それからまたいっしょになろう。……お前とおれとで……いままでみたいに……」

マークの声は、すこしも震えていなかった。が、なにか遠くから聞こえてくるような、現実の声でないような――鍵穴から吹きこむ隙間風みたいな、細い、フワフワした、溜息のような声であった。おかしなことに、妙にいうことがとぎれとぎれで、間がつかえた。

「……スティーヴィ、おれはお前のものだよ。いつだって……お前のものだよ」

廊下の先のほうで、まえよりもさらに夢の中のような声で、あとからそういい添えた。

スティーヴァンは、返事はしなかったけれども、心中うれしかった。兄の提言も、またそれをいう気持も、二つながら承引した。そして翌朝、日が登ってからまもなく、かれはそっと小屋を立ち出ると、ひとりで考えごとをしながら、山の中へ出かけて行った。まえの晩、一晩じゅう、生身《なまみ》のかれを食っていた苦悶を胸にいだきながら。

九

朝のうち、山でなにを感じたか、スティーヴァンは自分でよくわからなかった。感情が、荒れ狂った野牛みたいに、あっちを突き、こっちを突いた。そのなかで、二つだけ目立った感動があった。一つは、自分の生涯は、いまやもう、それを変えることも制御することもできない、別のものに属しているということ。もう一つは、しかしそれでも自分の意志だけは、錬り鍛えた鋼鉄の武器のように強靭《きょうじん》だということ。この二つだった。

つよい感情が、こんなふうに恐ろしい片方の牢獄からまた片方へと、逃れるすべもなく、かれを追いまわした。それというのも、じつはかれの立場というものが、どだい、根本から矛盾したものに巻きこまれていたからである。一方では新しい恋の虜になりながら、一方では、「おれはマークを愛している。おれはそれを忠実に守る。しまいには、おれが勝つ！」と、かれの意志は叫んでいた。つまり、かれは屈服するのはいやなのだ。屈服したと知ることがいやなのだ。かれがこう言って叫んでいると、かれの内奥にある魂は、耳をすまして監視していて、その結果を見ていかにも満足げに笑っていた。

もっとも、感情が分析しにくいほど激昂している時には、逆に思考のほうは、これはまた痛々しいくらい明晰であった。山歩きという肉体的な運動で、激昂した感情がおさまってくるにつれて、そういう思考が、心の内景の乱脈を整理するかのように、ムックリ起きあがってきた。たとえばマークが、かれはかれで自分と同じような心の葛藤を嘗《な》めていたことは、いまではもう、陽を見るよりも明らかなことだった。あの教授に偶然会ったことが、教授の令嬢と知り合うことになったのである。それから急速に、不可抗的に、二人のあいだに恋が成立していったのは、自分の上に起ったのと同じであった。マークは自分にそれを打ち明けるのを恐れていたのである。つまり二人は――この双生児は、期せずして同じ道を歩んでいたのだ。そして二人とも、個人的な感情が平生の直観力を曇らし、そのために真相がよくわからなかったのだ。

スティーヴァンは、それをいま、むざんなくらい、はっきりと見た。兄がちょいちょいホテルに通っていたこと。おそらく、あの招待の手紙には、自分もいっしょに招かれていたのだろう。それを兄貴は、わざと読み飛ばして、自分にいわなかったのだろう。この土地に滞在したがっていたこと。いや、滞在するつもりで、兄貴はいたのだ。荷造りの時、いやにグズグズして捗《はかど》らなかったこと。──まだほかにも、いろんな細かい点がはっきりしてきた。あの晩、マークが同じように眠られなかったことも、いまとなればさてはと思いあたる。そういえば、あの朝、日のさしのぼるバルコニーで、二人してへんな謎みたいな言葉を交わしたっけ。……マークもさだめし苦しんできたことだったろう。いや、げんにいまだって、苦しんでいるにちがいない。自分の苦悶から、それが手にとるようによくわかった。すると、いよいよ意志を強くして、それに打ち勝たなければという気になった。その思いは、またかれを双生児の片割れである兄の上に、はげしく繋げた。生れてから、まだいちども別れ別れになったことのない自分たちであった。おたがいの精神的親近の鎖は、量り知れないほど強力なものだった。二人はきっと克服する。克服して、もういちどおたがいのそばにもどりたい。マークはきっと彼女に打ち勝つだろう。自分も最後には、きっと彼女に打ち勝って見せる。……

だが、その彼女が、自分にはあのように死んだも同然となり、彼女のない自分の生涯の寒々とした空虚さを思うと、またむらむらと反動的な気持が起ってくる。それは恋はあれども主《ぬし》のない、恋の無政府状態だった。あの顔、あの香気、あの愁いを含んだ、いとしい目にあふれる魅力、あのお高くとまったようなものうげな感じ、──一言でいえば、マークと自分の足をひと思いに薙《な》ぎはらったあの驚くべき魔力が、すがるように、口説くように、涙を流して戻ってきた。かれは岩の上に坐りこんだまま、両手に顔を埋めながら、文字どおりその苦痛に声をあげて泣いた。思考は自分のなかでズタズタに破れてしまった。彼女を思いあきらめることは、どうしてもできない。そうかといって、兄を捨てることは、これもやはり考えられない。三十五年の愛情と協力の重みが、たったいっときの襲撃に抗戦した。第一陣地のかげでは、いのちはかれの人格の横糸で織られていたが、第二陣地のむこうには、有力な魔力が——来世には彼女といっしょになれるという、大きな誘惑が仕掛けられてあった。

この戦いは、それにあずかる力の性質で、とても歯の立ちっこない戦いだった。そのくせかれは、その朝、あてもなく峯を越え、断崖をわたり、人っ子ひとりに行き合わずに、森の上のジュラ高原をさまよいながら、自分と戦いつづけたのである。それは生れつき精神力を持っている人のみが知っている、残忍苛烈な、盲滅法な戦いであった。まるで自分が、虚空にかかっている大きな恒星を、軌道からわきへそらせようとして、一所けんめいに押しくらをしている、一匹の蝿になったような気がしてならなかった。それというのが、人生の汐がしぜんとかれを波のほの上に押し上げていたからである。三十五歳ともなれば、汐はいまが満汐時であった。

こんなふうにして、戦えど戦えど、望みのないことがだんだんわかってきた時に、それにかわるもう一つの扉がわずかに開いて、かれに中を覗かしてくれた。その扉は、いちど開けば、そのままいっぱいに開くものらしかった。かれはその中へはいった。すると、扉はうしろでピタリと締まった。

性質がちがうせいか、このもう一つのものは形がちがっていた。いままででもわかるとおり、かれは性格の強い人間だから、あてもない放浪なんかできっこない。活動家ならば、自分の進むべき一定の道というものが、おのずから展《ひら》けてくるものだ。なるほど、かれのうちには、生煮えのヒロイズムがあったかもしれないが、しかし、いくらなんでも、命の続くかぎり続くような、そんな苦難をしようとはむろん思っていなかった。過ぐる朝の灰色の光のように、いまかれの上にほのぼのと明けてきたこのもう一つのものは、きっとこれは罪深い獄徒の上にも明けてくるものにちがいない。このもう一つのものこそ、スティーヴァンに与えられた、かつ、この特殊な問題に与えられた、たった一つの出口であった。

それをいまかれは、沈着と果断をもって、いきなり直視したのであった。沈着と果断はこの男の特徴である。これはどう見ても、この男の特徴であった。なぜかというと、自分の心の中で働いている総力の実体をあらわす、勇気と臆病、強さと弱さ、我儘と犠牲的精神、こういう二股膏薬みたいな考えを、すべてそいつが呑んでしまったから。しかし、かれにしてみると、このとっさの決意の瞬間に、どうやら有力な動機となったものは、マークに対する愛情の祭壇にささげる犠牲《いけにえ》という考えであったようである。兄に対する自分の献身的な気持が欠けた、それをこんなことで多少でも償《つぐな》おうという、こじつけた考えがかれを捉えたのである。女に対する自分の愛、また、かりにあるとすれば、自分に対する女の愛、この二つは、相手の二人を幸福にしてやるためには、当然犠牲にされるべきであった。ずっと以前、やはりこうした事情に立ち至った時にも、二人のうち、どちらかが去らねばならないと、マークがいったことがあった。その時も、スティーヴァンがきめた肚《はら》は、自分が手を引くということだった。

森と山の中で、いちんち暮らすきょうという日が、この世における自分の最後の日となるだろう。あすの晩には、マークは自由の身となるだろう。

「よし、おれは兄貴のために、命を投げ出そう」

それをいった時のかれの顔は、さすがに灰色に沈んだ。かれは風と陽に浴しながら、高い断崖のはしに立っていた。見下ろす脚下には、樹木のうっそうと生い茂った、谷と山の美しい世界がひろがっていた。しかし、かれの目は内側に向いて、兄のマークと、あの美しい東洋風な女の顔と、それからまっ暗な闇を見ただけだった。

「兄貴だって、それはわかってくれるだろう。そして、むこうから受け入れてくれるだろう。そして、時とともに、そうだ、時とともに、兄貴の心に――それと彼女の心に新しい幸福を満たしてやれる。おれがそれを与えてやるのも、彼女のためだ。一人が立てば、一人が立たない、こんな両方うまいあんばいに行かない事情のもとでは、それが正しいにちがいない……」

空には一点の雲もなかったが、脚下の景色は、きゅうに地平線から地平線へと、日のささない暗いものになっていった。

十

こうした恐ろしい決意の暗闇へはいると、想像力豊かなかれの気性は、すぐと反対な極点に向かい、なにか一種興奮に似たような心持がかれをとらえた。検屍官の判でおしたような判定も、このばあいは真実だったかもしれない。長いこと苦闘した感情の抑圧は、とうとう、一種病的な、不健康な心の状態を生んだのである。

脚下に涯《はて》もなくひろがっている静寂な森林に、疲れた目をさらしていると、涼しい風が面を吹いて渡った。谷また谷を折りたたんでいる青いジュラ山脈は、忘却の底にかれの生命の微粒子を一気に呑みこんでしまおうとする大海の怒濤のように、四辺を囲繞《いにょう》している。はるかフランスのほうを見ると、ポンタルリエの城砦のかなたなる遠い地平線の上を、西風にのった白い雲が、悠々と遊弋《ゆうよく》している。こちらの側には、白衣をまとうたアルプスの山々が、打ち霞《かす》む秋の陽光のなかに、突兀《とっこつ》として天涯に霧《き》ろうている。この両端の山と山とのあいだに、幾十と知れないもみくちゃになったような峡谷が、あるいは怪しくうねり、深く繁茂し、住む人もなく、いかにも柔輭乱離《じゅうなんらんり》とした美しい領域をひろげている。おそらく旅する人々は、この茫々錯落《さくらく》たる迷路のなかから、一路をさがし出すまでには、旬日を道に迷うことだろう。

雄大な展望を眺めているうちに、ふとかれの心を、あの「迷いの谷」の伝説が、子供の頃に聞いたおぼろげな記憶のようにかすめて通った。「迷いの谷」とは、しあわせ薄い亡霊たちが、あらゆる宗教から締めだしを食った、魂の安らぎを求めるところとやら。そして、そこに入る悲しい権利をまだ持たない幾百の亡霊たちが、ひねもす、夜すがら、歎きの森の門の扉《とぼそ》を尋ね求めているところだという。話に聞いたこの記憶は鮮やかだったが、ほかのことにかまけて忘れていたのが、いまふと、一つにかたまった夕焼雲が高い風にのって空の果を通るように、かれの心の中を、矢つぎ早に追いながら駆けぬけたのである。

やがてかれは、断崖のはしから踵《くびす》を返すと、おのが愛したこの世の美しい面を歩むのもこれが最後かと、山腹の小道を、はるかフランスの国境にある砦《とりで》のかたを目ざして、しずかに降りだした。心のうちには、一つの大きな感情が領していた。それは、自分のする大きな犠牲は、きっと長いあいだには、この世のなにものよりも自分が愛している二人の人間の幸福を生むにちがいないと、それを知ったことから起る、ふしぎな昂《たかぶ》った気持であった。

中食に、パンとチーズと牛乳を飲ましてもらった、一軒家の農家できくと、まだいちども来たことのない道を、だいぶん何マイルも歩いてきたことがわかった。心の闘いをたたかい続けているうちに、知らず知らず、足もとが早くなったものと見える。そんなに遠い山と谷あいの道を、また歩いて引き返さなければならないとわかると、きゅうにからだの節々に疲れが出てきた。が、重い疲労のうちにも、心の興奮はまだ続いていた。足を引きずったり、背骨が痛くなったりするのとは、なにかちがった別のものが――鉄のバネかなにかつけて、空を飛んで歩いているようなものが、自分のなかにあった。ほかの感覚はみんな馬鹿になったようで、ただ大きな決意だけが、まっ黒な姿をして行く手に立ちはだかっていた。まるで鼠が沈没する船を見捨てて逃げてしまうように、思考と感情が自分を見捨てて逃げてしまったようであった。そういうものは、すべて過去のもので、ただし、二つの欲望だけがしみついてのこっていた。その一つは、マークに会って、いっしょに暮らしたいこと。もう一つは、彼女にもういちどだけ会いたいこと。この二つの欲望がはだかって、ほかの欲望ははいる余地がなかった。マークのことを考えると、まるで兄貴に自分の名を大きな声で呼ばれているような心持がした。

戻り道、かれはしばらく、これからそこを縫って行かなければならない、羊腸たる深い谷の底にたたずんだ。横日をうけて、ほの暗く湿っぽい谷である。森林のうわっつらがザワザワ音をたてているのが、なんだか夢のなかの内証話を聞いているようだった。一本一本の木がかってなひとりごとをいっているのが、まとまって聞こえてくるのである。そういう囁きのなかに、悠久な太古のごとき静寂と平和があり、ヒソヒソした樹木のささめきが、かれの心をいやしてくれた。

すこし足を早めて歩いていくと、昼過ぎに山上で顔を吹いた涼風が、またあとを追うように吹いてきて、まるで千のしなやかな手で押すような追手の風に、思いのほか足がスタスタ運んだ。きょうの風には、なにか魂があるようだった。なんだか風のいっている声が聞こえるようである。脚下の森の木梢《こうれ》の動きを見ていると、広大な森林を吹きぬけて、こちらへ巻き上がってくる風の道が、目にはっきりたどれた。やがて道は、樅と松のしんしんと生い茂った、来たこともない森の奥へと、爪下《つま》がりに降りていった。どこを見ても未知の国——未踏の世界とはこんなところかと思われるような、あたりの景色である。人の通った跡らしいものは、どこにもない。道しるべもない。ともあれ、いままで知っている日常の生活から遠くへだたった何物かが、かれの重い疲れた心に、しずかに忍びこんできた。……

おそらくそれは、例の恐ろしい決意が、かれの心身に力を及ぼしだしてきたのだろう。とにかく、一刻も早く、どこかへおさらばをしてしまいたい！

あたりはどこを見ても、もの悲しい秋のけしきである。人里離れた峡谷の寂しさは、すべて滅びていったものの悲しさを物語っている。——年々に消え去っていった春、何ひとつ実らなかった夏。語っているものは、すべて不完全なもの、不満足なものばかりだ。人間の労作は、この谷ではかつて知られたことがないのだろう。山の掃除に、苔むす下草を踏んだ馬の跡も、かつてないらしいし、百姓や木樵《きこり》の牛車が、石灰石の断崖に木魂《こだま》したことなどいちどもないらしい。すべてが鳴りをひそめて、しんと寂しく、打ち捨てられたままになっている。

しかも、どういうのか、どこまで行っても、この谷には底がない。あきれるばかりである。半マイルも行くと、かならずそこに小暗い道の曲り目があって、そこからまたズルズル下へ降りていく。幽霊でも出そうな、お伽《とぎ》ばなしにでもありそうな美しい所が、ほうぼうにある。ところどころ、刈りならしたような草地がポツン、ポツンとあって、まわりに風除けのライラックの藪なんかが生えている。じめじめした谿流の岸からは、柳の木が青白い手でソヨソヨ招いでいるかと思うと、見上げるような亭々《ていてい》とした黒い樺《かば》の林が、山頂の永遠の秘密を守っている。ひとところ、ちょっと拓《ひら》けた平らな所があって、そこにシナの木が一本生えており、そのむこうの松の木群《こむら》のあいだに、チラチラ光るブナが群生している所があった。そこは荒い山頂に似合わず、花などがかたまって咲いていた。名も知らない草だが、背の高い、品のいい、水色の花が、細い谷川の白く泡だった水ごしに、夢のようにユラユラ首をふっていた。

そうして、思いは絶えずマークのもとに走る。――こんなに飛び立つように兄に会いたいと思ったことは、われながら、いままでにないことであった。兄の声が聞きたい。兄のそばに、並んで立ってみたい。ほかの欲は、みんなどこかへ消し飛んでしまったぐあいである。……足並がまた早くなってきた。道はしだいに山のふところへと突き進んでいく。静寂はいっそう深くなり、平和な空気はいっそう濃くなってきた。物の音はすべて、何百万本という松葉を詰めた、遠い蔀《しとね》の上を微風にのって、耳にとどいてくるかのよう、手をのばして何ひとつかき乱すものもないようなその平穏な空気が、ボロボロに破れたかれの生命を、ふうわりとした緑の影の衣で包んでくれる。こんな珍しい、無上の平和に接したことは、かつてない。ちょうどそれは、動くことができないから、動かない深海の静けさに似ていた。変らぬ平和――「神の平和」と、ある人がそれを名づけた、万代不易《ばんだいふえき》の平和であった。

「そのうちに曲り目へ出るにちがいない。そうすりゃ、道はそこからまた登りになって、最後の断崖へ出るだろう」と、かれはべつに驚きもあせりもせずに、そう考えた。心配はすこしもなかった。すっぽりと自分を包んでいるこの平穏が、死の恐怖を匿しているからであった。

道はなおも、眠気のかぶさってくるような木群のなかを、下へ下へと降りて行く。ふしぎなことに、それにつれて自分の思考も、だんだんからだの底のほうへと沈んでいくようであった。まるで下へ下へ降りていく道と、からだの底へもぐりこんでいく思考とのあいだに、なにか人知れない提携でもあるようなぐあいである。ただときどき、兄の身のうえを気づかう思いが、とつぜん烈しい勢いで、グイと自分を表面へ浮かび上がらせる。すると、むしょうに兄に会いたくなる。兄の温かいガッシリした手を、自分の手のなかに握りたい。そして許しを乞いたい。同時に、自分のことも聞いてもらいたい。……兄貴はなんにも知らないのだから。……

「そりゃいいが、この谷はどん詰りはないのかな?」と、曖昧と当惑と半々みたいな心持で、かれは首をかしげた。「どこまで行っても、止まらないな。向こうの山へ登るのかな?」それもしかし、どうでもいいような関心の薄さで、ぼんやりと、疑問が思考のなかを通りすぎた。足もとの草は、足音を消すほど密生している。足跡は苔に吸われて、あとかたもない。なんだか、足がクーンと吸いこまれるようであった。

「ああ、マークがいまここにいればなあ。この感じがどんなもんだか、見せてやれるんだが……」

ふと考えの途中で、きゅうにかれは足を止めて、あたりをキッと見まわした。すると、深い溜息の声が、一陣の山風とともに、樹木のざわめきにまじって、すぐ耳元に聞こえた。溜息をついたのは自分だったのか――自分で気がつかなかったのか? 心臓はしっかり脈を打っている。……

唇に微笑がのぼりかけたとたんに、その微笑はハッと凍りついた。さっきのより、もっとはっきりした溜息の音が、小暗い空気のなかに、自分とは離れたところに、ありありと聞こえたのである。溜息というよりも、深い呼吸に似た音だったが。……もちろん、風の音以外のものではない。スティーヴァンはふたたび足を早めた。自分が化かされたのを、べつに驚く気持もなかった。それほどこの谷は、溜息や呼吸の音に――樹木や風の音に満ちていたのである。そのかわり、それより大きな音は立てようとしない。じっさい、この無言の谷では、騒音は法外なものとして禁じられているようであった。それに、あんまり下へ降りたものだから、日の光も金色より、むしろ銀色に近くなって、崖のはるか上の高いところに射している。どんなギラギラした光も、ここまでは射してこない。ものの影は、もはや青でも紫でもなく、まっ黒な色に変ってきている。まるでそれは、一定の厚みをもった繊細な物質で織り出されている、いってみればベールみたいな、そういうもので織り出されているような影であった。正面の斜面には、西空にそびえている峯の一つが、松の木を鎧《よろ》った怪物めいた影をくっきりと落している。秋の日は、釣瓶《つるべ》落しに早くも暮れかけてきた。

十一

と、その時、ひじょうに緩慢にではあったが、疲れたかれの心に、なにか奇妙なことが起ってきた。それが、かれのその時の気分を特徴づけていた銷沈と興奮の錯雑したなかを、はっきりとつらぬいた。そして、背中の皮膚を、なにか匐《は》いずるようにムズムズさせた。

というのは、じつはその時、この美しい空谷に人の気《け》がないのは、ただの見せかけにすぎないということが、はじめてはっきりわかってきたからであった。どういう感じから、といわれても困るが、この奇妙な確認は、じつはこの谷は見かけのような、打ち捨てられた廃谷ではなく、廃谷と見えるのは、じつは逆に事実の裏なのだ、ということをかれに教えたのである。この確認は、とっさのあいだに起った。ほんとうは、この谷は充満していたのである。生きているものがいっぱいここに詰めこまれて、芋を洗うように群れひしめき、見上げるばかりの森林の障壁から、いまにもこぼれんばかりに溢れかえっているのだ。どっち向いても、生きているものだらけ。それも人間だ。無慮無数の人間が、かれのまわりを肱をぶつけあいながら、押しあいへしあい、みんなこちらの挙動をゆだんなく見張りながら、日が暮れたら姿をあらわしてやるぞと、手ぐすね引いて待ちかまえているのだ。

それればかりではない。この奇怪至極な発見といっしょに、まだそのうえにわかったことがある。それは、その無慮無数の人間の群が、どれもこれも申し合わしたように、みんな青ざめた顔に切ない目つきをして、両手をのばし、手探り足探りで入口を求めながら、四方八方探りまわっていることだった。入口というのは、さっきかれがひょっくり見つけた入口のことなんだが、とにかく、自分のまわりにいる人間の数は、それこそ何千何万というたいへんな数で、そいつがみんなわれがちに先を争って、谷へ下りる細道を捜している。その妄執が無量劫数《むりょうこっしゅ》の波となって、かれの心に打ち寄せてくる。大部分がみな、この谷の平穏な静けさを——ここの不思議な、深い、不変の平和を求めている連中であった。

そのなかで、「入口」を見つけたのは、かれ一人だった。いや、かれとほかにもう一人あった。

というのは、この奇怪な認識から、さらにまた奇怪な認識が起ってきたのである。それは、兄のマークも、この谷のどこかに、自分といっしょにいる、ということだった。マークも自分と同じように、この谷の小暗い入り組んだ曲り目を出たりはいったりしながら、さまよい歩いていたのだ。「マークがここにいたらばなあ」と、つい先刻いったばかりだったが、そのマークはここにいたのだ。しかもそのいることが、その時はっきりわかったのである。というのは、しばらくかれはそこにじっと立って、よし、このひしめきかえる亡霊どもに対決して、なんとか話してみてやろうと構えていると、ふと一人の男の姿が、木立のあいだから矢のように動いてきて、顔をそむけたまま、自分のすぐそばを大股に通りすぎた。スティーヴァンはハッとして、思わず息を呑んだ。と、アッというまに、その男は、松の木群のなかへ呑まれるように姿を消してしまった。

スティーヴァンは、急いでそのあとを追いかけようとして、大きな声で呼びながら、駆け出そうとしたが、足をとめた。あまり相手の男の足が早くて、とてもじゃないが、追いつくなんて問題じゃなかったからである。谷へ下りる坂道を登ってきた男が、アッという間に、もうはるか高い上のほうに行ってしまっていた。しかし、とっさにチラリと見ただけで、その男が誰であるか、スティーヴァンにはわかっていた。顔はそっぽを向いていたし、木下闇《こしたやみ》はもう暗かったけれども、その姿は余人ならぬ兄のマークの姿であった。兄ではあったが、しかし兄ではなかった。たしかにマークだった。だが、それにしてもマークは変り果てていた。その変貌は、なんとなく不気味な変貌だった。その不気味さは、無言で歩み去って行ったその足の早さ——こんな森の奥では、とても考えられないような早さ——が、不気味なのと同じ不気味さであった。あまりのだしぬけに、まだ身ぬちがガタガタ震えていたが、震えながらも、スティーヴァンは、自分がいま大声で呼んだ言葉が、ほかならぬ言葉だったのに気づいた。その言葉が、木《こ》魂《だま》のように自分にはねかえってきた。——

「マーク！　おーい、まだ行っちゃいけないぞ！　おれを置いて行っちゃ、いけないぞ！」

ところが、まだなにもしないうちに、きゅうに気が遠くなるような、全身がミリミリ痛むような、えたいのわからない妙な気分におそわれた。なにがどうしたのか、わけわからず、いきなりうしろへクラクラと倒れかけた。そばに大木の幹があったので、そいつにつかまったが、それがなかったら、もろにあおむけにひっくりかえっていたにちがいない。胸のまんなかがカーッとしたと思うと、その熱がたちまちからだじゅうにひろがった。全身の筋肉がぐったりとゆるみ、冷たい汗が肌に吹きでてきた。生命の脈搏がとつぜん停止する一歩まえへ追いこまれたようになり、耳はガンガン鳴る、頭はまったく空白になってしまった。

これは窒息死の感覚状態だった。職業柄、かれにはそれがよくわかった。まるで自分のそばに別の医者が立っていて、発作をいちいち分類し、命の火の消えていくのを説明しているようなあんばいである。いまが断末魔の苦しみを通りぬけている最中だった。と、空白になった頭のなかへ、たちまち稲妻のような迅《はや》さで、過去の生活の全景が次々にあらわれてきた。いまにも息の根が止まりそうな中を、三十五年の自分の生涯が絵巻物のように、次から次へと、といっても、妙なぐあいに一ぺんにそれがまとまって、灯火《あかり》のついた脳のなかをパッ、パッと掠《かす》めてすぎた。よくいわれることだが、水死をしかけた人間の頭にも、死の寸前に、こういうことがあらわれるそうである。

少年時代のことが、いろいろの場景、人の姿、声などをともなって、自分のまわりにあらわれてきた。泥だらけなうわっぱりを着たマークと遊んだケントの田舎の芝生、二人で茶を飲んだ避暑地の家、兄弟いっしょにふざけまわった干草畑。橙《だいだい》や胡桃《くるみ》の匂い、庭の石竹の匂い、ゴロゴロした岩がかりに咲いてたバラの香りが、鼻の孔に戻ってきた。……遠くでおとなの人たちの声が聞こえる。——どこかで犬の吠える声。……敷石道をゴロゴロいく荷馬車の音。……明け放した窓から呼ぶ甲高い声。——「もうお家へおはいり——！　お家へはいる時間だよォ——！」

　お家へはいる時間。——この言葉が、少年時代の夏の日の、香わしい風のかおりを、ついきのうのことのように眼前にもたらした。兄の声がかすかに遠く聞こえる。キンキンした、張りのある子供の声で、自分の名を呼んでいる。——「スティーヴィ、……いいか、黙ってろ。……たんまじゃないぞ……」

　つづいて、三十年という年月のパノラマが展開してきた。明かるい日のなかで、くっきりと、鋼鉄の針金のような線で黒と白に描かれた、さまざまの事件。——それがいま、恐ろしい決意の暗雲に閉《とざ》された暗い影のなかに、鮮やかに浮かんできた。

　そうだ、なにか黒い雲みたいなのが、行く手を閉じこめていた。雲のむこうは暗澹《あんたん》として、なにも見えない。……そこで、ことが切れた。——

　——内へ向いた目が、いくら閉じようと思っても、閉じられない。あいたっぱなしの目で見ていると、たちまち、その黒い雲がサッと開いて、さわやかな光の海のなかに、朝のように輝かしいまぼろしが——色の浅黒い、年若い、匂うような東洋人の顔が、自分にとっては世界じゅうの美をひっくるめて讃えたような、あの美しい女の顔が、ポッカリと浮かんだ。女の目がすぐに自分の目を見つけて、にっこりほほえんだ。そればかりではない。彼女のうしろと前を、霧みたいなものがスッポリ包んで、それがユラユラ動いている。爀灼《かくやく》と光り輝く、長い絵巻物のようなその光景、そこに群がる絵は、かれには半分しか見分けられなかったが、とにかく、自分では命をたち切る覚悟をしたのに、生命はいぜんとして彼女といっしょに続いていることがわかった。

と、そのまぼろしを見、彼女のことを考えたとたんに、いままでの気の遠くなるような気持がスーッと消えた。からだじゅうの力が生命の光を帯びて、ふたたび戻ってきた。痛みは去り、絵は消え、黒い雲もなくなった。生命の鼓動がふたたび血の中に強く鳴りだし、黒い物が心の奥から退散した。恋しい女の、微笑をふくんだ目が、蘇生の招ぎを引き受けたのである。さすがに覚悟の臍《ほぞ》だけは揺るぎもしなかったけれども、そのかげには、生命は彼女とともにあるという、力強い魔力の喜びが光り輝いていた。……

やっとの思いで、かれは自分をとり戻した。そして、ふたたびまた歩き続けた。幻影の心理に多少馴れたせいか、自分の経験はある程度自分が主導者であるということが、おぼろげながらわかってきた。経験は、じつは自分の内部にあるのだった。それはわかったけれども、しかし、そのけじめを見つけるのは、自分の力ではおよばなかった。マークが自身の心の戦いを戦いに、やはりこの山へフラフラやってきて、同じこの谷へ来たというのは、なるほど偶然の一致だったのだろうが、それにしても、あの颪のようにサッと通りすぎた瞬間に見た、あのなんともいいようのない恐ろしい変貌――あれはなんとしても説明がつかなかった。もっとも、かれはもうそのことは考えなかった。いま見た美しい幻影の光が、理窟や分析の力をこえて、かれをすっかり魅了してしまったからである。

時計を見ると、五時過ぎ。――正確にいうと、五時十分過ぎであった。それから小屋の近くの、いつも見なれた場所まで帰ってくるのに、三、四時間はかかった。足を早めて、もと来た道を引き返してくると、やがて茂みのあいだからチラチラ草原が見えてきたので、まずこれで谷の底も見納めだと思った。

「マークも、あの下のどこかしらにいるんだろうが、まあ無事でいてくれるように。なあに、見つかるさ」

そう思いながら、そのくせ、兄貴は自分と同じようにこの静かな魔の谷をさまよい歩いてはいないとも、あるいは、なにじきに探し出せるとも、どちらとも、自分に確とした得心がいかなかったというのは、なんとも奇妙なことであった。

十二

それから何分かののち、森を抜け出たかれは、ゆくりなくも山の中腹の緑の草地にたっている、一軒の農家の前に立った。ちょうど食べる物もほしかったし、話も伝えておきたい矢先だった。

アルプスあたりにある山小屋に比べると、お粗末でない、こぎれいな百姓家であったが、それでもたいそう古風な構えをした家だった。ジュラの百姓家には、よく玩具みたいなのがあるけれども、そういったきゃしゃな造りではなく、まっ黒に古びた太い梁《はり》に支えられた屋根に、バルコニーのついた頑丈な構えで、家の裏手の壁がうしろの山の斜面にめりこんだように建ち、松、ブナ、樺の大木が、大きな影の下に家をかくまうように、太い枝を伸ばしている。はるか頭上の二つの峯に、白金色に暮れなずんでいる夕日の余光が、煤《すす》びた梁のどっしりとした美しさを照らしだしていた。人の影も見えず、小さな屋根のついた煙突から煙も出ていなかったが、中に人の住んでいるようすに、スティーヴァンは、谷から上がってきて始めて会う人間は、どんな人間だろうと、用心しながらそばに近寄って行った。

見ると、広いバルコニーの廂《ひさし》の下に、厩の出入口みたいな、上下に扉の開く戸があり、上下とも戸が締まっている。へんだなと思いながら、かれは上のほうの戸をドンドン叩いてみたが、あかない。それから、グイグイ押してみた。すると、あかないかわりに、すこし細めに戸がずれた。下のほうの戸には閂《かんぬき》が下ろしてあって、これは叩いても押してもビクともしなかった。

三度目に、思いきり力をこめて叩くと、中の人を呼ぶにしては少し大きすぎる音が響いた。戸のむこうは、ガランとした広い部屋になっているらしい。中から、なにやらボソボソ言う声が聞こえたと思うと、だれか戸をあけにこちらへ静かにやってくる足音がした。

ところが、茶色の厚い戸はそのままあかずに、中から声がした。声を聞いて、スティーヴァンはハッと吐胸《とむね》をつかれた。ヒソヒソした、もの静かな、ためらったような、かれのよく知っている声である。きゅうに胸がドキドキ鳴りだした。まるで心臓がよそに退《ど》いて、息が詰るような心持がした。

「スティーヴァン！」と、戸の中の声は、低い声でかれの名を呼んで、「お前、そんなに早く

「ここへ来たのかい？　こんなところに、何の用があるんだい？」

あっ、そうだ。さてはこの黒い戸一枚が、彼女と自分をへだてているのか。——そうわかると、かれはきゅうに物言う力も、動く力もなくなってしまった。あやうく気絶しかけた頭の中に、閃くように思い出したのは、彼女と彼女の父親が、けさホテルを発ったということだった。それを思い出したら、もやもやしていた雑念がパタリと止んでしまった。

とたんに、これもやはり閃光のごとく、先刻顔をそむけて自分のそばを擦りぬけた人の姿が、ありありと思い出された。そうだ、マークはこの谷のどこかにいる。それも自分のそばにいる。——とっさに、それがはっきりした。——そうだ、マークはこの小屋にいるのだ。——彼女といっしょに。

たちまち、言葉の奔流が唇に押し出してきて、すぐには口がきけなかった。

「あけろ！　あけろ！　あけろ！」

束《たば》になって飛びだした言葉の中から、自分に聞きわけられたのは、この言葉だけだった。両手をふり上げ、戸を押し破ろうとしたせつなに、彼女の声がかれを制した。

「そこをおあけになっても、中へははいれません」

戸の隙間から、そういう低い声がした。その声は、こんどこそ、たしかに自分の外部ではなく、自分の内部でしたのである。

「いや、はいる。はいらなきゃならない。あけてくれったら！」

「だって、あなた震えていらっしゃるわ——」

「いいから、あけろ！　よう、あけろったら！」

「だって、あなたの心臓、震えておいでですわ」

「そりゃ、あんたが、そ、そんな、すぐ近くにいるからなんだ」せきこんで、言葉が吃《ども》った。「あんたが、ぼ、ぼくのすぐそばの、そんなとこに立ってるからなんだ！」女が答える前に、かれの意志が言葉を押さえていった。「そして、マークが——ぼくの兄貴が、そこにあんたといっしょにいる——」

「しっ、静かになさい！」えっとびっくりするような、おだやかな受け答えだった。「あの人、ここにいます。でも、私とはいっしょにいません。あの人は、私のために——私とあなたのために、ここへ来たのです。……とんだことをしましたわ、わたしの魂が、あの人を門までみちびいたんですの……」

スティーヴァンの胸の中は、いまにも張り裂けんばかりだった。なんとかふるまわなければという気持が、嵐のように突き上げてきた。で、入口の戸を目がけて体当りにぶつかろうと、ひと足あとに退《さ》がったとたんに、驚いたことに、その戸が動いたと思ったら、上の戸半分がしずかに外に開いた。そして、——かれは見たのである。

中はだだっ広い部屋で、窓に鎧戸《よろいど》が下りていた。木立の生い茂った山腹にめりこんでいる壁のその先まで、部屋は伸びているらしい。そしてそこに、大ぜいの人の影が、まるで薄暗い大きな水槽の中をあちこち動いている魚みたいに、動いていた。開いた戸口のすぐ口元に、あの女がいた。彼女は胸のあたりまで見せ、小屋にさしている寂しい夕日のかげを浴びながら、先刻雲の中のまぼろしに見たのと同じ美しさを目にたたえ、スティーヴァンを見てにっこり微笑んでいる。生きることへの招ぎ――あの至高な招ぎが、いまもやはりその目の中にあった。

その美しさ。かれは思わず目がくらんだ。夕日の光が軽くキスしているその浅黒い小さな頰に、怨《えん》じるようなものがあるのを、かれは見た。かれが、唇を印したうなじには、髪の毛がふさふさと下がっている。細そりとしたいとしい胸。まだ二十四時間とたたない前に、自分が腕に抱きしめてやったその胸。かれはもういちど、あらゆる障害に打ち勝った恋情に、矢も楯もたまらず押しやられるように、やにわに両手をひろげて抱きつこうと、のめるように前に飛び出して行った。

「カーチャ！」

相手の名前を知っていることが不思議だという考えも起らずに、短く詰めた愛称で、無意識にかれは呼んだ。

「カーチャ！」

が、女はいきなり、両手を高く上げると、まるで閂を下ろした扉を束にしたよりもまだ強い拒絶の身ぶりで、

「ここにはおりません」と冗談でない微笑を含みながら、小声でいった。その言葉のかげに、かれはその暗い部屋の中に、無数の眠っている人間の声なき溜息を聞いたような気がした。

「ここにはおりません。あなたはもう、あの人には会えません。ここは『死の接待室』です。わたくしは『冥府』の門番に、ここに立っているのです。私たちの道……あなたと私の道は、

まだまだ遠いところにあります。この世界のはじめから、ようやくのことでここまでたどりついたのです。——ごいっしょにね……」

この言葉は、あの妙に美しい、ブロークンな英語で語られたが、かれの頭は、もっと完全な形でその言葉を憶えている。しかし、それはあとになってわかった。その時はただ、自分のからだのなかを流れてる恋の波と、自分を粉砕しようと脅かしていた汐の力と、この二重の波を感じただけであった。自分はただ彼女を胸に銘記しておくにとどめておかなければならない。そして、すぐに兄のそばへ行かなければならない。そして、兄の目と会い、兄と語らなければならない。そう思うと、なにがなんでも、暗い、だだっぴろいその部屋にはいって行って、夢のように動いている人たちの中を通って、是が非でも兄のいる所へ行きたいという願いが、もうがまんしきれないほど、頭をもたげてきた。すると、彼女のいまいった言葉の意味が、歓喜の熱みたいになって、あとを追いかけてきた。ことに最後の言葉——「ごいっしょにね!」が。と、一転瞬にして、全身の力がどう動こうにも、まるで意志が拒絶するように消極的になってしまった。感情が余って口がきけなくなってしまった。知力がときどきとぎれて、静止してしまう状態がきた。千里眼みたいに、なにもかも見通しに描いた昂った気持が、一だん上に移った。そうしてかれは、吹けば飛ぶようなチャチな一時の成果よりも、永遠の因果の世界に属する物の秩序を、まのあたりに証見したと悟ったのである。なにものかがベールをかかげたのであった。

こうなれば、もはや、待つの一手あるのみである。そして、万事を常ならぬ方向へ進むがままに任せるよりほかにない。そう思って、スティーヴァンは、じっとそこに佇《たたず》んでいた。一瞬、いやもっと短い時間だったろう、両手で自分の顔を蔽うたものと思われる。その証拠には、一瞬ののち、目を上げて見たら、いままで開いてゆらゆらしていた半分の扉が、倏忽《しゅっこつ》のうちに締まっていたからである。気がついてみると、自分はバルコニーにひとりしょんぼりと立っていた。夕日の光は、もはや全景から消えてなくなってしまっていた。

自制の心が自分から消え去った最後の時は、このせつなであったらしい。いきなり、かれは扉にからだぐるみぶつかって行った。扉は、かれの攻撃を邀《むか》えて、盤石《ばんじゃく》のごとく微動もしなかった。かれはほとんど自分がなにをしているかもわきまえずに、恋しい二人の名をかわるがわる大声に呼びながら、身をひるがえして草地のなかへ駆け入った。夕闇はすでに小屋のまわりにたれこめ、あたりの森がばかに近くなった。くろい闇が斜面を塗りつぶすのも、まもあるまい。谷の壁はしりえに退いて、昇天するかに見えた。

二人の名を呼び呼び、どこかに入口はないものかと、かれは夢中で家のまわりを捜しまわりながら、さっき聞いた怪しい言葉が、心のなかを駆けめぐった。——「死の接待室」、「冥府の門番」、「私たちの道は遠くにある。——ごいっしょにね」

すると、小屋のはずれの、樹木が屋根すれすれに茂っている角のところで、ふと立ち止まって上を見上げた目が、二階の窓に吸いつけられた。だれか上から見下ろしている者がある。からだじゅうがギョッと凍りついたような心持で、かれは自分の目が兄のマークの目と正面から出会ったのがわかった。下をのぞこうとして、すこし前こごみになった兄の、青ざめた、まじろぎもしない顔が、じっとこちらを見下ろしていた。が、こちらを誰ともみとめているようすがない。顔の筋肉ひとつ動かないのである。そして、兄と弟とのあいだは、距離にして四、五フィートしかへだたっていないのに、その顔が遠い霧の中で見るように、ぼんやりしている。深い熟睡からとつぜん起された人みたいに、寝ぼけたような、戸まどいしたような顔つきをしている。いや、それよりも、まだゾッと恐ろしいことがあった。

ひと目見て、スティーヴァンが兄の顔から受け取ったものは、太初以来人間が質《たず》ねて、しかもいちども答の聞かれたためしがないという、永遠の大疑問の刻印であった。その大疑問の煩悶が、かれの心臓に刃《やいば》のようにグサリと突き入った。

「マーク！」スティーヴァンは、ここの谷が要求するらしい低い声で、叱るようにいった。「マーク！　ほんとにきみなのかい？」それをいう目に、早くも涙がうるんできた。せつない思いが洪水のように押し寄せてきて、言葉が詰ってしまった。

するとマークは、まだこちらがわからない様子で、凄いようなキッとした口つきで、二階の締まっている窓から身動きもせず、石像かなんぞのように目ばたきもしないで、こちらを見下ろしていた。まるでそれは、マークの似顔みたいであった。ただ本物と多少ちがったものが加わっていた。その変り方は、どこといって指摘することはできなかったけれど、たしかになにか恐ろしい、見たこともない変りざまであった。かれは先刻森の中で、自分のそばを顔をそむけて通り過ぎた、あの姿をまた思い出した。

その時かれは、なにからんぼうな合図をしたらしい。するとそれに応えて、マークがやっとのことで動いた。しずかに窓を開いたのである。マークは窓から頭と肩を低くこごめて、前のほうへ身をのりだした。スティーヴァンは夢中でその下へ駆け寄って、兄のほうへ掻き登ろうとした。二人の顔がちかぢかと寄った。おたがいの目が、はっきり、まともに出会った。と、狂ったような目つきが半ば消え、テレたような、愛情のこもった怪訝《けげん》な微笑にニッコリ笑った。「おい、スティーヴィ」ごく小さな、遠くへだたったような声が、兄の口をついて出た。「お前、どこにいるんだい？　いやにぼんやり見えるじゃないか？」

半マイルも離れたところでどなっているような、かすかな声だった。その声を聞いて、スティーヴァンはゾッと総毛立った。

「ぼくはここにいるよ、マーク！　きみのすぐそばにいるよ」

「お前の声は聞こえるよ。お前のいることも感じられるんだよ」まるで眠りながら、なにか返事をしている人のような声だった。「だけど、まるで曇りガラスを通して見てるようなんだよ。もっとはっきり見たいな、そばで。――」

「そりゃいいが、マーク、きみは一たいどこにいるんだ？」スティーヴァンは心細くなって、相手の言葉をさえぎった。

「ぼくか。ひとりでいるさ。ひとりぼっちで、ここにいるよ。ここは寒いぜ。ばかな寒さだよ」なかば不平を含んだような、おだやかな言葉だった。風がその言葉を奪って、家のまわりをヒューッと鳴りながら、森のほうへ吹きぬけて行った。

「だけど、どうしてこんなところへ来たんだい？　どうして来たのさ？」

『風よ僕らの前髪を』の新鋭による受賞第一作

蝶の墓標

Yayoi Sayoko
弥生小夜子

四六判上製・定価1870円 E

心臓の病と半身を覆う鮮やかな痣を持ちながら、強い復讐の意思を身裡に秘めた少女・夏野。彼女に魅入られた人びとの愛憎と献身を流麗な筆致で描く鮎川哲也賞優秀賞受賞第一長編。

Evgeny Gromov/Getty Images

短編で史上初の日本SF大賞候補作を収録

わたしたちの怪獣

Hisanaga Mikihiko
久永実木彦

【創元日本SF叢書】四六判仮フランス装・定価

妹が父を殺した。テレビからは東京湾に怪
東京へ父の死体を捨てにいくこ

編集部◎PICKUP

あの瞬間が、ぼくの頂点であり、
終焉でもあったのだ

アイリス

Hinakura Sarie
雛倉さりえ

四六判仮フランス装・定価1760円 E

伝説の映画『アイリス』。子役として主演をつとめた瞳介と、監督の漆谷は、公開から十年たった現在も過去の栄光に縛られていた。気鋭が贈る注目作。

JennaWagner/Getty Images

運行しているはず

けた表題作ほか、あの

♛第十六回泉鏡花文学賞受賞作

折鶴　泡坂妻夫　定価990円 E

職人と元恋人の再会が悲劇を生む表題作ほか、全

と、巧みな構成が光る本格ミステリを融合した名短編集

サエズリ図書館のワルツさん1　紅玉い

紙の本が貴重な文化財となった近未来、本を無料で貸し出す私立図書館があ　を守る司書官と利用客達との交流を描く伝説のシリーズ、書籍初収録短編も含む待望の文庫化。

シェフ探偵パールの事件簿　ジュリー・ワスマー／圷 香織 訳　定価1320円 E

年に一度のオイスター・フェスティバルを目前に賑わう、海辺のリゾート地ウィスタブルで殺人事件が。レストランの主にして新米探偵パールが事件に挑む、シリーズ第一弾！

おれの眼を撃った男は死んだ　シャネル・ベンツ／高山真由美 訳　定価1320円 E

無秩序な暴力に翻弄され、血にまみれながらも生きてゆく人々の息遣いが、気高く、美しく描き出される。O・ヘンリー賞受賞作含む十編収録、凄絶な迫力に満ちた傑作短編集！

暗殺者たちに口紅を　ディアナ・レイバーン／西谷かおり 訳　定価1320円 E

犯罪者の抹殺に四十年を捧げた女性暗殺者四人VS古巣の暗殺組織の刺客たち。殺すか殺されるかの危険な作戦の行方は。MWA賞候補作家が贈る極上のエンターテインメント！

■創元文芸文庫

アパートたまゆら　砂村かいり　定価836円 E

「うち泊めますけど」隣人の男性からの予想外の提案から始まった交流の中で、いつしかわたしは彼のことが気になっていて——距離は近くても道のりは険しい、王道の恋愛小説。

好評既刊■単行本

黒蝶貝のピアス　砂村かいり　四六判並製・定価1870円 E

かつてアイドルとして輝いていた上司。あの日、彼女から受け取った〝大切なもの〟が、

■単行本

♛星雲賞受賞シリーズ《銀河英雄伝説》刊行四十周年記念出版

愛蔵版 銀河英雄伝説外伝2

星を砕く者／汚名／ユリアンのイゼルローン日記

田中芳樹　四六判上製／函入・定価4400円

正伝を二作ごとにまとめて五集に、外伝を時系列順に再編して二集に収めた愛蔵版の最終巻。絶えることなく紡がれる宇宙の歴史。その一瞬の中で出会い、別れた戦士たちの記録。

■創元SF文庫

♛全米図書館協会RUSA賞SF部門受賞作

人類の知らない言葉

エディ・ロブソン／**茂木 健 訳**　定価1540円 E

テレパシーを用いる異星種族ロジの外交官が殺された。思念通訳者リディアは自らの嫌疑を晴らすべく、独自の捜査を開始するが……。全米図書館協会RUSA賞SF部門受賞作。

■創元推理文庫

Y駅発深夜バス

青木知己　定価880円 目

好評既刊■創元推理文庫

刀と傘

伊吹亜門　定価814円 Ⓔ

死刑執行を前に、大逆の罪人はなぜ毒殺されたのか。幕末から明治の京で、初代司法卿・江藤新平と若き盟友が奇怪な謎に挑む。ミステリーズ！新人賞受賞の連作時代本格推理。

金庫破りときどきスパイ

アシュリー・ウィーヴァー／辻 早苗 訳　定価1320円 Ⓔ

第二次世界大戦下のロンドン。凄腕の女性金庫破りが、堅物の青年将校にはめられて、重要文書争奪戦に巻きこまれ……。正反対のふたりのスパイ活動を描く軽快なミステリ！

好評既刊■創元文芸文庫

HHhH ――プラハ、1942年

ローラン・ビネ／高橋 啓 訳　定価1430円 Ⓔ

ユダヤ人大量虐殺の首謀者を暗殺すべく、青年たちはプラハに潜入した。読者を驚嘆させた傑作、待望の文庫化。ゴンクール賞最優秀新人賞受賞、本屋大賞翻訳小説部門第1位！

※価格は消費税10％込の総額表示です。　Ⓔ印は電子書籍同時発売です。

スティーヴァンは答を聞きとろうとして、爪足を立てた。しかし、答はない。マークの顔がすこし後へひっこんだ。すると、またしても風が吹いてきて、マークの額の髪をそよがした。スティーヴァンは、髪の毛がソヨソヨ動くのを見た。同時に、マークの首がかすかに前後に揺れたような気がした。

「ねえ兄さん、いってくれよ！　ねえ、わけを話してくれよ！――」そう大きな声でいいながら、スティーヴァンは冷たい汗がじっとりにじんで、足がガクガク震えた。

マークはへんな身ぶりをして、部屋の中へ身を引いたので、こんどはまっすぐに立った形になったが、そのかわり、窓の蔭に半分からだがかくれた。いぜんとして顔も姿もボーッとしているが、変り果てたさまは、いよいよはっきりしてきた。なにかあたりにまがまがしいものがあった。そして、あいている窓からスティーヴァンの上に吹き下ろしてくる風が、氷のように冷たい。顔ににじんだ汗が凍りつきそうだった。

「それがね、わからないんだよ。憶えがないんだよ」

部屋の中にひっこんだままいっている、小さな声が聞こえた。

「それにね、ぼくはまだ、お前とは話ができないんだよ。とても厄介でね、話をすると、ためにならないことがあるんだよ」

スティーヴァンは背伸びをして、頭の上のしたみの板をよじ登ろうとして、両手でガサガサひっかいた。

「ねえ、後生だから兄さん！」かれはせがむように叫んだ。「一たいこれは、どういうわけなんです？　兄さんはそこで何をしてるんですか？　――兄さんと、……それから、そう、ぼくら三人は？――」

森閑とした谷に、この言葉が大きく響きわたった。

マークはふたたびまた窓ぎわに立った。すこし物を言いすぎて疲れたというように、ボンヤリした顔つきをしている。さっきよりも、また影が薄くなっている。からだを動かしもしないのに、だんだん部屋の奥へ退がっていくように思える。もう少しすると、姿を消してしまうつもりらしい。

「おれにもよくわからないんだよ」やがて、まえよりもさらに細い、半分くぐもったような声がいった。「どうも寝ていたらしいね。目がさめたら、ここへ来ているんだよ。みんなでいた所からね、――お前とおれと――それから――」

弟と同じように、兄もやっぱりその人の名前が言えなかった。そして、やっと聞きとれたような声で、いいおさめた。

「――だけどね、どうして来たんだか、いえないな。おれは言葉がよくわからないもの」

スティーヴァンは窓に届こうとして、背伸びをして飛び上がった。でも距離が離れすぎているので、草の上へドシンと落ちて、かろうじて足で立った。

「ぼくは兄さんとこへ来たんだよ」と、かれは大きな声で叫んだ。「そこで待っててくれよ！　後生だから、待っててくれよ！　いま、戸を壊して、そこへはいって行くからね――！」

すると、またしてもマークはへんな身ぶりをした。そして、また少し奥のほうへ引っこんだ。

なにか影の薄くなるベールみたいなものがあって、その中へはいって行くようなけしきである。そして、とんでもない遠いところ——ちょうど目のくるめく高さ、あれと同じ観念の遠さから、蚊の鳴くような細い声が、しだいに影の薄くなっていく兄の唇から、弟のほうへフワフワ漂ってきた。

「ばかだな、お前は来ちゃいけないよ！　支度をしていないじゃないか。ここは寒いんだぜ。待ってるよ、スティーヴィ！　おれは待ってるよ。そのうちに——といったって、ここからは遠いがね、いつかはまた三人でいっしょになろうな。……お前にゃ、いまはわからないさ。彼女はね、おれのことも、お前のことも、愛しているよ。だけどね、彼女がいちばん愛しているのは……お前なんだよ……」

囁きの声は、この最後の言葉をいうと、いきなりわっと嗚咽《おえつ》の声になった。すると、たちまちのうちに風がその声を吹き払って、遠い森の静寂のなかへ葬ってしまった。その時マークは、いきなり窓ぎわに走り寄ると、そこから身をのりだして、下にいる弟に両手を伸ばした。見ると、マークの顔がさえざえして、ニコニコ笑っている。そして、その笑顔のなかに、いままでの凄い変貌は、いつのまにかあとかたもなく消えてしまっていた。

スティーヴァンは狂ったように小屋のまわりを駆けめぐり、どこかに入口があったら、手、足、からだで体当りしてやろうと思ってさがしまわったが、入口はどこにもなかった。あたりはもうまっ暗で、小屋の梁も桁《けた》も、家の裏手に生い茂る大木の幹と見境がつかない。軒《のき》は暗い枝に消されて沈み、闇が森も空も山も、一枚のあやめも分かぬ黒い布に織りまぜてしまっていた。

よく見ると、小屋なんかもはやどこにもなかった。かれは山道の松やブナの固い幹に、むちゃくちゃに手足をぶつけて、痣《あざ》だらけになっていたのである。マークの名を大声に叫びつづけながら、とうとうしまいに、フラフラになって地べたに半死半生でぶっ倒れるまで、かれはそれを続けていたのであった。

ものの三十分ばかり、苔の上にじっと倒れているうちに、巨《おお》きな「夜」の手は、山や谷々の上に黒い闇の外套を着せ、空を蔽い、地球の半分を蔽い、広漠としたビロードの森林を蔽いつくすのと同じ心づかいで、微小なかれのからだも蔽ってくれた。

十三

正気にかえるまでに、そう長い時間もかからなかった。倒れているあいだに汗が乾いたとみえ、寒気《さむけ》がしたようにからだがゾクゾクして、気がついたのである。かれは起き上がると、いっさんに走りだした。あたりはもうとっぷりと暮れ、夜気が頬を刺すようであった。ここだと思うたしかな勘をたよりに、家の方角をさして行った。

樹木の茂みと闇の中を、見当つけながら行く足どりは、なみ大抵でなかった。どうやって谷から出たのか、まるで憶えていない。自分の知っている場所と自分とのあいだをへだてている断崖を、どう渡ってきたのかも、憶えていない。頭のなかには、いましがた見たり聞いたりしたことが、つぎはぎだらけな模様になって、きれぎれのまま、ごたごたに詰っている。細かいことなど、かれには興味もなかった。自分は死を宣告された人間だ。なにがあろうと、死のうという決意だけはがんとしてのこっていた。もうまもなく、自分はおさらばするのだ。が、さすがにかれは、医者という商売柄、起った事態を少し分析してみようと思った。たとえば、あの興奮状態のあいだにも、とにかく自分の深い恋情が、しぜん行動と状況に反映していたということは、漠然ながらわかった。あの思慕の思いこそは、生命だったのである。ところが、自分の大決意で、その深い思慕が骨抜きになってしまった。その骨抜きにされた思慕が、しぜん、自分の想像力の許すかぎりの鮮明さで、ひとりでに芝居を打ったのである。内にはげしく燃えている感情の、その虚構が、それによって芝居に組み立てられたのだ。なにもかもが、かれの意識の具象化だったのだ。それが自分の幻影のまえに、仮装をして、畸形な、不完全なものになってあらわれてきたのである。それは、自分がむかし溺死しかけた時に経験した、特殊な死の感じから始まった。それが始まると、その問題に働いていたほかの力もそれに手を貸して、大なり小なり、各自の力に応じた役割を演じだしたのである。

暗い闇のなかを家路に急ぎながら、かれはそんなことを考えたり、論及したりした。しかし、それが現実のことでないことは、はじめから承知していた。だから、ほんとうの解釈なり説明はできなかった。

星のきらめいている夜空の下、寒い、荒寥とした、高い断崖づたいに、夜風に吹きあおられながら、スティーヴァンは、ほとんど駆けどおしに駆けつづけた。帰りは下《くだ》りで、急な坂道を一時間ばかり下ってくると、往きに通った道がひとりでにあらわれてきた。そこへ出るまでは、はっきりした認めがつかなかったけれども、もうここまで来れば、自分で処置がつく。スティーヴァンは池を死に場所にえらぶことにした。あの池なら、水がまるで大釜の中みたいに、フツフツ泡を立てて湧き出ているし、池から落ちた水は、小屋の上のところで小さな滝になっている。かれは遺書に書く文句もそこに決めた。そうだ、遺書は台所のテーブルの上にのせておこう。そうしておけば、自分の死体を捜す場所がすぐにわかる。

うかうかしていると、兄が先へ行ってしまうといけないと思って、スティーヴァンは道を急いだ。ひょっとすると、兄はひと足先に行ってしまったかな。——という考えが、みょうに頭にこびりついて離れなかった。むろんそれは、さっき谷の底でいちばん弱っていた時に見た、あの奇怪なまぼろしから来ていることにちがいなかった。マークにはもう二どと再び会うことができない。兄はさっさと行ってしまったのだ。……彼女のあとを追って。——そう考えると、もういても立ってもいられなかった。

「どんなことをしても、マークにもういちど会わなければ。兄貴が行っちまわないうちに、小屋へ帰らなくっちゃ！」

しきりなし、心にひらめくこの切ない願いに、かれは羊腸たる山道を鹿のように走り下った。

小屋の裏手の、小さな開墾畑のところまで帰りついたのは、かれこれ十時すぎだった。疲れて息が切れ、汗で目が曇っていた。小屋には灯かげが見えず、窓という窓はまっ暗だったが、バルコニーの下をあっち行き、こっち行きしている人影が見えた。とっさに、マークではないと見た。妙な動き方をしている。同時に、なにやらうめくような声が聞こえる。よく見ると、その人影は、自分たちの賄《まかな》いをしてくれている、百姓のかみさんのマリ・ペタヴェルであった。人影がマリとわかり、マリの呻《うめ》き声だとわかると、スティーヴァンは、とっさに、何が起ったか、ピンと来た。マークが置き手紙をのこして、出て行ったのだ。女の後を追って行ったのだ。スティーヴァンの心臓は、にわかに死のなかへ沈んでいった。

闇のなかを、マリがドタドタこちらへやってきた。露に濡れた草をスカートで分ける音が聞こえた。マリから聞かされた言葉は、土地の方言むきだしの上に気が立っているので、よく聞きとれなかったが、案にたがわぬ言葉だった。

「先生さま、お兄さまがよ、――お兄さまが、どこぞへ行っておしまいなすっただよ！」

そばまで来た時、マリの手に、白い紙がチラチラしているのが目にとまった。スティーヴァンは、黙ってその紙をマリの手から取り上げた。それはマークの置き手紙だった。マリ読もうとしかけたところへ、家の裏手の納屋のなかから、提灯《ちょうちん》をさげた男が出てきた。マリの亭主だった。亭主はノッソリとこちらへやってきて、

「ああ、お前さまを捜してただよ」と、鈍太《のぶと》い声でいった。「バッツまで、うちの伜《せがれ》が捜しに行ったども、まだ帰ってこねえ。お前さま、とんだ遠くへ行かっしたもんだ――」

亭主は言葉を切り、女房をかえりみて、「馬鹿、泣くでねえ」と、口荒く叱りつけた。スティーヴァンは、氷のような戦慄が血管の中を走って、ガタガタ身ぬちが震えだした。自分の予想した事態とは様子のちがうのを感じだした。なにかほかのことらしい。提灯の灯に照らしだ

された亭主の顔つきが、いきなり真相判明の驚きにかれを突き落した。二人のうしろでは、マリ婆さんが忍び泣きをしながら、露にぬれた草の中をおろおろしていた。

「こんげなことになろうとは、考えもしなんだ。――こんげなことになろうとはよ」仏頂面の亭主はブツブツいった。手に持った提灯がユラユラ揺れた。そのとたんに、星空に不気味なけだものかなんぞのように、ヌックリ立っている納屋の大戸が、三人の前にバタンとあいた。

亭主は帽子をぬぐと先に立ち、そのあとからスティーヴァンはヨロヨロついて行った。納屋の広い床の上に、梁と桁の影がさしているのが見えた。片方の壁によせて、干草が少しばかり積み上げてあるその上に、白い布《きれ》をかけた人間が伸びていた。亭主は日に焼けた頑丈な手で、かけてある布をしずかに取りのけると、手もとを照らすように提灯を高くかかげながら、そこへかがみこんだ。

スティーヴァンは、自分で何をしているかもわからず、まえもって因果も含まされずに、よろめくように前へすすみでた。そして、そこに横たわっているマークの顔をのぞきこんだ。マークの目はじっと見すえていた。が、なにを見ているのでもなかった。顔つきは、さっき山の小屋の二階の窓から見下ろしていたのと、そっくり同じで、へんにとまどいしたような表情をしていた。

「ここの家の上手《かみて》に、谷川がきゅうに曲って、深い淵になってるところがあるども、あこで見つかったですよ」と、亭主はヒソヒソ声でいった。「台所のテーブルの上に書置がおいてあって、そのなかに、行く場所が書《け》えてあっただね。わしら、そこへ行ったのは、暗くなってからでがした。持ってた時計が、ずっとまえで止まってたね」そういって、亭主は、なんだかわけのわからないことをつぶやいた。

スティーヴァンは亭主の顔を見上げたが、言葉も出なかった。無言でいると、亭主がいった。

「五時十分過ぎで、時計は止まってただね。水の浸《つ》かった時間だっぺさ」

白い布をかけた死体のそばに坐って、スティーヴァンはチラチラする提灯のあかりで、自分にあてたマークの遺書を読んだ。――

「スティーヴィよ。われわれ兄弟のうちの一人が、いよいよ、おさらばすることになった。おさらばするのは、お前でないほうがいいとぼくは考える。お前の気持は、一から十まで、ぼくは知っている。ぼくも一歩一歩、お前と同じに苦しんだんだから。ぼくもやっぱり、お前と同じ道を通って来たのだ。ぼくはお前よりも彼女を愛しすぎた。お前も彼女を愛しすぎたね。ぼくは彼女をお前にのこして行くよ。それは、はじめ彼女はぼくのことを愛していたようだが、今ではお前のことを愛していることが、ぼくにわかったからだ。あの晩、彼女は、夜どおしお前のために泣いていた。ぼくは今、これ以上の説明はできない。あとは彼女が話してくれるだろう。ぼくがお前のために身を引いたことは、彼女に知らせる必要はない。なぜなんてことは、彼女は知る必要はない。二人が結婚してもしなくても、いつかはまた三人して、楽しく暮らす時もあろう。そんなことがあるかしらと、ぼくは前には首をかしげていたんだが……」

このあとの文句は、ひっかいたように消されていて、よく読めない。

「……そういうことがありうるならば、むろん、ぼくは待っているよ」

そのあと、何字かまっ黒に塗り消してあって、
「……最後に、お前にこの祝福と許しの言葉を書いて(許すも許さぬもないが、お前はそういってもらいたいだろう)、何分かしたら、ぼくはおさらばをする。彼女のお父さんのいったあの『迷いの谷』へ、ぼくは行く。ぼくらが愛した山のふところに隠れている『迷いの谷』、『迷いの谷』こそは、不幸な死者が安らぎを見いだすところだ。ぼくはあすこで、お前たち二人を待っている。――マーク」

×

それから何週間かののち、スティーヴァンは東道の汽車へ乗るまえに、あの時牛乳を分けてもらって方角を聞いた農家を、もいちど尋ねに山へはいって行った。ところが、山へかかるしばらくのあいだの道は、よく憶えていたが、ある地点まで行くと、きゅうに森の中で、へんに道がわからなくなってきた。地図にのっている山は、ぜんぜんかれの記憶になかった。道はどんづまりになり、その下は見たこともない高い断崖になっている。あの日、自分が午後の何時間かをほっつき歩いた、あんな深い、蜿蜒《えんえん》たる谷などは、どこを捜しても見つからなかった。地図も、百姓たちも、いや、風景そのものの布置からして、そんな谷のあることを否定していた。

解説

ブラックウッドのことなど

平井呈一

世界恐怖小説全集十二巻の解説を、通巻して担当することになったこの機会に、できることなら第一巻から順を追うて、概略ながら英米の怪奇小説史のようなものを述べつつ、各作家、個々の作品を解説していったらどんなものかと思って、編集子に図ったところ、さいわい諒としてくれたので、だいたいそういう方針で各巻の解説を、肩のはらない随想的なものにしていきたいと考えている。

お断りしておくが、私は以前から怪談、ないしは怪異小説が好きで、ずいぶんこれまでいろいろ読んできたし、いまでもその方面のものは逃さぬように読んでいるつもりだけれども、自分ながら手当りしだいの濫読で、おまけに読むそばから筋も人物も忘れてしまうほうときているから、解説者にはいちばん不向きな人間で、梗概だの分類だの、そういうことがなにより苦手だ。ドロシイ・セイヤーズやモンタグ・サマーズその他、怪奇小説の愛好家・専門家が編さんしたあちらのアンソロジーは、たいがい、作品のテーマによって部類分けがしてある。幽霊、化けもの、憑きもの、吸血鬼、人狼、動物怪談、植物怪談、異次元怪談、音・匂いの怪異というふうに、さらにまたそれを細別して、幽霊でも、目に見えるもの、目に見えないもの、動機が情痴か、怨恨か、――不精者の私なんかには、ただもうわずらわしいばかりの千差万別ぶりは、なるほど、何千篇もある怪奇小説の選集ともなれば、そうでもいくよりほかに裁き方があるまい。しかし、こんどのこの全集は、だいたい作家と作品本位で編んだものなので、そういう分類法はとらなかったかわりに、その作家の傑作・名作はほぼそろえたつもりだ。もちろん、この巻のブラックウッドにしても、ここに集めた数篇をもってかれの代表作とするというつもりは毛頭ない。著書三十冊におよぶこの人には、まだこのほかに長短の傑作がかずかずある。いずれ第二期、第三期と、年を追うてそういうものもこの全集に入れていけばいいと思っている。ブラックウッドなどは、この人だけの選集も数巻出したいくらいなものだ。

ところで、そのブラックウッドだが、まず恒例によって経歴をしるすと、――

一八六九年に英国ケント州、クレイフォードの代々の荘園地で生れた。父親は熱心な宗教復興家で、アルジャーノンは幼いころを富有で厳格な家庭の雰囲気のなかで育った。ドイツの黒《シュワ》い森《ルツワルト》にモラヴィア宗派の学院があって、中学課程はここで修めた。（ブラックウッドの作品には、この巻に収めた「迷いの谷」などもそうだが、ドイツやスイスの山間を舞台にしたものや、「樹木に愛された人」や「柳」のような、植物怪談の名作が多くあるのは、おそらく少年時代のその地方の記憶や印象が濃厚なせいであろうと思う）

高等学校はウェリントン・カレッジ、大学はエジンバラ大学を卒業してから、青雲の志とどめあえず、単身大西洋を渡ってカナダに入り、そこでさんざん数奇な生活を送った。父親からの送金年百ポンドを資本に、まずオンタリオ湖の近くで農耕と牧畜をやって、たちまち失敗したのを手始めに、金鉱熱に浮かされたり、酒造会社をおこしたり、旅館を経営したり、約十年のあいだ、夢のおおい放浪生活をつづけたあげく、とうとう無一物になり、ニューヨークへ出てきて新聞記者生活に身を投じたのが、後年作家生活に入る機縁になったのである。そのころの放浪ぶりは、「三十前のエピソード」という自叙伝にくわしく書かれている。生れたイギリス本国へ帰って、最初の短篇集「空家」を出したのが三十七歳の時だから、文壇のデビューは、あちらとしてはだいぶん遅いほうである。それ以来、一九五三年（?）に八十三歳で逝去するまで、一、二の例外はあるが、ほとんど怪奇小説のみを書き、長篇約十篇、短篇約二百篇近いものをのこしたのだから、偉とせざるをえない。晩年はテレビやラジオに出演し、自作の朗読や講演をして、世界的な人気をあつめていた。

この世紀に入って、イギリスには、怪奇小説の三巨匠が出現した。その三人とは、アルジャーノン・ブラックウッド、アーサ・マッケン、それにM・R・ジェイムズである。三人とも、怪奇小説に生涯を托《たく》して、三人三様の特色を発揮した作家として、特異な地位を占めている人たちである。これにアメリカのH・P・ラヴクラフトを一枚加えて、この四人を私は近世怪奇小説の四天王と考えている。マッケン、ジェイムズについては、それぞれ該当の巻のところで詳述することにするが、ブラックウッドの功績、特色というのは一たいなんであるか？　というのに、一くちにいえば、――怪奇小説に心理学的解釈を持ちこんだこと、それと作風が非常に経験的であること、この二つであろうと思われる。

だいたい十九世紀の作家、ディケンズはじめ、ウイルキー・コリンズ以下、怪奇的な作品は長篇短篇いろいろ書いており、名作もなかなか多い。プロットの巧妙なこと、センセーショナルなスリルが豊かな点では、二十世紀作家はかれらにくらべると顔色なしである。しかし、どこまでもそれは煽情的な妖怪談、大衆小説的なアクドい筋のおもしろ味で、心理的な要素はあまりない。ブラックウッドはここに目をつけて、怪奇小説に「心理学」という新しい鍬《くわ》を打ちこんだ人として、永久に記憶されるべき人だ。

その一ばんいい例は、ブラックウッドに「ジョン・サイレンス」という一連の中篇集がある。この巻に収めた「猫町」はそのなかの一挿話で、お読みになればわかるが、あのなかには、ジョン・サイレンスという心霊学者が出てくる。ちょうど推理小説でいうと、探偵の位置に相当する人物で、これが明晰な頭脳と、深奥な学識と、豊富な経験とをもって怪異を追及し、分析し、解決していくという趣向である。こういう解決者的人物を出す趣向は、怪奇小説ではよく使う。ブラム・ストーカーの傑作「魔人ドラキュラ」にも、ヴァン・ヘルシングという医学博士が出てくるし、この全集の第一巻のレファニュの、「緑茶」以下一連の作品にも、ヘッセリウスという医者が出てきて、主として病理学の立場から、怪異に立ち会っている。また、W・H・ホジスンという怪奇作家の「幽霊狩り」という一連の見霊談にも、「カーナッキー」という、同じような人物が出てくる。おそらくブラックウッドのジョン・サイレンスは、レファニュのドクター・ヘッセリウスの趣向を踏襲したのだろうが、ただ心理学者である点に、作者の怪異の解釈の拠点がちがっている。「ジョン・サイレンス」はそういう意味で、怪奇小説の新機軸であった。そして心理的特色は、かれのどの作品にもいきわたっている。

「……私はそれを説明することができない。そのかわり、私はそれが起ったとおりに、そのまま語ることはできる。なぜかというと、いつまでもそれが私の心頭にあざやかにのこっているからだ。……」

と作者は「怪物」という作品のなかで、ちょっぴり、こういうことを洩らしているが、おもうに、作者のこの態度が、かれの作風を経験的なものにするゆえんなのだろうと思う。どの作品を読んでも気づくことだが、この人ほど怪異の様相を微細に、こくめいに、忠実に、書きこんで書きこんでいく人はない。そして怪異の雰囲気を丹念に積みあげていくのである。ちょうど画家が色を厚く盛り上げ、彫刻家が肉づけをしていくのに似ている。ときには、そのためにスリルの感じがそがれると思われるくらい、あらゆる角度からの筆を惜しまない。これがこの人のリアリズムの秘密で、経験的実感の鮮やかなのは、ここからくるのである。そしてそれが平板におちいらないのは、深い豊かな想像力が内に燃えているからであろう。

　だから、ブラックウッドの作品には、この怪異のリアリズムを極端に発揮した、つまり、怪異の不気味な雰囲気だけをテーマにした作品が幾つかある。初期の「空家」や、この巻に納めた「幽霊島」（編集部注＝本文庫既刊『幽霊島』に収録）などがその好例で、私はこれを純粋怪談と名づけているが、なんのことはない、恐怖と戦慄だけを主題にしたもので、ほかになんの意味もない。ただ恐い。たとえば、「空家」というのは、曰《いわ》くのある空家へ踏みこんで行った時の不気味な、息の止まるような戦慄だけを書いたものだし、「幽霊島」も二人の黒人の幽霊が出てくる、その戦慄を書いただけのものである。べつにその「空家」にどういう因縁《いんねん》があるとか、黒人の幽霊がどういうわけで出てくるとか、そういうことは少しも書いてない。仏教思想にもとづく因縁話や因果ものがたり、南北の「四谷怪談」や、円朝の「牡丹灯籠」や「真景累ケ淵《かさねがふち》」のような、持ってまわった因縁の陰惨な怪談にのみなれている日本の読者には、こういう作品はあるいはあっけないかもしれないが、じつは怪奇小説の真味はこういうものにあるのであって、ラフカジオ・ヘルン（小泉八雲）が「恐怖の快感」といみじくも名づけた、ゾーッと身の毛のよだつような快味、これが怪奇小説の真の醍醐味だという点からいえば、あとのスジリ、モジリはお景物、といってはいいすぎかもしれないが、プロットの奇、シチュエーションのひねりだけでは、怪奇小説の上々とはいえないのだと私は思っている。正直いうと、一篇の怪奇小説に、一カ所、そういう戦慄の個所があれば、私はそれで堪能する。怪奇小説のヤマは、プロットのヤマではなく、恐怖と戦慄がヤマなのである。

　ここまで書いてきたら、古いことを思い出した。大正の震災直後のことだから、三十数年まえのことである。いまの言葉でいうとアルバイトだが、そのころ早大を中退してブラブラしていた私は、友人のつてで、河竹繁俊《かわたけしげとし》氏（現早稲田演劇博物館長）のもとに通って、芝居の正本の筆写を少しばかりお手伝いしていた。河竹さんは人も知る黙阿弥《もくあみ》の孫養子で、本所二葉町の旧宅が罹災して、貴重な黙阿弥の台本の草稿その他を焼失されたため、地方の劇場の作者部屋にのこっている古い台本を、貨車に何杯か買い集められた。文字どおり山のような、虫くいだらけのその古い台本を整理して、のちに「時代・世話狂言全集」二十巻を編まれたのだが、その台本浄書の仕事をお手伝いするうちに、妙な芝居に出こわした。下題は忘れたが、世界は「累《かさね》もの」で、東京などではぜんぜん上演されたこともないような、田舎まわりの奇妙きてれつな台本であったが、そのなかのお化けの出る場面が、お目にかかったこともないような、へんなものだった。舞台は行灯《あんどん》一つ。上手《かみて》に二枚折りの枕屏風。その枕屏風のなかから、引きぬきで、白むく姿の累の幽霊が出てくる。大ドロで、その幽霊が黙って行灯のまわりをまわって、凄味の見得《みえ》で、行灯のなかをグーッとさしのぞく。そしてドロンドロンで、また黙って行灯のまわりをまわる。これだけの所作を、六回だか七回だかくりかえすのである。私はここのところを筆写しているうちに、三回ぐらいで、わけわからずゾーッとしてきて、しばらくその先を写しつづけられなくなった。だれかにこういう型があるのかどうか知らないが、おそらく、田舎の作者の芸のなさが怪我の功名になったものだと思うが、広い舞台に白むくの累ひとり、行灯のまわりを六、七回まわるという、この思いきった趣向は、いまでも私は高級な戦慄として頭にのこっている。同じことを意味もなく六回も七回もくりかえす、その不自然からくる恐怖なんだろうと思うが、なんでもないことだが、こういうのは恐い。ブラックウッドには、これに類した恐怖が、ほとんどの作品にもかならず出てくる。たとえば、「人形」のなかの、怪しい人形がヒョコヒョコ歩くところ、「約束」のなかの、人間がいないのに鼾《いびき》だけ聞こえるところ、「猫町」のなかの、屋根や往来がいっぺんに猫だらけになるところ、などがそれだ。怪異の象徴みたいなものである。アメリカのポー、ビアース以来の鬼才といわれるラヴクラフトは、「怪異小説考」という本の冒頭で、「人間のもっている最も古い、最も強い感情は、恐怖である。その恐怖のうちでも、最も古い、最も強いものは、未知の恐怖だ」といっているし、精神分析のフロイトは、「超自然の恐怖には、二つの根源がある。一つは古代における万有霊魂信仰の遺風であり、二つには小児コンプレックスから起る」と喝破しているが、アトム時代がどうなろうと、人間が人間であるかぎり、この未知にたいする恐怖観念は消滅することがなさそうである。

ブラックウッドは「天馬」という長篇のなかで、次のようなことをいっている。――「おもうに、自分の根本的な関心事は、われわれ人間のなかに隠れている、べつの妖しい力である。いいかえると、人間の能力の限界をこえたもの、これが自分の最大の関心事だ。だから私の作品は、だいたいにおいて、そうした人間の正常な意識の閾《しきい》をこえた外の可能性、それを扱ったものが多い。……」

「われわれの宇宙世界で起るもろもろの事象、これはいうまでもなく、『自然《ナチユラル》』である。ところが、われわれの正常の意識の外で起ること、これは人間に異常な、新しい力を示顕する。これがいわゆる『超自然《スーパーナチユラル》』なのだ。この『超自然』という言葉は、小説のなかで扱われるばかりでなく、一つの新しい、未知の宇宙をわれわれに感知させる。……」

ブラックウッドを待たずとも、こんにちではだれでもいいそうな紋切型の言葉だが、とにかくこうしたブラックウッドの超自然宇宙観には、西欧人としてはめずらしく、あんがいわれわれ東洋人に親しいものがあるようである。一例をあげると、この巻に収めた「迷いの谷」のなかに、「前生《ぜんしょう》」ということが出てくる。これは仏教思想を通らない西欧人の世界観としては稀《け》有《う》なことで、あきらかに東洋思想の影響のあとがみとめられる。アメリカ放浪時代にブラックウッドはだいぶん東方聖典を読んだようだが、その淵源は、じつは十六、七歳のころ、父の書架にあった“Yoga Aphorism”を盗み読んだ時の深い感動が、尾をひいたものであるらしい。厳格な宗教的な家庭だったから、小説本の類はあまり少年時代には読む機会がなかったらしいが、この「ヨガ・アフォリズム」は、年若いかれの思想によほど大きな影響をあたえたとみえて、大学を出て単身アメリカへ行く時にも、この本はひそかに行李の底に入れて持っていき、長く座右の書としていたようである。「ヨガ」――漢訳で「瑜珈」――のことは私もよく知らないが、インドのパタンジャリが主唱した坐禅修行で、「ヨガ」とは「抑制する」という意味、人間の五感を滅して精神の散乱を離脱し、もって平静を旨とするというから、一種の荒行《あらぎょう》である。「外境は有に非ず、内識は空に非ず」という、非有非空の認識論が、若いブラックウッドの柔らかい心に、世界観の大変革をまきおこしたことは、想像するにかたくない。のちに、さらにこれがウィリアム・ジェイムズの「多元的宇宙」や、バッカー博士の「宇宙的意識」などの当時の哲学的名著の精読につながって、いずれ世紀末から二十世紀初頭にかけての通り文句の、「どこから、どこに、どこへ」という、人間と宇宙の過・現・未の究極の思想に、かれもまた深く思いを致していた一人であったことがうかがわれる。その意味では、ブラックウッドも、ヘルンなどと同じように、けっして娯楽やおもしろ半分に怪談を書いてきた人ではなく、そういう本質的な究極の思想に悩んだからこそ、「超自然」を書いた人なのである。かれもまた、この世紀における、憑かれたる人の稀有なる存在の一つであったといわなければならないようである。

付記——ブラックウッドを原文で読もうという方のために。ブラックウッドの作品集は、イギリスではほとんど全部絶版になっている。戦後新編本として、Peter Nevilという書店から出ている、Algernon Blackwood: —— Tales of the Uncanny and Supernaturalというのは、いまでも手にはいる。既刊の作品集から、だいたい代表的なものを二十二篇収めてあるから、ひととおり読むには、これが手頃だろう。

（『世界恐怖小説全集2　幽霊島』、東京創元社、一九五八年）

Ⅲ　初期翻訳

本章には平井呈一の訳業の原点ともいうべき昭和初期の翻訳二点を収録した。

シルヴァ・サアカス

A・E・コッパード

A・E・コッパード Alfred Edgar Coppard (1878-1957) ——イギリスの作家、詩人。ケント州の港町フォークストンに生まれる。早くに父親を亡くし、十代の初めから仕立て屋の下働き、通信社のメッセンジャー・ボーイ、工場の会計係など様々な職に就き、短距離走・長距離走の選手として賞金レースに出場する一方、詩集や小説、戯曲を耽読した。二十代の終りに移住したオックスフォードで学生たちの文学グループと知り合い、本格的に創作を志す。長い投稿時代の後に刊行された第一短篇集 *Adam and Eve and Pinch Me* (1921) は高い評価を得て作家としての地位を確立、熱心な読者にも支えられて二十数冊の短篇集を上梓している。邦訳短篇集に『郵便局の蛇』(西崎憲訳、ちくま文庫)、『天来の美酒／消えちゃった』(南條竹則訳、光文社古典新訳文庫) があり、本邦でもこの作家の短篇を愛好するファンは少なくない。一九二九年に「シルヴァ・サアカス」を逸早く「文章倶楽部」誌に翻訳紹介した平井呈一も「この人の達者な筆致と底を流れる淡い詩情」に魅せられたコッパーディアンの一人で、「短篇の達人とはまさにこの人のためにのみあることばであろう」と最上級の賛辞を捧げている(創元推理文庫『恐怖の愉しみ 上』)。平井呈一が「翻訳で初めて原稿料を稼いだ」作品。

一

立ちん坊のハンズ・ジイベンハアルは、ウインナの目貫《めぬ》きの通りで床几《しようぎ》に日向ぼっこをしながら、先刻から何か仕事に担がせてくれる人はないかと待っている。彼は球根のように一と筋も毛のない、海綿を思わせるような顔をした大男である。しかもこの海綿は、赤字でウイネル・ヂンストマンと記した白いリボンを巻いた平鍔《ひらつば》の帽子を頭に載せている。声は諸君もあとで聞くが、小さな罅《ひび》などは押裂《おつさ》いてしまうかと思われるほどの恐るべき大声である。齢《よわい》五十にして、ハンズはなかなか異彩ある男だ。尤《もつと》もたかが立ちん坊のはしくれではある！　決して割のいい商売ではないけれども、と言って今の所これより他《ほか》に飯の種はないし、これから先《さき》にしても先《ま》ず同様である。七月の、熱国のように暑い午前。街はさまざまの音響に充ちている。けれども誰一人口を利いているものはない。今しがた果物屋の女達が大きな赤い傘の縁へ針で新聞紙を留めていたが、これも今はひっそりと物蔭へ姿を隠してしまった。ただもう息苦しくて慵《だる》い。人は沈丁花《じんちようげ》や涼しい海や純白の風船を思う。街の人々は誰も帽子を脱いで、それで躍起《やつき》と煽《あお》ぎながら、喫茶店で氷を啜《すす》っているが、それでもまだ汗が退《ひ》かない。街の物音は実に不愉快だ。ただ馬車屋が半ズボン穿《ば》きで、体がポリネシヤ人のように真黒に日に焦《や》けているのは、見た目に爽快である。

ちょうど今から十二ヶ月前、彼の二度目の女房のミッチイがジュリウス・ダムジャンクスと駈落《かけおち》したのも、とんとこんな日だった。どうだろう、彼女は彼に置き去りを食わしたのである。ハンズは帽子を脱いだ。そして暫《しばら》くのあいだ脱いだ帽子の裏を、見馴れぬ秘密の箱か何かのようにじっと見入っていたが、軈《やが》てその中へ荒い吐息を吐いた。こんな事件が事実果して考えられ得るものであろうか。彼はそう思いながら赤銅色のつるつるに禿げた薬罐《やかん》頭を撫でると、毛むくじゃらな指に玉のような汗を拭き溜めた奴を、無造作に鋪石の上へ払い落した。若いミッチイよ！　この若さが——一と廻りと三つ若い彼女の若さが彼を魅惑したのだった。つまり、彼女は別嬪《べつぴん》も別嬪だったが、若さも亦一入《またひとしお》だったのである。歳は三十五だったが、彼女は小娘のように可憐《かれん》で、小娘のように気紛れで逆上性《のぼせしょう》だった。それやこれやが彼に彼女を僅《わず》か一年しか保《も》たしめなかったのである。たった一年！　けれども勿論《もちろん》五十の坂の男には、それだけだって仲々容易なことではない。ところがジュリウス・ダムジャンクスも当時彼と同年だったのだ。しかも彼女は彼と逃げたのだ。あの阿魔《あま》、一体ジュリウスのどこが気に入ったのだろう？　こんな事件が事実理解し得るであろうか？　彼等は朋輩だった。ジュリウスはマンドリンが弾《ひ》けた。反対にハンズは彼を泥濘《ぬかりみ》の中へ殴り倒すことが出来た。あの阿魔、一体ジュリウスのどこが気に入ったのだろう？　彼はあの時一と殴りで相手をヘボ胡瓜《きゅうり》みたいに押潰《おしつぶ》してやることだって出来たのだ。若《も》し彼が二人を捕えていたら——だが、それは到底不可能事だった。ジュリウスはセルビア人だったからベルグラアドへ逃げた。それからミッチイがハンガリア生れだったから、二人はブダペストへも逃げた。元来、ジュリウスという奴は実にのらくら者で薄情な男である。だがまあそれはいい。その時彼が万策尽きて、また候《ぞろ》ウインナへ逆戻りをした顚末《てんまつ》などを、こんな暑い日に思い出すのは少々情けな過ぎる。しかも彼は現に仇《かたき》に苦心し、呻吟《しんぎん》しているのだ。思えば実に情けない仕儀である。で、彼は到頭自分に言った。「もう泣きごとは止めよう。基督《キリスト》様はまだ生きていらっしゃる。父と子と聖霊に栄光あれ。」彼はカトリック信徒だったから、ステファンズ寺院の御神父アドルフ様がお証《あか》し下さるように、そういって呟《つぶや》いた。

「荷持ち！」と不意に呼ぶ声がした。

ハンズは素早く顔を上げて帽子を被った。

「へい」

毛色の変った、勿体振った、大顔《おおがお》の、太って隆《りゅう》とした大男が、鼠色の布《きれ》のついた黒靴をぴかぴか光らせて、彼をじろじろ見ながら立っていた。擬《まが》い真珠の釦《ボタン》で締めてあるその長靴は、そう大してキザでもなかったが、その代り宝石入りの襟飾ピンとカフス釦と、惜しげもなく見せびらかした太い金鎖とが、それを充分穴埋めしていた。男は両の拳《こぶし》をズボンの衣嚢《かくし》へ突込んで、紅いむっちりした唇に葉巻を啣《くわ》えていた。大男で目に立つところを見ると、土耳古《トルコ》人か韃《だっ》靼人《たん》かと思われたが、そうではない。彼はルウマニア曲馬団の団長であった。

「俺と一緒に来て貰おう、用があるんだ。」

大男のハンズはそこで曲馬の人の後《あと》について或る麦酒《ビール》園へ行った。すると其処《そこ》にもう一人、矢張り土耳古人か韃靼人かと思われる男がいて、前の男はペテルとその男を呼んでいたが、確かにそれは彼の兄弟だった。ペテルはもう一人の方をフランツと呼び棄てていた。三人は腰を下ろすと、一緒に飲みはじめた。

「どうだね、ハンズ・ジイベンハアル。」とフランツが言うのである。「君は力は強いかね？」

「へえ、私《あつし》あ力《ちから》は強ござんす。そりゃもう……」

「声はいいかい？」

「えへへ、ご冗談で……。」ハンズは言葉に詰って、「歌唄いじゃござんせんよ。」

「ああ、いやいや違う違う。声は大きいかね、話したり大声あげたりするのに。つまり怒鳴れるかと言うんだ。」

「ええ、ええ」とハンズは引受け顔に、「それあもう声はでかござんすとも、ガアンとしますぜ。」彼はそう言うと、証拠を見せるために、二三度続けざまに思い切り肚《はら》の底から怒鳴りあげて見せた。麦酒園には彼等の他《ほか》に、フランツ・ジョゼフ皇帝のような顔に、安楽椅子の臂《ひじ》掛みたいな白い頬髭を生やした老人の客が一人、アカシヤの木の下で瀬戸煙管《きせる》を喫《ふか》していた。けれどもその老人は聾《つんぼ》なのであろう。胆《きも》を潰すようなハンズの今の怒鳴り声に見向きもしなかった。給仕が二人、驚いて庭へ駆け込んで来たが、フランツが手を振って追い返してしまった。

「よろしい。」とフランツは考え深そうに言った。「そこで聞いて貰いたいんだ。」ハンズはそこで兄弟の間に挟まりながら、吃驚《びっくり》して腰の抜けるような迚《とて》も賛成の出来かねる或目論見《もくろみ》を、ひどくまた慇懃《いんぎん》な口調で彼等から聞かされたのである。彼は万感一時に心頭に発したが、ただ満足の念だけはどうにも湧いて来なかった。早く言えば、相手は彼に虎になって呉れと言うのである。

「駄目だね。」ハンズはムッとして、人を莫迦《ばか》にしていやがるといった風で、「てんきし、仰言《おっしゃ》る事が分らねえ。兎《と》に角《かく》これあご免蒙《こうむ》りやしょう。」

「いや、今が今直ぐというのではないのだ。」――と相手は慌てて言った。――今日というのではない。時日は充分ある。先ず一週間だ。その間に虎になる方法も教えてやるし、下稽古もつけてやって、それで一興行、それも唯《ただ》の一晩で墺太利《オーストリア》の金で二百シリング払うと言うのである。土耳古人のペテルは、二百は多過ぎると言った。すると韃靼人のフランツが、まあそれだけやって呉れと懇願した。

此奴《こいつ》は然《しか》し――とハンズは考えた。――どうも少し聞えない話だぞ、何か裏があるらしいぞ。用心々々、そこで、彼は訊いた。

「二百シリングだね？」

「二百。」ペテルが言った。

「シリング。」フランツが鸚鵡《おうむ》返しに、小楊枝《ようじ》で食卓を引掻きながら言った。

「其奴《そいつ》はまあ有難山《ありがたやま》だが、で、私《あっし》が演《や》ろうてえのは？」

相手は彼の演ることについて話し出した。彼が虎の皮の縫いぐるみへ這入《はい》って、曲馬の檻《おり》の中で虎の役を演ずるのである。それで二百シリング渡されるのだ。厳丈《がんじょう》な男には極く造作のないことだ。つまり二百シリングでハンズ・ジイベンハアルが虎の皮の縫いぐるみになるのだ。彼が躍りかかり荒れ狂い、ここを先途《せんど》と物凄く吼《ほ》え猛《たけ》る。見物は大雪崩《なだれ》になって声を嗄《か》らして喝采する。――それで二百シリングが彼の懐《ふところ》へ這入るのだ。それというのも彼の声ゆえでなのだ。彼等が態々《わざわざ》彼の所へやって来たというのも、虎のような彼の唸《うな》り声ゆえなのだ。こういう声なら充分一と儲《もう》け出来る。いや、儲かると見込みがつけばこそ、二百シリングで彼を抱えるのだと言う。……

「二百シリングね。」ハンズは呟いた。

此奴は――とハンズは考えた。――満更莫迦にした話でもないぞ、だがまだちっと聞えない所がある。手抜《てぬか》りすめえ。

「けど何《ど》うして、また旦那方は本物の虎を持っていないんですい？」

「いや、いたんだよ。」二人は異口同音に答えた。

「ところが死んだんだ。」とペテルが言った。

「本物の素晴しい奴だったぜ。」とフランツが言った。

「それが死んだんだ。」弟が念を押した。

「まるで蓙《ござ》見たいな足をしてたよ。」

「獰猛《どうもう》でなあ。」

「麗《うる》わしかったなあ、彼奴《あいつ》は歎《かこ》ち死だったんだぜ。」

「違うさ。」フランツは不承知だった。「俺は彼奴のことはそう言いたくないな。」

「だけどよ。」とペテルは言い張った。「歎ち死だよ。彼奴この俺に惚《ほ》れていやがったのさ、と

ころへ俺が此頃また嬶《かかあ》を貰ったろ。」

「失恋て所かな。」フランツもそれは認めた。

「まるで声がヒュウヒュウに嗄《か》れちゃったからなあ。」ペテルの目には哀愁が宿った。「ちっとも暴れないんだからね。」

「二百シリングだよ。」フランツが言った。

「ウ――ウ――ウ――!」いきなりハンズは咆《ほ》え出した。そして躍り跳ねながら庭中を四つ匐《ば》いになって荒れ狂い出した。「ウ――ウ、ウワウウオ――ウ、ウウ!」

フランツ・ジョゼフ式頬髭を生やしたかの聾の老紳士は、この時静かに瀬戸煙管を卓の上へ置いた。彼はハンズのことは目にも気にも留めなかった。ただ指を口へ入れたかと思うと、彼は義歯を抽《ぬ》き出した。そして実に落着いたもので、それが珍らしい異国の骨董品ででもあるかのように、しかもその品が彼の手にあるのを不思議に思ってでもいるように仔細に義歯を吟味《ぎんみ》していた。ハンズはガタピシ椅子をも倒しはじめた。そこへ給仕が飛んで来て、汗だくになって暴れ廻っているハンズに遮二無二《しゃにむに》躍りかかると、漸《よう》くのことで片隅に彼をすっ転がした。

「上出来!」フランツが叫んだ。「上出来上出来。」

「無条件。」ペテルも言った。「無条件!」

三人の給仕はもうこうなれば息の根を止めてやる意気込でハンズに飛びかかって行った。

「もうよし。」とフランツが叫んだ。そして「放してやれ。」と言うと、恰《まる》で針差から針を二本抜きでもするように、力のある手でへたばっているハンズから二人の給仕を引離すと、ペテルも同じく一人を引分けた。

「それで結構。」とフランツが言うと、ペテルも大変よろしいと言った。彼等は給仕に幾何《いくら》か摑《つか》ませた。ハンズは席へ戻った。例の老紳士は丁度義歯を嵌《は》めているところだった。

すると兄弟が「よく話を聞いていろ。」というので、ハンズは耳を傾けた。彼等の動物小舎は今プラアテルに掛けている。そして来週の祭礼には一つ珍らしい興行を掛けようと思っている。それには獅子と虎の果合《はたしあ》いに如《し》くはなかろう、と言うのである。——それは無論嘸《さ》ぞ面白かろう、だが考えて見ると、虎をといって彼等は一体どういう積りなのだろう?

「虎は死んだんですね。」ハンズは鎌をかけて見た。

「死んださ。」フランツは澄《すま》したもので、「死んだのさ。話はそこだて。」

「へえ、どこで?」

「お前が自家《うち》の虎になるのよ、まあ平たく言えばな、お前が虎のような声で、柄《がら》も先ず似合いと来ている。二百シリングになるんだ、耐《こた》えられねえじゃないか。まるで棚から牡丹餅《ぼたもち》だ。」

「だけど何ですって?」とハンズは声を揚げて「獅子と果合い?」

「プッ。」ペテルは吹出した。「獅子ったってお前、小猫よりか狎《なつ》いて危っけのない奴だよ。」

「うんにゃ。」とハンズは「そんな事あない。」

「いや。」とフランツは「獅子ったって、まだ僅《ほん》の子供なんだ。」

「うんにゃ。」ハンズは大声だった。

「奴さん歯が一本もないんだぜ。」

「私《あっし》だってもさ。」と自分から買って出たこの犠牲《いけにえ》先生は叫んだ。

「百年も自家《うち》にいるんだぜ。」

「迚《とて》も。」ハンズは頑としてそう答えると、そのまま立上って出て行こうとした。兄弟は片腕ずつ捉えて無理矢理彼を椅子へ腰掛けさせた。

「可恐《こわ》がる事あねえんだよ、ジイベンハアル君。奴さんお前に狎《なつ》くぜ、じゃあ何《ど》うだい、二百五十シリング！」

「へっ、ご免蒙りやしょう。」

「よし、そんならジイベンハアル君、請合おう。三百シリングだ。」とペテルが言った。

「と五十。」フランツがそれに附け加えた。

「三百と五十！」ハンズは何度も繰返しそれを言い、「本当かね？　だけど何でだね？　私《あつし》あ獅子と喧嘩は出来ませんぜ。だがお待ちなさい、私も女じゃねえからね、度胸はありますさ、けど何ぼ何でも、三百五十シリングで骨と血の取換えっこじゃあね。」

「あっははは、お前の骨だって血だって、そうやってズボンの中にある通り別条なんかあるもんかな、その獅子と喧嘩するんじゃないんだよ。……」

「へ、私《あつし》が？　じゃあねえんですかい？」

「其奴とお前戯《じゃ》れるだけさな、自家《うち》の獅子は喧嘩なんかするもんかな、しもしなければ出来もしないや。」

「そりゃまた何故で？」

「迚も温順《おとな》しいんだ、恰《まる》で草ッ原でミイミイ啼《な》いてる羊も同然だ。お前はただ其奴の前で悠々がっちまわあ。可恐《こわ》がっち闊歩《かつぽ》して唸るのさ、があがあ騒ぎ立ててな、そうすりゃ奴さん慴《すく》み上っちまわあ。可恐《こわ》がっちゃ駄目だぜ、見世物だよ、いいかい見世物にするんだぜ。」

「見世物は分ってますがね。」ハンズは言った。「だけど誠に何ですが、勘弁してお貰い申しやしょうよ。私《あつし》あ手前《てめえ》の骨や血は見世物にしたくねえもの。」

「天に誓う！」フランツは腹立ち気味で言った。「お前の骨を俺達が入用だとでも思っているのか？」

「指一本たりとも厭《いや》でさね。」

するとペテルが仲へ割って這入った。「お前俺達を誤解してるね、ジイベンハアル君、此方《こっち》はただ娯楽のためなんだぜ。何も血祭り騒ぎをしてえんじゃないんだ。」

「旦那方あ血祭り騒ぎをなさるのじゃねえとね。」

「血祭り騒ぎも時と場所によっちゃよかろうさ。」ペテルはなおも言った。「だけど血祭り騒ぎは血祭り騒ぎ、これはこれさ。」

「そうですかい。」とハンズは言った。「いや、有難え、それで納得しましたよ。そんならようごわす。」

そこでフランツとペテルは説明した。彼等はウインナの市民の生活にどうかして歓楽と娯楽とを与えてやりたいものと、それのみを心に掛けている興行師である。勿論獅子が暴れるのも作り事なら、猛闘も嘘っ八だ。つまり獅子の力で、人間の取って置きの恐怖心をいやが上にも濫発《らんぱつ》させてやろうと言うのだ。「世の中に人間が親切と憐憫《れんびん》をかけてやるに価し、又役にも立つし情にも脆《もろ》い動物がいるとしたら――フランツは断言した。――それは獅子だ。その獅子の中でも殊《こと》に愛情を感じ易いと言ったら、――ペテルが言い加えた。――それは自家の獅子である。それとも三百五十シリングでは君は不足かね？」

「いいえ。」ハンズは譲歩した。

「目腐れ金かね？」

「どう致しまして。」

「三百五十シリングはどう見たって三百五十シリングさ、そうだろう。」ペテルが言うので、ハンズは答えた。「そりゃまあ其奴を演ってしまってからのことなら然《そ》うですが、何とも先《さき》の事はねえ、とかく後悔は先に立たずで。」

「それあお前、三百五十シリングはどう見たって三百五十シリングだともな、目腐れ金じゃねえとも。」フランツが少々強面《こわもて》で言った。彼等に言わせると、彼等の使っている人間の中には、拝《おが》んで虎の役を勤めたがっている者が大勢ある。けれどもそう云う奴等は体格も駄目なら声も駄目だ。で、若《も》しジイベンハアルが此役を請合って呉れれば、彼等は他《ほか》に妙技ある芸人を雇わなくても済む、とこう云うのであった。フランツには唯一つ確《しつか》りした眼識があった。それは人を見て、此奴は芸を持っていると看破する点だった。三百五十シリングの値踏みもこれが為からだった。

聞き終ってハンズは、もう一度涙を拭って、この上は基督様の死なれたことは忘れることに決心した。で、到頭彼は、決して命には危険の降り掛らないという訳の分った固い約定の上で、いつ何処其処《どこそこ》で虎の縫いぐるみになること、フランツ・ペテル興行部の素性のいい獅子とお目見得することを承諾した。

「雷の音と稲妻を使うからね、危い事なんぞありはしないよ。」

「ようごわす。」

ハンズに別れてから、彼等は四辺《あたり》に聞く人のない所へ来ると、フランツが「はは」ペテルは「ほほ」と笑みを洩らした。

二

大騒ぎの出来《しゅったい》した当日までに、ハンズは五六回下稽古をした。彼は到頭諦《あきら》めて虎の皮の縫いぐるみへ這入ると、床に足を踏んまえて悠々と歩き、歯嚙みをして見たり我鳴《がな》り立てて見たり機械仕掛の尻尾を巻いて見たりして、大いに虎らしい咆え声の音階を演じた。申分のない出来栄えだった。

ハンズは折を見ては訊くのだった。「古くからいる獅子というのは何処に飼ってあるんですい？」

すると兄弟はいつも答えた。「ああそうそう、奴さん加減が悪いんでね。臥《ね》ているんだ。また此の次に見せよう。」

こうして偶然にもハンズは、果合いの檻の中で出会うまで相手を見なかったのである。当日の朝は慵《だる》い日で、ハンズもやはり体が気慵《けだる》かった。眼が覚めると、いつもに似ぬ妙な心持で、気分も悪く、此分《このぶん》では虎の役は演《や》れそうにもないと、フランツに言伝《ことづて》してやった位だった。けれども通りの日向で日に当りながら腰掛に腰かけていると、日が闌《た》けるにつれて空もカラリとして来て、三百五十シリングの事をあれこれ考えているうちに、ハンズは何時《いつ》の間《ま》にか気分の悪いのも何処《どこ》かへ消えてしまった。何にしろ悪くない纏《まとま》った金である！　この金で何をしようかな？　ああ、これでミッチイが（あの恥知らず奴《め》！）彼を見棄てずにいて呉れたら、何でも好きなことが出来るのに、一と頃皆んなで行ったようなヴイネルの森へだって、遠足に行かれるのだ。彼は遠足が好きだった。遠足は楽しかった。皆んなで仲よく山登りもしたし、それから木苺《きいちご》や茸《きのこ》を採りに森を歩いたり、そして正午《ひる》になると猟師が原の麦酒園の栗の木の下に坐って、旨味《おい》しい、スウプを啜ったり、酒を飲んだりしながら、恋を、富《とみ》を、美食を、或いはお互の子供時代の事を語り合ったっけ。あれこそ人生だった。実に賞嘆すべき人生だった。それから三人で草原をぶらつく、ミッチイが上着を脱いで半裸体になり、滑らかな輝かしい体を日に焦がしながら草の上へ横になり、ジュリウスがマンドリンを弾く、三人で微吟する、ああああ音楽！　彼女は音楽が好きだった。彼女の両の肩の後《うしろ》には靨《えくぼ》があったが、あれはそう誰にもないもので、美しかった。夕方涼しくなるとダンスをしたっけ、それから花火に間に合うようにプラアテルからドライマンクスタインへ行ったものだ。――彼は花火が好きだった。さもなければ競馬へ行って一と儲け占《せし》めるか、なあに運が向いていれば、見徳《けんとく》は必らず外《はず》れる事はない。或いはガンゼ・ハウフェルへ一と浴びしに行って来てもいい。――いずれにしても僅かな金で遊べることなのだ。けれども今はミッチイもいない。彼女はジュリウスと逃げてしまった。逃げた妻、逃げた友。——もう旅も出来ないのか、だが待てよ、三百五十シリング持っている人間にケチな友情なんぞ要らないぞ。三百五十シリングの中に友情は山とあるのだ。だが、それにしてもあのミッチイ——彼奴は素晴しく別嬪だったよ、あのミッチイ坊はなあ。

そうこうしているうち晷《ひあし》が夜に移って、プラアテルは露肆《よみせ》やカフェで輝きはじめ、仰山《ぎょうさん》な音楽で色めきだした。若い者は実際豪儀で派手だ。世間には恋と金は転がっているのだ。到頭時間が来た、ハンズは虎の皮へ這入った、彼は戸で仕切られた檻の隅の暗闇でブルブル震えながら誰も見えず誰からも見られずに、ひとりボツ然と蹲《うずくま》っていた。一枚の戸があって、それが燈《あかり》の点《つ》いている大きな空《から》の檻へ通じている。その向うに彼のと同じ檻がもう一つあって、其中に獅子が歩いている。やがては此両端の戸が開いて、彼は中央の檻へ這入ってもう一匹の猛獣と向き合わねばならぬのだ。が、彼には到底それは出来ない、彼は恐怖でヘチャヘチャになってしまっているのだ。すると老爺の耳には、彼の災いを見に来ている観衆の熱狂の声が聞えて来た。それから戸外《おもて》の楽壇で癪《しゃく》にさわるほどブカブカ喧《やかま》しく囃《はや》し立てている楽隊の濁音《だみおと》、そこには虎と獅子との格闘のビラが貼ってある。ハンズは獅子の牙が、血を噴いている虎の胴中へグサと突刺さる状《さま》を想像した。するといきなり心臓が大声で「いやだいやだ！　出して呉れッ！」と叫ぶような気がした。

檻の壁を叩きながら、彼は息を嗄らして叫んだ。「後生だから出して呉れよお！」しかし聞くものも答えるものもなかった。仮令《たとい》皮を破いたにしろ、体の自由が利くには足が邪魔だった。

彼は正《まさ》に罠に落ちたのだった。罠に落ちたことを彼は今漸《ようや》く気づいた。長いながい悩ましい時間を、騒ぎは仲々止まなかった。すると其時、中央の檻へ通ずる恐るべき檻の戸が静かにすうっと開いた。見ると、檻の中はまだ空だ。獅子の方の戸はまだ閉っている。ハンズが最初に這入る定《きめ》になっているらしい。彼は眼を外向《そむ》けて檻の隅に身を横たえ、其処からビクとも動かないつもりでいた。いよいよ大変な事になったものだ！　彼はあの後《あと》にも先にもお目に掛ったことのない数枚の銀貨《シルヴァ》のために、今や我れと我が身を犠牲にしようとしているのだろうか？　自分は年寄だ。こんなことをする柄ではない。女房のミッチイでさえ他《ほか》の男に見換えたではないか――誰れもそれを知らないのか、その上今日は朝から一日気分が悪くて、野良犬のように力がないのだ。すると彼がそうして身動《みじろ》ぎもせずに汗をびっしょりかいて横になっていると、鉄柵の間から先の尖った鋭い鎗《やり》が出て来て、不意に彼の背中を手荒く突いた。彼は一と叫び跳び上ると、その鎗を引奪《ひったく》ろうとした。鎗なら手に使えるし、そうすれば彼も助かる訳だ。――が、生憎《あいにく》大きな足ではどうにも鎗を掴むことは出来ない。すると此度は真赤に灼けた鉄の棒が何本となく彼を火傷《やけど》させようと檻の中へ這入って来た。鎗の数も殖えた。彼はキャッと一と声叫んだと思うと、その声と一緒に到頭中央の檻の中へ飛び込んでしまった。同時に後で戸が閉った。彼は恐るべき鉄棒をうしろに、見詰める観衆の目前へ抛《ほう》り出されたのである。その時、ああその時、彼は心乱れてか、それとも恐怖癲癇《てんかん》の発作でか、真紅に灼けた鉄棒へ激しく飛びかかった。楽隊はハンズが張り上げる人間の声を打消して、底抜けに囃《はや》し立てるのであった。すると向う側の戸が音もなく開いた。向うの檻の中は森《しん》としている。けれども彼はその檻の中のものを邀《むか》えるために其方《そっち》を振向くことは何としても出来なかった。彼は半ば気の遠くなったままに蹲っていた。すると其時である。彼は見物の中に見覚えのある顔を見つけた。おお、神の奇蹟！ それは紛れもないミッチイだった。ああ然し今は戦わなければならない。彼は決然とうしろへ向き直った。と、その時ドッと笑う観衆の中に、ただ一人クスリと笑ったものがあった。——獅子が檻へ出て来たのである。それは実際痩せこけた獅子だった。獅子は獰猛らしい容子《ようす》もなく、といって別段可恐《こわ》がる気色《けしき》もなく、檻の中へ静かに歩を進めて来た。そして鋭い眼差《まなざし》で敵の眼をじっと睨《ね》めつけた。跳ねもしなければ唸りもせず、静かにのそのそやって来るのである。虎はじりじり尻込みした。こうして二匹は檻の中をぐるぐる廻った。観衆の嬲《なぶ》り笑いはいつまで続くのだろう。

　これは堪《たま》らぬ！　ハンズはもう怺《こら》え切れなかった。彼はいきなり振り向くと獅子と顔を向き合わせた。見かけは大胆だが、内心は頗《すこぶ》るビクビクで、すると獅子も矢張り立止った。

「天に在《ましま》す我等の父よ。」ハンズは思わず喘《あえ》ぎ叫んだ。

　すると言いようなく驚いたことには、彼は獅子がそれに答えるのを聞いたではないか。

「而《しこ》うして我等を嘗試《こころみ》に遇《あわ》せ給わざれ、また悪より救い出《だ》し給え。」

　電光のごとき素速さで、ハンズは、かの獅子も彼と同じく贋物《にせもの》であることを知った。恐怖は消えた。彼は自分の演じている役が今漸《ようや》く解った。そこで彼は咆え声諸共《もろとも》獅子に飛びかかった。

「ウ——ウ、ウオ——オ、ウワウ——オ！」獅子と虎は組んづ釈《ほぐ》れつ転げ合った。観衆はやんやと囃し合った。

「そんなに手荒くやるなよ、兄弟！」こういう声が獅子の中から叫んだ。その言葉の調子がハンズの心に不思議な木魂《こだま》を返した。二匹は一旦離れると、四股《しこ》を踏張って互いにまた見合った。するとそ暫くのあいだ森《しん》と鳴りを鎮めた沈黙のうちに、突然絹を裂くような女の怖れ叫ぶ声が見物席から起った。ハンズは振向いた。獅子も振向いた。それはミッチイだった。彼女は叫ぶのであった。「ジュリウス！　気をつけてよ！」波打つハンズの心は無論此不吉なジュリウスという名を聞き遁《のが》さなかった。こんな事が神かけてあり得るであろうか！　この野郎、太いやつだ。よし、見ていろ、獅子奴の心臓を押裂いて呉れるぞ。「そんなに手荒くするなよ、兄弟。」だと、ははあ、分ったぞ、あの声だ！　ハンズは「ほほ」とほくそ笑んだ。そして勢い込んで小酷く相手に飛び掛った。そして後脚で獅子の背——ハンズの情婦《いろ》盗人ジュリウス・ダムジャンクスの背中の真中を荒あらしく蹴返したと思うと、熱帯の藪に棲む猛獣その儘《まま》の恐ろしさで敵の喉笛を引裂こうと獅子の上へのしかかって行った。見物は大喝采だった。ペテンが却って当ったのである。本物の虎と獅子を見に金を払った観衆は、最初は騙《かた》られた侮《あな》どられたと思ったが、結局この方が面白かった。実に滑稽《こっけい》で愉快だった。そしてバタつく虎の足から人間の手が飛び出した時には、彼等は破目をはずして打喜んだ。

「裂いちまえ！」と、まるで狐を逐《お》う猟犬に浴びせるように観衆は声を浴せた。「はは、裂いちまえ！」するとその時ハンズの弛んだ手が獅子の頸《くび》の縫目を綻《ほころ》ばした。と、破れ目へ突込んだ彼の手が敵の喉笛を探りはじめた。同時にジュリウスの歯がハンズの手を嚙《やぶ》んだ。突嗟《とっさ》にハンズの小指が千切れて飛んだ。けれどもハンズは声も揚げずに、傷《きずつ》いた手で相手の咽喉を締め、一刻一刻と、グイグイ砕き挫《ひし》いで行った。到頭ジュリウスは地獄へ行くか、極楽へ行くか運命の導くままにそこに永久に事絶《き》れてしまった。獅子はもうビクリとも動かなかった。後足を妙に揚げ、前足は磔刑《たっけい》にされたように伸ばしたまま、仰向けになっているのだった。ハンズは汗をびっしょりかいた。そしてブルブル震えながら獅子の皮を被ったおどけた換玉からそっと身を退いた。見物がドッと笑った。ハンズは少し可恐《こわ》くなって来た。彼は四つ匐《ば》いになって檻の鉄柵の方へヨタヨタ歩き出した。彼の背後《うしろ》に転がっているものは恐ろしく静かだった。見物も今は鳴りを収めた。ハンズにとって彼等は死と同じく全く見慣れぬ人達だった。その中にミッチイがいるのだった。彼女は雪のように蒼ざめた顔をして、前に乗り出している。ハンズは檻の鉄棒を握って後足で立ち上った。見物は、他愛もなく柵にぶら下っている虎の咽喉から、悩ましげな烈《はげ》しい歔欷《すすりなき》の声を聞き取ることが出来た。そのとき再び、ハンズが最初入れられていた檻の戸が開いた。演技は終ったのである。彼は退場してもいいのだった。けれども彼は動かなかった。

作者に就いて。——英国に於ける現代短篇小説の祖と言われたキャザリン・マンスフィールド女史の死後、現下英国の新進短篇作家といえば誰しもエー・イー・コッパアドに第一指を屈するに違いない。彼は元来が詩人の出である。我々は彼の散文の中に詩人としての彼を読み取ることも容易であろう。短篇作家としての彼はそのスタイル、主題、手法等の点で甚だ独自の境地を持している。近々五六年の間に“Adam & Eve

& Pinch Me," "Clorinda Walks in Heaven," "The Black Dog," "Fishmonger's Fiddle," "The Field of Mustard" の五種の短篇集を相次いで上梓しているのを見ても彼の短篇的手腕は凡そ窺知出来よう。それらに収められた短篇の数だけでも約六七十篇にのぼっている。生れながら短篇作家とは今では彼に対する英米の批評家の定評である。あらゆる短篇作家の如く、彼も亦《また》其取材は頗る広汎に亙っている。場所、時、性格、年齢、職業、それらの混成して醸す事件の夥しい種々相を取り扱いつつ、悲喜劇、諷刺、皮肉、ロマンスと千種万態を描出して、そのいずれにも現実を鋭く把握し、ニウアンスに富み、簡潔な筆致によく繊細な心理と人生の機微を捉えているのに変りはない。農民、下層民、薄給者。ショップ・ガアルの生活等は常に彼の好主題である。コッペを好みフィリップを愛するものは恐らくコッパアドにも亦愛着を感ずるであろう。マンスフィールドは余りに水彩画家であり過ぎる。コッパアドは確かにこれを補う何物かを持っている。

古城物語

E・T・A・ホフマン

E・T・A・ホフマン　Ernst Theodor Amadeus Hoffmann（1776–1822）

――ドイツの作家、音楽家、画家、法律家。ケーニヒスベルクに生まれ、同地の大学で法律を勉強する傍ら音楽・絵画・文学に打ち込んだ。司法試験に合格するとベルリン、ボーゼン、ワルシャワなど各地で判事、法務官等の職を務めながら作曲や絵画制作に従事し、プロイセン崩壊による失職後は劇場指揮者や音楽教師として働いた。やがて本格的に文学活動を開始し、一八一四年に再度ベルリンに移住すると、『カロ風の幻想作品集』『悪魔の霊薬』『夜景集』『ゼラーピオン同人集』『牡猫ムルの人生観』などの著作を次々に出版、広く人気を博した。その作品はバレエやオペラに脚色され、また各国語に翻訳されて様々な作家に影響を与えた、ドイツ・ロマン派を代表する作家。「古城物語」“Das Majorat”は『夜景集』（1817）の一篇で、「世襲領」「世襲権」などの邦題でも知られる。平井呈一訳は英訳からの重訳だが、中学の終り頃に英語で小説を読む楽しさに目覚めた平井は、やがてマッケンとの出会いが契機となって怪異小説に食指を伸ばし、「ホフマンやシャミッソ、ゴーチエやメリメ、ツルゲーネフやゴーゴリを手当り次第に英訳本で」読み耽ったという（「私の履歴書」）。師佐藤春夫所蔵の英訳ホフマン集から訳出した『古城物語』（春陽堂、1933）は、平井呈一の最初の訳書となった。

はしがき

鷗外《おうがい》漁史訳せし「玉を抱いて罪あり」世に顕われてよりこのかた、鬼才ホフマンの名は人口に膾炙《かいしゃ》せり。今更ここに喋喋するを要せず。又この奇矯なる羅曼《ロマン》派文人が片倚《よ》りたる性は同じく漁史が「鬼才」の一文にその片貌略《およそ》尽きたるに庶幾《ちか》し。いま玆《ここ》に訳出したる「古城物語」は単稗集「小夜譚」中の一篇。もとよりこれを選びしは深き意ありてにはあらず唯《ただ》高古奇峭なる彼が許多《あまた》の作物の中より平穏にして較《やや》味解し易きものをと思いて採りたるに過ぎず。これをこそホフマンが傑作と推するは些《いささ》かあたらざらめどなお秀作たるは疑わず。訳者ひそかに惟《おも》えらく、これなんホフマンが「アッシャア家の崩壊」なるにあらずやと。訳筆もとより原作の神韻に遠きこと幾千里、云うも愚かや、雅も俗もおしなべてただ手当り次第に拾い集めたる機械《からくり》抜きの木竹体。乞う読む人よろしくこれを判ぜよかし。もとこれ夜木山房主人所蔵一八八五年版英訳本より重訳せしものなりしを幸い、こたび国手佐藤秋雄先生に請いて原本と逐字校合するを得たるもの。聊《いささ》か本篇の誇とするは唯この一事のみ。玆に先生の労を深謝すると共に、本書上梓にあたりて甚大なる御配慮賜わりし佐藤春夫先生に伏して以て九拝すとしかいう。

昭和みずのととりの歳新春

訳者しるす

古城物語

バルト海の岸辺より程遠からぬところに、フォン・R――何某《なにがし》と云える男爵一家が、遠き祖先の代から世世継承して来た、R――城と云う古城がある。このあたり、四辺はただ見る寥寥《りょうりょう》たる荒蕪の地で、わずかに目に入る青いものと云っては、一帯の底知れぬ沙地のここかしこに、ところどころ生えている萎《しな》びた草の色より外に何もない。男爵ほどの身分あるものが棲む邸第《やしき》と云えば、概ねそこには周囲を飾り繞《めぐ》らす、広大にして且《かつ》華麗なる園生《そのう》があるべき筈を、ここにはいたずらに唯《ただ》陽春百花の装いをさげすみ顔なる、四季絶えず陰気な色のうつろわぬ常盤《ときわ》の樅《もみ》の疎《まば》らな叢立《むらだち》が、遠くあらわな障壁につづいて陸地の方へと腕を伸しているばかり。香わしい春の息吹に目ざめた、楽しげな諸鳥の啼鳴の声のかわりには、いつも不吉な大鴉の騒《ぞう》めき叫ぶ厭らしさ。嵐を呼ぶ千鳥の群の啼き狂う声が谺《こだま》しているばかりである。この古城のほとりから四半時ほども歩を運ぶと、自然の形勝は突如してその趣を変える。ちょうど魔法使いの魔法の杖に誘われたように眼界は俄かに展《ひら》けて、見渡すかぎり菁菁《せいせい》たる緑の沃野、豊饒な耕作地、かずかずの牧場なぞある中に、この領地の農場監理人の宏壮な住居のある、広い、賑《にぎや》かな村落が現われる。その村の彼方、一とところこんもりと茂った榛《はしばみ》の木立の蔭に、いま巨《おお》きな城塞の礎《いしずえ》らしきものが見えているが、これは今から数代まえ、この地の藩主であったものが新たにこれを築こうとしたものの遺跡で、その後代代の藩主は皆本国のクウルランドに住いしているので、先主の遺業は今なお虚しく当時の未完の形のままに残されているのである。降《くだ》ってやや近き比《ころ》には、ロデリッヒ・フォン・R——と云う男爵がふたたびこの海辺に近い祖先伝承の地に居を移した例《ためし》もあったが、この男爵は生来人を深く嫌う質《たち》の人で、抑《そもそも》この城に移るについても、俗塵離れたこの僻陬《へきすう》の地が己れの陰気な性情に適っているからと云ってここをば終生の居城に定めたほどの人であったから、かの新城の工事には更に手を着けようとはせなんだ。当時すでに荒頽《こうたい》のままに任せてあったかの古城に、男爵は事情の許す限りの修理を施すと、頑迷固陋《ころう》な一人の老執事と、そこばくの扈従《こじゅう》とを引き連れて、城の奥深く身を垂れ籠めてしまった後は、村方の方へ姿を現わすことも極く罕《まれ》に、時折海岸の方へ馬上や徒歩姿《かち》で現われるぐらいが関の山であったとやら。或時は逆巻く怒濤に向って何事かを語りかけ、また或時は泡立つ波の昔に耳を澄ませながら、あたかも海神のそれに応ずる声に聞き入っているような男爵の姿を、人は屡《しばしば》遠方から見かけたものであったと云う。男爵はまた、城の物見櫓《ものみやぐら》の天辺へ小部屋を設けて、そこへ幾台かの望遠鏡、と云うより一通り完備した天文学に関する器具一式を取り備え、昼はここから遠く万波を臨みながら、折々翼の白い海鳥のごとく遙かの天涯を過ぎる帆船を眺め、夜は燦々たる星くずを打透《すか》しながら、星学の研究に余念なかったと云う。尤も当時世人の取沙汰によれば、この星学とは実は占星術であったとやらで、その時には必らず側《そば》にかの老執事が助手となって侍《はべ》っていたと云うことである。取沙汰はこの男爵が殆ど生涯の附きもので、やれ藩主は魔法に凝っているとか、やれ藩主が本国を逐《お》われたのは或時作戦を誤って、そのためにさる貴い王家を無残にも失墜せしめた廉《かど》によるのだとか、随分色色の巷説が行われておったものである。男爵自身も亦《また》本国におった時分のことは、なぜか爪ほどのことでも人から兎《と》や角《かく》云われることを甚だ忌んで、己れの生涯の方針を悉《ことごと》く覆された本国での出来事は、すべてこれを、祖先伝承のこの古城を見る影もない荒頽の上に帰せしめてしまった先代諸侯の罪に嫁しておった。そこで或時男爵は、せめて一族の頭主だけでもこの由緒深い古城に繋ぎ留めて置きたいと思って、この領地を世襲領に設定した。幸いこの設定は国王の嘉《よみ》するところとなって、直ちに批准された。思うに、国王は当時すでに国外にまでその枝葉の伸びていたこの武徳に富んだ一族を、この設定によって容易にふたたび祖国に呼び還すことが出来ると思ったからであろう。

然《しか》るにその後このロデリッヒ男爵が息《そく》フーベルト。そのフーベルトが息で現在の世襲領主であるロデリッヒ。（この人は祖父の名を襲うたのである。）の二人は、共にかの古城に棲むことを好まず、いずれも本国クウルランドの本城に住んでいた。思うに、憂鬱な星学者であった男爵に較べれば、この二人は遥かに気性が陽気で、且より多く人生場裏《じょうり》を好んでいたのであったろう。或いはかの凄絶なる辺土の地がもともと嫌いであったのかも知れぬ。

さて当主ロデリッヒ男爵には、父方の伯母が二人あった。いずれも年老いているが、いまだに独身である。財産の分け前少なく貧乏なところから、男爵はこれを古城の方へ引取って住まわせてある。二人の伯母は銘銘老女中を一人ずつ連れ、城の袖家にある暖かな、小さい部屋に住んでいる。この二人の伯母と、地階の厨《くりや》につづいた大きな部屋を占領している料理番の外に、城にはいま一人年取った狩人が住んでいるが、この老人は現在では城代の役をも兼ねていて、始終本丸の広間や大きな部屋の中なぞをうろつき廻っている。その外の扈従どもは皆農場監理人とともに村の方に住んでいるのである。

　こんな工合で不断は極く無人で、ただもうひっそりかんと荒れるにまかせてある城の内も、それが年に唯一度、割れ返るような賑わいに活気づく時がある。秋もやや闌《た》けて、そろそろもう初雪が降り出そうと云う頃。やがて狼や野猪を狩る時節がやって来ると、本国の方から男爵が奥方を連れて出掛けて来る。それに続いて親戚や友達の方方、多勢の供衆の面面。さては近隣の貴顕の士、町の近くに住んでいる素人狩猟家と云ったような人達が続々と入り込んで来る。その時にはさしもに広い城内も、本丸は云うに及ばず、左右の袖の部屋部屋まで明け放して、ようようそれらの人達を収容するほどの混雑さ。城のうち中のストオヴと暖炉にはよい薪がお構いなしにどんどん焚かれ、それが勢よく嚇々《かくかく》と音を立てて燃える。焼肉の金串は夜の明けるから更けるまで、いちにちきゅうきゅう鳴り通し。幾百人とも知れぬ気の浮き立った人人が、この時ばかりは無礼講で、主従の差別もなく、広い階段を終日上ったり下りたりして絶えることがない。酒杯のちりからと鳴る音。陽気な狩唄《うたげ》の合唱の声。癇《かん》高い音楽の音につれて踊り狂う人人の跫音《あしおと》。城内はどこもかしこも高い談笑の声と盛んな宴に充ち満ちるのである。されば毎年狩猟期になると、そのあいだ数旬の間は、城は殆ど田舎大名の居城と云おうより、寧《むし》ろ人馬繁《しげ》き街道筋の第一流の旅籠《はたご》以上の繁昌ぶりを示すのであった。男爵はしかしそう云う賑かな時にも、出来るだけ真面目な政務を欠かしたことはなかった。許多《あまた》いる客人たちの騒がしい渦中からひとり身を避けて、世襲領主としての己れの権限に関係あるさまざまな雑務を、傍からどんどん処理して行くのである。まず収入簿に目を通す。次に庶民が改善案の申請、借地人の愁訴なんぞに対して、出来る限りその意のあるところを聴取して、秩序はなるべく新たにするように心掛ける。また時に不正行為や不公平があるような場合には、それは己れの権能の届くかぎり速かにこれを除くように努める。こう云う政務を執る場合、男爵には常に一人の忠実な輔弼《ほひつ》者があった。V——と云う老代言人がそれで、この人は遠く父祖の代から世世このR——家の法律顧問を勤め、またR——家がP——地方に持っておる所領地の判事をも兼ねている老臣であった。それゆえ男爵が世襲領へ出掛ける折には、この老輔弼は職掌柄、少くとも主人が到着の一週間まえには本国を発足するのを常としておった。

丁度千七百九十——年のことである。この時も矢張そう云う時期が廻って来ていた時で、老輔弼は近近R——領に向けて出発しようとしていた。流石《さすが》に七十の坂越す寄る年なみ、老いてますます矍鑠《かくしゃく》たる意気と肉体を持った人ではあったけれど、今度と云う今度は誰かよい助手でもいてくれて、それに仕事を助《す》けてもらったなら嘸《さぞ》好都合だとでも思ったのか、老輔弼は或日わたしを呼ぶと戯談《じょうだん》のようにこんなことを云った。喃《のう》、従弟。（もとわたしはこの老人が大甥に当るものだが、二人は名を同じうするところから、老人は常にわたしを呼ぶに従弟の称をもってしていた。）お前わしと一緒にR——領へ行って見る気はないか。たまには海風に耳を洗うもよいことだぞ。まあ時にはおもしろくもないわしの手伝いをしながら、猟師の荒い暮しがどんなものだか一つ経験して見るさ。朝のうちに洒落た調書の一つも書けば、あとは毛の粗い狼だの、牙を鳴らして向って来る野猪の類を相手にするもお好み次第だ。そういう獣どものぎらぎら光る目をまのあたり見ることも出来れば、それをただ一発の覘《ねら》い打で打倒す方法も覚えられると云うもの。どうだ一つ行って見る気はないか。かねがね聞いているR——領の楽しい狩の話。また大伯父がそれほどまでにこのわたしを思っていてくれるその心根の有難さ。わたしはその時心からしみじみ嬉しく思った。かたがたそんな仕事の手伝には、わたしも大分その時分すでにもう習練を積んでいた頃であったから、そういうお話ならひとつ一生懸命に精出してお手伝をいたしましょうと、早速誓を立てた次第であった。

さてその翌朝、われわれは馬車に乗っていよいよR——領へ向けて出発することになった。折柄降りしきる初冬の吹雪。その中を上等の毛皮の外套に身を固めて行く途《みち》すがら、大伯父は色色の話をわたしに聞かせてくれた。まずあの世襲領を設定したロデリッヒ男爵がことども。大伯父は実にこの男爵の知遇を得て、当時まだ若冠の身でありながら、判事兼遺言管財人と云うような枢要な地位に任ぜられたのであったと云う。一体この男爵と云う人は非常に気立の荒い、激しい人であったとか。尤もこれはR——家一門の人々が、誰に限らず代々その血の中に承け継いでいる通癖と見えて、現に当主の如きも、大伯父が近づきになった頃は実に穏かな、寧《むし》ろ柔弱に近い人であったのが、近頃では年とともにいよいよ祖父と同轍を踏もうとする傾きがあらわれて来ているとやら。大伯父はわたしに忠告して云うのに、お前もそう云う当主の引立にあずかりたいと思ったなら、必らず事を為すに当って、常に果敢と確固たる自恃の精神をもって臨まなければならぬ。何事にまれ、遅疑逡巡は殿の大禁物じゃ。また大伯父は城の中の許多ある部屋の話をわたしに聞かせてくれた。大伯父は許多あるその部屋の内から、とりわけ温かく居心地よい部屋を幾つか専用のものとして取って置いてあるとか。その部屋は城の中でもずっと奥まったところにあって、たとえば広間に騒騒しい連中が多勢いて困るような折でも、勝手にそこへ遁《のが》れ込んでしまえると云う至極重宝なところ。そこは謂わば大伯父が城へ来る時の取って置きの場所のようなもので、室は小部屋が二つあって、壁には暖い氈《かも》が垂れてあり、丁度法廷の大広間の直ぐ隣り、例の二人の伯母御前《ごぜ》が住んでいる部屋の真向いの袖家に当ると云う。

やがてその夜も三更を過ぎた頃、われわれは随分飽飽《あきあき》した長旅をつづけたのち、ようやくのことでR——領へ著いた。折柄日曜日のこととて、村の入口のとある居酒屋の軒端からは、陽気な音楽の音なぞ洩れ聞え、中では盛んに客どもが踊り狂っている様子。宏壮な農場監理人の住居には地階から屋根部屋に至るまで皎皎《こうこう》と燈火のひかりが見えて、音楽の音と歌の声はそこからも聞えていた。さてそこを通り過ぎ、いよいよ道が城に近づくと、今しがた賑やかなさざめきの中を通って来たそのせいもあるかしてここは又それとは似もつかぬ俄かに荒涼とした四辺の物淋しさ。ひょうひょうと吹き荒れる海風の響はさながらわれわれを弔う挽歌のよう。その風の声にふと深い夢魔の境からわれ知らず喚び醒まされたかと思われるような、闇間に一と際こんもりと黒い陰気な樅《もみ》の叢立《むらだち》。それが矢張り等しく応《いら》うように吼《たけ》り咆《ほ》えているのである。

地は一面の皚皚《がいがい》たる銀世界。その上に黒黒と空よりも高くそそり立っているのは城壁である。丁度われわれが城の前へ著いた時、門には固く錠が卸《おろ》されてあった。叫ぼうにも鞭を鳴らそうにも、手で叩こうにも槌《つち》で打とうにも、いっかな聞えるものではない。なんだか城全体が死んでいるような静けさである。どの窗《まど》からも灯の影ひとつ差しておらぬ。この時老人は持前の大音あげて、フランツ。フランツ。フランツは居《お》るか。起きろ起きろ。門前で凍えかけておるわ。雪に千切れて顔に血が出るわい。早く早くと呼び渡った。程なく遠くで番犬の吠える声。やがて床の上をゆらゆら揺れながら静かにこちらの方へやって来る提灯の灯が一つ、微かに見えたかと思うと、忽ち戛然《かつぜん》と鳴る鍵の音がして、重い耳門《くぐり》がぎいと明いた。や。これはこれは顧問さま。ようこそのお成りで。ほんにまあこの大吹雪に、ようこそのお成りで。フランツがそう云いながら、持ったる提灯を頭上に高く翳《かざ》した時、その灯にまともに照し出された皺《しわ》だらけなその顔が奇妙に顰《しか》んで見えたのは、どうやらわれわれに親しげな愛想笑いを見せたのであったろうか。やがて馬車は中庭へ引き込まれて、われわれはそこへ下りた。下りて、さて老僕の姿をつくづくと見直して見ると、いやこれは又実に奇妙な形容《なりかたち》である。着ているものは極く旧式な、殆ど手足のかくれてしまいそうなだぶだぶの古い狩衣《かりぎぬ》。それが綾糸でところどころ奇体な飾りがしてある。つるつるに禿げた円頂頭が少しばかり白い毛を額の際に残して、顔は目から下の半分が如何にも狩人らしい丈夫な赭褐《しゃかつ》いろ。その癖時どきその顔の筋が引き吊って、顔全体が奇怪な面のような形になるけれど、しかし性質の極く愚直で好人物なことはその目や口の周囲にあらわれていて、それが外《ほか》の部分の埋合せをしている。

時にフランツ。大伯父は玄関の広間で毛皮の外套についた雪を払いながら呼びかけた。どうじゃ。支度はもうすっかり出来ておるだろうな。わしの部屋の壁の塵は払って置いたか。はい。寝牀は入れて置いたか。さだめし昨日あたりから煖炉には火を焚いて置いてくれたろうな。はい。それがその、実はまだ何もしてござりませぬので。フランツの落着き払ったその答に、大伯父は思わず声を荒げて、これはしたり。だからわしは貴様に前もって手紙でそう申して置いたではないか。わしはいつでも来ると定めた日には必らず来る。これは貴様も知っての筈。どうもうつけた事をしたものじゃ。それともわしは今夜氷のように凍えた床《とこ》に寝なければならぬのか。と詰《なじ》ると、いえ。それが実は顧問さま。とフランツは何やら云いかけたが、その時蠟燭《ろうそく》の芯の伸びたのに気づいて、芯切り鋏で丁寧に挟み切って、さてそれを足で揉み消してから語を継いで云うのに、まあ後程ご覧になればお分りになりますが、何ともはや不都合なことが出来《しゅったい》いたしました。実はお部屋が雪と風で台なしになりました。何でも窓《まど》の破れたのが業《わざ》をしたものと見えます。なに。窓が破れたと。大伯父は外套の前をひろげて両手を腰に支うと、きっとなって老僕の詞《ことば》を遮った。それをこのわしに云うのか。貴様はこの城の城代ではないか。窓が破れたら何故繕わぬ。いえ、それが顧問さま。と老僕はなおも落着き払って、いきり立つ大伯父を宥《なだ》め顔に、お部屋に大きなごろた石やら我楽多《がらくた》ものが一杯詰っておりますので、なんともはや手の着けようがございません。この老耄《おいぼ》れが何をほざくか。大きな石や我楽多がどうして又わしの部屋へ舞い込んだのだ。大伯父がそう云って喚く途端にわたしは嚔《くさめ》をした。それを聞き咎めた老僕のフランツ。おや若旦那さま、これはなにより無事御息災吉事のお兆《しるし》で。と丁寧に頭を下げたが、直ぐとまた詞を継いで、実は顧問さま。先頃お部屋にえらい物音がいたしましてな。その節壁石や漆喰《しっくい》が落ちましたのでございますよ、はい。大伯父はますます怒り返って、なんだ、地震でもあったのか。いえ、地震なぞございますものか。と老僕はにやりと薄笑いを浮べ、丁度三日まえのことでございました。法廷室の天井のあの重い羽目張が、いやもう恐ろしい響と共に撞《どう》とばかり地に。大伯父はそれを聞くと矢庭に、や。そりゃ必定。と思わず声を立て、俄かに烈しい身振のうちに、口に何やら呪文を唱え出したが、やがてふとそれを止めると、いきなり右手を高く翳《かざ》し、左手に狐の皮の帽子をかなぐり棄てたかと思うと、くるりとわたしの方へ振り向いて、さてからからと打笑って云うには、従弟。お前いまのことは決して他言してはならぬぞ。またこの上兎《と》や角《かく》尋ねることもならぬぞ。よいか。さもないと、もっとひどい不幸が出来せぬとも限らぬ。或いはこの城全体が木っ葉微塵に砕け落ちるようなことが起らぬとも限らぬでな。そう云って大伯父はもう一度フランツを顧みて、だがフランツ。それなら貴様どこか外の部屋を浄めて温めて置くくらいの分別はあったろう。あの本丸の部屋は開廷日に間に合うように片付けて置いたか。はい。それはもうちゃんと整えてございます。云ううちにも老僕は早くもわれわれを案内するように階段の方を指したかと思うと、先に立ってさっさと二階へ昇り出した。その後から踵《つ》いて行く階段の途中、大伯父は誰に云うともなく、口の内で、どうじゃ。このたわけた奴わい。

さて三人は、大きな円天井のある長い廊下を歩いて行った。湿っぽい闇があたりを領している。その濃い闇の中を、フランツが持った手燭の灯が、ゆらりゆらりと異様な反射を投げて行く。円い柱、柱頭、さまざま彩色を施した拱門。そう云ったものが皆宙に浮んでいるように見える。三人が身に添うて動いて行く影は巨人のように大きい。それが壁に描いてある奇怪な絵の上をゆらゆら顫《ふる》いながら滑って行くのである。思い做《な》しかどうもその絵が、あたりに木魂《こだま》を返すわれわれの跫音に和して、己《おれ》たちはこの城の壁石の中に眠っている変化《へんげ》だ。己たちの眠りを醒ますな。とそんな風に囁《ささや》いているように思われる。やがて暗い、寒寒《さむざむ》とした部屋の沢山続いた廊下を抜けた後、ようようのことでフランツがとある広間の扉を明けた。中にはわれわれを迎えるために、煖炉に火が嚇々と燃えていて、そのぱちぱち弾《は》ぜる音が、丁度わが家へ来たような親しい感じをあたえた。さてその広間へ一と足足を踏み入れると、わたしは吻《ほっ》と安らいだ気分になったが、大伯父はなお広間の真中に突立ったまま、あたりを見廻しつつ、さてはここを法廷にしたのか。とそんなことを呟いている様子。しかもその調子は殆ど厳粛に近い大真面目なものだった。折柄フランツが手燭の灯を高く翳《かざ》したので、その光を便りによく見れば、不思議や、暗い広間の壁面におよそ扉ほどの大いさにそこだけ一と際ぼんやり薄明るくなった部分がある。手燭をかかげていたフランツがその時低い悲しげな含み声で云った。ほんにここはいつぞやお裁きのあったお部屋で。それを聞いた伯父は、手早く外套を脱ぐと煖炉の側へにじり寄って、おい老爺。貴様そこで何を思い出しているのか。はい。これはやつい口が辷《すべ》りまして、ついどうも抑えかねますので。フランツはそう云って、それから大蠟燭に火を移すと、広間の直ぐとっつきの部屋を明けた。見ればその部屋は、ちょうどわれわれを招ずるに適わしいように、如何にも居心地よく整然と取片付けてある。暫くすると煖炉の前には膳部の用意が出来て、フランツが珍味を盛った深皿やポンスを注いだ酒杯なぞを運んで来た。そのポンスは北国流の作り方をしたもので、大伯父とわたしのような疲れた旅行者の目には殊更楽しいものであった。兎角《とかく》するうち、大伯父は旅の疲れが出て、食事が済むと直ぐ様床《とこ》へ這入《はい》った。併《しか》しわたしは、初めて見た城の中の異様なさまに何となく気も休まらず、おまけにポンスの酔も手伝っていたから、なかなか床に就く気になぞなれなんだ。そのうちにフランツが汚れた卓を片付けに来て、序《つい》でに煖炉の火も掻き立ててくれて、さて丁寧にお辞儀をすると、わたしを部屋に残して出て行った。

さて独りになって、わたしはその大きな、だだっ広い騎士の間《ま》に坐っていた。窗《まど》格子を叩いていた吹雪の音もいつしか止み、風の響も今は杜絶えて、空は拭うたように霽《は》れ渡り、大きな張出し窗からは皎皎《こうこう》と差し込む満月の光。その月のひかりがこの不思議な部屋の、蠟燭の弱いあかりや炉あかりの届かぬ隅隅までも照して、そこに幻のような、一種怪奇な効果をあたえている。一体、いずれの土地の古い城廓へ行って見ても、そこの広間と云ったような所には、必らず古い当時の時好に因《ちな》んだ独特の装飾が施してあるもので。壁には怪異な絵画、極彩色や箔付の彫刻。天井には厚い羽目張りを装ってあるなどがそれで。いまこの部屋の壁や天井にも、猪狩だの狼狩だのと云ったような、血腥《ちなまぐさ》い荒《すさ》んだ光景をあらわした絵が沢山描かれてある。中には胴体だけを筆で描き、頭は木で彫りつけてある人や獣の姿なんぞもあって、たまたまそれが揺曳する蠟燭のあかりや仄《ほの》かな月光の中に浮かんで、全体が恐ろしい迫真性をもってさながら生きているかのよう。かと思えば又、そう云う絵のない壁のあわいには、狩衣をつけて悠悠潤歩している等身大の武士の姿などが浮彫になって嵌め込んである。多分狩の好きだった先祖の誰かのおもかげであろう。絵も浮彫も、今ではいずれも蒼然たる古色を帯びて煤《すす》け返っている。さて周囲がそんな風なので、先刻見た壁の中の、一個所そこだけぼんやり露出《むきだ》しになっている例の部分が特に目に立つのもその筈。見ればそこからは二個の戸口が次の間へ通じている様子。わたしは、ははあ。これはむかし屹度《きっと》ここに今一つ出入口があったのだな。それを後になって煉瓦で塗り潰したのだろう。道理で新しく塗ったその壁にだけは絵も彫刻も施してない。外の壁に比べて、あすこだけ特にあんな風に際立って見えるのはその為だな。と考えた。

誰しも経験のあることで、人間の心と云うものは常に見慣れぬ、変った場所へ来れば、とかく神秘な力の擒《とりこ》になってしまうものである。早い話が、どこぞ奇岩珍石に囲まれた狭間《はざま》の奥或いは陰気臭い寺院や教坊の中なぞへ這入れば、どんな不活潑な想像でも目を醒まして、いまだ閲《けみ》したことのないような事柄まで予感する譬。わけてわたしは当時まだ齢漸《ようや》く二十歳。しかもその晩は強烈なポンス酒を強か《したた》煽《あお》っていたことを附け加えれば、わたしがその晩騎士の間で如何に常とは異った心持でおったか、想像するに難くはあるまい。考えて見るがよい。夜は沈沈と更けて行く。もう海の咆える音も聞えない。ただ風の音だけが何か奇怪な笛でも吹き鳴らすように吹いている。その音が丁度魔物の掻き鳴らす巨《おお》きなオルゴルの響のように耳朶《じだ》を揺ぶる。風にがたつく張出し窓《まど》の彼方を、時時ちぎれた雲が通る。その雲は白くて光っている。それが丁度大空を駆ける巨人のような形をして窗の内を覗き入りながら通るのである。正直、わたしはその時訣《わけ》もなく体がぞくぞくして来た。未知の世界が忽然目の前に展《ひら》けて来はせぬかと思ったからである。よく上手な怪談ばなしを聞くと、ぞっと寒気が身に沁みることがある。そのまた寒気が堪らなくいいので誰でも怪談ばなしを聞くのだが、丁度その時のわたしの気持がそれに当る。その時わたしはふと思いついたことがあった。それは自分がシルレルの「見霊者」を持って来たことである。この書物は当時多少なりとも羅曼的なものに関心を持ったほどの人なら誰でも机辺に具《そな》えていた書物で、たまたまわたしも一冊衣嚢《かくし》の中に忍ばせて来ていたので、こう云う折こそ繙《ひもと》くに最適の時と思って、取り出すや否や貪《むさぼ》るように読みはじめた。空想は次第に熱して来て、いまや篇中の白眉、伯爵が結婚の賀筵《がえん》の場のあの天衣無縫の名描写の章へ差しかかって来た。丁度、かのエロニモが宴の半ばへ鮮血《あけ》に染ってあらわれて来る条《くだり》を読んでいた時である。突然何とも云われぬ猛烈な音がして、廊下から控室に通ずる扉が凄い勢いでばたんと明いた音がした。愕然として、わたしは思わず飛び上った。途端に書物は手から落ちた。しかし殆んど須臾《しゅゆ》の間に、あたりはもとの静けさに返った。わたしは思い返して、却って子供じみた自分の恐怖心を恥じた。きっと風のせいか何かで自然と扉が明いたのだろう。何の不思議もありはせぬ。あまり空想を刺戟し過ぎたために、極くありふれたことを何か超自然の出来事のように考えたのに違いない。こう思って戦《おのの》く心を押し鎮め、床に落ちた書物を拾い上げて、さてもう一度椅子に身を投げた。すると今度は何やら人の跫音らしいものが広間をのそりのそりと静かに横ぎる気配がしてその合間には、時折深い溜息を吐くような呻《うめ》きの声が聞えて来た。しかもその呻きの中には、人間の知る最も深い酸痛、最も深い絶望の呻きが含まれているかのよう。ははあ。これは屹度階下に何か病に罹った獣でも檻《おり》に入れてあるのだな。いかさまこう云う森《しん》とした夜更けには、えて遠方の物音がつい近くに聞える試しはよくあるもの。これしきの事にわなつく奴があるものか。と今度もわたしはそう思って、強いて恐れるわが心を押し鎮めた。しかし呻吟の声はますます大きく深くなるばかりである。そのうちに誰かあの新たに後から塗り潰した例の壁のあたりを、ばりばりと縦横に掻き毟《むし》る音がする。それがまるで断末魔の苦しみのようである。いや、これは矢張どこか檻の中にでも獣が飼って置いてあるに違いない。よし、一つここで大きな声で怒鳴って、床を蹴り立てて見てやろう。そうしたら鎮まるか、或いは一層荒れ出して、獣の本音をあらわすかどちらかだ。わたしはそう思ったが、併《しか》しその時にはもう既に血が血管の中で氷りついてしまって、額からは冷たい脂汗が流れて来る仕末。肱《ひじ》掛椅子に体が吸い付いたまま、起ち上るにも声を立てるにもとんと自由が利かぬ。そのうちに壁を掻く厭な音がふと杜絶えた。すると今度はまた最前の跫音がする。これを聞くと、何故とも知れず急にわたしは元気が出た。そこで立ち上って二三歩前へ踏み出した。が、その時俄かに一陣の冷たい風がすうっと広間の方から吹き込んで来て、同時に月の光がきらりと射し込んで、その光の中に儼然《げんぜん》たる一人の男の、殆んど恐ろしいと云うに近い姿がありありと浮んでいるのをわたしは見た。思い做《な》しか前よりも一層狂い募る濤《なみ》の響と風の音の中から、その男がこんなことをわたしに警告するのである。進むな。進むな。進めば悪魔の恐ろしい目に下敷にされるぞ。この時最前の扉が又もや烈しい音を立ててばたんと鳴った。同時に隣室にはっきり聞える人の跫音。程なくそれが階段を降りて行く様子。やがて城の大戸ががらがらと明いて締った。続いて厩《うまや》から馬を曳き出す気配。間もなくそれを元の厩へ戻す音。そしてあとは岑閑《しんかん》となった。

この時ふと隣室の気配に耳を澄ませば、何やら大伯父が切なげに唸《うな》されている様子。わたしは初めて我に返った。手燭を秉《と》って急いで隣室へ飛び込むと、成程伯父は悪夢と戦っている。呻《うめ》いているその手をそっと取って手燭の灯を顔へまともに当てながら、伯父さん、伯父さん、お起きなさい、お起きなさい。と大声に呼ぶと、大伯父はううと息の詰るような声と一緒にぱっちり眼を開いて、さてわたしの顔をしげしげ見詰めながら、おお。お前か。よい時に起してくれた。いや、実にどうも厭な夢を見たものだ。しかもそれが皆悉《ことごと》くこの部屋とそちらの広間のせいからなのだ。それと云うのも、ついいろいろ昔の事や古い怪事を思い出したものだからの。併しもうよい。もう済んだ。ではもう一と眠りするとしよう。大伯父はそれだけ云うと、また蒲団を被《かつ》いで、それなり直《じ》きに眠りに落ちたようであったが、間もなくわたしが手燭をしめして、さて同じく床に入ろうとしたとき、何やら低い声で大伯父の祈っている声が聞えた。

さて翌朝、われわれは熱心に仕事をはじめた。農場監理人がいろいろの帳簿を持ってやって来る。それから色んな人達が入れ替り立ち替りやって来て、或者は争いの調停を頼む。或者は雑件を片付けて貰う。さて正午《ひる》になると、大伯父は例の二人の年取ったご隠居に正式の伺候をするために、わたしを連れて城の袖家へ出掛けて行った。取次のフランツが、暫くお待ち下さいと云うので待っていると、やがて年の頃は六十ぐらい、腰の曲った、派手な絹の衣装を身につけた老女中が出て来て、自分はご隠居さまの側附《そばづき》だと名告《なの》って、われわれを通してくれたのが隠居の間。その部屋でわれわれは、ひどく時代な、奇妙な形《なり》をした老婦人に実に滑稽なお目通りをしたのである。大伯父は殊に上機嫌でわたしをご隠居に紹介するに、これは今度自分の助手として連れてまいった若手の法律家だなぞと云い出すものだから、二人のご隠居は、おやおや。こんな青二歳に事務なぞ任せられては、R――領の人民の安泰のほども案ぜられるに。と驚きの目を瞠《みは》って、わたしの顔をつくづく見詰める仕末。いずれにしてもこのご隠居との面《めん》謁《えつ》はひどく滑稽なものに違いなかったが、わたしはその時昨夜の恐怖の顫えがまだ去らずにいたから、何となく自分で自分の体が或未知の力に攫《つか》まれているような気がして、と云うよりも、その未知の力の圏内に殆んど体が触れていて、それを一歩でも踏みはずせば底の知れない奈落の淵に落ち込んでしまうと云ったような気がしていたから、まずそれにはあらん限りの力を絞ってその恐怖から身を護らねばならない。さもないとそれこそ今に気が狂ってしまいはせぬかと内内思っていた矢先であったから、このご隠居がたが妙な恰好に天竺玉に高く結い上げている髪の容《かたち》、けばけばしした花やリボンを飾りつけた絹地の妙な衣裳の姿なぞが滑稽どころか却って無気味に恐ろしくさえ思われた。黄いろい萎《しな》びた顔やぱちくり瞬くその目、固く閉じた色の悪い唇や痩せ尖った鼻。さてはそこから半半《はんはん》に洩れる下手糞《へたくそ》なずうずう弁のフランス語。そう云うものを目に見耳に聞いていると、なんとなくこの人達がこの城に住んでいる妖怪と何か深い因縁《いんねん》を持っていて、いつかは自身に物狂おしい恐ろしいことをしでかしはせぬかと想像されるのであった。瓢軽《ひょうきん》ものの大伯父は、そう云う間も彼一流の諧謔で、ご隠居たちを愚にもつかぬ冗談ばなしに引擦り込んでいたが、さだめしわたしも今云ったような気分でいなかったらば、場所柄も弁《わきま》えず笑い転《こ》けてしまったのに違いなかったものを、実際その時はご隠居も皆んなのおしゃべりも唯薄気味悪くてならなかったのである。大伯父もそう云うわたしの沈んだ気分を引立てようとして、時折怪訝《けげん》の眼を送っていた。さてその晩、食事が済んで、二人が部屋で落合った時大伯父はわたしにこう云って切り出した。ときに従弟。お前一体どうしたのじゃ。一向笑いもせねば話もせず、物も食わねば酒も飲まぬじゃないか。どこか工合でも悪いのか。それとも外にどうかしたのか。云われてわたしはたゆたうところなく、昨夜の恐ろしい出来事を逐一大伯父に物語った。わたしは何一つ包み匿《かく》さず、ポンスを強《したた》か飲んだことも、シルレルの「見霊者」を読んだことも残らず語ってから、そうだ。僕は伯父さんにこの本のことを特に云って置かないといけない。つまり僕は考えるのに、これは総て過度に刺戟された自分の空想が冴え返って、そのためにああ云う頭の中にしか存在しないような魍魎《もうりょう》の世界を現出したのだと思いますね。と、内心さだめし自分の正体見たり枯尾花式な見霊談なぞ大伯父の揶揄《やゆ》の槍先にかけられて一笑に附されてしまうものと覚悟しながら云うと、豈図《あに》らんや、大伯父は暫らく凝《じっ》と床の上に目を据えていたが、やがてその面をあげて、燃えるような鋭い眼をわたしに向けると、こんなことを云いだした。わしはお前の云う書物のことは知らん。しかし従弟。お前が現に見たその幽霊と云うのは、実は決してその書物のせいでもなければ、勿論ポンス酒のせいでもない。実を云うと、わしも昨夜お前が目に見、耳に聞いたと同じことを夢に見たのじゃ。丁度わしも、矢張りお前と同じようにあの煖炉のまえの安楽椅子に坐っておった。夢の中ではどうもそうのようであったと思う。わしのは併し、お前が耳で聞いたものをそっくり心眼で見たのじゃ。そうじゃ、怖ろしい化物がやって来おった。其奴が如何にも力のない跫音を忍ばせて、あの煉瓦で塗り潰した扉のところまでやって来おった。それから何やらひどく絶望したようにあすこの壁を引掻きはじめた。剝れた爪の下からは血が流れ出した。今度は階段を降りて行った。やがて厩から馬を曳き出して、それをまた厩へ連れて戻りおった。丁度その時、どこやら遠くの百姓家で鶏が鳴いた。そこへお前が来てわしを起してくれたのじゃ。お蔭でわしはあれから間もなく、静かなるべき人間の生活をああした怪異に惑わす恐るべき悪霊に打克つことが出来たのじゃ。大伯父の話はこれで切れた。わたしはそれ以上尋ねる気もしなかった。なぜと云うに、適当な時期が来れば、大伯父が一切を包まず説明してくれるに違いないと思ったからで。大伯父はなお暫く何やら考え込んだまま凝と坐っていたが、やがて口を開いて云うには、そこでどうじゃ従弟。こう総ての事情が分ったうえからは、もう一度お前あの幽霊に逢って見る気はないか。無論今度はわしと一緒にだが。この問に対して、わたしが今は充分の勇気があるから、何でもお望みの通りにと答えたのは云う迄もない。すると大伯父は、そうか。それなら今夜ひとつ見物しよう。いや。それに就いては今わしの肚《はら》の中にこう云う声が聞えておる。つまり、鞏固《きょうこ》な信念をもったわしの意力と勇気のまえには、悪魔も尻に帆揚げて逃げるよりほか道がなかろうと云うのさ。そうだろうじゃないか。仮りにわしがここでもし、先祖伝来のこの城へ代代の世継と云う世継を寄せつけなんだ悪霊を、身命賭して調伏したとて、決して僭越《せんえつ》な行為にはなるまい。寧《むし》ろ立派な忠義な行為と云わるべきじゃとわしは思う。いや、これはわれながら愚案愚案。なにもわし一人には限らぬ。誰にせよわしの如き鞏固な、公明正大な、敬虔な信念を持っておれば、あれしきの化物など訣《わけ》もなく堂堂と退治られる筈。これしきの事に冒険呼ばわりも片腹痛しじゃ。併しわしがもしよんど神の思召《おぼしめし》で悪魔の奴輩に危害を受けるような事があった節には、従弟、その時にはお前が世間へ証人に立ってくれなければならぬぞ。伯父はこの城に昔から住いして祟りをなす地獄の悪鬼と戦いましたと云うてな。しかも基督《キリスト》教徒らしう立派に戦って敗れましたと云うてな。よいか。但しお前は近寄ってはならぬぞ。近寄りさえしなければ危害は決して寄せては来ぬからな。さて兎角《とかく》して、様様な仕事に気を紛らしておるうちその日も暮れた。前日と同じように、夜食の膳を片附けるとフランツがポンスを持って来た。満月は輝く雲のあいだから皎皎《こうこう》と照り渡り、濤《なみ》の響は相変らず咆え吼《たけ》っている。荒れ狂う夜風は張り出し窗《まど》の硝子《ガラス》戸をがたがた鳴らしている。大伯父とわたしは、さすがに心のうちに昂奮を感じながらも、強いてさあらぬ話を交えていた。卓の上には大伯父の自鳴時計が置いてある。それがやがて十二時を打った。すると例の扉が烈しい音を立ててばたんと明いた。つづいて昨夜と同じ静かな忍び足の音がのそりのそり。それが広間を斜に横切って来る。その合間には例の吐息の音と呻き声。見れば大伯父は顔を蒼白にして両眼にはいつにない炯炯《けいけい》たる光を湛えている。やがて大伯父は肱掛椅子から身を起した。普段でも背の高い体を一層真直ぐに伸して、左手を腰に支えて、右手を広間の中央に向って伸ばしたその姿は、さながら万軍を叱咤《しった》する将軍の英姿のようである。しかし吐息と呻きの声はますます高くはっきり聞えて来るばかり。そのうちに例の壁を掻く音が、昨夜よりも一層物凄い音を立てて鳴りはじめた。その時大伯父は矢庭にかの塗り潰した戸口の方へと歩を進めた。足どりが強いので、跫音がどしどしと床に響く。掻き毟《むし》る音はますます荒荒しく募る。大伯父はその音のする戸口のまえにひたと足を留めると、突然嘗《かつ》て聞いたこともないような、強い厳粛な声をはげませて、ダニエル。ダニエル。汝《なんじ》この夜更けに何用あってここへまいった。と怒鳴った。その刹那にきゃっと一声、殆んどこの世の声とは思われぬような物凄い叫びが聞えて、つづいて何やら重い荷物をどさりと床に卸《おろ》すような響。大伯父はいよいよ声を張り上げて、神に御慈悲を乞え。神のみ側《そば》こそ正《まさ》に汝のおるべき場所じゃ。汝すでにこの世にあるべき者ならず。きりきり舞って消えて失《う》しょう。と云い放ったその瞬間、うむと一と声低い呻きの声が高く虚空へ昇ったと思われたが、その声は忽ち荒れ狂う戸外の嵐の音に吹き消されてしまった。その時老人は戸口の際へつかつかと進むと、そこの扉をばぴしゃりと締めた。その響は人気のない、空洞《うつろ》な前室の天井高く谺《こだま》した。すべてこの間の老人が詞《ことば》と態度のうちには、なんとなく人間離れのした様子が具わっていたから、始終を睹《み》ていたわたしは覚えず慄然と深い恐怖を感じた。程なくもとの肱掛椅子へ戻った大伯父の様子を窺えば常とは異った顔して、何やら両手を組んで心のうちに祈っている様子。それが凡そ二三分も続いたかと思われる頃、また日頃のやさしい、胸の奥まで沁み徹《とお》るような声に返って、どうじゃ。従弟。とわたしに問うのであった。戦慄、恐怖、尊崇、親愛。これらの感情が一時に胸に押寄せて、且戦《かつおのの》き且顫えていたわたしは、その時思わず撞《どう》と膝を突いて、大伯父が差し伸べた手の上に熱い泪《なみだ》をはらはらと滾《こぼ》した。大伯父は泣き上げるわたしを両手にしっかり掻き抱き、烈しく胸に押し付けながら、さてやさしい調子で賺《すか》すように、これさ従弟。もうよいわ。さあ、部屋へかえってぐっすり寝るとしよう。それからわれわれはぐっすりと眠った。さてその翌晩は別に何事も起らずにすんだので、われわれは元の晴れ晴れした気分を取返すことが出来た。併しこれはかの二人のご隠居にとっては余り有り難いことではなかった。何故かと云うに、相変らずどことなく古怪な、することのどことなく滑稽じみたご隠居の様子や振舞を、大伯父は持前の道化た軽口で、ますますそれに油をかけていやが上にも募らせる法を知っていたからで。

それから幾日か経ってのことである。いよいよ男爵が奥方と多勢の狩の衆を連れて城へやって来た。それと一緒に招きにあずかった賓客たちも許多《あまた》集まって来た。城は瞬く間に目の醒めたように湧き立って、前に述べたような賑かな生活と、底の抜けるような酒宴が始まった。男爵は城へ着くや、間もなくわれわれの部屋へも見に来られたが、部屋の在所《ありか》の常とは異っているのをひどく意外に思うたらしく、かの煉瓦で塗り潰した戸口の方へ不機嫌な目《ま》ざしをちらりと投げると、俄かにつと面を背向《そむ》けてなにやら不吉な思い出でも逐《お》い払うように額を撫でていたが、大伯父が例の法廷室とそれに続いた部屋の大分損じた旨を云い出すと、男爵はそれよりも却ってフランツがもっとよい部屋をわれわれに用意しなかったことを咎めて、もしこの部屋で落着けなかったら、何時《いつ》でも早速申出て貰いたい。望むままに取計らうからと、大層親切な詞であった。男爵の心持では、今度の部屋が常のに較べて余り粗末だと云うのであったのだろう。それでなくとも男爵が大伯父に対する態度のうちには、唯の親切ばかりでなく、譬《たと》えば自分が何か年の若い親族の一人であると云ったような、一種恭倹な態度があった。もしこれがなかったらわたしは男爵の、日頃粗暴で横柄な、しかもそれがこの頃では日ましに募って行く傾向にあると云う苛辣な性質に、到底堪えられなかっただろう。勿論男爵の方では、わたしのような青二才なんぞは眼中に入れてはおらず、せいぜいまず普通の書記ぐらいに見られていたに違いない。初めてわたしが或裁判の覚え書を作った時のこと。男爵はその中に大分用語の謬《あやま》りがあるからと云って、一一《いちいち》それを指摘してわたしに見せた。わたしは思わず嚇《かっ》となって、何か思うさま皮肉な詞《ことば》を酬いてやろうと思っていると、丁度折よく側にいた大伯父が、この男はわたしの希望通りに仕事をしております。法律上乃至《ないし》裁判上のことならわたしが一切責任を負いますからと言葉を添えてくれた。部屋へ戻って、大伯父と二人になったとき、わたしは今までの自分の男爵に対する不平を洗い浚《ざら》い打ち撒《ぶちま》けた。どうにも我慢のならぬほど男爵が不愉快な人に思われて来たからで。その時大伯父は答えて云った。それはお前の云う通り、男爵は時には随分無愛想な素振をなされるけれど、あれで心は実に立派な親切な方だ。まずあれほどの方は世間にもあるまい。その立派な親切な方が、あのような素振をなさるようになったのは、いつぞやお前にも話した通り、こちらの御領主になられてから以来《このかた》のこと。それ前までは、そう云っても実に穏和な、静かな方であられたものだ。兎も角もお前が考えるような悪い方では決してない。それよりも、わしはお前が何故そのように男爵を嫌うか、それが知りたいよ。大伯父はそう云ってにやりと洩らす皮肉な微笑に、わたしは覚えず顔を赧《あか》らめた。

今となれば、わたしは何も彼も白状せねばならぬ。わたしが男爵に抱いた不思議な憎念。それこそは何を匿《かく》そう、わたしがこの世で初めて目に見、初めて愛《いと》しと思った或婦人に対する恋の刃《やいば》であったのである。狂おしい恋慕の矛《ほこ》であったのだ。そう思うのが一番分明だし、また一番正当であるように思われる。しかもその婦人とは余人ではない。男爵夫人その人であった。

丁度あの日、奥方が城へ到着された日のこと、すばらしい均斉のとれた如何にも花車《きやしや》な体に、ぴたりと合った魯西亜《ロシア》産の黒貂《てん》の外套を纏《まと》い、高価な面帕に頭を包んで、部屋から部屋を見廻って来られたあの時から、わが心のうちに奥方の姿は或有力な、不可抗な魅力をはたらきはじめたのであった。ちょうどあの日は例の二人のご隠居たちも、相変らず妙な衣装を身に着けて、リボンで結うた髪の容《かたち》も可笑しげに、奥方の左右にかしづきながら、皺嗄《しわが》れたフランス語で何やら歓迎の詞なぞ述べていたが、そのあいだ部屋のさまなぞ左右《とこう》見渡していたあの殆ど絵にも描《しと》けぬように優しかった奥方の眼差《まなざし》。また、並み居る扈従奴婢のものどもに、かわるがわる嬬やかな点頭《うなずき》をあたえながら、何やら詞をかけていたあの朗朗と響のよい、純粋のクウルランド訛《なま》りにほんの少し独逸詞を交えたあの明笛のように美しかった声。すべてこれらのものは、一幅の画図の趣でなくて何であったろうか。この有様を暫く眺めているうち、ふと何の関聯もなく、わが心に想い起したは、かの真夜の怪事であった。考えて見るに、奥方こそはどうやらかの妖魔の魔力を取挫《とりひし》ぐことの出来る光の天女ではあるまいか。そうだ。わたしは今でもあの不思議な愛しさに充ちた奥方の姿を、ありありと心の中に浮べることが出来る。あの頃奥方は、年もまだ十九《つづ》か廿《はたち》の若みどり、典雅な姿に対《つい》をなし、あえかに美しかったあの麗顔。譬えばそれは天女の慈光でも宿っているような。殊にわたしが心を惹かれたは、あの云いようない魅力を湛えたぬば玉の双の眸《ひとみ》。たとえばそれは露に濡れた月のかげにも似た仄《ほの》かにも憂れたげな淋しい憧《あく》がれの光を湛えているような。またそのうっとりとした優しい微笑。あたかも歓喜天のそれにも似た歓喜と恍惚との満ち溢れているような。その奥方が時としては折折何か憂いに沈んでいる時があった。そんな時にはあの麗顔もなんとなく暗味を帯び、その上にちらちらと陰翳がさすのである。見る人は、屹度《きつと》奥方の胸に何か圧されるような屈托《くつたく》があると思っただろう。併しわたしは独りそうは思わなんだ。ひょっとして奥方は何か暗い不幸を孕《はら》む未来の予感に戦っているのではあるまいか。不思議なことには、それが又わたしにはあの城へ出る幽霊と何か関係でもありはせぬかと、そんな気がしてならなんだのである。何故そんな聯想を起したかと尋ねられても、その答には窮するけれども。

　大伯父がわたしを初めて奥方に引合わせてくれたのは、丁度男爵が城へ到着された次の日の朝、一同が朝餐の膳に集まった時であった。人はえてしてそんな時には、誰しも思わぬ縮尻《しくじり》をしがちなものだが、わたしもその時あるまいことか飛んだへまを仕出来《しでか》したのである。奥方が手短かな挨拶、いかが。あなたこの城がお気に召しまして。と詞《ことば》をかけて下さった時、わたしは実にお話にも何にもならぬような、全くしどろもどろな返事をしてしまったのである。運悪く、その時側に居合わせた例の二人のご隠居が、わたしの狼狽をただ貴い婦人に対する尊敬の念から出たものと思い込んだ上、おまけによせばいいにせいぜい追従顔に若いわたしを庇《かば》うつもりか何かで、おや、これは利潑《りはつ》な美少年だと、下手なフランス語で側から余計な差し出口。癪にさわったのはわたしだ。早速立直ると、もっと上手なフランス語で、即座にぺらぺら洒落かえしてやった。驚いたのはご隠居たちで、流石《さすが》に目を円《まる》くして、尖った長い鼻の先へ頻《しき》りと嗅ぎ煙草を詰め込んでいたが、最前からわたしを見ながら始終を見ていた奥方が、その時ふいと真顔になって今までわたしに向けていた顔をつと外の婦人の方へ逸らしたのは、どうやらわたしの洒落をあたじけないものに思ったからに違いなかった。これが又わたしには頗《すこぶ》る無念だった。腹立ち紛れにわたしは婆どもいっそ鬼にでも喰われてしまえとさえ思った。それにしても、物心つく頃から大伯父の鋭い皮肉に育てられて来たわたしである。お蔭でこの年になるまで、所謂《いわゆる》若気の恋わずらい、あの自己欺瞞の恋愛病には一度も罹《かか》らず無事に過して来はしたが、それが今度と云う今度は、われながら自分が奥方に心を惹かれていることをつくづくと悟ったのである。わが眼には奥方の姿の外は何も映らず、耳には奥方の声の外は何も聞えぬ有様であった。しかしそれかと云ってまさかに恋に狂う少年のように、ただ遠巻に眺めつ焦《こが》れつしてもおられぬことは分り切った話、その癖一方には、恋を夢見ることの如何に愚かな、気狂いじみた所作であるかと云うことは、百も承知なのである。こう云う矛盾を省みれば、われながら全く恥しい。わたしは結句思い余って、こう云うことを考えた。

成程これは、どうしても自分の本心を奥方に悟らせてはまずい。それをせぬようにして置いて、さて何とかしてこの美夫人と近づきになり、その顔や声のうちから甘い毒汁を吸い取った後、うまく身を退いて永くそのまぼろしを胸の中に秘めて置くことにしよう。この如何にも羅曼的な、騎士的な恋ごころはわたしの心を燃やした。しまいにはそれが昂じて、夜もおちおち眠られず、ただその事ばかり考えている仕末。それからと云うものはまるで子供の折に帰ったように、日夜の分ちなく唯訣《わけ》もなく深い溜息ばかりついては、積る思いを遣瀬《やるせ》ない独りごとのうちに洩らしていた。ゼラフィネ。ゼラフィネ。堪えかねてわが呼ぶその声を、或夜大伯父が聞きつけて、眼を醒ましてわたしに云った。おいおい、従弟。お前いま何やら大きな声で寝ごとを云っておったようだが、寝ごとはなるべく昼間のうちに願いたいね。夜はゆっくり一つ休ませて貰おうよ。初めて奥方が城へ来られた時のわたしの逆上《のぼせ》かたを知っている筈の大伯父である。その大伯父に今ゼラフィネと云う名前を聞かれたとすれば、屹度《きっと》また何かしら辛辣な皮肉を浴びせられるに違いないと思ったわたしは、なんとなく気掛りでならなんだが、併しその翌朝、わたしと一緒に法廷室へ行った時、大伯父の云うた詞《ことば》は次のようであった。人間は誰にしろ一と通りの常識は神様から授かっているものだ。だからまあその範囲で、なるべく常規を逸せんようにしたいものだ。一言の前触れもなく、ただいきなり突拍子もなく気狂いじみたお洒落ものになるような男は、どうも先が案じられるて。さて机の前の席に着いたところで、ともかくも字だけは綺麗にはっきり書いて貰おうよ。そうせんと、どうにも読みにくくてならぬ。

一体男爵が大伯父に示す敬意、唯敬意と云うだけとは足らぬ、子の親に対するごとき崇敬の念。これは殆ど事毎にあらわれておった。譬えば食卓に着く時なぞも、大伯父は奥方のつい隣りに座を占めて、人々の羨望をあつめていると云う風。翻ってわたしはと云えば、その時その場合でいつも定まった席とてもなく、まず大抵は近県から来た二三の士官が、酒の肴《さかな》の話相手に仲間に呼んでくれるが慣《なら》い。さてこんな風で、五六日は奥方の席から遠く離れた食卓の裾《すそ》の方で食事をする日が続いたが、或日とうとう偶然にも奥方に近づく日が来た。丁度客人たちが食事に集まる時で、食堂の入口の扉が今開かれたと云う折柄のこと。わたしは奥方のお相手役でお気に入りのさる令嬢と、話に実の入っていた最中であった。令嬢と云うのは、娘盛りを疾《と》うに越してはいたが、さして縹緻《きりょう》も悪からず、頭脳も相当しっかりした婦人で、わたしの話なんぞにも可也《かなり》興味をもっているような人。やがてわたしはこの令嬢に婦人に対する礼儀から腕を貸すと、令嬢は間もなく奥方の直ぐ隣りへ席を取った。奥方はわたしを見て、如何にも親しげに点頭《うなず》かれた。その時のわたしの嬉しさ。ここまで云えば、もうその時のわたしの話相手が、実は隣席の令嬢が目的ではなく、奥方の方が主であったことは容易に想像せられよう。そんな訣《わけ》で自然心も緊張していたから、話も取分け活気を帯びて聞えたのであろう、隣席の令嬢も大いに興に乗って来る仕末。しまいには、まるで百眼鏡《ひゃくめがね》で物を覗くように凝視する間もないほど転変するわたしの話に、すっかり釣り込れて来た。前にも述べた通り令嬢は相当頭脳のしっかりした人であったから、そうやって話しているうちにも、次第にわれわれの会話は、外の客人たちの、一つの話題から次の話題へ無造作に飛び移って行くような軽い話とは全く懸け離れて、独自の色彩を帯び、時折わたしの思う通りの如何にも効果的な詞をその上に泛《うか》べながら、全く自由な、恣《ほしいまま》な進路をとって進んで行った。これは令嬢が話の合間に、時折奥方の方へ意味ありげな眼差を送っていたのを見ても分る。奥方も矢張りわれわれ二人の話を聴こうとして、色色気を揉んでいる様子であった。こうした奥方と令嬢の態度は、それから話題が一転して、音楽の話に移った時ますます顕著になった。わたしはこの光輝ある神聖な芸術について、諄諄《じゅんじゅん》余すところなく己れの胸中を披瀝した。何を匿《かく》そう、自分は今でこそこんな無味乾燥な、退屈極まる法律の研究なぞしているが、これでもピアノぐらいは相当弾けもするし、唄も歌える。若い頃には数篇の歌謡に節付《ふしづけ》したこともある。そんなことまでわたしは語って見せた。

やがて程なく一同は、珈排《コーヒー》やリキュルを飲みに別室へ立った。気がついて見れば、わたしはその時どうした機《はずみ》か、令嬢と何か立ち話している奥方の前に立っていた。奥方はわたしの姿を見るや、直ぐ打解けた調子で話しかけた。古い馴染《なじみ》にでも語るように、如何にも親しげな調子で、あなた。このお城がお気に召しましてと、また先日の問を繰返して尋ねるから、いえ。流石に初めの四五日は荒涼とした四辺の風景、古怪な城の様子になかなか馴染めませんでした。でもそのお蔭か、却って色んな深い興味を発見出来たことも事実です。但し、あの血湧き肉躍る巻狩だけは、どうかしてご免蒙《こうむ》りたいと思っています。何分その方にはまだ経験が浅いので。とわたしが答えると、奥方はにっこり微笑んで、まあ。それはわたくしにもよく分っております。あなたが何であの樅の林の中で、乱暴な遊びなぞお出来になるものですか。あなたは立派な音楽家。また、こう申して間違いでなければ、あなたは立派な詩人でおいでですもの。わたくしもこの二つの芸術は大好きでございますわ。おはもじながら自分でも竪琴ぐらいはちっとばかり嗜《たしな》みますけれど、でもこのＲ――藩へまいりましては、それも慎んでおらなければなりません。主人がこちらへ楽器を持ってまいるのを大変厭がりますものですから。ほんとうにご存知の通りああして狩が始まりますと、あの通り騒騒しい鬨《とき》の声だの角笛の音ばかり。主人の申しますには、なにこの土地にはああ云う荒くれた音楽が適っている。やさしい竪琴なぞは似合わぬと、いつもそう申すのですけれど、ほんとにこちらへ来て音楽が聞かれたら、まあどんなにかよいだろうと思います。とあとは何やら嘆ち顔《かこ》。そこでわたしは云った。いやよろしいです。承知しました。そう云うお話なら一つあなたの望みを満たすため、大いに腕に縒《より》かけてやって見ましょう。こんな辺鄙《へんぴ》な城の中でも、古いピアノの一台ぐらい何とか才覚出来るでしよう。固い誓いを詞《ことば》のうちに含めながらそう云うと、側にいた例のお気に入りの令嬢、アーデルハイドがからからと打笑って、まあ、あなたと云えばご存知ないのか。昔からこの城では、旅音楽師のかすれた胡《こ》音の濁《だ》みた楽器の音、たのしい歓楽の中に一味の哀調を流す角笛の声。それより外の音楽は聞えたためしはないものを。こう云ううちにも奥方の音楽を聞きたい心はますます募るばかり。殊に奥方はわたしの音楽が聞きたいと云う所望であった。それにしても、まず先立つものはピアノである。それを一台何とかして城へ取寄せる工夫はないものかと、二人の婦人は暫時出来ない相談に頭を捻《ひね》っていたが、ところへ折よく広間を横切ってこちらへやって来たのが老僕のフランツ。令嬢は早くもそれに目を留めて、あら。ご覧なさいまし。あの人が来ました。あの人なら屹度《きっと》いい智恵を持っている筈。どんなことでも都合してくれますわ。それこそ見たこと聞いたこともないようなことでも。と早速かの老僕を呼び留めて、手短かに語る望みの節節《ふしぶし》。奥方はそれを聴きながら、両手を組んで、やさしい微笑を顔に湛え、心もち小首を差し覗けるようにして、老僕の顔をじっと窺っていたが、ああ、その様子の何と云うあどけなさ。まるで頑《がん》是《ぜ》ない子供が欲しい玩具を早く手に取りたくて堪らぬと云ったような。

さてフランツは持前の七諄《しちくど》い調子。仰せのような珍奇な楽器を、そう矢も楯もなく俄かに手に入れることは到底おぼつきませんと、その理由を幾つかくどくどと並べ立てたのち、やがてにやりと作り笑いを泛べながら、雪白の長髯をひと扱《こ》きしごくと、徐《おもむ》ろに語り出した。そう云えば、あの農場監理様の奥さま。あの方は大層翼琴《ピアノフォルト》がお上手でいらっしゃいます。あの楽器は外国《とつくに》では何と申しますやら、手前どもはとんと弁《わきま》えませぬが、兎に角なかなかのご名手でいらっしゃいます。それに又楽器に合せて歌なぞもお歌いになりますが、これが又なかなかお立派で、まことに哀れ深いものでございます。聞くものは皆葱《ねぎ》の皮でも剝くように目を真赤に泣き腫《は》らし、思わず両脚で跳ね出すと申します。まあそうかえ。それは又耳寄りな。してそのお方はピアノはお持ちかえ。アーデルハイド嬢が思わず口を出すと、老僕は詞《ことば》を継いで、それはもう大ありでございますとも。ドレスデンから直接《じか》に取寄せました立派なお品で。まあ、そうかえ。それは素晴らしい。今度は奥方が口を挟んだ。老僕は更に云い続ける。それはもうお立派なものでございます。ところが近頃少し調子が弱くなったとか申す話で、なんでも先頃さるオルガン弾きが「爾《なんじ》が凡《すべ》ての業のうちに」と云うあの讃美歌を弾きました時、絃《いと》が皆断《き》れてしまったとか申すことでございます。まあ。奥方とアーデルハイドは異口同音。老僕は続ける。何でもそれがために大層な費用をかけまして、K——へ修繕に持ってまいりました。それでどうおしなの。此方へ又持ってお帰りかえ。アーデルハイド嬢がさも焦《じ》れったそうに尋ねる。はい、それはもうちゃんとお帰りになりました。それにしてもお嬢さま。監督様の奥様は定めし光栄に存ずることでございましょうよ。各各《おのおの》かく語っている所へ丁度男爵が通りかかった。屯《たむろ》しているわれわれ四人の方へ男爵は怪訝の眼を送ったが、やがて嘲るような笑いを浮べて、奥方に囁いた。なんだ、またフランツの献策か。奥方はさっと顔赧らめて俯向《うつむ》いた。フランツは慌てて詞を呑むと、俄かに頭《かしら》を正し両手を腰に下げて軍隊の不動の姿勢をとる。ところへ例の伯母御前がお揃いでごわごわした裳を引きながらやって来て、逸早く奥方を拉《らっ》して行った。アーデルハイド嬢もその後から踵《つ》いて行った。跡にわたしは唯一人残されて、あたかも呪符を封ぜられたように茫然として佇《たたず》んでいたが、流石に心の裡では、わが思慮感情をあまねく捉え尽したかの人の側に漸《ようや》く近づき得た恍惚の喜びと、男爵に対する苦い不快と煩わしき思いが、互いに激しく鬩《せめ》ぎ合っていた。男爵こそはまことに残忍未開な一個の暴君である。そうではないか。それでなくて、何であの白頭の老僕が、あんな奴隷にも等しい所作をするものか。

かく思いかく案じつつ、わたしが居間へ行こうとして階段を昇りかけた時、どうじゃ、委細見聞仕《つかまつ》ったかなと、後からわが肩を叩いたのは大伯父であった。伯父は部屋へ這入ると云い出した。従弟。お前あまり奥方のお気に留るような振舞をしてはならぬよ。そんな振舞をして、一体何になると云うのだ。そんなことは女子《おなご》の尻を追うにやけた奴どもに任して置け。現にこの城にもそう云う手合《てあい》が大分いるようじゃが。そこでわたしは大伯父に、事の次第を有体に包まず語って聞かせた。そして自分の所作が果して大伯父の云う非難に価するものかどうかを駁《ばく》すると、大伯父は寝間着を着ながら、唯、ふむ、ふむと頷いていたが、やがてパイプに火をつけると安楽椅子に腰を卸し、さて前日の狩の出来事なぞ語り出して、わたしの銃の撃ち方がなっていなかったことなどを、面白可笑しく揶揄《からか》いはじめるのであった。

折柄城内は闃《げき》として、物の音一つ聞えぬ静けさ。客人たちは男女の分ちなく、皆銘銘自分の部屋で身仕度の最中である。と云うのは丁度今日は、先程アーデルハイド嬢の話にあった旅廻りの楽師どもが、例の音のかすれた胡弓や調子の合わぬチェロや驢馬の啼き声に似たオボエなど持って城へ着いた日で、今夜はその楽師どもによって、一流の舞踏会さえ足許に及ばぬと云う賑かな催しが催されることになっていたからで。ところで大伯父はそんな莫迦げた騒ぎよりは寝るが何よりの法楽だとばかり、ひとり居間に引き籠っていた。さて丁度わたしが舞踏の衣装を着替え終えた時のことである。ほとほとと部屋の扉を叩いて這入って来たのはフランツであった。何やら独り北叟笑《ほくそえ》んでいるその用向を聞いて見ると、農場監理の夫人の許《もと》から例のピアノが橇《そり》で奥方のお部屋まで届いたと云う。アーデルハイド嬢が待っているから直ぐに来てくれと云う言伝《ことづて》。それを聞いたわたしはどんなに胸を躍らせたことか。どんなに身震いを覚えながら奥方の部屋の扉を明けたことか。アーデルハイド嬢は嬉しげな笑みを溢《こぼ》しながら、いそいそとわたしを迎えた。見れば奥方はすでに舞踏の身装《みなり》を調《ととの》えて、何やら奇妙な箱を前に置いて深く思案の様子。その箱の中にはわたしがその諧音を喚び活けるために呼ばれたかの楽器が睡《ねむ》っているのである。奥方はやがてやおら身を起した。ああ、その立った姿の何と云う神神しさ。わたしが覚えず一語をも発することもならずに見惚れていると、奥方はわたしを魘《さしまね》いて、ねえ。テオドルさま。と云う声も心から楽しそう。(遠い南の国の習慣と同じように、奥方は北国の親しい慣いにならって、人を呼ぶにその名前を称《よ》んだ。)あの楽器がまいりましてよ。あなたのお手並に相応しいものならよいと思っておりますわ。さて件《くだん》の蓋を開いて見れば、中からは忽ち鳴る幾条かの破れた絃の音。試みにその一すじを弾いて見るに、これはまた何と聞くに堪えぬ厭らしき響。破れぬ絃も皆悉《ことごと》く調子が狂っているのであった。この時アーデルハイド嬢はからからと打笑って、まあ切角《せっかく》一度直してから復《ま》たあのオルガン弾きの奥さんが花車《きゃしゃ》な手で撫で廻しでもしたのでしょ。すると奥方は何となく不興げに、まあほんに間の悪い。ここでは所詮音楽は楽めないのかしらんと、如何にも悲しそうな顔付。わたしは箱の中を改めて見た。すると運よくそこには幾巻かの新しい絃が見つかったが、併し肝心の調子を合わす〆《しめ》鍵が見当らぬ。一難去って又一難。わたしが鍵は何でもよいと説明すると、それと聞いた奥方とアーデルハイド嬢は急に元気が出て、この転手《てんじん》に合いさえすれば何でもよいと説明すると、俄かにあちこち駈け廻りはじめたが、間もなく光った鍵の夥しく這入った箱を探し出して来てそれを楽器の響板の上へ置いた。

さて、その鍵をもってわたしは一心に仕事に掛った。奥方もアーデルハイド嬢もともどもあれこれと鍵を一つずつ転手《てんじん》に合わせては手伝ってくれる。較《やや》たって一つの鍵が合った。奥方と令嬢は雀躍《こおどり》して叫んだ。まあ。合いましたわ。合いましたわ。ところがその鍵で、断れた一の絃を締めて見ると、生憎《あいにく》絃は丁度調子の合ったところまで来てぷっつり断れた。奥方も令嬢も驚いて後へ退った。奥方はわたしが絃の番号を云う度に、白魚のような花車な指に脆《もろ》い金属の絃をつまんでは渡してくれる。そして輪になった絃を釈《ほぐ》すあいだ、克明にそれを持ち添えていてくれると、どうかすると、一旦釈《ほぐ》したその絃が、突然びんと音を立てて巻き返ることがある。さそんな時、奥方は如何にも焦《じ》れったいと云うように、ああ、と低い声を洩らすのであった。さて部屋の隅の方へ跳ねて、そこでこぐらかった絃の行衛《ゆくえ》を、わたしが追い掛けて行くと、アーデルハイド嬢は如何にもそれが可笑しくて堪らぬと云う風に笑い転ける。そうして跳ねて飛んだ絃を、漸《よう》くのことで捕えて、それをやっとどうにか真直に撓《たわ》め直したかと思うと、またそれがぷっつり断れてしまう。こんなことを幾度か繰返しているうちに、漸くどうやら全き絃が幾条か見つかってそれが楽器に掛った。初めはがんがん云って少しも調子に合わなんだが、次第に本調子になって来た。ああ、ほんに今度は旨く行きましたわと、奥方はその時思わず声を走らせて、わたしの顔をじっと見詰めてにっこり笑った。ああ。その目の愛らしさ。二人の間にはなんとかして早く楽器を物にさせたいと希《ねが》う同じ思いが上下の隔ても羞《はじ》らいの心も隈《くま》なく払拭して、いつとなく胸の中には互いに許し合ったような親密の情が湧いて来た。その情が丁度電流の伝わるように身ぬちを燃やして、今まで氷を抱くように胸に蟠《わだかま》っていた臆病と窮屈の念を焼き尽した。物に惚れ易い自分のような性質のものにありがちな、あの不思議な、身に沁み溶けるような悲痛な思い。それも今は胸から消え去った。最初のうち、わたしは楽器の調子がどうにか整って来るまでは、胸に蟠っていた心の丈を何か夢幻的な即興楽にあらわそうと思っていたのだが、今はしかし心も何となく豁然《かつぜん》として来たので、その企は打棄てて、さて俄かに甘美な、あの楽しい調べを持った、南国の小曲を弾きはじめたのであった。*Senza di te*（ぬしなくば）。*Sentimi, idol mio*（聴きねかし、わが理想の人よ）。*Almen se nonpos'io*（よしや叶わぬとても）。*Morir mi sentos*（死をおもいしも幾十たび）。*Addios*（わかれ）。*O dios*（おお神よ）なぞと云う曲を弾いて行くうちに、ゼラフィネの眼は次第に輝かしい光を帯びて来た。ゼラフィネは最前から楽器を弾いているわたしの側に、身を擦れ擦れに寄せて腰を掛けているのである。その息がわたしの頰を軽くなぶっている。やがてわが椅子のうしろへ腕を凭《もた》せかけた時ゼラフィネのきらびやかな舞踏服からは白いリボンが解けて、それがわたしの肩へ垂れかかった。リボンはわたしの歌う声とゼラフィネの吐く息とに遭って、さながら生ける恋の使いのように、暫くひらひらと前後に揺れ動いていた。思えばその時わたしはよくも我を失わずにいたものである。それを思うと全く不思議な気がする。さて、次に歌うべき歌を考えながらわたしが鍵盤の上に当《あて》もなく指を走らせていると、今まで部屋の隅に坐っていたアーデルハイドは、その時俄かに奥方の側へ駆け寄って、奥方の前へ膝を突いたかと思うと、奥方の両手を取って胸に押し付けながら、さあ、奥様。ゼラフィネさま。今度はあなたお唄いにならなければいけませんわ。すると奥方は答えた。まあ、アーデルハイド。あなた何を考えているの。音楽の天才でいらっしゃるこちらのまえで、なんでわたしみたいな見窄《みすぼ》らしい歌がお聞かせ出来るものですか。と羞《はにか》んだ子のように顔を紅葉《もみじ》に染めて目を伏せた。その唄いたくもあり羞かしくもあると云った様子のいじらしさ。わたしも側から口を添えてともども所望すると、奥方はクウルランドの民謡俗歌の話なぞ語り出した。その民謡とやらが是非伺いたいとわたしが重ねて所望すると、奥方はそれではと云う風にやがて歌の序曲へかかる最初の出を二つ三つ弾き出した。わたしは席を譲ろうとして立ち上りかけた。すると奥方はそれを押し留め、自分は楽器は諧音一つ碌《ろく》に弾けない。従って自分の歌には伴奏をつけることが出来ない。定めし随分間の抜けた、節も不確かなものになるに違いないと思うが、それでよろしければと云う断りである。さて前置き宜《よろ》しくあって、やがて奥方は歌いはじめた。何と云う美しい声であろう。まるで胸の奥から金鈴の鳴り出るような。また歌のメロディーは如何にも素朴で、それが心の底から無礙《むげ》に流露するかの民謡俗歌の特質を甚だよく現わしている。これを聴いていると、何となく体全体が明るい歓喜の光の中に浸っていて、その中からわれわれの持っている、高尚な詩感を探り出でずには置かぬと云ったような心持になる。丁度人間の心にひそんでいる、云うに云われぬ深い思いを、謂《い》わば象形文字に現わしているようなその歌は、詞藻《しそう》こそ極く詰らぬものではあるが、何かその中には神秘な魅力を含んでいるようだ。これを聞くもの、誰かかの西班牙《スペイン》の小唄を想起せぬものがあろうか。尤もその小唄の内容も文字にすれば次のようなものに過ぎない。〽可愛いあの子と海へ出て見ればの。海は時化《しけ》ぞら波高く。可恐《こわ》やあの子がゆうらゆら。さっても船出は懲《こ》り懲《ご》りじゃ。いま奥方の歌う小唄も正にかくのごときもので、歌詞はただ僅かに次のようなものであった。〽誰やらが晴れてめあいのその席で。踊り過してかんざしの。花が落ちたを主《ぬし》さんが。拾ってくれて耳元に。また行こうぞえ四海波。丁度この小唄の二切り目を奥方が歌いかけた時わたしは何心なく急速楽《アルペッギオ》でそれに伴奏をつけた。そんな事からわたしは又すっかり昂奮してしまって、奥方が次の歌をうたい出した時には、早速その節を奥方の唇から奪って自分で唄い出したりしたものだから、奥方とアーデルハイド嬢からは大した音楽の名人のように思い込まれ、到頭上にも下にも置かぬような讃辞を浴びせられてしまった。

　折柄、今宵舞踏室に当てられた袖家の部屋に灯が点った。その灯が皎皎《こうこう》と奥方の部屋まで射し込んで来た。続いて聞ゆる催しの刻限知らす喇叭《らっぱ》の音角笛の賑かな響。奥方はその音を耳に聞くと、ああ。わたくしもうあちらへまいらねばなりません。愕然として、わたしは思わず楽器から飛びのいた。ほんとにお蔭で大変楽しい思いをいたしました。ここへ来てこんな楽しい思いをしたのは初めてでございます。奥方はそう云って、わたしに手を与えた。わたしは又とない歓喜に心も酔うて、思わずその手に唇をつけたが、ああその時わが手に触れた奥方の指先の何やら烈しく脈打ちながら顫えていたのは。わたしはそれから一体どんな風にして大伯父の部屋まで行ったか。又どんな風にして舞踏室へ出て行ったか。それはとんと覚えがない。往時かのガスコニイ人は戦場へ行くことをいたく恐れたとか。それは渠等《かれら》の全身が即ち心臓で、如何なる瘡痍《そうい》も渠等にとっては致命傷になったゆえであると聞く。今そのガスコニイ人にわたしは似ているようである。否独りわたしばかりではあるまい。恐らく今宵のわたしと同じ気分に落ちたものなら、誰しもそれに違いない筈だ。そんな時には如何なる接触でも致命傷にならずにはおるまい。奥方の手。顫える指先。この二つのものは今毒矢のようにわが心の臓に的中した。わたしの血は脈管の中で燃え上った。さて翌朝大伯父はわたしに向い、別にうるさく正面から根問いはしなかったが、それとなくわたしの口から昨夜奥方の部屋で過したあらましを聞き出した。大伯父は初めのうちは例のごとく薄笑いを浮べながら、冗談口を叩いていたが、程なくそうした気分を口辺から納めると、俄かに真顔になって次のようなことを云い出した。これにはわたしも尠《すくな》からず閉口した。大伯父は云うのである。従弟。わしはお前に現在嵌《はま》り込んでいるような、ああ云う気違い沙汰は止めて貰いたいと思う。それは、今別に何事も起らぬかも知れぬが、併しわしに云わせれば早晩お前の行いが恐ろしい結果を惹き起すような時が来ぬとも限らぬ。お前は今まったく前後も知らぬ痴狂の中で薄い氷の上に立っているようなものだ。氷は忽ち破れる。破るれば一と溜りもなく水の中へざんぶじゃ。その時になって、着物の裾を攫《つか》まえてくれと云ったとて、わしは知らぬぞよ。どうで一旦はそこから匐《は》い上って治りはしょうが、併しいつかは復た再び死ぬほどの病いに取憑《つ》かれるにきまっている。尤もそれほどになってもお前はまだ云うに違いない。「多寡《たか》が夢の中で鼻風邪を引いただけだ。」とな。併しくれぐれも注意して置くが、悪熱はお前の骨の髄まで咬《く》いつくすぞ。そうなったら余程時経たぬと再起は覚束《おぼつか》ぬぞ。お前の音楽も、多寡が涙脆《もろ》い女子どもを罪のない平和な心からおびき出すだけが能なら、そんな芸ごとは鬼に喰われてしまうがよいわ。わたしは大伯父の詞《ことば》を遮って、併し伯父さん。あなたはそう仰言《おっしゃ》るが、何時わたしに奥方と浮気するなぞと云う気を起した覚えがありますか。と訊き返すと、老人は忽ち怒鳴り返した。青二才が何をほざく。それと知ったら、わしが窗《まど》から抛り投げてくれるわ。そう云っているところへ、丁度男爵が部屋へ這入って来たので、この辛い問答は鳧《けり》がついた。さていよいよその日の仕事が始まってみると、今まで只管《ひたすら》ゼラフィネのことのみ想っていたわたしも、ようやくのことで恋の幻から目を醒ますことが出来た。その後奥方とは、人中で二言三言親しい詞を交わすことさえ罕《まれ》に過ぎたが、それに引き替えてアーデルハイド嬢は、それ以来毎夜のように私《ひそ》かに使者を向けては、わたしをゼラフィネの許へ呼び寄せるのであった。日の経るにつれて、われわれの間には音楽の話の外にさまざまの方面の雑談も出るようになった。アーデルハイド嬢も此頃ではもう一と頃のように、無邪気でとぼけたところのある若若しさは流石に抜けて来たが、それでも時折わたしと奥方が感傷的な空想や実のない昂奮に嵌《はま》りかけたりすると、色んな面白いことや出放題な冗談など云って、よく茶茶《ちゃちゃ》を入れたりすることが屢屢《しばしば》であった。

さて、こうやって度重ねて話を交えているうちに、わたしにはどうやら奥方を初めて見たあの時に、あの目の中から読み取ったような、何か人知れぬ憂悶を胸に匿《かく》しているところがあるように思われて来てならなんだ。問わず語りな話の節節からそれが益《ますます》明白になって来る。それにつれて、この城に棲むかの妖怪の仕業が愈愈《いよいよ》明瞭になって来た。兎もあれ過去に於て何か凶事があったか、或いは将来に於てそれが起るか、その何《いず》れかであることは疑いの余地がない。こんな訣《わけ》で、時時わたしは較《やや》ともすると、いつぞや自分が偶然その目に見えぬ妖怪に遭ったことと、大伯父がそれを退散させたことをばゼラフィネに語らずにはおれぬような衝動を覚えることがあったが、併し何時もそれを口に出そうとすると、必らず自分にも弁《わか》らぬ不思議な躊躇のために舌が繋縛されてしまうのであった。

そのうちに、或日奥方が昼食の時、食卓に姿を見せぬ日があった。聞けばどこやら加減が悪く、居間に引籠っておると云う話。客人どもも皆奥方の身を案じて、容態は大分悪いのかと男爵に尋ねると、男爵は殆んど苦苦しげな嘲笑に似た不機嫌な笑みを浮べて、なにちょっと海風にあたってカタルを起しただけなのだよ。なにを云うにもこの海では、荒くれた狩の鬨《とき》の声のほか、やさしい声なぞ聞かれんからねと、却って食卓の筋向いにおったわたしの顔へ鋭い目を射ながら云うのであった。この詞は明らかに周囲の人に云ったものではなく、わたしに向って云った詞であった。隣りにいたアーデルハイドも、流石にこの男爵の詞には顔を赧らめて、暫し目の前の皿にじっと視線を落したまま、肉叉で皿をつついていたが、やがてわたしの耳に囁いて云うには、けれどあなたは今日は是非とも奥方のお見舞いにいらっしゃらなくては駄目ですわよ。やさしいあなたの音楽は、きっとご病人の遣瀬《やるせ》ない心を慰める便りになりますからね。

この嬢の詞《ことば》を聞いた刹那、率然としてわが心に浮んだのは、自分がいま奥方と或空恐ろしい関係を結んでおるような心地、所詮は重い罪に終るより外ない道ならぬ関係を結んでおるような心地であった。大伯父の警告は今更のようにわが心を重く圧して来た。一体自分はこれから先どうしたらよいのであろう。奥方に二度と再び逢わぬがよいのであろうか。併しそれは所詮この城に駐《とどま》っておる限り不可能なことである。よし又この城を去ってK――に帰ったと考えても、到底それは不可能である。ああ。つくづく考えて見るに、自分はなべての人の心を恋と云う歓気に惑わすこのあだ夢から、ついに目を醒ますほどの心の強さを持ち得ぬ男なのであろうか。そう思って見れば、あのアーデルハイドも世間に有り触れた唯の恋の取持ち女と何の差別もない。忽ちにしてわたしの心には嬢に対する軽侮の情が生じたが、併し再省して見れば、自分は矢張り自分の得手勝手な心を恥じずにはおれなんだ。思えばあの恵まれたうれしい宵宵に、もしもアーデルハイドがいなかったなら、果して何事が起ったであろう。少くとも礼節道義の許す範囲を越えたゼラフィネとの懇《ねんご》ろな関係はどうして始まったであろう。成程、奥方が或温情をもってわたしを迎えてくれたことは、屢屢心に思わぬではない。併しそれとても、己れの地位の危かるべきことを確信していたではなかったか。

折柄城の近くの樅の林に狼が現われたと云う知らせ。すわこそそれを射止めにと、食事は常よりも早く切り上げられた。昂奮した心に狩は何より。わたしは早速大伯父に、自分も狩の仲間へ出掛ける旨を話した。大伯父はひどく満足げな笑みを洩らして、それは大出来だ。狩に行くとは嬉しい。よろしい。どうせわしは城におるから、お前わしの鉄砲を持って行くがいい。

序《ついで》に猟刀も吊して行け。この猟刀はお前さえどじを踏まねば、真逆《まさか》の時には屈強の武器じゃ。

さて林に出てみれば、すでに狼の臥床《ふしど》と覚しきあたりには、多勢の猟人どもがあたりを取巻いていた。寒気は凛烈として膚《はだ》を刺すよう。風は森の中を吼《たけ》り狂っている。雪片は霏々《ひひ》としてわが面をまともに打つ。程なく四辺がたそがれて来た頃には、殆ど咫尺《しせき》をさえ弁ぜぬありさま。するうち、寒気はわが手や足を痺《しび》らして来たので、どこぞ身をかくすところはないかと思って、わたしは命ぜられた持場を離れてそろそろ森の奥へ這入って行った。さて一本の立木を見付け、わたしは銃砲小脇にそれに身を寄せた。今は狩のことなぞ既に心頭から去って空想は切《しき》りにわたしをゼラフィネの居間へ誘って行く。この時突然遙か彼方に当って銃声二三発。同時に傍《かたえ》の藪畳が俄かにがさがさ音を立てたかと思うと、歩数《あしかず》にしてものの十歩と離れぬわが目の前を、一頭の大きな狼が不意に走り抜けようとした。咄嗟《とっさ》にわたしは狙いを定め、引金を引いた。併し撃ち損ねた。狼は炯炯《けいけい》たる眼を光らせて、忽ちわが方へ飛び掛って来た。もしもその時猟刀を引抜く分別がつかなんだら、わたしはきっと命を落していたに違いない。獣が飛掛って来た時、わたしは抜く手も見せず猟刀逆手に、吭笛《のど》深く一刀ぐっと突き刺したのである。鮮血はさっとわが手と腕に迸《ほとばし》った。丁度その時、そこから程近いところに屯《たむろ》していた男爵の猟人が一人、大声あげて駈けつけて来て、おうい、おういとあたりに声高く呼ばわったので、間もなく外の同勢も飛んで来た。それを見た男爵も直様《すぐさま》息を切らせて走って来たが、その場のわたしの有様を見るや、や。これは大変だ。血だね、君。血ですな。やられましたな。わたしはやられたのではないと、はっきり答ると、男爵はこの椿事の最中わたしの近くに立っていたかの猟師を顧みて、何故この方が打ち損じた時に直ぐ発砲せなかったかと云って詰《なじ》りだした。猟師はそれに対して、この方が打ち損じたと殆ど同時に狼が飛び掛ったのだから、そこを発砲すれば弾丸は何《ど》うしてもこの方に命中《あた》る虞《おそ》れがある。それで打つことが出来なんだと云って頻《しき》りと主張したが、男爵はそれでも猶《なお》、この方は猟には経験の浅い方だから特別庇《かば》ってあげるべきが本来だと云って、なかなか譲らなかった。この問答のうちに、猟師たちは寄って集《たか》ってかの狼の死体を手に持ち上げていたが、これほどの大いさのものは従来絶えて見たことがないと云うことであった。並みいる人達は、いずれもわたしの勇気と果断とを讃えた。併しわたしとしては、それ以上施す術のない自然の行為だったのである。目前に迫っていた危険なぞは毫《ごう》も考える暇はなかったのである。男爵はわたしの狼退治に大分心を動かしたらしく、いろいろな問を掛けた。察するにこれは、手疵《てきず》こそ負わね、獣のために受けた驚怖心からわたしの体に何か悪い影響でも及ぼしはせぬかと、それが案ぜられたのであったろう。一同が城へ帰る途すがら、男爵はまるで友だちか何ぞのようにわたしに腕を貸すので、わたしは持っていた鉄砲を猟師に預って貰わなければならなかった。途途男爵はなおもわたしの果敢な行為を賞嘆して止まず、為めにわたしまでがしまいには已れの剛勇を信ずるようになって、気兼《きがね》も羞恥もいつの間にか念頭から去り、ついには、現に今男爵の目の前にいる自分と云う者が、罕《まれ》に見る果断と剛勇を持った人物のようにさえ思い做《な》されて来る仕末。丁度世間の学童が運よく試験に及第してしまうと早くも学童でなくなり、今までのおずおずした柔順なところが一時に影をひそめてしまうようなもので、わたしは今こそ当然ゼラフィネへの求愛に身を窶《やつ》す権利をあがない得たような気がして来た。実に恋に狂う若者の空想と云うものは、如何なる愚かしい恋着をも敢《あえ》てしかねぬものではないか。さて城へ戻れば煖炉のほとり、一盞《いっさん》の湯気の立つポンス酒を前にして、わたしはひとしきりその日の英雄であった。丁度その日はわたしの外に、唯一人男爵だけがこれ又侮り難い大獲物を射止めたに過ぎず、外の連中は悉《ことごと》くその日の失策を天気やあたりの薄暗さの罪にして、わずかに昔の手柄話や危かった冒険談などにお茶を濁している気の毒さ。わたしは定めし大伯父からも褒美の詞《ことば》が出るに違いない、驚嘆されるに違いないと思った。やがて語り出した狼退治の長講一席は、もとより血に飢えた獰猛な野獣との修羅場を目の聳《そばだ》つようなどぎつい極彩色で彩ることを忘れなかったが、それにしても全く案に相違したのは大伯父の詞で、わたしの顔を穴の明くほど見詰めていた大伯父は、ぶっとまともに噴き出すと、ははは。神様は弱いものにもお強いものさ。

酒にも飽き人にも飽きて、やがてわたしは一人こっそり法廷室の方へ歩いて行きかけた折、廊下のわが前を誰やら手に燈を持って忍んで行く人の影。広間へ這入りしなに誰かと見れば、アーデルハイド嬢であった。お勇《いさま》しい狼狩の名人さん。まああなたをお探ねするには、まるで幽霊か夢中夜行みたいに方方歩かなければならないのですわねと、嬢はわが手を取るなり微声で云った。場所が場所とて、幽霊、夢中夜行と云うこの二つの詞は、わが心臓の上に鉛のように落ちた。同時にわが脳裏にありありと浮んだは、あの恐ろしいふた夜の怪事であった。そう云えば、今夜も矢張りあの晩と同じように、海風は相変らず陰気なオルゴルのような響を立てて吹き荒れている。それが張出し窓《まど》に当って、がたがたと恐ろしい音を立てているのも同じである。月かげは丁度いま、あの物凄い掻きむしる音の聞える不思議な壁の上に、ぼんやり青白い光を投げている。何だかそこには血の痕もついているように思われる。アーデルハイドは最前からわが手を強く握って放さぬ。わたしは思わず身ぬちに氷のような悪寒を感じた。それが嬢の掌の中にも感ぜられたに違いない。果して嬢は微声で囁《ささや》いた。まあ、どうなすったの。まるで石みたいに冷たいじゃないの。いいわ、わたしが一つ活を入れてあげますわ。奥方がね、それはもう大変なお待ち兼ねよ。あなたのお顔を見ないうちは、あなたが狼の餌食になってしまったと云うのが虚報《うそ》とは信ぜられないのですとさ。ほんとに他端《はた》から見たら譃《うそ》のようなご心配よ。一体あなた、奥方とどんなことになっているのさ。あたし奥方のあんな容子を拝見するのは後にも先にも今度が初めてですわ。あら、あなた急にこら大変な動悸。まあ、まるでお甍《かく》れになったイエス様がお蘇りの時みたい。さあ、それではいらっしゃい。そっとよ、静かにね。それいよいよ可愛い奥方のお部屋へと云う段取りよ。わたしは導かれるままに踵《つ》いて行った。それにしてもアーデルハイドが奥方のことを語る何となく下品な調子。殊にわたしと奥方との間柄を云うその口吻《くちぶり》には確かに下卑《げび》た調子があった。さて伴なわれるままに奥方の部屋へ行って見ると、奥方はわたしの姿を一と目見て、おお。と一と声思わず低く口走り、そのまま三四歩駈け寄るかと見えたが、ふと気を取直して部屋の中央に立ち止った。わたしは思い切ってその手を取って、そのままそれを唇に押当てた。奥方はわがなすままに委《まか》せながら、まあ。何としたこと。あなたは狼と組打なさるがご商売でいらっしゃるか。オルフォイスやアムフィオンの伝説の時代は夙《とう》の昔に過ぎましたに。この節ではもう野獣は抜群の声楽家にさえ尊敬は払いません。ご存知ですか。みずから云ったこの優しい詞《ことば》に、いままで奥方の温い胸の中に蟠《わだかま》っていたわが生死に関する誤解も立ちどころに氷解した。それを見て、わたしも直ぐと常の落着いた気分に戻った。その時どう云う訳か、わたしは普段のようにピアノに向おうとはせず、奥方の側の長椅子に腰を卸した。理由は今に分らぬ。奥方は尋ねた。一体まあどうしてそんな危い目にお逢いなさいましたの。この問は二人のあいだに、今夜は音楽より物語がよいと云う諒解を暗黙のうちに成り立たせた。そこでわたしは森の中での冒険談を一くさり語り終ってから、その時男爵から一方ならぬご温情を蒙《こうむ》った事を附け加え、暗に自分は今まで男爵がそんな親切な方とは知らなんだ旨を極く微妙に仄《ほのめ》かすと、奥方は如何にも優しい、殆ど絶え入るような声をして、ああ、ほんとにあなたのお目には、男爵がどれほど烈しい乱暴な人に映ることでしょう。けれども本統を云えば、あの人があんな風にがらりと打って変るのは、少くとも上辺だけでもあんな風に変るのはこの陰気な薄気味悪い城壁の中に取囲まれている間だけ、あの侘《わび》しい樅の森の中で荒荒しい狩をしている間だけです。それと云うのも、あの人はこの城にいると、始終唯何か凶事が起りそうな心に追いかけ廻されているのです。あの人の気分を滅茶滅茶にしているものはそれです。幸いとまあ何も悪い結果を残さずに済んだ今日のあなたの冒険。屹度《きっと》あの人はそれに心を深く動かされたに違いありません。一体普段から召使なぞでも危険な思いでもすればあの人は大変な騒ぎです。ましてあなたのような新来のお友達なら猶更のこと。あのゴットリイブなんぞも、あなたを危険の際に抛って置いたと云うばかりで屹度罰を受けるにきまっています。牢屋へ入れられるのは脱れるとしても、この次の狩の時には、猟師の身として鉄砲の代りに棍棒を持たされてお供を吩咐《いいつ》かるぐらいの見せしめはきっと受けますわ。こんな荒い土地で狩をすれば危険はどうせ附きもの。あの人も、始終不意の災難を恐れながら、矢張り狩が止められぬと云うのは、恐らく悪魔の悪戯に挑戦するつもりか何かなのでしょうが、それがどんなにあの人の煩《わずら》いの種になっておりますことか。そしてその感化はこのわたしにまでも及ぼして参ります。何でもこの土地を初めて世襲領にお決めになったご先祖には、随分いろんな不思議な話が伝わっております。実際ここには、その後代々の城主を逐い出したあの恐ろしい幽霊と同じように、或家庭上の秘密が封じ込まれておりますのです。そんな訳ですから、この城におります間は、たとい僅か二三週間があいだでも、せめてなるべく賑やかなお客様がたと陽気に騒いででもいて貰わなくては、到底居堪《いたたま》れません。それなのに、ああ、わたしはこんな賑かな皆さん方の中にいながら、どんなに心淋しい思いをしていることでしょう。この城中の壁と云う壁から立ち昇る妖気、そのために、わたしは片時《へんじ》も心の安まる時はないのです。ねえ、あなた。そう云えば、わたくしここへ参ってから初めて愉快な時を送ったと申したら、あなたに音楽を聞かせて頂いたあの晩一と晩きりですわ。ほんとに、どうしたらこのお礼をあなたにお返し出来ることやら。奥方の差し出す手に唇を附けながら、わたしは自分もここへ初めて来た日、初めてここへ来たその晩、あの時既にここで暮すことの無気味なことを覚えて恐ろしさに身震いしたことを語った。そしてその無気味な印象は大体城の構造そのものにあるのだが、殊に法廷室の怪しいあの壁画や吼り狂う海風の音が一層それを助長している旨をわたしが数え立てて云うと、奥方は暫しわたしの顔をまじまじと見詰めていたが、やがてわたしが語り終ると、やや烈しい調子で云った。いえいえ。お匿《かく》しなさいますな。あなたは屹度《きっと》あの広間で何か恐ろしいものをご覧になったに違いありません。わたしなぞあの広間へは身を震わせずには這入って行かれません。どうか後生ですから、何も彼も話して下さい。と云うその顔はまるで死人のようである。わたしは考えた。ゼラフィネは今何か幻妖を心に描いて空想を昂《たかぶ》らせている。して見ればこのまま抛って置いて、かの幽霊を、わたしが実際に目撃した以上に恐ろしいものに想像させるよりも、却って経験した通り包まず語った方がよかろう。そう思ってわたしは語り出した。聞くうちにゼラフィネの心痛と恐怖とは益《ますます》緊迫して来るばかり。やがてかの不思議な壁の音のことに云い及ぶと、思わず絹を裂くような声を出して、まあ恐ろしい。その通りです。その通りです。あの壁の中には恐ろしい秘密が匿されてあるのですと云う。そこでわたしは大伯父がその幽霊を遂に調伏したことを語ると、奥方はそれを聞いて何やら吻《ほっ》と安堵の息をついたように、長椅子に深く身を沈め、暫く両手に顔を蔽うていた。その様子は、あたかも今まで自分の胸を圧していた重いものを、俄かに取除いたと云ったようであった。その時ふと気がついて見ると、アーデルハイドの姿が部屋に見えぬ。奥方とわたしとは猶《なお》しばらく口を緘《つぐ》んで黙っていたが、いつまでたっても双方口を開こうとはせぬので、わたしは立って静かにピアノの前へ行った。高低緩急さまざまな音譜を打って、その中から何か朗らかな慰安の気分を惹き出して、今の話で暗い気分に陥ったゼラフィネを救おうと思ったのである。最初はなるべくしんみりした調子をと思って、わたしはアベット・ステファンが小曲の一篇を弾き出した。*Occhi perche piangete*（眼よ。そなたは何故に泣く。）この曲のもつ哀れ深い調《しらべ》は、ゼラフィネの悪夢を次第に醒ました。頰にはようやく和やかな微笑がのぼり、眼には輝く真珠を泛べながら、一心に耳を傾けて聴き入っているその様子。わたしは覚えず奥方の前に跪《ひざまず》いた。すると奥方もわが上に身を屈めた。その時覚えず奥方を犇《ひし》と掻き抱いたわが腕。ああ。そも如何なるゆえにかかることは起ったのであろう。併し流石にわたしは意識だけは失わなんだ。わたしは奥方から身を離すと、忽ち起ってピアノの側へ駆け寄った。奥方も起ち上ると、わたしに顔を背向けるようにして、奥の方へ二三歩進んだが、さて向き直って此方へ戻って来る時、その容子には常に見ぬ威厳が満ちていた。殆ど驕傲《きょうごう》と云うに近いような。奥方はわたしの顔をつくづく見詰めて、語り出すのであった。ああ、あなたの大伯父様はわたくしの存じている方の内で一番お偉い方です。あの方は、ほんとうにわたくし共一家の守護神でいらっしゃいます。どうか大伯父様のご祈禱の中へこのわたくしも入れて下さいますよう。わたしは一言も詞《ことば》が出なんだ。最前接吻した折に吸い込んだ茶毒《とどく》が、体《からだ》じゅうの脈《みゃく》と神経の中で燃え上り且沸き返っていたからである。そこへアーデルハイドが戻って来た。はっと思ったその刹那、今までわが胸のうちに奔騰していた激情は、その時思わず喘をなして、熱い涙となって迸り出た。それを見たアーデルハイドが何やら怪訝の目を睜《みは》って、そっと洩らす半信半疑の薄笑い。わたしは殆ど嬢を殺しかねぬ思いがした。やがて奥方はわたしに手を差し延べて、云い知れぬやさしみを籠めた声で、それでは左様なら。ご機嫌よう。憶えていらして下さい。わたしほどあなたの音楽を理解したものはないと云うことを。ああ、あの音締《ねじめ》。あの音締は必らず長く長くわたしの胸に残っておることでしょう。わたしは強いて心にもない、辻褄の合わぬ詞をふた言三言《ことみこと》そこへ投げてから、さて自分の部屋へ引き取った。大伯父はすでに臥床《ふしど》へ這入ったあと。わたしは暫し広間のうちに茫然と佇《たたず》んでいたが、そのうちにそこへそのまま撞《どう》と崩れるように膝を突くや、あとは一時にわっとあたりかまわぬむせび泣《なき》。繰返し口に呼ぶはわが恋う人の名。思慮も分別もあらばこそ、恋に痴れ果てたものの痴態のたけを、わたしはその場に打ち撒《ぶま》けたのであった。折柄その声を聞きつけて、眠り覚ました伯父の声。部屋の中から頻《しき》りと怒鳴るを聞けば、従弟。お前は気でも狂ったか。それともまだ狼と組打しておる気か。もういい加減にして、さっさと床へ這入りなさい。わたしはその詞を聞いて、詮方なく部屋へ這入り、あとはただ夢に只管《ひたすら》ゼラフィネを見んものと、床にぞ就いたのであった。

すると彼是《かれこれ》真夜中過ぎた頃でもあったろうか。まだ眠りにつかぬわが耳許に、どこやら遠くで人の声、あちこち人の走る物音、さては部屋の扉を開閉《あけたて》する音が聞えるようである。耳を澄まし聞けば、誰やら廊下を此方へ渡って来る様子。広間の扉のぎいと明く音がして、間もなくわが部屋の戸をほとほとと叩く音。誰方《どなた》です。と声をかけると、外なる声がそれに答えて、もし、顧問様。お起きなされませ。お起きなされませ。声の主は確かに老僕フランツである。そこでわたしは尋ねた。城に火事でも出たのですか。火事と云う声を聞きつけて、老人も眼を醒まし、なに、火事だ。どこが火事だ。またあの幽霊めが出おったのか。どこに出おった。おお、顧問様。お願いでございます。お起き下さいまし。御前《ごぜん》がお召しでございます。なに、御前がわしにご用じゃと。この夜更に何ご用じゃ。法律事務は顧問とともに熟睡中なを、御前はご存じないのか。フランツは今はもう気遣わしげな声を絞って、おお、顧問様。どうかお起き下さいまし。奥方のご一命が危いのでございます。奥方の一命と聞くや、わたしは殆ど気絶のような声を叫びあげて、覚えず衾《ふすま》をがばと蹴った。その時老人は、おいフランツに戸を明けてやれ。と怒鳴ったが、わたしは唯もうおろおろと気も落着かず、部屋の中をあちこちうろうろ駆け廻るばかり。戸も鍵も見ればこそ。詮方なく老人はわざわざ降りて来て、わたしに手を貸す騒ぎ。ようよう部屋へ這入って来たフランツの顔を見れば、色は蒼ざめ、心にいたく心痛している様子。手燭《とも》に火を点してくれるうち、大伯父とわたしとは着物の袖に手も通しあえずにいると、早くも広間のかたからは男爵の呼ぶ声。V――さん。済まないが、ちょっと耳を貸して貰えないか。老人は急いで部屋を出て行こうとしながら、わたしに向って云った。従弟、お前なぜ着物なぞ着るのだい。男爵はわしにだけご用と仰言るのだよ。いいえ、僕は階下へ行きます。奥方に一と目逢って死ぬのです。そうか。いや無理もないて。わたしは絶望的な嗟嘆《さたん》に打ひしがれたように、悲痛を籠めて云った。そうか。いや無理もないて。その通りじゃ。老人はそう云うと、わたしの鼻先へぴっしゃり扉を締めて、そのまま外から錠を卸して行ってしまった。

あまりと云えば余りなこの強制。流石のわたしもその時は思わず腹が立って、隔ての扉を押し破ろうと思ったが、いや待てしばし。こうでもせぬことには、この手もつけられぬ痴狂の沙汰がどんな恐ろしい結果を生むかも知れぬ。この上はいっそ老人の戻るを待つとしよう。その上でどうなりと監視の目を掠《かす》めてやろうと、わたしは思い直して覚悟を決めた。そのうち老人は広間で何やら男爵と声高に話の最中。話の中にわが名が幾度となく繰り返し出るようであるが、さてそれが何を意味するやら一向に知れぬ。兎角する内、わたしは刻一刻、唯手を拱《こまぬ》いてこうしているに耐えられなくなって来た。やがてのことに到頭誰か使いのものが来たと見え、男爵は慌しく立って行った様子。大伯父は程なく部屋へ戻って来た。わたしは老人の顔を見るや、ああ、奥方は亡くなられてしもうたと、思わず叫びながら駆け寄ると、大伯父は詞《ことば》冷やかに、そしてお前は気が狂うたのさと、わたしの体をぐっと押えて無理矢理椅子に腰掛けさせた。いいえ、僕は階下へ行きます。奥方に一と目逢わねばなりません。たとい一命にかかわっても。とわたしは更に声を絞って喚き立てると、老人は、まあまあ、そうするがいいと、後の扉をぴたりと締めて、卸した鍵を穴から抜いて衣嚢《かくし》へ納めた。それを見たわたしは、覚えず嚇《かつ》となって矢庭にそこにあった、弾を籠めた鉄砲に手を延べながら叫んだ。この戸を早く明けて下さい。さもないと、僕は伯父さんの目の前で、この弾で頭を打ち抜いてしまいます。すると老人はつかつかとわが前に立ち塞《ふさ》がって、射るような鋭い眼付で睨《にら》めつけながら、おい子供。お前そんな詰らぬ嚇《おど》かしで、このわしを嚇せると思っておるのか。よくまあ考えて見るがいい。西も東も分らぬ赤ん坊が、要らなくなった玩具でも棄てるように、お前が命を捨てたとて、そんな命はこのわしには三文の値打もありはせぬ。お前は、一体男爵の細君《これ》と何をしたと云うのじゃ。だいいち行くべき場所でもないところ、迎えの人も来ぬようなところへ、人迷惑な小僧っ子同様、誰が出しゃばってよいと許した。外の時ならいざ知らず、厳粛な人の臨終と云う時に、さては色男になりに行こうとでも云うのか。云い詰《なじ》られてわたしは到頭頭脳が乱れ、そのまま肱掛椅子にどうと仆《たお》れてしまった。暫くすると、大伯父は前よりはやや詞を柔らげて、いやしかし、奥方の病気と云うたところで、訣《わけ》を話せば別に何の変哲もないことなのだよ。それにつけても、あのアーデルハイドと云う女。あれが何かと云うと直ぐ仰天するのが困りものだて。雨粒一つ鼻の先へ落ちて来ても、まあ恐ろしいお天気だなぞと金切り声を出す奴だ。それに悪いことには、今夜の火事騒ぎがあのご隠居の耳へ這入ったのじゃ。ご隠居年甲斐もなくおいおい泣き出して、それこそありたけの気つけ薬、長命薬なぞをしこたま抱え込んでのお入りさ。いやもう飛んだ人事不省騒ぎでありおったよ。云いさしたまま、ふと老人が詞《ことば》を切ったのは、心中悶悶《もんもん》の情に堪えかねているわたしの様子に気づいたからであったろう。部屋の中を二三度行きつ戻りつしていたが、やがて又わたしの前に腰を卸すとからからと笑い出して、従弟。お前また何か莫迦げた事を考えているのだな。いやもつがもない。この城におると悪魔の奴が色んな悪戯《いたずら》をしよる。お前はその悪魔の爪牙の中へ、まんまと飛び込んだのじゃ。悪魔の奴、いまこそお前と節《ふし》面白く踊っている最中じゃわい。大伯父はそう云って、又部屋の中をあちこち歩いてから詞を継いだ。それはそうと、大分夜も更けたようだが、もうこの時刻になってはわざわざ寝るも無益《むやく》な話。莨《たばこ》でも一服して、二三時間闇の中で過すのも妙だろう。そう云って、大伯父は戸棚の中から素焼のパイプを取り卸すと、何やら鼻唄まじりにゆっくり丹念に莨を詰めていたが、やがて山のように積み重ねてある書類の中から一枚の反古《ほご》紙を探しあて、それを附木《つけぎ》に丸めて火を移した。濃い煙をさも旨味《うま》そうにぱくりぱくり吐きながら、さてパイプを啣《くわ》えたその口の中から云い出した。ときに従弟。それはそうと、お前あの狼退治の一件はどうなったい。如何にも落着いた老人の態度。そのためにわたしの心はどんなにか鎮まったことであったろう。身はすでに、R——藩にあると云う気さえせぬ。あれほどわれとわが心に慕《した》っていた奥方も、いまははや、想像に翼生《お》わねば到底届くことの出来ぬ、遠いところへ離《さか》ってしまったような心地。それにしても何となく不愉快なのは老人のいまの問である。そこでわたしは大伯父に尋ねた。伯父さん。そんなに僕の冒険が可笑しいですかね。それほど揶揄《ひやかし》の種になりますかね。すると大伯父は、いや従弟。そんなことはないよ。決してそんなことはないよ。しかし従弟。お前こう云うことを考えたことはあるまい。つまりお前のような新米が、ひょっとした機《はずみ》に天帝のお引立にあずかって、常にないようなことを仕出来《しでか》すと、一体どんな滑稽な顔をするものかさ。どんなおどけた所作をするものかさ。これはもう極く古い話だが、わしの友達に、大学を一緒に出た奴があっての。この男はなかなか気立の落着いた、真面目な、内気な奴だったが、それが或時ふとした事から決闘せにゃならんことになったのだ。ところが、普段やれ昼行燈《あんどん》だ。やれ頓馬だのと云われておったその男が、大したその時働きを見せてな。いやもう皆からやんやと大変な褒められ方さ。ところで奴さんそれ以来すっかり人間が変ったようになって、今まで真面目な勉強好きな男だったのが、えらい法螺《ほら》吹きな、喧嘩好きになってしまった。盛んに方方飲み歩く。いやもう放縦のしたい限り。何かと云うと、子供みたいな下らん事で決闘をやらかす。とうとう仕舞いには、奴さん何か卑劣な遣り口で侮辱を加えた同郷の紳士と決闘して殺《や》られてしまったよ。これはまあほんの話だ。意味はお前の好きなように汲むがいい。さてと、話が元へ戻って、奥方のご病気だが。大伯父がそう云いかけた時、誰やら広間の方で微かな人の跫音が聞えた。と思ったその刹那、何やら恐ろしい呻き声がうむと一と声虚空に聞えたように思われた。ああ、さては奥方が亡くなられたかと、咄嗟《とっさ》にこの考えが、運命の稲妻のようにきらりとわたしの頭を掠めて過ぎた。その時大伯父はいきなり起ち上って、フランツ、フランツと老僕の名を呼んだ。部屋の外からは老僕の声で、はい。顧問様と云う答。フランツ、お前済まぬが、そこの炉の火を少し掻き立ててくれ。それから出来れば、上等のお茶をいれて来てくれ。大伯父は老僕にそう云って頼むと今度はわたしに向って、どうも滅法寒いな。どうだ、あっちの火の側へ行って、もう少し話そうやと云いながら先に立って部屋を出て行くので、わたしも無意識に跡から踵いて行くと、どうだ。フランツ。階下ではどんな工合だ。はい。なあにあなた、大したことはございません。もうすっかりお治りになりました。何か悪い夢とかご覧になって、それで気が遠くおなりになったとか申すことで、はい。この答を聞いて、わたしは思わず感極まって歓声をあげたかったところを、生憎大伯父の鋭い目配せに逢って、辛くも怺《こら》えたのであった。そうか。とすると、こりゃわしらももう二三時間寝た方がよさそうじゃな。フランツ、茶はもう止みょう。左様でございますか。いえもうどちらでも宜しきように。フランツはそう云うと、もうどこかで鶏の声が聞えると云うのに、それではご緩《ゆる》りお休みなさいまし。と云って広間を出て行った。老人はパイプの灰を炉の縁《ふち》で落しながら、喃《のう》従弟。考えて見ると、お前があの時狼で、また先刻はあの鉄砲で、災難を受けなかったと云うのはよくよく運がよかったのだぞ。わたしはこの大伯父の詞《ことば》を聞いて、初めて一切を諒解した。そして自分が大伯父に駄駄っ子のような振舞をして手を焼かせたことを心から恥じた。

　さて翌朝老人はわたしに云った。従弟、お前済まぬが、階下へ行って、奥方の容態を聞いて来てくれぬか。アーデルハイド嬢に聞けばよい。あの人に聞けば容体は分るから。大伯父からそう云われて、わたしは其時どんなに心を籠めて階段を下りたことであろう。ところが、丁度奥方の部屋の次の間の扉を叩こうとすると、そこへ出会いがしらに急いで部屋から出て来る男爵にばったり会った。男爵は一寸驚いたように立止って、陰鬱な探るような目でわたしを見詰めたが、軈《やが》ていきなり口から吐き出すように、君、何かここに用があるのですか。わたしは思わず胸の轟《とどろ》くのを感じたが、凝乎《じっ》と心を押し鎮め、伯父の吩附《いいつけ》で奥方のご容態を伺いに参りましたと、はっきり答えると、男爵は、ああ。そのことなら何でもありません。いつもの神経病の発作です。いまは静かに眠《やす》んでいます。多分明朝は元気に食事につけるでしょう。そう伯父さんに云って下さい。男爵のその態度には如何にも情熱的に性急なところがあった。男爵が人前で装うている以上に奥方の身を案じていることは、それによっても知られた。さてわたしが大伯父の部屋へ引返そうとすると、突然男爵はわたしの腕を捉えて、燃えるような目付で云うのであった。君に僕は少し話したいことがある。わたしはその時はっきり目に睹《み》た。今わが前にいるは深い凌辱を受けた所天《おっと》である。わたしは話が自分に不利に傾いて来たことを感じた。もとよりわたしは今空手である。その時ふと思い浮んだは、R――藩へ来てから大伯父に貰ったあの猟刀のことであった。それがいま衣嚢《かくし》に入れてある。外聞悪い身の破滅から脱《のが》るるためには、何人の命にしろ容赦の暇はない。そう思ってわたしは覚悟をきめて、さて先に立って行く男爵のあとから足早に踵いて行くと、男爵は居間へ這入って扉に錠を卸した。暫く腕を拱《こまぬ》いて、部屋の中をあちこち歩いていたが、やがてわが前へ来て再び先の詞を繰返して云うのであった。君。君に僕は少し話したいことがある。その時わたしの胸には不敵の勇気が湧いて来た。

そこでわたしは、別に批難されずに済むようなお話であれば結構だと思います。と稍稍《しょうしょう》声を大きくして云うと、男爵はよくわたしの詞《ことば》が呑み込めぬと云ったような怪訝な面持で、まじまじわたしの顔を見詰めていたが、やがて暗い目を伏せると、両手を背に廻して、また部屋の中を行きつ戻りつしはじめた。間もなく一挺の銃を取り上げると、男爵はその中に弾が籠めてあるかどうかを見るために筒に槊杖《さくじょう》を差し込んで探りはじめた。わたしの血は湧き立った。わたしは矢庭にかの猟刀を握ると、男爵目掛けて詰め寄って、狙撃することの出来ぬように身を構えた。何と云う立派な武器だ。男爵はただそう云って感歎の声を放ったのみで、銃をまた元の部屋の隅へ置いた。わたしは二三歩後へ退った。すると男爵はつかつかとわが方へ歩み寄り、さてわたしの肩を必要以上の力を籠めて摑《つか》みながら云い出した。テオドル君。いま君の目に映る僕は、さぞ昂奮して取乱れておることだろうね。事実またそれに違いないのだが、実は昨夜僕はいろいろ心配をして、到頭一睡も出来なかったのだ。僕は今になってやっと分ったよ。家内の神経病の発作は危険なものでも何でもなかったのだね。併し君、一体ここには、この城の中には、或悪霊が祟っておるのだ。そのために僕はいつも此処《ここ》へ来ると、始終何か凶事が起りはせぬか起りはせぬかと、それが心配でならんのだ。それに何と云っても、家内がここへ来て病気に罹《かか》ったのは、今度が初めだからね。それについては、君が唯一の責任者なのだぜ。それは又何《ど》う云う訳でしょう。そんな事わたくしには夢にも思い当りませんが。と、わたしは平然としてそう云って答えると、男爵は更に詞を継いで、ああ。それと云うのもあの監理人の細君の、あの忌忌しい楽器が橇《そり》の上で木っ葉微塵に砕けてくれれば一番よかったのだ。そして君が

――いや、矢張り違う。こんなことを云うのはよくない。あれが必然の運命で、あれは矢張あなるより外なかったことなのだ。そしてその責任は僕一人が負うべきだったのだ。そうだ。僕は君が家内の部屋で音楽を始めようとしたあの時、一切の事情と家内の気性とを君に話すべきだったのだ。わたしが何か云いかけようとすると男爵はそれを遮って、まあ、もう少し僕の話をつづけさせて呉れ給え。その前に、僕は君に早まった判断をして貰わぬように断って置かなければならない。君は僕のことを、ただもう野蛮な、芸術なぞ蛇蝎《だかつ》視しておるような人間と思っておるようだが、僕はしかし決してそんな人間ではありませんよ。ただ僕はこの城にいる間だけは、万人の心を捉える、殊に僕のような心をも捉える音楽の入ることを断じて禁じてあるだけなのだ。これは僕の或深い信念に基いておることでね。考えて呉れ給え。僕の家内は神経過敏症患者だ。つまり、人生のあらゆる幸福を遂には啖《くら》い尽さずに置かないと云うあの病気に罹っておるのだ。神経過敏症なぞと云う病気は普通なら油断のならぬ重病の前駆症として、一過性的に時時現れるものだろう。それが君、家内はこの城の不思議な壁の中におる間は絶対にそれから脱れることが出来んのだからね。こう云うと、或いは君は聞くだろう。それなら何故そんな始終病弱な家内を、わざわざこんな奇怪な城なぞへ連れて来て、荒くれた狩の騒ぎの中なぞへ置くのかと。実際そう云われても仕方がない。弱い奴だと云われれば正にそれに違いないが、併し僕としてはどうも家内をひとりで置いて来ることが出来ないのだ。置いて来るもいいが、そうすると気掛りで気掛りで、到底仕事なぞ手に着かなかりそうなのだ。と云うのは、家内の身に関する色んな運命的な想像が、森へ行っても法廷室におっても、常住僕の念頭から去り得ないと云うことが分りきっておるのでね。併し一方また僕はこうも考えないではない。家内のような生れつき蒲柳《ほりゆう》の質の女には、ここの暮しは却って鉄湯《てつとう》みたいに、体にも精神にも効くかも知れんとね。実際ここでは、あの樅の森の中を自由に吹き荒れておる海風の響、猟犬の遠吠の声、さては勇ましい角笛の音だのそう云ったものが、女女しい甘たるいピアノの音なぞを凌駕しなければならないのだ。あんな風にピアノを弾くことはここでは誰にも固い法度《はつと》にしてある。そこで僕に云わせれば君は僕の家内を、謂わば或計画を立てて、じりじりいじめ殺そうと企てているものなんだ。男爵が語気に力を込めつつこう云って説いている間、その眼は絶えず火のように輝いていた。わたしは次第に頭脳が熱して来た。そこで烈しく手を振りながら何か物を云おうとすると、男爵はそれを遮って、いや、君の云おうとすることは僕には分っている。よく分っている。分っていながら僕は繰返して云いたい。つまり君が僕の家内を当然殺そうとしていると云うことを。君だって無論僕がそう云う事実を片時たりとも忽《ゆるが》せにしてはおれないと云うことは知っておっただろうが、この際僕としては断然それを中止して貰わねばならないのだ。簡単に云えば、君は僕の家内に歌を歌って聞かせたりピアノを弾《ひ》いてやったりしてうっとりさせた。しかもその上君は、家内が何か意地悪い魔力をもった君の音楽のために呼び出された、夢想と幻覚と予感との底なしの海の中を、錨《いかり》も持たず楫《かじ》もなく浮き漂うている時、あの法廷室で自分がわるさに遭った恐ろしい幽霊の話なぞして、家内を一層深味《ふかみ》へ突き落したじゃないか。ねえ君、お願いだ。僕は君の大伯父からかねがね聞いて知ってはおるが、どうか君も自分で見た、いや見たのではない、聞いた、或いは感じた、と云うより寧ろ予感したあの幽霊の話を、僕に聞かせてくれないか。請われるままにわたしはその時心を鎮め、静かに事の有体を男爵に物語った。男爵は話半ばに二三度驚嘆の詞《ことば》を挟んだ。

さて、大伯父が大勇をもってかの妖怪に立ち向い、遂に有力な言葉をもってそれを調伏したことに語り及んだ時、男爵は何を思うたか俄かに柏手《かしわで》を打ち、その手を組んで高く天に向って捧げたかと思うと、深い感動の中から云うのであった。ああ、君の大伯父はまことに僕ら一族の守護神だ。大伯父の霊位は必らず僕の家の菩提所へ葬ることにしよう。やがてわたしが物語を語り終えると、男爵は腕を拱《こまぬ》いて部屋の中をあちこち濶歩しながら、ダニエル、ダニエル、この時刻にお前はここで何をしておるか。と口の内で呟いていたが、わたしが立ち去り顔に、御前。ご用と云うのはこれだけでよろしかったのですか。と尋ねると、男爵は夢からでも醒めたようにはっと我に還って、さて親しげにわが手を取り、そうだ。それにしてもテオドル君。君は知らずに僕の家内をあんな酷い目に遭わせたのだね。そこで君は家内を元通りにして呉れなければならんよ。それの出来るのは君だけだからね。わたしは思わず顔が赧くなった。恐らくその時鏡の前に立っていたら、茫然自失した阿呆な面が映ったことだろう。男爵は暫くわたしの当惑を私《ひそ》かに北叟笑んでおるような顔付をして、およそ不愉快な皮肉な微笑をうかべながら、わたしの顔を凝乎《じっ》と見入っていたが、元通りにすると仰言ってどんな風に致すのでしょうと、わたしが漸《ようや》くこれだけのことを吃《ども》り吃り云いながら尋ねると、まあ、まあ。と遮って、なにも君の患者が今が今と云うほどの重態でもあるまいし。こうなれば僕は何も彼も云ってしまうが、実は僕は君の音楽に或期待を持っているのだ。もともと家内は君の音楽の持つ魔力に引き入れられたのだから、急にそれから縁を切らすも愚かなこと、だいいち残酷な話だ。そこで音楽はまあ続けてやって貰うことにしよう。夕方ならいつでもいいから家内の部屋へ行ってやって呉れ給え。併しなるべくあせらずに、順にまあ力の強いものをやって貰うことだね。陽気なものと真面目なものとうまく結びつけてね。それから就中《なかんずく》殊にあの幽霊の話は何遍も繰返して話して貰うんだな。そうすると段段家内はそれに慣れて来るからね。しまいにはここの壁の中に幽霊のいることも忘れてしまうようになる。つまりあの話がありふれた怪談ばなしや小説なぞでお目に掛るのと大差がなくなって来ると云う訳さ。済まないが、君にそれをやって貰いたいのだ。男爵はそれだけ云うと、わたしの側を離れた。わたしは退去した。さて心の中に感じたは、あたかも愚かな小児のように、自分が手もなく敗北したと云う感じであった。男爵がわたしを嫉視しているとのみ思うていたは、何と云う愚かであったろう。今聞けば男爵は却ってわたしをゼラフィネが許へ通わせようとしているではないか。男爵の目に映るわたしと云う人間は、さながら用うるにも棄つるにも、実に手頃な盲《めし》いた玩具の如きものだ。数分前まではわたしは男爵を恐れていた。心の奥には或罪の意識がひそんでいた。その罪たるや、次第に熟する一層高い、美しい生活を明瞭に感ぜしむるに足るものであったに、それが今悉《ことごと》く暗中に影を没してしまった。丁度愚かな子供が金紙細工の王冠を頭に載せて、しかもそれをば真物《ほんもの》の黄金づくりの王冠であると強情に思い込んで喜んでいるような、いまのわが身のあさはかさ。情なさ。わたしは大伯父の許へ馳《は》せるより外になかった。待ち兼ねていた大伯父は、わが姿を見るや、おお従弟。どうした。大分長かったな。どこでそんなに長居をしていた。わたしは大伯父の顔を正視するにも堪えず、男爵と少し話をして来ましたと、不覚にもありの儘《まま》をば小声で口早に云うと、大伯父はぎくりとなって、それはしまったことをした。いや。わしも今ちょうどそれを考えていたところだった。大方男爵の方から水を向けて来たのだろう。どうじゃ、従弟。はははは。と後《あと》は哄然と笑いに紛らかすばかり。さては今度も亦《また》大伯父にわが心を見透かされたかと、わたしは思わず唇を噛んで一言も云うことが出来なんだ。なぜと云って、何か口に云えば直様それを揶揄の槍玉にあげられそうな気勢が大伯父の舌端に見えていたからで。

さて奥方は、その日晩餐の折、降り敷く雪をも欺くような純白の、典雅な朝衣を着てあらわれた。思い做《な》しかひどく沈んだ様子に見えたが、やがて程なく持前の静かな、玉を転ばすような声でよく語り出すいつもの元気。黒目がちなその目をあげる時、妖艶な熱い情の中に甘美な憧憬の思いが凝り輝いて、百合の花の色にもたとえたい色白なその面には、くれないの色がほんのりと染め出されている。常よりも今日は遙かに美しいみめかたち。だが、それを見て思わず頭と胸に熱い血を躍らせた若者の愚かさを誰が知ろう。この日男爵から受けたわが怨みのかずかず。それをわたしはいま奥方の上に移そうとした。そして何も彼も一切が邪悪なまやかしずくめだとより外《ほか》思えなんだわたしは、今こそ自分が理性を失っておらぬこと、殊更明晰であることを示してやろうと思ったのである。そこでわたしは勢い拗《す》ねた子供のようになるべく奥方を避けるようにした。わが後を追って来るアーデルハイド嬢をもまいた。そして独り勝手に遙か離れた食卓の末座の方に、二人の士官の間に席を見つけて、渠等《かれら》と鯨飲したのであった。

さて食事が果てても尚且盛んに酒杯をあげながら、こんな場合にはありがちな声も高らに談笑していると、そこへ奴婢の一人がボンボンを載せた皿を捧げて来て、アーデルハイドさまから。と云ってそれをわたしの前に置いて行った。取り上げて見れば、そのボンボンの一つには尖った銀の棒で、並びにゼラフィネ。と走り書きの文字。わたしの血は湧き返った。思わず目をアーデルハイドの方に遣《や》ると、嬢は嫣然《にっこ》と笑みを含んだ如何にも悪賢そうな顔付をしてわたしの方を見、さて酒杯を取り上げながら軽く点頭《うなず》いた。わたしは殆ど無意識にゼラフィネの名を低く口に呼びつつ、その時同じく酒杯を手にしてひと息に飲み乾した。さて人越しにそっと見やれば、ゼラフィネも矢張りその時、同じく盃を乾して食卓に置いた様子。思わず互いに目と目を見交わしたその刹那、わが耳許に何かと思えば悪魔の囁く声。おいおい、不仕合《ふしあわせ》な男。奥方はお前にござっているぞ。折柄その時、客人の一人が席から起って、北国の風習によって、当家の女主人の健康を祝した。歓声堂に満つる中に酒杯のちりからと触れ合う響。狂喜と絶望との相交れる思いにわが心はさながら千千《ちぢ》に断たるるばかりであった。酒の炎は身ぬちに燃え上り、目はくるめき、あたりにあるものが一斉に廻転し出して来ると、わたしはもう殆ど満座の中で奥方の膝下に身を投げて、事断《ことき》れてしまいそうな気がした。その時、君、どうかしたのかと隣席の人に声をかけられて、ふと我に返って見れば、奥方の姿はすでに部屋になし。

食卓を離れ、さて出口へ行こうとすると、折柄アーデルハイドが固く袖を捉えて四方山《よもやま》の話。わたしは一語も耳に入らず、意味も分らずにいると、嬢はなおもわたしの腕を固く摑んで、大きな声で笑い立てながら、何事か囁くと見えたが、わたしは全身が硬直症に罹ったように、唯唖然として身動きも出来ずにいた。わずかに憶えているのは、嬢の手から無意識にリキュルの酒杯を取って、それを一気に飲み乾したことと、それから暫く窓際《まど》にひとり寄っていたことと、やがて広間を飛び出して階段を下り、森の中へ一散に走り込んだことである。外には鵞毛に似た雪片が頻《しき》りに飛んでいた。ざうざうと波のように風に揺れる樅の樹の鳴る音。わたしは狂人のようになって、大きな輪を描きながら、森の中をひた走りに駈けめぐり駈けめぐった。哄笑、且叫喚。見ろ。見ろ。ははははは。悪魔の奴、禁断の木の実を食べようとした子供と、踊るわ踊るわ。ははははは。その時もしも森の外でわが名を呼ぶ声が聞えなかったら、こうしたわたしの狂乱は果してどこまで続いたろう。嵐は凪《な》いだ。明るい断雲の隙からは月が顔を覗けている。どこやらで犬の遠吠の声。見れば自分の方へ近づいて来る一人の黒い人影がある。老僕のフランツであった。まあテオドルさま。あなた一体まあどうしてこんな吹雪の中に。顧問様がもう先刻《さっき》からお待ち兼ねでございます。わたしは黙って老僕の後から踵いて行った。大伯父は法廷室で仕事をしていたところで、わたしの顔を見るといきなり、出来《でか》したぞ、従弟。表へ出て頭を冷やしたとは大出来だった。だが、あんなに酒を飲んでは不可《いか》んよ。お前はまだあんなことをするには若過ぎる。それは無理だ。わたしは一言も答えず黙って机に向った。大伯父は更に問うた。併し従弟。一体男爵はお前にどうして貰いたいと云うのだ。そこでわたしは一切を語り、最後に、自分は男爵の云うような、ああ云う疑わしい療法をする気は決してないと云って結ぶと、大伯父はわたしの詞《ことば》を遮って、それは迚《とて》も実行不可能じゃ。なにしろ明日の朝はわしたちはもうここを発つのだからな。かくしてその後わたしは再びゼラフィネに会う折はついになかったのである。

さてK――に着くと、大伯父は今度の旅ほど疲れた旅はないと云って、大いに滾《こぼ》した。そして始終気難しげに沈黙していた。時時それが爆発して怒鳴り出す時があったが、こんな気分の続く後にはきまって痛風が起るのである。或日突然わたしは呼ばれたので、行って見ると、老人は卒中を起して口も利けずに床《とこ》の上に横《よこた》わっていた。痙攣《けいれん》的に固く握った拳の中には、揉みくちゃになった手紙が一通握られてあった。手蹟から判ずれば、どうやらR――藩の農場監理人から来た手紙らしかったが、併し何分その時は不意の出来事にすっかり顚倒していた際だったから、わたしはそれを老人の手からもぎ取る心も起らなんだ。わたしは愈《いよいよ》老人も死期が近づいたに違いないと思った。ところが、まだ医者も来ぬうちに再び脈が打ちはじめた。齢七十に垂《なんな》んとするこの老人は、不思議にも普段矍鑠《かくしゃく》たるその体格によって、幸い死の襲撃をば免れたのである。医者はその日のうちに既に危険状態は脱したことを宣した。然るにその年の冬はいつになく寒気が厳しく、続いて春になっては風雨の多い不順つづき、中風と痛風とはこの重なる悪天候のために余計悪化して、老人は長いこと床に就いたなりであった。その病床にある間に、老人は愈凡ての仕事から一切手を引くことを決心した。そして法律顧問の職をも他の人に譲ったので、わたしはR――藩へ二度と行く機会を永久に失ってしまった。老人はわたし以外のものに看護されることを好まず、只管《ひたすら》わたしの慰めと気晴らしとのみ望んでいた。時折痛みが去って、普段の晴れやかな気分でいる時には、よく持前の豪放な戯談が出たり、猟の話なぞが話題に上ったりしたが、そんな時わたしはまたいつかの、あの不逞な狼を猟刀で刺し殺した豪胆な手柄話を冷かされはせぬかと、内心びくびくしていたが、どう云うものかその後R

——藩に逗留中の話は何一つ大伯父の口から出たことがなかった。勿論うまれつき含羞屋《はにかみや》のわたしが、用心して自分の方から話の緒口《いとぐち》を引き出さなかったことは断るまでもない。

勿論当時のわたしの老人の身を案ずる心配、看護の身の忙しさとは、なかなかゼラフィネの姿なぞ思い出すどころの騒ぎではなかった。併しそのうちに、老人が暫く小康を得るようになって来ると、一時は全く永久に沈んでしまった星のように考えておった、あの燦爛《さんらん》たる奥方の部屋で過したことどもが、またなまなまと胸に蘇って来た。そこへ或時ふと思いもかけぬ出来事が、あの頃のわたしの悩みを呼び還す便《よすが》となった。その出来事とは、実にわたしをして殆ど霊界の妖異に逢ったような戦慄を身に覚えしめたほどの不思議な出来事であった。或晩わたしが何気なくR——藩へ持って行った紙入を開いていると、中から白いリボンにくるんだ一総《ひとふさ》の女の髪の毛が出て来たのである。一目見るに、それは紛う方なきゼラフィネの髪の毛であった。仔細にそのリボンを調べて行くと、何やら血の痕がついている。恐らくあの最後の日、正気のわたしを襲ったあの狂乱のうちに、アーデルハイドが形見に渡してくれた品であったのだろう。それにしても何の故の血痕であろう。その時ふと或恐ろしい予感に打たれたわたしは、この余りに詩的に過ぎる恋の形見をば、大切な自分の心臓から血を流さしむる情熱の兆《しるし》として警戒する心が生じた。この品こそは、わたしが初めてゼラフィネと近づきになったあの時、わが顔にひらひらと軽く戯れ絡《まつ》わったリボンであった。つまり、あの奇しき一夜が死の表徴の刻印を打ったリボンだったのである。それにつけても子供はゆめゆめ扱い慣れぬ危険な武器は弄《もてあそ》んではならぬものだ。

そうこうするうち、雨雪多かったその年の春も漸《ようや》く暮れて、いよいよ三伏の夏の候となった。冬の間は寒さが堪え難かったように、節が七月に入ると猛烈な暑気がやって来た。併し老人はめきめき元気を恢復して来て、例年の如く近郊の別墅《べつしょ》へ暑を避けた。さて、或静かな爽かな晩のことであった。大伯父とわたしは素馨《そけい》の花の香かんばしい庭の亭におった。老人はいつにない上機嫌で、その癖常のような辛辣な皮肉も口に出さず、頗る穏和な気分でいた。老人はわたしに云った。今日はどう云う加減か知らぬが気分が大変勝れている。こんなことは何時《いつ》にもないことだ。体は温いし、心も何となく爽かだ。ひょっとすると、これはもう先のない証拠かも知れないと、そんな事を云い出すので、わたしは努めて老人に暗い思いをさせまいとすると、老人は却って、構うな構うな。所詮わしはもうこの世に長く生き存《なが》らえる体ではない。そこで今日は一つ、お前にわしは永いあいだ仕残してある借を返すことにしよう。お前はあのR――藩で暮した去年の秋のことをまだ憶えておるか。この老人の問はわたしの心を稲妻のように貫いた。老人はわたしが憶えておるともおらぬともまだ答えもせぬうちに、早くも次のように語り出した。思えばあの城へお前が初めて行って、しかもああ云う忘られぬ事情のために特別な役を演じ、またあの家の深い秘密の中へみずから入る意志もなく偶然巻き込まれたと云うのも、あれは皆天帝のお謀《はから》いだ。従弟。お前は今こそ一切を聞かねばならぬ時が到来したのだ。あの時分わしどもはお互に随分色んなことを語り合ったが、あの当時は合点が行かなんだにしても、恐らくお前にも何か予感するところはあったろう。人はよく云う。自然と云うものは、年年歳歳四季相移るその循環のうちに、人間の一生と云うものの各時代を巧みに表わしておるものだと。この説にはわしも同感だ。併しわしのは少し解釈の仕方が人のとは異っておる。まず春は霞《かすみ》多く、夏は霧深く、さて外気澄明な秋となって初めてものの遠景は瞭然として来る。が、それもやがて終《つい》に厳冬が訪れて、地上のものみな総てが沈沈たる夜の底に沈んでしまうと云うのだ。つまりこの意味は、長老が明察のうちには自ら神の摂理が歴歴と顕われておると云うことさ。つまり、老人が明察はあの世への見通しだ。あの世とはこれ、この世をおさらばする時から踏み出す巡礼に外ならぬ。さて今わしには、ただの縁類関係以上にわしとは固い絆《きずな》の結ばれておるあのR——家に絡《まつ》わる因縁が、はっきりと見えて来るのじゃ。わしの心眼のまえには、今一切が隈《くま》なく展《ひら》けて来ておる。だが、どうしてそれがそう云う工合にわしの眼に見えて来るかと云うその真相は、どうも語ることは出来ぬ。そんなことは人間の舌三寸では出来ぬ業だ。まあ、わしの話を聴いたがいい。と云ってもわしは元来が話下手だから、まあありふれた因縁奇談の程度にしか話せぬが。それについてはお前も心によく明記して置いて貰わねばならぬ。つまり、恐らく呼ばれなんだら敢て虎穴に入ることは辞したであろうあの不思議な奇縁が、あるいはお前の身の破滅に終ったかも知れんと云うことを。併しまあ、それも今となっては一片の昔語りじゃ。やがて、老人が語り出したかの古城の因縁物語。わたしは今なおそれを殆ど一言一句の抜き差しなくここに述べ繰り返すことが出来るほど、明細に記憶している。老人はその話の中で、自分のことを他人称に呼んで語っていた。

時は千七百六十年の秋、とある暴風雨《あらし》の夜のこと、R——藩内の奴僕どもは暁の夢いまだ深き頃おい突如として宏壮な城の建物全体が轟然と地に粉砕しつくしたかと思われるほどの、おどろおどろしき物音に眠りを醒まされた。城にいたものは誰も彼も皆一時に衾《ふすま》を蹴って跳ねて起き、あり合う手燭に火を点《とも》す手も敢えぬ折柄、これも愕然同じく色を失った老執事が、己れの預る鍵束あまた手に持って、息せき切って馳せつけた。然るに廊下と云う廊下、広間と云う広間、部屋からさては長局《ながつぼね》と、いずれを廻って見ても陰陰たる暗夜の沈黙《しじま》に徒《いたず》らにただうろたえ騒ぐ手許に鍵の音のみがちゃつくのみで、床を踏む跫音が物の怪《け》めいてあたりに木魂《こだま》するほか、何ひとつ常と事変った場所とてはなかった。一同の驚きはますます募るばかり。いずこを見ても物の崩れたような個所は見当らぬのである。中に老執事は、ふとその時或暗い予感に襲われて、単身かの大騎士の間へあがって見た。ここは当時の領主、初代ロデリッヒ・フォン・R——男爵が天文の観測を行う折、つねづね寝室と定めて置いた小部屋に隣る大広間。その寝室ともう一と間の小部屋を隔てる耳門《くぐり》の戸は、あわいの狭い廊下を通って直ちに天文台へ通じている。いまダニエル（老執事の名）がこの耳門《くぐり》の扉を開いて見るや、忽ち吹き荒《すさ》ぶ外《と》の面《も》の嵐が、恐ろしい勢をもって堆《うずたか》い土砂崩れ落ちた壁土の類を顔一面に吹きつけた。驚きのあまり、老執事は思わず後に退った。途端に、手からは手燭を取落した。灯は忽ち床に落ちて、パチパチと音を立てて消える。その時執事は声を限りに叫んだ。おお神様。お可哀そうに、殿様は潰されておしまいになった。すると折柄男爵の寝室から何やら多勢泣き喚く声。執事は這入って見ると、そこには既に多勢の奴僕どもが主人の亡骸《なきがら》のまわりに寄り集《つど》うているところであった。見れば主人は常にない立派な正装に身を固め、毫《ごう》も変らぬ沈着な真面目な面持、さながら厳しい研究の疲れをしばしここに休めておると云った風に、豪奢な肱掛椅子にどっかと腰を卸《おろ》している姿。如何にせん、それは併し死の休息であった。間もなく夜の明けはなれた光に見て見れば、かの物見櫓《やぐら》の一番天辺《てっぺん》が無残にも崩れ落ちていることが分った。巨きな角石が天文台の天井と床を同時に打ち貫き、つづいて真先に落ちかかる大梁《はり》諸共、二倍の落下力をもって下の円天井を打ち破り、余力はなお余って城の壁と狭い廊下の一部を引き裂いているのであった。危なや、広間の耳門《くぐり》戸から一歩でも内に足を踏み込めば、下はまず八十尺はある深い奈落へ落ち込んでしまう惧《おそ》れがあった。

老男爵は己れの死ぬる時刻を予め知って、令息どもにそのことを通知して置いたから、事の起った丁度翌日のこと、世嗣《よつぎ》である長子ウォルフガング・フォン・R――男爵は直ちに城へ到着した。老父の不吉な手紙を受取って、この手紙の予感は必らず真に出るものと信じた男爵は、折柄旅行先なるウインナを発つや、急遽道を急がせてこのR――藩へ駈けつけたのである。その時老執事は、かの大広間を喪色に装って、まだ兇変の時のままの生々しき衣服を着た老男爵の亡骸を、皎皎《こうこう》と灯の点った銀の燭台で繞《めぐ》らした死の寝床へ安置していたが、折柄城へ着いたウォルフガングは言葉もなく、黙黙と階段を昇って広間へ這入り、さて老父の遺骸に近づくと、両手を胸の上に組み、眉根を深く寄せながら、暗い面につくづく亡き父の色蒼ざめた顔を見戍《みまも》った。彫像のごとく佇《たたず》むこと少時、目には涙も湧き出でずにいたが、やがて何やら右手を打顫わせて、遺骸の方へ差し伸べたかと思うと、口のうちに荒々しく呟く詞《ことば》。父上。星はあなたをして、愛するわが子にかくも憂き目を見せしめたのですか。そう云って男爵は両手を腰にまわすと、さて一歩しもへ退って目を宙に投げながら低い女女しい声で云った。お気の毒な、愚かな方。あなたの打った謝肉祭の莫迦芝居はとうとう下らぬ幻滅に終りましたな。あなたは今こそ、この世で取るに足らぬ僅かばかりの財産なぞを制限せられたことが、冥途《めいど》へ行って何の足しにもならぬと云うことがはっきりお分りになったことでしょう。如何なる意志、如何なる権力とても、墓場の彼方へは届きますものか。こう云ってまた幾秒か沈黙したのち、今度は割れ鐘のような声をあげて、いやさ。あなたは実にわが子のこの世に於ける幸福を一粒あまさず破壊しつくすことに力をお用いになったが、如何にあなたの頑迷を以てしても、そんなことはようさせませぬぞ。と叫んだ。そして忽ち衣嚢《かくし》から折畳んだ一葉の紙片を取り出すと、それを二本の指の間に挟んで遺骸の傍に燃えている蠟燭の火のうえに高く翳《かざ》した。紙片は見る見る蠟燭の火になめられてめらめらと燃え上った。その火《ほ》あかりは遺骸の顔にちらちらと映って、あたかも老人の顔の筋がぴくぴく動き出し、音なき言葉を語るように見えたので、部屋の隅に並《な》みいた扈従《こじゅう》どもは深い驚怖の念に襲われた。そのあいだ男爵は如何にも沈着な態度で、床に落ちた千切れた紙片の燃え屑を丹念に足で揉み消していたが、やがてもう一度暗い視線を老父の死骸の上に投げると、そのままさっさと広間を出て行ってしまった。

　翌日ダニエルは櫓の崩れ落ちた次第を男爵に語った。そして、今は亡き老主がこの世を去ったあの晩の出来事を一つ余さず長長と語ったのち、この上は一刻も猶予せず直ちに櫓の修理をなさるが得策であること。さもない時には、崩れた個所はますます荒れ崩れ、やがては城全体の危険にもかかわるであろうこと。城全体が崩壊するとまでは行かないにしても、兎も角も大きな損傷を蒙ることを男爵に進言した。すると男爵は、瞋恚《しんい》の焔《ほのお》に眼を輝かせながら、いきなり執事の言葉を却《しりぞ》けて、櫓を修理すると云うのか。飛んでもないことだ。おい老耄《おいぼ》れ。貴様には分らぬのか。と剱もほろろな挨拶であったが、暫くしてから較《やや》言葉を鎮め、お前には分らぬのか。あの櫓は何か特別の原因がなくては崩れる櫓ではないぞ。仮りにもしあの薄気味悪い天文台を取壊すのが、父上の望みであったとしたら、どうするか。或いはまた父上が、丁度自分の都合のよい時にあの櫓を崩し落し、そのために櫓の内が壊れるような仕掛をして置いたとも限らぬではないか。しかしまあそんな事はどうでもよいわ。たといこの城全体が崩れ落ちたところで、己れの知ったことではありはせぬ。いや、そうなったら己れは寧ろ喜ぶだろうよ。こんな梟《ふくろ》の巣みたいな化物屋敷に、この己れがなんで住めると思うか。それにつけても、そうだ、あの景色のいい谷間に新しい城の基礎工事をした先代は悧巧《りこう》だった。先代はこの己れにあれを継続させるように造って置いてくれたようなものだ。ダニエルはそれを聞くと悄然として、と仰言《おっしゃ》ると、それではその時はお家の忠僕は皆首を連ねて御扶持《ふち》に離れることになるのでございますか。知れたことだ。己れはお前らごとき役にも立たぬ老耄れの躄《いざり》どもは飼っては置かぬよ。併し何もこちらから好んで逐《お》い出すようなことはせぬから、安心しておれ。お前ら如きは、何一つ働かんでも仁慈をもって食うに事欠かぬだけのことはしてやるわ。執事は思わずむっとしてさてはこのわたくしにでございますか。執事職のこのわたくしにでございますか。男爵はその時老人に背を向けて部屋を出ようとしていたが、老人の詞《ことば》を聞くと突然振り向いて、烈火のごとく顔を赤くして、握り込めた拳を前へ突き出し、つかつかと老人に詰め寄ると、恐ろしい声で怒鳴った。そうだ、貴様にだ。老偽善者の悪奴輩《やつばら》の貴様にだ。貴様は親父とぐるになり、櫓の上で悪事をはかり、血を吸う悪鬼のように親父の心臓に咬いつき、恐らく親父の気の狂ったをよいことにして、あの恐るべき制定を布《し》くように嗾《そその》かしたうえ、この己れを奈落の淵へ突き出した奴だ。疥癬かきのやま犬同然、逐い払っても足らぬ奴だ。老人は恐ろしいその詞《ことば》に一溜りもなく縮み上って、そのまま男爵の足許にどうと膝をついた。人は怒り心頭に発する時には、体の所作が無意識のうちに心に従い、肚《はら》に思うことが即座に動作にあらわれることはよくあることだが、男爵も今最後の言葉を放つと、いきなり右足を挙げて、別に蹴るつもりもなく老人の胸のあたりを強か《したた》蹴った。きゃっと一と声、老人は筋斗《もんどり》打ってその場に倒れたが、痛みを怺《こら》えてやがて立ち直ると、手負いの獣が哮《ほ》える断末魔の声にも似た怪しい唸り声を吐いて、瞋恚と絶望との混った燃えるような眼付で、きっと男爵を睨んだ。老人は男爵が部屋を去り際に、その場へ投げ棄てて行った金の財布が床に落ちているのにも手を触れようとはせなんだ。

日は経て、近隣の地に住む親族の人達もようやく集まり、老男爵の遺骸は盛んな儀式のうちに、藩内なる先祖代代の菩提所へ葬られた。さて招かれた多勢の客人どもがそれぞれ散り去ってしまうと、新藩主もようやく湿った陰気な気分を拭われて、いよいよ自分のものとなった莫大な財産を、そろそろ喜ぶような気分になった。先考が腹心の法律顧問であったV——何某と云う人、男爵はこの人にただ一度会って話を交わしただけですっかり信頼を置き、従来の職務を確認した上、おのれも共にこの世襲領の収益を細密に調査して、旧城の修理と新城の建造に略《ほぼ》どのくらいの費用が融通出来るものかを、つぶさに熟考した。V——の意見によれば、老男爵は毎年この領地の歳入を悉《ことごと》く費消しつくすことは出来なかった。然るに今一件書類の中には極く零砕《れいさい》な銀行手形が二三枚と、金庫の中には千ターレルあるかなきかの現金があるばかりだから、必らずまだこの外にどこか他の場所に多額の現金が匿《かく》してあるに違いない。ついてはその金の在所《ありか》を知っているものは、あのダニエルより外になかろう。然しあの老執事は如何にも因業《いんごう》な男だから、恐らく誰かに尋ねられるまでは決して金の在所を明《あか》さぬだろうと云うのである。そこで男爵は考えた。もともと子供もなく、寧ろこの祖先伝承の城の中で生涯を送りたいと望んでいるダニエルのことだ。何もそんなに多額の現金が要る訳がない。して見ると、どうもこれは単なる利慾心から起ったことではなくて、恐らく彼奴が怺《こら》え忍んだ侮辱に対する復讐心から起ったことかも知れぬ。そうなると、切角隠匿してある金を持ち出さずに腐らせてしまいはせぬかと、それが心配だ。そこで男爵は先日のダニエルとの経緯をこまごまとV——に述べた上、まだ外にも二三自分の手許へ届いた報告があるが、それやこれやを綜合して見ると、どうも死んだ親父の心に息子たちを二度とこの城へ寄せつけまいとするような、太《はなは》だしい嫌悪の情を植えつけたのも、矢張りあのダニエルの仕業ではないかと思われると断案を下した。すると顧問の云うには、しかし老男爵の心を動かすことの出来る人間は天下に一人もない筈だから、今あなたの仰言った報告と云うのは、それは虚報でしょう。それは兎も角も、いずこの隅にか保管されてある金の秘密をダニエルから聞き出すことは、わたしが請合って果すからと云った。顧問はその時ダニエルに口を割らすことを相当難事に考えたのである。ところが事実は予想以上に容易に片付いた。と云うのは、顧問がダニエルを捉えて、なぜ老男爵はたったこれだけの現金しか遺されなんだのかと尋ねた時、ダニエルは厭らしい微笑を泛べながら言下にこう云って答えた。顧問様。あなたがたったこれだけの現金と仰言るのは、この小さな金庫の中にあった少額の金のことをお指しになるのですか。おおその残りの金と申しますのは、亡くなられた殿様のご寝室であった次の間、あの円天井のお部屋にございます。けれども一番余計にある所は。とここまで云いかけた時、ダニエルの微笑は見る見るうちに不愉快な冷笑に変り、目には悪意に満ちた焔が燃えた。その一番余計にあるところはあの土砂の中でございます。幾千とない金貨が、あの崩れ落ちた穴の底深く埋れておるのでございます。それと聞いて、顧問は直ちに男爵を呼んだ。三人が件の寝室へ赴くと、ダニエルは部屋の隅のと或る一枚の腰羽目を押し動かした。するとそこから小さな一箇の錠前があらわれて来た。ぴかぴか磨かれて光っているその錠前を、男爵は貪るような眼付でじっと見詰めていたが、やがて衣嚢の中からやっと大きな鍵束を取り出すと、早く合鍵を見つけて錠前を外そうと身構えをした。錠前をよく見ようと身を屈めている男爵の姿を反《そ》り身になって上から意地悪げに見下ろしている、如何にも傲慢なダニエルの態度。その顔はまるで死人のように色蒼ざめていたが、やがて、男爵様。わたくしがもしも犬でありますなら、これでも犬ほどの忠実さは持っております。と顫える声のうちから、一箇の光った鋼鉄の鍵を主人に差し出した。男爵は手早くそれを採《も》ぎ取るように引たくると、直様《すぐさま》錠前に合わした。扉は難なく明いた。さて低い円天井の次の間へ這入って見るに、そこには蓋の明いた鉄の大きな櫃《ひつ》が一つ置いてある。中には夥しい金袋がぎっしりと詰っていて、その上に添えてあるのは何やら一葉の書付らしきもの。書かれてある文字は正に見馴れた老男爵の真蹟である。大きな書体で次の如く記されてあった。

R——世襲領歳入額のうちより約除したる金子古普魯西亜《プロシア》金貨《きんす》にて金拾五萬ターレル。該金子は城塞建造費に充《あ》つるもの也。わが亡き後の世襲領主この金を相続し、更に城の櫓（相続者はその崩壊の後に発見すべし。）より見て東方の丘陵に、航海者の便宜のため燈台一基を築き、常夜燈を備うべし。

千七百六十年秋、ミハエル祭の夜、R——領にて

男爵、ロデリッヒ・フォン・R

男爵は暫く金袋を一つ一つ手に取り上げては櫃の中へ落し、燦燦《さんさん》と鳴る金貨の音を楽しんでいたが、やがて俄かに気づいたように老執事に向ってその忠勤を謝し、今まで自分はお前に対していろいろ側から譏謗《ざんぼう》ばかり耳にしていたので、初めはあんな風に辛く当ったりしたが、今後は啻《ただ》にこの城のうちに置いてやるのみならず、従前の通り執事職に任じて、減俸は愚か扶持は二倍に加増して使ってやるからと確言した。己れはまだお前にいろいろ弁済せなければならんことがある。金でよければ、この金貨のうちから一袋取って行くがいい。やがて男爵は老人の前に立って、伏目にかの金櫃を指しながら、こう云い結ぶと、再び櫃に近寄って、中なる金袋を改めた。その時執事は俄かに火の如く顔を赤くして、先程男爵が顧問に語った、あの深傷《ふかで》を負うた獣のような唸り声を吐いた。それを聞いた顧問は思わず身の毛がよだった。なぜと云うに、顧問には執事が何やら口のうちに呟いた詞《ことば》が、金の代りに血を貰うぞ。と云う風に聞え

たからである。併し男爵は目前の財宝に目のくれている最中であったから、執事の詞《ことば》は耳に入らなんだ。ダニエルはまるで四肢五体が何か痙攣的な悪寒に襲われたようにがたがた身を震わせながら、首を低く垂れ、如何にも謙虚な態度で男爵に近づくと、その手をとってそっと唇《くち》をつけ、涙を拭くと見せかけた半巾に両眼を蔽って、おろおろ声で云うのであった。ああ、御前《ごぜん》。わたくしのような子供もない惨めな老耄れが、金なぞ頂いたとて何になりましょう。けれどもお思召によって御扶持を倍にして頂けますなら、喜んでそれをお受けいたし、今後ともにますます怠りなく忠勤を励み、職務を果すでございましょう。その時男爵は老人の詞を耳にもかけず、かの金櫃の重い蓋をばたんと締めた。その音は部屋中に響き返った。徐《おもむ》ろに錠を卸すと、要心深くその鍵を抜きながら、何の気もなく早口に、よろしい、と云ったが、一同が広間へ戻った時、男爵は再び老人に向い、最前お前はあの崩れた櫓の下に金貨が沢山埋っているとか云っておったな、と尋ねた。すると老人は黙って例の耳門《くぐり》のところへ歩み寄ってそこの戸を明けようとしばらく骨を折っていたが、程なく錠は外れた。老人が扉を押し明けた時、忽ちひどい吹雪がひゅうひゅう音を立てて広間の中へ吹き込んだ。一羽の大鴉が不意を食って鳴き叫びながらあちこち飛び狂っては、頻りと黒い翼を窓《まど》に搏《はばた》き当てたが、扉が再び明けられたのを見ると、忽ち奈落の底へ姿を消した。男爵は廊下へ歩み出たが、深い奈落の底を一目覗くと、思わず身を顫わせて後へ退《すさ》り、恐ろしい光景だ。眩暈《めまい》がする、と口のうちに云ったと思うと、そのまま気を失って判事の腕に倒れかかったが、再び元気を起して立ち直ると、鋭い目付で執事を睨めて、おい、あの下にあると云うのかと問うた。執事はその隙《ひま》に耳門《くぐり》を締めて、錆び果てた錠前から大きな鍵を抜き取ろうと全身の力を集めて、はあはあ息を切らせていたが、ようやくのことでそれが抜けると男爵の方に向き直って、その大きな鍵を手の中でがちゃがちゃ鳴らしながら、奇怪な微笑を泛べて云った。左様でございます。あの底の底の方に、亡くなられた殿様の立派なお道具が皆ございます。望遠鏡。四分儀。地球儀。さては暗夜鏡。こう云うお品があの石塊《いしくれ》と大梁の間に挟まって、崩れ落ちた土砂の下に粉微塵になって埋れておるのでございます。男爵は執事の詞を皆まで聞かず、しかし金は、現金はどうした。最前お前は金貨があると話しておったがと尋ねた。併し執事は、いえ。わたくしはただその、そう云う金目なお品があると云うことだけ申したのでございましたと答えるのみで、それから後のことは一語も口を割らなんだ。

さて已れが多年の宿望であった、新しい城を築くに必要な手段が一時に掌のうちに帰した今、男爵の悦びは一通りではなかった。ところが顧問は、この莫大な遺産は老男爵の意向に従い、須《すべか》らく古城の修理改築に充《あ》つべきもので、仮令《たとい》また新城を築いたにしたところが、到底この祖先伝承の古城の壮観と、峻厳且素朴なこの特徴に及ぶものは出来ないと主張した。男爵は男爵で、飽くまで自分の立てた計画を固持して、たとえば設立文書に裁可されておらぬかような処置の場合には、故人の不法な意志なぞは効をなさぬとまで云って云い張った。そしてそれに附け加えて、次のようなことをV――に洩らした。実は自分はこのR――領を風土環境の許す限り、出来るだけ美しく住みよくせねばならない義務がある。と云うのは、自分は近く妻を迎えて家庭を営もうと思っている。妻はあらゆる点で、大きな犠牲を払っても決して惜しくない婦人だと云うのである。

顧問は、この最早既に恐らく極秘裡に取結んであるらしい縁談を男爵が極く内内に語るので、それ以上立入って尋ねることを思い止まった。併しまた顧問は、同時にこう云うことをそこに認めた。厳密に云うと男爵の富に対する渇仰の中には、どうやら自分の意中の人に、所詮自分のところへ嫁いで来るためには当然諦めなければならない美しい故国の思い出を断たせてしまいたい欲望があるのではあるまいか。それが真実の貪欲心より多く心を占めているのではあるまいかと思った。そこで顧問は、男爵の決意にはやや恕《じょ》すべき点のあるのを認めたのである。さもなければ、兎角黄金に耽《ふけ》り普魯西亜金貨に色目を使っては、あの老耄れの悪党め。彼奴はきっとまだ巨額の宝を己れ達に匿《かく》しているに違いない。来年の春になったら、どんなことをしても己れの目の前であの櫓を掘り返さいで置くものか。なぞと怒鳴り散らさずにはおられない男爵の真意を、吝嗇漢とまでは云わずとも、まず蛇忌《だき》すべき我利我利亡者と思わざるを得なかったに違いない。

そのうちに、間もなく男爵は建築師を呼び寄せて、どんな方法で建築を始めるが最も便宜であるかと云うことを相談し始めた。種々の見取図が提出されたが、さてどれもこれも皆十分に宏壮な様式とは思えなかったので、男爵はそれを悉《ことごと》く却けた末、とうとう仕舞いには自分で図を引きはじめた。兎も角もこんな仕事によってでも男爵の眼の前には絶えず未来の赫赫《かくかく》たる幸福が髣髴《ほうふつ》して来るので、男爵は非常に大機嫌であった。時にはそれが限りない歓喜の情となって外に溢れることがある。そしてそれは周囲の人にも好い影響を与えずにはいない。そんな時の男爵の、如何にも物惜しみをせぬ寛濶な態度や、贅美を尽した饗応の模様は、少くとも吝嗇と云うような疑念を一掃するに充分であった。そう云えば老執事のダニエルも、近頃ではもういつぞや男爵から受けた没義道《もぎどう》な扱いのことなぞすっかり忘れ果てたかのように見えた。時折今でもまだあの奈落の底に埋れている財宝のことから、男爵に疑惑の眼で見られることもないではなかったが、併し何と云っても男爵に対する態度は一と頃よりも遙かに謙虚なものになって来ていた。それに不思議なことには、この老執事はその後日を経るにつれて、だんだん若くなって来た。これは恐らく今まで故男爵に対する哀悼の悲しみに心を重く圧されていたのが、此頃になってようやくその痛手から脱れかけて来たためであったろう。兎も角も、今ではもう以前のように、寒い夜をあの櫓の上で夜明しするようなこともなく、代るに上等な食物、上等な酒など鱈腹飲み且食い放題である。その原因はよし何であろうと、白髯のこの老爺は、今では頬にも血の色が潮《さ》して来て栄養の行き亙った体になり、足許も確かに、何か冗談でも聞けば一緒に哄然と笑う壮者の如き相貌を具えて来たのである。

ところでこうした城内に於ける愉快な日日も、或日のこと、当然この土地に属すべき人と思われる一人の人物の到来によって妨げられた。その人とは誰あろう城主ウォルフガングの弟フーベルトであった。兄は弟の姿を一と目見ると、死人のように顔を蒼くして叫んだ。不幸な奴。貴様何しにここへやって来た。兄の腕に身を投げた弟を、男爵は引摺るようにして人気のない二階の一と間へ連れ込むと、自分も中へ這入って内から錠を卸した。二人は幾時間も閉じ籠っていたが、大分経ってからフーベルトはひどく取乱した様子で降りて来て、自分の乗馬を呼んだ。顧問が止めると、フーベルトはその手を擦り抜けようとするので、顧問はこの儘《まま》拋って置いては兄と弟は一生仲違いに終るかも知れないと思ったから、それの起らぬうちに何とかして防ぎ止めようと思って、どうかもう暫く二三時間でいいから待ってくれと歎願すると、そこへ男爵も降りて来て、フーベルト。お前ここに暫く逗留しておるがいい。その上でもう一度篤《とく》と考え直して見たらどうだ。と云った。それを聞くとフーベルトの顔は忽ち晴れやかになったが、さて気を取り直して急いで毛皮の外套を脱ぐと、それを自分の従者に投げ渡し、やがてV――の手を取って部屋へ連れ込んだ。どうです。御領主様どうやら僕をここへ置いてくれるらしいですね。その顔に漾《ただよ》う何となく冷笑的な微笑。V――は考えた。誤解はきっと今に解けるだろう。二人が不和の原因は、互いに相隔って暮していることがいけないのだから。やがてフーベルトは炉の側にあった頑丈な火箸を手に取って、ぷすぷす煙を立てて燻《くすぶ》っている節くれ立った生木を叩き割りながら、火を掻き立て掻き立て語るのであった。ねえ、顧問さん。あなたもご承知だろうが、僕は心から善い人間ですぜ。家事向のことなら何だって旨くやってのけますよ。それと反対に兄貴の奴と来たら、実に偏屈人でおまけに吝嗇漢《しわんぼ》ですからね。併しV――はこれ以上兄弟の関係に深く立入るのを不得策と思った。ウォルフガングの顔色と態度と調子にさまざまな激情のために心の統制を失っているさまが取り分け歴歴と見えていたからである。

その夜遅く、V――は世襲領に関する或用向について決議を経る必要があったので、男爵の部屋へ訪ねた。男爵は両手をうしろに組み、何やらひどく取紊《みだ》した様子で、部屋の中をあちらこちら大股に歩いていたが顧問の顔を見るとふと止ってその手を取り、何か心に屈托のあるような様子で顧問の顔を覗き込みながら、弟の奴とうとうやって来たよ。と云う。V――が何か尋ねようとすると、いや、分っている君の云おうとすることは分っている。併し君は生憎《あいにく》何も知らんのだよ。あの不幸な弟は――そうだ、己れは彼奴を不幸と呼ぼう。――実際彼奴は悪魔みたいな奴で、到る所で己れの道先の邪魔ばかりする奴だ。己れの平和を攪《か》き乱す奴だ。己れも今までに随分ひどい目に逢わされるところを、それをまあどうにか蒙らずにすんだのは、何も彼奴が手抜かりじゃなかったのさ。彼奴にしたら、己れを陥れるためには最善を尽したんだが、つまり天帝のお思召が彼奴になかったと云う訳なのさ。何しろこの世襲領が制定されてからと云うものは、彼奴は事毎にこの己れを憎しみの目で附け覘《ねら》っているのだからね。仮りに彼奴が嫉《ねた》んでいるここの領地権を当の彼奴に持たせでもしておったら、今頃は夙《と》うに皆んな籾殻《もみがら》みたいに吹き飛んでしまっていたことだろうよ。彼奴と来たら途法もない浪費家だからね。彼奴の負債は今ではもうクウルランドにある彼奴の財産の分け前の半分を夙うに越えているだろう。そんな訣《わけ》で借金取りに追い立てられたので、今度金の無心にここへやって来たのだよ。して御前はこれをお断りになったのですか。とV――が詞《ことば》を挟むと、男爵はいきなり握っていたV――の手を離して、一歩大股に身を引いたかと思うと、破鐘《われがね》のような大声を立てて、黙り給え。いかにも己れは断ったよ。この世襲領の収入の中から己れは一ターレルだって他人に呉れてやることは出来ない。またやりもせまい。まあゆっくり話を聞いた上で、己れの義務観念と云うものを判断して貰おう。まず、己れは最前あの二三時間ばかりのあいだに、あの莫迦者にどんな提案をして失敗したか。君も知っての通り、クウルランドにある自由財産は実に莫大なものだ。その財産の半分を、つまり己れの分け前になっている半分を、己れは彼奴の家族の為を思うて諦めようと思ったのだ。それと云うのが弟の奴、クウルランドでさる貧乏な娘と結婚したのだ。その娘と云うのは、今彼奴との間に出来た子供を抱えて路頭に迷っているのだ。借金取りは彼奴の財産を監理して、その収益の中から彼奴の生計に必要なだけの金を除けてやることに協定したのだそうだ。併し平和な、何の苦労もないような穏かな暮しが、彼奴がためには何の役に立とう。女房子供が何の益になろう。金だ。彼奴が欲しいのは唯金だ。湯水のように使い果せる現金が欲しいのだ。ところでこの城にあった十五万ターレルのあの貯金の金、あの金の秘密を彼奴に知らせた裏切者があったと見える。その悪魔はどこの何奴《どいつ》か知る由もないが、彼奴はあれを世襲財産とは別な自由財産の金だからと云って、その半分を寄越せと云うのだ。如何にも彼奴らしい狂気じみた遣り口じゃないか。だが己れは何と云われてもそれは断らなければならない。事実断るつもりだが。併しどうも考えて見るに、彼奴はこの己れを内内無きものにしようと企んでいるようだよ。どうも己れにはそんな気がしてならぬ。

男爵のこの不同意に、V——が余り深く立入らなかったことは云うまでもない。しかしどうにかしてこの兄弟の間の猜疑を拭おうとして、V——は問題を極く一般的な、寧ろ皮相的な道義上の問題としてそれを論じながら、出来ることなら男爵を説服しようと努めたのであるが、その効がなかった。男爵は自分に敵意を含んでいる、貪慾飽くことなきフーベルトを何とかうまくあしらってくれとV——にその処置を委ねた。V——は細心の注意をもって事に臨んだ。そこで色色の曲折を経た後、ようやくフーベルトが、よろしい。そう云うことなら兄の提言を容れよう。就いては、自分は目下冷酷鬼の如き債権者どものために永久に名誉を逸しようとしている危機にあるのだから、この際どうか二千ターレルだけ現金で前金に貰いたい。但し、それには将来せめてほんの僅かの期間だけでもいいから、この美しいR——藩にあの善良な兄と一緒に住んでいてもよいと云う条件つきで。と我を折って出たので、V——はやっと安堵の胸を撫下した。早速この由を兄男爵に報ずると、男爵は意外な怒りよう。ならぬ。断じてならぬ。妻がここへ来てからは、仮令《たとい》一分間なりとも、フーベルトをここへ同居させることは断じて許さぬ。どうか君済まないがこの平和の攪乱者にそう云ってやってくれ給え。その二千ターレルは前金としてではなく、こっちから贈り物としてやるから、その代り即刻ここから出て行ってくれと云ってくれ給え。これを聞いた時、V——は初めてその時この兄弟の不和の原因がその結婚にあることを悟った。さて男爵の意を取次いだ顧問の詞《ことば》をフーベルトは傲然と平静な態度で聞いていたが、一と通り顧問が語り終ると荒荒しい声を呑んで、そう云うことならもう一度よく考えて見ます。兎に角もう四五日ここに泊った上でと答えた。

そこでV——はこの不遜な弟に向って、男爵は実はご自分の自由財産の分け前をもあなたに提供して出来るだけのことをして償いをしようとしておられること。また、長子一人のみを殊更重んじて、外の令息たちは埒外に置くと云ったような制定は、もとより蛇忌すべき制度に違いないが、併しそれを男爵に責めるのは筋が違うことなぞ云い立てて、しきりと説いて聞かせた。フーベルトは苦しい胸に風でも入れるように、胴着の鈕《ボタン》を下から上まですっかり外《はず》した露《あら》わな襯衣《はだぎ》の胸襞へ片手を突込み、片手を腰に支えながら立っていたが、その時片足を錐《きり》のようにしてぐるりと向うへ向くと、ちぇっ。憎むのはこっちが憎まれたからなんだ。と鋭く叫んだ。併し直ぐとまたからからと大きな声で笑って、はっはっは。なんとこちらの御領主様はお偉いよ。一体どんな考えで、哀れな乞食に金を恵んで下さると云うんだい。とさも憎憎しげなその様子。V——はそれを見て、ああ、所詮この兄弟に完《まった》き和睦の成り立つなどとは問題の外だと、その時つくづく看て取った。

そうこうするうち、男爵が又もや気病みの種となったのは、その後フーベルトが、自分に当てがわれたかの袖家の一と間に這入ったなり、一向に姿を見せぬ事であった。なんとなく長逗留でもするような気配。時折かの老執事と何やら長話をしていたり、一緒に狼狩へ出掛ける姿は見掛けることもあるが、その外の時は一切姿を見せぬ。殊に兄と顔を合わすのはいろいろ苦心をして避けている様子。兄も弟と二人になることは、決して喜ばなんだ。こう云う二人の状態が、V——にはまた何かにつけて気詰りで不愉快でならない。殊にフーベルトの言語挙動のうちにあらわれている、あの何となく不気味な様子は、どうやらこの城の福祉をわざと破ろうとしている気分をあらわしているようだ。V——は漸《ようや》く今になって、フーベルトが初めて城へ来た時のあの男爵の驚きようを、さてこそと悟ることが出来た。

ところが或日のこと、V——が法廷室で書類なぞ調べていると、そこへフーベルトが常になく落着いた真面目な顔をして這入って来て、しおしおとした声で、実はこの間の兄貴の提案ですが、あれを僕承知します。そこで済まないが、例の二千ターレルの金を今日のうちに何とか手に入るように計らって下さい。僕は今夜ここを発ちます。単身、騎馬で。と何やら胸に思い定めたらしい詞《ことば》つき。そこでV——はその金をお持ちになってですか。と尋ねると、成程。そうだったな。君の云う通りだ。重いと云うんでしょう。それならK——のイザアク・ラツァルス宛に手形を振出して頂こう。僕は今夜の中にどんなことをしてもK——へ行きたいのだから。なんだか僕はここから逐い立てられるような気がする。なにしろこの城には年寄が悪霊を封じてあるんだからね。V——はきっとなって、フーベルトさん。あなたそれはお父様のことを仰言るのですかと尋ねると、どうしたことかフーベルトの唇は見る間にがたがた戦《おのの》いて危く倒れかけようとしたが、辛うじて椅子に身を支えると、やがて元気な声を絞って、それでは顧問さん、今日中に。と辛くも戸口の方へよろめき出て行った。成程。彼奴それではいよいよ偽瞞の手の効がないことが分ったな。己れの堅固な意志には手の下しようもないことが分ったんだな。男爵はそう云いながらK——なるイザアク・ラツァルス宛に手形を振り出したが、いよいよ仇同志の弟が出立するときまると、流石に吻《ほっ》と胸の重荷を卸したような心地で、その日の晩餐の卓に着いた時には、久し振りで晴れやかな気分でいた。フーベルトは到頭食事には出られぬ旨を申し越して来た。

さてその夜のことである。V——の寝起している部屋は城のうちででも少し離れたところにあって、窓《まど》は丁度中庭に面しているが丁度真夜中頃に突然何やら遠くで嗟歎《さたん》しているような声にふと眼を醒まされた。耳を欹《そばだ》てて見たが、四辺は闃《げき》として物の音もない。気の迷いか。夢中の錯覚か。しかしどうも心配と恐怖の息の詰るような気持に襲われて、迚《とて》も寝ている気なぞ起らないので、V——は起ってわざわざ窓際まで行った。暫くすると城の門が明いた。見ると、一人の男が火の点った蠟燭を持って城から出て来て中庭を渡って行く。それが執事のダニエルであった。そこで猶《なお》見ていると、執事はやがて厩の戸をあけて中へ這入って間もなく鞍を着けた一頭の馬を曳き出して来た。暫くすると今度は闇の中から第二の人が現われた。毛皮の外套に身を包んで、狐の皮の帽子を戴いているところから見て、正しくそれはフーベルトであった。フーベルトは二三分の間ダニエルと何やら夢中になって話していたが、やがてまた城の中へ戻って行った。ダニエルは再び馬を厩に繫ぐと入口の戸を閉して、来た時と同じように中庭を引き返して城の門を締めた。これで見るとどうもフーベルトはあの馬に乗って出立しようとして俄かに気を変えたものとしか思われぬ。同時にフーベルトとかの老執事の間に何か危険な結托のあるらしいことも明白である。V——はこの出来事を早く男爵に知らせたいと思って、夜の明けるのが待遠しかった。成程。して見ると、これはいよいよあの悪意に充ちたフーベルトの提議に対して警戒を要する時が来たわい。V——は今にして初めてそれを悟った。そう云えば、昨日のあの如何にも取紊《みだ》した様子。彼是《かれこれ》思い併せると、成程如何にもフーベルトの悪党振りを発揮しているものと云わねばならない。

翌《あく》る朝、丁度いつも男爵が床を離れる時刻に、V——は啻《ただ》ならぬ人のあちこち駈け走る音、戸を明け立てする響、何やら騒がしく人の話す声喚《わめ》く声を聞きつけた。部屋を出て見れば、あちらでもこちらでも行き当るのは、自分のいることにも気がつかず唯あわてふためいて階段を昇り降りする人の姿。慌しく部屋を出入する奴婢どもの色蒼ざめた顔であった。聞いて見れば、男爵の姿がお見えにならぬ。既に一時間もお探ししているのだが今だに見当らぬと云う。なんでも昨夜お附きのものの見ている前で、いつもの通り床に就かれたが、どうも推察するのに、それから一度又起きられて、寝間着に上履を穿かれたままの形《なり》で手に燭台を持ってどこかへ行かれたに違いない。なぜと云うのに、それらの品がお部屋に見当らないからと云うのである。V――は俄かに或暗い予感に襲われて、急いでかの不吉な広間へ駈け昇った。広間の次の間なる例の小部屋は男爵が父と同様寝室に定めておられた部屋である。見ると、いま櫓《やぐら》へ上る、耳門《くぐり》の戸が明け放しのままになっている。V――は思わず驚愕の声をあげた。あ、彼処に、あの奈落の底に、男爵が手足を砕かれて。正にV――の言の通りであった。雪が深く降り積っているので上から覗くと、あわれや石の間から突き出た硬直した腕しか見えなかった。間もなく人足共が来て、梯子を繋ぎ合せ幾時間もかかって、やっとのことで死体を縄索《なわ》で引き揚げた。断末魔の苦しみのために、男爵は手に銀の燭台をぎゅっと握り締めたままであった。五体のうちで僅かに痍《きず》なきところはその手ばかり。外《ほか》は悉《ことごと》く尖った石塊の角に当って、見るも無惨な打砕かれ方をしていた。

さて引揚げられた死体は、丁度数週間まえ老ロデリッヒ男爵がそこに安置せられたと同じ広間の大机の上に安置せられた。折柄フーベルトは絶望の怒りを顔一ぱいに漲《みなぎ》らして馳せつけたが、兄の死体を一と目見るなり、恐ろしいこの体《てい》に覚えず慄然と身を震わせて叫んだ。兄貴。おお気の毒な兄貴。だが己れは己れの心に取憑いていた天魔に、かくまで酷い真似をしてくれとは願わなんだに。なんと云う恐ろしいこの自己弁護の詞《ことば》。聞いて覚えず戦き慄えたV――顧問は、思わず、兄を殺した罪人ここに見つけたと躍りかからずにはおれぬような心地がした。

流石のフーベルトもその場に撞《どう》と昏倒したが、寝床へ担ぎ上げられ気つけ薬を含ませられて、間もなく正気に返った。やがて色蒼ざめた顔をして、半ば閉じた眼に暗い悒愁《ゆうしゅう》を湛えながらV――の部屋へ這入って来たフーベルトは、激しい疲労のために立っていることも出来ず、そのままぐったりと肱掛椅子へ腰を卸すと語り出した。父があの世襲領と云う愚かな制定を布《し》いて、遺産のうちの最《もっと》もよいものを兄に与えて以来、自分は私《ひそ》かに兄の死を願っていました。その兄が今あのような無惨な死によう。自分は今こそこの世襲領のあるじになれはしたものの、心は酸痛で掻きむしられるようです。自分の心は決して今幸福ではない。恐らく将来もそんな日は来ぬでしょう。自分は今あなたの職分をいよいよ堅く信ずるものだ。されば到底住むに堪えぬこの世襲領の監理に関するあなたの全権を自分は従来よりも一層拡張してあげようと思います。云い終ると、フーベルトはそのまま倉皇《そうこう》と部屋を出て行ったが、それから二三時間の後には早くも渠《かれ》はK――へ向って羈旅《きりょ》の人であった。

さて話変って不幸な兄ウォルフガングが死因はどうであろう。人人の推測するところによると、どうも男爵は夜中に一度起きて図書室の小部屋へ行こうとしたらしい。その時寝呆けて、かの耳門《くぐり》の戸を間違えて明けて這入ったために墜落したらしいと云うのが一般の説であった。併し、それにしてもこの臆説には大部無理があった。なぜと云うのに、男爵がもし眠れぬために図書室から書物を取って来て読もうとしたのなら、この事実は寝呆けていたと云う事実に反する。然るに耳門の戸を図書室の戸と間違えて明けたと云うためには、寝呆けていたと云う事実がどうしても必要である。しかも耳門の戸には固く錠が卸してあるから、それを明けるには容易ならぬ力を要する筈である。この推測の曖昧模糊の個所を、V——が家僕どもを集めてよく説明していると、フランツと云う男爵の従者が口を出して、顧問様。それはどうも違うようでございます。そんな事が起る筈がございませんと云う。そこで顧問は、ではどう云うのか。と鋭く問うと主人のためには墓まで跡を追うて行きかねまじいこの忠僕は、その時なんとなく一座の前面でその話を公に語ることを好まぬようすで、後ほど内内顧問の耳だけへ入れるからと云って、暫くその話を控えていた。あとで、V——が従者から聞いたところによると、生前男爵はよくあの櫓の底の土砂の中に埋っていると云われる夥しい金銀財宝の話をしていたとか。或時なぞは、まるで天魔に引入れられたように夜半ダニエルから無理矢理鍵を奪い取って、かの耳門の戸を明け、垂涎《すいぜん》置く能わぬ羨望の目を眸《みは》って、かの奈落の底の財宝を覗いていたと云う。フランツの詞《ことば》によると、だからあの不幸な夜にも、男爵はフランツが寝所をさがってから、例の通りあの耳門戸のところへ行かれたものに違いない。その時何か急に眩暈でもして、そのままあすこへ落ち込まれたのだろうと云うのであった。執事のダニエルも、流石にこの男爵の不慮の惨死には余程心を動かされたものと見えて、ああ云う危険な耳門戸は早く塗り潰した方がいいと考えていた。それはその後直ちにその通りに改められた。

さて領主の死に続いてこの世襲領の跡目となった、新領主フーベルト・フォン・R——男爵は、その後クウルランドの本地へ戻ったなり、R——藩へは絶えて姿を見せなかった。そこでV——はこの世襲領をどこからも拘束されることなく、わが意のままに監理することの出来る全権を獲ることになった。新城の造営は中止せられ、その代り、旧城の修理は出来るだけ完全になされた。それから数年経った或年の秋も末の頃、フーベルトは久方振りでR——藩を訪れたが、その時も僅か五六日V——と自分の部屋に閉じ籠っていたきりで匆匆《そうそう》にクウルランドへ帰って行った。その途中K——を通過した際、そこの行政官に諮《はか》ってフーベルトは遺言書を作製したのであった。

男爵はR——藩に逗留中、どうやら持前の気性が生れ変ったように一変したらしく、屢《しばしば》口癖のように死期の身に迫って来たことを語っていたが、この予感は事実に於て決して根拠のなかったことでなく、その翌年には遂に世を去った。その令嗣は父と同じく、矢張りフーベルトと云う名前であったが、その時直ちにクウルランドから出て来て、豊饒なこの世襲領を継承した。これに続いて母も妹も移って来た。この青年は先祖の悪い気質を一身に集めたような人で、R——藩へ来ても最初の瞬間から既に傲慢で、且横柄で物に怒り易く、甚だ貪婪《どんらん》な振舞をした。正しいことでも適当なことでも、すべて己れの意に適わぬことは一概にこれを改めようと云う心組で、料理人を逐い出したり、馭者を鞭で打ったりした。尤もこの馭者と云うのは雲突くばかりの頗る屈強な男で、主人の虐待には毫《ごう》も忍従しようとせなんだから、これは不成功に終ったが、兎に角何事によらず厳格な領主たらんとしたのである。余りに目にあまるその振舞に堪えかねたV——は、その時真面目な威厳のある態度で新領主に向って、仮令猫一匹なりとも先主の遺言書が公表されるまでは、決してこの城から逐い出してはなりませぬ。椅子一脚動かしてもなりませぬときつく申渡すと、お前は世襲領主の己れの云う通りにせなければならぬと云い出したので、到底V——は激怒したこの青年に仕舞まで一と言も物を云わせず、射るような鋭い眼つきできっと断じつけた。男爵。まあ何もそうお早まりなさるな。父君の遺言書を開封せぬうちは、仮令いかなる事もあなたは絶対にここでは支配力を振う権利はありませぬ。唯今この城の主人と云えば不肖V――です。わたくしは暴力を鎮圧するためには暴力を用いることは辞しませぬぞ。思い起して頂きたい。わたくしは死んだ父上の遺言執行人ですぞ。同時にわたくしは又法規によって、あなたがこのR――藩に滞在なさるのが不適と思えば、いつ何時でもそれを拒絶する権利をもっておるものです。まあ面白くない事が起らぬようにと思ったら、黙ってさっさとK――へお帰りなさるがよろしいとお勧めいたします。如何にも真率《しんそつ》な、きっと決めつけたようなV――の調子に、言言句句みな詞《ことば》以上に強く響いて、流石に尖った両の角を突きつけて大胆にも我意を通そうとした若男爵も、堅固な城壁に徹《とお》り得ぬ己れの武器の拙《つたな》さを知ってか、とうとう仕舞いには角を折って尻込みをする跋《ばつ》の悪さ。それを匿すために、跡はただからからと嘲笑するのみであった。

　さて三箇月は過ぎて、いよいよ故主が遺言の開封せられる日となった。その遺言を故主はそれを書いた土地のK――で開封せよと断ってある。その日城の法廷室には、裁判官の外に男爵とV――、それからもう一人品のいい青年が臨席した。この青年はV――が連れて来た人であったが、上着の胸釦《ボタン》の隙から何やら公文書めいたもののはみ出しているその様子から、皆にはV――の書記だとばかり思われていた。例によってこの青年をも男爵は他の人達と同じように鼻の先であしらうような執《と》りなしで、余計な文言はよろしくこれを略《はぶ》いて、要もない退屈な儀式をば早く切り上げるようにと急《せ》き立てた。男爵はおのれの遺産相続、殊にこの世襲領の相続に、何の必要あって遺言なぞ要るのか、心中少しも解《げ》せなかった。遺言書にどんな規定が記されてあろうと、それの承不承は自分の決定一つだと思っているのである。男爵は、やがて遺言書の筆蹟と封印に気むずかしげな一瞥を与えると、直ぐさまそれが亡き父の真蹟に違いないことを認めた。そこで裁判書記がいよいよ声高く朗読しはじめようとする。男爵はどこまでもさあらぬ体《てい》に、右手を椅子の背に倚《よ》せ左手を裁判机の上に載せて、緑色の卓布を軽く指頭に叩きながら、ぼんやり窓《まど》から外を眺めている。さて遺言書の中に、故フーベルト・フォン・R——男爵は次の如く述べていた。まず簡単な序に始まって、次に、余はこの領地を真実の世襲領主たる資格をもって所有せるものにあらず。即ち故ウォルフガング・フォン・R——男爵が一人息子、祖父の名を襲える、ロデリッヒの名義に於て監理せるのみ。ウォルフガングが嗣子《しし》ロデリッヒこそは家系継承上、父の死に依りてこの世襲領を所領すべき人物なり。収入、支出、現金等に関する一切の精密なる計上は余が遺物のうちより見出さるべし云云。尚又、遺言書の中には次のようなことも述べてあった。曰く、ウォルフガング・フォン・R——は或時旅行中伊太利《イタリー》ゼノアに於て、ユリエ・フォン・サン・ヴァル嬢なるものと相識の間になった。嬢の家はもと立派な貴族であったが、さして名門でもなかった上に、当時頗る困窮していたから、その点世襲領家を出来る限り隆達ならしめようと力を注いでいた老ロデリッヒの承諾は到底望むべくもないと予想されたが、ウォルフガングはそれを押してパリの客舎から父に宛てて心情を訴えた。父からは案に違わず世襲領主の花嫁は当方にて既に選んである。それ以外のものは断じて罷《まか》りならぬときつい宣告が来た。そこでウォルフガングは遂に予定の渡英を断念し名もボルンと改めてゼノアへ戻り、ユリエと結婚した。一年後ユリエ嬢には一人の男子が生れたが、これがウォルフガングの死後直ちに世襲領主となるべき人である云云。この事件を一切知って置きながら、何故フーベルトはかく長年の間それを一言も口に出さず、自ら世襲領主となって監理していたのであろう。それに就いては遺言書に様様の理由が挙げてあったが、それが皆ウォルフガングと交わした古い約束だと云うことになっている。併しそれだけではどうも何やら物足らず、或いは捏造ではないかと思われる節があるのであった。

単調な鼻声で、今ここに述べたような不幸を読み上げた裁判書記を、男爵はさながら雷に打たれでもしたように凝乎《じっ》と見戍《みまも》っていた。さて書記が読み了《お》えると、V――はその時やおら起ち上って、連れて来てあったかの青年の手を取ると、一座の人々に低頭して云った。さて皆様。わたくしは唯今茲《ここ》に皆様にロデリッヒ・フォン・R――男爵、即ちこのR――藩のご領主を御紹介申上げることを光栄と存じます。天から降ったか地から湧いたか、この豊饒な世襲領とクウルランドに於ける自由財産の半分を、突然自分から奪い取ったこの青年を、男爵は燃ゆるような眼の中に怒りを抑えつつ凝乎と見堪えていたが、やがて拳を翳《かざ》して嚇《おど》すような身振をしたかと思うと、そのまま一と言も云わずに法廷室から逃げ出した。あとにロデリッヒ男爵は裁判官の求めに応じて、己れが正に名告《なの》り出た本人に相違ないことを証するために、幾通かの公文書を取出した。まず父親が結婚した教会の記録書の抜き書。それには某月某日K――地生れ、商人ウォルフガング・ボルンは、ユリエ・フォン・サン・ヴァル嬢と前記の人々の面前に於て僧侶の祝福を受けて結婚したと云う事実が証明されてあった。次に洗礼証。（ロデリッヒ青年は商人ボルンが妻ユリエ・フォン・サン・ヴァルとの正式の結婚によって生れた庶子として、ゼノアで洗礼を受けたのである。）最後に、父親が亡くなった母親に宛てて送った幾通かの書簡。これには唯Wとのみ署名されてあった。

V――はこれらの文書に一通り目を通した。その顔には一抹の暗雲がかかっていたが、やがて元の通りに文書を畳むと、何やら気がかりな様子をして、扨《さて》この上は、何卒神のご加護のありまするよう、と云って結んだ。

翌日早くもフーベルト男爵は、幸い己れの控訴に賛成した弁護士某を通じて、K――の政府に抗議を申し出て、即時R――藩に於ける世襲領の引渡しを要求した。弁護士の云い前によれば、故フーベルト男爵はこの世襲領地に対しては、遺言その他如何なる形式を以てしても何等の権利も持っておらぬと云うのである。従ってかの疑問の遺言状は、ウォルフガング・フォン・R――男爵がその世襲領を現在の一人息子に相続せしむると云う、合法的委任状によった陳述に外ならないものであるからそれは単に一証人の証言力以上の重要性を持ったものでないと云うことが明白だ。それゆえ謂うところのロデリッヒ男爵の身分を証明することは不可能である。寧ろこの点に於ては明らかに矛盾の多い自称相続権を、法律の行使によって闡明《せんめい》するが目下の急務である。相続法に従えば、目下フーベルト・フォン・R――男爵の所有していることの世襲領の所有権を要求する本事件は、これは明らかに相続争いの事件を形成するものである。ところが、父の死後直ちにこの所有地は直接息子の手に引渡されてあったとして見れば、相続順序と云うものは拒絶され得ないものである以上、この遺産相続に関しては、既に何の宣言をも挿む余地はない。それゆえ現在の相続者は如何なる不当な要求が現われても、その所有地を妨げらるることはない。故人が新たに他に相続人を推戴《すいたい》するために取った理由なぞと云うものは全く問題の埒外にあることである。スイスに於ける恋愛事件の如きも、遺っている書類によって立証されておるように、単に渠《かれ》一個に関したことであって、その所謂兄弟の子と云うのも、つまりは不義の恋愛によって儲けた本人の子だ。遺言状にはそれを後悔の念からその子に豊饒な世襲領地を与えようとした事実が認められる云云と弁護士は云うのである。

成程そう云われて見れば、遺言状の中の事情が如何ほど真実らしい平衡をもって書いてあったにしろ、また裁判官が、子が死んだ父親をば犯罪人として控訴して恬然《てんぜん》として恥じぬ今回の抗議書の最後の項に甚だ立腹したにしろ、今挙げたような解釈の正当であることは否めない訳である。併し兎に角、V——はロデリッヒ・フォン・R——男爵の身分証明に必要な有力な証拠を出来るだけ短時日のうちに挙げようと確《かた》く保証した行掛り上、世襲領の引渡はいま暫く延期されることになった。そして事件の解決がつくまでは今まで通り監理を継続する旨が言い渡された。

ところでV——はこう云って保証はしたものの、その誓約を果すことの如何に難いかを充分知っていた。ロデリッヒ男爵の書類を隈《くま》なく尋ねて見たけれど、フォン・ヴァル嬢とウォルフガングとの関係に触れていると思われるような、手紙乃至文書の類などは何処にも見当らなかった。しまいには老男爵の寝所の中まで隈なく尋ねたが、それらしいものは何一つなかった。あぐね果てたV——はその時椅子に深く凭《もた》れながら、これは先頃自分の許へその方面の敏腕家として惟挙されて来たあのゼノアの公証人に宛てて、若男爵の事件を根柢《こんてい》から立証して貰える ような明確な覚え書を二三送って貰うように手紙を出すより外ないと思って、その文案を考え 出した。

折柄時刻はもうすでに真夜中過ぎ。皎々《こうこう》たる満月の光は隣室の窓《まど》から射し込んでいて、丁度 隣室との隔ての扉は明け放たれてあった。その時ふとV——は、誰やら重い足どりで階段を徐《そろ》 徐昇《そろ》って来るような跫音を聞きつけた。同時にどこやらで戛然《かつぜん》と鳴る鍵の響。V——は思わず 全身の注意を集めた。そして起ち上って広間へ出て見ると、確かに今度は誰か玄関を通って広 間の方へ近寄って来るらしい音がする。待つ間もなく扉は開いて、そこへ一人の寝間着を着た 色蒼ざめた男が静かに這入って来た。片手には火の点った手燭を持って、片手には大きな鍵束 を持っている。V——は一と目見て、それが老執事ダニエルであることを知った。この夜更け に何用あって、とV——が思わず声をかけようとした刹那、覚えず慄然と氷のような寒気に身 を襲われたのは、老執事の死人のように硬直した顔と様子とに、何やらこの世のものとは思わ れぬ妖気が漲《みなぎ》っていたからで。V——は忽ち悟った。いま自分の目の前にいるこの老人は夢中 夜行者だ。やがて老人は徐《しず》かに広間を横切って、元の櫓《やぐら》へ通ずるあの塗り潰された戸口の方へ と一歩一歩進んで行く。さて戸口の前へ立留ると、忽ち胸の底から剔《えぐ》り出たかと思われるよう な、物凄い呻吟《しんぎん》の声を放った。その声の恐ろしさ。大いさ。まるで広間中に唸り返るよう。V ——は覚えずぞっと身震いをした。そのうちにダニエルは手燭を床に置くと、持っていた鍵束 を腹帯へ吊し、いきなりその壁を掻きむしりはじめた。爪の先からは血が噴き出した。またしても苦悶に苛《さいな》まれるようなあの呻吟の声。やがて壁へ耳を押しつけると暫く何事か聴き取るらしい様子であったが、間もなく目に見えぬ何者かを叱《しっ》と制するような手振りをして、そのまま鋪板《ゆか》の上なる手燭を取り上げると、また抜き足差し足で元の戸口の方へ帰って行くのである。V——も手燭を持って、要心しいしいその後から尾《つ》けて行った。一緒に階段を降りた。やがて老人は城の大門を明けた。V——はそれを巧みに擦り抜けた。今度は一緒に厩へ行く。老人は手燭を上手に置いた。これで厩の方まで何の危険もなく明るくなった。その巧妙なやり方にV——は驚歎した。間もなく老人は鞍と馬具とを持って来た。それを秣桶《まぐさおけ》から離した一頭の馬につける。腹帯を固く締めて鐙《あぶみ》をつける様子。さて馬の額当の革紐の上の毛を払って、止止《しし》と云いながら片手に馬の首を叩き叩き、手綱を取って曳き出して行くのである。中庭へ出ると、老人は何やら命令でも聞くように頭を頷《うなず》いて、その命令を必らず行うと云ったような様子で暫く佇んでいた。それから馬を再び厩へ戻して、鞍をはずして秣桶へ繋いだ。さて手燭を取って厩の戸を締めたが、やがて城へ戻ると、到頭自分の部屋へ這入って、中から念入りに錠を卸した。V——はこの出来事に甚だ心を衝撃された。目のまえに或恐ろしい行為の予感が、地獄の幽霊の影のようにちらついてどうしても去らない。V——は自分の被保護者《プロテーゼ》の明日をも知れぬ極めて危い立場を考え併せて、少くとも今目睹《もくと》したこの出来事をそのために利用せねばならぬことが急務であると、その時考えた。

さてその翌日、丁度日の暮れ方に、ダニエルは何やら家事のことで指図を仰ぎに顧問の部屋へやって来た。V——はダニエルの両手を取ると、傍の長椅子の上に無理矢理腰を掛けさせて、さて打解けた調子で、ダニエル。まあここへお掛け。実はお前にわたしはかねて聞きたいと思っていたのだが、フーベルト男爵があの遺言でわれわれに全く不意打ちを食わせたのはお前も知っての通り。一体あれはどう云う目的でやられたことか、お前は知らないか。また昨日のあの青年を、お前は真実ウォルフガングが正式の結婚によって生れた庶子と思うかね。聞かれて老人は長椅子に背を凭せたまま、凝乎《じっ》と見詰めるV——の視線を避けるようにしながら、強情に答えた。ふん。或いはそうかも知れません。又そうでないかも知れません。わたくしなんぞ、こちらのご領主に誰方《どなた》がなられようと、存じた限りではございません。それは併しと、V——は云いながら老執事に近寄って、そっと肩に手をかけ、何を云うてもお前は死んだ男爵の信任を一身に集めていた者だ。きっと男爵はお前にならご子息たちの事情は何も彼も明かして置かれたろうと思ってさ。ウォルフガングが男爵の意に逆らって取結んだ縁組について、お前は何か男爵から聞いたことはなかったかい。左様でございますな。ついぞそんなお話を伺った覚えはございませんでしたがと、老人は無作法にも高欠伸《あくび》で答えた。V——はそれを見るとすかさず、おや。お前眠いと見えるね。昨夜どうやら眠れなかったと見えるね。さあ、如何でございましたか。老人はさも白々しい答。どれ、そろそろあちへ参って夕飯の支度でも吩附《いいつ》けてまいりましょうかと、曲った背をさすりさすり、前よりも一層大きな欠伸を一つすると如何にも太儀《たいぎ》そうに椅子から腰を上げた。まあ一寸お待ち、ダニエル。V——がつと執事の手を取って、無理から腰を掛けさしょうとすると、ダニエルは顧問の机の前に彳《たたず》んで、諸手を机に突いて身を支えたまま、V——の方を差覗くような工合に何やら不機嫌な面持で、一体何のご用がおありなのです。あの遺言状がわたくしに何の関係が、領地の相続争いにこのわたくしが何のかかづらいがあると仰言るのです。V――はその詞《ことば》に被せて、いや。もうよい、もうよい。その話はもう止そう。何か外の話にしよう。それはそうと、お前今日はいやに不機嫌で、欠伸ばかりしておるな。これは何より疲れている証拠だ。さては矢張り昨夜のあれはお前だったのだな。へ。昨夜わたくしが何をしたと仰言います。ダニエルは相変らず前と同じ姿勢である。V――は続けた。いや、実は昨夜わたしがあの二階の大広間の次ぎの間、あの先代のお部屋にいると、あすこの入口からひょっこり這入って来たのがお前さ。真蒼な顔をして、体がこう何となく硬《こわ》張《ば》っておった。やがてお前はあの煉瓦で塗り潰した戸口の方へ歩いて行ったかと思うと、いきなりあすこの壁を掻きむしるじゃないか。しかも大変な苦しみ方でうんうん呻《うな》り出して。ダニエル。お前はほんとうに夢中夜行なのかい。云われて老人は、V――が急いで押しやった椅子に撞《どう》と尻を突いた。けれども唇からは何の音一つ洩れぬ。夕闇はすでに濃くなって、老人の顔は見分けもつかぬ。仄暗《ほのぐら》いその闇のなかに、ただ老人のはあはあ云う息の音と歯の鳴る音とが聞えるばかり。V――は暫く黙していたが、やがて口を開いて云った。夢中夜行と云うものは実に不思議なものだよ。翌日になれば、前の晩まるで目の醒めてしたような不思議な行動をすこしも憶えていないのだからね。ダニエルは今はもう身動《みじろ》ぎさえしなかった。V――は続けた。実はわたしは昨夜お前が見せてくれたと同じことを前にも一度見たことがあるのだ。わたしの友達でね、矢張満月の晩と云うと必らず夜中に歩き出すのがおった。歩き出すばかりじゃない。その男のは時時机に向って手紙を書いたりしたものだよ。不思議なことには、それから間もなくしてから、耳許で極く小さな声で囁いて見ると、どうだろう話をさせることが出来るようになったよ。どんなことを尋ねても決してとんちんかんな答はしない。目の醒めている時は用心して決して口外せぬようなことでも、夢中夜行の時には、まるで何かこう自分に不可抗な力が働きかけるとでも云ったように、何でも彼でも皆洩らしてしまうのだ。そうだ、しまったことをした。夢中夜行が何か身に罪状でも持っているような時には、そうだ、発作が現われている時尋ね出せばよいのだったっけな。だがダニエル。お前とわたし見たいな、良心に何等疚《やま》しいところのないものは安心さね。ねえお互にいつ夢中夜行に罹ろうが、尋ね出される罪状なぞ持ってはおらぬからね。それはそうとダニエル。お前は昨夜あの煉瓦で塗り潰した扉を大層薄気味悪く引掻いていたが、きっとあの天文台へでも昇るつもりだったのだろう。老ロデリッヒ様みたいにあすこで天文の実験でもする気だったのだろう。まあよいわ。この次にはそれをお前から聞くことにしよう。V——が云っているうちに、老人の体は次第に烈しく震え出して来て、やがて抑えきれぬ痙攣のために前後に揺れはじめ、体全体が動き出して来たかと思うと、突然何やら鋭い声で意味の解らぬ詞《ことば》を口走り出した。V——は呼鈴を鳴らして召使どもを呼んだ。早速燭が持って来られた。老人の身の震えはまだおさまらぬ。そこで召使どもは、意志なくして動くからくり人形のようになっている執事を抱き上げて、寝床へ運んだ。この見るも恐ろしい状態がそれから小一時間も続いた後、老人はやっと深い眠りに陥入った。まるで人事不省のようであった。やがて時経ってから目を醒ますと、老人は今度は葡萄酒が飲みたいと云い出した。それを渡してやると、老人は附添いの下僕を部屋から逐い立てて、いつものように自分の部屋に身を垂れ籠めてしまった。

さてV――は最前ダニエルに語ったことを、いよいよ実験にかけて見ようと云う肚《はら》である。しかしそれをするには、次の二つの事を忘れてはならぬ。第一に、ダニエルは己れの夢中夜行を今初めて知らされたのであるから、この先屹度《きっと》V――から脱れる手段をめぐらすに違いあるまいと云うこと。第二に、本人がそう云う用意をもって語る告白は余り当てにならないのに違いないと云うこと。そう思いながらも、V――はその晩、ダニエルが夢中夜行と云う病の性質上どうか無意識に行動してくれればよいと、それのみを願いながら、夜更けてからかの大広間へ出掛けて行った。すると真夜中頃に、突然中庭の方でえらい物音が起った。音はたしかに窓《まど》を打壊す音である。V――は急いで階下へ降りた。廊下へ出ると、何やら臭い煙が濛濛《もうもう》とこちらへ押し寄せて来る。気がついて見れば、煙は執事の部屋の明いた戸口から盛んに噴き出している様子。そこへ丁度執事が死んだように五体を硬張らせて、部屋から運び出されて来た。外の部屋へ移そうと云うのである。下僕に聞いて見ると、何でも真夜中頃に下僕の一人が聞き馴れぬ戸を叩く音を聞きつけたので、屹度これは執事の体に何事か起ったのだろうと思って、助けに行こうと起き支度をしていると、その途端《とたん》に中庭で火事だ火事だ。執事様の部屋が真赤だ。と夜番の叫ぶ声。この声に忽ち数人の下僕どもが集まって来たが、さて肝心の執事の部屋の戸が、いくら叩いても壊れない。詮方ないから一同は急いで中庭へ出て見ると、丁度その時果敢な夜番が既に地階の部屋の窗を打破って、火のついた窗掛を引き千切っているところであった。四五杯水を掛けると、火は忽ち消えた。見ると執事は部屋の真中の鋪板《ゆか》の上に気を失って打倒れている。手には燭台を握っていた。その火が窗掛に移って失火したのであった。窗掛は燃えたまま落ちて、老人の眉と髪をば大部分焦《こが》したが、もしも夜番が見付けなかったら、老人は遂に助けの手も及ばず焼け死んでしまったに違いなかったと云うのであった。併し下僕どもの驚きはそれにだけ留らなかった。老人の部屋の扉は、内側から新しい閂《かんぬき》を二本もかけてしっかりと締めてあったと云うのである。閂は前の夜まではなかった代物だ。V——は老人がひとりで部屋を脱けて出られぬように万一に備えて置いたのだと云うことをそれによって知った。思うにそれほどまでに厳重にしても老人は熟睡中にふらふらと彷徨《さまよ》い歩く盲目的な衝動を抑えることが出来なかったのであろう。

老人は次第に重態に陥入った。口も利かねば、食餌も殆んど摂らず、絶えず何か恐ろしい考えに取憑かれたもののように、死相を宿した両の眼にじっとわが前を見詰めている。再起は到底覚束ないと思われた。旁旁《かたがた》V——は例の被保護者のためには為すだけのことは既にし尽して置いてあったから、今はただ心静かにその結果を待つのみであったから、ここでひと先ずK——へ帰ろうと覚悟をきめた。出発は明朝ときまった。ところがその晩遅くなってから書類を纏めていると、ふと一箇の小包が手に触れた。小包はフーベルト・フォン・R——男爵がV——に宛てたもので、上書には、わが遺言状公開の後に読むべし。と認《したた》めてある。V——は今までどう云う機《はずみ》かそれに気づかずにいたのである。さてその小包の封をば将《まさ》に開こうとしていると、その時突然部屋の扉が明いて、そこへダニエルが幽霊のように忍びやかに這入って来た。ダニエルは小脇に抱えた黒い紙挟を机の上に置くと、深い溜息をついて跪き、顫える手にV

――の手を摑んで、墓の底から洩れるような、低い、うつろな声で云った。お仕置き台では死にたくない。一切は天にましますす神がお裁きになる。云い終って苦しげに喘《あえ》ぎ喘ぎ、やっとのことで起ち上ると、再び這入って来た時と同じように部屋を出て行った。

V――はその晩徹宵して、その黒い紙挟とフーベルトの小包の中味を読んだ。二つの品は共に密接な関係をもっていた。そこには今後採るべき措置も自ら暗示されてあった。さてK――に到着するや、V――は直ちにフーベルト・フォン・R――男爵を訪ねた。男爵はV――を遇するに太《はなは》だ冷遇をもってしたが、それでも会見は正午から始まって夜半まで打通しに続いた。その結果意外なことには、男爵は翌日裁判所に出頭して、かの相続申請人を父の遺言通りロデリッヒ・フォン・R――男爵が長子即ちウォルフガング・フォン・Rと、ユリエ・フォン・サン・ヴァル嬢との正当な結婚によって生れた庶子として、つまり合法的に容認せられた世襲領相続人として認むる旨を宣言したのである。男爵が退廷すると、門前には駅馬を繋いだ一台の馬車が駐っていて、男爵はそれへ飛び乗ると母と妹を後に残して、匆惶《そうこう》として羈旅に就いた。

置手紙には、何やら謎めいた文句を書いたあとに、再びお目にはかからぬ云云と認めてあった。ロデリッヒは予期せぬ事件のこの急展開に少からず吃驚した。思いもかけぬこの不思議。どうしてこれは起ったのであろう。如何なる神秘の力で作用したものであろう。ロデリッヒはこの説明をV――に迫った。その答にV――はただ、やがて世襲領を所有するの日の来るを楽しみに待たるるがよいと、僅かに慰問の詞《ことば》をかけたのみであった。その筈である。法廷はその時まだフーベルトの宣告をもって足れりとせず、ロデリッヒが素性の完き証拠を要求していたので、世襲領引渡はいまだ即時承認と云う訳には行かなかったからである。V——は男爵に進言した。今は一日も早くR——藩へ行って住まわれるがよい。それから、フーベルトの母と妹は突然の兄の失踪に大分当惑している。幸いあの二人は、顔見知りの多いうるさい都に住むよりもいっそ静かな先祖の地に暮らしたいと云っているから、どうかあの婦人も一緒に連れて行って頂きたい。勿論ロデリッヒにすれば、たとい須臾《しゅゆ》の間でも男爵夫人とその令嬢と一つ屋根の下に住むことは、望んでもない喜びであった。優しいゼラフィネ嬢が、男爵に如何なる印象を与えたかと云うことは、これによって凡《およ》その程は知れよう。ロデリッヒもさる者である。R——藩に於けるこの逗留の好機を決して逸しはしなかった。まだほんの幾旬にもならぬうちに、早くも渠《かれ》はゼラフィネの心を捉え、続いて母親からは縁組の許しまでせしめてしまった。V——なぞまだ世襲領主としての証明も決定せぬ折柄、これはちと話が早過ぎると思ったくらいであった。さて城内では日に日にかかる牧歌的な生活の進捗している時、折悪しくも俄かにそれを中断せしむるような手紙がクウルランドから届いた。手紙には、フーベルトは久しく故国に姿を見せぬ。あの時直路ペテルスブルヒに赴いてかの地の軍籍に身を投じた渠は、目下ペルシャと干戈《かんか》を交えておる魯《ロ》軍に従軍して出陣しておると書いてあった。文を見て驚いた男爵夫人は、已《や》むなく娘を連れて今は乱麻のごとく荒れ紊《みだ》れている故国へ急ぎ旅立たなければならなかった。おのれは既に男爵令嬢ゼラフィネの婿とわれから思い定めていたロデリッヒは、その時自分も共に恋女房と帰国すると主張した。時恰《あたか》もV——も丁度K——へ帰る時期に当ってたので、主のいなくなった城内は、再び旧のような寂寥に帰った。その中にひとりますます募り行くのは執事の業病であった。今では到底もう再起は信ずべくもなかったので、執事の職は已むなくかの先代ウォルフガングが忠僕、フランツと云う年老いた猟師がこれに任ぜられることになった。兎角するうち、やがて待望久しき吉報は、遂に瑞西《スイス》の国から齎《もた》らされた。ロデリッヒが縁組を取扱った牧師と云うのは、久しい前に既にこの世を去っていたが、教会簿にはその牧師が真蹟で、ボルン実はウォルフガング・フォン・R——即ちロデリッヒ・フォン・R——男爵の長男、ここにユリエ・フォン・サン・ヴァル嬢と縁組す云云と、渠の素性をあからさまに証した立派な記録が残っていたのである。その外に二人の結婚保証人も発見されたが、一人はゼノアの商人、いま一人は仏人でリヨンに移った老船長で、ウォルフガングはこの二人の保証人にも己れの素性をば明かしてあったのである。つまり保証人の宣誓は教会簿の記録を一層鞏固《きょうこ》にしていたと云う訳であった。さて、法律上の形式でなされたこの審査を手に入れたV——は、久しく自分に全権を委任されてあった被保護者に対する権能を、今は完全に獲得したので、世襲領の引渡にはもうどこからも何の支障も出ぬことを見定め、いよいよ来る秋にはその引渡を己れの手で果そうと決心した。時既にフーベルトはかの初陣に戦死した後だったのである。渠は実に亡き父の死に先だつこと一年前に、同じく戦死した弟と同じ運命を辿《たど》ったのであった。そこでクウルランドの所領地は一切男爵令嬢ゼラフィネ・フォン・R——の有に帰した。広大なその所領地が嬢の立派な婚資となったとは、ロデリッヒと云う男は何たる幸運な男であろう。

　さて男爵夫人がロデリッヒ並びにその結髪《いいなずけ》を連れてR——藩へ乗り込んだのは、その年の霜月初めのこと。世襲領の引渡しに続いてはロデリッヒ・ゼラフィネが華燭の典が挙げられた。

数旬のあいだは歓びの渦の中に過ぎ去ったが、やがて打続く宴に疲れた客人たちも追追城を去り始めると云う頃、若い領主に新しい所領地の一切の事情を細大洩らさず教えてから城を去ろうと考えていたV——は、その時になってようやく吻《ほっ》と安堵の胸を撫で下ろした。収入支出の計上は早くにロデリッヒの伯父がこれを精密にして置いてあったし、それにフーベルトの生活費と云っても年年極く僅かなものであったから、収入は多いが上にもますます殖えるばかりで、従って先代の遺産の中にあったかの莫大な現金も今は一層増大していた。最初の三年間ほどは世襲領の収入を己れの用に当てていたフーベルトも、後には金の入用の時には借用証を書いて、クウルランドに於ける所領のうちの己れの分け前を担保に入れて填充していたのである。

さてV——はかのダニエルの夢中夜行を知って以来、猶さまざまの資料を渠《かれ》から得ようがために、己れの居室を先代ロデリッヒが寝所に選んで置いた。尤もその資料と云うのは後に老執事自身の口から進んでなされたのだが、兎も角もそう云う訳で、先代の寝室とその次の間なる広間とは、新領主がV——とともに政務を執る部屋となった。或日V——は、燃えさかる煖炉の側の大机に向って、頻りと筆を執っては、さまざまの締めを記入し、何くれとなく領主の資産を計上しておった。その側には男爵が頰杖をつきながら、これも矢張り簿記簿や重要書類に目を通している。両人とも仕事に余念もなく、折から外の面にどよもす波の響、嵐を気づかい顔に頻りと鳴き叫ぶ海鷗の群の、折折窓《まど》に当っては羽搏く音にも気がつかなんだ。真夜中近くなって募り出した嵐が、城のめぐりを轟轟《ごうごう》と吹き荒れて、炉格子の中と云わず狭い廊下の内と云わず、どこにもかしこにも不吉な呪いの声を満たし、この世ならぬ怪しい叫び声をあげている音にも気づかなんだ。そのうちにやがてどっと一と吹き、城さながらを揺り崩すかと思われるほどの一陣の烈風がいずこからともなく湧き起って、広間のうちは一しきり陰陰凄凄たる月の光に隈なく照し出された。いやな空合ですな。V——が覚えず口に出してそう云うと、まったくだ、ひどい暴風だねと、男爵も現《うつ》のように答えた。その詞《ことば》の何となく冷やかなのに、ふとV——が見やると、男爵はいま収入簿をめくりながら、漸《ようや》くわが有《もの》となった巨万の富に心を褫《と》られ、何やら満足そうな北叟笑みを洩らしている様子。吐端《とたん》にばたりと明いた広間の扉。男爵は思わずぎょっと氷の如き恐怖に身を摑まれて椅子から飛び上った。無理ではない。つい目のまえに朦朧《もうろう》と死人のように色蒼ざめた、恐ろしい形相をした異形の男が立っていたからである。顔には死の烙印を捺して。それがダニエルであった。V——をはじめ何人もよもや足一本とて動かせまいと思っていた、あの重患のダニエルであった。それが今宵折柄の満月に例の夜行癖を抑えあえず、再びここに彷徨《さまよ》い出たのであった。男爵は声も出でず唯恟恟《きょうきょう》として老人の姿を見戍《みまも》るばかり。そのうちにダニエルが又例の壁を搔きむしる音、断末魔の呻きの声。男爵は今はもう恐怖に胸を潰されたように蒼然と色を失った顔付。髪は一筋一筋天を衝き、脅かすような姿勢をしてじりじりと老人に詰め寄ると見るうちに、やがて蛮声一番、広間も割れ返るほどの高い声を出して叫んだ。ダニエル、ダニエル、貴様この夜更けに何用あってここへ来た。するとその刹那にダニエルは丁度いつぞや領主ウォルフガングが忠勤の報謝としてかの金貨の袋を差し出したあの時のように、あたかも手負うた猛獣の断末魔の呻きの如きこの世ならぬ呻き声を一と声吐いたと思うと、そのままばったり鋪板《ゆか》の上に倒れた。V——は直ちに奴僕どもを呼んで、さて大勢して老人を抱き起し、呼び生けようと色色手を尽して見たが、その甲斐もなかった。その時男爵は俄かに狂気のような声を絞って、おお天帝よ、お助け下され。ああ遅かりし。わたしは今思い出した。夢中夜行は自分の名を呼ばれた時即坐に死ぬるものとは予《かね》て聞いておったに。ああ、何と云う運の悪いわたしじだ。わたしは、わたしは可哀そうなこの年寄を手にかけてしもうた。ああ、もうわたしはこの先生涯気の休まる時とてはなかろう。やがて召使どもがダニエルの死骸を取片付けて、広間に再び人気のなくなったとき、V――は嗟歎している男爵の手を取って、黙ってかの塗り潰した扉のまえまで連れて行き、さて云うには、ロデリッヒ男爵。唯今あなたの足下に仆《たお》れて死んだ男こそは、あなたの父上を無きものにした極悪非道の下手人ですぞ。云われて男爵は、あたかも地獄の底の悪鬼でも見たもののように、茫然とV――の顔を見戍った。V――は更に続けた。さて男爵。この悪人が身に負うておる恐ろしい重い秘密。呪われた此奴を夢のうちにさまよい歩かせておった恐ろしい秘密を、今こそあなたにお明かせしてもよい時機が来たように思います。ああ、天帝は遂に子をして父の仇をお討《う》たせになりました。先程あなたがかの夢中夜行に怒鳴りつけた詞《ことば》。あの詞こそは、父上がご臨終の際仰せになった詞です。云い終ってV――が煖炉の前に腰を卸すと、男爵はただ身を震わせながら詞も出でず、同じくV――の側に腰を下ろした。さてV――は徐ろに口を開いて、かの遺言状を公開したのちも封を切らずにあったフーベルトの遺文の内容を語り出した。遺文によれば、フーベルトはロデリッヒが初めて世襲領制を設定した時、兄に対して痛烈に覚えた憎悪の情を、後には深く心に悔いていた。なぜかと云うに、如何に陰険な策を弄して父と兄との仲を裂くことが出来たとしても、父自身に長子の出生権を奪う力がなく、また平常父がそう云う主義の人でないとして見れば、これは徒労な訳だ。父から親子の情を褫《うば》い去ることが出来ないとして見れば、所詮矢はもう尽きてしまった訳であったからで。然るにその後ウォルフガングがゼノアでユリエ・フォン・サン・ヴァル嬢と昵懇《じっこん》になった。フーベルトが兄に対して初めて殺意を生じたのは、実にこの時だったのである。爾来《じらい》フーベルトは密かにダニエルと気脈を通じ、ここに奸佞《かんねい》にも老父に強いて、ウォルフガングをして望を絶たしむべき計画を立てたのであった。

フーベルトは予て父親が、世襲領の栄《はえ》ある未来を永久に基礎づけるためには祖国の最も古い名門と縁組するのが唯一の策だと云う意見を持っていることを知っていた。長子の縁組を星の中から選んだ父親は、この星を濫《みだ》りに紊《みだ》せば、切角己れが苦心設定した世襲領一家は遂に断滅の已むなきに至ると考えていたから、渠《かれ》がウォルフガング対ユリエの結婚をば、正に天帝の意に叛く一の罪悪行為と思ったのは無理もないことであった。そこで己れを滅す悪魔の化身たるユリエを無きものにしょうと云う計画は、最も正当な策として父親に是認されたのである。ところで一方フーベルトは、ユリエ嬢に対する兄の熾烈な思慕の情を知っていた。ユリエを失う時、兄は必らず悲嘆の余り狂死するに違いない。然るにフーベルトは自らも亦《また》ユリエに対しては道ならぬ恋を感じていたのである。ユリエをばどうかしてわが有《もの》にしたいと思う念は、決して兄に劣らなかった。そこで彼是の思いが合した末、フーベルトは遂に老父の計画の熱心なる加担者となったのであった。併しこの計画はウォルフガング自らの決意のために脆くも挫折した。まことにこれ天の配剤とでも云うべきであろうか。フーベルトは実に兄を欺かんとして、却って兄が既にユリエと契っていたこと、まして子をまでなしていたことをば露知らなんだのであった。然るに老父ロデリッヒの心には、既に久しい前から、わが子が私《ひそ》かにユリエと結婚していると云う予想があった。搗《か》てて加えて日毎に募るは老先短いわが身の儚《はか》なさ頼りなさである。そこで老父は或時異郷のわが子に手紙を遣って、某月某日いよいよ世襲領を譲り渡すから、R——藩へ戻って来い。但し、ユリエとの縁組は破棄して来い。さもない時は七生の呪いを受けるものと覚悟をしろ。と云って遣った。ウォルフガングが父の遺骸の傍で焼き棄てたのは、実にこの時の手紙だったのである。

さて老ロデリッヒはその時フーベルトへも手紙を遣って、ウォルフガングは既にユリエと結婚していること。併し自分は飽くまでこの縁組は引き裂くつもりでいることを報じた。兄の結婚を父親の妄想とばかり思い込んでいたフーベルトは、その時R——藩へ来て見て、初めて事の事実に驚いた。ウォルフガングは父の妄想をちゃんと裏書していたのである。のみならず、子までなした己れのことを今だに一介の商人ボルンとのみ思い込んでいる妻ユリエに、遠からず自分が貴族の出であることと、巨万の富を擁していることを知らせてやるのだと、堂堂と宣告しているのであった。そのウォルフガングは愛妻を迎えに、いま一度ゼノアへ行って来るつもりでいたところを、それの実現せぬうちに、可惜《あたら》ああ云う急な死に方をしてしまったのであった。そこでフーベルトは、兄とユリエとの間に、正式の結婚によって生れた息子のあることを何人にも明かさずに、その息子の所有たるべき世襲領をわが有《もの》に奪ってしまったのであった。

併し数年たたぬうちに、渠《かれ》は早くも深い後悔の念に襲われた。と云うのは、抜目のない運命は、渠の二人の息子の心にいつとなく互いに相憎む情を培い、ゆくりなくも父たる渠に昔の罪を思い出させたからで。惣領は当時十二歳、その惣領が弟に或時こんなことを云った。お前はうちの居候だぞ。食べ物もない乞食だぞ。僕なんかいまにお父さんが死ねばR——藩の御領主様だ。御領主様が着物を買うお金をやる時には、お前は丁寧にお辞儀をして、この手へ接吻しなければいけないぞ。傲慢な兄の詞《ことば》に怒った弟は、その時いきなり有り合う洋刀を兄に投げつけて瀕死の重傷を負わしめた。思えば恐ろしいのはわが身の因果である。積るわが身の悪業に思わず戦き慄《ふる》えたフーベルトは、わが子に大事の起らぬうちにと、弟息子をばペテルスブルヒへ逐いやった。此子は後に士官となってスワロフ将軍の麾下《きか》について、仏蘭西《フランス》との戦に出て討死をした。さてフーベルトは、己れが世襲領権を獲るに至った不正手段の世に現わるることは、やがて恥と侮辱の身にかかる種と思ったから、努めてそれを押包んではいたものの、併しもうこの上当然の所有者から鐚《びた》一文たりとも不正の金を奪い取る意志はなかった。たまたま或時ゼノアへ問合せて見ると、その後ボルン夫人は夫の謎の失踪を苦に病んだ末、敢《あえ》なく病歿したと云う便り。また行末遠いロデリッヒ・ボルンはさる立派な人に引取られて、今はその人の手に育てられているとやら。それを聞いたフーベルトは私《ひそ》かに名を騙って、商人ボルンはさる年航海中に不慮の死を遂げた。自分はその縁類に当るものだと偽《いつわ》って、まだ年端の行かぬ世襲領主のために莫大な学費を寄進した。フーベルトが世襲領の収入の剰余金を細心に貯えて置いたこと、またその遺言状に如何なることを制定していたかと云うことは、既に前に述べた通りである。但しかの遺言状の中では、フーベルトは兄の死因については殊更に言を曖昧にしていたが、付度《そんたく》するに、恐らくこれには何か深い秘密が介在しているのに相違ないと思われた。少くとも間接には、兄の横死の兇行に加担していたらしく思われていたものである。

然るにかの黒い紙挟みの中にあったものは、一切を白日の下に曝露した。中にフーベルトがダニエルと取交わした裏切り状に添えて、一通の文書があった。文にはダニエルの署名がしてあった。V――はそれを読んで覚えず胆を震《ふる》った。それによると、フーベルトがR――藩へ来たのはダニエルの勧請によったのである。また、発見せられたかの十五万ターレルの金を手紙で知らせたのもダニエルの仕業だったのである。あの時フーベルトが兄に遇せられた模様、又、積年の希望を断たれた渠《かれ》が空しく帰国せんとしてV――に袖を引留められたことなぞは、既に前に述べた通りである。思うにダニエルが胸中には、己れを疾《しっ》癬かき犬の如く足下に逐い散らそうとした若領主に対する血の復讐が沸沸として心に煮え返ったのであったろう。その怨みの劫火《ごうか》を、ダニエルは暇さえあれば不断に煽り立てたのである。望みを断たれたフーベルトが、その火に身を焼かれたのは如何にも自然の成行であったと云わねばならない。さて二人はかの樅の森の中で狼狩の最中に、吹き頻《しき》る吹雪の中で、ウォルフガング暗殺の相談をしたのであった。片附けてしまおう。ダニエルに顔を背向けながら銃の狙いを定めつつ、フーベルトは囁いた。よろしい。片附けましょう。だがその術《て》はいけない。飛道具はいけません。ダニエルはその時必らず人知れず男爵を殺害することを誓約したのである。併しフーベルトはかの金を手に入れると、流石にこの陰謀が心に苦しくなって、それ以上の誘惑に巻込まれぬうちに早く逃げ出す量見になった。或夜ダニエルは自ら馬に鞍を着けて厩から曳き出して来た。が、男爵が馬に乗ろうとすると、忽ち鋭い迫った声で云った。ねえ、フーベルトさん。お前さんここに留っていた方がいいと思うがね。この領地はもうお前さんの有《もの》だぜ。あの高慢ちきな領主の奴、今頃はもう櫓の窖《あなぐら》の底で木っ葉微塵になっている時分さ。ダニエルは夙《とう》からウォルフガングが黄金慾に苦しめられ、夜中に起きてはかの櫓に通ずる扉の前に立って、窖の底を憧れるような深い眼差で覗き込むことを知っていた。いまだに巨万の富の彼処に埋れていると云った自分の言葉を領主が疑わずにいることも知っていた。兇行の行われた夜、ダニエルはかの広間の入口にそっと隠れていて、男爵が櫓に通ずる潜り戸を明けた刹那、そっと中に忍び入って後を尾けた。窖の前に立ったとき、ふと後を振向いた男爵の眼に映ったのは、恐ろしい殺意に炯炯《けいけい》と燃え輝いたダニエルの両の眼であった。ダニエル。ダニエル。貴様こんな時刻に何用あってここへ。と、愕然色失って叫ぶ男爵の声に被せて、ダニエルは詞《ことば》荒げに叫んだ。この疥癬《しっ》かき犬め。失《う》しやあがれ。その声諸共男爵は奈落の底深く力一杯蹴落されたのである。

　さてロデリッヒ男爵はかかる恐ろしい惨行にいたく心を打たれ、流石に父の暗殺された城内にこの上安閑として一日も留まることも叶わず、匆匆《そうそう》クウルランドの所領地へ帰った後は、年に唯一度秋より外にこの地を訪れることはなくなった。ダニエルの犯行を事前に予感していたかの老僕フランツは、今でもダニエルの悪霊は満月の夜などかの不祥の部屋に現われることがあると云って、V――が後にそれを見て封じ込めたと同じ有様を語っていた。若いフーベルトはこれらの事情が世に曝露された後は、父親の遺名に泥を塗ったと云う廉《かど》で、これまた俗界へ逐い遣られてしまった。

これがわが大伯父の話のあらましである。語り終って大伯父はわが手を取るや、両眼に泪《なみだ》を一杯湛えながら、覚束《おぼつか》ない切れ切れな声で云うのであった。さて従弟。それについてはあの方も、あの美しい奥方も、あれから後、矢張り恐ろしい因縁の附纏う祖先伝来のあの城の不気味な妖魔の生贄《いけにえ》になられたよ。丁度われわれがR——を発ってから二日目のことだ。男爵の発議で、最後の催しと云うので橇《そり》遊びがあったが、その時男爵は奥方とご一緒に自ら橇を御せられたそうじゃ。ところが谷間を降りて行かれた際、どうした機《はずみ》か馬の奴めが俄かに棒立ちになって、いやもう大暴れ。その吐端に奥方が急に金切り声を張り揚げて、あれ、あの老人が。あの老人が跡から踵《つ》いて来る。と云う悲鳴。あっと云う間に橇はどこぞへ打当ってもんどり顚覆《てんぷく》。奥方は遙か離れたところへ飛ばされておしまいになった。人が駈け寄って抱き上げた時には、最早事断《き》れた後であったとか云うことじゃ。それからと云うものは、男爵は何一つ心に慰むものもなく、毎日ただ鬱鬱として、とんともう心の作用が停ってしまわれたようなご様子だ。やがて男爵も今にどうやらお気の毒なことになろうも知れぬよ。まあわれわれもこれでもう二度とR——へは行くこともあるまい。

大伯父の話はこれで切れた。わたしは大伯父の側を離れた時、心はさながら断腸の思いであった。その切ない、命を断たれるかとさえ思われたわが心の酸痛を和らげてくれたものは、一切を宥《なだ》めてくれるあの「時」の力より外になかった。

歳月は流れた。V——は今は既に墓域に眠っている。わたしはその後祖国を離れ、独逸《ドイツ》全土を吹き捲った戦乱の嵐のために北方へ逐いやられてペテルスブルヒへ行った。その帰途、とある陰鬱な夏の夜のこと、わたしはK——から程遠からぬバルト海の岸辺づたいに馬車を走らせていた。見れば前方の空に明皎皎《こうこう》たる一つの星が懸っている。近づくにつれて、その赤い光が明滅するのである。星と思っていたものはどうやら一つの大きな火の塊であるらしい。その火がどうしてあんな高い空に懸っているのか、よく分らぬ。ねえ御者君。あの向うに見える火はありゃ一体何の火だろう。わたしは御者に尋ねた。御者は答えた。へえ。あれですかい。あれああなた、火じゃござんせんよ。R——藩の燈台でさあ。R——藩。御者の云ったその名を聞いて、わたしは忽ち自分が嘗《かっ》てその地で過した、事繁《しげ》かったあの秋のことを思い出した。男爵。ゼラフィネ。それからあの奇妙な二人の伯母御前。続いて思い起されるのはその当時髪を縮らし粉をふりかけ、身には空色の花車《きゃしゃ》な上衣を着けていた、顔の優白かった己れの姿であった。吐く溜息は熔炉《るつぼ》のごとく、胸に秘めたるかの人の、青蛾の眉に苦悶の頌を描いていた、恋の疫《え》病《やみ》のわが姿であった。その暗い愁意の中に、ふと大伯父の辛辣な揶揄が、かの燈台の火のごとく炯炯《けいけい》と燃え上って来たけれど、それも却って今ではあの当時よりも興深きものに思われた。さてこうした悒苦《ゆうく》と不思議な歓びとにゆさぶられながら、わたしは翌朝未明にR——の駅逓局の前で駐《とま》った馬車から降りた。見れば駅逓局はその昔農場監理人の住んでいた家である。わたしは這入ってまず監理人の安否を尋ねた。すると局員はパイプを口から離し、申訳ばかり僅かに寝帽を傾けながら、失礼ですが、この村には農場監理人はおりません。政府の役所はありますが、所長はまだ寝ているでしょうと云う答。わたしは更に色色のことを尋ねた。聞けば最後の領主ロデリッヒ・フォン・R——男爵は、既に十六年まえに世を去ったとか。城主には後継がなかったから、世襲領創立の制定書に従ってR——藩はすでに国有に帰したと云う。わたしは城へ行って見た。今ではもうどこもかしこも崩れ落ちて、見る影もない廃墟同然の姿。その時樅林の中で出逢った年老いた百姓に聞いた話によれば、かの石塞の大部分は燈台の建造に用いられたとか。また城に古くからあらわれると云い伝えられているかの幽霊は、今でも殊に満月の夜なぞこの城址に出て、およそこの世のものとは思われぬような、恐ろしい呻きの声が聞えるそうな。

ああ、思えば目先の利かなんだ老ロデリッヒよ。そも如何なる悪因縁ぞや。固き根をこそ永久に植えつけうつもりのその幹を、まだ蘖《ひこばえ》のそのうちに、可惜《あたら》毒死せしめてしまったとは。

Ⅳ　ラフカディオ・ハーンの怪奇文学講義

ラフカディオ・ハーン Lafcadio Hearn (1850-1904) ——ギリシャ生まれの新聞記者、作家、日本研究家、英文学者。アイルランド人で英国軍医の父とギリシャ人の母の間にイオニア海のレフカダ島で生まれる。幼少期を父の家のあるダブリンで過ごし、フランスとイギリスで教育を受け、一八六九年に渡米して新聞記者として活躍。ニューオーリンズのクレオール文化、西インド諸島の取材やゴーチエの翻訳など、多彩な文筆活動を展開する。九〇年、雑誌出版社の通信員として来日し、松江、熊本等で中学の英語教師を務めながら日本の風土文化を紹介する著作を行なった。その間に小泉節子と結婚、後に帰化する。日本名、小泉八雲。江戸時代の怪談本等に材を採った怪奇譚集『骨董』(1902)、『怪談』(1904) があり、『日本瞥見記』(1894) などの紀行随筆にも怪異譚が含まれる。ハーンは一八九六年九月に東京帝国大学の英文学講師に就任し、一九〇三年三月に任を解かれるまで約六年半にわたって、英文学や西洋文化に関する講義を行なった。ハーン没後、当時の学生たちによる筆記ノートをまとめた講義録が何冊も刊行されている。「八雲の大学講義は、——ことにその詩論は、犀利な批評と特異な観点の点で、欧米では第一級のものとして定評をえている」(平井呈一による解題)。ここに収めた二篇の講義は、ハーンの怪奇文学、超自然への関心や考え方、創作観を明らかにしていて、平井呈一の超自然文学観にも少なからぬ影響を与えているように思われる。

「モンク・ルイス」と恐怖怪奇派

大人《おとな》は子供のひねたもの、とよく言われるが、大衆の小説の好みにも、この言葉の真理を例証しているばあいがよくある。おとなも子供と同じように、恐怖の快感をよろこぶ。こうした人間の恐怖感をあおるようなものを書ける作家が、すくなくともある期間、成功作家になることがよくある。もっとも、恐怖にも、ほかのものと同じように流行があって、時代によって変化する。十八世紀に人々をひたすら怖がらした小説も、十九世紀には人々を笑わしてしまう、といったぐあいである。十八世紀という時代は、この種の傾向のものがたわいもなく喜ばれた時代で、あんまりたわいがなさすぎるので、なぜあの当時ルイス一派の作品があんなに人気があったのか、今日では理解に苦しむくらいである。まったくそれは不思議な現象で、英文学史の研究も、この恐怖派に言及しなければ完全といえないばかりでなく、その大きな影響は十九世紀文学にも尾をひいているのだから、そこでわれわれがこれから追及する問題も、当然それにつながるものなのである。

いわゆる恐怖怪奇文学と称せられるもので、とくに注目に値する作品は、六編ほどある。まず重要な作品の第一は、一七六四年に出版されたウォルポールの「オトラント城綺譚」がある。それについで出版されたもので、同じ種類の想像に愬《うった》えた文学的産物に、ベックフォードの「ヴァセック」（一七八三年）〔正しくは一七八六年〕がある。ついでラドクリフ夫人の「ユードルフォの怪」（一七九五年）〔正しくは一七九四年〕、次がマシュー・グレゴリ・ルイスの「モンク」で、同じ年に出版された〔正しくは一七九六年〕。さらにシェリー夫人の「フランケンシュタイン」が一八一八年、最後に特筆すべき作品がマチューリンの「放浪者メルモス」で、これが一八二〇年の出版である。もちろん、このほかにも何百編という作品があるが、それらはいずれも模倣的作品で、語るに足るほどのものはない。マチューリン以後は、ブルワー・リットンが「不思議な話」および「幽霊屋敷」という小説で、恐怖小説に完成した形をあたえた時まで、この派の文学は一時世人の評価のなかに埋没したのであるが、いま挙げたリットンの二作は、そのあいだに世情と流行がいかほど移り変わったかを、おのずから示している。

　恐怖派グループのなかで、なんといってもいちばんの立て役者はルイスであるが、この人の名前が十八世紀文学と切っても切れぬ密接な関係をもっているのは、その文学的業績のせいではなくて、かれ自身よりも大きな力量をもった人たちに顕著な影響をあたえた、やや気まぐれなその言動のせいなのである。ルイスは同時代の文人のほとんどすべてとつながりがあり、スコット、バイロン、その他幾人かの作物に、いっぷう変わった流儀で影響をあたえたのである。

　ルイスは西インド諸島の所有地からあがる莫大な資産の相続人であった。幼少のころ、美しいが正直で単純な女だったかれの母は、夫と折り合いが悪くて離別した。ルイスは父といっしょに暮らすことを断わって、母をしあわせにすることに生涯をささげる腹をきめた。この息子のおかげで、母は何不自由なく暮らすことができた。ルイスは子供のころからばかに小さい子で、そのまま生涯かれは、人なかでも目に立つほどの小男であった。そのくせ勇気と機智と活力は人一倍もっており、十九歳のとき「東方のインディアン」という戯曲を書き、さいわいそれが舞台に上演された。ルイスはこの劇やほかの脚本を、もっぱら母の暮らしを助けるために書いたのである。なぜなら、母は父と離別したのち、夫からの仕送りを絶たれたからで、ルイスは懸命に仕事をして、家計を保つことに成功した。二十歳のとき、ルイスは「モンク」という言語道断な小説を書いたのが、バイロンの詩や文学仲間に賞讃されて一躍有名になり、それ以来「モンク・ルイス」と呼ばれるようになった。時の矯風会などが弾圧にかかったけれども成功せず、かえってそのために本の売れ行きは増大し、ルイスは巨額の金をもうけた。ついでかれは「捕虜」という変わった一幕物を書いた。この劇の一部分は、いまでも古臭い教科書や修辞学の本などに出ているが、これはロンドンで上演されて大当りをとった。やがて父が死んで、ルイスは富豪になり、かねての念願であった母をしあわせにしてやることも叶えられた。そしてさかんに旅行をし、勉強をし、生来の芸術趣味に心ゆくままにふけり、ウォルター・スコットの処女出版を援助してやったりした。かれはスコットには詩の作法まで教えてやった。今日考えると、ずいぶんおせっかいなことのように思われるけれども、後年スコットは往時を追懐して、「あの小さな人は、ほんとに私には親切にしてくれました」といっている。そのスコットの助力と、ほかからも資料源をもらって、ルイスは“Tales of Terror”（恐怖物語）という本を著わした。この本には、幽霊を題材にしたスコットのすぐれた民謡も、何編かはいっている。ルイスは、一面、ひじょうに機にさといところがあった。かれは、時風が恐怖怪奇をよろこぶ方向にむかっていることを看《み》て取り、この時尚を満足させることに全力を向けた。そして“The Castle Spectre”（幽霊城）のような戯曲をいくつか書いたが、いずれも商業的投機としては大当りをした。だが、われわれ後人がルイスに感謝するのは、かれ自身の作品に対してよりも、他の人たちの仕事に対して感謝する理由のほうが多いのである。ルイスはイタリーで、バイロン、シェリー、シェリー夫人に会った際、どうだね、君たちひとつ銘々で、怖い話を書いてみないかと提案した。バイロンも、シェリーも、シェリー夫人も、ルイスの気まぐれにまんまとひっかかって、バイロンは「吸血鬼」という、今では珍本になっている散文小説を書き（訳者注。――この作品はバイロンの名で発表されたが、今日ではバイロンの侍医ポリドリの作であることが明白になっている）、シェリー夫人も一書を書いた。この夫人の作品は今では世界的古典の一種になって、各国語に翻訳され、その後多くの人たちにたくさんの焼き直しや類似品を産ませている。それが「フランケンシュタイン」の物語である。ルイスがいなかったら、この稀代の傑作は、おそらく世に出なかったであろう。

しかし、ルイスの生涯は短かかった。かれはおのれの人間性の犠牲になって倒れたといってよかろう。かれの最も深い関心事は、西インドの自分の所有地にいる奴隷の身柄のことであった。なんとかかれらを心あたたかく遇してやるような監理を、自身でしてやりたいと願い、その目的のために、二、三年おきに西インドへわざわざ出かけて行くことを、自分のつとめにしていた。かれは当時として許されるかぎりの自由解放を奴隷たちに与えてやりたかったのだが、法律の上からそれは出来なかった。一八一八年、かれは西インドに旅行中、恐ろしい黄熱病に冒されて、本国へ帰航する途中で死んだ。かれは社交界や文人仲間から、一人の紳士として、また寛容な友人として、大いにその死を惜しまれた。かれの思い出は、当時の文壇史のなかで、最も人に愛されたものの一つであった。

ルイス自身の作品については、実際のところ、あまり大した価値は認められない。かれの作品はすべて狂気、幽霊、墓地、凄惨な犯罪などを描いた小説と戯曲だが、着想はいずれもみな、色欲と殺人、恐怖と悲哀の葛藤を読者にあたえるもので、それはウェブスターやフォードのような、イギリスの古い戯曲を踏襲したものを、さらにあくどくしたもので、芸術的にも技巧的にも、はるかに低いものである。おそらく自分では卑賤なことも、残忍なこともしたことのないこの人が、十九世紀における最も嫌悪すべき小説を書いたということは、まったく不思議なことである。詩も格調や技巧からいうと、散文と同じ程度のものであるが、それがイギリスの民衆に、非常に新奇な、粗野な快感をもって受けたのである。今日では、ルイスが恐怖・戦慄と思ったものを、われわれはただ一笑に付すばかりだ。これは、ここ五、六十年の間に、イギリス人の頭が大いに進歩した証拠といえよう。やれ髑髏《どくろ》だの骸骨だの、血なまぐさいことや淫猥な怪物など、今日はだれも怖がりはしない。あいそをつかすだけだ。でも、私が子供の時分には、人々はなおルイスの恐怖をうたった詩を暗誦して、なにかのおりにはそれを口にしたものである。とりわけ私がいまも憶えているのは、「勇士アロンゾと美女イモーゲン」というかれの民謡が、えらくはやっていた。ああいう詩を喜んでいた人々の幽霊についての考えかたは、どれほど未開なものであったことか！　その詩の最後の文句を引用してみると、――

While they drink out of skulls newly torn from the grave,
Dancing round them the spectre are seen;
Their liquor is blood, and this horrible stave
They howl: "To the health of Alonzo the Brave,
And his consort, the fair Imogene!"

〔大意。――墓から新しく欠いた髑髏《されこうべ》で飲んでいると、まわりでは幽霊が踊っている。酒は血の酒、「ヤンレ、めでたいな、勇士アロンゾと花嫁御寮のイモーゲン！」とみなみなドッとはやすなり。〕

ルイスの時代から見ると、われわれの超自然観もずいぶんと変わった。ルイスを高尚な人物にしていたのは、かれの文学ではなくて、むしろかれの個人的な影響力だったのである。シェリー夫人がルイスの激励で「フランケンシュタイン」を書いたことは、すでに述べたとおりだが、この本は注目に値する。わずか十六歳になるやならずの少女が書いた作品であるが、これはイギリス文学が産んだこの種の書物のなかでは最大のものである。

着想そのものは、けっして新しいものではない。――そんなことをいったら、新しい着想の本なんか、どこを捜したってあるわけのものではない。中年の錬金術師の生命創造の可能性を書いたものは、いままでにもあった。ゲーテも「ファウスト」の第二部で、中世の思想をかりて、化学者が化学の力で人間を小さくし、いわゆる矮人《こびと》にして瓶のなかで飼っていることを書いている。十九世紀においても、この種の学説はまじめに論争されている。そういう論争が最後にかわされたのは、おそらくダーウィンの発見以前、スペンサーの哲学が出現した以前のこととおもう。スペンサーはほとんど不可能にちかいこの問題の理論づけを、一歩前進させたのである。チェンバー兄弟の有名な「創造のなごり」という書物が、当時新説を打ち出した。その考えというのは、こうだ。――人体を構成する要素とその質量の割合を、的確に発見することができて、それを人体にあるとおりの比例で、その要素を混ぜ合わすことができれば、――そのさい他の力の邪魔がはいらなければ、その要素が結晶して人体になる、というのである。つまり、人間は化学によってつくることができるというのである。この説は、当時は大いに関心をよせられたけれども、進化哲学があらゆる仮説をくつがえした今日では、すでに笑いものにすぎない。

シェリー夫人が「フランケンシュタイン」を書いたときには、もちろんこの古い説も知らなかったし、「創造のなごり」の著者の奇想を予見する知恵もなかった。おそらく彼女は、あの一編の物語のプランを書物から得たのではなかったのだろう。化学も物理学も電気も知らなかった彼女は、専門的な物語を考えるには、賢明でありすぎた。そんな科学小説なんかに彼女は興味がなく、ただフランケンシュタインという学識ある医師が、科学を適用して人間をつくることに成功した、ということを諷したにすぎない。フランケンシュタインは、古往今来、世界中の人間のなかで、いちばん美しい、いちばん賢い、いちばん強い人間をつくりたいと願った。なるところが出来あがってみると、ふた目と見られないものすごい、恐ろしい怪物になった。

ほどこの怪物は、自然の人間よりも力は強いし、行動的であるが、見ればまるで夢魔のようで、博士自身、この人造人間を自宅においておくに耐えられなかった。そこで博士は、人造人間にどこかへ行ってしまえと命じた。怪物は出て行ったが、一、二年たつとふたたび戻ってきて、こんなことをいった。「おれは孤独だ。人間はだれ一人言葉もかけてくれない。外へ出ると、生きているものは犬まで怖がって逃げてしまう。おれはこんなにひとりぼっちでは、とても生きていかれない。友達がほしい。あなたはおれをこしらえてくれたのだから、おれに女房をこしらえてくれ。それがあなたの義務だ」フランケンシュタインは怖いから、女房をこしらえてやることを約束した。そして人造人間の妻をこしらえにかかったが、なかば出来あがったときに、ふと考えた。「待てよ、こんなことをしてやれば、二人の間に子供が生まれるぞ。あの怪物の一族ができたら、そいつは人間の敵で、おそらく人類を滅ぼしてしまうだろう。あいつに女房をこしらえてやれば、自分は大罪を犯すことになる。いや、止めよう、止めよう」そういって博士は、半分できかけた人造人間をバラバラにこわしてしまった。こわしているところへ、怪物がそばに立って言った。「おぼえていろ。きさまの婚礼の晩には、きっと来るぞ」そういって人造人間は姿を消した。何年かたって、フランケンシュタインは結婚した。すると結婚の夜、怪物がやってきて、花嫁を八つ裂きした。フランケンシュタインは妻の仇敵《かたき》を打つために、怪物を破壊してやろうと跡を追い、世界中を旅して歩いたが、怪物を捕えることができずに、計画なかばに博士は死んだ。そのときはじめて怪物は後悔をした。そして自殺した。――これが物語のあらましの筋である。この話をよく考えてみると、そこには多くのすばらしい道徳上の教訓があるのに、諸君は気づかれるだろう。昔からあることわざや教えが、このなかにはたくさんある。その点からいっても、この小説はいつまでも長い生命をもった物語の一つといえよう。この小説の大きな教訓は、人間の行為の結果ということだ。一つのまちがったことから、百のまちがったことが派生する。正しい行ないにせよ、ふざけた行ないにせよ、その行為は水に石を投げたように、世の中全体の上に波紋をなして広がっていく。この物語は万人が読むべきもので、その価値は、この本がやさしい、誰にもわかる英語で書かれているということなどで、けっして割引されるものではない。十六歳の婦人が産んだこの古典は、イギリス文学のなかでほかに例はないと、私は信ずる。

恐怖派が産んだ作品で、これに匹敵するものは、ほかに何一つない。一時的に花やかな成功をした作品はいくつかあるし、いまも愛好者をもっている作品はある。そのなかで特に言うに足る作品は、ただ一つしかない。チャールズ・ロバート・マチューリンの「放浪者メルモス」がそれである。これはある特異な境遇のもとで、悪魔に魂を売った男の物語である。文学的価値という点よりも、着想が珍しく巧妙な点で特異な作品なので、筋を語ることはやめておくが、とにかく不思議な力強い作品であることは、安心していえる。「フランケンシュタイン」は一八一七年〔正しくは一八一八年〕の出版だが、この本は一八二五年〔正しくは一八二〇年〕に出版された。真価からいえば、「フランケンシュタイン」よりも多分に劣るけれども、この作品は、フランスの文豪バルザックに影響をあたえたという点で、英文学では記憶されるべき作品だ。バルザックの“Peau de Chagrin”（「麤皮《あらかわ》」）という驚嘆すべき作品は、フランス文学のなかではおそらく、

「フランケンシュタイン」と比較される唯一の作品だろうが、「フランケンシュタイン」と同じように、この作品もやはり教訓的な点で不朽なのである。そして部分的には、マチューリンの「メルモス」を読んで刺激された作品である。イギリスではマチューリンの讃仰者の一人に詩人のロゼッティがあり、「放浪者メルモス」の真価を証明したのは、じつはロゼッティなのだ。だが、私は諸君に、マチューリンの原作を読むよりも、むしろ「メルモス」に刺激されて書かれた、もう一つの作品を読むことをお勧めする。そのほうが有益かとおもう。それはロバート・ルイズ・スティーヴンスンの“The Bottle Imp”(「瓶の中の小悪魔」)という小説で、“Island Nights' Entertainments”という南海物語のなかにある話である。この作品を読むと、諸君はそこに無類のすぐれた文学的技巧をもって現代に移された、マチューリンの怪奇の醍醐味が味わえるだろう。

イギリスに限らず、諸外国においても、十九世紀初頭の文学が、このような怪奇小説の著しい作品群を生み、しかもそのあと、にわかにそうした作風のものが長い沈黙におちいってしまったというのは、なんとも不思議なことである。「フランケンシュタイン」のような作品のほかに、たとえばドイツでは、一八〇一年〔正しくは一八一一年〕にド・ラ・モット・フーケの「ウンディーネ」(「水の精」)が出、一八一五年〔正しくは一八一四年〕にはシャミッソーの「ピーター・シュレミル」が出た。前者は水の精が人間と結婚する物語、後者は自分の影を悪魔に売った男が、しだいに不幸に落ちていく話である。この三つの物語――イギリスの「フランケンシュタイン」と、今いったドイツの二作――が不朽になっている事実を考え、一方、ほかの何百編という作品がまったく忘れ去られてしまった事実を考えると、世に不朽の価値をもった作品というのは、うまく書かれているとかいないとかは別として、どうもその作に含まれている永遠の真理の多寡による、という決断に達しそうである。上にあげた三つの作品には、それぞれに三つの普遍的真理が——世人がいつまでも倦まない、隠された教訓が含まれている。ところが、それに反して他の作品は、けっして下手ではないけれども、そのなかに倫理的象徴というか、人間的真理というか、それが欠けているために、忘れ去られてしまうのである。

これと同じ事実は、イギリス文学における近代ロマンティック期にも、明らかに認められる。英語で書かれたゴースト・ストーリーの最高の傑作は、これは例外なしに、ブルワー・リットンの "The Haunted and the Haunters"(「幽霊屋敷」)であり、怪奇ロマンの最高傑作は、おなじ作者の "A Strange Story" である。文章は絶妙だし、この一作を書くのに、作者は多年特異なオカルトの世界——中世の錬金術、バラ十字教団の文献、古今の魔術、東西両洋の迷信など——の研究に費したのである。まったく偉大な著作であるが、その偉大な作品にして、なおかつ今日では忘却の危険に瀕している。あと一、二代をへたら、おそらく完全に忘れ去られてしまうだろう。ところが一方、最近スティーヴンスンが書いた「ジェキル博士とハイド氏の事件」という短編は、すでにほとんど各国語に翻訳され、世界各国の家庭に話題を提供しており、もはや一つの古典になっているようだ。なるほどこの小説は、リットンの恐怖小説の迫力には比ぶべくもない。しかしリットンの小説には、普遍的な永遠の真理が盛られていないから、したがって諸君は、そこから倫理哲学はなに一つ引き出すことができない。一方、スティーヴンスンの小説は、まだ若い人の作ながら、永遠の事実の新しい解釈をわれわれに与えてくれる。——人間の性質は単一なものではなく、多様なものだ。単純なものではなく、複雑なものだ。一元的なものではなく、二元的なものだという事実の新しい解明を、読む者にあたえてくれる。教訓としても、この小説はすぐれているし、ヨーロッパ諸国の民衆は、この作品の傑作であることを認めたのである。

それはそれとして、私は諸君に、文学における寓意小説、もしくは象徴的小説に関するひじょうに大事な事実を痛感させることを忘れてはならない。ほんとうの文学者は、道徳的目的だけのために、作品を書こうとしやしない。どの時代、どこの国でも、それを試みようとした作品は、結果としてつねに失敗している。さもなければ、まったく無意味なものになっている。教偉大な作家は、不朽の道徳を蔵した不滅の物語を書いたが、教訓を書こうとはしていない。教師気どりをしようなんて料簡はおこしはしない。偉大な作家は無意識のうちに、その効果をつかんでいるのだ。偉大なる真理は、無意識のうちに口に言われなければならない。たとえば、シェクスピアほど多くの道徳的真理をひきだせる作者は、どこにもいないだろう。そのくせシェクスピアは、道徳をおしえる目的で芝居を書いていやしない。かれは見物を喜ばすために書き、しかもどんな種類の教義、どんな種類の教訓ともまったく無関係に、真実を書こうとしたのである。この事実は奇異に見えるかもしれないが、すぐれた批評家はみな今日ではそれを認めている。すなわち、諸君がもしすぐれた物語が書きたかったら、あるがままの自然、あるがままの事実、あるがままの人生、その真実、それのみを考えなければいけない。そして真実を見、真実を感ずるとおりに、だれにも人生の真実を考えさせることができれば、道徳はしぜんその真実を大事にしてくれる。およそ大真理には、諸君の助けがなくても、おのずから顕われる隠れた教訓がそのなかにあるのである。そのかわり、諸君が道徳を書こうとしたら、ほとんど例外なく失敗するだろう。ここにおいて、芸術家は自身の力を信じてはならぬ、自然と神を信じなくてはならぬ、と言えるのである。

小説における超自然の価値

これからお話しする問題は、諸君が題目を一見して想像される以上に、たいへん重要な問題であります。諸君のような年齢の方たちは、お化けなんてものは信じもしまいし、妖怪問題が注目に値するものだなどと考えもしないでしょう。そこで、まず最初に理解しておかなければならないことは、この問題の哲学的、および文学的かかわりあいである。いまどき超自然の物語など、すぐれた文学のなかでは、とうに時代おくれだなどと考えたら、とんでもない間違いであると、私はあえて申したい。時代おくれどころか、詩にしろ散文にしろ、すぐれた文学が生まれるばあいには、超自然的要素が大いに働いているのが見られる。科学の知識がだいぶ扱い方を変えたとはいえるが、しかし人間のこの方面の想像に対する関心は、すこしも減少してはいない。メーテルリンク（訳者注。——一八六二—一九四九。ベルギーの作家。神秘的象徴劇で近代劇に一新生面をひらいた。「青い鳥」で知らる。ノーベル賞受賞者）のような現代作家の成功も、霊的なものと超自然的恐怖の題材の巧みな扱い方ということで、大体の解釈がつく。現代作家を挙げるまでもなく、ヨーロッパにおける古今の文学のなかで、ほんとうの大作家で超自然をとりあげて成功しなかった人は、まずないと言っていい。イギリス文学でも、アングロ・サクソン詩人の時代からシェクスピアまで、さらにシェクスピアから現代に至るまで、例外はないと信ずる。このことは、われわれをある普遍的な、しかも顕著な事実の考究にみちびいてくれる。私はこの事実をまだ誰の書物にも見たことがないが、これは思想上たいへん重要なことだ。つまり、すべてすぐれた芸術には、文学、音楽、絵画、彫刻、建築を通じて、それぞれに、一種霊的なものが存在しているのである。

ここで、ghostly ――「霊的」という言葉について、すこしばかり述べておこう。おそらく諸君のなかのだれかれが想像する以上に、この言葉は重要なことばなのだ。一体、大昔のイギリス人は、神秘とか超自然とかに対しては、この言葉以外には言葉をもっていなかった。spirit とか supernatural とかいう言葉は、ご存知のとおり英語ではなくて、ラテン語である。今日宗教のほうで、崇高とか、神聖とか、霊妙とかいっていることを、昔のアングロ・サクソン人は、すべて ghostly ということばで片づけていたのである。人間の spirit とか、人間の soul とかいわずに、人間の ghost といい、宗教的知識に関することは、すべて ghostly といったのである。約二千年間、いまもほとんど変らないカソリックの懺悔《ざんげ》の様式でも、いまだに聴問僧のことを ghostly father（霊の父）といっている。これは僧侶のつとめは、父のごとく人々の霊や魂の世話をするという意味であって、懺悔をする者が僧侶に呼びかけるときには、いまでも My ghostly father という。そういうわけで、ghostly という形容詞にはたいへん広い意味を含んでいることがおわかりだろう。ghostly といえば、超自然に関する一切のことを意味し、キリスト教では神そのものをさえ意味する。生命をあたえてくれた神は、英語ではつねにHoly Ghost ——「聖霊」と呼ばれている。

西欧人が今日もっている神という観念は、じつは幽霊に対する原始的信仰から発達したものだと教える進化哲学を認めるならば、幽霊という言葉を神に用いても、べつに非難するにはあたるまい。むしろこの言葉を用いると、不思議な感じがでて、神の森厳さを増すことにもなるだろう。それはそれとして、かりにわれわれがどんな宗旨の信仰をもとうがもつまいが、近代科学がわれわれに貢献したことの一つは、われわれが昔から物質的な固体と考えてきたものが、じつは本質的には霊的なものだったという、明白な証明であったといえる。われわれが、たとえ幽霊についての古臭い話や説を信じないとしても、われわれ自身が一個のghostであるということ、まったく不可解な幽霊であるということを、今日では認めざるをえない。人智が拡大するにつれて、宇宙の神秘はますますわれわれの上に押しかぶさり、ますます重く、ますます畏怖すべきものになりつつある。しかも、とくにそれはghostlyで、神秘的である。そして、すぐれた芸術は、多少なりとも宇宙のその神秘をわれわれに窺わせてくれる。私が偉大な芸術にはghostlyなものがあるといったのは、つまり、ここのことなのである。それがわれわれの心の奥にある、無限につながる何物かに触れる。諸君が偉大な思想を読んだり、すばらしい絵画や彫刻や建築を見たり、あるいはすぐれた音楽をきいたりすると、ちょうど神か幽霊を見たときのような、ゾクゾクする戦慄を心におぼえる。ただ、現代の戦慄は、昔とは比較にならないほど大きく、長く、かつ深い。だから、いろいろの知識はあっても、やはり今でも大衆は超自然文学、怪奇小説に快感をおぼえ、今後何百年たとうと、この快感はつづくことだろう。

ghostly なものは、かならず真理の半面をあらわしている。だから、いわゆる幽霊には疑念をもっていても、その真理の点についての人間の関心は、消滅することがないわけだ。

以上のようなわけで、諸君はこの題目がけっして小さなものではないことが、おわかりになったろう。まさにこの問題は、すぐれた文学とひじょうに重要な関係がある。ときに読者に恐怖の快感を与えられない詩人や作家は、大詩人でも大作家でも大思想家でもないとさえ言えよう。さきほど、イギリス文学でこの例に洩れるものを自分は知らないといったが、たとえば今世紀で最も実際的な、冷静で、論理的で、迷信などは爪の垢ほども持っていそうもないマコーレーを例にとってみよう。マコーレーの論文を多少でもかじったものは、かれが超自然の琴線に触れるなどとは夢にも思わないだろう。ところが、そのマコーレーが「古代ローマの歌」のなかで、何カ所かみごとにそれをなしとげている。――実例をあげると、レジラス湖のほとりの戦で、ふた児の兄弟の亡霊が現われるところ、それからタークイン王が自分の犠牲になったルクレシアの幽霊に悩むところがある。ここのところは両方とも、強い恐怖の戦慄をあたえる。また「カピスの予言」のなかにも、いくらか弱いが、やはりゾッとするところが何カ所かある。マコーレーはごく控え目に書いているが、この力があったからこそ、あの詩はそれだけすぐれたものになっているのであって、もしマコーレーにして、今あげたような詩の部分が書けなかったとしたら、あの英国史の溌剌《はつらつ》たる活写はできなかったろうと思う。霊的感性をまるきり持たない人は、それこそ一ページの歴史も、一ページの演説も、生き生きと語ることはできないだろう。人の精神に触れるには、その精神が言葉を通して感じるすべてを知っていなければならない。それを知るには、それを同じように感ずる霊《ゴースト》が、その人自身のなかに内在していなければならない。

ところで、理くつや理論は抜きにして、実際方面に移って、幽霊と夢との関係に話題を転じよう。

すぐれた作家――大作家は、超自然の研究にも、けっして先人のやったことをなぞるようなことはしない。この問題は、書物からは手を貸してもらえない。どうしたら読者に恐怖の戦慄があたえられるか、それを習得するのは、書物や伝説や昔話からではない。表現の方法、作品の効果だけについていうなら、そういうものを読むのもけっして無益ではない。それどころか、この方面の傑作をできるだけ多く読むのは大いに必要で、珍らしい語彙《ごい》の価値、文章の緊密と迫力、信仰の特性、それのもつ恐怖の特質、そういうことを学ぶのに、大いに得るところがあるだろう。しかし超自然的効果をつくるには、他人の考えや感情を書物から取って用いようとしたって駄目だ。そんなことをすれば、その作品は真実味に欠け、人に戦慄をあたえない。どんなばあいにも、自分の思想と感情で書かなければいけない。もし諸君が幽霊を信じないとしたら、どこからその感情思想をえたらいいか？　夢からえればいい。諸君が幽霊を信じようと信じまいと、怪奇文学の芸術的要素は、すべて諸君の夢のなかにあるのだ。使い方をこころえている人には、夢は文学の素材の宝庫だといっていい。

詩人、小説家、または伝道師、こういった連中が超自然の恐怖と怪奇を扱ってえた大きな効果は、直接または間接に、すべて夢から得たものである。どんな怪奇文学、どんなすぐれた怪談も、よく研究してみると、事件がどんなに驚嘆すべき異常なものでも、よくよく究《きわ》めていくと、いろんなぐあいに結びあってはいるが、みんな諸君の夢のなかに現われたものだということがわかるだろう。それが諸君に戦慄を与えるのだ。なぜかというと、諸君が忘れていた想像、あるいは感情の経験を、諸君におもい起こさせるからだ。この法則に例外はない。――絶対にない。いつぞや私は諸君に、英語で書かれた怪奇小説の最大傑作として、ブルワー・リットンの短編の話をしたが、なぜあの作品が傑作なのかというと、それは悪夢の経験をみごとに忠実に活写しているからだ。すべて超自然小説のすぐれた作品の怖さは、じつはわれわれの醒めた意識に、夢魔を投影してみせた怖さなのである。これに反して、おとぎばなしや有名な宗教説話などの美しさは、夢は夢でも楽しい夢、愛情とか希望とか悔恨とかから生まれた夢の、優雅な美しさである。とにかく、超自然が巧妙に扱われている場合には、夢の経験がその源流になっているのである。私は日本文学についてはまったく知らないくせに、それを知っている諸君に、今こうして講義をしているわけだが、日本文学のばあいでも、この法則に例外はないと信ずる。中国や日本の文学に、夢の経験から生まれていない怪談はあるまいというのではなく、もしそんな作品があったら、それは読む価値もなく、すぐれた文学のなかにはいるまい、と言いたいのである。私はフランス語に翻訳された中国怪談を何編か読んだし、（訳者注。――ハーンはド・ティエルサンやグスタヴ・シュレーゲルの仏訳を読み、これを再記して“Some Chinese Ghosts”（「中国怪談集」）を著わした）またハーバート・ジャイルスの名訳“The Strange Stories from Chinese Studio”（訳者注。――これは中国の有名な怪奇談集「聊斎志異」の全訳）も読んだ。すぐれた学者の翻訳したこの怪談集はじつに驚歎すべきものであるが、超自然的現象をじつに巧みにとり扱っているのを見るにつけ、中に出てくる出来事が、かならず夢の現象と一致しているのに私は気づいた。したがって、この問題についての私の判断は誤まっていないとおもう。日本の怪談で、私が訳文を手にすることのできたものは、みな同じ法則に従ったものであった。先日はじめて読んだ話で、（訳者注。――これは石川鴻斎著「夜窓鬼談」のうちの「果心居士」で、ハーンはこれを再話して、"A Japanese Miscellany"（「日本雑記」）のなかに収めた）日本の作者が超自然思想を扱ったものと、イギリスの有名作家が夢を扱ったものとの間に、完全な似よりを見いだして、私はひじょうに興味をおぼえた。その物語は、山水画を描いた屏風の絵のはなしで、日本の話（原話はおそらく中国のものだろう）では、絵師が屏風にむかって合図をすると、一そうの小舟が帆をかけて川を下りはじめ、やがて画面から抜け出て、部屋のなかへ出てくる。部屋は水が満々となる。絵師だか法術師だかは、その小舟にのりこむと、ふたたび帆を上げて去っていく。そして永久に消えてしまう、という話だが、これはことごとく夢の話で、この作のみごとな点は、夢の経験の真実のすがたを活写した点にある。これと同じ現象を、べつの形で、諸君はルイス・キャロルの「ふしぎの国のアリス」と「鏡を通して」のなかに見いだすだろう。

　話をもとに戻そう。怪異、つまりありうべからざることを扱うには、夢の経験のそのままの現象と合致させなければならないこと、ブルワー・リットンの幽霊屋敷の話は、その法則を実証していることなどをお話ししたが、今回はとくに夢魔というものの文学的価値についての研究をすすめてみよう。夢のなかでいちばん怖い夢魔というやつは、これはきわめて特殊なもので、真の大文学に発見される重要な宗教的恐怖や超自然的恐怖は、おそらくみな、この夢魔から提供されたものである。夢魔そのものがもともと神秘だし、心理学的にもまだ説明されていない点がたくさんあるけれども、夢魔の現象の一つ一つをとり上げてみると、さまざまな迷信から恐怖や、超自然信仰との不思議なつながりを示すことができる。

まず夢魔における第一に顕著な事実は、そのとっかかりである。ふつうそれは、はてな、おかしいなという一種の疑念からはじまり、なんとなく怖い感じがする。そのうちに、なにか離れたところから自分に働きかけているものがあるという印象をうける。なんとなく心ひかれるようでもあれば、そうでないようでもある。それは心をひきつけるものがはっきりしないからで、だから不安な感じで、その不安にしている力から、なんとかして逃れたいと思うが、それが容易でないことがわかってくる。やっとの思いで身動きはできるが、困難はしだいに増してきて、とうとう動けなくなる。声を立てようとしても、声が出ない。じつはもう一種の昏睡状態で、見たり、聞いたり、感じたりはするけれども、動くことも、ものを言うこともできない。これが最初のとっかかりであって、人間が苦悩する恐ろしい感じの一つである。この状態がある一定の時間以上つづけば、その恐怖だけで命とりになるかもしれない。ほかの原因でひどく健康が弱っているような時には、夢魔がじっさいに人を殺す揚合がよくある。

もちろん、日常のさめている生活では、こういう経験——自分の意志を奪われて、目に見えない力で遠くのほうから緊縛されている感じ——は全然ない。まったくこれは磁気力とか催眠術の経験である。そして中世のあの恐ろしい魔法は、これから起こったのである。いまのところ適当な言葉がないから、かりにこれを超自然的催眠力と名づけておこう。これは本当の催眠術ではない。ほんとうの催眠状態なら、被施術者は精神的におのれの人格によって感じたり、考えたり、行動したりせずに、他人の意志によって行動する。ところが夢魔のばあいは、意志が停止するだけで、人格的意識は残っている。だから、怖いのだ。この初期の状態を、かりに超自然的催眠術と呼んでおこう。ただしそれは、いま言ったような制限つきである。ところで、ブルワー・リットンはこの経験を、どんなふうに小説のなかで用いているか、それを見てみよう。(訳者注。——リットンの「幽霊屋敷」は、創元推理文庫の「怪奇小説傑作集1」に拙訳があるから、参照されたい)

小説の主人公は、椅子に腰かけて、ランプをおいたテーブルのそばで、マコーレーの論文を読んでいると、きゅうに不安を感じる。なにかの影がさして、書物の上がかげる。立ち上がって叫ぼうとするが、蚊の鳴くような声しか出ない。動こうとしても、手も足も自由がきかない。すでに魔物の力がかかっているのである。これが夢魔のはじまりだ。

夢魔の現象の第二期は、第一期としばしば混同して現われることがあるが、恐ろしい、不自然な光景を経験する。目に見えているものがかならず暗くなる。ときには燈火が消えたり、ぼーっと霞《かす》んだりする。リットンの小説では、室内に煖炉が燃え、たいそう明るいランプがあるが、その煖炉の火もランプの光も、しだいにスーッと暗くなって、ついに光は全部消え、部屋のなかはまっ暗になる。ところが、それに代って妖しい、不自然な明るさが現出する。ここらは、夢の経験をひじょうによく研究したものである。さて第三期は、最後の苦闘であって、ありうべからざることが主要な特徴で、それが夢を見ている者に自分の無力さを感じさせながら、まがまがしい、激烈な様相を見せる。たとえば、主人公がピストルを打ったり、刃物をふりまわしたりする。ピストルなら、玉は銃口から数インチも発射しないで、音も立てずにコロリと落ちてしまうし、刃物なら、刀でも短刀でも、刀身が紙か綿みたいにヘナヘナだ。そのうちに、こんどは奇怪な、とてもこの世のものとは思われないような格好をしたものが、こちらへさわろうとして手を伸ばしてくる。人間の格好をしたものなら、天井までとどくほど背が高くて、それが妙なぐあいに体をかがめて近寄ってくる。その次に、さらにもう一つの時期があるが、ふつうそこまではなかなか達しないが、いわば恐怖の絶頂である。つかまえられたり、さわられたりするのが、それだ。夢魔のなかでさわられるのは、一種独特の感じで、ちょうど電気にビリッとやられるのに似ていて、しかもそれが不自然に長くつづく。痛いのともちがって、もっとなにか気持の悪いもので、醒めているときには絶対に感じない感触である。

この第三期と第四期を、リットンは芸術的に巧みに混成している。妖しいものが朦朧《もうろう》と、威嚇するように、床から天井までヌーッとそびえ立つ。ピストルをとろうとしたとたんに、腕にさわられて、ビリッとしたと思うと、全身の力がきゅうになくなったようになる。リットンはこの感じを霊的電気みたいだといっている。こうした研究は、まったく夢の経験の丸写しだ。いまはこれ以上、この小説について語る必要はない。このあとは、べつのいろんな要素が話のなかへはいってきて、それも今話している問題に関係がなくはないけれども、ポーのある物語ほど、問題をうまく解明していない。ポーは恐ろしい音なんか使って、夢魔の他の特性を描いている。夢魔のなかでは、よく足音が近づいてくるような、陰にこもった音がきこえるが、この音はポーの「アッシャー家の壊滅」という話に、ひじょうにくわしく研究されているのを、諸君は見るだろう。それからまた、こうした夢の話には、生命のないものが生きて動きだして――たとえばカーテンだとか、半開きの扉だとか、部屋のくぼんだところだとか、そういう物蔭に妖しいものが隠れていることを暗示することもある。ポーは「エリノーレ」その他の作品で、それを研究している。

こうした怖い夢は、宗教文学、あるいは迷信文学にも大いに影響を及ぼしている。死者の蘇り、天使や悪魔のまぼろし、こういうものが描かれているばあいは、たいがいそれは夢の経験の正確な引き写しで、ときには、醒めているときの恐怖の要素が混じっていることもある。――たとえば、世界最古の怪異談の一つであるヨブ記のはなしなどが、それだ。詩人は、よく氷のような寒さをおぼえるとか、恐ろしさに髪の毛が逆立つなどというが、これはまさしく本当の経験で、しかもそれは醒めた生活のなかでも起こる。寒さの感覚、恐怖戦慄の感覚は、夢の感覚ではない。こういうのは、われわれが醒めているとき、現実生活のなかで感じる異常な恐怖からくるものである。馬や犬や猫にも、人間と同じような恐怖の兆候が現われることは、諸君もご存知だろう。動物のばあいにも、超自然の恐怖が原因だとおもわれる揚合がしばしばある。私はあるとき飼い犬が――なかなか勇敢な犬だったが、――軽い風の流れで紙の束がヒラヒラめくれるのを見て、ひじょうに怖がったのを見たことがある。その微風は、犬が寝そべっているところへは届かなかったので、犬は紙のうごくのが風のせいとは思えなかったため、なにが紙を動かしているのか合点がいかなかったのだ。それで奇怪さが犬をびっくりさせ、背中の毛が恐怖のためにおっ立ったのであった。ところが小説や詩では、こういう醒めているときの恐怖の感じと、夢のなかの恐怖の感じを巧みに綯《な》いまぜて、ほかの方法では得られない真実性を物語に与えるのに、ひじょうに効果的に使うことができる。イギリスの古い民謡や怪異談には、この二つの経験を綯いまぜて、すぐれた効果をあげたものがたくさんある。ドイツの名作、ド・ラ・モット・フーケの「ウンディーネ」は、この種のよい例といえよう。水中に顔が見えたり、滝や急流がまぼろしの人物に変わったり、塞《ふさ》いだ井戸のなかからウンディーネが現われたり、彼女のうしろから水かさが増してきて、そのために彼女は恋人のために歎き悲しんで、ついに死んでしまうのだが、みなこれは夢の真実である。大ぜいの人が夢のなかで、そういう空想の経験をもっているのだから、これは真実だろうと思う。その他の部分——人間の感情や恋を扱ったところは、これは醒めた現実生活のはなしであって、そのからみあいが芸術的にじつにうまく描いてある。「ウンディーネ」の話が出ると、いきおい中世の妖魔、サッキュバスやインキュバス、空飛ぶ妖精や火の神など、水、空、森、火の精などの妖魔について語らなければならないが、それらに関する興味ふかい話は、いずれもみな夢の研究なのである。時代が下がって、現代のロマンティック文学へきても、フランスのゴーティエの「死せる恋人」「マリア・マーセラ」「ミイラの足」などの怪奇小説など、やはり同じである。このなかで傑作といわれるのは「死せる恋人」だろうが、これは二重人格がからんでいて、話の筋がこみいっているので、ここの目的には適しないから、かわりに「マリア・マーセラ」の話をしよう。

若い大学生が三人して、廃墟の見物とナポリの博物館にある遺品の研究をかねて、ポンペイに遊んだ。学生たちはいずれも古典文学や歴史に明るいうえに、ものの美を鑑賞できる美術家連中であった。二千年前の火山の爆発のおり、降灰のために窒息して、おおくの人が死んだが、その死体は堆積物のなかに埋れたなり、ちょうど鋳型に入れたように完全な形で保存されている。ナポリの博物館には、そういう遺体の型がいくつか展示されているが、そのなかに若い美人の遺体があった。三人の学生のうち、いちばん年の若いのがそれを見て、何世紀もの昔に死んだこんな美人にめぐりあって、恋をしてみたいものだなと、とんだロマンティックな考えをおこした。その晩、かれは友人たちが眠ると、ひとりで空想をたのしもうと、宿をそっと出て、夜の廃都のなかを逍遙した。やがて、とある街角を曲がると、とつぜん町のさまが、昼間見たのとはまるで打って変わったように見えた。家並がグッと高くなったようで、それが新しく輝いて、清潔である。しばらく当てもなくブラブラ歩いていると、にわかに日が昇って、街はゾロゾロ人出で賑《にぎわ》ってきた。しかもそれが現代の人たちではなくて、みんな古代ギリシャやローマ人の身なりをしている。しばらくすると、ギリシャ人の若い男がそばへ寄ってきて、ラテン語で話しかけた。それに応対する程度のラテン語は、大学でじゅうぶんに学んでいたので、二人の間に会話がはじまった。けっきょく、学生はその青年から劇場に招かれて、レスリングその他、昔の娯楽を見物することになる。劇場にいるうちに、学生は、自分が会いたいと思っていた婦人——ナポリ博物館に遺体が保存されている美人にめぐりあい、芝居がはねてから、その美人の家へ招かれていく。そしていろいろ楽しく過ごしているところへ、突然その婦人の父親が現われる。この老人はキリスト教信者で、娘の亡霊がそんなふうに若者を惑わすのを大いに怒って、指で十字を切る。するとふしぎや、マリアというその婦人は、見る見る粉ごなに砕け散り、学生はポンペイの廃墟の累々たる瓦礫のなかに、ひとりしょんぼりと立っていたというのが、物語の筋である。たいへん美しい話であるが、その一々はみな夢を研究したもので、この話に多くの時間をさいたのも、この小説が夢の経験を芸術に仕上げた、フランスの最もよい例だと思うからである。まだこのほかに、これと同じ種類の話はたくさんあるけれども、そのなかでは、アーヴィングの“The Adelantado of the Seven Cities”だけを挙げておこう。これは純粋の夢で、それもたいへん写実的に描いてあるから、読者を眠っているような心もちに誘う。同じ作者の“Sleeping Seven Men”や“Rip Van Winkle”などは、純粋の夢ではないけれども、その妙所はやはり夢の経験を扱った部分にある。これらの物語のおもしろい着想は、老人が若返った夢を見て、目がさめてみると、冷酷で深刻な現実にもどるという点にある。ついでながら、フランスのマリー・ド・フランス（訳者注。――十二世紀のフランスの女詩人、物語作者。「レイ・ド・フランス」を著わした）の書いた古い物語詩に、日本の「浦島」にそっくりの話がある。カメの話を除けばまったく同じで、東西の物語作者がおたがいに借り合ったなどということはありっこないから、おそらくどちらも自然発生した話だろう。この伝説が、インド、アラビア、ジァヴァにも、本質的に同じものがあるというのもおもしろい。しかしどの国の話も、ロマンティックの真理はつねに同じで――夢の真実をつたえている。

ところで、夢というものは、恐怖と幻想の芸術的要素である以外に、文学のなかで最も人の心に感銘をあたえる、美しい亡霊のやさしさも提供している。というのは、われわれの愛していた死者が、ときおり戻ってきて、生きているままに見えたり話をしたり、われわれの願うとおりのものになってくれるのは、みな夢のなかのことだからだ。夢のなかで死者と会うときには、なにもかもがとても和《なご》やかで美しく、いかにも目《ま》のあたりに本物となって現われる。それは諸君も知っているだろう。大昔から、こうした死者の夢は、無私の愛情から発する、人の肺《はい》腑《ふ》を打つ名文句を文学に提供している。この例はヨーロッパのほとんどすべての古い民謡文学に現われている。いや、世界のあらゆる叙事詩にあらわれている。あらゆる名詩名歌にもある。そして近代文学は年とともに、ますますこの源流に流れを汲んできている。フィンランドの「カレワラ」のような不思議な作品、世界にかつてないあの偉大な叙事詩でも、死んだ母親が不孝な子を慰めに戻ってくるというような、人情の機微にふれた美しい章句のところは、やはり夢の研究なのである。詩にはそれほど出てこないが。

それから、もう一つ言っておきたいことがある。文学に現われた人間の天国に対する想像なども、じつをいうと、比較的美しい夢を、人間の心が再現したものに外ならないのではないだろうか。眠りの世界で、われわれの愛していた死者の霊はわれわれと再会する。父親は葬られた子を夢のなかで取りもどし、夫は死んだ妻をとりもどし、生《な》ま木を裂かれた恋人同志は、この世で叶えられなかった縁組をむすび、とうに亡くなった兄弟姉妹や友だちも、みんな夢のなかでわれわれのところへ戻ってくる。ありし日のままに愛らしく、年若く、そしてたぶん昔よりもむしろ美しくさえなっている。眠りの世界には、老いるということがない。そこには不老不死がある。永遠の若さがある。そしてそこでは、あらゆるものがいかにも和《なご》やかで、幸福だ。現実の世界では不親切な人も、夢のなかでは情ぶかい。天国とはまさにこのようなところではないか。宗教が善男善女に完全なる幸福を説くときには、つまり、われわれの夢の生活の恍惚境を写し出すのにすぎない。それはとりもなおさず、われわれの醒めている生活の極致境でもあるのだ。宗教がそうした描出のなかで、夢の経験に近よるようにするほど、よい効果がえられることは、諸君も知っているだろうと思う。おそらく諸君は、宗教はごく特殊な超自然力の出現を教えるということを、私が忘れていると言うだろう。しかし、その超自然力も、諸君は夢の生活のなかに見いだすはずだと、私は考えるのだ。われわれは夢のなかで、いともやすやすと空中を通ったり、固体を抜けたりするし、あらゆる種類の奇蹟も演じるし、あらゆる種類の不可能なこともやりとげるではないか。私は確信する。――諸君が他日もし文学者として、ある種の超自然的題材――恐ろしい、あるいはやさしい、あるいは哀れな、あるいは勇壮な題材を扱かうばあい、諸君が人並すぐれた想像力の持主なら、創作の感興を求めるのに、けっして書物にはたよらぬがよい。それより、諸君自身の夢の生活にたよりなさい。夢を細心に研究して、そこから感興をひきだしなさい。日常生活の「彼方《かなた》」にあるものを扱かう文学では、夢はあらゆる美しいものの源泉である。

付録　エッセー

マリー・コレリ『復讐（ヴェンデッタ）』あとがき

十九世紀の中ごろから末にかけて、イギリスの文壇は、大衆文学がめざましい開花を見せ、ウィルキー・コリンズ以下、多くの特色ある作家が輩出したが、そのなかでも、とくに女流作家の進出に注目すべきものがあり、なかんずく、「復讐（ヴェンデッタ）」の作者マリー・コレリは、人気の点で多くの男性作家を圧倒してだんぜん群を抜き、一作の出るごとに、旬日にして数十版を重ねるというほどの、ものすごい人気を博したベスト・セラー作家であった。

マリー・コレリは本名をミンニー・マッケーといい、一八五五年にベイスウォータのグルセスタ・テレスで生まれた。父はイタリア人、母はスコットランド人で、父のチャールス・マッケーは法学士で文筆をよくし、かたわら民謡作者として聞えていた人である。音楽好きな家庭にひとり娘として育ったミンニーは、子供の時からピアノを習い、生まれつき音楽的天分が豊かだったとみえて、娘時代には、すぐれた作曲もいくつかあり、ピアノとハープの演奏の腕前とともに、当時のロンドンの一部の有識者のあいだに、将来を嘱目《しょくもく》されたものであった。その自作の作曲発表会や演奏会に出演する時の芸名に、自分でつけた名まえが「マリー・コレリ」

というのであった。職業的なピアノ演奏家として世に立つかたわら、彼女は二十六、七歳のころから小説を書きだし、一八八六年にはじめて第一作を世に送ったのが“Romance of Two Worlds”という長篇小説で、これにマリー・コレリと署名して以来、彼女は今までの音楽修行からしだいに作家に転向して、終生このペン・ネームを用い、多くのメロドラマ風の小説をつぎつぎと書いたのであった。

「復讐（ヴェンデッタ）」は第一作と同じ年に出た彼女の第二作で、翌年、第三作“Thelma”を出すにおよんで、一躍彼女の名声はきわまり、文壇に押しも押されもしない地歩を画したのである。高純なロマンチシズムと、イタリア人の父の血をうけた情熱的な文章が、広く大衆にアッピールして、自分でも予期しないほどの広汎な読者を獲得した彼女は、その後“Ardath”(1889), “Wormwood” (1890), “The Soul of Lilith” (1892) とやつぎばやに当り作をはなち、さらに翌九三年の“Barabbas”が出るにおよんで、ついに大衆文学の女王の王座に登った。この“Barabbas”とその次ぎの“The Sorrows of Satan”とは、従来のイギリスの小説単行本の売れ行きを実質的に変革させたというほど、歴史的なベスト・セラーになったのである。この時代がコレリの全盛期であって、彼女はこの全盛の王座を、その後十数年のあいだ、他の作家に一歩もゆずらなかったのであるから、偉観というほかはない。しかし、それほど圧倒的な人気をかちえた彼女の名作も、一部の批評家からは冷たい酷評をうけた。由来、批評家と作家の仲の悪いことは、どこの国も同じとみえて、コレリは自作“Barabbas”に対する某批評家の弄《ろう》謔《ぎゃく》的文字にひじょうなショックを受けた。批評家は作家を鼓舞して、その作家の成長に寄与すべきはずのものなのに、このような非良心的な慢罵《まんば》はなにごとぞと、彼女はかんかんに腹を立て、"The Sorrows of Satan" を出版した時には、その巻頭に、この本は新聞雑誌の批評を乞うために一冊たりとも寄贈はしない、という意味のことばを堂々と天下に宣言した。その名声に対する誇負と自信のほどがうかがい知られるではないか。

マリー・コレリの作品の特長は、「復讐」を読んでもわかるように、奇想けんらんたるメロドラマ風な結構のうちに、作者の強い道徳的な希求がその根底に流れていて、それが多くの読者の心を打つ点にあると思われる。たとえば、「復讐」は社会悪、ことに近代社会の男女間における道義の頽廃《たいはい》に対する痛烈な抗議、人間の不信実に対する一つの強いプロテストの書といってもいいくらいである。そして、その一方において、作者の人間的理想、とくに女性に対する理想的映像を暗示している。この傾向は、コレリの作品のどれにも看取されるもので、教育の問題、信仰の問題、近代的享楽の問題などを女性のがわからとりあげて、作品が人間と社会に対する女性としての理想をフィクションの形態を通して読者に訴えている点に、彼女のベスト・セラーたる必然の理由があるのである。そしてまた、このいちじるしい傾向が、やがて彼女の画期的な人気を凋落させる因ともなったことは、時代の流れとして、いかんともしがたいことだったと言わなければなるまい。

彼女は一九二四年に死んだ。晩年は、日ごろ敬愛する劇聖シェクスピアのゆかりの地、ストラトフォード・オン・アヴォンに隠棲したが、ここでも彼女の理想主義は、一九〇四年に書いた "God's Good Man" と題する地方小説を通して、頑迷固陋《がんめいころう》な土地の人たちとのあいだに物議をかもしたりしたが、しかしコレリが沙翁《シエクスピア》由緒の土地の近代的俗化を心からうれい、事あるごとにその非を書きたてて、それを阻止することにつとめたおかげで、劇聖史蹟の地ストラトフォードは、今もなお、むかしのおもかげをとどめ、心なき俗化からまぬがれて、世界的文豪の余光を今につたえているとは、聞くも奥ゆかしい話である。そういう信念の人であるから、第一次世界大戦の時には、コレリはみずからすすんで愛国運動に参加し、文章に講演に、傷病兵の慰問につくした。しかし、もうそのころは一時の人気もすでに衰えて、戦争終結ののち、一九二四年の四月二十一日にストラトフォードで死去した時には、新聞もかつての人気作家の死を、ほんの二、三行で報道したというほどの寂しい最後であった。

「復讐（ヴェンデッタ）」は、わが国では明治の中ごろに、黒岩涙香《くろいわるいこう》が「白髪鬼」という題で飜案して以来、舞台にも上演されて、ひろく親しまれた。原作は、忠実にこれを飜訳すると、いうに千枚をこえる長編なので、とてもこの全集には収容しきれないから、やむをえず、ところどころ手ごころを加えたことを附記しておく。

一九五六年十一月

（マリー・コレリ『復讐（ヴェンデッタ）』、東京創元社、一九五七年）

もう一人のシャーロック・ホームズ

エラリイ・クイーンの調査によると、欧米におけるシャーロック・ホームズのパロディー、またはホームズの名前をもじった探偵の出てくる劇・小説は、すでに何百という夥しい数に上るそうである。クイーンはその例を詳しく挙げているが、ポーが創始した元祖デュパン以来、さすがに名探偵ホームズの人気は、われわれの想像に絶するものがあるようで、シャイロック・ホームズだのハーロック・ショームズだの、等々のこじつけた変名の数々を見せられると、いまさらながら、「世にホームズの種は尽きまじ」の感が深い。

これから紹介するアメリカの中堅作家オーガスト・ダレットも、やはり名探偵ホームズを模造した数多い贋作者のなかの一人であるが、ただし、ひと口に贋作者といっても、かれの場合は、クイーンやバウチャーや、「シャーロック・ホームズの私生活」の著者であるヴィンセント・スターレットなどが、口を極めて推奨しているように、みずから堂々と、日ごろ敬慕するホームズの正確な再現を標榜している点が、他のコソ泥作者の凡作とはだいぶ趣きを異にしているのである。

ところで、オーガスト・ダレットの名は、本邦ではおそらく未紹介だからご存知ない向きも多いかと思うが、この人は例のラヴクラフト——ポー、ビアース以後アメリカの生んだ唯一《ただ》人の怪異小説の鬼才といわれるあのH・P・ラヴクラフトの、いわば弟子筋にあたる人で、ラヴクラフトの死後その遺作集を自分の手で出版して、隠れたこの鬼才作家の名を一時に世に顕《あら》わしたのも、じつはこの人の功績にほかならないのであるが、じつに八面六臂《ろっぴ》の才人であって、はじめは怪奇小説から出発した人だが、詩、小説、評伝、評論、推理小説何でもござれ、自分の編集したアンソロジーまで入れると、まだ五十歳そこそこの若さだというのに、著書百冊に及ぶという驚くべき多作家である。ウィスコンシンの素封家の生れで、生れ故郷の大草原の歴史を主題にした連作の大河小説はしばしばバルザックの「人間喜劇」に比較されるほど尨大《ぼうだい》なもので、私もそのなかの「鷹のいる村」と「静かな夏」の二冊を先年読んだが、大量作家にありがちな筆の荒れなど全然なく、大草原の悠久さをほうふつさせるような雄大な構図が、筆の早い人に似ず非常に緊密的確な引きしまった文章で着実にくりひろげられており、ことに美しい自然描写の中に人物の性格と動きが巧みに配されている点に、久しぶりに手腕ある作家の力作を読んだという充実した感銘を受けた。あと何巻で完結するのか知らないけれども、一方で流行のS・Fの選集などを系統的に何冊も編集して出しているかたわら、こういう地味な労作を続けている作家的態度に、私は一も二もなく脱帽したものである。シンクレア・ルイスが、この大河小説が完結した暁には今世紀の最大の収穫の一つになるだろう、といっているのも、あながち過言ではないように思う。

さて、ダレットの紹介はこの位にしておいて、肝心のホームズ復原の一件であるが、この多才作家もご多分に洩れず文才は早熟だったらしく、中学時代にすでに怪奇小説を発表しているくらいであるが、十九歳のときに、日頃自分の敬慕するシャーロック・ホームズの作者ドイル卿に宛てて、あなたはまだあと続けてホームズの物語を書くプランをお持ちであるか、もしそうでなければ自分が模倣してあとを書いてもよろしいかと、原作者に問い合せの手紙を出した。ドイル卿がこのぶしつけな未知の若者に対して、何の約諾も与えなかったことは言うまでもない。しかし、若者の方は、当然の梨のつぶてに、いったん志した自分の素志を飜《ひるがえ》すどころか、まもなく果敢に贋作ホームズ物語をコツコツと書きだしたのである。

それが今、三冊の本にまとめられている。"In Re: Sherlock Holmes", "Memoirs of Solar Pons", "Three Problems for Solar Pons" というのが、それである。

ダレットの原作では、ホームズは「ソーラー・ポンズ」という名前になっている。本家シャーロック・ホームズの命名の際にも、ドイル卿には伝えられている数々の挿話があるけれども、ダレットもこの命名には並々ならぬ苦心をしたらしい。ともあれ、本家の名前は三シラブルであるから、自分の主人公も同じ三シラブルでないとまずい。そこで、さんざん考えに考えぬいた末、ラテン語からSOLAR PONSというのを選んで、ようやくのことでこれに決定した。SOLARは光、PONSは橋である。探偵は「闇」から「光」にかける「橋」という意味で、これにきめたわけである。

このソーラー・ポンズに配するに、本家ホームズの忠実たる友ジョン・ワトソンに当るものは、ドクター・リンドン・パーカーという名前になっており、ホームズの住むお馴染のベーカー街は、ダレットの作では、同じくロンドンの、プレイド街七番地Bとなっている。その他脇役の家政婦、助言者などもすべて原作に準拠し、事務所の模様から愛用のパイプに至るまで、大道具小道具はことごとく原作のままに使用し、扮するシテ役のポンズもワキ役のパーカーも、顔のつくり、目ばたきする仕草まで、すべて原型通りであることは申すまでもない。

話は三冊で合計二十六篇あって、題名にはすべて「アドヴェンチュア」が冠せられている。舞台はむろん、古風な二輪馬車の走りまわる、ガス灯の灯影も暗い一世紀前の霧のロンドンである。舞台に合わせて、物語もすべて古風に仕立てられている。その意味では一種の時代小説の連作ともいえるようで、そこはかとない懐古的な匂いとノスタルジア風の趣きが漂っているので、その点でも私のようなものには大いに娯しめる。

元来が怪奇小説から出発した人だけに、どの説話にも、何となく不気味な妖気が陰風のように立ちこめているのは意外の儲けものである上に、作者はこのほかにも「ペック判事もの」と称する推理小説を数冊書いているくらいだから、スリル、サスペンス、伏線の布置などは卒《そつ》がないし、もともとドイルの模作だから、トリッキーな新味には乏しいにしても、その意外性や二重三重のドンデン返し、解決のロジカルな点など、いずれも二、三十ページの小篇ながら、まず三十分もののテレビのミステリーとして恰好な上乗作といいたいほどの、キビキビした筋の運びと内容を持っている。どうして、なかなか隅におけない腕前である。

第一作の"In Re:"のなかには、若書きが多いためか、二、三未熟なものも散見するが、一九五〇年にエラリイ・クイーン雑誌で「シャーロック特別賞」を受賞した「銀の蜘蛛」の一篇のごときは、ラヴクラフトの影響をうけたオカルティズムに関する書誌学の豊富な知識を骨子にして、蔵書番号の暗号を手がかりに、エジプト人の名工の作、銀の蜘蛛の紛失から、贋金つくりの殺人犯を挙げるという、短いながらもなかなか手の込んだもので、さすがに受賞作の名を辱しめない集中第一の秀作だろう。

「トテナムの人狼」「黒水仙」「顔のこわれた男」「蛆《うじ》」など、枚数がないので内容の紹介は割愛するが、要するに贋作模倣のお道楽も、ここまで来れば立派なものだといいたい。原作に対するよほどの熱情と、あり余る才能と自信がなければ、到底できない仕事である。クイーンもバウチャーもスターレットも、ソーラー・ポンズは単なるカリカチュアではない、過去の名作に対する作者の熱烈なノスタルジアが、原作の精神まで再現させたという意味のことを述べて、口を揃えて推賞しているのは当然なことだろう。

推理小説も、そういつまでも本格派だ、社会派で立て切っていることもあるまい。たまにはこういう変り種もお暇の折に読まれるのも一興かと思って、ちょっと紹介したまでである。

（「宝石」一九六二年四月号）

東都書房版「世界推理小説大系」月報

訳者として

推理小説は、もともとこちらの頭が悪いせいですか、食わず嫌いとでも申しますか、ほとんど読んでおりません。

お恥しい話で、クイーンもこんどはじめて読みましたのですが、さすがに一流大家の路標的名作だけあって、筆力もあり、行立《ゆくたて》がキビキビしていて、事件の展開、人物の設定、サスペンス、意外性、――本格推理の四十八手をほとんど網羅しつくしたような感があって、エンタテインメントとしての息もつかせぬ迫力には、ほとほと感服いたしました。

訳の苦心と申せば、以前、セイヤーズの「ナイン・テイラーズ」を訳しました節、あのなかに出てくる教会の鐘のならし方の詳しい記述の訳にはちょっと工夫をいたしました。

何しろ私には初めてお目にかかる鳴鐘術のこととて、その内容をまず理解せねばならず、また、適当な術語を案出しなければなりませんでしたので頭をひねりました。そこで思い着いて、能楽などを参考にして訳しましたが、お読み下さった荒先生や中島先生からお手紙を頂いたりして、苦労の仕甲斐があったと思ったことがございます。

今回の分は訳者として格別申し上げることもございませんが、ただ、故人になったある歌舞伎の名優を思い出しながら訳し出した名優あがりのドルリー・レインをはじめ、人物の一人々々を、なるべく粒が立つようにと心がけましたが、成功しておりますかいかがですか。

諸先生がたの既訳を参照させていただきながら、できるだけそれから逃げようとしました点が、まあ苦心と申せば苦心でございましたろうか。

(『世界推理小説大系19　クイーン』、東都書房、一九六二年)

訳者のことば

ヴァン・ダインの「僧正殺人事件」は、数年前、ある人の翻訳ではじめて読み、正直のはなし、その愚劣さ加減にほとほと呆れた経験をもっている。ことに、その翻訳を通じて見た主人公ファイロ・ヴァンスのきざさかげん、鼻持ちならないそのペダントリの浅薄さには、嘔吐をもよおすほどの嫌悪を感じ、当時何かのアンケートにも、わたしは、何ともはや箸にも棒にもかからぬ愚劣な作品だといって、罵倒した記憶がある。

ところが、こんど東都書房から「世界推理小説大系」の話があり、「僧正殺人事件」を担当してくれという話があったとき、わたしは思い直して、かりにも世界的な名作として長く喧伝されている作品が、あんな浅薄愚劣なものであるはずはない、とにかく原作を読んでみよう。それでわたしの肌に合わないものならお断りするよりほかにない。こう思って、江戸川乱歩先生から拝借したご蔵書を一読してみて、わたしは一驚した。

原作を読んでみると、まえに翻訳から受けた印象とはまるで違った、ほとんど裏と表といってもいいくらい、正反対にちかい感銘をえたのである。文章にも重厚なところがあり、ファイロ・ヴァンスの人柄にも、博学無為の人のもっている臭味以外に、同感できる知的情熱があり、何よりも作者のペダントリを骨材としたあの前人未踏のプロット構成に対する情熱に、改めて心を惹かれた。わたしは、さきに翻訳から受けた不快な誤まった印象を完全に塗りかえられて、これなら翻訳しようという気になり、かたがた、この名作をわたしに割り当てて下さった監修者各位のご厚志に、微力ながら酬《むく》いようという気になったのである。

前回の「Yの悲劇」のときにも、口幅ったいようだが、わたしは邦訳の決定版をつくる意気込みでとりかかったのであるが、さいわい、多数の読者から、お前の翻訳ではじめてクイーンの面白味を満喫したという過褒のことばを頂戴して、訳者冥利につきる喜びを感佩《かんぱい》したが、今回の「僧正」も、楽しみながら仕事をしたことだけは事実である。

（『世界推理小説大系17　ヴァン・ダイン』、東都書房、一九六三年）

H・M礼讃

先年、東京創元社でカーの選集が編まれたとき、お前は怪奇小説が好きだし、オカルティズムにも関心があるようだから、訳者にぜひ一枚加われといわれて、ひっぱりだされたことがある。そのとき、編集部がわたしの担当分として選んでくれたものは、たしか「夜歩く」、「黒死荘」、「弓弦荘」の三篇だったと思うが、とくにわたしのために、編集部でも怪奇趣味の濃厚なものを選んでくれたのだろう。なにしろ、カーのものは何一つ読んでいないし、乱歩先生のカー礼讃を読んだぐらいで、おもしろそうだが肌に合うかどうか、危ぶみながら打ち合わせの会に臨んだわけだが、手始めに、作者の処女作だという「夜歩く」をまず読んでみて、こいつはいけないと思った。処女作のせいもあろうが、文章が何ともはや素人くさくて、どうにもついていけない。そのうえ、人狼の殺人狂が剃刀で切った妻の首を眺めて喜ぶという、それでなくても無惨な殺しの嫌いなわたしは、この見世物の看板じみたグロテスクな、何ともはや泥臭い、目もあてられないドぎついプロットに一も二もなく辟易して、二十枚ほど訳しかけたがとてもこれは駄目だと観念し、ちょうど恐怖小説全集の仕事もかかえていたので、編集部に泣きついて担当を棄権させてもらった経験がある。そういう因縁のあるカーだが、今にして思い返してみると、あのときもし「黒死荘」から読み始めていたら、おそらく、結構おもしろく無事に訳了していたことだったろうと思う。こんど訳してみて、そんなふうに思った。

聞くところによると、カーは推理小説から文学性を極端に排撃し、娯楽としての殺人を標榜《ひょうぼう》して、十年一日のごとく密室ものを書きつづけているそうだが、トリックを重要視し、パズルに終始する推理小説の一つの限界を、わたしなどカーのこの代表作からもほぼ窺えるような気がする。カーにしろ、クイーン、ヴァン・ダインにしろ、あの意表をついた意外性と、奇想天外なトリックと、前人未踏な不可能性に、生涯を賭して心血を注いでいるうちに、しだいに墓穴を掘っていったものかと思う。パズル小説の、これは悲しい宿命かもしれない。

それよりも、わたしはH・Mの風格を礼讃する。あのグロテスクな虚構の世界のなかで、あのユニークな戯画は一抹の清涼剤だ。原型であるチェスタートンのブラウン神父よりも、わたしはむしろ、H・Mを贔屓《ひいき》にする。わたしの訳文がそういうかれを躍如とさせえたかどうかは疑問だが、H・Mの活躍する作品なら、もう四、五編読みたいと思うくらいだ。読者のなかにも、H・Mびいきの方がおられるだろうが、ほんとうのカーのファンというのは、そういう読者をさしていうのだと思う。

(『世界推理小説大系22　カー』、東都書房、一九六三年)

講談社版「世界推理小説大系」月報

訳者のことば

探偵小説に探偵はつきものだが、元祖ポーのデュパン以来、一世を風靡した名探偵の数は、おそらく十指に余るだろう。ひところ、行く先々で酔っぱらって裸の美女を抱くというような行儀の悪いのが出てきて、それを売りものにして一部に大受けしたようなこともあったようだが、そういうものまでひっくるめて、探偵小説の探偵はやはり探偵小説作家の案出創造したものに間違いないから、それぞれ作者の風格、お国がらを反映していることは言うまでもあるまい。ホームズなどは、国王からＳＩＲの称号を賜わった作者の創造人物だけに、いかにもイギリス人らしい実際家で、律義で石橋を叩いて渡るような健実ぶりの上に、ディケンズのピクウィックに配するウエーラーみたいに、副役のワトソンまで出てくるところなど、イギリスの伝統をはずれていない。アイルランド生まれのクロフツは、お国ぶりの不屈な執念みたいなものをもって、刻銘丹念に足でコツコツかせいでいる。そうかと思うと、ヴァン・ダインのファイロ・ヴァンスみたいな、学は百般、古今東西に通じているペダンティストもいる。日常生活も食事から服装、嗜好品に至るまで、一応通《つう》ぶったことをいって、乙《おつ》うしんねりしたその挙措動作とともに、私なんかから見ると、鼻持ちのならねえキザな野郎と思うようなのも、ヴァン・ダイン党にいわせれば、あれがたまらなくいいのに違いない。

私なんか性来頭が悪いから、推理小説はどうも苦手の方で、読むというほど読んでいないので、口幅ったいことはいえないが、自分の好みからいうと、あんまり目から鼻へ抜けるような探偵は人間味に乏しくて、正直のところ好かない。そこへいくと、こんどのカーに出てくるH・Mは破格で、ああいうのがおもしろい。これとチェスタートンのブラウン神父を、私は探偵界の双璧だと思っている。H・Mはブラウン神父のプロトタイプではないかと思うくらい、風貌風采ともによく似ているが、神父のあの古蝙蝠《こうもり》傘に古牧師帽の瓢々《ひょうひょう》然たる趣きがないのは、アメリカ育ちだから仕方がないとして、しかしH・Mのあのものぐさな風格が、泥絵具の絵看板のようにあくどいカーの筋立のなかで一掬《いっきく》の清涼剤になっているところは、さすがにやはりカーは娯楽をよく心得ている大立物だという気がする。

今後どんな探偵が出てくるかしらないが、世を挙げて電子万能時代が到来すると、いまに警視庁が霞ガ関ビルの五、六倍もある電子計算機をいれた大ビルになって、資料をさしこんでボタンを押すと、機械がカチャカチャ動いて、一キロも先の機械の尻に答が出て、たちどころに犯人逮捕というようなことになったら、探偵小説もお手上げで、わびしいことになりそうだが、そのかわり、まかり間違うと機械の故障で、無実の人間がふん縛られないとも限らない。探偵も人間であるうちが花のようである。

翻訳よもやま話

（『世界推理小説大系10　カー』、講談社、一九七二年）

翻訳家は演奏家だとわたしは思っている。演奏家が作曲家のつくった楽譜がなければ演奏できないように、翻訳家もテキストがなければ仕事は成り立たない。名人エルマンもジンバリストもハイフェッツも、楽譜がなければ陸《おか》へあがった河童も同然だが、ひとたび楽譜をまえに奏すれば、エルマンの弦から流れでるあの甘美な顫律《せんりつ》、ハイフェッツのあの枯れた確かさ、オイストラッフのあの豪放さに、聴くものは作曲者が誰であるかも忘れて、ただその神技に恍惚と陶酔するのである。翻訳もこうありたいものだといつも思うのであるが、わたしなんか望むだけ無理なことを知っているから、せいぜい翻訳の一職人として甘んじ、徹することを常住心がけているだけだ。

明治以来の作家のなかで、わたしは鷗外、敏《びん》、荷風を翻訳の三神と仰いでいる。今もいうように、こちらは職人だから、この信仰には、寝るときにもそっちへ足を向けないというくらい迷信的なものがある。昭和に入ってはモリエールの辰野神社、ルナールの岸田神社、フィリップの堀口神社、その他末社はいろいろあるが、そこから出るお札や護符はそれぞれ違うから、折にふれては参詣している。

もうだいぶ前のことになるが、わたしはラフカジオ・ハーン訳のゴーチェの作品を原作と照らし合わせて見て、じつにたくさんのことを教えられた。ハーンは若いころ、文学の翻訳について次のような意味のことを言っている。「自分の傾倒する作家の作品を、人手に触れさせずに、自分の手で確かめて自分のものにしたいから、自分は翻訳をするのだ」と。すべての文学の翻訳は、純粋にはここから出発するものとわたしは確信している。

訳者にはそれぞれ訳者の個性というものがある。一つの作品をべつの訳者が訳すと、こうもちがうかと思うほどであるが、それはそれでよいのだとわたしは思っている。正確な翻訳というものは、訳者自身の個性的角度から、いかに訳者が正確に原作と対決しているか、そのこと以外にないと思う。いうまでもなく、翻訳は外国語が媒体だから、語学が正確なことは第一条件だが、条約や定款ならいざ知らず、それだけでは文学の翻訳はできない。+α《プラスアルファ》が必要で、そのαとは翻訳者の文学的稟質《ひんしつ》であろう。職人風情《ふぜい》がこんなわかりきったことを理屈っぽくいうのは気が重いが、当節はわかりきったことが通じないようである。横文字が読めれば名作の翻訳ができると思っているらしい。怖い世の中になったものである。

明治の毒舌家斎藤緑雨《りよくう》は、「翻訳家他人の釜で飯を炊き」といって揶揄《やゆ》しているが、これはまことに至言であって、自分の鍋釜で飯を炊けないのが翻訳家の宿命なのだとわたしは考えている。わたしなども翻訳家以外には、どうにもつぶしのきかない人間だ。痩せても枯れても、死ぬまで一生コツコツ翻訳をやっていく以外に、なんの取柄もない人間だ。その自覚の上に立たないかぎり、他人の釜で四十何年一日のごとく飯は炊けないはずだし、また炊かしてもくれないだろう。戯れに、「なあおい、ひとつ看板かけるかな。翻訳御係、初めチョロチョロ中パッパの守《かみ》権助ノ正」などと冗談をいってるが、飯を炊いているうちは一心不乱で、こんな楽しいことはない。お金をくださるから商売だとは言いじょう、洗ってみれば道楽だと自分じゃ思っている。道楽でもないかぎり、こんな間尺にあわない仕事ができるわけもない。

ところで、推理小説はわたしは以前から食わずぎらいの門外漢だったので、いくらも手がけていない。この全集の前身のときに、クイーン、カー、ヴァン・ダインと大物を三つも頂いて、大いに張り切ってやったが、推理小説の翻訳は、純文学や怪奇小説のばあいとちがって、たいへん気疲れのするものだということを知った。事件解決の手がかり、その伏線、人物の性格や会話、作者がなにげなくソロリと出していることが重大な鍵になったりするので、油断の隙もない。すべてが作者の犀利《さいり》な頭脳で割りだされて配分されてあるので、些細なことでも見のがしたら、それこそたいへんなミスになる。作者もこれぞというところは、細心に、緻密に、心気を研ぎすまして書いている。翻訳していると、おのずとそれが伝わってくるのが楽しかった。それに推理小説は登場人物がたくさん出てくるから、重要人物はもちろんのこと、端役の人物まで粒が立たなければ興味が半減するから、ちょいとした会話でもゆるがせには出来ない。人物が大ぜい出るといっても、バルザックの場合などとはちがって、推理小説の人物はたいてい作りものの人形が多い。とくにカーのものなどは全部が木偶《でく》の芝居であるが、人形芝居だって文五郎や玉三のような名人がいるのだからと思ってみたが、「黒死荘事件」ではそれも思ってみただけに終わったようであある。「神の灯」はこんど新しく追加したものだが、あの奇想天外の大トリックには、正直いうところちが面くらってしまって、あの二軒の建物の距離感が最後までつかめなかった。それと、オリヴィア・フェルの最後の科白《せりふ》、あれはふてくされたあの莫連女《ばくれんおんな》の正体を割る科白なので、すこしアクをきかせておいたのだが、ちと場末の緞帳《どんちょう》芝居になりすぎたかもしれない。訳しおわったあとで、この二つが気にかかっていることを白状しておく。

（『世界推理小説大系8　クイーン』、講談社、一九七二年）

下戸

わたしはお酒は一滴ものめないずぶの下戸《げこ》である。体質的に飲めないのか、お猪口《ちょこ》に一杯ものむと、顔が金時《きんとき》火事見舞みたいになって、動悸がして、寒気がしてくる。ひとがあんなにおいしそうに飲んでいるのに、選りに選って何たる因果なことかと思うことがあるが、どだい体が受けつけないのだから、こればかりはどうにもならない。

おなじように、わたしは推理小説にもずぶの下戸である。その下戸のわたしが、これまでに五本の推理小説を訳している。今回のこの「大系」に収録されたクイーン、カー、ヴァン・ダインの三篇と、東京創元社の「世界推理小説全集」のなかのドロシー・セイヤーズの「ナイン・テイラーズ」と、ド・ラ・トーレの「消えたエリザベス」の二篇である。クイーン、カー、ヴァン・ダインは、この「大系」の前身である東都書房刊の「世界推理小説大系」のときにやったもので、おそらく乱歩さんや中島河太郎君の推挽《すいばん》によって、わざわざ下戸のわたしに盃をまわして下さったものだったのだろうとおもう。わたしは両先生の推挽に感激して、その知己に酬《むく》いるためにねじり鉢巻でこの仕事をやったが、いま考えると、後にも先にも読んだことのないこの三大作家の、しかも代表作ともいうべき名作を曲がりなりにも訳了したおかげで、推理小説の最高の醍醐味をいっぺんに満喫できたのは願ってもないしあわせだったと思っている。下戸が蔵出しの防腐剤のはいらない灘《なだ》の生一本《きいっぽん》に舌鼓を打ったような感激であった。

ドロシー・セイヤーズの「ナイン・テイラーズ」は、それより前だったか後だったか記憶がおぼろだが、ある日、東京創元社の二階で、当時編集をやっていた厚木淳君が、黄いろいラッパーのゴランツ本を見せて、これをやる気はないかという。乱歩の書かれたものでセイヤーズのことも、「ナイン・テイラーズ」のことも、ひと通りは知っていたけれども、ちょうど「恐怖小説全集」を計画していたときで、推理小説は気のりがしなかったから、

「セイヤーズは専門の人がいるんじゃないの？　そっちへお頼みよ。おれの出る幕じゃねえよ」

「それがね、みなさん難解で駄目というんですよ。たとえば各章のはじめの、——ここんとこ、ここがまず分からないというんです。語呂合わせじゃないかという方もありましてね」

「なるほどね、こりゃへんなものだ。専門家に分からなきゃ、おれなんかなおのことだが、だ

けど現代人が書いたものが分からねえなんて、妙な話だな。――冒頭のここんとこ、自動車が雪中の土手へぶつかって、エンコするんだね。おもしろそうじゃない？　だいいち生粋《きっすい》の英語の文章だから、おれにも行けそうだな。アメリカのやつらの文章は、おれは大の苦手なんだ。これ、二、三日借りてっていいかい？」

「ええ、どうぞ、どうぞ。ぜひ先生やって下さいよ。本邦初訳、まぼろしの傑作が日の目を見るんですから」

「おだてたって駄目だよ。とにかく読んで見る」

家へ帰って読んでみると、おもしろい。出てくる老牧師をはじめ村の連中、何十年と英文学ではおなじみの沼沢地の風景、風俗、かたぎ。わたしはふるさとびとに会うような気のおけない親しさで読みすすみ、わからないのは鳴鐘術の専門語と見当をつけ、翌日、当時はまだ上野にあった国立図書館へ行って、さっそくブリタニカその他の百科辞典をあたってみると、簡単に氷解したから、帰りにもよりの自働電話から厚木君に、「わかったから、やってもいいぜ」と返事をした。あと二日ほど、鳴鐘術の術語の適訳語を考えるために、図書館に日参して、雅楽に関する古文献や、能の囃子方《はやしかた》の奥儀書のようなものを漁《あさ》ったが、とにかくいい作品なので楽しく訳せた。本になったとき、三浦朱門《しゆもん》さんが新聞の書評で「すこし古風だが名訳である」と褒めて下さったきり、あまり反応はなかったようであった。まぼろしの名作も、開けてみれば何《な》あんだというようなもので、この国の性急な推理ファンには、ああいうイギリス生粋ののんびりした気分や遊びやサタイアは、無縁なのだろう。

「消えたエリザベス」の方は、これは植草甚一君あたりが、わたしにやらせろといって勧めたものらしく、この事件は英国三大謎の事件として、アンドリュー・ラングやアーサー・マッケンが書いているもので知っていたから、原本の挿画図版を全部入れるという条件で、二つ返事でひきうけた。これはセイヤーズの場合とはちがって、べつの意味で訳文の上でいろいろ道楽ができたし、十八世紀の英国の世態風俗を書いた権威書を参照しながら、舌なめずりしながら訳したが、こういうものを賞味するような好事家が出るまでには、いかんせん、まだまだ日本の推理ファンは底も浅いし、それなりの教養も脆弱なようである、といったら、下戸、酒の味を知らず、とお叱りを受けるだろうか。

（『世界推理小説大系7　ヴァン・ダイン／シムノン』、講談社、一九七二年）

教師としての小泉八雲

伝によると、ラフカジオ・ハーンこと小泉八雲は、一八九〇年（明治二三年）四月に来朝して、その年の九月に、島根県立松江中学校に英語教師として、就任している。はじめアメリカのある雑誌社の観光記者として派遣された八雲は、年来あこがれていた日本にきてみて、この国の風土人情に、日ごろ夢寐《むび》に描いていた以上の魅力を感じ、これはとうてい一、二カ月の滞在ではこの国の観察研究はできるものではない。少くとも二、三年は滞在しなければと決心して、とりあえず手っとり早い糊口《ここう》の道として、英語教師になったのであった。その赴任先を神の国出雲《いずも》に選んだのは、当時の帝大教授、言語学者で「古事記」を英訳したチェンバレンや、八雲が在米時代にニュー・オーリンズの博覧会で偶然知り合った、文部省の服部一三《はっとりいちぞう》学務局長などの尽力によるものと思われる。たまたま運よく空席があったのだろうが、何にせよこの出雲赴任は、八雲にとっても、ひいては日本にとっても、はなはだ幸運なことであったといわなければならない。そんなわけで、在米中は新聞人・著述家として、多少この方面では文名のあった八雲としては、人にものを教える教師という職は、生まれて始めての経験であった。わたしはこの点がおもしろいと思っている。なるほど、当時日本における外人語学教師というのは、おおむね宣教師などが、専門の片手間の稼ぎのためになったものが多かったようで、教育者としての教養人格に欠けているものが、かなりあったらしい。早い話が、八雲の先任のタットルという教師などもその一例で、この人はカナダ人の宣教師だったそうだが、学殖人格も低かった人のようで、授業中に「キリスト教徒でない人間は野蛮人だ」といって、教室内では禁じられている布教活動をしたり、冬はストーブを焚いた特別室に生徒を一人々々呼びつけて、自分は床にしいた毛布の上に寝ころがって教えるといった、目にあまる素行が多かったところから、生徒側から悪評が続出して、そのために任期中に解雇されている。八雲はその後任として赴任したわけであった。

無味乾燥な、血のかよっていない教育法というようなものを、鵜呑みに詰めこまれた師範出の教員だけが、専門的職業教師の資格をもっているというのだったら、八雲はその資格を欠いた、まったくの素人だったといえる。そのかわり、この素人教師は、とかく職業教員には欠けていがちな、ヒューマニティという最大の資格をもっていた。前任のタットル教師は、生徒をボーイと呼んだが、八雲はイギリス流にゼントルマンと呼んだ。ゼントルマンとは、生徒一人一人の人格を尊重した呼称である。片目で、西洋人として背の低い、あまり風采のあがらない新任の八雲に対して、生徒たちははじめはがっかりして、とっつきが悪かったらしいが、そのうちに前任教師にはなかったものに触れだして、だんだんになつき、尊敬していったようである。前任教師になかったものというのは、一言にしていえば、八雲の文学者としての人間性だったといえようと思う。

この新米教師八雲の教授ぶり、生徒との交流ぶりは、「日本瞥見記」のなかの「英語教師の日記から」や、「心」のなかの「九州の学生たちとともに」などに鮮かに描かれている。八雲は、ひとつには日本人の思想の原型を把握する一助として、毎週生徒たちに課題を出して、未熟な英語で作文を書かしているが、その題を遊び時間に生徒たちと校庭の片すみで検討する場面がある。八雲が春光のみなぎる空を仰いで、

「どうだね、この次の作文の題に『雲』はどうかね？」

ときくと、生徒のなかには「雲なんてつまらんな」というものもあるし、「いや、雲はおもしろいぞ」というものもあり、甲論乙駁、議論百出、結局「雲」にきまる、というような心暖まる、のどかな場面があるかとおもうと、横田という生徒が亡くなった時の、心打たれる悲痛きわまりない叙述もある。教育とは、ほんとうはこういうところにあるのだという感を深くする名文章である。松江では日本の古神道を肌にふれて研究し、熊本では日本の武士道精神にふれて驚嘆しているのも、生徒を通じて糸口を見つけたものが大部分であったといっていい。熊本では、校長が今日の講道館を創設した嘉納治五郎《かのうじごろう》だった機縁から、柔道の奥儀を聞いて、日本人の国民性の一つの特色を、相手の力をかりて勝つという柔道に表徴して、「柔術」という世界的な名篇も書いている。

八雲は、学生のつづる英作文というものを、かなり重要視していたようである。外国語によって自分の考えを自由に発表するという方法で、当時の日本の若い世代から、新しい日本人の

理念を汲みとるということもあったろうが、その添削ぶりを見ると、文法上の誤りを直すこと以外に、的確な語彙を選ぶことに力を入れている跡が多く見られるのがおもしろい。アメリカ時代、「ことばの錬金術師」といわれただけあって、ことばを愛し、ことばを大切に吟味することにかけては、人後におちない八雲のことである。かれが飜訳したゴーチェの短篇集は、百年をへた今日でも名訳の名が高いくらいだが、「ことば」に対する執念、これは八雲の終生渝《かわ》らない制作態度の中核をなすもので、ことに晩年の作品「怪談」には、その高い完成度があらわれている。帝大における八雲の講義に親しく接した当時の学生——いわゆるお弟子さん達の話によると、八雲の講義ぶりは、平明的確なことばを選びながらの、ごくゆっくりした語調のものだったという。そのへんの消息は、後年、それらのお弟子さん達が当時の講義筆記を持ちよって校合した、ぼう大なレクチュア集の行文から、遺憾なくうかがうことができる。松江や熊本時代に、貴重な執筆時間を生徒の作文添削にそがれるのが辛い辛いといいながらも、克明にそれを楽しみつづけていたのも、「ことば」に対するかれの執念の一つのあらわれともいえるだろう。それにつけても、国語によらず外国語によらず、ものを教える今の人たちは、「ことば」を大切にするということを、もっと八雲から学んでもよいと思う。

（「国語教室」一九七一年十一月号）

秋成小見

秋成の『膽大《たんだい》小心録』を読むと、しばしば狐狸の怪異について、その信を語っているのが目につく。その多くは京阪の草深い周辺における実見談や聞書であるが、秋成は「思うだに恐しとも恐し」とか「いと〳〵妖しきことどもなり」とかいって、ひたすら恐慴《きょうしょう》している。三世紀にちかい昔の、当時の人々の狐狸の怪異にたいする信憑《しんぴょう》は、今日のわれわれには想像も及ばないものだったにちがいないが、それにしても秋成の信憑と関心は異常に思われるほどのものが、その筆端にほとばしっている。この一見未開で馬鹿々々しいものにさえ思われる信憑と関心の異常な深さこそが、秋成をまさしく古今独歩の怪異作家に決定させている、根元的な素質であり姿勢なのだと、わたしは解している。この異常な怪異的感性のなかで、秋成は独自のファンタジーを高め、おののきながら舌なめずりするようにして、それを育てているのである。この肝心な一事が、同時代の怪異本の先輩著者、『狗張子《いぬはりこ》』の浅井《あさい》了意《りょうい》や、『英草紙《はなぶさぞうし》』『繁《しげしげ》野話《やわ》』の都賀《つが》庭鐘《ていしょう》には、どうも欠けているようにおもわれる。いかに学識があっても翻案が器用であっても、あえて言えば、了意も、庭鐘も、中国怪異小説の翻案導入の目ざましいフロンティアではあったけれども、しょせんは怪奇小説作家ではなかったというのが、わたしの決論である。

秋成怪異文学のエッセンスが『雨月物語』五巻に凝成されていることは、周知であるが、わたしは『雨月』を読みかえすたびに、いつも思う。わずか九篇の作品集に、これだけ高次の戦慄を凝集したものの例が、外国の怪奇作家のなかの幾人にあるだろうかと。『雨月』がそのなかでも稀有な例であることだけは確かだろう。もはやこうなると、『雨月』の典故粉本を云為《うんい》することさえ、わたしには無用である。そういうことは学究者にまかせておいて、わたしはただひたすら、『雨月』にはまだまだもっともっと驚嘆したいと思っている。

秋成を語る人は、ほとんど誰もが『春雨物語』を『雨月』の下に置いている。これはもう常識のようになって通用しているらしい。大体、『春雨物語』というものはまぼろしの集で、現行のものは写本を印刷したもので、それも全部ではない。前半の五篇だけがつたえられており、しかも五篇目の「樊噲《はんかい》」は（上）だけで切れている。

戦後、岩波文庫から、『漆山本《うるしやま》　春雨物語』というものが刊行された。漢学者、漆山天童（又四郎）氏が珍蔵する写本を漆山氏の校訂で印行したもので、これには前記五篇のうち、「樊噲」を除く四篇のほかに、「二世《にせ》の縁《えにし》」「死骨の咲顔《えがお》」「宮木が塚」「歌のほまれ」の四篇が載っている。写本者の竹内弥左衛門という人のあとがきを見ると、もとの写本は二巻で十篇あり、そのうち「捨石丸」と「樊噲」とは、あまり内容が放埓《ほうらつ》にすぎるので、写すのをやめた、といっている。竹内氏のもちいた写本には、「樊噲」は完結していたのかどうか、また「捨石丸」

とはどんな作品なのか、これらのことは一切不明である。惜しいかぎりであるが、いたしかたもない。漆山氏は天下一本と自慢しておられたようだが、その後完本の発見されたことも聞かないようだから、これがまさしく天下一本なのであろう。

この漆山本が戦後刊行されたときの感激と喜びは、いまでも忘れない。『春雨』が『雨月』に劣るという一般論はともあれ、自分の愛好する秋成の新発見の作品から、ひいきの引き倒しになってもいいから、なにかを汲みとりたいと思って、★一つ、薄っぺらな六四ページの本文を、わくわくしながら夢中で読んだことを憶えている。

漆山本の新発見の作品のことは、あとで触れることにして、それ以前には、われわれは富山房名著文庫のなかの藤井乙男《おとお》博士校訂本で親炙《しんしゃ》してきたのであるが、それで受けた印象によると、『春雨』に著しく感じられるのは、一言でいうと、秋成の反骨精神であった。秋成の反骨精神は、かれが最初に京阪文壇にデビューした八文字屋本、『諸道聴耳世間猿《しょどうききみみせけんざる》』にもちいた筆名「和訳《わやく》太郎（わんぱく小僧）」当時からのもので、その後『雨月』にも、ところどころに偏屈な独学者としての気負いの片鱗を見せているし、ことに随筆『癇癖談《くせものがたり》』では狂文の体をかりて八方にあたり散らし、権威や俗物や尻の腐った定説俗論や俗悪卑陋《ひろう》な世相に対して、徹底的に鬱憤を叩きつけている。毒舌家の姿勢というものは、由来孤峭《こしょう》でさびしいうちに、どこか辛《つら》い愛きょうのあるものだが、『癇癖談』のさし絵にもあるように、手あぶり火鉢をかかえこんで、焼米をかじって癇《かん》をたかぶらせながら苦茗《くめい》をすすり、苦い顔をしてプリプリしている、人ぎらいで頑固で皮肉なへんくつ爺の面目が躍如としている。国文学者としての秋成の反骨癖には、多年独学で蘊蓄《うんちく》した独自の史眼と文芸眼が自信ある裏づけになっており、その一端として、『春雨物語』の「海賊」では痛烈な紀貫之論が展開され、「目ひとつの神」では、歌よみや諸芸の師匠たちの金とり主義の堕落を痛罵して、今の世に文学の師とするに足る者は一人もない、それより世にかくれたるよき人を求めて師とせよ、といって諭《さと》している。また「樊噲」は、これは篇中最も痛快な作品で、樊噲とあだ名される無法の悪行いたるなき無頼の行状を奔放に活写して、道学者ども糞食らえといわんばかりの書きぶりは、まことに胸がすくばかりである。この無法者を秋成がどこまでつっぱなして、どのような結末をつけているかが知りたいのに、惜しいところで下篇が欠けているのが、かえすがえすも残念でならなかった。

もう三十年も前になるか、いやもっと昔になるか、古本の旧版『春雨物語』をはじめて読んだときから、わたしはこの五篇は『雨月』を計った尺度では計ることのできない領域にはみだしている作品だと考えてきた。『春雨物語』はもはや怪異小説ではない。何と称したらいいか、しいて言うなら、作者の批評眼を事に托した、一種のフィロソフィカル・ノヴェルというべきでもあろうか、というようなことを漫然と考えていたりしたのであった。

ところが戦後、まえに言った漆山本に収められている「二世の縁」以下、未見の作品をはじめて読んで、わたしはびっくりした。ことに「二世の縁」には、今までにないつよい感動をうけた。秋成とはこんな凄い人だったのかと、あらためて脱帽する思いであった。

——山城の古曾部《こそべ》という里の農家のあるじは学問好きで、ある夜本を読んでいると、虫の声にまじって鉦《かね》の音が石の下から聞こえるのを怪しんで、翌日下男どもに掘らせてみると、石棺が出てきて、中から乾物のようになった屍《むくろ》が鉦をたたきながら出てきた。家にあげて毎日口に水をふくませていたら、屍が目をあいたので、それから粥《かゆ》や魚を食わしているうちに、やがて普通の人のように起きて物を言うようになったが、何を聞いても百年も前のことは何も知らないという。すると、この家の老母はこのしだいを見て、「ああ、毎月お賽銭《さいせん》をあげて後世を願ってきたが、この人なんか禅定とやらまでしたのに成仏もせずに、また昔の娑婆《しゃば》へ生きもどってきた。神仏なんて馬鹿の皮だ。これからは仏ぜせりなどやめて、のんきに遊び歩いて暮らそう」といって、嫁や孫をつれて遊山あそびに暮らしだす。一方、生きかえった男はその後ますますピンピンして、五年ほどたつと、おなじ村の貧しい寡婦のもとへ入婿にはいった。また、この村の村長の老母が明日をも知れぬ容態になり、伜《せがれ》の村長が「おっかさん、この上は念仏を唱えて、安らかに往生なさい」と枕元でいうのを聞いて、老母は「日ごろ念仏もとなえぬくせに、あんなことを言いくさる。畜生道におちるような伜とは、もう口をきかぬわ」といって、死んでいく。——ここで秋成は、例の生きかえった男を婿に入れた女に、「ああ、とんだ甲斐性のない男とつれ添った。いっそ落穂をひろって一人でのんきに暮らしていた昔が恋しい。前の人がもういちど帰ってきてくれたら、こんな貧乏もしまいに」といわせて、全体を「いといぶかしき世のさまにこそあれ」と結んでいる。——

わたしは読み終って、まっこうをたち割られたように、うーんといったまま、しばらくは言葉も出ないほど感動したのであった。この感動は、いまでも読み返すたびに蘇ってくる。秋成はもうここでは怪異などはどうでもいいのである。そんなものを超えたところで、老いたる秋成の炯々《けいけい》たる末期《まつご》の眼は、人生の奇事は奇事として、人の世と人間の実相を、粉飾もなく、ありのままに淡々と記しているだけなのである。肉落ちてからびた骨だけになったような行文は、老いの手のふるえをつたえるかに、たどたどしいまでに枯れつくして簡勁《かんけい》、さながら岩上にそばだつ寒木の蕭殺《しょうさつ》たる霜気をおびている。絵でいうならば、八大山人《はちだいさんじん》の没骨《もっこつ》の山水画であろうか。その色を、その艶《つや》をたたえられる文章は数多いが、その枯骨をたたえられるものは、この秋成の「二世の縁」のほかに、そう多くは遭遇していない。ナレートすることが窮極にまで達すると、こうまで寂然たる実相をとらえうる例を、わたしは「二世の縁」にみつけて、ただただ平服しているのである。『春雨』は秋成の想が枯れて、『雨月』には遠く及ばないというような凡俗の批評は、今のわたしにはもはや何の意味もない妄言にすぎないものになっている。

「死骨の咲顔」――これは藤井博士の編した『秋成遺文』にある、博士命名の「ますらを物語」と同じ題材のものである。「ますらを物語」は、やはり同じ題材を物語にした綾足《あやたり》の『西山物語』に不満だった秋成が、偶然『西山物語』のモデルに会って聞いた実話を綴ったもので、その縁起から随筆風に書きおこし、中ごろやや小説めいた叙述もあるが、結びはまた随筆風に結んである。あるいは額縁小説ともいえるかもしれないが、随筆的筆致のほうに多く傾いている。それを秋成は、縁起の部分を除き、つまり実話的体裁ではなく、もういちど純然たる小説物語に書きたくて書いたのが、この「死骨の咲顔」なのではないかと思われる。そして「ますらを物語」には、ストイックな母刀自《とじ》の烈婦ぶりが、心憎いまでにみごとに活写されているが、それに反して「死骨の咲顔」の方では、この母刀自は蔭にまわり、そのかわりに親戚の鬼曾二という、強慾悲情の成り上がり者がみごとに描かれている。これはおそらく、前者実話「ますらを物語」はモデルから聞いた烈婦美談に重点がおかれたのと、小説「死骨の咲顔」には鬼曾二という人間を書くことに重点がおかれたための相違であろう。その意味からいっても、「死骨の咲顔」は作者の意図したごとく純粋たる小説であって「ますらを物語」よりもはるかに人間臭いものになっている。秋成老いずの感が深い。

「宮木が塚」——これは神崎《かんざき》の遊女で、のちに入水した宮城の故事を小説化したもので、おもしろいことに、秋成は、これにも宮木の情人をさまざまの謀略の上罪におとし入れた末、出入りの医師に金をあたえて毒殺させ、その上で金で籠絡して宮木をわがものにするという、昆陽《こや》野《の》の駅長藤太夫なるものをみごとに活写している。

これらのことを考えあわせると、『春雨物語』では樊噲といい、鬼曾二といい、駅長藤太夫といい、世上で最も憎むべき強悪な人間を物語のなかで活躍させ、しかも生き生きと描いている。これら憎むべき人間どもは、みなかれらの我欲非道な行状と奸計によって、この世に悲劇をまきちらして、恬《てん》として恥じない。罪の意識などどこにもない人畜どもである。秋成は、かれの最も憎んでいる、これら権力と金力を嵩《かさ》に着、法を無視し、人間を無視した人畜どもを、徹頭徹尾冷眼に活写して、いささかの批判も加えていないところに、『春雨』の大きな特徴があることをわたしは指摘したいのである。『雨月』にはない、反骨を背骨にして老成した、より大きな達観が『春雨』にはあり、当時の文学のなかでこれは稀有なものであるばかりでなく、日本の文学のなかでも異数なものではないかと、わたしはひそかに考えている。

＊編集部（別冊現代詩手帖）註：『春雨物語』は、漆山本以降、十巻本の全貌が明らかにされており、現在では十編全てを読むことができる。

（「別冊現代詩手帖」第三号、一九七二年）

『万霊節の夜』について

チャールズ・ウイリアムズという名前にはじめて接したのは、アメリカの「アーカム・ハウス」社が出していた、「アーカム・サンプラー」という怪奇文学の季刊雑誌の書評欄で、オーガスト・ダレットが“*War in Heaven*”など二、三の新刊書を紹介していた文章のなかでだった。かれこれ三十年近く前のことだから、記憶があいまいだが、たしかダレットが「メタフィジカル・ファンタジー」という言葉で概評していたのに惹かれて、おもしろそうだなと思ったので、さっそく北沢書店だかにイギリスの出版社を調べてもらい、取り寄せて読んだのが最初だった。その時分（今もそうだが）年の暮になるとお金がなくて、「リテラリ・サップルメント」の購読を三、四年中絶していたので、戦後のイギリス文壇の消息が全然わからなかったのである。まもなく、“*War in Heaven*”以下五冊がとどき、あとからまた二冊きた。Faber & Faberのスタンダード版で、そのラッパーにある略伝で、著者はすでに故人で、高名の詩人であり、大学の講師で、四十冊に近いその著書は、詩論、評論、戯曲、宗教その他、広汎なレパートリを持つ多才な人だったということがわかった。

わたしはまず、“*War in Heaven*”から読み出して、書き出しの水際立っているのに舌を巻いた。わたしは探偵小説や推理小説はほとんど読んでいないから、夥しいそういう作品のなかに、どれほどすぐれた「書き出し」を持った作品があるか知らないが、“*War in Heaven*”の水際立った、もののみごとな「書き出し」を上越すものは、そうざらにはあるまい。――ロンドンの出版社の事務室は正午《ひる》休みで誰もいない。からっぽなその事務室のなかで、さっきから電話が鳴りつづけている。事務机の下には知らない人間の死体がころがっている。しばらくして、昼食から帰ってきた女事務員が死体を発見するところから小説は始まるのだが、この「プロローグ」のうまさはまことに鮮やかで、わたしはほとほと感服した。冒頭に謎の死体が出てくる以上、これは犯罪小説にちがいない。警察も出てくるし、当然犯人捜査がはじまるわけだが、在来の探偵ごっこや犯人割り出しのクイズ小説とは、およそ似てもつかない展開がはじまる。出版社の幹部連中が事件の原因を追求するうち、図らずも「聖杯」の紛失が浮かび上がってきて、小説は「アーサー王物語」の現代版のような様相をおびて展開していくが、その途中で黒魔術が出てきたり、魔女やサバトが出てきて、事件はメタフィジカルなスリルを重ねていく。ここが作者の本領で、それらのミスティックな心霊的な題目を、現代の合理的な日常性のなかで合理的に位置づけているところが、「メタフィジカル・スリラー」ともいうべき、全く新しいジャンルを娯楽小説のなかに試みたこの作者のユニークな輝かしい功績なのだと、わたしは思って喝采し、一時期、熱心なファンになったことをおもいだす。在来の推理小説や恋愛小説のマンネリズムに倦きた戦後の英米の読書人が、突然現われた新人（？）ウイリアムズの七篇の小説にこぞって飛びつき、スタンダード版が出るほどの人気を集めたのは、けっして偶然ではなかったのである。

七冊の小説を、わたしは当時貪《むさぼ》るように次々に読んだが、こまかい筋は忘れてしまったが、テーマはそれぞれ異るが、みんなおもしろかった。カバラが出てきたり、タロット・カードが出てきたり、エターナル・ラヴ、哲学者の石、隠秘《いん》学や錬金術の秘奥などが出てくるが、けっきょく七篇を通じていちばん大きなテーマは、人間の内奥における善と悪との葛藤であろう。そして新しい神学者であるウイリアムズは、神というものの存在理念を複雑な現代人の日常性のなかで合理的に位置づけるために、具象的な娯楽小説という形をかりたものと思われる。そしてそれは小説としても成功した。それにしても一篇々々はじつに精巧に構されている。作者の頭脳の犀利《さいり》さにただただあきれるばかりだが、人物の役づけや配置とともに、これは戯曲家としての経験からも来ているのだろう。*"Descent into Hell"*というのもおもしろかった。独身の歴史学者が若い女優に執心する。彼女は何とかいう詩人の書いた新作戯曲に出演するが、歴史学者には愛を感じていない。歴史学者は現実の愛は断念して、内心の愛に生きようとして、閑居して人と会うことも避けてひたすら彼女を思いつづける。その執念のために、若い女優にはドッペルゲンゲルが現われ、恐怖と不安に悩んで詩人に助言を求める。この詩人は作者自身のプロトタイプのような人物で、人の邪念に心を煩《わずら》わすことなく神の心に従えば、邪念はおのずから去るという意味のことを諭《さと》す。彼女は詩人の忠告に従い、まもなくドッペルゲンゲルは現われなくなるが、歴史学者の神の心に叛《そむ》いた邪心によって妄想に苦しめられ、ついに自滅して地獄に落ちる。これなどは作者のダンテの愛についての研究を下敷きにした、永遠の愛の現代版と言えよう。

ウイリアムズはロンドン生まれであるが、父親がウエールズの生まれなので、かれにはウエールズの血が流れている。神学者としてかれの信仰は、そうしたかれの血が宿命づけたものなのかもしれないが、同じウエールズ生まれのアーサー・マッケンの悪神思想と対蹠《たいしょ》的なのはおもしろい。ウイリアムズもさかんに超自然を扱っているが、怪奇とか恐怖とかは全く無縁である。超自然は歴史として出てくるのであって、歴史として超自然の現代への合理的意味づけが、終始かれのテーマなのだと、わたしは解釈している。だから今日読んでも楽しめるはずだ。

七篇のうちわたしがいちばん感心したのは、*"All Hallows' Eve"*（『万霊節の夜』）であった。これは死者の世界と生者の世界の交渉という、思い切ったテーマを描いた作品だが、ウイリアムズはこれを死者の側から描くという大胆な手法を使って、非常に高い文学性でみごとな成功を収めている。これを読んだとき、ほんとにわたしは驚いた。――ナチスの爆弾で死んだ二人の女が、生前精神的交渉のあった男の愛を確かめるために彷徨する話だが、そういう設定にふさわしい作者の文体に、わたしは最も感心した。小説の世界はすべて幽霊の世界だから、まるで深海の薄明のなかをフラフラさまようようで、それを描く作者の文章は、まるで何かヴェールをかぶったようで、センテンスのどこかがボケていたり、反復があったりどこかが重なり合ったりしていて、幽霊そのものの行動に合わして描いている。生きている人間の眼や耳でとらえた現実世界とは、どこかではずれた世界が現出しているのである。平明な――というより透明で無色な言葉を使って、そういう効果をあげるというのは、これは大へんな技倆だと思う。わたしは職業的助平根生から、何とかしてこの味を日本語に移したいと思って、じつは当時十ページばかり翻訳してみたのであるが、三十年前のわたしにはとても及びもつかないことがわかって、口惜《くや》しかったが諦めた。今でも未練があるが、それだけに、こんどのこの全集の翻訳には大きな期待をもって、今から楽しみにしている。

（チャールズ・ウィリアムズ『万霊節の夜』月報、国書刊行会、一九七六年）

解題

本文庫既刊『幽霊島』に続く平井呈一怪談翻訳集成第二集となる本書は、平井呈一がアーサー・マッケンとあわせて英国怪奇小説の三羽烏と呼んだM・R・ジェイムズ、アルジャーノン・ブラックウッドの作品を中心に、その訳業の原点ともいうべき昭和初年の翻訳二篇、戦前戦後を通じて平井が翻訳に情熱を傾けた作家ラフカディオ・ハーン（小泉八雲）の講義録を集成。付録として解説、エッセー等を収録した。

新字体を採用し、用字、送り仮名等はそれぞれの底本に従い、但し、明らかな誤字・脱字、不統一等はこれを訂正し、読みやすさに配慮して適宜ルビを追加・整理した。また、「シルヴァ・サアカス」「古城物語」の歴史的仮名遣いは現代仮名遣いに、促音、拗音は小書きに改めた。

底本のうちM・R・ジェイムズ『消えた心臓』、ブラックウッド『幽霊島』については、怪奇小説ファンの某氏より平井呈一の訂正朱字が入った旧蔵本を借覧する機会を得た。いくつかの疑問個所をこの朱字に基づいて訂正した。

なお、本文中には人種や身体的障碍等に関して現在の人権意識に照らして不適切と思われる語句・表現も含まれるが、発表当時の時代的背景を考慮し、かつ文学作品の原文を尊重する観点からそのまま掲載した。

以下に収録作の原題、初収録短篇集、出典および関連情報をまとめた。

I　M・R・ジェイムズ集

「消えた心臓」“Lost Hearts” (*Ghost Stories of an Antiquary*, 1904)

「マグナス伯爵」“Count Magnus” (*Ghost Stories of an Antiquary*, 1904)

解説（平井呈一）

〈世界恐怖小説全集〉第4巻『消えた心臓』（東

京創元社、1959）収録。

戦後、翻訳家として再出発し、サッカレー、ワイルド、ハーンなどを手掛けていた平井呈一は、東京創元社〈世界大ロマン全集〉のブラム・ストーカー『魔人ドラキュラ』（1956）の訳者に起用され、さらに江戸川乱歩編『怪奇小説傑作集Ⅰ』（1957）の翻訳も担当し、怪奇小説翻訳の第一人者として認められた。同社が1958年に刊行開始した〈世界恐怖小説全集〉全12巻では、レ・ファニュ、ブラックウッド、マッケン、M・R・ジェイムズ、デニス・ホイートリの英米篇5巻と、怪奇実話の巻を翻訳担当したばかりでなく、収録作の選定、解説執筆など、企画全般に深く関わることになった。第4巻はM・R・ジェイムズにW・F・ハーヴィー、L・P・ハートレーを加えた三人集（後の二作家は大西尹明訳）。なお、当初の刊行予定では「寺院史夜話」「猟奇の戒め」など、他に数篇を翻訳することになっていたが、同巻解説にあるように体調上の理由から果たせなかった。あるいは同年4月にかつての師永井荷風が死去し、平井の人生に暗い翳を落とした戦前の荷風による破門事件が週刊誌等に掘り起こされたことが、何らかの影響を及ぼしたかもしれない。

前述の通り、マッケン、ブラックウッド、M・R・ジェイムズを怪奇小説の三巨匠とする平井は、「英米恐怖小説手引草」で三者の作風を次のようにまとめている。「マッケンの古代魔神と伝説に対する信仰、ブラックウッドの新しいオカルティズムに関する経験主義、M・R・ジェイムズの古譚と現代との因縁的交渉、作風は三人三様それぞれ異なるが、いずれも恐怖小説の特色たる構成の緊密、話術の巧みさを発揮した名篇ぞろいで、恐怖小説愛好家たるもののかならず詣ずべき半古典的霊廟だといっても過言ではない」

平井呈一の他のM・R・ジェイムズ作品の翻訳に「ポインター氏の日録」「〝若者よ、笛吹かばわれ行かん〟」、エッセー「試作のこと」がある。

なお、底本は作者名を「ジェイムス」としているが、本書では「ジェイムズ」に統一した。

II　アルジャーノン・ブラックウッド集

「人形」"The Doll" (*The Doll and One Other*, 1946)

「部屋の主」"Occupant of the Room" (*Day and Night Stories*, 1917)

「猫町」"Ancient Sorceries" (*John Silence: Physician Extraordinary*, 1908)

「片袖」"Empty Sleeve" (*The Wolves of God and Other Fey Stories*, 1921)

「約束」"Keeping His Promise" (*The Empty House and Other Ghost Stories*, 1906)

「迷いの谷」"The Lost Valley" (*The Lost Valley and Other Stories*, 1910)

解説（平井呈一）

〈世界恐怖小説全集〉第2巻『幽霊島』（東京創元社、1958）収録。同書は全巻がブラックウッド作品に充てられているが、表題作「幽霊島」は本文庫既刊『幽霊島　平井呈一怪談翻訳集成』に収録済のため割愛し、他の全篇を収録した。

　若き日の平井呈一が早稲田大学英米文学科へ進んだ頃、英米の怪奇小説を原書で耽読していた芥川龍之介は、エッセー「近頃の幽霊」（1921）、「英米の文学上に現われた怪異」（1922）で、同時代作家ブラックウッドを「柳」などの作品とともに紹介している。芥川に傾倒し、英国の怪奇小説アンソロジーを読み耽った平井も、早くからその名に親しんでいたと思われる（「私の履歴書」）。

　同時代のブラックウッド愛読者に西條八十がいた。西條は大正の初めに芥川にアンブローズ・ビアスを教えられ、そこから手当り次第に外国の怪談本を買い集めた。「英国の最大の怪談作家、アルジャーノン・ブラックウッドの作集の初版本をほとんど全部買ったのもそのころだった」と自伝随筆『我愛の記』にある。西條は自身の編集する英語雑誌《英語の日本》に"A Haunted Island"（妖怪島）の部分和訳・原文註釈を掲載（1916）、《婦人世界》に翻訳「人犬」を発表している（1923-24）。また、同じ頃に出た怪奇小説アンソロジー『奇絶怪絶 幽霊の話』（西條隆治訳、二松堂書店、1921）はブラックウッド「印度人の幽霊」「恐ろしき一夜」を収録しているが、古町耿介「八十とブラックウッド」が指摘する通り、これは西條八十が弟の名を借りて出版したものである可能性が高い（「印度人の幽霊」は「幽霊島」、「恐ろしき一夜」は「部屋の主」のおそらく本邦初訳）。後に西條は『世界大衆小説全集7』（小山書店、1955）で、「古い魔術」「憑かれた島」「犬のキャンプ」の三作品を訳している。

ちなみに晩年の芥川との親交もあった萩原朔太郎の短篇「猫町」（1935）には、主人公の迷い込んだ田舎町の街路が突如猫で溢れ返る、ブラックウッドの“Ancient Sorceries”に通じる幻想的な場面があり、江戸川乱歩に二作の相似に言及したエッセー「猫町」（1948）がある。平井呈一が本作を訳出するにあたって邦題を「古い魔術」（西條訳）のように原題の直訳にせず、「猫町」としたのは両者へのオマージュか。

なお、貸本漫画時代の水木しげるは〈世界恐怖小説全集〉を度々ネタ本に使用し、本巻から「約束」を漫画化、「部屋の主」「迷いの谷」を元に「呪いの谷」を描いている。

「迷いの谷」三四九―三五〇頁、「スティーヴァン！　お前、そんなに早くここへ来たのかい？」という戸の中の低い声を、平井は双子の兄マークの声のように訳しているが、ここはその後の記述から“彼女”の声ではないかと思われる。

平井呈一の他のブラックウッド作品の翻訳に「秘書奇譚」がある。

Ⅲ　初期翻訳

「シルヴァ・サアカス」Ａ・Ｅ・コッパード

“Silver Circus” (*Silver Circus*, 1928)

《文章倶楽部》1929年3月号掲載。平井程一名義。同誌は新潮社発行（1916–29）の文学入門者向けの雑誌。初期は文章作法や読者投稿等が中心だったが、次第に文芸誌的な色彩を強めていった。「シルヴァ・サアカス」が掲載されたのは終刊直前の号で、同号には江戸川乱歩と小酒井不木の探偵小説エッセーも掲載されている。

早稲田大学中退後、文芸評論や小説時評を雑誌

等に寄稿し、文筆で身を立てようとしていた平井は、この頃から翻訳を手掛け始める。二十六歳の春、本人いわく「翻訳で初めて原稿料を稼いだ」一篇。怪奇小説ではなく奇譚というべき作品だが、平井の訳業の原点として収録した。なお、平井訳と同月、《英語青年》１９２９年3月号に掲載された木方庸助「A. E. Coppard の短篇」はコッパードの短篇集三冊の内容を紹介し、その story-teller ぶりを伝えている。注目の短篇作家という評判は日本にも届いていたようだ。

「今から二十数年前、わたしはこの人の「シルバー・サーカス」という短篇を、そのころ新潮社から出ていた「文章クラブ」という雑誌に訳したことがある」（『世界恐怖小説全集7』解説、1959）と平井自身が記しており、この翻訳の存在そのものは知られていたが、荒俣宏編『怪奇文学大山脈Ⅱ』（東京創元社、2014）で、八十五年ぶりに発掘再録された。

なお、初出誌では作者名を「エー・イー・コッパアド」としているが、末尾に附された平井による「作者に就いて」では「コッパアド」とし、目次・扉等は「A・E・コッパード」に改めた。

平井呈一の他のコッパード作品の翻訳に「消えちゃった」がある。

「古城物語」 E・T・A・ホフマン

“Das Majorat” (*Nachtstücke*, 1917)

『古城物語』（春陽堂〈世界名作文庫〉、1933）。平井程一名義。「世襲領」「世襲権」などの邦題でも知られる中篇。

前年、平井は《犯罪公論》誌掲載のジョン・ポリドリ「吸血鬼」で佐藤春夫の下訳者を務めているが、本書の翻訳刊行については師佐藤春夫の口添えがあったのではないか。「はしがき」にある英訳本を借りた「夜木山房主人」とは佐藤春夫のこと。原本との逐字校合を請うた佐藤秋雄は春夫の弟で、ウィーン留学から戻り医師となっていた。平井訳は英訳からの重訳だが、「はしがき」の記述から底本は E. T. A. Hoffmann, *Weird Tales*, 2 vols (tr. by J. T. Bealby; John C. Nimmo, London

/Charles Scribner's Sons, New York, 1885）と推察される。本篇の英訳題は"The Entail"。

春陽堂〈世界名作文庫〉は1932年創刊、36年までの四年間で二二九冊を刊行し、春陽堂文庫に統合された。怪奇幻想文学では他にベックフォード『ヴァテック』（矢野目源一訳）が目を惹く。平井呈一は続いて『メリメの手紙』（1933）を同文庫から出しているが、これも元々は佐藤春夫編集の《古東《こと》多万《たま》》誌に連載されたもの。

1937年、鎌倉扇ヶ谷の借家で療養中の中原中也が、平井呈一の訳したホフマン『古城物語』やアーネスト・ダウスン『悲恋』（春陽堂文庫）を愛読していたことが日記に残されている。

なお、本書は平井没後の1978年に生前親交のあった生田耕作のプライベートプレス奢灞都館から復刊されている。ゆまに書房の復刻版もある。

Ⅳ　ラフカディオ・ハーンの怪奇文学講義

「『モンク・ルイス』と恐怖怪奇派」"'Monk Lewis' and the School of Horror and Mystery" (*Some Strange English Literary Figures*, 1927)

「小説における超自然の価値」"The Value of the Supernatural in Fiction" (*Interpretations of Literature*, 1915)

『明治文学全集48　小泉八雲集』（筑摩書房、1970）に収録。同書は中野好夫編として出版されたが、実質的には平井呈一編訳で、年譜や作品解説もすべて平井が手掛けている。中野が解題冒頭に「功はすべて平井氏のもの」と記している通りである。にもかかわらず、名目的な編者に中野好夫を立てざるをえなかった背後には、荷風との一件や、平井呈一発案のみすず書房版『小泉八雲全集』（1954–55）を中絶に追い込んだ大学関係者の平井に対する反撥、拒否反応がいまだ尾を引いていたようだ。

中学時代に『怪談』の原書を字引を引き引き読んだという平井呈一とハーン＝小泉八雲の縁は深く、佐藤春夫訳『尖塔登攀記』（白水社、1934）の下訳者として小泉家と交流をもち、『怪談』『骨董』（岩波文庫、1940）を皮切りに、戦後も続けられた翻訳は『全訳小泉八雲作品集』全12巻（恒文社、1964-67）に結実した。

ラフカディオ・ハーンは1896年9月に東京帝国大学の英文学講師に就任し、1903年3月まで約六年半にわたって講義を行なった。ハーンの没後、当時の学生たちの克明な筆記ノートをもとに何冊もの講義録が国内外で出版されている。「モンク・ルイス」と恐怖怪奇派」は田部隆次ら1899年卒業生が受講した『英文学畸人列伝』（全訳は『ラフカディオ・ハーン著作集10』恒文社、1987、所収。由良君美・門脇由紀子訳）の一篇。文中で言及される作品の刊行年には、もともと講義の筆記録であることもあってか、複数の誤りが見られる。割注のかたちで〔　〕内に正しい刊行年を記した。

「小説における超自然の価値」は、コロンビア大学のジョン・アースキン教授がハーンの行なった主要な英文学講義を編纂出版、欧米で大きな反響を呼んだ『文学の解釈』全2巻（全訳は『ラフカディオ・ハーン著作集6・7』池田雅之・伊沢東一訳、恒文社、1980, 1985）の一篇。

付録　エッセー

マリー・コレリ『復讐（ヴェンデッタ）』あとがき

『復讐（ヴェンデッタ）』（東京創元社〈世界大ロマン全集11〉、1957）。

『魔人ドラキュラ』に続く東京創元社での二冊目の訳書。これらの翻訳が認められて、〈世界恐怖小説全集〉をはじめとする同社の企画に起用されることになる。コレリ『復讐（ヴェンデッタ）』は文中にある通り黒岩涙香が『白髪鬼』（《萬朝報》連載1893／単行本1894）として翻案した作品で、この涙香翻案を江戸川乱歩がさらに翻案した『白髪鬼』（《富士》連載1931-32）もある。

なお、文中の英題の誤りは正した。

「もう一人のシャーロック・ホームズ」

《宝石》1962年4月号掲載。

オーガスト・ダレット（ダーレス）のシャーロック・ホームズ・パスティーシュ、ソーラー・ポンズ・シリーズを紹介したエッセー。同シリーズの初邦訳は『ヒッチコックマガジン』1961年6月号の「神々は裁く」(丸本聰明訳)。平井呈一のダーレスへの関心はもちろん怪奇小説から発しているが、一方の代表作である郷土小説サック・プレーリー・サーガにまで手を伸ばしていたことがわかる。推理小説雑誌《宝石》(宝石社)への登場は、1957年8月号のH・P・ラヴクラフト「異次元の人」翻訳以来。

東都書房版「世界推理小説大系」月報

「訳者として」(『世界推理小説大系19 クイーン』月報2、東都書房、1962)

「訳者のことば」(『世界推理小説大系17 ヴァン・ダイン』月報8、東都書房、1963)

「H・M礼讃」(『世界推理小説大系22 カー/アイリッシュ』月報12、東都書房、1963)

東都書房は講談社内の独立採算の出版部局で、推理小説に力を入れ、〈日本推理小説大系〉〈現代長編推理小説全集〉〈東都ミステリー〉など多くの全集、シリーズを送り出していた。〈世界推理小説大系〉全24巻別巻1(1962-65)は、ポーから大戦間の黄金時代の名作を集成、ガボリオ、コリンズ、チェホフなど19世紀の古典作品にも巻数を割いている点に特色があった。

推理小説は「食わず嫌い」という平井呈一に声がかかったのは、東京創元社〈世界推理小説全集〉で手掛けたドロシー・L・セイヤーズ『ナイン・テイラーズ』やエリザベス・デ・ラ・トア『消えたエリザベス』といった難物の翻訳が評価されてのことか。ここではエラリー・クイーン『Yの悲劇』、S・S・ヴァン・ダイン『僧正殺人事件』、カーター・ディクスン『黒死荘の殺人』というベストテン級の名作を任されている。なかでも「ある歌舞伎の名優を思い出しながら」訳したという名探偵ドルリー・レインの口調は、平井訳『Yの悲劇』を特色あるものにしている。また『黒死荘の殺人』の「厄災記」の章で語られるロンドン大疫病の年に端を発する怪談話は、平井を喜ばせたことだろう。

各収録巻の月報に寄せた訳者のことばは、勝手が違う推理小説の土俵にあがったせいか、神妙な姿勢に終始しているようだが、翻訳家としての自負も同時に窺える。東京創元社〈ディクスン・カー作品集〉（1958–59）で三作品を担当する可能性があったという意外な裏話も。

なお、当時中学三年生の荒俣宏が平井から受け取った手紙には、この〈大系〉の別冊で「世界恐怖小説篇」が出るが、自分が英米の作品を訳すことになっている、と書かれていたという（『平井呈一　生涯とその作品』）。どこまで具体化していた話か不明だが、参考までに記しておく。

講談社版「世界推理小説大系」月報

「訳者のことば」（『世界推理小説大系10　カー』月報4、講談社、1972）

「翻訳よもやま話」（『世界推理小説大系8　クイーン』月報6、講談社、1972）

「下戸」（『世界推理小説大系7　ヴァン・ダイン／シムノン』月報9、講談社、1972）

講談社版〈世界推理小説大系〉全12巻（1972–73）は、東都書房版〈大系〉を十年後に再編集したもの。半分の巻数に縮小されているが、平井の担当した作はそのまま再録された（『黒死荘の殺人』は『黒死荘殺人事件』に改題。第8巻ではクイーン「神の灯」を新訳）。この長篇三作は後に講談社文庫にも収録されている。

月報では十年前とは打って変わり、ざっかけない調子で推理小説について思うところを述べ、ハーンの言葉を引きつつ自身の翻訳哲学を率直に語っている。セイヤーズ『ナイン・テイラーズ』を引き受けた際の編集者とのやり取りも楽しい。

なお、『大系』10巻月報のエッセーは無題だが、本書では仮に「訳者のことば」とした。「翻訳よもやま話」五七三頁の「玉三」は、文五郎と並び称される文楽の名人吉田「栄三《えいざ》」の誤記か。

「教師としての小泉八雲」

《国語教室》（三省堂）1971年11月号掲載。

教育雑誌に寄稿した小泉八雲（ハーン）の英語

教師像に関するエッセー。ここに描かれた小泉八雲の型にはまらない、言葉を大切にする教師ぶり、生徒との交流は、平井自身が疎開先の新潟県小千谷で経験した中学教師時代（1944-47）を想起させる。英語教師でありながら時に日本文学を講じ、俳句の手ほどきをし、演劇指導をするなど、異色の教師として生徒たちに愛されたという。

「秋成小見」

《別冊現代詩手帖》第3号「上田秋成　怪異雄勁の文学」（思潮社、1972）掲載。

生田耕作との「対談・恐怖小説夜話」で「秋成の『春雨』とか『雨月物語』というのは古今無双ですよ。あれは本当の鬼才ですね」と述べている通り、平井呈一は上田秋成を日本怪異文学の最高峰に位置付けていた。但し、雑誌編集部の注記にあるように、「捨石丸」「樊噲」の二篇を欠いた『漆山本　春雨物語』（岩波文庫、1950）の翌年、新発見の完本、桜山文庫本を底本とした『上田秋成集1　春雨物語』（古典文庫、1951）が上梓され、以降は全十篇の刊本が流布していたのだが、平井呈一はそれを知らなかったようだ。

「『万霊節の夜』について」

チャールズ・ウィリアムズ『万霊節の夜』（国書刊行会〈世界幻想文学大系14〉、1976）月報。〈世界幻想文学大系〉全45巻（1975-84）は平井呈一に師事した紀田順一郎、荒俣宏が企画編集した叢書。この年の5月14日に平井は心臓発作を起こして入院、19日に亡くなっている。『万霊節の夜』（奥付5月15日刊）月報は平井が最後に脱稿した原稿のひとつ。

＊

参考文献

荒俣宏編・紀田順一郎監修『平井呈一　生涯とその作品』（松籟社、2021）※新発見の情報を含む詳細な年譜によって平井呈一の全体像を明らかにしている。

平井呈一『真夜中の檻』（創元推理文庫、2000）

※〈世界恐怖小説全集〉解説、「お化けの三人男」「私の履歴書」等のエッセーを併録。

『幽霊島　平井呈一怪談翻訳集成』（創元推理文庫、2019）※「英米恐怖小説手引草」他のエッセー、生田耕作との対談を併録。

荒俣宏編『怪奇文学大山脈Ⅱ』（東京創元社、2014）※コッパード「シルヴァ・サアカス」を再録。解説では訳文の特徴や同アイデアの落語「動物園」との関係についても言及。

古町耿介「八十とブラックウッド」（『西條八十全集12』月報、国書刊行会、1993）※『奇絶怪絶　幽霊の話』（西條隆治訳、二松堂書店、1921）を西條八十が弟の名を借りて出版したものと推定。同書収録の「印度人の幽霊」の訳文を、同作品の二種類の西條八十訳「妖怪島」「憑かれた島」と比較した検証は説得力に富む。

（編集＝藤原編集室）

「われわれ自身が一個のghostである」

垂野創一郎

その癖の強さを敬遠する人もいるものの、平井呈一の翻訳を愛する人は多い。特に目利きに多い。たとえば由良君美《ゆらきみよし》は、『幻想文学』四号のインタビュー「回想の平井呈一」でこう語っている。

本当に僕はいろんな先生にならったけれど、あんな読める人に会ったことがない。あの方はわかんないところは百遍読んで、こういうことであるに違いないってわかっちゃうようなやり方でやってきたんで、文法なんか全然知っちゃいないですよ。また文法なんか知ってたらあんなに読めませんよ。作家なんてのは文法考えて書くわけじゃないから、そういうものを本当にわかるのには、文法を超えちゃわないとわからないわけで、その点あの方はすごかったですね。

また南條竹則《なんじょうたけのり》は小説『あくび猫』で、登場人物の鰡野阿苦毘《とどのあくび》先生の口を借りてこう言っている。

僕は常々平井呈一の翻訳には敬服しているんだが、その理由は、この人が、〝情景〟をうまく訳せることにある。かれの訳文を読んでいるとわかるけれども、平井翁は視覚的なセンスがはなはだ良くて、英文を読んだとき、頭の中に鮮烈な画像が出来上がっている。それを、永井荷風に弟子入りするくらいの作家の文章力でサラッと表現する。つまり、〝英文〟から〝心の眼〟に渡されたイメージを〝日本文〟に書き表わすので、文字を文字に変換しているのではない。

そうした平井呈一の文章を、これでもかといわんばかりの分厚い本で思うさま味読できる機会が『幽霊島』『恐怖』に続き三たびやって来た。また楽しからずや、というところだろうか。

平井の翻訳には、東西の文化差に拘泥《こうでい》する気配があまり見られない。むしろ焼栗を焼芋と訳し（サッカレー「巡査行」）、プディングを腸詰《ちょうづめ》と訳す（オニオンズ「手招く美女」）無頓着さがうかがえる。本書収録の「約束」にも「焼きせんべい」なるものが出てくるが、これの原語は〝scone〟である。さらに言えば、海外の作品を「異質のもの」「エキゾティックなもの」と捉える感覚をあらかじめ失っている気配さえ見られる。多くの翻訳者が難解だとして匙《さじ》を投げたセイヤーズの『ナイン・テイラーズ』を、「ふるさとびとに会うような気のおけない親しさで読みすす」んだというエピソード（「下戸」）などその最たるものだろう。あるいは本文庫で先に出た『恐怖』に収録された「アーサー・マッケン作品集成　解説」で、マッケンの短篇「赤い手」の中の街の描写に触れて、「わたくしはあすこの描写を読むと、なぜかいつも荷風の「濹東綺譚」の一節や、随筆「元八まん」の名文を思いだすのであります」と述べているように、平井の訳文は、実物《レアリア》よりも、〝心の眼〟すなわち幻視で見た魂の故郷とでも言うべきものにおりおり近づく。そこに平井の翻訳が今もってわれわれを魅了する一因があるのかもしれない。

　こうしたスタンスは、平井が生涯にわたって親しんだラフカディオ・ハーンの影響なのかもしれない。ハーンもまた文化の垣を平然と、己の魂にみちびかれるままに乗り越える人であった。そもそもそこに垣のあることを意識しない人であった。それは本書にその片鱗が紹介されている東京帝国大学での講義をみてもわかる。そこでハーンは英文学の要諦を、それも理屈で説くのではなく、まるで自分の息子を相手にしているように親身に語りかける。そこにあるのは、魂の交感可能性への確信である。自分の語ることは相手の魂にも理解されるはずだ。なぜなら自分の魂が語っているのであるから、という確信である。

　本書収録の「小説における超自然の価値」でハーンはghostlyという言葉について、学生たちに説き聞かせる。「おそらく諸君のなかのだれかかれが想像する以上に、この言葉は重要なことばなのだ」「ghostlyといえば、超自然に関する一切のことを意味し、キリスト教では神そのものをさえ意味する」「われわれが、たとえ幽霊についての古臭い話や説を信じないとしても、われわれ自身が一個のghostであるということ、まったく不可解な幽霊であるということを、今日では認めざるをえない」

ハーンと同じく一時英語教師を務め、やはり多くの生徒に慕われたといわれる平井も、おそらくこの考えに共感しただろうと思う。その共感のひとつの証が、平井が鍾愛した作家たちである。「お化けの三人男」「怪奇小説の三巨匠」と平井が呼ぶマッケン、ブラックウッド、M・R・ジェイムズ——いずれもghostlyなるものとの交感に憑かれた人ではなかったか。たとえばブラックウッドは本書に収められた諸篇、たとえば「猫町」で説いている。怪異はわれわれのすぐ隣に、あるいはわれわれの内にあるものであって、それを感知するためには特に感覚が鋭い必要はない。なぜなら、ハーンの言葉を借りるならば、われわれ自身がghostなのであるから。

平井は本書収録の解説でブラックウッドの特色もしくは功績を二点挙げている。すなわち「怪奇小説に心理学的解釈を持ち込んだこと」「作風が非常に経験的であること」。最初の「心理学的解釈」というのは、怪異をことごとしい心理学用語で解明することではないと思う。むしろ人の心の不思議さに眼を向けて、そこに怪異の源泉を見出した、という意味ではなかろうか。

それを端的に示しているのは本書収録の「迷いの谷」で、ここには異界の光景も、あるいは文字通りの意味での心理学的解釈も出てくるけれど、中心となるのは双子の魂のghostlyな感応であろう。物語は弟のスティーヴァンの視点から語られていて、この弟は双子の片割れであるがゆえに、兄弟の一心同体性を当然のこととして、つゆほども疑ってはいない。しかし読者は十分納得できないままに話がどんどん進んでいって、そこにこの作品最大の怪味がある。自身が双子の弟であった平井はこれを読んでどう思っただろう。

平井がブラックウッドのもう一つの特色としている経験的作風については、M・R・ジェイムズと並べると一段と鮮やかに受けとれよう。怪異がドキュメンタリー風に、いわば開けっぴろげに語られるブラックウッドとは対照的に、ジェイムズの怪異譚には封印が施されている。たとえば「マグナス伯爵」では、語り手はまず、ラクソールなる紀行家とその体験を記した文書を紹介する。その文書が語るところによれば、ラクソールはスウェーデンの荘園屋敷で見つけた古文書から、その家の始祖マグナス伯爵の存在を知ったという。つまりこの話には、文書の中の文書という二重の枠が、封印のように設けられている。だがマグナス伯爵はその枠を侵犯し、封印は破られる。南京錠がガチャリと落ちるのである。この話の怖ろしさの肝《きも》はそこにあるが、語り手は最後にこの記録の出どころを明かして、ふたたび物語に封印を施す。つまり、いままでお話しした怖い話は、みんなここに書いてあったことにすぎませんよ、と明かして読者を物語の外に連れ出す。

かくのごとくジェイムズのこの怪談には枕があれば下げもある。高座に座る落語家を見ながらその噺《はなし》を聞く感じだろうか。

またまたハーンを持ち出して恐縮だが、ハーン夫人小泉節子《こいずみせつこ》が『思い出の記』で語るところによれば、彼女は「淋しそうな夜、ランプの心《しん》を下げて」ハーンに怪談を語ったという。そのとき夫人が本を見ながら話そうとすると、ハーンは「本を見る、いけません。ただあなたの話、あなたの言葉、あなたの考えでなければいけません」とたしなめたそうだ。

つまり語りの力を恃《たの》まねば顕現しないものを顕現させるということである。平井はジェイムズの怪談について「因縁的怪異を現代とのかかりあいの中で語る、その結構の巧みさ、洗練された話術のそのうまいことは、まず右に出る者がないくらい堂に入ったもので、無類独歩の感がある」と評する。平井の翻訳もそれを受けて話術のありたけを振るい、名人同士の丁々発止の勝負の趣きがある。

本書には平井の最初期の訳業も収められている。なかでも「古城物語」はデビューから四年後に刊行されたものだが、訳文はすでに円熟の境地に達している。平井のゴシック魂がここぞとばかりにあふれ、男爵夫人への許されぬ恋情もまたわがことを語るような筆致で訳されている。本書収録の「翻訳よもやま話」で、平井はハイフェッツら名ヴァイオリニストの演奏について、「聴くものは作曲家が誰であるかも忘れて、ただその神技に恍惚と陶酔するのである」と語る。この「古城物語」も、原作がホフマンであることをともすれば忘れそうになって、「その神技に恍惚と陶酔するのである」。事実、開巻まもなく深夜に変なうめき声が聞こえるところなど、英国風のゴシック・ロマンスがはじまりかける気配さえ漂っている。英訳を介した重訳であったことが結果的によい方向に作用したのかもしれない。

これは昭和のはじめ頃の翻訳だが、平井がゴシック・ロマンスを系統的に読んだのもやはりそのころらしい。昭和三三年に書かれた「怪奇小説と私」には、「なにしろもう三十年も前のことだから」と前置きして、「乙蘭土《オトラント》城綺譚」からはじまって、ラドクリフ、リーヴ、ルイス、マチューリンと読みあさったことが書かれている。平井の訳業のなかでは忘れられがちな「古城物語」ではあるが、オトラントへいたる道への出発点となったという事実一つとっても貴重なものと思われる。

検印
廃止

訳者紹介 1902年東京に生まれる。早稲田大学中退。67年、〈小泉八雲作品集〉12巻完成により日本翻訳文化賞を受賞。主な訳書は『吸血鬼ドラキュラ』『吸血鬼カーミラ』『怪奇小説傑作集1』『幽霊島』など。著書に『真夜中の檻』。76年没。

迷いの谷
平井呈一怪談翻訳集成

2023年5月31日　初版

著　者　A・ブラックウッド他

訳　者　平《ひら》　井《い》　呈《てい》　一《いち》

発行所　(株)　東京創元社
代表者　渋谷健太郎

162-0814/東京都新宿区新小川町1-5
電　話　03・3268・8231-営業部
03・3268・8204-編集部
URL　http://www.tsogen.co.jp
DTP　工友会印刷
暁印刷・本間製本

ISBN978-4-488-58509-9　C0197